네버
세이
네버

심윤서 장편소설   Never Say Never

네버 세이 네버

가하

네버 세이 네버
Never Say Never

지은이 심윤서
펴낸이 이형기
펴낸곳 도서출판 가하

초판인쇄 2023년 4월 12일
초판발행 2023년 4월 19일
출판등록 2008년 10월 15일 제 318-2008-00100호

주소 서울 영등포구 양평로 67, 1209 (당산동5가, 한강포스빌)
전화 02-2631-2846   **팩스** 02-2631-1846

www.ixbook.co.kr

ISBN   979-11-300-3690-8 03810

값 15,500원

copyright ⓒ 심윤서, 2023
KOMCA(한국음악저작권협회) 승인 필

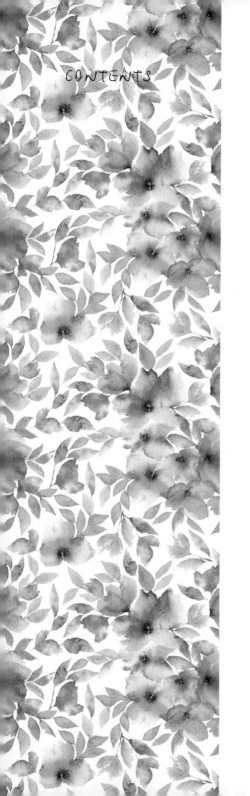

CONTENTS

01

|

경수가 사고 쳤어!!!

제 눈엔…… 제니가 너무 행복해 보여서요.

정원은 루틴한 삶을 사랑한다.

흔들리지 않는 편안함이란 침대에만 필요한 것은 아니다. 매일 반복되는 일상이 지루할 수도 있겠지만 정원은 그날이 그날 같은 단조로운 일상에서 견고한 편안함을 느낀다. '다람쥐 쳇바퀴'처럼 돌아가는 편안함은 곧 평화로움으로 치환된다.

매일 같은 시간에 눈을 뜨고, 경수와 아침 산책을 한 후, 토마토를 베이스로 한 야채수프와 삶은 계란 한 알과 커피 한 잔으로 아침식사를 한다. 홀숫날에는 흰 빨래를 짝숫날에는 색이 짙은 빨래를 하고 토요일 오전에 욕실 청소와 침구를 갈아 끼우는 따위의 일들을 의식처럼 치른다. 하루 여섯 시간의 작업을 마치고 언니들과 저녁을 먹고 경수와 집으로 돌아오는 길은 태풍이 불거나 폭우가 오거나 폭설이 내려도 소중하다. 정원에게 태풍이나 폭우나 폭설은 '일상'이라는 말로 수렴될 수 있다. 그것들은 자연이 일으키는 문제이고 '왜?'라는 질문 없이 받아들이면 되는 일이다.

오늘도 정원의 쳇바퀴는 순조롭게 돌아가고 있다.

표본 채집을 위한 출장에서 막 돌아온 정원은 창을 열어 환기하고 트렁크를 풀고 샤워를 하고 세탁기를 돌리는 일련의 일들, 그러니까 자신이 만든 쳇바퀴를 서

두름 없이 안전한 속도로 운전한다.

잘 지냈니?

머리카락을 반쯤 말리고 물 한 잔을 마신 후 집 안 곳곳에 놓인 화분에도 물을 준다. 꼼꼼하게 살펴보고 안부를 묻는 것도 잊지 않는다. 물 주기를 마친 정원은 작업실로 들어가 알루미늄 하드케이스를 열었다. 하드케이스 안에는 농촌진흥청 산하 국립원예특작과학원 사과연구소에서 육성한 32개 품종의 사과꽃 액침표본[1]이 보석처럼 들어앉아 있다. 꽃 피는 시기가 달라 거의 한 달 동안 사과연구소가 있는 경상북도 군위를 오가며 만든 표본들이다.

관상용으로 육성된 꽃사과 '로즈벨'의 표본을 들어올려 찬찬히 들여다보았다. 하바리움 용액에 잠긴 연분홍색 겹꽃과 노란 수술이 무중력 공간을 하늘하늘 유영하는 듯 아름답다.

너, 진짜 예쁘구나.

풍성한 꽃잎을 바라보는 정원의 입가가 부드럽게 이완됐다.

로즈벨을 내려놓고 액침표본 병을 하나씩 꺼내 작업 테이블에 죽 늘어놓던 정원은 메시지 알람 소리를 듣고 휴대전화를 집어 들었다.

[경수가 사고 쳤어!!!]

형부 동희의 메시다. 느낌표가 세 개나 붙은 메시지를 들여다보는 정원의 입가에서 미소가 사라졌다. 순조롭게 돌아가고 있던 '다람쥐 쳇바퀴'가 예고도 없이 턱 멈추는 기분이다. 로션을 바른 매끈한 미간에 주름이 잡혔다.

'무슨 사고요?'라고 자판을 누르기도 전에 또다시 메시지가 들어왔다.

[막내 처제, 어디야?]

[전주야? 군위야?]

[출장 언제까지라고 했더라?]

---

1 알코올, 포르말린 등의 약액에 넣어 보존하는 표본

네버 세이 네버

[지금 올 순 없겠지?]

숨 가쁘게 도착하는 물음표 너머로 허둥거리는 동희의 모습이 보이는 듯했다. 덩달아 정원의 맥박도 급하게 뛰기 시작했다. 정원은 숨을 깊게 들이마신 후 통화 버튼을 눌렀다.

"형부, 무슨 일이에요?"

- 어, 처제. 어디야?

동희의 목소리에 근심걱정이 주렁주렁이다.

"조금 전에 집에 도착했어요. 무슨 일 생겼어요?"

- 그게 말이야…… 큰일 났다.

"경수가 사고를 치다니요?"

- 그러게. 우리 순둥이가 사고를 쳤네. 사고를 당하면 당할까, 사고를 칠 녀석이 아닌데…….

"어딜 다쳤어요?"

좀처럼 누군가의 말을 자르거나 끼어드는 법이 없는 정원이지만 조바심이 나서 한없이 늘어지려는 동희의 말을 자를 수밖에 없었다.

- 아니.

"그럼요?"

- 그게…….

숨차게 어디냐고 찾을 때는 언제고 동희는 뜸을 들였다.

"무슨 일인데요?"

- 경수가 임신을 시켰어.

"임신……이요?"

돌연 다리의 힘이 풀린 정원은 알루미늄 하드케이스 위로 털썩 주저앉았다.

- 처제도 알지? 제니.

제니? 제니. 제니라.

정원은 제니를 기억해내려고 애썼지만 잘 떠오르지 않았다.

"제니요?"

- 엄청 예쁘고 귀티 나게 생긴 경수 스토커 말이야.

"아!"

기억났다. 제니를 만난 적은 없지만 경수를 유난히 좋아하는 아이가 있다는 말을 언니에게서 들었다. 매사에 무관심한 경수도 유일하게 관심을 보였다던 신입생.

- 지금 제니 아빠가 언니 병원으로 오고 있다는데, 나 진짜 어디로 도망치고 싶다.

"어떻게 그게……."

- 오, 왔다, 왔어. 처제, 제발 빨리 와주라.

정원이 뒷말을 채 꺼내기도 전에 동희는 전화를 끊어버렸다. 정원은 휴대전화를 멍하니 바라보다 끝맺지 못한 말을 내뱉었다.

어떻게 그게 가능해?

＊ ◆ ＊

"어떻게 그게 가능합니까?"

정원이 머리카락도 다 말리지 못하고 '윤이나 동물병원'에 도착했을 때 한 남자가 모색이 유난히 밝은 골든레트리버를 끌어안은 채 절규하고 있었다. 마구잡이로 쥐어뜯은 듯 잔뜩 뻗친 남자의 뒤통수에서 분노가 뿜어져 나왔다. 흥분한 남자와 달리 품에 안긴 녀석은 분홍색 혀를 내밀고 헤헤거리며 정원을 바라보았다.

"제니 아버님, 진정하시구요."

"오빠라니까요!"

"아, 네. 제니 오빠님."

남자의 히스테릭한 반응에 둘째 언니 이나가 알아들었다는 듯 두 손을 번쩍 들어 보였다. 어딘가 우스꽝스러운 호칭이지만 병원 안의 누구도 웃지 않았다. 이나 뒤로 잔뜩 웅크리고 있는 동희가 보였다. 설마 저 커다란 몸을 숨긴다고 저러고 있는 걸까?

"언니."

정원이 조심스럽게 다가가 이나를 불렀다.

"왔니?"

"경수는요?"

"큰언니가 데리고 산책 갔어."

경수의 이름이 나오자 제니 오빠님이라는 남자가 휙 고개를 돌렸다. 정원은 움찔 어깨를 움츠렸다.

화려한 남자였다. 머리카락은 잔뜩 뻗치고 빛바랜 데님 팬츠에 목이 늘어난 회색 맨투맨 티셔츠를 입고 있었지만 정원이 남자에게서 받은 첫인상은 '화려함'이었다. 하얀 피부 때문인지, 긴 속눈썹 때문인지, 아니면 유난히 붉은 입술 때문인지 모르겠지만 남자는 정원의 기준으로 좀 야하게 생긴 사람이었다. 꽃으로 치자면 스트레리치아 레기나에(Strelitzia reginae). 날카롭고 채도 높은 극락조화 같다고나 할까. 붉게 타오르는 석양 같은 남자였다.

"그쪽이 강간범 엄마입니까?"

정원을 올려다보는 남자의 눈매가 매서웠다. 핏발이 선 흰자위와 붉은 눈가가 몹시 따가울 것 같았다.

"경수 누난데요."

남자의 기세에 눌리긴 했지만 정원은 나약한 목소리로나마 할 말은 했다.

정원을 올려다보는 남자의 왼쪽 눈썹이 휙 치켜 올라갔다. 남자가 무릎을 펴고 천천히 일어섰다. 스콜이 내린 뒤 쑥쑥 자라는 열대우림의 나무처럼 남자의 몸이 점점 높이 솟구치더니 마침내 삐딱한 시선으로 정원을 내려다봤다.

"그쪽이 강간범 누납니까?"

남자가 붉은 입술을 비틀며 고쳐 물었다.

"에이, 강간범이라니. 그런 숭한 말을."

이나 뒤에 숨어 있던 동희가 펄쩍 뛰며 앞으로 나섰다.

"제니 오빠님. 변명은 하지 않겠습니다. 100퍼센트 저희 '올 포 도기(All for doggy)'의 과실입니다. 말씀드렸다시피 사고가 있었던 날, 그러니까 제니가 호텔링 한 날, 야간 담당 시터에게 제니의 상태, 즉 임신할 확률이 매우 높은 상태라는 게 전달되지 못했습니다. 제니가 독방에서 낑낑거리며 계속 보채서 시터는 아무 생각 없이 평상시대로 놀게 했다고 합니다. 공교롭게도 그날 경수도 호텔링 중이었고. 참고로 그날 중성화가 안 된 유일한 두 아이였습니다. 제니 오빠님도 알고 계신지 모르겠지만 제니가 경수를 무척 좋아해요. 유치원에서 낮잠 잘 때도 경수 옆에서 꼭 붙어 자고. 그러니 경수를 강간범이라고 하기에는 다소 무리가 있어요."

동희가 특유의 만연체 화법으로 장황하게 설명하는 동안 남자는 충혈된 눈동자로 정원만 노려보았다. 무조건 한 놈만 팬다, 하는 눈빛이다.

"그러니까 올 포 도기 과실로 우리 제니가 방치됐고 결과적으로 그쪽 아이 때문에 우리 제니가 원치 않는 임신을 했다, 이 말 아닙니까?"

"방치라뇨. 그건 너무 비약이 심하신데요. 사실 중성화가 안 된 아이는 케어하지 않는 게 저희 원칙이긴 한데 그렇다고 모든 강아지가 반드시 중성화를 해야 한다는 것도 또 다른 문제가 될 수……."

"그만. 충분하고요. 그래서 어쩔 겁니까?"

더는 못 들어주겠다는 듯 남자가 동희의 말을 자르고 정원을 다그쳤다.

"저…… 제니 오빠……님도 지금 이 상황을 받아들이기 힘드시겠지만…… 저도 무척 당황스럽네요. 사실…… 우리도 피해자라면 피해자……라고 할 수 있을 거 같아요."

정원은 남자의 코털을 건드리지 않으려고 신중하게 단어를 고르고 골랐다.

"피해자? 하!"

남자는 어이없다는 듯 천장을 향해 헛웃음 쳤다.

"그래서요?"

남자가 따지듯 정원에게 한 걸음 다가왔다.

"그러게요. 어쩔까요?"

정원으로서도 막막하기만 해서 한 걸음 뒤로 물러날 수밖에 없었다. 그러면서도 조금 억울했다. 아이들을 관리 못 한 건 동희 말처럼 전적으로 올 포 도기의 책임인데 말이다.

"제니 오빠님, 저희가 책임지겠습니다."

동희가 두 사람 사이에 끼어들었다.

"어떻게 책임지실 건데요?"

"'올 포 제니'로 책임지겠습니다. 일단, 제니가 무사히 아기들을 낳을 때까지 여기 윤이나 동물병원 원장님과 최선을 다해 보살필 것이고,"

이나가 보증하겠다는 듯 고개를 끄덕였다.

"아기들이 태어나면 저희 올 포 도기 스태프들이 제니와 아기들을 최대한 건강하게 케어하겠습니다. 그리고 좋은 조건의 입양처를 찾아 입양……."

"입양? 그걸 지금 말이라고 합니까?"

입양이라는 단어에 남자는 급격하게 이성을 잃어갔다. 남자의 이마에 푸른 혈관이 부풀어 올랐다.

"우리 제니 아이들을 입양 보낸다고요? 뭘 믿고 입양을 보냅니까? 수의사니까 잘 아실 거 아닙니까. 제일 많이 파양되고 버려지는 아이들이 얘네들이에요. 책임지신다면서요? 무책임하게 아무 데나 입양 보내는 게 책임입니까?"

"그렇다고 열두 녀석을 모두 키우실 수는 없지 않겠어요?"

"열……둘?"

남자의 목소리가 음이탈을 했고, 이나는 또다시 고개를 끄덕였다.

"초음파 검사로 확인된 건 열두 녀석이에요. 더 많을 수도."

"하아. 내가 우리 제니를 어떻게 키웠는데. 얘가 어떤 아인 줄 당신들이 압니까?"

외동딸을 고이고이 길러낸 홀아비가 북받치는 울음을 참아내는 것처럼 남자의 목소리가 몹시 떨렸다. 윤기 흐르는 밝은 금빛 털을 가진 제니는 한눈에도 대단한 미견이었다. 남자가 스코틀랜드 애견연맹에서 발행한 혈통서 따위를 내밀며 난리를 친다고 해도 정원은 이해할 수 있을 것만 같았다.

"우리 제니가 어떻게 나한테 왔는지……."

남자가 말을 끊고 주먹으로 입을 틀어막았다. 그러더니 갑자기 무릎을 꿇고 제니의 북슬북슬 탐스러운 목덜미에 얼굴을 묻었다.

설마 우는 건가?

남자의 어깨가 들썩이며 흔들렸다. 남자가 그러거나 말거나 제니는 바닥에 꼬리를 탁탁 쳐대며 헤헤, 해맑게 웃기만 했다. 시니컬한 경수와 달리 천진한 아이였다.

"형부, 우리 경수가 확실해요?"

정원이 남자의 눈치를 살피며 속삭이듯 물었다. 도저히 믿기가 힘들었다. 경수는 열 살이 훌쩍 넘었다. 게다가 사람도 개도 싫어한다. 싫어한다기보다는 귀찮아한다는 게 더 맞겠다. 산책하고 밥 먹는 시간 말고는 잠을 자거나 자는 척하는 아이이다. 그런 경수인데, 임신이라니.

"CCTV 확인했어."

동희 대신 이나가 대답했다.

컹.

남자의 품에 안겨 있던 제니가 느닷없이 우렁차게 짖더니 남자에게서 벗어나려고 버둥거렸다. 커다란 덩치의 제니가 몸부림을 치자 남자는 맥없이 바닥에 엉덩방아를 찧었고 제니는 병원 현관으로 달아났다. 현관 울타리에 앞다리를 걸치고 제니는 춤을 추듯 스텝을 밟으며 꼬리를 흔들었다. 풍성한 꼬리를 흔들 때마다 통통한 엉덩이도 함께 굼실거렸다.

"경수 오나 보네."

동희의 말대로 제니가 뛰쳐나간 이유는 0.1초 만에 밝혀졌다. 산책 갔던 경수가 큰언니 한나와 함께 병원으로 들어섰다. 한나가 울타리를 젖히자 제니는 펄쩍 뛰어올라 말 그대로 경수를 끌어안았다. 시큰둥한 얼굴로 제니에게 안겨 있던 경수가 정원을 발견하고 느리게 꼬리를 흔들며 다가왔다.

"경수야. 잘 지냈어?"

경수는 정원의 손등을 두어 번 핥고 제 몸을 정원의 다리에 한 번 쓰윽 스치고는 정원의 발등 위에 자신의 발을 하나 걸치고 앉았다. 요란하지 않지만 경수만의 인사였다. 잘 다녀왔냐고. 나는 잘 지냈다고. 많이 보고 싶었다고. 경수 나름의 방식으로 온 마음을 다해 표현하고 있다는 걸 정원은 알았다.

주저앉은 채 경수를 바라보는 남자의 눈에 실망감이 떠오르는 걸 정원은 말없이 지켜보았다. 추정컨대 경수는 열두 살이다. 눈두덩과 콧등의 털은 이미 하얗게 세었고, 오래도록 피부병을 앓아 털은 윤기 없이 퍼석했다. 지난해부터는 췌장의 기능도 많이 떨어졌고 관절염으로 다리도 절었다. 눈동자도 탁해지기 시작했다.

저 늙어빠지고 볼품없는 녀석이 우리 제니의 애기 아빠라고?

남자의 눈이 그렇게 말하고 있었다. 남자의 시선이 경수의 탁해진 눈동자와 세어버린 푸석한 털을 스치고 지나갈 때마다 정원은 알 수 없는 슬픔이 차올랐다.

컹.

남자의 실망을 아는지 모르는지 제니는 경수에게 다가와 벌렁 드러누워 애교를 부렸다. 제니가 앞발로 경수를 건드리며 장난을 치자 무심하게 앉아 있던 경수가 제니의 귀를 두어 번 핥아주었다. 제니가 헤헤 웃었다. 분홍색 혀로 랄랄라 노래를 부르는 거 같기도 했다.

"저기요……."

정원은 경수와 제니를 바라보며 입술을 달싹였다.

"제니가…… 원했던 임신이라면요?"

정원이 용기를 내어 남자에게로 고개를 돌렸다.

"……?"

남자가 젖은 속눈썹을 느리게 깜빡이며 정원을 바라보았다. 어딘가 멍해 보였다.

"제 눈엔…… 제니가 너무 행복해 보여서요."

정원은 남자에게서 시선을 떼고 다시 경수와 제니를 바라보았다. 제니가 경수의 발 위에 제 발을 올려놓아도 경수는 가만히 있었다.

"변호사를 보내죠."

잠시 명해 있던 남자는 손바닥으로 눈가를 닦아내더니 드라마에서나 나올 법한 말을 내뱉었다. 그러고는 경수와 붙어 있는 제니를 억지로 떼어내 하네스를 채웠다. 제니는 경수에게 가려고 낑낑거렸고, 남자는 그런 제니에게 단호하게 앉아, 명령을 내렸다. 제니는 풀이 죽은 채 앉아서 '히응, 히응' 앓는 소리를 냈다.

"아니, 이만한 일에 변호사라니요."

딱한 제니에게 불리스틱을 물려주던 동희는 화들짝 놀라 남자를 바라보았다. 일이 커지지 않게 마무리 지으려던 동희는 남자가 변호사 운운하자 입고 있던 에이프런을 갑갑하다는 듯 벗어 던졌다.

"그쪽한테는 이만한 일일지 몰라도 나한테는 이따시만한 일입니다."

유치한 단어로 무섭게 협박하는 남자였다.

"그럼, 제니 오빠님께서 먼저 요구사항을 말씀해주세요. 저희가 어떻게 해드리길 원하시는지."

동희가 최대한 감정을 억누르며 물었다.

"그걸 지금부터 변호사와 의논해보겠다는 거 아닙니까. 그리고 그쪽."

남자가 갑자기 휴대전화를 꺼내 정원에게 내밀었다. 정원은 놀란 마음을 애써 감추며 검지로 자신을 가리켰다.

"저요?"

"그래요. 그쪽. 번호 찍어요."

"네?"

정원은 남자의 저의를 파악하려고 휴대전화와 남자의 손가락, 정확히는 휴대전화를 쥐고 있는 손톱을 번갈아 바라보며 눈을 깜빡였다.

"그쪽도 피해자라면 피해자라면서요? 피해자끼리 대책을 논의해봐야 되지 않겠습니까?"

네버 세이 네버

남자는 재촉하듯 휴대전화를 까딱였다.

"아, 그게……."

정원은 황급하게 손을 흔들었다.

"저는 이분들과 특수관계라 딱히 피해보상을 원하지 않습니다."

"혼자만 재미 보고 쏠랑 빠져나가시겠다?"

남자의 야한 입술이 또다시 일그러졌다. 몹시 배알이 뒤틀린다는 표정이다.

"재……미라뇨?"

재미라는 단어가 이렇게 민망하고 퇴폐스러울 일인가. 정원은 붉어지려는 귓등을 만지작거렸다.

"우리 제니는 미혼모가 됐는데, 저 자식은 아무 책임도 지지 않겠다는 거 아닙니까? 그러니 찍어요. 그쪽한테 양육비 청구할 테니."

"아니, 제니 오빠님. 양육비가 필요하시면……."

"끼어들지 마시구요."

동희가 나서려 하자 남자가 정원에게 한 걸음 더 다가왔다. 정원은 자신도 모르게 주춤 물러섰다.

"올 포 도기랑 상관없이 나는 저 녀석에게 양육비를 받아야겠습니다, 반드시."

남자는 '하늘이 두 쪽 나는 한이 있더라도 기필코'라는 눈빛으로 바닥에 엎드려 있는 경수를 노려보더니 그 시선 그대로 정원을 쏘아봤다. 정원은 꿀꺽 마른침을 삼켰다.

"이혼을 해도 애 아빠한테서 양육비는 받지 않습니까? 제니 아기들도 당연히 그래야 하지 않겠어요?"

거부했다가는 '배드파더스' 사이트에라도 올릴 기세다.

"제니 오빠님. '쏠랑' 빠져나가겠다는 건 아니고요. 이 상황이 원만하게 해결되도록 저도 최대한 노력할게요."

빈말이 아니라 정원은 이 난감한 상황을 어떻게든 좋은 방향으로 해결하고 싶었다. 졸지에 열두 마리 강아지의 아빠, 아니 삼촌인가? 어쨌든 열두 마리 강아지의 보호자가 되어버릴지도 모를 남자의 난감함을 이해했다. 무엇보다 경수의 아기들인데, 결코 모른 체할 수 없는 일이다.

"그쪽이 번호를 주는 게 원만한 해결의 시작일 거 같은데."

슬쩍 말이 짧아지며 남자는 어서 번호를 찍으라는 듯 턱을 까딱였다. 꽤나 시건방진 태도였지만 정원은 공손하게 휴대전화를 받아 들었다. 전화기를 받아 드는 순간 정원의 시선이 또다시 남자의 손톱에 머물렀다.

"정원아, 그럴 필요 없어. 변호사든 양육비든 여기 한동희 대표를 통해서 연락해주세요."

이나가 정원의 손에서 휴대전화기를 뺏어 남자에게 내밀었다.

"뭡니까? 이 가당치도 않은 느낌."

정원을 보호하듯 이나가 나서자 남자는 잔뜩 뻗친 머리카락을 한 번 쓸어넘기고 씨익 웃었다. 붉고 야한 입술 사이로 가지런한 치열이 드러나자 정원의 목덜미에 오소소 소름이 돋았다.

"내가 지금 저쪽한테 수작질이라도 한다는 겁니까?"

"……."

이나는 대답 대신 가슴 앞으로 팔짱을 꼈다.

"하!"

남자가 드라이를 하지 못해 부스스하게 일어난 정원의 머리카락과 오래 입어 색이 바랜 스트라이프 티셔츠와 무릎이 튀어나온 회색 트레이닝복을 노골적으로 훑어보고는 코웃음을 쳤다. 남자의 비웃음 담긴 시선에 정원의 귓등이 확 붉어졌다.

"연락드리죠. 가자, 제니."

남자는 이나에게서 휴대전화를 낚아채더니 낑낑대는 제니를 데리고 윤이나 동물병원을 나가버렸다. 어찌나 세게 문을 열고 나갔는지 남자가 떠난 뒤에도 도어벨이 오래도록 요란스럽게 딸랑거렸다.

벨 소리가 잦아들 때까지 정원과 이나와 동희는 아무 말도 하지 않았다. 일을

이 지경으로 만든 동희를 비난하고 싶은 마음을 애써 참고 있는 이나의 콧김과 그런 이나를 슬쩍 외면하는 동희의 한숨과 두 사람 사이에 낀 정원의 불편한 꼼지락거림만 간간이 뒤섞였다.

"와 씨. 변호사는 또 뭐니? 한동희, 어쩔 거야? 내가 뭐랬어? 중성화 안 된 애들 받지 말랬지?"

"경수도 우리 원생이야."

이나의 추궁에 동희가 억울하다는 듯 항변했다.

"경수는 예외지."

"예외는 특권을 만들어."

"특권? 어처구니가 없어서. 강아지 호텔링에 무슨 특권씩이나."

"누나, 지금 우리 유치원 무시하는 거야? 올 포 도기에 들어오려고 번호표 받고 기다리는 사람들 얼마나 많은 줄 알아?"

'자기'가 '누나'로 대치되는 순간, 이나가 어금니를 앙다물었다. 동희보다 네 살 연상인 이나가 끔찍하게 싫어하는 단어는 동희의 입에서 나오는 '누나'다.

"야, 한동희."

이나가 목소리를 높이자 경수가 컹, 짖으며 몸을 일으켰다. 경수는 사람들이 싸우거나 화를 내면 무서워했다. 덩달아 정원도 불안해졌다. 경수 때문에 이 사달이 난 것 같아 내내 좌불안석이었다. 아무런 의욕도 없이 잠만 자려는 경수가 가여워 친구라도 만나라고 유치원에 보냈던 건데, 결과적으로 유치원에 보낸 게 후회됐다.

"경수야, 괜찮아."

경수의 동그란 머리통을 몇 번 쓰다듬어주고 이나의 팔을 잡았다.

"언니……. 형부한테 그러지 마요."

제 나이보다 서너 살쯤 성숙해 보이는 이나와 나이보다 네댓 살쯤 어려 보이는 동희가 부부라고 하면 사람들은 백이면 백 놀람을 숨기지 않았고 그때마다 이나는 돈도 많고 능력도 되고 나이도 많은 여자가 어리고 순진한 남자애를 잡아먹은 척

허세를 부렸다. 정원은 그것이 상처를 숨기는 이나만의 방법이라는 걸 알았다. 그러고 나면 이나가 더 아파한다는 것도.

"그래. 제부 잘못도 아닌데 그만해."

멀찍이 떨어진 소파에 앉아 고양이를 쓰다듬고 있던 한나가 중재에 나섰다.

"제부는 직원들 관리에 조금 소홀했고, 직원들은 별일이야 있겠어 하는 마음에 조금 느슨했고, 그렇게 조금씩 조금씩 어긋난 결과가 오늘의 대형사고를 불러온 거야. 일단 칼자루가 넘어갔으니 기다려야지, 뭐. 근데, 잘생기긴 진짜 잘생겼네."

한나는 병원에 상주하는 랙돌 쇼팽의 목덜미를 쓰다듬며 남자가 나간 출입구 쪽을 바라보았다.

"그러게. 꽤 생겼더라. 후우. 완전 기 빨렸다. 손 떨리는 것 봐."

이나가 터덜터덜 걸어가 한나 옆에 털썩 주저앉으며 맞장구쳤다.

"누가? 민준탁이?"

이나의 말에 파르르 떠는 동희를 바라보며 한나가 웃었다.

남자의 이름이 민준탁인가?

민준탁?

어디서 들어본 이름인데, 라고 생각하는 순간 슬리퍼를 끄는 요란한 소리와 함께 건물 로비와 연결된 복도 쪽 유리문이 벌컥 열렸다.

"뭐야? 민준탁 갔어?"

수술복 차림의 셋째 언니 세나가 뛰어 들어오며 물었다.

"방금."

"진짜? 내가 민준탁 보려고 얼마나 서둘렀는데…….."

세나는 뒷모습이라도 보려는 듯 출입구에서 거리를 내다보고 한숨을 푹 쉬었다.

"그러다 환자 생니 뽑은 거 아니니?"

"큰언니는 봤어? 정원이 너도 봤니? 어때? 잘생겼어? 키 커? 진짜 배우보다 더 배우 같아?"

　　　　　　　　　　　　　　　　네버 세이 네버

세나는 한나와 이나와 정원을 번갈아 바라보며 질문을 퍼부었다.

"분위기 있더라."

한나의 대답에 세나가 으으, 하고 신음을 삼켰다.

"눈빛이 그냥……. 서사가 오조오억 개."

이나는 한술 더 떴고 동희는 하, 콧방귀를 뀌었다.

"어떡해."

세나가 비명을 지르며 정원을 끌어안고 발을 동동 굴렀다. 경수가 한쪽 눈을 뜨고 세나를 흘끔 쳐다보더니 이내 눈을 감고 한숨을 푹 쉬었다. 화가 나서 소리를 지르는 건지, 좋아서 목소리가 높아진 건지 귀신같이 알았다.

"아까 그분 이름이 민준탁이에요?"

정원이 묻자 한나와 이나와 세나가 뜨악한 표정으로 정원을 바라보았다.

"정원이 너, 민준탁 몰라?"

'내가 민준탁을 알아야 할 이유가 있나요?' 하는 표정을 짓자 세나는 마치 자신이 모욕을 받은 것 같은 얼굴이 되었다.

"민준탁 감독 몰라? 칸이 사랑하는 천재 감독. 재작년에 아일랜드로 상 휩쓸었잖아."

"아아."

"아아?"

세나가 어이없어했다.

정원이 좋아하는 스타일의 감독이 아니어서 영화는 한 번도 본 적 없었지만 들어는 봤다. 이상하게도 너무 유명하다는 영화나 베스트셀러는 잘 보게 되질 않았다. 그런 데다 감독이나 배우의 기사를 일부러 찾아 읽는 편도 아니기에 민준탁이라는 사람의 얼굴은 더더욱 몰랐다.

"정원아, 너는 어땠어?"

어땠냐고?

정원에게 남아 있는 남자의 잔상은 따가워 보이던 눈자위와 휴대전화를 들고 있던 손톱이었다.

"그냥…… 뭐…… 손톱이…….."

"손톱이 왜? 손톱마저 예쁘디?"

남자의 손톱은 처참했다. 손톱은 말할 것도 없고 손톱 주위의 살갗까지 모두 물어뜯어 피가 나기 일보 직전이었다. 어쩌면 이미 피를 봤을지도 모른다.

"디테일한 지지배. 그건 또 언제 봤대?"

정원이 남자의 손톱을 떠올리며 살짝 찡그리자 세나는 속도 모르고 킬킬댔다.

"글쎄, 정원이한테 번호 찍으라고 폰을 내밀더라고."

이나가 가당치도 않다는 표정을 지으며 세나에게 일러바쳤다.

"누가? 민준탁이?"

"경수한테 양육비 청구하겠다고."

"그래서? 번호 줬어?"

"번호를 왜 줘? 양육비는 완전 핑계라니까. 남자들 뻔하지, 뭐."

이나가 콧방귀를 뀌었다.

"민준탁, 에밀리랑 사귄다던데?"

"에밀리? 확실해?"

"비공식 관계자 피셜이야. 그러지 않고서야 스타감독이 뜬금없이 에밀리 뮤직비디오를 찍을 이유가 있겠어?"

"에밀리는 슈슨데?"

구석에서 동희가 소심하게 반론을 제기했다.

"슈스는 무슨."

이나가 조금 전 동희가 그랬던 것처럼 콧방귀를 뀌었다.

"슈퍼스타는 맞지. 그 뮤비 나오고 하루 만에 1억 뷰 터졌잖아."

정원은 이나와 동희와 세나가 주고받는 말을 무심하게 듣고 있다가 에밀리의 신곡이 나왔다는 사실을 알았다. 에밀리는 정원도 좋아하는 가수다. 보이스 톤이 독특하고 아름다워서 작업 중에 노동요로 즐겨 듣는 가수 중의 한 사람이었다.

"하여간 있는 것들이 더해. 어디서 감히 우리 막내를 넘보려고. 저녁이나 먹으러 가자. 밥 먹으면서 이 사태를 정리해보자고. 한동희, 오늘 저녁 메뉴 뭐야?"

"이구아나 통구이."

동희가 퉁명스럽게 내뱉었다.

"맛있겠네."

이나가 동희에게 다가가 태연스럽게 팔짱을 끼었다.

"이거 놔. 못 놔?"

"미안해. 잘못했어. 그러게 왜 누나를 함부로 불러."

"내가 홍길동이야? 누나를 누나라고 부르지도 못해?"

"나 화 돋우려고 일부러 그런 거 아는데, 용서해줄게. 그러니까, 너도 용서해, 응?"

"어디서 애교질이야?"

동희가 몇 번 앙탈을 부리더니 결국에는 헤헤 웃음을 터트렸다. 어딘가 모르게 제니를 닮은 웃음이다.

"에휴, 가자, 가. 쟤네들 또 시작이다. 상남자 우리 경수, 셋째 누나랑 갈까?"

세나가 경수를 데리고 로비 건너편 동희의 카페 쪽으로 슬리퍼를 끌며 걸어갔다.

"이 녀석 더 무거워졌어. 다이어트시켜야겠다."

쇼팽의 무게가 버거운지 한나는 무릎 위의 쇼팽을 힘겹게 내려놓았다.

"우리도 가자. 출장 다녀와서 피곤할 텐데, 대체 이게 무슨 일인지. 걱정 마. 잘될 거야. 정 안되면 우리가 경수 애기들 다 키우면 되지, 뭐."

한나가 정원의 등을 토닥였다.

"정신이 하나도 없어요."

큰 파도가 휩쓸고 지나간 거 같은데 더 큰 무언가가 기다리고 있는 듯 불안했다. 정원은 고개를 흔들었다. 한나의 말처럼 모든 일이 순조롭고 평화롭게 해결되길 바랐다. 그래서 정원의 느슨하고 평화로운 쳇바퀴가 멈추지 않기를 저녁 먹는 동안에도 내내 바랐다.

＊ ◆ ＊

"왜 안 자고."

오후에 정리하다 만 표본들을 마저 정리하고 고개를 드니 경수가 정원을 빤히 바라보고 있었다. 하고 싶은 말이 있다는 표정이다.

"왜? 아기들이 걱정돼?"

경수 앞으로 다가가 앉자 경수는 기다렸다는 듯 정원의 허벅지에 턱을 얹었다.

"걱정 마. 잘될 거야. 그건 그렇고. 네 여자친구 정말 예쁘더라. 우리 경수, 은근히 마성의 남자였어."

정원이 웃으며 동그란 이마를 쓰다듬어주자 경수는 '그걸 이제 알았어?' 하는 표정으로 꼬리를 흔들었다.

"경수야."

정원은 나직이 경수의 이름을 불러보았다.

"진짜 네 이름은 뭐였을까?"

정원은 경수의 이름을 부를 때마다 과거의 경수는 어떤 이름으로 불러주었을 때 이렇게 꼬리를 흔들었을까 궁금했다. 어떤 이름이었든 다정하게 불렸을 거라고, 사랑받았을 거라고 생각하고 싶었다.

"안 피곤해?"

경수가 지그시 눈을 감았다. 감은 눈두덩과 콧잔등에 하얗게 서리가 내려앉았다. 이나의 병원에서 알 수 없는 슬픔이 차올랐던 이유를 어렴풋이 알 거 같았다. 그건 정원이 줄곧 부정하고 외면하고 있었던 경수의 노쇠함이었다. 남자의 시선을 통해서 바라본 경수는 더 애잔하고 가여웠기 때문이었다. 어쩌면 경수가 떠난 뒤 홀로 남게 될 스스로에 대한 연민 때문이라는 것도 부정할 수 없었다.

"누나랑 음악 들을까? 보자…… 오늘 자장가는 뭐가 좋으려나."

정원은 휴대전화의 플레이 리스트를 검색하다 말고 잠시 어두운 창밖을 바라보았다. 커튼을 치지 않은 창에 빗방울이 부딪히기 시작했다. 빌라의 가로등에 비친 빗줄기는 황금색 빗살 같았다.

"봄꽃이 다 지겠다."

3년 전, 이렇게 비가 오는 봄밤에 경수와 처음 만났다. 갈비뼈가 드러나도록 야윈 골든레트리버가 동네 놀이터 벚나무에 묶여 있었다. 주인이 데리러 오겠지, 오겠지, 놀이터를 내다보다가 정원은 우산을 들고 뛰쳐나갔다.

이리 와.

꼼짝하지 않으려는 개와 함께 우산을 쓰고 쪼그리고 앉아 개의 주인을 기다렸다. 수건을 가져올걸. 빗물이 뚝뚝 떨어지는데도 개는 묵묵히 앞만 바라보고 있었다. 젖은 털에 들러붙은 벚꽃 잎이 처량했다. 나랑 갈래? 몹시 떨고 있던 개가 처음으로 정원의 눈을 바라보았다. 그 순간, 알았다. 개가 무슨 일을 당했는지.

"에밀리 어때?"

한참 동안 빗줄기를 바라보던 정원은 동영상 사이트를 열고 하루 만에 1억 뷰를 넘겼다는 뮤직비디오를 검색해보았다.

"Never say never라……."

검푸른 하늘에 포물선을 그리며 떨어지는 거대한 불꽃으로 뮤직비디오가 시작되었다. 강렬한 폭음과 함께 눈이 멀 만큼 산란한 빛줄기가 화면을 가득 채우고 에밀리의 매력적인 목소리가 흘러나왔다.

소름이 돋았다.

정원은 팔뚝에 돋은 소름을 손바닥으로 쓸어내리며 쏟아지는 불꽃 속에서 노래하는 당당하고 아름다운 소녀를 멍하니 바라보았다. 불꽃 속에서 태어난 듯한 소녀는 한여름에 핀 '글로리오사' 같다. 소녀는 꿈에 대해서 노래했다. 용감해질 거고 반드시 행복해질 거고 내 안의 나를 사랑하고 지켜낼 거라고. 그러니 꿈이 이루어지지 않을 거란 말은 절대 하지 말라고. 사랑하지 않겠다는 말도 결코 하지 말라고. Never say never…….

감각적인 연출로 유명하다는 감독답게 영상은 한순간도 눈을 뗄 수 없을 만큼 압도적으로 아름다웠다. 독특하고 세련된 미장센. 화려하면서도 심도 있는 색감. 정원은 왠지 숨이 막히는 거 같아 경수를 쓰다듬던 손으로 자신의 목을 감쌌다. 그러다 정원은 마지막 엔딩 장면에서 흡, 하고 숨을 들이켰다.

영상이 모두 끝났다고 생각했는데, 반짝이는 드레스를 입고 빛 속에서 춤을 추며 노래하던 소녀의 모습이 서서히 히잡을 쓴 소녀로 오버랩 되고 눈이 멀 만큼 찬란한 불꽃놀이는 폭탄의 화염이 되어 소녀를 덮치고 있었다.

히잡 소녀의 커다란 갈색 눈동자 속에 갇히는 순간, 어이없게도 정원의 뺨에 툭 하고 눈물이 떨어졌다. 그리고 더 어이없게도 민준탁이라는 남자를, 정확히는 민준탁의 짓씹은 손톱과 피가 나도록 물어뜯은 손가락을 떠올렸다. 오래전…… 그런 손을 가진 사람이 있었다. 포장지에 붙은 테이프조차 떼어내지 못하는 손톱을 가진, 추억하는 것만으로도 먹먹한 사람.

"왜 이렇게 신경이 쓰이지……."

알지도 못하는 사람인데.

정원은 경수의 목덜미를 끌어안고 눈을 감았다.

네버 세이 네버

02

|

눈뜨고 제일 먼저 생각난

여자에게서 가늠할 수 없는, 켜켜이 퇴적된 적막한 밤들이 느껴졌다.

"제 눈엔…… 제니가 너무 행복해 보여서요."

아침에 눈을 뜨자마자 생각난 건 잔잔한 연못 같은 얼굴을 가진 여자였다. 여자의 잔잔함은 묘한 가학성을 유발했다. 그 고요함에 풍덩, 돌을 던져 커다란 파문을 일으키고 싶다는 심술궂은 마음이 불쑥 솟았다.

정원이라고 했던가.

제니를 바라보던 담담한 눈빛이 머릿속에 들러붙어 떠나지 않았다. 심연의 바닥에 닿아본 사람만이 가지는 그런 눈빛이었다. 여자에게서 가늠할 수 없는, 켜켜이 퇴적된 적막한 밤들이 느껴졌다.

준탁은 두 잔째의 리스트레토를 마시며 건너편 건물을 뚫어지게 바라보았다. 10층은 거뜬하게 올릴 수 있는 곳에 딸랑 3층짜리 건물을 지은 건축주의 심오한 뜻은 모르겠고, 브루클린의 브라운스톤을 연상케 하는 어두운 모랫빛 벽돌 건물은 정 가운데에 위치한 로비를 중심으로 대칭을 이뤘다.

왼쪽은 1층에 동물병원, 2층에 치과, 3층에 정신건강의학과가 입주해 있고 로비 오른쪽으로는 1층에 비스트로 카페, 2층과 3층과 루프톱까지 문제의 '올 포 도기'가 사용하고 있었다. 동물병원, 미용, 데이케어, 산책서비스, 호텔링까지 그야말로 개를 위한 모든 것을 제공해주는 곳이다.

준탁이 이 동네로 이사 온 가장 큰 이유도 올 포 도기 때문이었다. 제니와 최대한 많은 시간을 함께하려고 노력하지만 어쩔 수 없는 일정이 잡힐 때마다 믿고 맡길 만한 곳이 필요했다. 올 포 도기는 그동안 그 역할을 훌륭하게 해주었는데, 방심하다가 제대로 뒤통수를 맞았다.

"윤이나 동물병원, 밝은미소치과, 윤송 정신건강의학과, 카페 알바트로스, 올 포 도기……."

건물의 사인들을 무료하게 하나씩 읽어내리던 준탁의 시선이 밝은미소치과에서 멈추었다. 어금니 모양의 심벌마크를 한참 동안 바라보다가 준탁은 미간을 찌푸렸다. 갑작스런 치통처럼 하얀 얼굴의 여자가 또다시 떠올랐기 때문이다.

여자라니.

여자는 준탁에게 익숙한 장르가 아니다.

커피 잔을 무심코 들다가 비었다는 걸 깨닫고 준탁은 갈등했다. 카페인이 더 필요한 거 같기도 하고, 이미 너무 마신 것 같기도 하고. 나른하면서도 초조했다. 준탁의 시선이 다시 어금니 모양의 심벌마크를 배회했다.

"그만 좀 물어뜯어."

거친 손길이 준탁의 손가락을 입술에서 억지로 떼어냈다.

"왔어?"

나쁜 짓을 하다 들킨 아이처럼 준탁은 주머니에 손을 찔러 넣고 정우를 바라보았다.

"아주 그냥 씹어 먹지 그러냐. 너 그거 익스코리에이션 디스오더[2]야. 강박증이라고. 왜 병원을 안 가? 저기 병원도 있네. 윤송 정신건강의학과."

---

2 Excoriation disorder, 피부뜯기장애

"왜 혼자 와? 김 변호사님은?"

준탁은 벤티 사이즈 아이스커피를 들고 있는 정우의 뒤를 살폈다.

"걔 몸값이 얼만데 개 문제로 오라 가라야."

"우리 제니가 그냥 개야?"

제니 생각만 하면 준탁은 자꾸 울컥거렸다. 슬퍼서가 아니라 울화가 치밀어서. 다 늙어빠진 녀석이 뭐가 좋다고. 헤헤거리는 얼굴을 보면 딸내미 머리 깎아서 가둔다는 아버지들의 심정이 이해 가기도 했다.

"김 변 말로는 그쪽이 그만큼 제안한 거 이상으로 받아내기 힘들대. 그쪽이 책임을 회피하려는 것도 아니고 그 정도 제안이면 최선이라고. 더구나 발정기 때는 원칙적으로 호텔링 안 받아주는데 네가 부탁한 거라며."

"그 자식 때문이잖아."

크랭크업을 했는데, 배우가 사고를 쳤다. 도저히 뭉개고 넘어갈 수 없는 치명적인 사고라 배우를 교체하고 재촬영에 들어가야 했다. 덕분에 후반 작업이 늦어지고 준탁의 일정이 꼬이면서 최근 극도로 스트레스를 받는 중이었다. 거기다 엎친데 덮친 격으로 제니가 사고를 쳤다.

"그러게 왜 중성화 수술 안 했어. 제니 새끼 보고 싶지 않으면 수술시켰어야지."

"그게 애매하더라. 내가 함부로 할 수 있는 문제인지. 제니가 원할 수도 있잖아. 제니 애기들을 보고 싶기도 했고."

"그럼 잘됐네."

"딸 가진 아빠라는 사람이 지금 그게 할 말이야?"

"뭘?"

"체리가 다 늙고 볼품없는 남자랑 결혼하겠다고 하면 좋겠어?"

"얻다 비교질이야."

정우가 버럭댔다.

"그렇다구, 지금 내 심정이. 만약에 제니에게 파트너가 필요하다면 제일 괜찮은 녀석으로 골라주려고 했단 말이지."

"자식 농사는 맘대로 안 된다잖아."

"노친네 같은 소리."

"그건 그렇고. 투심(투자심사) 들어간 거 안 궁금해?"

정우는 슬금슬금 준탁의 눈치를 보며 본론에 들어갈 준비를 했다.

"왜 또?"

보아하니 투자자가 뭘 또 걸고넘어지는 모양이다.

"부회장이 김준기는 너무 약하지 않냐고……."

"형!"

"아, 그래. 이번에 사고 친 애도 투자사에서 억지로 들이민 거 알아. 그거 못 막은 내가 죽일 놈이다. 근데 이번에는 나도 좀 그래. 김준기 필모가 너무 약해. 걔 원톱으로 흥행이 되겠냐고. 명색이 연말 텐트폴[3]인데."

"그래서?"

"부회장은 송진호가 어떻겠냐고."

"내 트리트먼트 안 읽어봤어, 들?"

"책은 잘빠졌대……."

"그런데도 송진호가 진심 어울린다고 생각하는 거야? 아 씨……."

자신도 모르게 손가락을 입에 가져간 준탁이 신음을 삼켰다. 빌어먹을. 스스로도 어찌할 수 없는 이 자학적인 버릇에 짜증이 솟구쳤다.

"형. 탄산수 한 병만 가져다줘."

"어. 그래, 그래. 여기 보르섹이 있으려나?"

다리가 짧은 정우가 스툴에서 뛰어내리다시피 해서 카운터로 걸어갔다.

탄산수를 기다리며 건너편을 바라보던 준탁의 눈에 커다란 강아지용 왜건을

---

3 Tentpole movie, 거대 자본을 투입하여 만든, 극장의 성수기인 여름과 겨울에 개봉하는 영화

밀며 걸어오는 여자가 보였다.

그 여자, 정원이다.

플라타너스의 커다란 그림자가 데님 셔츠 위로 어른거렸고 오후의 햇살을 받아 반짝이는 머리카락은 바람에 나풀거렸다. 하얀색 스니커즈를 신은 발걸음이 사뿐했다. 어쩌면 여자는 콧노래를 흥얼거리는 중일지도 모르겠다. 준탁은 불가해한 충동에 이끌려 벌떡 일어나 출입문을 뛰쳐나갔다.

"어디 가?"

탄산수 병을 든 채 정우가 소리쳤다.

"병원에. 가보라며."

준탁은 초록색 신호등이 깜빡이는 횡단보도를 향해 질주했다.

✳ ◆ ✳

"잠깐."

준탁이 막 닫히려는 엘리베이터를 향해 소리쳤다. 30센티미터쯤 벌어진 틈으로 그 여자, 정원의 얼굴이 보였다. 준탁을 발견한 여자는 놀란 듯 눈을 동그랗게 뜨고 버튼 쪽으로 황급히 손을 뻗었다. 당연히 열리리라 생각했던 것과 달리 엘리베이터 문은 텅, 하고 닫혀버렸다.

이런. 피하시겠다?

준탁은 닫힌 문 앞에서 피식 웃었다. 문을 닫아버린 여자도 어이없었지만 무엇보다 자신에게 어이가 없었다. 준탁은 충동적으로 행동하는 사람은 아니다. 심지어 배우들의 애드리브조차 선호하지 않는다. 완벽할 때까지 시뮬레이션을 돌리고 돌려야 직성이 풀리는 편이다. 그런 준탁이 이상하게 이 여자 앞에서는 전두엽에 문제가 생긴 사람처럼 굴었다. 어제만 해도 그렇다. 번호를 찍으라니. 그것도 구차한 변명을 주절대면서. 요즘 중딩들도 하지 않을 짓을 여자에게 했다.

엘리베이터는 2층에서 멈추었고 그대로 꼼짝하지 않았다. 2층에 불이 켜진 채 움직이지 않는 LED를 바라보다 준탁은 홀 버튼을 눌러댔다. 이상한 오기가 생겼다. 이곳까지 달려온 이유가 불분명하듯 설명할 수 없는 오기였다. 뭘 어쩌자는 건지 모르겠다. 모두 전두엽 때문이다.

LED에 하향 화살표가 뜨고 엘리베이터가 움직이는 소리가 들렸다. 1층에 도착한 엘리베이터의 문이 열리는 순간 준탁은 움찔 놀랐다. 여자가 엘리베이터를 그대로 타고 있었다.

"실수로 클로즈 버튼을 눌렀어요."

몹시 미안해하는 표정이다. 그렇게 보아서 그런지 몰라도 여자의 뺨이 발그레했다.

"그렇다고 다시 내려올 거까지야."

준탁은 엘리베이터 안으로 성큼 들어섰다.

"오해하실까 봐요."

"안 피곤해요?"

그냥 아니라고 하면 될 걸 저도 모르게 퉁명스런 목소리가 튀어나왔다. 여자가 일부러 문을 닫지 않았다는 이상한 안도감과, 고작 그런 일에 안도감을 느끼는 자신이 무척 못마땅했다. 하찮은 내적 분열로 준탁은 비딱하게 굴었다.

"네?"

"뭘 그렇게 일일이 해명하며 살아요. 이딴 일에 누가 신경을 쓴다고."

스스로가 듣기에도 싸가지 없는 말투다.

"그런……가요?"

여자는 눈을 내리깔았다. 긴 속눈썹에 눈동자가 가려졌다. 조금 시무룩해 보인 것도 잠시 여자는 곧 담담해졌다. 무표정과는 다르다. 감정을 가두거나 숨긴 것도 아니다. 처음 봤을 때부터 느낀 거지만 묘한 질감의 여자였다.

준탁은 사람을 두 분류로 구분한다. '옥스퍼드' 타입과 '메리야스' 타입으로. 날실과 씨실이 규칙적으로 교차하는 옥스퍼드 같은 평직의 느낌인 사람이 있는가 하면, 느슨하게 메리야스뜨기를 한 것처럼 상황에 따라 늘어나기도 줄어들기도 하는 느낌의 사람들이 있다. 여자는 아주 가느다란 단 한 올의 실로 오래도록 섬세하게 뜬 편물 같은 느낌이다. 그렇게 촘촘하게 뜬 그물로 감정의 불순물을 걸러낸 듯한 표정이라고 해야 할까.

"몇 층 가시나요?"

여전히 눈을 내리깐 채 여자가 물었다. 준탁은 잠시 망설였다. 무작정 올라탄 엘리베이터가 올 포 도기 전용 엘리베이터가 아니라 건물 왼편, 그러니까 병원 쪽 엘리베이터라는 걸 깨달았다. 2층은 치과고 3층은 정신건강의학과다. 정신건강의 학과를 들락거리는 남자보다는 치과를 꾸준히 다니는 남자이고 싶었다. 준탁은 대답 대신 손을 뻗어 2층 버튼을 눌렀다. 준탁이 버튼을 누르는 동안 살짝 고개를 기울였던 여자는 RT 버튼을 눌렀다.

루프톱? 옥상에는 왜?

준탁이 알기로 옥상에는 강아지들이 어질리티(Agility) 훈련을 받거나 뛰어노는 놀이터가 있을 뿐이었다.

문이 닫히고 엘리베이터가 움직였다. 2층으로 올라가는 단 몇 초간의 침묵이 몹시 불편했다. 단조로운 기계음과 여자에게서 나는 향기와 자신의 심장 박동이 묘하게 엉겨 숨 막히게 했다. 여자의 입술 끝에 달라붙어 있는 몇 가닥의 머리카락이 준탁을 초조하게 만들었다. 준탁은 손가락을 물어뜯고 싶은 충동을 억지로 참으며 바지 주머니에 손을 찔러 넣었다.

띵.

엘리베이터가 열리는 순간 준탁은 자신이 줄곧 숨을 참고 있었다는 걸 깨달았다. 후우, 긴 숨을 내쉬며 엘리베이터에서 내린 준탁은 그 자리에 우뚝 멈춰 섰다.

"안녕하십니까."

적당히 2층 복도쯤에 서 있다가 다시 엘리베이터를 타거나 계단으로 내려갈 셈이었는데, 엘리베이터에서 내리자마자 바로 호텔 라운지처럼 세련된 대기실과 데스크가 보였다. 데스크에 앉아 있던 세 명의 간호사 중 하나가 준탁을 알아보고 "어머." 하며 눈을 동그랗게 떴다. 이럴 때가 난감했다. 어떤 반응을 보여줘야 하는지 그 적정선이란 게 개개인이 모두 다르니 말이다. 결국 민준탁은 민준탁일 수밖에 없는데, 결과적으로 돌고 돌아 들리는 준탁의 세평은 개싸가지다.

하루키 형님이 말했다. 유명인이 된다는 것은 한마디로 말해 자기를 둘러싼 호의와 악의의 총량을 양방향으로, 그것도 비약적으로 확대시키는 일이라고. 어떤 때에는 무의미하게 매도당하고, 또 어떤 때에는 무의미하게 치켜세워진다고 했다.[4]

형님의 말씀에 200퍼센트 찬성한다. 요 몇 년 사이 준탁이 그러했다.

자리에서 일어서려는 간호사에게 잠시만 기다려달라는 손짓을 보낸 뒤 준탁이 몸을 돌렸다.

"잠깐."

준탁은 또다시 닫히려는 문을 향해 잠깐을 외쳤고 막 닫히려던 문이 열렸다.

"네?"

이번에는 실수하지 않고 열림 버튼을 제대로 누른 여자가 준탁의 말을 기다렸다.

"얘기를 좀 했으면 하는데, 우리 제니랑 그…… 영순가 철순가 하는 애에 대해서 말입니다."

"경수요."

"아, 그래요. 경수."

"그 문제라면 올 포 도기 사장님께 말씀드리세요."

단호한 말투다. 언니라는 수의사한테 단단히 주의받은 게 분명했다. 여자는 고개를 까딱이고는 문을 닫으려고 했다.

"아니."

준탁은 닫히려는 문을 붙잡고 엘리베이터에 다시 올라탔다. 간호사들의 호기심 어린 시선을 느낀 준탁은 손을 뻗어 닫힘 버튼을 눌렀다. 여자가 버튼을 누르는

---

4 쿨하고 와일드한 백일몽, 2012년, 무라카미 하루키 著, 김난주 譯, 문학동네

네버 세이 네버

준탁의 손가락을 흘끔 바라보더니 벽 쪽으로 바짝 몸을 붙였다. 경계하는 기색이 역력했다. 문이 닫히자 긴장한 듯 여자는 어깨에 멘 에코백의 손잡이를 꽉 쥐었다. 좁은 공간에 숨을 들이켜는 소리가 안쓰럽기조차 했다. 준탁은 안심하라는 뜻으로 여자에게서 한 걸음 물러났다.

"그쪽한테 경수가 소중하듯 나한테도 제니가 소중한 아입니다. 피해보상, 뭐 이런 얘기가 아니고 태어날 애기들을 어떻게 했으면 좋겠는지, 어떻게 하는 게 최선인지 상의하고 싶어요."

그래. 이거다.

준탁은 마음속으로 가슴을 쓸어내렸다. 바로 이 말이 하고 싶어서 아침에 눈을 떴을 때 여자가 생각난 거였다. 그래서 여자를 발견하자마자 달려온 거였고, 오기를 부리며 엘리베이터에 올라탄 거였다. 비로소 자신의 충동적 언행이 이해가 돼서 몹시 안도했다.

'그걸 왜 굳이 나랑?' 하는 얼굴로 여자는 준탁을 바라보았다.

"경수가 애기들 아빠잖아요."

"네. 그래서 저도 돕겠다고 말씀드린 거였어요."

여자가 순순히 고개를 끄덕였다.

"제니 애기들이 어디 가서 천덕꾸러기 되고 파양되고 이 집, 저 집 떠돌아다니다 잘못되고 이러는 거 나는 못 견뎌요, 나는……."

준탁은 말을 멈추고 엘리베이터 천장을 올려다봤다. 코끝이 찡해지면서 울컥 목구멍이 죄어왔다. 아무래도 전두엽이 아니라 호르몬이 문제인 거 같았다.

"……그렇다고 다 키우실 수는 없잖아요."

"그러니까 상의하자는 거 아닙니까. 우리가 제니와 경수의 보호자고 당사자니까. 혼자서는 너무…… 막막해요."

"지금요?"

"네."

"지금은 제가 시간이 없어서……."

여자가 엘리베이터 안의 디지털시계를 바라보며 난감해했다.

"기다리죠."

기다리는 건 지금 편집실에서 준탁이 오기만을 눈 빠지게 기다리는 편집감독이겠지만 준탁은 오후 스케줄을 펑크 내기로 지금 막 결정해버렸다.

"두 시간쯤 기다리셔야 하는데."

"어차피 치과 진료도 받아야 하니까. 내일부터는 좀 바쁘기도 하고."

거짓말이 아니다. 지금 한가하게 개 타령이나 하고 있을 시간이 없다. 이러고 있다는 걸 투자자들이 알았다간 목을 조르러 달려올 것이다.

"그러면…… 연락처를 주세요. 끝나고 제가 연락드릴게요."

여자가 마지못해 어깨에 걸친 에코백에서 휴대전화를 꺼내 준탁을 바라봤다. 얼른 번호 부르고 떨어지라는 표정이다.

"내가 찍죠."

여자의 손에서 휴대전화를 낚아채 번호를 찍고 돌려주었다.

"제니 오빠라고 저장했습니다."

준탁이 내민 휴대전화를 여자가 황당한 얼굴로 받아 드는 순간 엘리베이터 문이 열렸다.

"어머! 안녕하세요, 선생님. 그런데 왜 내려오세요?"

엘리베이터 문 앞에 서 있는 중년의 여성이 여자에게 인사를 건넸다. 준탁은 엘리베이터가 움직이는 줄도 몰랐다. 언제 루프톱까지 갔다가 다시 로비로 내려왔는지. 자신은 그렇다 쳐도 여자는 왜?

"오늘 수업 있는 거 맞죠?"

중년 여성이 휴대전화를 맞잡고 있는 두 사람의 손을 흘깃 바라보며 물었다. 당황한 여자는 작은 목소리로 네, 하고는 힘주어 준탁의 손에서 자신의 휴대전화를 빼냈다.

"선생님, 인터뷰 잘 봤어요. 그제 EBS에 나온 거. 축하드려요."

엘리베이터에 올라타며 중년 여성이 말했다.

　　　　　　　　　　　　　　　　　　　　　네버 세이 네버

"감사합니다."

여자는 조금 어색하게 미소를 지었다. 관심의 대상이 되는 게 불편한 듯했다.

"역시 정원 선생님은 실물이 더 예뻐요. 카메라가 우리 선생님 미모를 다 못 담더라. 그런데, 혹시 민준탁 감독……."

중년 여성의 시선이 준탁을 훑어내렸다.

"아닙니다만 그런 얘기 종종 듣긴 해요."

준탁은 천연덕스럽게 대답하고는 느긋하게 2층 버튼과 RT 버튼과 닫힘 버튼을 차례차례 눌렀다. 여자와 눈이 마주친 준탁은 어깨를 으쓱했다.

＊ ◆ ＊

"아아, 해야지."

준탁은 입술을 꼭 다물고 고개를 돌렸다.

"엄마가 안 아프게 뽑을게."

달래듯 목소리가 부드럽다.

"진짜요?"

준탁은 자신의 셔츠 자락을 꼭 움켜쥐고 되물었다. 눈앞에 펜치처럼 생긴 발치용 포셉이 위압적으로 번쩍거렸다. 저렇게 무지막지한 걸로 이를 뽑는데 어떻게 안 아플 수가 있을까.

"약속해. 눈곱만큼도 안 아플 거야."

그래도 준탁은 입을 벌리지 않았다.

"이번 주 일요일에 네버랜드 갈까?"

"네버랜드요?"

"착하게 이 뽑으면."

"약속해요."

"그래, 약속."

덴탈 마스크를 쓴 엄마가 새끼손가락을 내밀었다.

엄마의 손가락에 제 손가락을 걸고 다짐에 다짐을 받은 준탁은 눈을 꼭 감고 입을 벌렸다.

"착하다, 우리 아들."

차가운 금속이 개구기로 벌려놓은 입술에 닿는 느낌이 섬뜩했다. 준탁은 발가락에 힘을 주며 턱을 들었다.

"얌전히."

차가운 손가락이 준탁의 턱을 누르는 순간 약한 통증이 아래쪽 잇몸에서 느껴졌다.

"이것 봐."

준탁이 눈을 뜨자 뾰족한 포셉 끝에 뽑힌 치아가 보였다. 준탁은 이가 뽑힌 자리를 혀끝으로 더듬어보았다. 움푹 팬 곳에 혀를 대자 묘한 상실감이 밀려왔다.

"엄마, 이제 네버랜드 가는 거죠?"

"……."

엄마는 대답 대신 뽑힌 준탁의 치아를 가만히 들여다보았다.

"엄마?"

엄마가 준탁에게로 고개를 돌리고 손바닥을 내밀었다. 조명 때문에 엄마의 얼굴은 잘 보이지 않았고 수술 장갑을 낀 손만 허공에 떠 있는 것 같았다.

"착한 아인 줄 알았는데……."

준탁은 엄마의 손바닥 위에 놓인 자신의 치아를 들여다보았다. 새까맣게 썩은 이는 죽은 짐승의 뼛조각처럼 기괴하고 흉측했다.

"너는 나쁜 아이야."

몹시 실망한 듯 엄마의 목소리가 차가웠다.

"아니에요. 나는 나쁜 아이가 아니에요."

준탁이 겁에 질려 고개를 흔들었다.

"어떻게 알지?"

"이쪽 이를 뽑아보세요."

준탁은 나쁜 아이가 아니라는 걸 어떻게든 증명하고 싶었다. 자신이 나쁜 아이가 아니라는 걸 증명하려면 하얗고 깨끗한 이를 가졌다는 걸 보여줄 수밖에 없었다.

"어서요, 엄마."

두려움에 오돌오돌 떨면서도 준탁은 눈을 감고 입을 벌렸다.

차가운 금속이 입술을 스치고 방금 뽑은 아랫니 바로 옆의 이에 닿았다. 금속 사이에서 이가 꽉 죄이는 느낌이 드는 순간 끔찍한 고통이 준탁을 덮쳤다.

아아악.

준탁은 비명을 질렀다.

"잘 보렴. 역시 넌 나쁜 아이야."

엄마는 새까맣게 썩은 치아를 뽑은 포셉을 내밀었다.

왈칵, 준탁의 입에서 비릿한 피가 쏟아졌다.

"아니야."

이가 뽑힌 구멍에서 끊임없이 피가 흘러나왔다. 준탁은 멈추지 않고 흐르는 피를 닦아내며 소리쳤다.

"그럴 리가 없어요. 다른 이빨을 뽑아보라구요."

목구멍으로 뜨겁고 찝찔한 피가 울컥울컥 넘어갔지만 준탁은 단념하지 않고 입을 벌렸다.

"엄마……."

준탁은 애원했다. 세상에 단 한 사람, 엄마에게만은 나쁜 아이이고 싶지 않았다. 또다시 차가운 금속이 입술을 스치고 앞니에 닿자 준탁은 으으윽, 숨죽인 비명을 질렀다. 다가올 고통이 끔찍하리라는 걸 본능적으로 깨달았다.

"……님."

고통은 없었다. 대신, 누군가가 준탁의 어깨를 가볍게 흔들었다.

"민준탁 님."

준탁이 눈을 번쩍 떴다.

"괜찮으세요? 많이 불편해 보이세요. 어머나, 이 땀 좀 봐……."

간호사가 걱정 반, 호기심 반인 얼굴로 준탁을 내려다보고 있었다. 준탁은 멍하니 대기실 소파에 누운 채로 눈만 깜빡였다. 의식은 돌아왔는데, 몸이 움직이질 않았다. 맞은편 안마소파에 앉아 대기 중인 노부인이 딱하단 표정으로 준탁을 바라보았다.

"깜빡 졸았나 봅니다."

깜빡 존 게 아니라 대놓고 침을 흘리면서 잤다. 소파에 웅크리고 누워 있는 제 모습은 무엇으로도 수습하기 힘든 상황이었지만 최대한 무표정을 유지했다. 당황하면 서로가 민망해지니까.

"지금 들어가시면 되는데……."

간호사가 진료실을 가리켰다.

"손 좀 씻고 들어가겠습니다."

가까스로 몸을 일으킨 준탁이 머리카락을 쓸어넘겼다.

준탁은 풀린 다리로 휘청거리며 화장실로 들어가 찬물을 얼굴에 끼얹었다. 셔츠의 앞섶이 젖도록 연거푸 물을 끼얹고 거울을 들여다보았다. 거울 속 남자의 충혈된 눈동자가 불안하게 흔들렸다. 준탁은 비치된 일회용 칫솔로 천천히 양치하다가 혀끝으로 아랫니를 더듬어보았다. 이는 멀쩡했지만 뿌리 쪽에서 알 수 없는 둔통이 느껴졌다.

양치를 하고 화장실을 나온 준탁은 복도에 주르륵 걸려 있는 의료진의 프로필 액자를 건성으로 바라보며 걸었다. 면허증, 전문의 자격증, 미국 대학의 연수 증명서 따위를 스치듯 바라보다 우뚝 발을 멈추고 두세 걸음 되돌아갔다.

예민정.

다른 것보다 색이 조금 누렇게 바랜 치과의사면허증에 박힌 세 글자를 준탁은 입술 사이로 천천히 되뇌어보았다. 또다시 아랫니 깊숙한 곳에서 낯선 통증을 느

껐다.

* ◆ *

"오늘은 여러분이 그동안 키운 제비꽃을 관찰하면서 사진을 찍고 스케치할 거예요."

정원은 일주일에 한 번 임상심리사이자 원예치료사인 한나의 부탁으로 보태니컬 일러스트레이션 수업을 진행한다. 한나가 설계한 여러 가지 치료 기법 중 하나인데, 식물을 자세히 관찰하면서 그리는 행위가 환자 스스로 자신을 객관화해서 바라보는 경험이 된다고 했다.

"식물 세밀화는 과학적인 그림이에요. 그림으로 식물의 정보를 정확하게 기록하는 작업입니다. 그래서 최대한 객관적으로 관찰할 필요가 있어요. 지금 나눠 드린 접사렌즈를 휴대전화에 부착해서 관찰해보세요. 아, 졸라 님. 제가 해드릴게요."

원예치료에 참가한 환자들은 모두 닉네임을 사용하는데, 가끔 너무 황당하고 웃긴 이름들이 있어서 당황하곤 했다. 정원은 엘리베이터를 함께 타고 올라온 중년 여성의 휴대전화에 접사렌즈를 부착해서 사용법을 알려주었다. 식물화를 그리려면 보통 고배율의 현미경을 사용하지만 원예치료 수업에서는 휴대용 접사렌즈를 사용하는 게 효율적이다. 관찰하면서 동시에 촬영을 할 수 있어서 편리했다.

"스무 배까지 확대 가능한 렌즈예요. 자, 이렇게 초점을 맞춰보세요."

"어머나 세상에. 이파리에 털이 이렇게나 보송보송하네."

오랫동안 불안장애를 앓아온 졸라 님은 선명한 보랏빛의 서울제비꽃을 들여다보며 감탄했다.

"선생님, 여기 이렇게 튀어나온 건 뭐라고 하죠?"

닉네임이 '난앓아요'인 삼십 대 남자가 흰색의 남산제비꽃을 관찰하며 물었다.

"거[5]라고 하는데 일종의 꿀주머니예요. 곤충을 유인하는 꿀이 들어 있어요. 특히 꿀벌이요."

"꿀벌은 혀를 길게 내밀 수가 있으니까 이런 형태로 진화한 거군요."

우울증 때문에 다니던 로스쿨도 휴학했다는 난앓아요 님은 원예치료도 학구적으로 임했다.

"맞아요. 다른 곤충은 쉽게 접근할 수 없는 구조예요. 제비꽃은 자신의 번식을 위해 꿀벌을 선택한 거죠. 마다가스카르에 사는 '다윈의 난초'로 불리는 난초의 거는 30센티미터나 돼요. 그래서 사람들은 그렇게 긴 주둥이를 가진 곤충이 있을까 의심했는데, 실제로 다윈의 난초의 꿀을 먹고 사는 30센티미터의 긴 주둥이를 가진 나방이 발견되었다고 해요."

"눈물겹네요."

난앓아요 님이 한숨을 쉬었다.

"어떤 점이 그렇죠?"

뒷자리에서 환자들을 지켜보던 한나가 물었다.

"저는 이렇게 생존하려는 욕망들이 버거워요."

무거운 대답이 돌아왔다.

"맞아, 처절해. 그런데 또 한편으로는 대견하네. 연약하고 작은 생명도 살아보겠다고 그렇게까지 하는 걸 보면 경이롭기도 하고."

묵묵하게 미국제비꽃을 관찰하던 '친절한은자씨'가 말했다. 십 대에 조울증을 앓았던 적이 있는 친절한은자씨는 최근 이혼하면서 조울증이 재발했다.

"살면서 무언가를 이렇게 자세히 들여다본 적이 없었던 거 같네요."

졸라 님이 휴대전화에서 시선을 떼고 말했다.

"그러네요. 내 얼굴도 이렇게 자세히는 안 본 거 같은데요."

---

5 距, 꽃뿔

네버 세이 네버

친절한은자씨도 고개를 끄덕였다.

스스로를 온전히 객관적으로 관찰하듯 바라보는 사람이 몇이나 될까. 타인의 시선을 통해서 자신을 바라보기도 하고 자신에게서 보고 싶지 않은 모습은 기꺼이 외면하면서 살기도 한다. 누군가가 알려주지 않으면 결코 알 수 없는 등 한가운데의 점처럼, 어쩌면 영원히 깨닫지 못하는 어떤 부분을 간직한 채 살아갈지도 모른다고 정원은 생각했다.

"자세히 들여다보면 대상을 잘 알 수 있게 됩니다. 그리고 난앓아요 님 말씀처럼 왜 이렇게 진화했는지 이해하게 돼요. 자, 시작해보세요."

정원은 환자들 사이를 돌아다니다 스케치를 주저하는 난앓아요 님에게 다가갔다.

"똥손이라 잘 그릴 자신이 없어요."

실패하기보다는 아예 시작하지 않는 게 훨씬 안전하다고 말했던 난앓아요 님은 연필을 잡는 것조차 망설였다.

"너무 긴장하지 않으셔도 돼요. 평가를 하는 게 아니니까요. 식물 전체를 그리는 게 부담스러우면 꽃이나 잎처럼 어느 한 부분을 골라서 그리셔도 좋아요."

잠시 망설이던 난앓아요 님이 연필을 집었다.

잡담도 사라지고 원예치료를 목적으로 지은 유리온실에 카메라 셔터를 누르는 소리와 사각거리는 연필 소리만 들렸다.

환자들이 스케치하는 모습을 지켜보다 정원은 슬쩍 휴대전화의 시간을 확인했다. 수업이 끝나갈수록 이상하게 심장이 두근거렸다.

"오늘도 수고 많으셨습니다."

"선생님도 수고 많으셨어요."

환자들이 주섬주섬 소지품들을 챙기다 서로 눈짓을 주고받았다.

"정원 선생님, 축하드려요."

졸라 님이 정원에게 예쁘게 포장된 상자를 내밀었다.

"이게…… 뭔가요?"

"상 받으신 거 축하하는 의미로 우리 클래스메이트끼리 준비했어요."

"말씀만으로도 감사한데……."

정원은 난감해하며 한나를 바라봤다. 환자들이 수업마다 제출하는 감상문을 정리하던 한나가 웃으며 고개를 끄덕였다.

"감사합니다. 지금 열어봐도 되죠?"

정원이 박스를 받아 들고 가볍게 흔들었다.

"그럼요."

정원보다 환자들이 더 호기심 어린 시선으로 박스를 바라보았다.

"어머나."

리본을 풀고 박스를 연 정원이 감탄했다. 한 뼘쯤 될까? 빨간색 모자를 쓴 정교하게 조각된 놈[6]이었다.

"너무 예뻐요. 지금까지 본 놈 중에 이 놈이 제일 예뻐요."

정원의 농담에 환자들이 웃음을 터트렸다.

"정말 예쁘네요."

한나도 다가와 놈을 들여다보았다.

"친구 중에 핀란드에서 조각 공부를 했던 친구가 있어서 부탁했어요."

친절한은자씨가 흡족한 표정을 지었다.

"이렇게 예쁜 걸 저 혼자 보기 아까워요. 여기에 두고 다 함께 보는 게 더 좋을 거 같아요. 괜찮죠?"

정원의 말에 모두 고개를 끄덕였다.

"이 놈은 이제부터 우리 센터를 지켜주는 요정이에요."

정원이 제라늄이 소담스럽게 핀 테라코타 화분 옆에 놈을 올려놓고 미소 지었다.

---

6 Gnome, 정원요정

"오늘 저녁 같이 못 먹겠다. 갑자기 약속이 생겼어."

한나가 노트북과 서류들을 챙기며 일어섰다.

"여긴 제가 정리할 테니 언니 먼저 내려가세요."

"땡큐. 그럼, 저녁 맛있게 먹어."

"언니도요."

정원은 제비꽃 화분들과 렌즈들을 정리하고 선물 받은 놈을 들고 옥상 정원으로 나왔다. 훈련이 끝났는지 울타리 너머 강아지 운동장도 조용했다. 활짝 핀 라일락 아래 놓인 벤치에 앉아 휴대전화를 만지작거렸다. 통화를 할까, 메시지를 보낼까 망설이다가 통화 버튼을 눌렀다.

흔한 컬러링도 없이 단조로운 통화 연결음이 흘러나왔다. 정원은 크게 숨을 들이켜고 귀를 곤두세웠다. 열 번이 넘게 울리도록 제니 오빠님은 전화를 받지 않았다. 오 분쯤 기다렸다가 다시 통화 버튼을 눌렀다. 여전히 받지 않았다. 연결이 되지 않는다는 음성이 나오자 휴대전화를 내려놓았다. 정원은 놈을 자신의 어깨 위에 올려놓고 라일락색으로 물들기 시작하는 하늘을 바라보았다. 저녁 바람이 이마의 잔머리를 부드럽게 날렸다. 온기를 담은 바람이 좋아 정원은 눈을 감고 잠시 그렇게 바람을 맞았다.

진짜, 바람맞은 건가?

문득, 제니를 걱정하며 젖어들던 남자의 눈동자가 떠올랐다. 오래전, 자동차 안에서 마셨던 열대과일 주스의 향이나 귓속을 떠도는 희미한 웃음소리처럼 느닷없이 그렇게.

천천히 눈을 뜨고 벤치에서 일어나 온실로 되돌아갔다. 놈을 제라늄 화분 옆에 올려놓고 유리문을 닫았다. 그사이 노을은 좀 더 짙어졌다. 정원은 옥상 난간에 기대 남보랏빛 노을을 바라보았다.

정원에게 인생이란 기다림 같은 거였다. 언제나 늘 누군가를 기다렸던 거 같다. 항상 바빴던 엄마와 아빠를 기다리고, 서점이나 시계탑 아래서 오지 않는 친구를 기다리고, 자신을 데려가줄 누군가를 기다렸다. 그러다 빈 놀이터에서 하염없이 기다리는 경수를 만났다.

이제 정원은 기다리지 않는다. 대신 경수가 정원을 기다려주고 정원은 경수의 기다림의 대상이 되어주었다. 누군가 자신을 기다려준다는 건 너무나 복잡한 감정을 가지게 만들었다. 고맙고, 미안하고, 애틋하고, 또 그 미련함이 안타깝고…….

"오늘 우리 치과에 민준탁 온 거 있지."

세나가 키슈를 크게 베어 물며 말했다. 한나와 이나가 빠진 저녁 식탁의 허전함을 세나가 수다로 채워주었다.

"예약도 없이 와서는 무작정 기다리겠다고 했대."

예약도 없이 왔다는 말에 정원이 접시에서 고개를 들었다.

"우리 김 쌤이 민준탁 팬이잖아. 나한테 와서 어떻게 안 되겠냐고 사정해서 중간에 끼워 넣었거든. 근데 민준탁 그 사람 좀 사이코 같아."

"사이코요?"

"그래. 치과가 아니라 3층으로 올라가야 할 사람이 잘못 온 거 같아."

"……왜요?"

"치과 대기실 소파에 누워서 잠을 자더래. 자기네 집 침대처럼. 그것도 신발까지 가지런히 벗어두고."

지하철에서 구두랑 옷까지 얌전히 벗어둔 채 잠이 들었다는 취객의 이야기가 떠올라 성원은 피식 웃었다.

"웃기지? 뭐, 잠이야 잘 수 있지. 근데, 침 닦으면서 일어나서는 그냥 가버렸어."

"네?"

"김 쌤 말로는 갑자기 엄마한테 진료를 받겠다고 했다나 봐. 안식년이라 올해까지 진료를 못 하신다, 말했더니 휙 가버렸대."

"엄마……한테 진료를요?"

"응."

"민준탁? 아까 제니 데리고 가던데?"

동희가 디저트로 먹을 바나나 브륄레를 테이블에 내려놓으며 말했다.

"그래? 아무 말 없었고? 변호사 어쩌고 했다며."

동희의 과외 선생이었던 세나는 이나가 없을 때는 동희에게 반말을 했다. 이나는 세나의 반말에 날카롭게 반응했지만 동희는 그러거나 말거나 신경 쓰지 않았다.

"그냥 아무 말 없이 제니만 데리고 갔어. 그러고 보니 좀 넋이 나간 거 같기도 하네. 제니 도시락 가방도 안 챙기고 그냥 갔어."

"오늘 키슈 진짜 맛있다. 형부야, 나 이거 좀 포장해주라."

"그치? 이번에 들여온 그뤼에르 치즈가 괜찮더라고."

정원은 샐러드 접시에서 방울토마토를 하나 집어 우물거리며 두 사람의 대화를 들었다. 부재중 통화를 확인했을 텐데 제니 오빠님에게서 여전히 아무런 연락이 없었다.

"하여간 독특한 남자야."

세나가 바나나 브륄레를 스푼으로 톡톡 깨트리며 고개를 저었다.

"가자, 경수야."

요즘 들어 더 절뚝거리는 경수를 왜건에 태우고 정원은 천천히 집으로 향했다. 집으로 가는 동안 속이 더부룩하다는 핑계를 대며 정원은 세 번쯤 멈춰 섰고, 그때마다 보는 사람도 없는데 망설이며 휴대전화를 들여다보았다. 마지막에는 스스로에게 무안해져 예 원장에게 전화를 걸었다.

- 우리 딸, 저녁 먹었니?

"네. 엄마는요?"

수화기 너머로 들리는 밝은 목소리에 왠지 목구멍이 따끔거렸다. 정원은 가로등이 툭툭 켜지는 골목에 서서 한참 동안 통화를 하며 별일 아닌 일에 많이 웃었다.

03

|

그럼…… 사과하세요.

남자의 향기는 정원이 가장 순수하고 행복했던,
가슴 깊숙한 곳으로 밀어둔 아련한 순간을 떠올리게 했다.

[갑자기 급한 일이 생겨서 전화를 못 받았습니다.]

그래서 어쩌라고요.

미안하다는 사과조차 없는 메시지였다. 정원은 휴대전화를 든 채 침대 맞은편 벽에 걸어놓은 울릉바늘꽃 세밀화를 바라보았다. 평상시의 정원이라면 울릉바늘꽃을 바라보며 여름과 가을이 맞닿았던 어느 날의 섬을 떠올리고 있었을 거다.

세 시간 동안 뱃멀미에 시달리며 도착한 동해의 갈라파고스. 무서울 만큼 짙푸르렀던 물빛. 염분이 섞여 따가웠던 바람. 그 속에서 안간힘을 다해 버티던 여린 꽃. 그리고 울릉바늘꽃을 자랑스럽게 보여주던 남자.

되새김질하듯 떠올리던 울릉도의 기억은 희미해지고 꽃을 바라보며 환하게 웃던 남자 대신 관능적인 입술을 비틀며 웃는 남자의 얼굴이 또렷하게 떠올랐다. 정원은 지금 자신이 느끼는 감정을 가늠해보려는 듯 눈을 가늘게 뜨고 앙증맞은 로다민 컬러의 꽃을 바라보았다.

뭐지. 이 당황스러운 안도감은.

당연히 불쾌해야 했는데 정원은 이상하게도 마음이 놓였다. 남자의 메시지가 도착한 순간 불쑥 튀어나온 감정은 아무리 들여다봐도 분명 안도감이었다. 다시 연락을 달라거나 연락을 하겠다는 말 한마디 없는 무성의한 메시지를 정원은 한 번 더 들여다보고 한숨을 쉬었다. 일방적으로 기다리겠다고 한 사람도, 연락을 받지 않은 것도 분명 제니 오빠님이었다. 그러니 정원이 느껴야 하는 감정은 언짢음과 불쾌감이어야 맞다. 안도감이 아니라.

고개를 흔들어 남자의 생각을 털어버리고 정원은 잠든 경수를 바라보았다.

"우리 경수는 복도 많지."

졸지에 열두 아이의 아빠가 되어버린 경수는 태평스럽게 코까지 골았다. 아기처럼 쌔근대며 평온하게 잠이 든 경수를 보고 있자니 '아무려면 어때?' 하는 생각이 들기도 했다.

그래. 언제 봤다고.

휴대전화를 뒤집어 협탁에 내려놓고 스탠드를 껐다. 모로 누워 이불깃 모서리를 돌돌 말아대다가 다시 손을 뻗어 휴대전화의 시간을 확인했다. 내일을 생각하면 자야 하는데, 잠이 오질 않았다. 밤늦게 불쑥 날아온 메시지 때문에 정원은 한 시간 가까이 뒤척였다. 11시면 잠자리에 드는 정원의 쳇바퀴가 또다시 삐걱거렸다. 모두 제니 오빠님 때문이다. 이틀 전만 해도 세상에 존재하는지도 몰랐던 사람, 아니 인터넷 속 활자로만 존재했던 사람 때문에 일상이 흔들린다는 게 몹시 억울했다.

"미안."

부스럭거리는 이불 소리에 경수가 부스스한 눈으로 정원을 바라봤다. 늦게까지 안 자는 딸내미를 한심하게 바라보는 아빠 같은 눈빛이다.

"알았어, 잘게."

정원은 휴대전화를 내려놓고 다시 눈을 감았다. 그리고 아무 생각도 하지 않으려는 헛된 노력을 했다. 생각하지 않으려니 더 생각하게 된다.

열두 녀석이라고 했지.

그중 여섯 마리라도 데려올 순 없을까.

엄마, 큰언니, 둘째 언니. 막내 언니. 그리고 나.

그래도 한 녀석이 남네.

그럼 내가 두 녀석을 더 키우면 되지 않을까.

골든레트리버 세 녀석을 키우기엔 이 빌라가 너무 좁지 않을까. 그럼 이사를 가야 하나.

하아.

중력을 거스르는 부력처럼 자꾸만 떠오르려는 잡념 때문에 정원은 벌떡 몸을 일으켰다.

끄응, 경수가 일어나 쿠션 위에서 뱅글뱅글 돌더니 다시 털썩 자리를 잡고 눈을 감았다. 성가시고 귀찮다는 기색을 숨기지 않았다.

"다 너 때문이야."

경수가 '내가 뭘?' 하는 표정으로 한쪽 눈만 떠서 정원을 바라보았다.

"아니다, 모든 게 다 누나 잘못이다."

스스로를 탓하며 침대에서 내려와 주방으로 향했다. 우유라도 데워 마시려고 냉장고를 열어보니 경수가 마시는 펫밀크밖에 없었다. 결국, 정수기에서 물 한 잔을 따라 마시고 침실로 돌아왔다.

경수의 눈치를 보며 소리 나지 않게 휴대전화를 들고 이불을 뒤집어썼다. 보는 사람도 없는데 조심스럽게 포털 사이트 검색란에 '민준탁'이라고 쳤다. 민, 준, 두 글자만 입력했는데도 연관검색어가 주르륵 떴다.

민준탁 감독

민준탁 아일랜드

민준탁 장르

민준탁 그랑프리

민준탁 에밀리

민준탁 신재현부회장

민준탁 렛플릭스

검색어만 살펴봐도 제니 오빠님은 역시 다른 세상 속의 사람이다.

먼저 느끼고 그다음 사유한다[7]

한 남성지 인터뷰의 헤드 타이틀을 클릭하자 제니 오빠님의 얼굴이 바로 튀어나와서 움찔했다. 홍채가 활짝 열려 눈동자가 유난히 까맣게 보이는 남자가 정원을 정면으로 바라보고 있었다. 그 눈동자를 정원도 빤히 들여다보았다. 뜻밖에도 남자의 눈동자는 스튜디오의 창문과 스태프들의 모습이 반사되어 비칠 만큼 맑았다. 그 맑은 눈과 대비적으로 표정은 냉소적이다.

정원은 천천히 여러 컷의 사진을 넘겨보았다. 다양한 럭셔리 브랜드의 옷을 입고 찍은 사진들은 보정을 감안한다 해도 모델 이상이었다. 슬림하고 우아한 골격을 가진 남자는 섬세하고 탐미적인 성향이 엿보였다. 오트 쿠튀르 컬렉션 같은 난해한 패션들도 마치 일상복처럼 느껴지게 했다. 청바지와 맨투맨 셔츠 차림의 남자를 보지 않았다면 정원에게 민준탁이라는 남자는 늘 이런 옷들을 입는 사람으로 각인되었을 거다.

어딘가를 깊게 응시하는 남자의 옆모습이 찍힌 사진에서 손가락을 멈추었다. 응시하지만 바라보지 않는 눈빛이다. 남자는 세계자연보전연맹의 적색목록에 '멸종위기'로 지정된 까다롭고 예민한 생물처럼 보였다. 사진을 보는 것만으로도 기가 빨려서 인터뷰 기사는 읽기를 포기했다. 때로는 손에 닿지 않아서 안도감이 들 때도 있다.

정원은 사이트를 닫고 에밀리의 뮤직비디오를 검색했다. 음소거 버튼을 누르

---

7 Sense, Feel, Emote and Xavier('자비에 돌란' 인터뷰), 조소현, 2017년 2월 7일, 보그 코리아

고 영상만 멍하니 바라보았다. 찬란해서 슬프고 아름다워서 허무한 영상을 되풀이해서 보고 또 보았다.

* ♦ *

어떤 기억은 잠복균처럼 면역력이 떨어진 순간을 귀신같이 알아차린다. 그리고 어김없이 현실 속에 수포처럼 돋아난다.

준탁은 정원에게 문자를 보낸 후 자신이 저장해둔 이름을 물끄러미 바라보았다.

[경수 누나 정원]

그 아이의 이름도 정원이었다. 한정원.

작고 말랑하고 비릿하면서 달콤한 냄새가 나던 아이.

여섯 살, 준탁이 처음으로 아랫니를 뽑았던 날 아이의 분홍색 잇몸에 쌀알 같은 이가 돋아난 걸 발견했다.

"이모, 정원이 이빨 나요."

그즈음 아이는 자주 보챘고 침을 많이 흘렸다. 준탁이 이모라고 불렀던 여자는 그런 아이의 입을 거칠게 벅벅 닦아내곤 했다. 엄마가 계실 때와 준탁과 정원만 있을 때의 이모는 전혀 딴사람처럼 굴었다. 특히 할머니가 집에 오시는 날에는 그 정도가 더 심했다.

"자, 우리 공주님. 할머니 오셨네."

이모는 예쁜 모자를 씌운 아이를 할머니에게 안겨주며 눈웃음을 쳤다.

"이렇게 순하고 예쁜 아이는 처음 봐요."

"핏줄이 어딜 가나. 아범 애기 때랑 똑 닮았어."

할머니는 보물을 안아 드는 사람처럼 아이를 안고 황홀하게 바라보았다. 준탁은 방문 앞에 서서 그 모습을 지켜보았다.

"아줌마, 문 좀 닫지."

준탁과 눈이 마주친 할머니가 마치 준탁에게서 아이를 보호하듯 몸을 틀었다. 그리고 준탁의 눈앞에서 문은 매몰차게 쾅, 소리를 내며 닫혔다. 준탁은 무력하게 닫힌 문을 노려보다가 아이의 딸랑이를 발로 깨부수고 바지에 오줌을 쌌다.

생명력이란 때때로 놀라워서 그런 와중에도 자신의 아랫니와 아이의 아랫니는 매일매일 조금씩 자라났고 이가 자라는 속도만큼 준탁의 상실감은 가속되어 마음속에 커다란 싱크홀을 만들어냈다.

준탁은 휴대전화를 소파에 던져놓고 서재로 들어가 책장 제일 아래 칸에서 오래된 상자를 꺼냈다. 상자 속에서 낡은 다이어리를 찾아냈다. 다이어리 표지로 사용한 싸구려 레자의 접착제가 녹아나와 끈적끈적하게 손끝에 달라붙었다. 개의치 않고 다이어리를 파르륵 펼치자 차마 지우지 못한 기억 한 조각이 툭, 떨어졌다.

맑은미소치과

치과 의자에 누워 커다랗게 입을 벌리고 있는 아이를 그린 그림일기 한 장을 준탁은 천천히 집어 들었다. 크레용으로 그린 아이의 그림에는 어금니 모양의 심벌마크와 함께 '맑은미소치과'라고 삐뚤삐뚤 쓰여 있다. 쓴 게 아니라 보고 그린 듯 '맑'자는 다른 글자보다 두 배쯤 크다. 어떻게 보면 '밝'자로도 보인다. 맞춤법 따위 무시한 몇 줄의 글을 읽어내렸다.

오늘은 이빨을 뽀봤다. 무섭고 아팟지만 울지 안고 꾹 참았다. 엄마가 착한아이 라고 칭찬해주셨다. 엄마는 세상에서 제일 훌늉한 치과의사다. 나도 커서 엄마 처럼 치과의사가 댈거다.

사랑니 두 개가 스멀스멀 기어 올라온 스무 살의 겨울, 아픈 턱을 감싸고 이 한 장의 그림에 의존해 세상의 모든 '맑은미소치과'를 찾아다녔다. 엄마의 치과가 어느 동네에 있는지도 몰랐다. 차를 타고 꽤 멀리 갔다는 기억만 존재했다. 엄마의 이름도 정확하게 기억나지 않았다. '예'씨라는 특이한 성을 가졌다는 것밖에.

여길까.

이곳일까.

이곳이면 어떡할 건데.

스스로에게 질문하면서 맑은미소를 찾아 이 도시에서 저 도시로 헤매고 다녔다. 결국 준탁은 사랑니를 뽑지 못한 채 입대했다가 군병원에서 어설픈 레지던트에게 사랑니를 뽑히고 과다출혈로 죽을 뻔했다.

그런데, 맑은미소가 아니라 밝은미소였다니.

하.

준탁은 책장에 기대어 헛웃음을 터트렸다.

각색되고 고착된 기억이 무섭다. 맑은미소치과가 아닐 거라는 생각은 단 한 번도 하지 못했다. 이제는 자신이 가진 기억조차 믿을 수 없게 되었다. 비뚤어지고 생채기 난 마음이 자신의 기억을 왜곡시킨 게 아닐까 두렵기조차 했다.

어쩌면 이 동네로 이사 온 건 올 포 도기 때문이 아니라 '밝은미소치과'의 심벌마크 때문이었는지도 모르겠다. 성우의 소개로 올 포 도기를 처음 방문했을 때, 준탁의 시선을 사로잡은 건 올 포 도기의 세련된 로고가 아니라 같은 건물에 있는 치과의 어금니 모양 심벌마크였다. 제니를 맡기고 데리러 갈 때마다 준탁은 그 심벌을 오래도록 바라보곤 했었다.

그래서.

어떡할 건데.

이제 와서 왜 버렸냐 따지려고?

준탁은 그림 속, 이를 뽑히면서도 행복해 보이는 아이에게 질문을 던졌다.

＊　◆　＊

기어이 늦잠을 잤다.

"경수야, 왜 안 깨웠어."

겨울에는 7시, 여름에는 6시면 일어나는 경수였다. 보통의 경우 정원이 먼저 눈을 뜨고 경수가 깨길 기다렸다가 "안녕, 잘 잤어?" 인사를 건네면 경수는 더 자고 싶은 얼굴로 잠투정하는 아이처럼 잠시 뒹굴거리다 일어나곤 했다. 어쩌다 정원이 늦잠을 자면 먼저 일어난 경수가 정원의 얼굴이나 발을 핥아서 깨우곤 하는데, 오늘은 쿠션 위에 엎드려 정원을 바라보고만 있었다.

"세상에. 벌써 8시야."

수목원을 그만두고 프리랜서로 전향하면서 아침 기상 시간만큼은 철저하게 지켰던 정원이었다. 그건 흐트러지지 않으려는 다짐 같은 거였다. 성실한 생활인으로서 살겠다는 최소한의 노력이었다. 그런데, 어이없게도 두 시간이나 늦었다.

"왜? 너도 컨디션이 별로야? 어디 아파?"

경수가 아픈 건 아닌지 더럭 겁이 났다. 정원이 서둘러 침대에서 일어나 경수에게 다가가자 경수는 그제야 자리에서 일어나 앞다리, 뒷다리를 쭉쭉 늘리며 기지개를 켜고 커다랗게 하품했다. 다행히 코도 촉촉했고 여느 때보다 더 활기차 보였다.

"누나 기다려준 거야? 배 안 고팠어?"

경수의 고관절 부위를 쓰다듬듯 만져보고 엉덩이를 토닥이자 경수가 입을 벙긋 벌리고 웃었다.

"이렇게 예쁜 녀석이 어떻게 나한테 왔을까……."

정원은 경수의 목을 끌어안고 오래된 담요 같은 경수의 냄새를 맡았다. 때때로 경수는 이유 없이 정원을 울컥하게 만든다. 경수는 정원을 불쌍히 여긴 신께서 보내주신 선물이 분명했다.

"그래, 오늘 아침은 우리 경수가 준 선물이니까 느긋하게 시작하자. 이리 와. 눈곱부터 떼야지."

탈지면에 식염수를 적셔 경수의 눈을 닦아주었다. 나이가 들면서 눈물이 많아진 경수 때문에 정원은 늘 식염수를 챙겨 다녔다.

"다 됐다. 아휴, 이뻐라."

정원은 경수의 동그란 이마에 쪽, 소리 나게 뽀뽀를 하고 일어나 기지개를 켰다.

"늦었네. 안 그래도 무슨 일 있나 전화하려고 했는데."

카페테라스에서 물을 주던 동희가 두 시간이나 늦게 나타난 정원과 경수를 발견하고 분사기 노즐을 잠갔다. 올봄, 정원이 꾸며준 테라스 정원이 동희의 바지런함으로 더욱 풍성해지고 싱그러워졌다. 길을 가던 사람들도 실크 사초와 라벤더가 하늘거리는 테라스에 이끌려 카페 알바트로스를 찾았다.

"늦잠 잤어요."

"헐. 바른생활 소녀가?"

고작 두 살밖에 차이 나지 않는데 동희는 정원을 어린아이처럼 대했다. 그런 동희가 정원은 좋았다. 누가 제게 어떤 오빠를 원하냐고 묻는다면 정원은 금희도 은희도 아닌 동희 같은 오빠라고 대답할 거다.

"처제는 그렇다고 치더라도 경수도 늦잠 잤어?"

"제가 피곤해 보였나 봐요. 깨우지도 않고 기다리고 있더라고요."

"피곤할 만도 하지. 한 달 내내 출장이었으니. 게다가 대형사고까지. 하여간, 이 자식. 어디 지퍼 있나 찾아봐야 돼. 아무도 안 볼 때 지퍼 열고 백 살 먹은 노인네가 나올 거야."

동희가 경수의 얼굴을 붙잡고 요리조리 살피자 경수는 비밀을 들킨 것처럼 움찔했다.

"신 메뉴 나왔는데 먹어보고 평가해줘. 포장해놓을 테니까 얼른 내려와. 플로리다 자몽 들어왔는데, 자몽 주스 괜찮지?"

작업실에서 하루 종일 그림만 그리는 정원을 위해 동희는 매일 도시락을 싸줬다. 카페에서 개발한 새로운 메뉴를 시식해보고 평가해달라는 조건을 달았지만 동희다운 다정한 핑계일 뿐이다. 신 메뉴가 1년 내내 나오는 것도 아니니까.

"형부, 제가 효도할게요."

"어이쿠."

동희는 분사기의 노즐을 푸는 걸로 대답을 대신했다. 시원한 물줄기가 웃음처럼 뿜어져 나왔다.

뛸까, 말까.

문이 막 닫히려는 엘리베이터를 향해 뛰어가려다 정원은 포기했다. 갑자기 뛰는 건 경수 다리에 무리다.

"타요."

닫히려던 문이 열리고 선글라스를 쓴 준탁과 제니의 모습이 드러났다.

둘이서 깔맞춤이라도 한 건가.

초록색 하네스를 찬 제니와 초록색 스니커즈를 신은 제니 오빠님이 엘리베이터에 떡 버티고 있는 모습은 마치 화보 같았다. 워싱된 청바지에 하얀색 헨리넥 셔츠 차림이었지만 어젯밤에 봤던 화보와 다를 게 없었다. 정원이 본인의 사진을 닳도록 바라봤다는 걸 알면 남자는 어떤 표정을 지을까. 나쁜 짓 하다 들킨 것처럼 뜨끔했다.

"감사합니다. 안녕, 제니."

컹.

경수를 발견한 제니가 앞발을 번쩍 들고 격하게 꼬리를 흔들었다. 밝은 황금색 털은 움직일 때마다 차르륵 차르륵 눈부시게 반짝였고 건강한 몸통은 경수의 거의 두 배 정도였다. 멋지고 아름다운 녀석이다.

정원이 엘리베이터에 오르자 준탁이 말없이 닫힘 버튼을 눌렀다. 준탁이 무슨 말인가를 하길 기다렸지만 준탁은 팔짱을 낀 채 깜빡이는 숫자만 바라보았다.

"문자…… 잘 받았어요."

"네."

그게 다였다. 준탁은 고개조차 돌리지 않고 대답했다.

괜히 무안해진 정원은 경수와 제니에게로 시선을 돌렸다. 제니가 낑낑대며 남자의 다리 사이로 억지로 빠져나와 경수의 얼굴을 핥아주었다. 제니가 하는 대로 가만히 있던 경수도 제니의 콧잔등을 핥았다.

어머. 너희들 지금 엘리베이터 안에서 무슨 짓이니. CCTV 안 보여?

경수와 제니가 열심히 서로 핥아주다가 아예 대놓고 혀를 날름거리며 맞대고 할짝거렸다. 좁은 엘리베이터 안에 민망한 소리가 난무했다.

제발……. 얘들아. 아침부터 너무 격렬한 거 아니니?

정원이 소심하게 경수의 리드 줄을 잡아당기며 애원했다.

"그, 그만!"

준탁이 제니의 리드 줄을 잡아당겨 억지로 떼어냈고 때마침 열린 문으로 제니를 끌고 나갔다. 언뜻 선글라스로 가려진 준탁의 광대 부위가 불그스름해 보였다.

"안녕, 제니. 경수도 안녕."

레트리버 같은 대형견들을 담당하는 훈련사가 반갑게 제니와 경수를 맞아주었다.

"어제 도시락 가방 안 가져가셨더라고요."

"아. 네. 이건 오늘 거."

준탁은 훈련사에게서 가방을 건네받아 손목에 걸고 제니의 간식과 밥이 들어 있는 다른 가방을 내밀었다. 준탁의 손목에 달랑거리는 꽃무늬 가방이 웃겨서 정원은 살짝 고개를 숙이고 입술을 깨물었다.

"제니, 선생님 말씀 잘 듣고 친구들이랑 싸우지 말고 사이좋게 지내. 너 어무 사이좋게는 말고."

준탁이 흘끔 경수를 보며 말했다. 그러거나 말거나 제니는 경수 앞에서 상체는 엎드리고 엉덩이는 치켜든 채 꼬리를 흔들며 장난을 걸었다. 까만 눈이 별처럼 반짝이고 입은 한껏 벌어져 헤헤거리는 모습이 마치 행복을 흩뿌리는 거 같았다.

"말괄량이."

준탁은 그런 제니를 바라보며 고개를 흔들더니 누구에게라고 할 거 없이 "그럼, 수고하십시오."라는 인사를 남기고 돌아섰다. 꽃무늬 가방을 달랑거리며 자동문을 열고 나가는 모습을 한참 바라보던 훈련사가 나른하게 한숨을 쉬다가 정원과 눈이 마주쳤다. 훈련사는 겸연쩍은 미소를 지어 보였다. 그 마음 알지요, 하는 무언의 위로를 보내며 정원도 마주 웃어주었다.

"경수가 없으니까 애들이 말을 안 들어요."

훈련사가 경수의 도시락 가방을 받아 들며 말했다.

올 포 도기에서는 유치원에서의 일상을 견주들에게 사진이나 동영상으로 보내준다. 경수의 사진은 대부분 잠을 자거나 쿠션에 엎드린 채 뛰어노는 다른 강아지들을 지켜보는 모습들이다. 때때로 옥상 놀이터에서 몰티즈나 치와와나 토이푸들 같이 작은 아이들에게 둘러싸여 웃고 있는 사진이 올라오기도 하고, 자신의 밥을 다른 강아지가 먹는데도 가만히 바라보는 사진도 있었다.

다행히 경수가 심심하지는 않게 잘 지낸다 싶었는데, 정원은 훈련사들에게서 뜻밖의 말을 들었다. 그렇게 있는 듯 없는 듯 얌전한 경수가 강아지들이 장난을 심하게 치거나 장난이 싸움으로 번지려는 험한 분위기가 되면 어슬렁 다가가 경고하듯 컹, 한 번 짖는다고 했다. 그러면 강아지들이 이상하게도 얌전해진다나. 새로 오거나 몸이 약한 아이들이 따돌림 당할 때도 경수는 또다시 으챠, 힘들게 일어나 그 아이들 곁에 잠시 머물러준다고 했다. 그럼 그 아이들은 자연스럽게 무리에 받아들여지고 오늘도 즐거운 강아지들 세상이 된다고 했다. 그래서 훈련사들을 비롯해 올 포 도기의 모든 스태프들은 경수를 좋아했다.

"경수는 우리 올 포 도기의 복덩이예요."

아무렴요.

너무 팔불출처럼 보일까 봐 정원은 미소로만 맞장구쳤다.

경수가 친구들과 코 인사를 하는 걸 잠시 지켜보다 정원은 몸을 돌렸다. 자동문을 나와 엘리베이터로 향하던 정원이 멈칫했다. 벽에 등을 기댄 채로 비스듬하게 서 있던 준탁이 정원을 보고 몸을 일으켰다.

"잠시 시간 됩니까?"

너무 다짜고짜다.

"지금은 좀 바빠서요."

이렇게 일방적인 사람은 피하는 게 상책이다. 그리고 정말 바쁘다. 오늘부터 사과연구소가 의뢰한 프로젝트를 본격적으로 시작해야 한다.

"십 분이면 됩니다. 아니, 오 분."

"죄송합니다."

완곡하게 거절하고 정원이 엘리베이터 쪽으로 몸을 돌렸다.

"어제 얘긴데……."

"그 얘기라면 역시 올 포 도기 사장님과 하시는 게 좋겠어요."

정원답지 않게 상대방의 말을 잘라냈다.

"올 포 도기 사장님과는 내 변호사가 오늘 중으로 마무리 지을 겁니다."

'그런데요?' 하는 얼굴로 정원이 남자를 바라보았다.

"한 가지 부탁하고 싶은 일이 있어서."

조금 뻔뻔한 거 아닌가?

"부탁하시기 전에 사과부터 하시는 게 순서 아닌가요?"

정원이 어깨에 멘 에코백 끈을 단단히 움켜쥐고 준탁을 올려다보았다. 조금 전 엘리베이터에서 정원은 분명 사과할 기회를 줬다. 그럼에도 그 기회를 차버린 건 준탁이었다. 그래서 정원은 민망하지만 옆구리를 찔러서라도 사과를 받아내고 싶었다. 보통의 경우라면 정원은 분명 이런 상황을 덮어버리거나 비켜 갔을 거다. 그런데 이 남자, 민준탁의 사과는 꼭 받고 싶었다.

"사과?"

준탁이 고개를 갸웃했다. 본인이 무얼 사과해야 하는지 전혀 모르겠다는 행동이다.

어제 그쪽이 기다린다고 해서 전화를 두 번이나 했는데 안 받았잖아요, 라고 구구절절 말하자니 새삼 구차스러웠다. 정원은 낮게 한숨을 쉬고 엘리베이터 버튼을 눌렀다.

"어제는 내가 정신이 좀 없어서……."

준탁이 정원의 옆에 나란히 서며 선글라스 사이로 손가락을 넣어 눈을 비볐다.

"너무 늦게 메시지를 보냈나요?"

"네."

"좀 야행성이라……."

미안하다는 한마디가 그렇게 어렵니?

정원이 힐난하듯 준탁을 바라보자 준탁은 또다시 선글라스 속으로 검지를 넣어 반대쪽 눈을 비볐다. 사과보다는 눈을 비비는 게 더 급한 일인 듯했다.

그래. 사과는 받아서 뭐 하게.

사실 사과를 받고 싶은 건 두 번의 전화 때문만은 아니다. 12시에 날아온 메시지를 읽기 전까지 정원이 알 수 없는 불안에 시달렸다는 거였다. 정원의 불안을 알 턱이 없는 남자에게 사과를 강요할 순 없었다. 그건 전적으로 정원이 가지고 있는 고질적인 문제니까.

정원은 포기의 한숨을 쉬고 도착한 엘리베이터에 올랐다. 엘리베이터가 도착했는데도 준탁은 탈 생각도 않고 스으으, 방울뱀 소리를 내며 선글라스를 벗고 손등으로 세차게 눈을 비볐다. 그러거나 말거나.

신경 끄려던 정원은 소심한 자신의 성격을 탓하며 열림 버튼을 누를 수밖에 없었다.

"어디…… 불편하세요?"

"눈에 뭐가 들어갔나 봐요."

"양쪽 다요?"

"네에……."

준탁은 어울리지 않게 애처로운 목소리를 냈다. 정원은 마지못해 엘리베이터에서 내려 준탁에게 다가갔다. 그리고 자신의 가방에서 휴대용 식염수를 꺼내 준탁에게 내밀었다.

"여기 식염수 있는데, 화장실 가서 써보세요."

허공에서 허우적거리는 준탁의 손목에 꽃무늬 가방이 달랑거렸다. 정원은 가방을 잡고 준탁의 손에 식염수를 쥐여줬다.

"화장실이 어딥니까? 눈을…… 눈을 못 뜨겠어요."

하아. 성가신 남자다.

"이쪽으로……."

정원이 준탁의 가방을 잡고 화장실 쪽으로 끌고 갔다. 얌전한 아이처럼 정원을 따라오는 남자가 조금 웃기기도 했다.

"그럼."

"잠, 잠깐."

화장실 앞까지 데려다주고 떠나려는 정원을 준탁이 다급하게 붙잡았다.

"미안하지만, 좀 봐줄래요? 도저히 눈을 못 뜨겠어서……."

미안하다는 말 따위 할 줄 모르는 사람인 줄 알았는데, 다급하니 나오긴 나왔다.

"따가워서 미치겠습니다."

준탁이 앓는 소리를 냈다.

"제가 낯선 남자의 눈을 들여다볼 만큼 대범하지 못해서요."

"대범하지 못한 그쪽을 탓할 생각은 없습니다만……. 아앗, 눈알이 찢어지는 거 같아요."

엄살도 심한 남자였다.

"그럼…… 사과하세요."

"뭘……요?"

준탁이 눈을 비비다 말고 손을 내렸다. 감은 눈두덩이 보기 흉할 정도로 벌겋

게 부풀어 올라 몹시 따가워 보였다. 눈물까지 흘렸는지 눈가가 젖어 있었다. 정원
은 저런 눈을 잘 안다. 밤새 울었거나 밤새 술을 먹었거나 했을 때의 눈이다. 어쩌
면 둘 다.

"갑자기 급한 일이 생겨서 연락을 못 받았습니다, 미안합니다, 라고요."

하!

남자가 헛웃음을 치더니 다시 눈으로 손을 가져갔다.

"보기보다 뒤끝 있으시네요."

"엄청요."

"미안해요. 갑자기 급한 일이 생겨서 연락을 못 받았어요. 너무 늦게 메시지 보
낸 것도 미안합니다."

준탁이 순순히 사과했다.

"좋아요. 고개 좀 숙여봐요."

결국 옆구리 찔러 사과를 받아낸 정원이 남자에게 다가갔다.

"이렇게요?"

"더요."

준탁이 꾸부정하게 상체를 숙이자 옅은 향이 맡아졌다.

무슨 향이지? 분명 어디선가 맡아본 향인데.

"안 되겠어요. 여기 앉아보세요."

엘리베이터 홀에 있는 의자에 준탁을 앉히고 그 앞에 서서 눈꺼풀을 손가락으
로 가만히 들췄다.

홍채가 활짝 열린 눈동자가 새빨갛게 충혈된 채 정원을 바라보았다. 순간, 지난
밤이 떠올라 정원의 귓불이 뜨거워졌다.

"위, 위를 보세요."

준탁이 천장을 바라보자 긴 속눈썹이 아래쪽 눈꺼풀 속에 박힌 게 보였다.

"속눈썹이 들어갔어요. 눈을 좀 더……."

"까뒤집으라고요?"

"네. 까뒤집으세요."

정원의 나긋한 말투에 준탁이 쿡쿡대며 웃음을 터트렸다.

"고개를 옆으로 기울이는 게 낫겠어요."

관자놀이에 휴지를 대고 조심스럽게 식염수를 흘려보내자 속눈썹이 빠져나왔다.

"빠졌어요. 반대쪽도 봐요."

준탁이 말 잘 듣는 아이처럼 반대쪽으로 고개를 숙이고 눈을 까뒤집었다. 반대쪽은 기다란 속눈썹이 두 개나 들어가 있었다.

"어때요? 다 빠진 거 같은데. 이물감이 느껴져요?"

준탁이 느리게 눈을 감았다 떴다. 식염수에 젖은 속눈썹이 몇 가닥씩 달라붙어 마스카라를 바른 듯 묘하게 섹시했다.

"살았다. 구해줘서 고마워요."

두 눈을 깜빡이던 준탁이 야한 입술로 환하게 웃으며 정원을 올려다보았다. 정원은 긴 속눈썹에 둘러싸인 눈동자에 자신의 얼굴이 비치는 걸 멍하니 바라보았다. 또다시 옅은 향기가 코끝을 스쳤다. 남자의 향기는 정원이 가장 순순하고 행복했던, 가슴 깊숙한 곳으로 밀어둔 아련한 순간을 떠올리게 했다.

"어머, 아직 안 내려가셨어요?"

갑자기 자동 유리문이 열리며 훈련사들과 옥상 놀이터로 올라가는 강아지들이 우르르 쏟아져 나와 준탁과 준탁의 다리 사이에 민망한 자세로 서 있던 정원을 에워쌌다.

04

|

그 여자, 예정원

때때로 준탁은 스무 살,
처음 만났을 때의 그 눈빛으로 돌아가 있곤 했다.

소년의 얼굴을 카메라는 집요하게 따라붙는다. 상기되어 붉게 얼룩진 뺨, 불안하게 흔들리는 눈동자, 눈물을 참아내려고 깜빡이는 속눈썹, 들썩이는 납작하고 여윈 가슴을 건조하게 훑고 지나간다.

"괜찮아요."

소년이 옅은 미소를 지은 채 말한다. 소년의 입가에 달라붙은 미소는 미세한 자극에도 떨어질 듯 아슬아슬하다. 저 희미한 미소를 들춰내면 그 속에 켜켜이 쌓아둔 감정들이 한꺼번에 와르르 무너질 것만 같다.

소년은 붙잡는 시늉을 하는 누군가의 손을 천천히 밀어내고 몸을 돌린다. 점퍼 주머니에 손을 찔러 넣고 무심한 도시의 익명 속으로 파고든다. 카메라는 아무런 기교도 없이 메마른 시선으로 쇼윈도에 비친 소년의 모습을 따라간다. 소년은 울지 않는다. 떨어질 듯 떨어질 듯 아슬아슬한 미소를 달고 걷고 또 걷는다.

"여기까지. 다음은 다 날려버려요."

스크린 속 소년처럼 편집실 스튜디오를 서성거리던 준탁이 마침내 결심한 듯 걸음을 멈추었다.

"왜?"

마우스를 손에 쥔 채 편집감독인 오 감독이 준탁을 돌아보았다. 오 감독 옆에 앉아 있던 스크립트 슈퍼바이저 준호도 미어캣처럼 목을 빼고 준탁을 바라보았다.

"날리세요."

빌딩을 날려버리라는 테러범의 목소리처럼 냉혹했다. 스크린 속 소년에게 시선을 고정한 채 손톱을 물어뜯고 있는 준탁을 지켜보다 오 감독은 한숨을 쉬었다. 우리에 갇혀 정형행동을 반복하는 사자가 따로 없다. 포스트 프로덕션[8] 작업 동안 예민해지지 않는 감독은 없다지만 준탁은 정도가 심했다. 특히나 오늘은 더욱 날카롭다.

"그만 좀 앉아."

배우와 카메라의 움직임, 영화 전체를 관통하는 에너지의 속도와 리듬감을 놓치지 않으려고 준탁은 늘 서서 스크린 속 배우와 함께 움직이며 편집을 했다. 전작 '아일랜드' 때는 일흔두 시간까지 자지도 먹지도 않고 선 채로 편집했던 준탁 때문에 오 감독은 민준탁의 '민'자만 꺼내도 이를 갈았었다. 물론 과거형이다. 덕분에 오 감독은 편집자가 누릴 수 있는 명예를 누릴 만큼 누렸으니까.

"어울리지 않게 고민이야?"

이 바닥에서 20년 가까이 일했지만 민준탁 같은 감독은 드물었다. 아니, 거의 없었다. 완벽하게 머릿속에 완성본의 영화가 들어 있었다. 관객의 시선이 어디에서 시작해 어디로 흘러갈지, 어디에 꽂힐지 영악할 정도로 잘 알고 있었다. 그런 준탁이 이번 영화의 엔딩 때문에 고민 중이다. 낯선 모습이라 오히려 오 감독이 당황스럽다.

"오 감독님은요?"

---

8 촬영이 끝난 후 영화를 완성하는 작업

준탁이 이렇게 의견을 물어온 것도 처음이다.

"나? 솔직하게 말해?"

"언제는 예의 차리셨습니까?"

준탁이 소파에 털썩 주저앉으며 손바닥으로 얼굴을 쓸어내렸다.

"나는 석원이가 지치도록 걷다가 어느 가게 앞에 멈춰 서서 쇼윈도에 비친 자신의 모습을 한참 동안 바라보는 샷이 좋더라. 현장 편집할 때도 그랬고. 뭐랄까, 자포자기도 아니고 그렇다고 낙관도 아닌 자신의 현실을 담담하게 받아들인 느낌이라고 해야 하나…… 그래, 관조라는 말이 맞겠다. 그리고 나서 풀린 운동화 끈을 나비 모양으로 예쁘게 묶고 다시 걸어가는 일련의 시퀀스가 마음에 들어."

준탁이 날려버리라는 샷들이 오 감독은 못내 아쉬웠다. 영화란 결국 감독 놀음이지만 편집자로서의 감도 감이니까.

현란할 정도로 감각적인 영상과 기가 막히게 적재적소에 꽂아 넣는 음악, 그리고 인포인트와 아웃포인트를 귀신같이 포착해서 컷을 쪼개고 슬로 모션을 걸고 의도적인 균열을 일으키며 미학적 완성도와 대중적 흡인력을 동시에 만족시키는 민준탁의 영화는 화려하지만 그 안의 정서는 늘 염세와 냉소였다. 그런데 이번 영화는 그 결과 질감이 달랐다. 여전히 민준탁표 영화지만 더 깊어지고 짙어졌다. 시종일관 담담한 소년은 보는 이의 마음을 졸이게 했고 소년이 서서히 무너지는 과정을 온몸으로 아프게 느꼈다. 그럼에도 불구하고 온기가 돌았다. 특히나 마지막 시퀀스가 그랬다. 그런데 그걸 날려버리라니.

"어쭙잖은 감성팔이예요."

어디 간 게 아닌가 보다, 민준탁의 냉소는.

"애초에 마지막은 정해놓고 시작한 거잖아."

개를 키우더니 우리 민 감독이 변했다고 사람 좋은 얼굴로 웃던 우정우 대표의 얼굴이 떠올랐다. 그 제니인가 제인인가 하는 개를 키우면서 이 영화의 시나리오가 완전히 수정됐다는 소리도 언뜻 들었던 기억이 있다.

"생각이 바뀌었어요."

그럼 그렇지. 사람은 바뀌는 게 아니다. 갑자기 바뀌면 큰일 나지.

"너절너절해."

혼잣말처럼 중얼거리더니 준탁은 소파에서 일어나 또다시 서성였다.

"두 가지 버전으로 해서 기술 시사회[9] 때 결정해."

"영화를 다수결로 찍어요?"

날 선 목소리가 곧장 날아왔다.

"아까우니까 그러지."

어떤 감독은 현장에서 고생한 게 아까워서 잘라내야 할 걸 안 잘라 영화를 망쳐버리는데 이 좋은 걸 못 잘라내서 안달이니, 세상 불공평하다.

저걸 진짜 잘라내야 하나, 고민하는 동안 노크 소리가 들리고 반가운 얼굴이 스튜디오로 들어섰다. 오 감독은 때마침 나타난 우정우 대표를 바라보며 안도의 한숨을 쉬었다. 서희 장군의 환생이라고 불릴 만큼 인화력과 협상력이 뛰어난 제작자는 이 바닥에서 사금처럼 귀하다.

"잘돼갑니까?"

정우가 양손 가득 들고 온 쇼핑백을 테이블에 내려놓으며 준탁의 눈치를 스윽 살피고 오 감독을 바라보았다. 오 감독이 살짝 고개를 흔들자 정우는 "이야, 저 녀석." 하면서 호들갑스럽게 스크린 속 배우를 바라보았다.

"뭐 저렇게 생긴 녀석이 다 있을까? 내가 말했던가요. 저 녀석 우리 민 감독이 삼천 명 중에서 뽑은 녀석이라고. 괴물이야, 완전."

"눈빛이 좋더라. 현장에서 집중력도 좋고. 편집하면서 보니까 화면 장악력이 있어. 화면에 꽉 차."

"그죠? 오 감독님, 이거 좀 드셔보세요. 이거 홍삼절편인데 풍기인삼 명장이 만든 거래요. 그리고 이건 개성 꿀약과. 편집하시다가 당 떨어질 때 하나씩들 까 드

---

9 최종 완성본의 전 단계

셔. 우리 나나가 오 감독님 드시라고 사왔어. 준호 씨도 이리 와. 같이 먹자. 이건 갈 때 가져가고."

오 감독의 칭찬에 정우는 반색하며 쇼핑백에서 주섬주섬 상자들을 꺼내고 스크립트 리포트를 각 맞춰 챙기는 준호도 불러 앉혔다.

"나나 피디는 안 왔어?"

"주차장에서 통화 중."

"민 감독도 이거 하나 가져가서 먹어."

정우가 홍삼절편이 든 쇼핑백을 따로 챙기며 준탁을 바라보았다.

"형이나 먹어."

준탁이 스크린에서 눈을 떼고 스튜디오 출입문 쪽으로 몸을 돌렸다.

"어디 가?"

"제니 데리러."

"다시 올 거지?"

"아니."

"일부러 저녁 사주러 왔구만."

"핑계는. 감시하러 왔겠지. 오 감독님이랑 준호 맛있는 거 많이 사줘. 나 때문에 하루 종일 고생했으니까. 다들 내일 봐요."

"민 감독."

정우가 불러도 들은 체 만 체 준탁은 오 감독과 준호에게 인사를 하고 나가버렸다. 스튜디오에 남은 세 사람은 메인 디쉬가 빠진 만찬을 앞둔 표정으로 서로의 얼굴만 멀뚱히 바라보았다.

"갑자기 다 날려버리라네."

오 감독이 정우에게 하소연했다.

"어디를?"

"엔딩 시퀀스……."

"형, 우리 동네에서 오래 살았다고 했나?"

오 감독이 고자질하려는 순간 스튜디오 문이 벌컥 열리고 준탁이 되돌아왔다.

"나야 결혼하고부터 살았고, 나나가 토박이지. 그 동네에서 태어나서 여태 살고 있으니까. 그건 왜……?"

정우가 묻기도 전에 준탁은 이미 사라져버렸다. 닫힌 문을 바라보다 정우는 익숙한 듯 어깨를 으쓱하고는 오 감독에게 약과를 까줬다.

"뭐, 힘들다는 거 알고 시작한 거잖아요."

나나는 한숨과 함께 담배 연기를 허공으로 날려 보냈다.

"네. 네. 비틀스 원곡 쓰기가 쉽겠어요? 어쨌든 다른 방법을 찾아봐야죠. 내가 민 감독한테 전할게요. 네, 들어가세요. 감독님."

준탁이 이번 영화에 꼭 쓰고 싶다는 '블랙버드'는 비틀스 쪽에서 사용을 불허한다고 정중하게 메일을 보내왔다. 어떡한다. 나나는 허공에 흩어지는 담배 연기를 바라보며 동원할 수 있는 네트워크를 머릿속에 그려보았다. 나나는 준탁이 원하는 건 어떻게든 다 해주고 싶었다. 그건 정우와 나나가 스무 살의 준탁에게 자신들의 미래를 건 순간부터 그랬다.

"민 감독."

답답한 마음에 볼이 패도록 깊게 담배를 빨아 당기는데 스튜디오 현관을 나서는 준탁이 보였다. 나나는 급하게 담배를 눌러 끄고 준탁을 불렀다.

"어디 가?"

"제니 데리러."

"다시 올 거지?"

매너 없이 콧구멍으로 연기를 뿜어내며 나나가 물었다.

"누가 부창부수 아니랄까 봐."

준탁이 인상을 쓰며 손으로 담배 연기를 휘저었다.

"뭐가?"

"아니야. 아무것도. 피곤해서 그냥 제니랑 쉴래."

"많이 피곤해?"

준탁은 대답 없이 손바닥으로 충혈된 눈가를 비볐다.

"차 가져왔어?"

"아니. 택시 부르려고."

"타. 내가 데려다줄게."

"됐어. 정우 형 기다리겠다."

"잠시만."

나나는 준탁에게 기다리라는 손짓을 하고 정우에게 전화를 걸었다.

"여보야, 민 감독 피곤해 보여서 데려다주고 올게. 어. 먼저 가서 먹고 있어. 응. 꽃등심 먹어도 돼."

"됐다니까."

"할 얘기도 있어."

나나가 리모컨 버튼을 눌러 시동을 켜고는 성큼성큼 자신의 차로 걸어갔다.

"세차 좀 하고 다녀."

마지못해 나나의 차에 오른 준탁이 엉덩이 밑에서 초콜릿바 봉지를 꺼내 들었다. 겉만 번지르르했지 차 내부는 아이 시트와 망가진 장난감과 과자 부스러기 따위로 엉망이었다. 준탁이 쌓아놓은 빈 음료컵 속에 봉지를 구겨 넣고 뒷좌석에 아무렇게나 던져놓은 서류더미를 바라보며 한숨을 쉬었다.

"민 감독도 애 키워봐."

나나가 룸미러로 준탁을 바라보며 변명했다.

"할 말이 뭔데?"

"음감(음악감독)한테 전화 왔었어. 편집하는 거 방해할까 봐 나한테 했더라."

"안 된대?"

"귀신이네."

"뭐, 예상했잖아."

"아직 시간 있으니까 내가 어떻게든 해볼게. 내가 누구야. 나나 피디 한번 믿어

봐."

"······."

준탁은 피식 웃고는 창밖으로 시선을 돌렸다. 나나는 룸미러로 준탁의 안색을 살폈다. 그늘진 눈가가 피곤한 게 아니라 쓸쓸해 보였다. 때때로 준탁은 스무 살, 처음 만났을 때의 그 눈빛으로 돌아가 있곤 했다. 정우도 나나도 어찌해줄 수 없는 불가침의 시간 속에서 버려진 아이 같은 얼굴로 외롭게 배회했다.

"아아, 당 떨어져."

언주로를 겨우 빠져나온 나나는 일부러 부산스럽게 글로브 박스를 열고 젤리 봉지를 꺼냈다. 봉지를 찢다가 젤리가 후드득 떨어지자 준탁은 다시 한숨을 쉬었다.

"먹을래?"

나나는 젤리 몇 개를 입에 넣고 질겅질겅 씹으며 준탁에게 봉지를 내밀었다.

"윤이나 동물병원 위에 있는 치과, 그 동네에서 오래된 곳인가?"

고개를 흔들며 준탁이 물었다.

"밝은미소치과? 오래됐지. 나 고등학생 때 거기서 치아 교정했으니까. 거기 원장님이 교정 전문이야."

나나는 이이, 하며 입술을 당겨 가지런한 이를 보여주었다. 이 사이에 낀 핑크색 젤리를 바라보며 준탁이 미간을 찌푸렸다.

"고등학교 때?"

"응. 그러고 보니 20년이 넘었네."

"20년······."

"왜? 이가 안 좋아?"

"그건 아니고."

"거기 잘해. 원장님도 친절하시고. 미시간에서 교정 연수도 받고 오셨다고 그랬던 거 같은데. 우리 친정 식구들은 다 그 치과 다녀. 체리도. 아, 맞다. 그 원장님 지금 안식년일걸. 지난번에 체리 데리고 갔더니 딸이랑 다른 닥터들만 있더라."

네버 세이 네버

"딸? 딸……도 치과의사야?"

"응. 의붓딸이지만."

"의붓딸이라고?"

"그 빌딩 3층에 있는 윤송 정신건강의학과 알지?"

"본 거 같다."

"우리 엄마가 그 윤송 박사님이랑 같은 성당 다니는데 윤 박사님이 밝은미소치과 원장님이랑 재혼을 하셨다네? 한 3, 4년 됐나? 우리 엄마 은근히 그 박사님을 좋아했거든. 그레고리 펙처럼 생겼다나? 여튼 빈집 증후군이다, 노인 우울증이다, 뭐다 일부러 상담받으러 가고 그랬는데, 완전 새 됐지."

"재……혼?"

"응. 두 분 다 혼자 된 지 오래됐대. 윤 박사님은 사별이고 치과 원장님은 이혼하셨다지? 윤 박사님네도 이 동네에서 오래 사셔서 잘 알아. 윤 박사님 큰딸이 나랑 초, 중, 고 동창이야. 친한 건 아니고. 얼굴 보면 인사하는 정도. 윤한나, 유나나, 이름도 비슷하고 둘 다 예뻐서 서로 좀 견제했었지."

마지막은 늘 그렇듯 자기 자랑으로 마무리하는 나나를 준탁은 여느 때처럼 비웃지도 않고 그저 막히는 도로만 바라보았다.

"그 치과의사가 큰딸이야?"

"아니. 치과의사는 셋째. 아, 제니 다니는 윤이나 동물병원, 거기 수의사가 둘째. 올 포 도기 사장이랑 부부라는 건 알지? 내 동창은 임상심리사. 대학병원에 있다가 자기네 아버지 병원으로 옮겨서 일한다고 들었어. 한나, 이나, 세나, 우리 동네에선 좀 유명한 애들이었지. 다들 예쁘고 공부도 엄청 잘했거든. 세 자매가 한 건물에서 옹기종기 사이좋게 지낸다고 우리 엄마 만날 부러워하셔. 우리는 남미에 하나, 유럽에 하나, 미국에 하나, 다 같이 모여서 밥 한번 먹는 게 우리 엄마 소원이잖아."

"다른 딸은 없어? 제니 임신시킨 녀석의 주인이 수의사한테 언니라고 부르던데. 올 포 도기 사장한테는 형부라고 하고."

"그래? 그럼, 그 사람이 치과 원장님 딸인가? 밝은미소치과 원장님은 우리 동네에서 개원한 지 오래됐는데, 별로 이렇다 할 얘기가 없어. 우리 동네에 사는 것도 아니었고. 오래전에 이혼하고 딸하고 둘이서만 조용히 사셨던 거 같아. 그 딸이 큐피트였다나 봐. 사랑의 메신저. 가만. 그럼, 우리 제니 남편이 그 딸이 키우는 녀석이란 거네? 이런 인연이 있나. 어? 민 감독 왜 그래?"

룸미러를 바라보던 나나가 입을 가린 채 구역질하는 준탁에게 소리를 질렀다. 퇴근길, 꽉 막힌 올림픽도로 위에서 차를 세울 방법이 없었다.

"민 감독 괜찮으니까 그냥 토해. 어차피 세차할 거……."

우욱.

준탁이 급하게 자신의 셔츠를 벗어 얼굴을 감싸고 속을 게웠다. 그 와중에도 더듬더듬 창을 열려는 준탁의 손이 불쌍할 정도로 떨렸다. 나나는 창을 열고 짙게 얼룩지는 준탁의 셔츠를 걱정스럽게 지켜보다 비상 깜빡이를 켜고 한강공원 쪽으로 차선을 변경했다.

＊ ◆ ＊

"엄마는요?"

"정원이한테 갔다고 했잖아. 몇 번을 묻니? 정원이가 많이 아프대."

준탁이 이모라고 불렀던 여자가 짜증을 냈다.

"나도 많이 아픈데……."

준탁이 붕대에 감긴 자신의 양손을 들여다보며 시무룩하게 말했다. 붕대에 감긴 손은 따가웠고 가슴은 그보다 조금 더 쓰라렸다.

"내일은 오신다니까, 얼른 먹어."

양손을 못 쓰는 준탁의 입에 이모는 억지로 커다란 숟가락을 쑤셔 넣었다. 준탁은 맛없는 흰죽을 삼키지 않고 이모의 눈을 똑바로 바라보며 도로 뱉어냈다.

"못된 놈의 새끼. 니가 그러니까 할머니랑 엄마가 너라면 학을 떼는 거야. 지 이쁨

지가 받는 거지."

준탁의 환자복을 거칠게 벗겨내며 이모는 악담을 퍼부었다.

"이모 때문이잖아. 내가 다 봤어. 이모가……."

지지 않고 소리를 지르는 준탁의 머리통을 이모는 매섭게 내리쳤다. 어린 몸이 침상에 처박혔다.

"한 번만 더 그따위 소리 하면 가만 안 둬."

부당한 폭력에 어린 준탁이 할 수 있는 거라곤 악쓰며 우는 것밖에 없었다.

"왜 아무도 안 와요? 엄마는요? 아빠는?"

내일이면 온다던 엄마와 아빠는 준탁이 퇴원할 때까지 오시지 않았다.

병원에 가야 하는 거 아니냐며 호들갑을 떠는 나나를 억지로 돌려보내고 준탁은 제니와 집으로 돌아왔다. 샤워를 하자마자 쓰러지듯 소파에 누워 눈을 감았다. 옷도 갈아입고 젖은 머리도 말려야 했지만 꼼짝도 하기 싫었다. 눈을 감은 채 오도독오도독 제니가 밥 먹는 소리를 들었다. 텅 빈 공간에 혼자가 아니라는 것만이 유일한 위안이었다. 눈을 뜨고 양손을 꼼꼼하게 살펴보았다. 희미해진 유년의 기억처럼 흉터도 희미해져 거의 알아볼 수가 없었다.

"그럼…… 사과하세요."

그렇게 한참 동안 손을 들여다보고 있는데 갑자기 머뭇머뭇 사과를 요구하던 목소리가 귓속을 파고들었다. 속삭이듯 달콤했던 음성. 준탁은 차가운 손가락이 닿았던 눈꺼풀을 천천히 더듬어보았다. 옅은 민트 향이 섞인 따뜻한 숨이 미풍처럼 이마를 간질였었다. 시선이 마주쳤을 때, 커다란 눈동자에 채 휘발되지 못하고 남아 있던 감정이 무엇인지 못내 궁금했다. 당혹감인지, 부끄러움인지, 그것도 아니면 호기심인지. 여자가 자신에게 남긴 흔적을 떨쳐버리려는 듯 준탁은 벌떡 몸을 일으켰다.

그 여자가 그 아이라는 걸 믿을 수가 없었다.

믿고 싶지 않았다.

"선생님, 인터뷰 잘 봤어요. 그제 EBS에 나온 거. 축하드려요."

엘리베이터에서 만났던 중년의 아주머니가 분명 그렇게 말했다. 그제라고. 준탁은 태블릿 PC를 켜고 EBS 검색창에 '한정원'이라고 쳤다. '한정원에 대한 검색 결과가 없습니다'라는 메시지만 떴다. 다시 '정원'을 쳐보자 한국의 정원, 정원 일기, 햄릿의 잡초가 무성한 정원, 겨울 정원 관리 따위가 떴다.

왜 통성명도 하지 않았을까. 차라리 전화를 걸어 '불공평하지 않습니까? 그쪽은 내 이름을 아는데.'라고 해볼까. 그럼 여자는 '죄송하지만 알려드리기가 힘들어요.'라거나 '그냥 경수 누나라고 불러주세요. 그게 편해요.'라고 마디마디 머뭇대면서도 대나무처럼 단호하게 대답할까.

준탁은 엘리베이터 아주머니가 말했던 날의 방송 VOD를 하나씩 검색하기 시작했다.

이 날짜가 아닌가?

제 기억력을 의심하게 될 즈음 한 다큐멘터리 클립영상을 발견하고 손을 멈추었다. 섬네일 속 하얀 얼굴은 분명 그 여자, 정원이었다.

자세히 보아야 더 사랑스럽다

클릭하려다 말고 클립영상의 타이틀만 물끄러미 바라보았다. 망설여졌다. 건너지 말아야 할 강 앞에 서 있는 기분이다. 이 강을 건너면 다시는 돌아올 수 없을 것만 같은 불안함과 그럼에도 건너야만 한다는 조바심이 동시에 준탁을 괴롭혔다. 준탁은 이끌리듯 강가로 다가갔다. 강물이 밀려와 준탁의 발목을 적셨다. 눈을 질끈 감고 발을 내딛는 기분으로 영상을 클릭했다.

네버 세이 네버

'La valse de Paul'[10]이 흘러나오며 화면 가득 정밀한 식물 그림과 함께 한국인 최초 3년 연속 RHS[11] 보태니컬 아트쇼 골드 메달을 수상했다는 여자가 모습을 드러냈다.

"가장 과학적이어서 아름다운 그림이라는 심사평을 받으셨던데, 세밀화 작가가 된 계기가 있나요?"

"어머니요."

식물 세밀화 작가가 된 계기를 묻는 기자의 질문에 화면 속 여자는 어머니, 라고 대답했다. 단정하게 대답하는 모습에서 어머니에 대한 자부심이 느껴졌다. 옅은 화장을 하고 단순하지만 디테일이 고급스러운 흰색 블라우스를 입은 여자는 좋은 집안에서 곱게 자란 전형적인 '엄친딸'의 모습이었다. 가느다란 목에 새끼손톱만 한 금색 펜던트가 반짝였다. 어깨까지 부드럽게 물결치는 머리카락은 조명을 받아 건강하게 반짝였다.

예정원, 식물 세밀화가.

준탁은 미간을 좁힌 채 여자의 프로필을 바라보았다. 무언가 이상했다.

예정원이라고?

준탁의 기억이 맞는다면 여자의 이름은 '한정원'이어야 했다. 그런데 예정원이라니. 간혹 부모가 이혼하면 자녀가 어머니의 성을 따르는 경우도 있다고 들었다.

예정원도 그런 케이스인 걸까?

카메라가 여자의 작업실을 천천히 비추었다. 벽면 가득한 표본들과 식물 세밀화 액자들. 작업 중인 그림과 표본들을 펼쳐놓은 작업대. 팔레트와 물감 같은 채색 재료. 커다란 현미경. 앤티크한 지류함 따위를 보여주던 카메라가 책장의 트로피에 잠시 머물렀다 다시 여자에게로 돌아왔다.

---

10 폴의 왈츠, '마담 프루스트의 비밀 정원' OST
11 The Royal Horticultural Society, 영국왕립원예협회

"어머니께서 꽃을 좋아하시나 봐요. 하긴 세상의 어머니들은 다 꽃을 좋아하시죠."

기자가 웃으며 물었다.

"꽃을 좋아하셨던 건 할머니셨어요. 어린 시절 바쁘신 부모님 대신 할머니께서 절 키워주셨어요. 작은 정원과 텃밭을 가꾸셨는데, 그곳에서 열무와 시금치 꽃을 처음 보았어요."

"열무랑 시금치도 꽃을 피우나요?"

"포자로 번식하는 은화식물 말고는 거의 모든 식물은 꽃을 피워요. 사실 무화과도 꽃이 있어요."

"열무랑 시금치는 마트에서만 봐서요."

기자의 말에 여자는 엷게 웃었다.

"그럼 할머니의 영향도 있었겠어요."

"네. 식물에 관심을 가지게 된 건 할머니의 영향이 컸던 거 같아요. 할머니의 베란다는 식물들의 병원 같은 곳이었어요. 동네에서 아프고 병들고 죽어가는 화분들은 모두 할머니의 베란다에 모였어요. 할머니의 손을 거치면 죽어가던 칼랑코에가 꽃을 피우고 까맣게 변해버린 율마가 초록색으로 변하곤 했어요."

달변가는 아니지만 여자는 눈길 위를 또박또박 걷듯 차분하고 신중하게 단어를 골랐다.

"신성한 그린썸(Green thumb)이셨군요."

"네. 할머니는 텃밭에 나가실 때마다 매번 보는 가지와 오이와 토마토인데도 늘 감탄하셨어요. 하루는 포도나무에 달린 포도송이를 태어나서 처음 본 사람처럼 한참 들여다보시더니 어떻게 이렇게 동글동글 맺혔을까, 하시면서 새삼 신기해하셨어요. 어렸지만 그때 처음 깨달았던 거 같아요. 자세히 보아야 더 사랑할 수 있다는 걸요."

할머니와의 추억을 떠올리는지 여자의 얼굴에 은은하게 미소가 번지고 눈동자가 따뜻하게 반짝였다.

네버 세이 네버

준탁에게는 냉혹하리만치 차가웠던 그 할머니가 여자에게는 저토록 자애로운 할머니였다는 게 속을 뒤틀리게 했다. 목구멍에서 쓴물이 올라오는 것을 애써 삼켰다.

"생명에 대한 경외감 같은 거라고 생각되네요."

"아마도요."

"할머니와 사이가 좋으셨나 봐요."

여자는 말없이 고개를 끄덕였다. 미소가 사라진 입가에 작은 그림자가 맺혔다.

"할머니가 돌아가시고 상실감이 몹시 컸어요. 그때 어머니가 식물도감을 선물해주셨어요. 보태니컬 일러스트레이션이 많이 들어간 도감이었는데, 제게 그 식물도감은 바이블 같은 거였어요. 늘 식물도감을 끼고 살았죠. 어머니 생신 때, 남산제비꽃을 그려서 선물해드린 적이 있었는데, 어머니가 그 그림을 참 좋아하셨어요. 어설픈 그림인데 지금도 책상 위에 올려놓고 계세요."

"그 식물도감이 계기가 됐나 보네요."

"겨우 중학교 1학년이었고, 사실 그때는 이런 직업이 있는 줄도 몰랐어요. 그냥 그림과 꽃을 좋아하는 평범한 학생이었을 뿐이었어요. 그러다 진로를 고민하고 있을 때, 어머니가 피에르 조제프 르두테의 작품집을 구해주셨어요. 정원아, 이런 것도 있더라, 하시면서요."

"르두테. 마리 앙투아네트와 조세핀의 사랑을 받은 식물화가 말이죠? 보태니컬 아트의 선구자. 그 책인가 보네요?"

"네."

여자는 두꺼운 작품집을 조심스럽게 펼쳐 보였다.

"이 책을 펼치는 순간…… 이렇게 살아야겠다, 생각했어요."

"이런 그림을 그려야겠다가 아니고 살아야겠다고 생각하신 게 독특하네요."

"아마도 직업이란 개념보다 평생의 라이프 워크로 받아들였던 거 같아요."

"어머니께서 진로를 함께 고민해주셨군요."

"네. 원예학과로 진학하게 된 것도 국립수목원에서 세밀화 작가로 일을 시작하게 된 것도 모두 어머니의 조언이 컸어요."

"어머님의 혜안이 존경스럽습니다. 작가님의 수상 소식에 누구보다 어머님께서 자랑스러워하셨겠어요."

"기뻐하셨어요."

여자는 소중한 물건인 양 작품집의 책등을 쓰다듬으며 대답했다. 준탁은 여자의 가느다란 손가락을 바라보며 입술을 비틀었다. 존경스러운 부모가 놓아준 징검다리를 폴짝폴짝 귀엽게 뛴 게 다였을 여자의 성취 따위, 듣고 있기가 힘들었다.

"현재 진행하고 계시는 작업 얘기를 좀 해볼까요? '월간정원'에 격주로 연재하시는 '식물의 사생활'은 늘 잘 보고 있습니다. 국립수목원 김호연 박사님 랩과 한국의 지의류 도감 작업을 하고 계신다고 3년 전에 들었는데, 그 프로젝트는 다 끝났나요?"

"현재도 진행형이에요. 워낙 종도 많고 긴 시간이 필요한 작업이라 부담감이 있지만 김 박사님 팀도 저도 30년짜리 프로젝트라고 생각하자며 서로 격려하고 있습니다."

"식물 세밀화가는 무엇보다 끈기가 필요한 직업인 듯해요."

"끈기도 필요하고 튼튼한 두 다리도 필요해요. 처음 국립수목원 면접을 볼 때, 원장님이 물어보시더라고요. 산은 잘 타냐고. 책상에 앉아 있는 시간 못지않게 현장 답사도 많이 다녀야 하고 꽃 피는 시기를 놓치면 그다음 해까지 기다려야 하니까 인내심도 필요한 직업이에요."

"지난번 수상 때 정지우 곤충 세밀화 작가님과 협업으로 사임당의 초충도를 재해석한 작품집을 만든다고 하셨는데, 얼마나 진척이 되었나요?"

"9부 능선은 넘었다고 할까요. 마무리 단계이긴 한데, 정 작가님 개인 사정도 있고, 저 역시 올해는 국립원예특작과학원 사과연구소에서 육성한 사과 품종의 세밀화 작업이 급해서 아무래도 내년 상반기에나 나올 거 같아요."

"아, 기대하고 있었는데, 내년까지 기다려야 하는군요. 말씀 듣고 보니 엄청난 작업량을 소화하시는 거 같은데, 하루에 보통 얼마나 작업을 하세요?"

"현장 답사를 다녀오고 문헌 조사와 스케치가 끝나면 하루에 보통 여섯 시간에서 여덟 시간 정도 작업을 해요."

"거의 하루 종일 작업만 하시는 거네요?"

"보통의 직장인들과 마찬가지예요. 다만 프리랜서의 경우 프로젝트가 대부분 타이트해서 하루가 펑크 나면 치명적이에요. 그래서 최대한 시간 안배를 잘하려고 노력하고 있어요."

"작가님, 마지막으로 앞으로의 계획과 진로를 고민하는 청소년들에게 한 말씀 부탁드리겠습니다."

"특별한 계획은 없어요. 지금처럼 자세히 관찰하고 최대한 정확하게 식물을 기록하는 일들을 해나갈 생각입니다. 그리고 어렵네요. 어떻게 말씀드려야 할지……."

여자는 잠시 고개를 숙였다 생각을 정리한 듯 카메라를 똑바로 응시했다.

"진로를 고민하는 여러분께 해드릴 수 있는 말은…… 제 개인적인 경험을 말씀드리자면 저는 제가 뭘 좋아하는지 오래도록 곰곰이 생각하는 편이에요. 정말 좋아하는 건지, 남들이 좋다고 하니까 나도 좋아진 건지, 아니면 타인의 기대에 맞추려고 좋아하는 척하는 건지 구분하려고 애써요. 식물 세밀화를 그릴 때 식물을 자세히 관찰해야 하는 것처럼 자신이 무얼 좋아하는지 집중해서 자세히 들여다보시라고 말씀드리고 싶습니다."

담백한 인터뷰는 그렇게 끝났다. 준탁은 스톱 버튼을 누르고 여자의 얼굴을 눈도 깜빡이지 않고 바라보았다. 여자를 처음 만났을 때부터 느꼈던 가학적인 충동이 가슴 깊은 곳에서 스멀스멀 기어올랐다.

저 잔잔한 연못에 돌을 던지고 싶다는.

컹.

밥을 다 먹은 제니가 애착 인형인 당나귀를 물고 와 준탁의 발치에 툭 내려놓았다. 그러고는 장난기 가득한 얼굴로 엉덩이를 흔들며 헤헤거렸다.

"애 엄마가 무슨 인형 놀이야? 태교나 해."

말은 그렇게 하면서도 준탁은 당나귀 인형을 집어 거실 반대쪽으로 힘껏 던졌다. 준탁의 마음속 어딘가에서 풍덩 물소리가 나고 오래도록 파문이 일었다.

05

그 남자, 민준탁

복수란 자멸을 감수하는 거니까.

사과꽃의 꽃말은 '유혹'이다.

이브가 유혹당한 건 뱀의 간교한 혓바닥도, 탐스러운 붉은 열매도 아니고 바로 이 꽃이 아니었을까. 수줍고 작은 꽃을 보면 절대 상처 입지 않으리란 유혹을 받았을지도 모른다. 붉은 열매를 한입 베어 문 후에 치러야 했던 아득히 오래된 고통과 달리.

우유에 딸기즙 세 방울을 떨어뜨리면 이런 색이 되려나.

연분홍색 꽃잎의 유혹에 정원의 마음도 무장해제되었다. 관상용 사과로 육성된 데코벨은 열매마저 앙증맞다. 체리만 한 열매의 액침표본과 옅은 분홍 꽃을 들여다보는 정원의 입매가 부드러워졌다. 오전 내내 알 수 없이 불안하고 엉킨 듯 팍팍했던 마음도 달콤한 딸기 우유를 한 잔 마신 것처럼 말랑해졌다.

현미경의 회전판을 돌려 배율을 높이자 크림색 암술이 보인다. 하트 모양의 동글납작한 암술머리는 탐스럽고 농염하게 부풀어 올랐다. 투구를 쓴 로마 병정처럼 암술을 둘러싼 노란색의 수술이 보인다. 배율을 조금 더 높여 수술을 들여다보았다. 노란 수술에 보슬보슬 붙어 있는 꽃가루가 보인다. 다시 회전판을 돌려 배율을 최대한으로 높이자 꽃밥에 달라붙어 있는 동글동글한 꽃가루가 카스텔라 경단 같다.

마이크로 월드.

정원이 사랑하는 세상이다. 이상한 나라의 앨리스처럼 정원은 점점 더 작은 세상으로 깊숙하게 빠져들어간다. 이렇게 낯선 우주를 홀로 여행하다 보면 문득 어린 시절 할머니와 보았던 '마이크로 코스모스'가 떠오른다. 쇠뜨기가 거목처럼 보이고 풀잎에 맺힌 이슬을 옹달샘처럼 사용하던 곤충들이 나오는 영화.

할머니는 보통의 할머니들처럼 드라마를 보는 대신 '퀴즈탐험 신비의 세계'나 내셔널지오그래픽의 자연 다큐멘터리를 좋아하셨다. BBC의 '지구'도 즐겨 보셨다. 덩달아 정원도 할머니와 세렝게티의 누 떼나 알 대신 새끼를 낳는 구피나 포유류이면서도 알을 낳는 오리너구리와 가시두더지 따위에 빠져서 살았다. 그 시절, 할머니와 정원이 가장 사랑했던 대상은 무리도 짓지 않고 홀로 외롭고 우아한 치타였다. 치타가 힘겹게 잡은 사냥감을 하이에나에게 맥없이 빼앗기면 할머니와 정원은 분통을 터트렸다.

"네 아빠가 따로 없다."

할머니는 그렇게 말씀하시며 깊은 한숨을 쉬곤 하셨다.

고배율 접사 사진을 모니터에 띄워놓고 현미경과 번갈아 들여다보며 현장에서 그려 온 스케치를 미세하게 수정해나갔다. 식물 세밀화는 토양이나 일조건 같은, 환경에 따른 변이를 최대한 제거하고 종의 특징을 나타내는 분류 키를 살려서 식별하기 쉽게 그리는 게 핵심이다.

정원의 작은 작업실에 사각거리는 연필 소리와 가사를 알아들을 수 없을 정도로 볼륨을 낮춘 음악과 간혹 작업 위치를 바꿀 때 드르륵 굴러가는 의자의 바퀴 소리만 촘촘하게 채워졌다. 박쥐난이 너울거리는 창가에 5월의 봄볕이 평화롭다. 박쥐난의 그림자가 마룻바닥을 천천히 이동하는 동안 느리지만 멈춤 없이 정원의 작업은 지속되었다.

삐비빅, 삐비빅.

오후 4시에 맞춰놓은 알람이 울렸다. 조금 더 할까 망설이다 이내 포기하고 렌즈에서 눈을 뗐다. 하루 이틀에 끝나는 작업이 아닌 이상 페이스 조절이 중요하다. 경험상 조금 더 조금 더 하면서 무리하다 보면 저녁 시간이 흐트러지고, 도미노처럼 그다음 날의 쳇바퀴도 삐걱거렸다. 렌즈를 장시간 들여다보았더니 눈도 피곤했다. 재물대를 내리고 클립에서 표본샘플을 뺐다. 그리고 미련 없이 현미경의 조명과 전원을 끄고 자리에서 일어나 기지개를 켰다.

작업하는 동안 꺼놓은 휴대전화의 전원을 켜자 메시지가 연달아 들어왔다. 메시지를 확인하는 대신 정원은 싱크대에서 손을 씻고 찻물을 올렸다. 찻물이 끓는 동안 정원은 자신의 손끝을 가만히 들여다보았다. 살갗 깊숙이 밴 향기처럼, 손끝에 자신의 것이 아닌 낯선 온기가 여전히 남아 있었다.

그날 이후, 손끝을 만지작거리는 버릇이 생겼다. 누군가의 얼굴을 만져본 게 언제였는지 기억도 나지 않았다. 매일 털북숭이 녀석만 만지다 보니 맨들한 인간의 눈꺼풀이 너무 낯설었나 보다. 아마도 그래서일 거다.

캐모마일을 한 잔 우려내 식탁에 앉아 메시지를 확인했다.

[은 박사 귀국했대.]

수목원에서 함께 일했던 동료 연희의 메시지를 발견하고 뜨거운 차를 꿀꺽 삼켰다. 울음을 삼킬 때처럼 뜨거운 덩어리가 목구멍을 느리게 훑고 지나갔다.

돌아왔나 보네.

큐 가든[12]으로 연수를 갔다고 들은 게 재작년 이맘때였으니까.

정원은 찻잔을 들고 침실로 들어가 침대 맞은편 벽면에 걸어놓은 울릉바늘꽃을 물끄러미 바라보았다. 그림을 보고 있으면 늘 그렇듯 귓가에 바람 소리가 들린다. 그 바람 속에서 소리치듯 말하던 남자도 떠오른다. 유행이랑 상관없는 체크무

---

12 The Royal Botanic Gardens Kew, 런던 소재 큐 왕립식물원

닉 셔츠, 뿔테 안경, 이발할 시기가 한참 지난 더벅머리. 남자는 바람에 날리는 머리카락을 쓸어넘기며 환하게 웃는다. 그러다 이내 표본실의 서늘한 공기가 정원을 휘감았다. 그날, 표본실에서 그랬던 것처럼 소름이 돋아 정원은 찻잔을 내려놓고 양손으로 목덜미를 감쌌다.

"사연 있는 여자, 그거 사람 미치게 한다. 잘 끝냈다."

퇴근이 늦어진 날이었다.

새로 발견한 바늘꽃의 표본 상태만 확인하고 퇴근하려던 정원은 어차피 늦은 거 조금 더 자료를 찾아보기로 했다. 표본제작실을 나와 표본실로 향했다. 한국 자생종인 분홍바늘꽃 표본을 찾아 살펴보았다. 갈고리 모양의 암술을 유심히 들여다보고 있는데, 걸걸한 목소리가 들렸다. 사초과 연구원인 김 박사였다. 키 높은 모빌랙 사이에 서 있는 정원을 미처 보지 못한 모양이었다.

"불쌍한 여자야."

인기척을 내려는 순간 또 다른 목소리가 들렸다. 정원에게 울릉도에서 발견한 바늘꽃의 도해도를 부탁한 은 박사다.

"그래, 그게 문제야. 불쌍하다는 거. 남자 여자가 사귀다 헤어질 수 있어. 근데, 상대가 불쌍한 애야. 그럼 뭐다? 헤어지자 한 놈은 죽일 놈 되는 거잖아."

"맞는 말이지, 뭐. 내가 죽일 놈이다. 대체 무슨 자만심이었는지. 처음에는 그 상처도 다 감싸줄 수 있다고 생각했는데…… 지치더라."

"당근이지. 여자든 남자든 자기 연민 심한 사람 일단 피해야 해. 그런 사람들은 불행을 즐긴다니까. 그러니까 이제 맑고, 밝고, 따뜻한 사람 만나. 아! 세밀화 어때? 굳이 굳이 우리 랩에 찾아와서 도해도도 맡겼다며?"

수목원에서는 자신이 연구하는 식물의 이름으로 서로를 부르곤 했다. 사초식물[13]을 연구하는 김 박사는 '사초'로, 나자식물[14]을 연구하는 연구원은 '나자'로. 세밀화를 그리는 정원은 보통 '세밀화'로 불리곤 했다. 사초의 입에서 '세밀화'라는 단어가 튀어나온 순간 자신이 여기에 있다고 알릴 타이밍은 날아가버렸다.

"뭐래? 당연히 남자친구 있겠지."

"당연히는 무슨. 없어."

은 박사의 말에 사초가 목소리를 낮췄다.

"어떻게 알아?"

"연희가 그러더라. 집, 수목원. 집, 대학원. 집, 도서관. 쉬는 날에는 모친이랑 쇼핑. 그게 세밀화 루틴이래."

동기인 연희는 수목원에 입사하자마자 사초와 비밀연애를 하다가 지난봄에 결혼했다.

"그럼 더더욱 안 되지."

"와이낫?"

"곱게 큰 사람한테 내가 가당키나 하겠냐."

"당신이 어때서? 이름만 대면 알 만한 집안에다, 부모님 정정하시겠다, 얼굴도 안 보고 데려간다는 셋째 아들인데."

"그건 셋째 딸 아니냐?"

"여튼."

"됐다."

"잘 생각해봐. 우리 연희가 지금 호시탐탐 노리고 있으니까."

"호시탐탐 노리다니?"

"결혼 안 한 손위 처남 있거든. 대전에 있다가 이번에 서울지검으로 발령받았어. 이

---

13 외떡잎식물의 한 과
14 겉씨식물

참에 장모님이 결혼시키려고 하는데, 처남이 선 시장에 나가는 건 또 질색하는 타입이라. 장모님이 세밀화를 한번 보신 적 있는데, 엄청 마음에 들어 하셨나 봐. 며느리 삼고 싶다고. 그래서 지금 연희가 물밑 작전 중이라니까."

"잘됐네."

"진심이 1도 안 느껴진다?"

"진심이야."

"그래? 평양 감사도 저 싫다면야⋯⋯."

"싫다는 게 아니라 나한테 너무 과분하다는 거지."

"뭘 또 그렇게 송곳 같은 자기 객관화야."

"그런데⋯⋯ 그 처남이라는 사람은 어떤데?"

"진심이라며?"

"좋은 사람이니까 좋은 사람 만나야지."

"뭐, 지금까지 딱 세 번 봤는데 쏘쿨한 사람이야. 남자가 인정할 수밖에 없는 남자. 능력, 인물, 성격 다 괜찮아. 연희 말로는 워커홀릭이라는데, 그거야 직업이 직업이니까. 그렇게 따지면 우리도 일중독이지. 이 시간까지 이러고 있으니. 어? 자료 찾는다며? 왜 그냥 가?"

"피곤해. 퇴근할래."

"왜? 듣기 싫어?"

"어. 듣기 싫어."

"오오오! 왜에에에?"

정원은 두 사람이 표본실을 빠져나갈 때까지 분홍바늘꽃의 암술만 바라보고 있었다.

그때처럼 정원은 침대 끝에 걸터앉아 울릉바늘꽃의 네모난 암술머리를 바라보았다. 이 그림을 완성하고 정원은 수목원을 그만두었다. 그리고 울릉도에서 환하게 웃던 남자에 대한 마음도 접었다.

네버 세이 네버

아야.

뻐근한 목덜미를 문지르다 미간을 찌푸렸다. 거울 앞에 서서 셔츠 깃을 벌려보았다. 마구잡이로 할퀸 생채기가 아침보다 더 짙어졌다. 정원은 상처를 천천히 더듬어보았다.

그래…… 새벽에 꿈을 꾸었지.

좁은 공간에 갇힌 채 숨을 쉴 수 없어서 몹시 불안하고 답답했던 느낌만 남은, 1년에 한두 번씩 꾸는 그런 꿈이었다. 꿈을 꾸고 나면 어김없이 목에 상처가 생겼다. 샤워를 하다 목의 상처를 발견하고 물줄기 아래에서 정원은 한참이나 서 있었다.

아토피인가?

그렇다기엔 평소 너무 멀쩡했다. 가렵지도 않고.

피가 맺히도록 자신의 목을 쥐어뜯으면서도 왜 번번이 깨어나지도 못하는 걸까.

살갗이 벗겨져 쓰라린 상처에 연고를 찾아 바르면서 정원은 자신의 둔감함을 탓했다. 어느 날부터인가 정원은 괴로움을 드러내기보다 혼자 삼켜버리는 쓸쓸한 버릇이 생겼다. 생채기를 만지자 잊고 있었던 불안함과 답답함이 되살아났다.

이럴 때는 경수가 있어야 하는데.

휴대전화를 찾아 들고 올 포 도기에서 보내온 '착해도 너무 착한 경수'라는 제목이 붙은 경수의 영상을 보았다. 제니가 제 밥을 다 먹고 경수의 밥을 먹는데도 경수는 가만히 그 모습을 바라만 보았다.

"안 돼, 제니."

훈련사의 웃음기 섞인 목소리가 들렸다. 훈련사가 제니에게서 밥그릇을 빼앗아 경수 앞에 놓아주자 경수가 콧등으로 그릇을 제니에게 다시 밀어주었다. 제니가 철없이 헤헤거리며 경수의 밥을 다 먹었다.

"아휴, 착한 녀석."

훈련사의 통통한 손이 경수의 이마를 쓰다듬었다.

"오독오독 맛있게도 먹네."

정원은 동영상을 한 번 더 돌려 보고 피식 웃었다.

경수 녀석, 설마 처방식이라 맛이 없어서 제니한테 떠넘기는 건 아니겠지?

제니가 먹는 모습만 봐도 배가 부른지 제니를 지켜보는 경수의 얼굴에서 포만감이 느껴졌다.

안 되겠다.

얼른 가서 경수를 꽉 끌어안아야 이 불안함이 가라앉을 것 같았다. 정원은 셔츠 단추를 목까지 꼭꼭 채우고 서둘러 스니커즈에 발을 꿰었다.

✳ ♦ ✳

"……감독."

"민준탁!"

준탁은 어깨를 툭 치는 손길에 눈을 떴다. 벨 소리도 도어록 열리는 소리도 못 들었는데 언제 들어왔는지 정우와 나나가 걱정이 덕지덕지 묻은 얼굴로 준탁을 내려다보고 있었다.

"무슨 생각을 하기에 불러도 대답이 없어? 전화도 꺼놓고. 얼굴은 또 왜 그래? 또 불면증이야?"

"난 또 무슨 일 생긴 줄 알았잖아. 제발 병원 좀 가보라니까."

부부가 일심동체로 나란히 잔소리다.

"이거 명백한 주거침입인 거 알지? 비밀번호를 바꾸든가 해야지."

준탁은 관자놀이를 꾹꾹 누르며 티 테이블에 걸치고 있던 발을 내렸다.

"오늘 새벽에 컷 편집 끝내고 사운드 넘겼다며. 고생했다고 격려차 왔구만. 아이고, 칙칙해. 도깨비 소굴도 아니고. 이 좋은 날에……."

정우가 들고 온 종이백을 내려놓고 꽉 닫아놓은 블라인드의 각도를 조절했다.

"눈부셔."

오후 햇살이 준탁의 눈을 깊숙하게 찔러댔다.

"너, 그 불면증도 일광욕 부족 때문이야. 한 달 내내 어두컴컴한 편집실에만 있었으니 잠이 오겠어? 그러다 골다공증 걸린다."

"누나, 저런 남편 데리고 어떻게 살아?"

준탁은 나나에게 하소연하며 종이백을 들여다보았다. 지난번에 마다한 홍삼절편과 약과였다.

"내 남편이 어디가 어때서? 키 좀 작고 머리숱 적은 거 말고는 펄팩트한 남자야, 왜 이래?"

나나가 자신보다 키가 작은 정우의 어깨를 꽉 끌어안고 점점 넓어지는 이마에 쪽 소리 나게 입맞춤을 했다. 그러자 정우가 코알라처럼 나나에게 앙증맞게 매달렸다.

"아, 쫌!"

준탁이 종이백을 던져두고 소파 등에 털썩 머리를 기대며 다시 눈을 감았다.

"일어나. 한잔하러 나가자."

나나가 티 테이블 위에 놓인 파란색 노트를 들어올리며 재촉했다. 무심한 척 노트를 펼쳐보는 손길과 달리 눈은 반짝거렸다.

"귀찮아. 조금 있다가 제니 데리러 가야 해."

준탁이 나나의 손에서 노트를 빼앗아 소파 옆 서랍에 넣고 탁, 소리 나게 닫았다. 그 순간 정우와 나나가 서로 눈짓을 주고받았다.

"그래? 나도 제니 본 지 오래됐는데 같이 가자. 앙큼한 지지배, 임신이라니. 제니 데리러 간 김에 거기 1층 카페에서 맥주 한잔씩 하자. 나야말로 오늘은 맥주 좀 마시고 푹 자고 싶다. 응?"

"귀찮으면 우리가 제니 데리고 올까? 장도 좀 봐 오고?"

"됐어. 남의 집에서 죽치고 술판 벌이려고."

준탁이 마지못해 일어나 기지개를 켰다. 나나의 말처럼 맥주라도 진탕 마시고 자고 싶을 만큼 피곤했다.

"안녕하세요. 일찍 오셨네요?"

훈련사의 미소가 오늘따라 거슬렸다. 사건이 터지길 기다리는 구경꾼의 미소라고나 할까.

"제니 지금 옥상에서 경수랑 놀고 있어요. 데리고 올게요."

"아닙니다. 내가 갈게요. 도시락 가방만 챙겨주세요."

도시락 가방을 챙겨 문을 나서는데 뒤통수가 따가웠다. 속눈썹 사건 이후 올포 도기 스태프들은 준탁에게 호기심 가득한 눈빛을 보내곤 했다. 무시하자니 성가시고 따져 묻자니 구차스러웠다. 준탁은 도시락 가방을 달랑거리며 옥상으로 올라갔다. 옥상이 훤히 내다보이는 자동 유리문 앞에서 열림 버튼을 누르려다 손을 멈추었다.

운동장 인조 잔디 한가운데 그 여자, 예정원이 양팔을 죽 펼친 채 누워 있었다. 오후 햇살이 제법 따가운데 일광욕이라도 하는 건지 여자의 한쪽 옆구리에는 제니가, 다른 한쪽은 경순가 철순가 늘어져 있다. 완전 '좌경수 우제니'다. 방해꾼이 된 거 같아 준탁은 선뜻 유리문을 열지도 못하고 한동안 그 자리에 서서 셋을 바라보았다. 아니, 예정원이라는 여자를 바라보았다.

매번 들고 다니는 헝겊쏘가리 같은 가방을 베고 누운 정원은 순교사처럼 새하얗다. 제단 위의 제물 같다. 준탁의 시선이 동그란 이마에서 부드럽게 이어진 콧등과 인중을 따라 움직이다 살짝 벌어진 입술 위에서 지나치게 오랫동안 머물렀다.

석원이 거리를 떠도는 동안 너는…… 온실 속에서 안온했겠지.

석원이 한 줄기 달빛에 의존해 황무지를 걷는 동안 너는 지금처럼 환한 햇살 속에서 나른했겠지.

그게 너의 잘못은 아니라는 거 알아.

잘못이 있다면 네가 네 부모의 자식으로 태어난 것뿐.

준탁의 턱이 꿈틀댔다.

먼 옛날 어느 별에서 내가 세상에 나올 때
사랑을 주고 오라는 작은 음성 하나 들었지
사랑을 할 때만 피는 꽃 백만 송이 피워 오라는
진실한 사랑 할 때만 피어나는 사랑의 장미

열림 버튼을 누르자 속삭이듯 낮은 노랫소리가 들렸다.

미워하는 미워하는 미워하는 마음 없이
아낌없이 아낌없이 사랑을 주기만 할 때
백만 송이 백만 송이 백만 송이 꽃은 피고
그립고 아름다운 내 별나라로 갈 수 있다네[15]

준탁은 걸음을 멈추고 노래를 들었다. 예정원이라는 여자는 노래마저도 자신처럼 불렀다. 아무런 기교도 없이 담담하게. 그래서 더 가슴에 맺히게 하는 이상한 노래였다.

"아아, 위로가 된다. 고마워, 제니. 고맙다, 경수."

정원은 제니와 경수의 앞발을 끌어다 자신의 가슴 위로 올려놓고 두툼한 털북숭이 발을 킁킁대며 번갈아 냄새를 맡더니 후우, 하고 길게 심호흡을 쉬었다.

"제니 힘들지 않아?"

정원이 제니 쪽으로 고개를 틀었다.

"언니가 만져봐도 돼?"

---

15   백만 송이 장미, 1997년, 작사 심수봉, 라트비아 가요의 변안곡

몸을 옆으로 돌리자 반짝이는 암갈색 머리카락이 쏟아져 햇살에 반짝였다. 정원은 팔베개를 한 채 제니의 불룩해진 배를 조심스럽게 쓰다듬었다.

"제니야, 아프지 말고 순풍순풍 순산해야 해."

경계심이라곤 찾아볼 수 없는 제니는 배를 발랑 뒤집고 온전히 정원에게 자신을 맡겼다.

"다리 안 아파? 언니가 마사지해줄까?"

정원은 아예 일어나 앉아 제니의 발목과 무릎을 조물딱거렸다. 기분이 좋은지 제니는 긴 혀를 늘어뜨리고 헤헤거렸다.

저거 봐. 오빠가 왔는데 알아차리지도 못하고. 그저 아무나 보고 좋지.

걸음을 옮기자 누워 있던 경순가 철순가가 먼저 고개를 들어 준탁을 바라보았다.

"제니!"

준탁이 제니를 부르자 정원이 놀란 듯 벌떡 일어섰고, 제니는 벌렁 누운 채로 꼬리만 힘차게 흔들었다.

뉘 집 딸인지 버릇 참 좋구나.

"안녕하세요."

정원의 인사에 준탁은 고개만 까딱였다. 어떤 목소리가 튀어나올지 자신이 없었다.

"가자, 제니."

가방에서 하네스와 리드 줄을 꺼내 제니를 불렀다. 제니는 싫다는 듯 뺀질거리며 정원의 뒤로 숨었다.

훈련을 하면 뭐 하나. 이렇게 말도 안 듣는데.

"제니, 안녕. 내일 보자."

정원이 제니를 준탁 앞으로 데리고 왔다. 준탁은 제니에게 하네스를 채우고 리드 줄을 꽉 쥔 채로 정원을 바라보았다. 뺨과 코끝이 햇빛에 그을려 발그레했고 살짝 벌어진 입술은 유약하고 무방비해 보였다. 입술 사이로 보이는 하얀 앞니를 스스로 생각하기에도 노골적으로 바라보았다. 준탁의 시선이 불편한지 정원은 입술을 다물고 셔츠 깃을 만지작거렸다.

답답하게 목까지 채운 셔츠 깃 위로 가려지지 않은 붉은 흔적이 삐죽 보였다. 손톱으로 긁힌 거 같기도 하고 멍 자국 같기도 했다.

뭐지?

키스…… 자국 같은 걸까?

저 셔츠를 벗기면 온몸에 키스 마크가 있을지도 모른다. 저렇게 담백한 얼굴을 한 여자와 키스 마크라. 가녀린 목덜미에서 시작해 창백한 가슴을 가로질러 허리까지 이어진 붉은 흔적을 상상했다. 매끄러운 곡선을 따라 나른하게 움직이는 입술……. 기묘한 열감이 준탁의 아랫배를 관통했다.

미친. 변태 같은 새끼.

준탁은 속으로 헛웃음을 쳤다.

"통성명이나 합시다. 민준탁입니다."

"예정원이에요."

알고 있었지만 막상 여자의 입에서 '예정원'이라는 이름을 듣자 준탁은 생각보다 깊은 웅덩이에 빠진 느낌이었다. 젖은 옷이 살갗에 쓸리는 듯 불쾌했다.

"예……정원 씨. 성이랑 이름이 별로 어울리지 않네요."

"네……?"

몰라서 되묻는 게 아니라 놀라서 되묻는 물음이다.

"이정원이나 서정원, 아니면…… 한정원 같은 조합이 당신한테 더 잘 어울리는 거 같아서."

"……?"

준탁을 올려다보는 눈동자가 미세하게 흔들렸고, 그 눈동자에서 일렁이는 어떤 그림자를 본 순간 준탁은 답을 얻었다고 확신했다.

"그럼."

준탁은 안 가겠다고 버티는 제니를 억지로 데리고 옥상을 빠져나왔다. 엘리베이터를 기다리는 동안 흘끔 운동장 쪽을 바라보자 정원은 조금 전 그 자세 그대로 멍하니 오후 햇살 속에 서 있었다.

"무슨 생각을 그렇게 골똘히 해?"

나나가 자신들에게 집중하라는 듯 테이블을 톡톡 두드렸다.

"시나리오."

준탁은 맥주를 한 모금 마시고 대답했다.

"시나리오? 무슨? 이번에 투심 들어간 거 말고?"

"말고."

느긋하게 풀어져 있던 정우가 벌떡 몸을 일으키며 나나를 바라보았다.

"어쩐지. 아까 집에서 노트 보고 뭔가 있다 싶었다."

내가 그랬잖아, 하는 눈빛으로 나나가 정우의 옆구리를 쿡 찔렀다.

"시놉은 나왔어?"

"대강."

"와 씨. 궁금해."

"뭔데?"

정우가 맥주를 벌컥벌컥 단숨에 마셔버리고 입술을 손등으로 닦아냈다. 나나도 테이블에 상체를 바싹 붙이고 준탁이 입을 열기만 기다렸다. 정우와 나나는 영화라면, 그것도 준탁의 영화라면 사랑을 나누다가도 뛰어올 준비가 되어 있는 사람들이었다.

준탁은 고개를 돌려 카페 알바트로스의 잘 가꾸어진 테라스 정원을 둘러보았다. 안쪽 매장만큼이나 널찍한 공간에 은은하게 조명이 들어오고 저녁 바람에 꽃들이 하늘거렸다. 버기카에 아이와 강아지를 태우고 온 젊은 부부가 왼쪽 테이블에 막 자리를 잡았다. 애견 동반이 가능한 테라스의 몇몇 테이블엔 주인을 따라온 강아지들이 보였다.

준탁이 앉은 의자 바로 옆, 은빛이 도는 식물에 나무로 만든 이름표가 꽂혀 있다. 은사초. Carex conica Snowline이라는 학명과 속씨식물문, 외떡잎식물강, 사초목, 사초과라고 분류 표시까지 동글동글한 서체로 꼼꼼하게 쓰여 있다. 더구나 꽃말이 자중이라니.

자중.

언행을 신중하게 하라는 것인지, 아니면 스스로를 소중히 여기라는 것인지 알 수 없는 꽃말이다.

"어떤 얘긴데?"

"……복수에 관한 거."

"복수?"

"어떻게 하면 가장 처절한 복수가 될까, 고민 중이야."

발치에 엎드려 껌을 씹고 있는 제니를 바라보며 대답했다. 제니를 데리고 온 날 준탁은 제니에게 말했다. 행복하게 살자고. 행복하게 해주겠다고. 그게 널 버린 주인에 대한 복수라고. 그런데, 그건 복수 같지가 않다. 제니가 고통받은 만큼 되돌려주어야 진정한 복수가 아닐까 하는 생각이 압도적으로 준탁을 지배했다.

"한 아이가 있어. 베이비 박스 같은 곳에 버려진."

준탁은 맥주잔을 비워내고 정우와 나나를 바라보았다.

"그래서?"

정우는 준탁의 잔에 맥주를 채워주고 나나는 안주로 주문한 피쉬앤칩스를 준탁의 앞으로 밀었다.

"누구나 인생의 기본값이라는 게 있잖아. 부모님, 형제. 낡은 TV가 놓인 거실 따위 말이야. 아, 형제는 없을 수도 있겠구나. 어쨌든 그런 최소한의 디폴트값마저 없는 아이지."

준탁이 제 손등에 흐릿하게 남은 흉터를 들여다보며 말했다.

"부모가 누구인지 몰라서인지 그리움도 모르고 미움도 없이 살았어. 보육원엔 두 종류의 아이가 있어. 부모의 기억이 있는 아이와 없는 아이. 누가 더 불행할 거 같아?"

"글쎄."

둘 다 끔찍하다는 듯 나나가 미간을 찡그렸다.

"그 아이가 어떤 부부에게 입양됐어. 아이는 행복했지. 엄마, 아빠가 생겼으니까. 그런데 행복은 오래가지 못했어. 그 알량한 행복을 시샘이라도 하듯 불임인 줄 알았던 부부에게 아이가 생겼거든. 동생이 태어나고 아이는 배신감과 상실감이라는 감정을 알게 되지. 그리고 그리움과 기다림과 박탈감과 절망감이라는 감정도."

"그래서?"

"그러던 어느 날, 집에 불이 나. 아이가 불을 냈다고 사람들은 단정했어. 아이는 파양돼서 다시 보육원으로 돌아왔지만 예전의 그 아이로는 절대 복원될 수가 없었어. 누군가는 운이 없는 아이라고 했지. 그렇게 간단한 말로 그 아이의 인생을 설명할 수 있을까. 그러기엔 세상은 그 아이에게 지나치게 가혹한 편이었어. 보육원 형들에게 성폭행도 당하고."

준탁은 포크로 대구살 튀김을 짓이기며 성폭행이라는 말을 내뱉었다.

"형? 남자아이였어? 나는 왜 여자아이라고 생각했지?"

"헐."

나나가 맥주를 벌컥 들이켰다.

"시간이 흘러 아이도 결국 남자가 되었지. 그러다 우연히 동생을 만나게 돼. 자신의 행복을 모두 빼앗아 간 여동생 말이야. 곱게 자라 구김살 따위 하나도 없는, 섬세한 레이스 같은 여자로 자란 동생을 보면서 남자는 복수를 계획하지. 가장 잔인하게 응징할 수 있는 방법은 무얼까, 하고."

"……."

정우와 나나가 말없이 눈빛을 주고받았다.

"왜? 별로야? 너무 신파인가?"

"그 동생이 잘못한 건 없잖아."

나나가 조심스럽게 입을 열었다.

"그렇지."

순순히 대답하고 준탁은 고개를 돌려 테라스 너머 거리를 내다보았다. 조금 전부터 테라스 아래에서 서성이는 한 남자에게 시선이 갔다. 체크무늬 셔츠에 베이지색 바지와 갈색 캐주얼 구두를 신은 남자가 습관처럼 가방을 고쳐 메며 휴대전화를 만지작거렸다. 두꺼운 뿔테 안경을 쓴 남자는 어딘가 모르게 들뜨고 초조해 보였다.

"어떤 복수가 그들을 가장 불행하게 만들까, 생각해보니 그들이 가장 소중하게 생각하는 걸 망가트리는 거더라고."

남자에게서 시선을 돌린 준탁은 또다시 '자중'이라는 꽃말을 바라보았다.

"그래서 어떻게 망가트린다고."

"생각 중이야. 처절하게 망가트릴 방법을."

정우가 묻고 준탁이 대답했다.

"복수의 대상이 잘못된 거 아니야? 복수를 하려면 애초에 베이비 박스에 버린 친부모에게 해야지."

나나의 말에 준탁은 씁쓸하게 웃었다.

"그렇지 않아?"

나나가 동의를 구하듯 정우를 바라보았다. 정우는 글쎄, 하는 표정으로 어깨만 으쓱했다.

"말했잖아. 아무런 기억도 없다고. 그래서 그리움도 미움도 원망도 없어."

준탁이 제니를 내려다보며 말했다. 제니는 먹다 남은 껌을 소중하게 품은 채 잠이 들었다.

"그건 좀 납득할 수 없는데?"

"인생이란 게 원래 모순투성이잖아."

"그 복수로 남자가 행복할까?"

정우가 심각한 표정으로 물었다.

"……복수란 자멸을 감수하는 거니까."

복수는 행복해지려고 하는 게 아니다. 파멸하리라는 걸 알면서도 멈추지 못하는 거…… 그것이 복수의 참된 속성인지 모른다. 모든 것이 완전히 연소되어 아무런 감정의 찌꺼기도 남지 않을 것이라고 복수는 준탁을 유혹했다. 부모가 누구인지 몰라서 그리움도 모르고 미움도 원망도 없었던 그때처럼. 그러면 빌어먹을 불면증도, 피투성이 손가락도 다 해결될 거라고.

준탁은 음미하듯 맥주를 한 모금 마시고 달콤한 표정을 지으며 입술을 핥았다.

"그 표정 어째 사이코패스 같다?"

나나가 감자칩을 우적우적 씹으며 눈을 가늘게 떴다.

감자칩을 씹던 나나가 준탁의 뒤를 바라보며 "어?" 하더니 자리에서 일어났다. 나나는 누군가의 이름을 부르며 뒤쪽 테이블로 걸어갔다. 준탁이 뒤를 돌아보자 네 명의 여자와 골든레트리버 한 녀석이 막 테이블에 자리를 잡고 있었다. 그중 한 여자와 눈이 마주친 순간, 준탁의 미소가 사라지고 가슴속의 현이 끊어지도록 팽팽하게 당겨졌다.

이제 남은 건 시위에서 손을 떼는 일뿐이다.

06

|

해피퍼니

아팠겠네.
준탁이 내뱉은 한숨은 느리게 공기의 파동을 만들며
정원의 심장으로 고여들었다.

"윤한나."

크림색 정장을 입은 키가 큰 여자가 한나의 이름을 부르며 앞쪽 테이블에서 성큼성큼 걸어왔다. 등지고 앉아 있던 남자가 이쪽을 돌아보았다. 민준탁이다. 준탁과 시선이 부딪히자 정원은 못 본 척 서둘러 고개를 돌려버렸다.

"이정원이나 서정원, 아니면…… 한정원 같은 조합이 당신한테 더 잘 어울리는 거 같아서."

민준탁이 내뱉었던 말을 떠올리자 또다시 숨쉬기가 불편해졌다. 어디선가 매캐한 연기가 나는 듯했다. 정원은 셔츠 깃 사이로 손가락을 넣어 잡아당기며 깊게 숨을 들이마셨다.

"누구? 아! 유나나?"

"한나 맞지? 오랜만이다. 어쩜 넌 하나도 안 늙었다?"

"비즈니스용 멘트는 접어두자. 영화, 잘 보고 있어."

두 사람이 MOU 체결 후 악수를 나누는 것처럼 건조하게 인사를 주고받았다.

"그래? 고맙네. 잘 지내지? 같은 동네 살면서 얼굴 보기 힘들다."

"응. 좋아. 가끔 애기랑 치과에 들른다고 세나한테 들었어."

세나가 안녕하세요, 하고 여자에게 인사를 건네자 여자는 테이블에 앉아 있는 이나와 정원을 차례로 바라보며 가볍게 눈인사를 건넸다. 여자의 시선이 정원에게 조금 오래 머물렀다 한나에게 돌아갔다.

"여기 어쩐 일이야?"

"남편이랑 친구랑 한잔하고 있었어."

이나와 세나가 고개를 돌려 여자가 가리키는 테이블을 바라보았다. 정원은 뒤를 돌아보는 대신 경수에게 물을 먹이고 도시락 가방에서 그릇을 꺼내 저녁밥을 챙겼다.

"헉! 민준탁이다. 계속 이쪽 쳐다보고 있어."

세나가 정원의 귓가에 속삭였다. 한나와 여자가 테이블에서 조금 떨어져서 담소를 나누는 동안 정원은 자신의 뒤통수에 준탁의 시선이 달라붙어 있다는 걸 알았다.

"민준탁이 형부가 제시한 대로 합의했다며?"

세나가 이나에게 물었다.

"응. 양육비니 뭐니, 까다롭게 굴더니 변호사 보냈더라. 동희가 한시름 놓았지. 대신 새끼들 입양은 자기가 알아서 하겠다고 했대. 뭐, 좋은 입양처 있으면 마다하지 않겠으니 알려는 달라고 했어."

"그래? 나도 한 녀석 입양할까 생각 중이었는데."

세나가 경수의 이마를 쓰다듬으면서 말했다.

"변호사 말로 민준탁이 입양 조건을 엄청 따진다던데. 마당 있어야 하고, 마당 없으면 적어도 50평 이상이어야 한다나?"

"뭐야, 난 아예 자격조차 없네?"

이나의 말에 세나가 어이없다는 표정을 지었다.

"혼자 살아도 안 되고 거기다 입양할 사람 나이가 육십 넘어도 안 된대."

"그건 또 왜?"

"견주가 나이가 많으면 아프거나 사망할 확률이 높잖아. 종에 따라서 다르긴 하지만 보통은 15년에서 20년은 곁에 있어줘야 하는데, 만약 그렇게 되면 아이들이 주인을 잃게 되는 거잖아."

"요즘 육십이 무슨 노인네라고. 육십에 치아 교정하러 오시는 분들도 있어."

"끝까지 돌봐줄 수 없게 될까 봐 그런 거 같아."

"허. 민준탁 개한테 진심이구나."

세나가 감탄의 눈으로 민준탁을 다시 돌아보았다.

"어. 진심이더라. 입양하고 1년에 한 번씩은 다 같이 모여야 한다는 게 조건이 래. 제니한테 확인시켜줘야 한다고. 자기 아이들이 행복하게 잘 살고 있다는 거."

언제 왔는지 동희가 한입에 쏙 들어갈 만큼 작게 만든 취나물 주먹밥과 원추리를 넣어 맑게 끓인 모시조개탕을 들고서 대답했다. 정원이 일어나 테이블 세팅을 도왔다.

"명란 넣었어?"

"아무렴요. 마님이 드시고 싶다는데. 탱글탱글한 속초 저염 명란입죠."

오늘따라 동희는 유난히 이나에게 지극정성이다.

"웬일이야. 비리다고 젓갈 같은 거 입에도 안 대더니. 근데, 제니가 자기 새끼들이라는 거 알까?"

"알 거야. 아마도."

"알지, 그럼."

세나의 말에 이나와 동희가 동시에 고개를 끄덕였다.

"그럼 경수도 만나야 하는 거 아니야?"

제 이름이 나오자 경수가 꼬리를 흔들었다.

"그러네. 경수가 아빤데."

동희가 맞장구쳤다.

"왜? 니 얘기 한다고?"

제 얘기를 하고 있다는 걸 알아서일까, 경수가 일어나 동희에게 등을 내밀었다. 등을 쓰다듬어달라는 뜻인데, 그건 경수가 아주 기분이 좋을 때나 하는 행동이었다.

"이 자식, 오늘 왜 이렇게 컨디션이 좋아? 누나랑 일광욕해서 그런가?"

동희가 경수의 등을 쓰다듬으며 정원을 바라보았다.

"이나 언니가 준 영양제 먹였더니 요즘 활기가 좀 생긴 거 같아요."

"그래? 모질이 좀 좋아진 거 같기도 하네."

이나가 고개를 빼고 경수를 꼼꼼하게 살펴보았다.

"미안, 미안. 많이 기다렸지? 어서 먹자. 제부, 오늘도 감사히 잘 먹을게요."

여자와 인사를 끝낸 한나가 테이블로 돌아와 서둘러 자리를 잡았다.

"저 사람이 사법연수원 때려치우고 영화판에 뛰어들었다는 그 동창이야?"

"어. 민준탁 영화 제작자. 우리 치과 다니잖아."

이나의 물음에 세나가 대신 대답했다.

"진짜, 맛있다. 아무리 생각해도 윤이나 넌, 전생에 나라를 구했나 보다."

한나가 취나물 주먹밥을 삼키고는 감탄을 내뱉었다.

"한동희는 나라를 팔아먹었고."

주먹밥을 우물거리며 말하는 세나를 이나가 노려보았다.

"뭘? 맞는 말이잖아. 잘생겨. 돈도 잘 벌어. 요리도 잘해. 게다가 영…… 아야!"

이나가 탁, 소리 나게 수저를 내려놓는 동시에 한나가 세나의 입을 아프게 꼬집었다.

"그래, 그래. 한동희가 팔아먹은 나라 윤이나가 구해줘서 둘이 쩨쩨쩨 행복했다, 됐냐?"

한나의 손을 밀어내며 세나가 툴툴거렸다.

"유치해서 진짜. 너 나이가 몇 개야?"

"처제, 부러우면 부럽다 말해. 여보야, 자기가 이해해라. 어쩌겠냐. 모솔인데."

동희가 이나의 등을 토닥이며 달래자 세나는 아니꼽다는 듯 입술을 삐죽였다. 연년생인 이나와 세나의 티격태격이 하루 이틀은 아니지만 볼 때마다 살벌해서 정원은 안절부절못했다. 어디서부터가 장난이고 싸움인지 구분하기가 힘들었다. 더구나 누구 한 사람의 편을 들어야 하는 상황이면 진심으로 난감했다.

"그만해라. 정원이 앞에서. 참, 정원아. 오늘 어머니한테서 전화 왔었어."

"네? 왜요?"

정원이 국을 뜨다 한나를 바라보았다.

"너 괜찮은지 잘 좀 보살펴달라시더라. 이맘때 자주 아프다고."

"……왜 저한테 안 물어보시고……."

"너한테 물어보면 매번 괜찮다고만 하니까 그러지. 언니가 셋이나 있는데 너 아프거나 하면 우리 진짜 어머니한테 면목 없어. 정말 별일 없는 거지? 걱정 끼치기 싫어서 괜찮다고 하는 거라면 언니, 진짜 서운해."

"아토피 말고 저는…… 정말 괜찮아요."

정원은 셔츠의 첫 번째 단추를 만지작거리며 대답했다.

"아토피가 있었어?"

"이맘때 건조해지면 한 번씩 그래요."

"아토피는 무조건 건강식이랑 보습제야. 동희야, 우리 정원이 도시락 좀 신경 써줘."

"그럽지요."

이나의 부탁에 동희가 넙죽 대답했다.

"아니에요, 형부. 지금도 너무 과분하게 잘 먹고 있어요."

"정원아, 무슨 일 있으면 언니들한테 꼭 말해줘. 응?"

"네. 그럴게요."

정원이 고개를 끄덕였다.

"어머니가 너 수목원 그만둔 거 아까워하시더라. 그나마 직장이라도 다녀야 사람을 만날 수 있는데, 매일 혼자 작업실에서 그림이나 그리고 있으면 사람은 언제 만나냐고."

그건 한나의 말이 아니더라도 알고 있었다. 수목원을 그만두고 프리랜서로 전향하겠다고 말씀드렸을 때, 예 원장이 제일 먼저 걱정했던 것도 정원의 고립이었다.

"저도 사람은 만나요. 친구도 만나고 회의도 하고 인터뷰도 하고……."

"정원아, 여기서 사람은 남자를 뜻한단다. 에구, 순진한 자식."

세나가 장난스럽게 정원의 머리를 쓰다듬으며 웃었다.

"그러게. 세나 너는 순진하지도 않은데 왜 남자를 못 만날까?"

이나의 시비에 세나가 후우, 머리카락을 불어 날리고는 캐노피를 올려다보았다. 세나가 씩씩거릴 때마다 바람이 불고 캐노피가 펄럭였다.

"수목원에서 괜찮은 사람 없었어?"

이나가 앞접시에 주먹밥을 잔뜩 쌓아올리며 물었다.

"관심이 가는 사람은 있었는데…… 그냥 인연이 안 닿았어요."

정원은 최대한 솔직하게 대답했다. 진심으로 자신을 받아준 자매들에게 마음을 닫아두고 싶지는 않았다.

"사귀는 사람이 있었어?"

세나가 국을 떠먹다 말고 정원에게로 시선을 주었다.

"저 혼자 잠깐 좋아했어요."

"짝사랑?"

"아, 아뇨. 짝사랑까지도 가지 못했어요."

"뭘, 또 그렇게 정색이니. 어머니 조만간 서울 한번 오시겠대."

정원이 손사래를 치자 한나가 웃으며 말했다.

"아, 맞다. 언니야, 우리 두 분 결혼기념일에 맞춰서 제주도에 갈까? 생각해보니까 가을에 제주도에 가본 적이 없더라."

세나의 제안에 자매들이 고개를 들고 서로를 바라보았다.

은퇴 후 제주도에서 살기를 소망했던 예 원장은 올 초 윤 박사와 함께 애월에 있는 작은 별장을 렌트해서 '제주도 1년 살아보기'에 도전했다. 은퇴 후 덜컥 이사 갔다가 다시 서울로 리턴한 지인들의 얘기를 듣고, 예 원장은 미리 살아보고 결정을 내리겠다고 했다. 예 원장과 윤 박사는 노을이 아름다운 그곳에서 꽤 만족스러운 시간을 보내고 있었다. 매일 저녁, 포치에 앉아 노을 바라기를 한다며 행복해했다. 어제만 해도 '엄마가 어린 왕자가 된 거 같아. 장미 같은 우리 딸과 함께 보고 싶네.'라는 메시지와 함께 아름다운 노을을 찍어서 보내왔다.

"그것도 괜찮겠다. 나는 병원 시간 조정하면 되는데, 이나랑 제부는 시간 비울 수 있겠어?"

"사흘 정도는 뺄 수 있어. 동희 너는?"

"나야 뭐, 애니타임 이즈 오케이죠."

동희가 흔쾌히 고개를 끄덕였다.

"정원이는?"

"저도요."

정원도 고개를 끄덕였다. 제주에 가면 학부 시절 자주 생태탐사를 갔던 곶자왈에 가고 싶었다. 원시림이 뿜어내는 초록색 공기가 그리웠다.

"그럼, 가는 거다. 나, 제주도 가면 잠수함 타보고 싶어."

"어린이니?"

이나와 세나의 티격태격이 또 시작되고 대화의 방향은 잠수함에서 서핑으로, 서핑에서 옥돔으로, 옥돔에서 제임스 터렐의 전시관으로 널뛰기했다.

"누구 전화벨 울리는 거 같은데? 너 아니야?"

세나가 의자에 걸어둔 정원의 에코백을 가리켰다.

"아! 저 맞아요."

정원이 백에서 휴대전화를 꺼내자 벨 소리가 뚝 끊겼다. 낯선 번호로 두 번의 부재중 통화가 들어와 있었다.

"누구?"

"모르는 번호인데……."

전화벨이 다시 울리기 시작했다. 정원은 잠시 망설이다 통화 버튼을 눌렀다. 세 번이나 연거푸 걸려온 전화가 스팸이나 광고 같지는 않았다.

"여보세요?"

- 예정원 선생?

"네. 그런데 실례지만 누구…….."

누구세요, 라고 채 묻기도 전에 정원은 전화를 건 사람이 누군지 알았다. 심장이 빠르게 뛰기 시작했다. 반가움보다 놀람이 더 큰 이유였다.

- 은경숩니다. 그동안 잘 지냈어요?

"네에……. 안녕하셨어요, 박사님."

인사를 건네며 정원은 자신의 손끝을 물끄러미 들여다보았다. 은 박사와 이렇게 안부를 주고받는 지금의 상황이 어색하면서도 한편으로는 씁쓸했다. 마치 날짜가 훌쩍 지나버린 초대장을 열어보는 기분이랄까.

표본실에서의 대화를 듣게 된 이후, 은 박사가 호감을 표현할수록 정원은 뒷걸음질을 쳤다. 뜬금없이 책상에 올려주는 커피라든가, 출출할 때 먹으라며 건네주는 유명 베이커리의 로고가 박힌 종이백이라든가, 구내식당에서 우연인 듯 맞은편에 합석할 때마다 정원의 마음은 미모사처럼 움츠러들었다. 그때의 정원은 짝사랑의 보답보다 맑고 밝고 곱게 자란, 좋은 사람인 채로 잊히고 싶은 마음이 더 컸었다.

은 박사와의 마지막이 어땠더라.

꽤 긴 시간 동안 수정을 거듭해서 완성한 신종 바늘꽃 도해도를 건넸었고, 은 박사는 밥을 사겠다는 말로 감사를 표시했지만 단둘이 밥을 먹는 일은 일어나지 않았다.

- 학술원에 일이 있어서 왔다가 예 선생 작업실이 이쪽에 있다는 게 기억나서요.

"아, 네……."

은 박사의 말을 어떻게 받아들여야 할지 알 수가 없어서 그저 네, 라고 대답했다. 고개를 드니 호기심 가득한 자매들과 동희의 눈이 부담스럽게 반짝였다. 정원이 의자에서 일어나 테라스 가장자리 쪽으로 걸어갔다.

― 저, 실례가 안 된다면 잠시 만날 수 있을까요?

"지금요?"

― 드릴 것도 있고 해서…….

"지금 식사 중이라……."

난감해진 정원이 셔츠의 단추를 만지작거리며 거리 쪽으로 시선을 던졌다. 어둑해지는 거리를 킥보드가 쌩하니 지나갔다. 테라스 아래에 서 있다가 아슬아슬하게 킥보드를 피한 체크무늬 셔츠를 입은 남자가 사과도 없이 지나가버린 킥보드를 바라보았다. 정원의 시선이 킥보드에서 체크무늬 셔츠로 되돌아와 멈췄다. 어디서 본 듯한 파란색 계열의 체크무늬 셔츠를 입은 남자가 휴대전화를 귀에 대고 서 있었다.

― 아, 그러시구나.

남자가 어깨를 툭 떨어트리더니 덥수룩한 머리를 쓸어넘기며 몸을 돌렸다. 전화기 스피커에서 흘러나오는 목소리와 공기 속에 섞인 목소리가 동시에 들렸다.

"지금…… 어디신데요?"

정원의 목소리도 그렇게 들리는 걸까. 두리번거리며 테라스를 올려다보는 남자와 눈이 마주쳤다. 남자가 뿔테 안경을 고쳐 쓰며 미간을 좁혔다.

― 예정원 선생?

"……."

정원은 휴대전화를 든 채 꾸벅 고개를 숙여 인사를 했다. 은 박사는 잠시 멍하니 정원을 바라보더니 가방을 고쳐 메고 테라스 계단을 뛰어 올라왔다. 성큼성큼 테라스를 가로지르는 은 박사에게 정원뿐만 아니라 사람들의 시선이 꽂혔다. 그중에 준탁도 있었다.

"예 선생. 이런 우연이. 지하철 타러 가다가 혹시나 해서 전화했는데. 예 선생이 이 카페 자주 들른다고 신연희 선생이……."

비밀을 들킨 것처럼 은 박사는 돌연 말을 멈추었다.

은 박사가 귀국했다는 연희의 메시지가 떠올랐다. 뜬금없이 보낸 메시지가 아니었다. 정원은 이 모든 것이 연희의 연출임을 확신했다.

"연수는 잘 다녀오셨어요?"

"네. 덕분에. 예 선생도 잘 지냈습니까?"

"네. 저도 덕분에요."

"지난번 RHS 보태니컬 아트 전시회에 갔었어요. 마지막 날에. 예 선생이 안 계셔서 좀 서운했습니다."

"마지막 날엔…… 좀 피곤해서 쉬었어요."

마지막 날에 정원은 예 원장과 함께 리치몬드에 갔었다. 큐 가든이 있는. 예 원장과 아름다운 유리온실을 둘러보며 울릉도에서 환하게 웃던 남자는 어디쯤에서 연구할까, 잠시 생각했었다.

"늦었지만 축하해요."

"감사합니다."

대화를 어디서 어떻게 마무리 지을지 모르겠다.

"저…… 그런데 무슨 일로……."

"아! 이거."

조심스럽게 묻는 정원에게 은 박사가 가방에서 두툼한 봉투를 꺼내 내밀었다.

"이게 뭔데요?"

"울릉바늘꽃 발표한 학회지입니다."

"작년에 발표된 거 뉴스에서 봤어요. 그런데……."

정원이 학회지라기엔 너무 묵직한 봉투를 받아 들고 은 박사를 바라보았다.

"리치몬드에 있는 헌책방에 들렀다가 우연히 1800년대에 출판된 윌리엄 후커의 책을 발견했어요. 아, 아니. 비싼 거 아닙니다. 퍼스트 에디션도 아니고 세컨드 에디션이에요."

정원이 놀라 사양의 말을 하기도 전에 은 박사가 서둘러 덧붙였다.

"밥 대신이라고 생각해줘요."

"……?"

"밥 산다고 했잖아요. 열어봐요."

정원이 봉투를 열자 자신이 그린 울릉바늘꽃 도해도가 실린 학회지가 나왔다. 학명의 명명자 자리에 은 박사의 이름이 올라와 있다.

"에필로비움 울릉엔시스…… 멋지네요. 축하드려요."

"예 선생이 도와주셔서 가능했던 일입니다."

학회지 아래 완충재로 싼 초록색 하드커버 책자가 나왔다.

THE BRITISH FLORA

금박으로 인쇄된 타이틀이 조명에 반짝였다. 무화과와 양치식물의 보태니컬 일러스트레이션이 삽입된 윌리엄 잭슨 후커의 책이었다.

"박사님, 너무 과한 밥이에요. 체할 거 같아요."

정원의 말에 은 박사가 눈가에 주름을 잡고 활짝 웃었다.

"정원아, 누구셔?"

호기심이라면 누구 못지않은 세나가 불쑥 끼어들었다.

"수목원에서 같이 일했던 박사님이세요. 이 근처에 오셨다가…… 박사님, 막내 언니예요."

정원이 은 박사에게 세나를 소개했다.

"처음 뵙겠습니다. 은경숙입니다."

순간 세나가 자신이 잘못 들었나, 귀를 쫑긋했다. 정원이 입술을 깨물었다.

"어머, 안녕하세요. 정원이 언니 윤세나예요. 식사는 하셨어요? 안 하셨으면 저희랑 같이 하실래요?"

"아, 아닙니다."

"언니, 수목원에서 정원이랑 같이 일하셨던 박사님이시래."

은 박사가 손사래를 치기도 전에 세나가 고개를 돌려 동네방네 소문을 냈다.

"어머, 이리 모시고 와."

한나와 이나가 동시에 일어나고 동희는 아예 이쪽으로 걸어왔다.

"식사 안 하셨으면 동석하시죠."

"괜찮습니다."

"그럼, 시원한 거라도 한 잔 드세요. 아, 저는 정원이 처제의 하나뿐인 형부입니다. 아이, 사양하지 마시고 이리 오세요."

동희가 거의 반강제로 은 박사를 테이블로 데리고 갔다. 정원은 세나와 동희에게 끌려가다시피 하는 은 박사의 뒷모습을 자포자기의 심정으로 바라보았다. 한숨을 쉬며 뒤따라 걷는데 시선을 느꼈다. 누군지 알았지만 돌아보지 않았다. 눈으로 독침이라도 쏘는지 뺨이 따끔거렸다. 집요한 시선을 털어버리듯 뺨을 쓸어내리면서도 정원은 고집스레 고개를 돌리지 않았다.

"은······경수 박사님?"

자매들과 동희는 은 박사가 내민 명함을 한 장씩 받아 들고 정원과 '개'경수를 번갈아 바라보았다. 정원의 얼굴이 더 이상 빨개질 수 없을 만큼 빨개졌다. 할 수만 있다면 놀이터에서 데려온 골든레트리버의 이름을 고민했던 그 순간으로 돌아가고 싶었다. 그렇다면 경수에게 '경수'와 '별'이 적힌 쪽지를 고르게 할 게 아니라 그냥 '별'이라는 이름을 주었을 텐데. 그 순간을 구차스럽게 변명하자면 강아지 이름을 사람 이름으로 지어주면 건강하다는 이나 언니의 말을 믿었을 뿐이다.

"편안하게 이름으로 불러주십시오."

"아아······ 네."

세 자매가 똑같이 고개를 끄덕이고 다시 정원을 바라보았다. 정원은 언니들의 시선을 피하며 물잔을 잡았던 차가운 손바닥으로 빨개진 뺨을 눌러댔다. 저녁의 테라스라는 게 다행이라면 다행이랄까.

"경수 씨, 차 안 가져오셨으면 맥주 한잔하시죠."

동희가 익숙한 손놀림으로 은 박사 앞에 커트러리와 물잔을 세팅하며 맥주를 권했다.

"오늘 같은 날은 와인도 좋고. 경수 씨는 어떤 와인 좋아하십니까? 마침 괜찮은 리슬링이 들어온 게 있는데……. 어라, 이 녀석!"

동희의 겨드랑이 사이로 경수가 불쑥 고개를 내밀며 꼬리를 흔들었다. 은 박사는 느닷없이 등장한 '개'경수를 보고 화들짝 놀랐다.

"아이고, 놀라셨나 보네요."

"아, 아닙니다. 갑자기 나타나서요."

은 박사가 어색하게 웃었다.

"그래, 그래, 착하다. 우리 경…… 걍 얌전히 있어."

동희가 경수의 머리를 쓰다듬으며 난감한 표정을 지었다.

"이리 와……."

정원이 경수의 리드 줄을 잡고 자신의 자리로 데리고 왔다. 경수가 얌전히 앉고서야 정원이 안도의 한숨을 쉬었다.

"리슬링 괜찮죠?"

"감사합니다."

동희가 매장 안으로 들어간 후 테이블에는 침묵과 어색한 공기가 흘렀다.

"경수 씨는 어떤 연구 하세요?"

세나가 어색해진 분위기를 수습하듯 은 박사에게 질문하는 순간, 경수가 벌떡 일어나 세나에게 다가가 꼬리를 흔들었다.

"어머, 경…… 이 녀석. 오늘 왜 이래?"

평상시에는 불러도 시큰둥하던 녀석이 오늘따라 활기가 지나치게 넘쳤다.

"얌전히 있어야지."

정원이 또다시 리드 줄을 잡아당겼다.

"예 선생이 키우는 녀석인가 봐요."

"네."

"부럽네요. 저도 레트리버에 대한 로망이 있는데, 이름이 뭔가요?"

"해피요."

"퍼니요."

은 박사의 물음에 세나와 이나가 동시에 대답했다. 그 순간 뒤쪽 테이블에 하하하, 커다란 웃음이 터져 나왔다. 돌아보지 않아도 누구인지 알았다.

설마, 우리 얘기를 엿듣고 있다고?

정원은 비명에 가까운 신음을 삼켰다. 다른 사람도 아닌 민준탁이라는 남자에게 자신의 찌질함을 들켜버린 거 같아서 민망함은 거의 고통스럽기까지 했다. 이나와 세나는 은 박사가 알아차리지 못하게 서로 째려보았다.

"네?"

"해피……퍼니요. 얘 이름이 해피퍼니라구요."

한나가 서둘러 상황을 무마시켰다.

"해피퍼니, 이리 와봐."

은 박사가 경수에게 손등을 내밀었지만 경수는 본체만체했다.

"낯선 사람을 좀 경계해요."

"아, 네."

정원의 말에 은 박사는 서운한 표정을 지었다.

"해피퍼니!"

갑자기 등 뒤에서 '해피퍼니'를 부르는 소리와 함께 행복했던 순간을 떠올리게 하는 옅은 향기가 코끝을 스쳤다. 정원이 비스듬히 돌아보자 통통하고 귀여운 제니의 금색 발과 나이키 운동화가 먼저 보였다. 제니는 두툼한 발을 정원의 무릎에 턱 하니 올려놓고 헤헤거렸다. 방금 밥을 먹었는지 제니가 헤헤거릴 때마다 고소하고 비릿한 입김이 정원의 뺨에 닿았다.

"제니……."

오후에 조금 놀아줬다고 벌써 친한 척이니?

제니의 머리를 쓰다듬어주자 제니는 만족한 듯 발을 내리고 '개'경수에게로 다가갔다. 제니는 엉덩이를 흔들며 경수의 얼굴을 핥았다. 조금 전에 실컷 보고도 또 이렇게 좋은가 보다.

"해피……퍼니, 제니랑 산책 갈까?"

"네?"

차마 얼굴을 바라볼 자신이 없어 준탁의 맨투맨 셔츠의 가슴께를 바라보며 물었다. 이제 정원의 귀와 뺨은 완숙 토마토처럼 빨갛게 달아올라 터질 듯했다.

"제니가 해피……퍼니랑 놀고 싶어 하네요. 아직 식사 중이신 거 같은데, 해피……퍼니랑 제니 데리고 산책하고 있겠습니다. 식사 끝나시면 연락 주세요."

대체, 나한테 왜 이러세요.

내뱉지 못한 말을 꿀꺽 삼켰다. 정원은 준탁이 왜 이러는지 도무지 알 수가 없었다. 해피와 퍼니 사이의 미묘하고도 고의적인 0.01초간의 공백은 마치 정원을 놀리기 위한 쉼표 같았다.

"괜찮……."

"감사합니다. 그래주실래요?"

사양하려던 정원의 말을 가로막고 한나가 부드러운 목소리로 부탁했다.

"해피……퍼니, 가자."

준탁이 손을 내밀었다. 정원이 꼼짝하지 않자 준탁은 정원의 손에서 경수의 리드 줄을 빼냈다. 그 순간 긴 손가락이 정원의 손바닥을 나른하게 훑고 지나갔다. 움찔 놀라 고개를 들었다. 준탁이 야릇한 눈빛으로, 그러니까 놀림 같기도 하고 경고 같기도 한 눈빛으로 정원을 내려다보았다. 분명 의도된 손길임을 숨기지 않았다.

그 뒤로 정원은 영혼을 털린 사람처럼 자매들 사이에서 멍하니 앉아 있었다. 시간이 어떻게 지나갔는지, 접시의 음식들이 언제 비워졌는지, 동희가 리슬링을 몇 병이나 열었는지 기억나지 않았다. 자신의 손님이었지만 정원은 방관자처럼 은 박사를 방치했다.

"식물 분류학이란 말하자면 식물에게 이름을 붙여주는 직업입니다. 이름이 없

거나 잘못 불리는 녀석에게 그 녀석의 모습이나 향기나 사는 곳에 따라 가장 어울
리는 이름을 붙여주죠."

"멋지네요. 갑자기 김춘수 님의 시가 떠오르네요. 그리고요?"

"그리고…… 따분한 일이지요."

"그게 왜 따분한 일이에요. 와아, 이게 그 울릉바늘꽃을 발표한 학회지구나. 정
원이가 그린 울릉바늘꽃 세밀화를 본 적 있어요."

고맙게도 세나가 은 박사를 상대해주었던 거 같다. 세나는 자주 화사하게 웃었
고, 턱을 괴고 은 박사를 바라보며 와인을 홀짝였다. 무엇에 홀린 듯 모두가 취했
던 저녁이었다.

"오늘…… 예 선생을 만나서 다행이라는 생각이 듭니다."

카페테라스 계단에 쪼그리고 앉아 택시를 기다리던 은 박사가 고개를 들어 정
원을 바라보았다. 꽤 취한 듯 말투는 느릿했고 눈매도 풀렸다.

"어쩐지 홀가분합니다."

은 박사는 반쯤 흘러내린 안경을 추켜올릴 생각도 안 하고 동희가 가져가라고
들려준 와인 병을 가슴에 소중하게 고쳐 안았다.

"네."

저도요.

정원은 지금까지 살면서 맺은 인연의 끝을 생각했다. 차곡차곡 분리수거하고
정리해서 매듭을 단단히 지은 인연도 있었고, 황망하리만치 일방적인 단절도 있었
고, 흐지부지 흩어져버린 마지막도 있었다.

"박사님, 건강하세요."

정원이 은 박사에게 손을 내밀었다. 은 박사가 정원의 손을 잠시 바라보더니
비틀거리며 일어나 정원의 손을 맞잡았다.

"그래요. 예 선생도 건강하게 잘 지내요."

어느 순간 놓아버렸고, 용기를 내지 못해 인연이 되지 못했지만 깔끔하게 이별

네버 세이 네버

인사는 할 수 있을 거 같았다. 정원은 은 박사와의 마지막을 담백한 악수로 매듭지었다.

"감사합니다."

정원의 미소에 은 박사가 환하게 웃었다. 은 박사가 있어서 설레며 수목원을 다닐 수 있었다. 그 시간만큼은 부정할 수 없이 즐거웠고 행복했다. 그래서 감사했다.

은 박사가 택시를 타고 떠나는 모습을 지켜보다가 정원은 공원으로 달려갔다. 와인을 딱 한 잔 마셨을 뿐인데, 취기가 쉬이 가시질 않았다. 온몸에 열이 올랐다. 정원은 헉헉대며 무의식적으로 목 끝까지 채운 단추를 풀고 소매도 걷어 올렸다. 정원이 숨을 몰아쉬며 공원에 도착했을 때 준탁은 경수와 제니를 바구니 그네에 태워 휴대전화로 녀석들을 찍고 있었다. 두 녀석이 나란히 엎드려 헤헤거리는 모습이 꽤나 즐거워 보였다. 정원을 발견한 경수가 꼬리를 흔들어댔다.

"하아, 하아, 죄송해요. 많이 기다리셨죠?"

정원이 무릎을 짚고 숨을 골랐다.

"예정원 씨. 경수가 사고 친 걸 알았을 때 기분이 어떠셨나요?"

준탁이 휴대전화의 카메라를 정원 쪽으로 돌리며 물었다.

"네?"

"지금 녹화 중입니다."

"찍지 마세요."

정원이 가슴을 들썩이며 렌즈를 손으로 막았다. 제 얼굴이 지금 어떤 상태일지 안 봐도 알았다.

"예정원 씨의 도움이 필요합니다."

준탁이 휴대전화 액정에서 시선을 떼고 정원을 바라보았다.

"무슨 도움이요?"

"제니와 경수의 다큐멘터리를 찍을까 생각 중인데."

"다큐요?"

"음…… 말하자면 우리에게 일어난 사건에 대한 기록이자, 관찰일지 같은 거."

정원이 완전히 허리를 펴고 준탁을 올려다보았다.

"제니의 임신이라는 사건을 두고 사람과 개의 관점에서 바라보는 두 개의 시선을 담고 싶다는 생각을 문득 했습니다. 당신이 그랬죠. 제니가 행복해 보인다고."

그랬다. 지금도 제니는 행복해 보였다.

"갑작스런 제니의 임신과 그것을 바라보는 견주의 마음, 출산과 양육과 그리고…… 새끼들을 떠나보내야 하는 제니와 경수와 우리들의 이야기를 남기고 싶습니다."

우리들의 이야기.

정원은 마음속으로 되뇌어보았다. 가로등을 등진 준탁의 표정이 잘 보이지 않았지만 그 목소리에는 카페에서처럼 장난기나 놀림이나 빈정댐은 없었다.

저녁 바람이 불었다.

준탁의 등 뒤로 활짝 핀 불두화가 하얗게 넘실거렸고 또다시 그리운 향기가 코끝을 맴돌았다. 정원의 머리카락과 셔츠 자락이 훈훈한 미풍에 흩날렸다. 정원이 머리카락을 쓸어넘기는 순간 차가운 손가락이 목덜미에 닿았다. 움찔 놀라 뒷걸음치려는 정원의 어깨를 준탁이 꽉 붙잡았다.

"이거…… 어쩌다 이랬습니까?"

준탁의 목소리가 잔뜩 가라앉아 갈라졌다.

"아, 아토피가 있어요."

정원이 가슴을 헐떡이며 대답했다.

"아토피……."

정원의 말이 사실인지 아닌지 확인하려는 듯 준탁의 손가락이 할퀸 상처를 느리게 쓸어내리다 쇄골이 시작되는 동그란 뼈를 가만히 문질렀다. 남자의 손을, 준탁의 손길을 거부해야 하는데, 정원은 꼼짝할 수 없었다. 알코올 때문인지, 아니면 그리운 향기 때문인지, 그것도 아니면 시원한 손길이 좋아서인지 알 수 없었다. 무언가에 사로잡힌 사람처럼 정원은 위험하게 반짝이는 준탁의 눈동자만 무력하게 바라보았다.

"아팠겠네."

준탁이 내뱉은 한숨은 느리게 공기의 파동을 만들며 정원의 심장으로 고여들었다.

07

|

우화

때때로 사람들은 온전히 이해받고 싶으면서도
속마음은 들키고 싶지 않기도 하니까.

"아빠, 잠이 안 와요."

좋아하는 '달샤베트'를 무려 세 번이나 읽어주었는데도 체리의 눈은 초롱초롱
했다.

"왜 잠이 안 올까?"

정우는 체리의 이마를 쓸어주며 슬쩍 시계를 보았다. 취침 시간인 9시를 훌쩍
넘겼다.

"천사 언니 보고 싶어요."

"안 돼."

요즘 아이들이 다 그렇겠지만 체리는 유독 영상물을 좋아했다. 부모가 영화 만
드는 직업을 가진 덕분에 배 속에서부터 수없이 많은 영화를 봐서인지도 모르겠
다. 취향도 확실해서 호불호가 명확했다.

"천사 언니 보면 잠이 와요."

'천사 언니'는 정우의 태블릿에 저장된 삼 분짜리 영화다.

조용하다 싶으면 사고를 치고 있는 중이라는 전설처럼 어느 일요일 오후, 너무

조용한 체리를 소파 뒤에서 발견했다. 체리는 소파 뒤에 숨어서 정우의 태블릿 PC를 가지고 놀고 있었다. 정우가 다가오는 줄도 모르고 체리는 심각한 표정으로 무언가를 보고 있었다.

꼬맹이가 대체 저건 어떻게 찾아냈을까.

오래된 영화를 홀린 듯 바라보는 조그마한 뒤통수를 어이없이 바라보았다. 체리는 '천사 언니'라고 제 마음대로 제목을 붙이고는 자장가를 불러달라고 보채는 아이처럼 늘 졸라댔다. 이럴 때 보면 DNA가 참 무섭다.

"딱 한 번이다."

체리가 대답 대신 새끼손가락을 내밀었다.

"정말 자는 거다. 그리고 엄마한텐 비밀."

정우가 체리의 손가락에 제 손가락을 걸고 흔들었다.

"네."

체리의 다짐을 받고 태블릿을 가져왔다. 체리는 영원히 잠들지 않을 거 같은 눈을 하고 태블릿을 바라보았다.

하얀 벽에 나뭇잎 그림자가 일렁이면서 영화는 시작되었다.

벽에 비친 나무줄기의 그림자는 곧 푸른 혈관이 도드라진 야위고 창백한 발등과 오버랩 된다. 그리고 그 발 위로 의사와 간호사와 간병인으로 추정되는 사람들의 목소리가 오갔다. 사람들의 말로 추측건대 맨발의 주인공은 열여덟 살의 식물인간이다. 듣지도 보지도 느끼지도 못하는.

플라스틱 용기 같은 물건들이 부딪히는 소리. 침대가 삐걱거리는 소리. 이불이 스치는 소리. 무력하게 이리저리 흔들리는 바싹 마른 맨발. 사람들은 소년을 거칠게 다뤘다. 킥킥거리며 환자를 대상으로 성적인 추행도 했다. 때때로 사람들의 목소리가 동굴 속에서처럼 울릴 때면 소년이 혹시나 듣고 있는 건 아닐까 하는 안타까움마저 들었다.

체리가 몸을 꼼지락거렸다. 이 상황을 이해는 하는 걸까. 조그마한 얼굴이 여간 심각한 게 아니다.

사람들이 떠나간 공간에 단조로운 기계음과 일상의 소음만 들려왔다. 테이크를 짧게 끊어 소년이 있는 공간을 보여주었다.

환기구가 달린 색이 바랜 석고보드 천장.

커튼도 블라인드도 없는 네모난 알루미늄 새시 창.

물방울이 똑똑 떨어지는 세면대.

최소한의 기능만을 위한 무미건조한 벽시계.

마치 소년이 자신의 공간을 바라보는 듯 때론 왜곡되고 일그러지기도 하고 뿌옇게 흐려지기도 했다. 똑딱똑딱, 초침 소리에 맞춰 하얀 벽에 그려진 나뭇잎 그림자가 천천히 태양과 반대 방향으로 움직이다 마침내 사라지고 화면은 페이드아웃되었다. 숨이 막히도록 적막했고 쓸쓸했다.

장면이 전환되고 다시 하얀 벽이다. 바람이 부는지 나뭇잎 그림자가 몹시 흔들렸다. 흔들리는 나뭇잎 그림자 위로 구구구 비둘기 소리가 겹쳐졌다. 계절을 가늠할 수 없는 하늘을 담은 네모난 창틀에 하얀 공작비둘기가 날아와 앉았다. 비둘기의 한쪽 발은 나일론 끈에 엉켜 발가락이 잘려나갔고 그나마 남은 발가락은 일그러져 있다. 하얀 비둘기는 구구구 소리를 내며 소년을 들여다보았다. 고개를 갸웃하는 비둘기의 모습이 페이드인 되고 은빛 머리카락을 가진 소녀의 얼굴이 나타났다. 속눈썹까지 새하얀 소녀다.

"천사 언니가 나왔어요."

체리가 가장 좋아하는 장면이다.

안녕.

소녀는 비둘기처럼 고개를 비스듬히 기울인 채로 소년에게 인사를 건넸다.

오늘은 무슨 소식을 가져왔어?

소년의 목소리가 보이스오버[16] 된다.

봄맞이꽃이 피었어.

소녀가 대답했다.

봄……. 봄이 어땠는지 기억나지 않아.

소년이 혼잣말처럼 봄, 이라고 되뇌었다.

모든 게 다시 태어나고 있어.

소녀가 말했다.

차라리…… 죽는 게 나을까? 그럼 나도 다시 태어날까?

소년의 물음에 소녀가 비둘기처럼 고개를 갸웃했다.

긴꼬리제비나비가 우화를 시작했어.

소녀가 무심한 얼굴로 말했다.

오늘…… 엄마가 내 귀에 대고 속삭였어. 차라리 죽어버리라고.

소년의 목소리도 무심했다.

번데기 껍질에 날개의 무늬가 비치는 걸 보고 왔어.

은빛 머리의 소녀가 다리를 절뚝이며 소년에게 다가왔다.

누가 알까? 내가 듣고 본다는 걸.

소년의 냉소에 소녀는 미간을 살짝 찡그렸다.

누구도 찾지 않는 깊은 숲속에 사는 산벚나무를 알고 있어.

소녀가 침상에 앉으며 말했다.

나는 살아 있는 걸까?

존재하지만 아무도 그 존재를 인정해주지 않는 소년의 목소리가 공허했다.

아무도 보지 않지만 산벚나무는 봄이면 꽃을 피우고 바람이 불면 아낌없이 꽃잎을 떠나보내. 지금쯤 마지막 꽃잎이 지고 있을 거야.

---

16 소리는 들리지만 인물은 보이지 않는 것

창밖으로 시선을 돌리는 소녀의 머리카락이 바람에 나부끼고 하얀 꽃잎이 다문다문 떨어졌다.

같이 보러 갈래?

창밖을 바라보던 소녀가 고개를 돌려 물었다.

뭘?

소년이 되물었다.

산벚나무. 그리고 긴꼬리제비나비. 지금 가면 마지막 꽃잎을 볼 수 있을 거야. 운이 좋으면 우화를 끝낸 녀석이 날개 말리는 모습을 볼 수도 있고.

소녀가 소년에게 손을 내밀었고 소녀의 손끝에 야윈 손가락이 닿는 순간, 화면은 페이드인 되었다.

장면이 바뀌고 다시 하얀 벽에 나뭇잎이 일렁였다. 나뭇잎 사이에 긴 꼬리가 달린 나비의 그림자가 보였다. 소년의 야윈 발은 보이지 않고 시트가 흐트러진 빈 병상과 시트 위에 눈물처럼 떨어진 흰 꽃잎이 화면을 가득 채웠다. 그 순간 창가에 앉아 있던 하얀 공작비둘기가 푸드덕 날아갔다. 언뜻 구구구 비둘기 울음소리와 소년의 웃음소리 같은 부드러운 허밍이 들리는 듯도 했다.

소년이 죽었는지, 아니면 긴꼬리제비나비처럼 우화를 끝내고 떠난 건지 알 수 없게, 영화는 그렇게 끝이 났다.

"아빠."

"응."

"우화가 뭐예요?"

체리가 그동안 하지 않았던 질문을 던졌다. 궁금했을 텐데 영화가 모두 끝날 때까지 기다린 체리가 대견해서 정우는 딸의 머리를 쓰다듬었다.

"지난번 곤충 박물관 갔을 때, 배추흰나비 번데기 봤지?"

"네."

"그 번데기에서 배추흰나비가 나오는 것도 봤지?"

"네."

"그게 우화야."

"아아. 변신하는 거구나."

"변신?"

체리가 변신이라는 단어를 알고 있다는 게 신기해서 정우가 되물었다.

"A가 공룡으로 변신하는 거처럼요."

알파벳이 공룡이나 곤충 따위로 바뀌는 놀이기구는 체리가 자주 가지고 노는 장난감이다. 여섯 살 꼬맹이가 변신이라는 단어의 의미를 정확하게 알고 있다는 게 신기했다.

"아빠, 긴꼬리제비나비는 어떻게 생겼어요?"

체리의 질문이 또 이어졌다. 이러다가는 밤새우겠다.

"그건 내일 아빠랑 찾아보자. 이제 눈 감아."

체리가 한숨을 폭 쉬고 눈을 감았다.

"긴꼬리제비나비가 어떻게 생겼을까, 상상해봐. 그리고 내일 네가 상상한 거랑 얼마나 비슷한지 한번 비교해보자."

"네."

"자, 아빠한테도 뽀뽀."

체리의 이마에 뽀뽀하고 정우가 자신의 뺨을 내밀자 애지중지 키운 외동딸은 눈을 감은 채 성의 없이 뽀뽀를 해주었다.

"체리야."

정우는 침대에서 일어서려다 문득 궁금해졌다.

"체리는 자요."

눈을 감은 채로 체리가 대답했다.

"체리는 왜 이 영화가 좋아?"

"천사 언니가 불쌍한 오빠를 구해줬으니까요."

체리가 눈을 반짝 뜨고 대답했다. 아빠는 그것도 모르냐는 표정이다.

"눈 감아."

정우는 수면 등의 조도를 낮춰주고도 한참 동안 침대에서 일어서지 못했다.

"갈수록 재우기 힘들어."

침실로 들어온 정우가 침대 위로 털썩 쓰러졌다.

"수고했어."

"책 읽어주면 더 말똥거려."

"그러니까."

침대 헤드에 기대앉아 노트북에서 눈도 떼지 않고 나나는 정우의 말에 건성으로 대답했다.

"잠이라곤 한 방울도 없는 눈 겨우 감겨놓고 왔네. 근데…… 사람이 말하면 좀 쳐다봐야 하는 거 아니야?"

안경을 쓴 채 미간에 잔뜩 힘을 주고 자판을 두드리는 나나를 향해 정우가 툴툴거렸다.

"미안……. 거의 다 됐어."

"뭔데?"

"폴한테 이메일 쓰고 있는 중이야."

"폴?"

"응."

"폴이 누군데…… 설마 폴 매카트니?"

"아무렴. 나, 유나나야."

정우가 입을 딱 벌렸다. 며칠 동안 유치원 동창생의 사돈의 팔촌까지 전화를 해대며 '저인망 쌍끌이'를 하더니 기어이 연락처를 알아냈나 보다.

"뭐라고 썼는데?"

"뭐, 정확히는 폴이 아니라 폴의 비서 메일이지만, 우리 영화에 대한 절절한 설명과 블랙버드를 꼭 써야만 하는 이유에 대해서."

"된다 해도 너무 비싸."

"그래도 민 감독이 쓰고 싶다잖아."

"그렇지. 우리 준탁이가 쓰고 싶다면 쓰게 해줘야지."

"우정우!"

나나가 갑자기 정우 앞으로 손을 쭉 뻗어 뻑큐를 날렸다.

"뭐야? 아닌 밤중에 엿 먹으라고?"

"여기 장지에 뽀뽀하라고. 엔터 치기 전에 네 행운이 필요해. 우정우는 나의 행운의 남신이니까."

정우가 거만하게 웃으며 나나의 손목을 붙잡고 가운뎃손가락을 스윽 한 번 핥고 입속에 넣어 볼이 홀쭉해지도록 빨았다.

"야한 시키. 경건해야 할 타이밍에."

나나가 손가락을 빼내고 정우의 어깨를 발로 밀었다. 정우가 뒤로 벌렁 뒤집어지고 나나는 눈을 질끈 감고 엔터를 눌렀다.

"사실, 플랜 B가 있어."

눈을 뜬 나나가 안경을 벗고 노트북을 닫았다.

"플랜 B?"

"다른 아티스트가 부르는 블랙버드."

"누구?"

"에밀리."

"에밀리?"

"응. 지난번 민 감독 생일 때 에밀리가 블랙버드 불렀잖아. 너무 예뻐서 촬영해 뒀거든. 볼래?"

정우는 나나가 건네주는 휴대전화를 들여다보았다. 노을을 등지고 앉아 기타를 치며 블랙버드를 부르는 에밀리의 모습이 담긴 영상이었다.

"에밀리는 허락했고?"

"당근이지. 민 감독이 손가락만 튕겨도 걘 달려오지."

"안 그래도 이번 뮤비 때문에 두 사람 사이 말 많은데, 괜찮을까?"

"괜찮을 리가. 그걸 노리는 거지. 천재 아티스트와 천재 감독, 최상의 조합 아니야?"

나나는 노트북과 안경을 사이드테이블에 내려놓으며 말했다.

"비즈니스로? 아니면 진짜 남녀로?"

"둘 다."

"나이 차이가 너무 나잖아."

"띠동갑쯤이야."

별거 아니라는 듯 나나가 어깨를 으쓱했다.

"나이도 나이지만 더 큰 장벽은 민준탁 그 자체라는 거지. 과연 에밀리가 그 벽을 넘을 수 있을까. 근데…… 유나나. 날 위해서 좀 로맨틱해질 순 없니?"

정우의 것이 분명한 하늘색 남자 트렁크에 후줄근한 회색 티셔츠를 입은 나나를 바라보며 정우가 한숨을 쉬었다.

"왜? 섹시하지 않아?"

나나가 트렁크 아래로 드러난 긴 다리를 보란 듯이 뻗으며 입술을 우, 하고 내밀었다.

"아저씨랑 자는 느낌이다. 난 레이스, 그물 스타킹 이딴 거 좋아한다구."

정우가 툴툴대며 나나 옆자리에 털썩 누워 눈을 감았다.

"어라? 섹시 공격을 피했다 이거지. 보자, 보자. 이건 거부하지 못하겠지."

나나가 서랍에서 두피 마사지기를 꺼내 정우의 숱 없는 정수리를 공략했다. 기다란 거미발 같은 마사지기가 두피를 긁을 때마다 정우는 나른한 신음을 흘렸다.

"완전 섹시해. 우정우 신음 소리 녹음했다가 사운드 믹스할 때 쓰면 여자들 다 넘어온다."

나나의 말에 정우가 쿡쿡댔다.

"레이스라니까 하는 말인데…… 민 감독 말이야. 오늘 그 복수 얘기 어떻게 생각해?"

"글쎄."

정우가 눈을 뜨고 멍하니 천장을 바라보았다.

"우리가 민 감독…… 준탁이에 대해서 아는 게 하나도 없구나, 하는 생각이 문득 들더라."

나나는 마사지를 멈추고 정우의 팔을 끌어다 팔베개를 하고 정우처럼 천장을 올려다보았다.

"말을 안 하니까."

"그 시나리오…… 본인 얘길까?"

"나나야."

"응."

"우리가 처음 만났을 때 기억나?"

"영화 아카데미에서?"

"우리 기수가 유난히 쟁쟁했었잖아. 이런 말 별로 안 좋아하지만 세속적 기준으로 학벌이나 집안이나 뭐 이런 것들."

보이지는 않았지만 분명 존재했던 선이 있었다.

"다들 잘난 척들은 진짜 오지게 했지. 척으로 따지면 뭐, 모두 오스카상 열 번은 받았다."

그 속에 이물질처럼 준탁이 끼어 있었다.

"우리 준탁이 참 예뻤지. 청순하고. 아카데미를 모델라인으로 착각한 거 아니냐고들 했잖아. 뭐, 그때도 싸가지는 없었고……."

나나가 15년 전을 회상하며 빙긋 미소를 지었다.

영화 산업의 핵심 인재를 발굴하고 키운다는 취지로 설립된 아카데미는 학력, 나이, 경력에 상관없이 신입생을 뽑는다고는 했지만 1차 서류 심사와 포트폴리오, 2차 필기시험, 그리고 3차 면접을 거쳐서 걸러진 사람들은 나나와 정우처럼 화려한 스펙의 학력을 가졌거나 영화 전공자가 대부분이었다. 그 속에 고등학교를 갓 졸업한 소년인 준탁은 단연 눈에 띄는 존재였다.

야위고 껑충하게 키만 컸던 준탁은 늘 뾰족하게 날이 서 있었고 긴장감이 높은 아이였다. 그러면서도 허술했고 어딘가 모르게 아슬아슬해 보여 정우는 늘 걸음마를 시작하는 아이의 뒤를 쫓아다니는 기분이었다. 동정심과는 결이 달랐고 형제애보다는 극성맞은 부성애에 가까운 감정이라는 걸 체리를 낳고 깨달았다.

"무슨 빽으로 아카데미에 들어왔는지 말이 많았었잖아. 김만호 감독 빽이란 소문도 있었고. 그러다 준탁이 제출한 포트폴리오 보고 다들 무릎 꿇었지."

나나가 가소롭다는 듯 웃었다.

영화분석 수업이었나 시나리오 작법 수업이었나 정확하게 기억나지는 않지만 교수가 신입생이 제출한 포트폴리오를 보여준 적이 있었다. 의식이 없는, 아니 의식이 없다고 사람들이 믿는 소년과 비둘기가 등장하는 삼 분짜리 영화였다. 조금 전 정우가 체리와 함께 본 바로 그 영화.

"기억나? 그 포트폴리오?"

정우가 물었다.

"Emergence. 어떻게 잊어. 시냅스 깊숙이 각인되었는데. 지금도 가끔 찾아봐. 내 마음이 예전 같지 않을 때."

나나가 고개를 끄덕였다.

"교수가 그랬지. 영화적 표현도 좋지만 존재에 대한, 존재의 방식에 대한 깊은 질문을 담은 작품이라고."

정우도 전적으로 동의했던 지점이었다.

"그때 교수가 등장인물이 몇 명이냐고 물었잖아. 정우 넌 몇 명이라고 생각했어? 난 다섯 명이라고 믿어 의심치 않았거든. 의사, 간호사, 간병인, 소년, 소녀. 거기다 비둘기 한 마리."

누구는 넷이라고 했고, 누구는 다섯이라고 했다. 정작 그 영화를 만든 준탁은 단 한 사람, 비둘기 소녀라고 직접 밝혔다.

"지금 생각해도 대박이야. 고삐리가 그걸 어떻게 혼자서, 그것도 6밀리 디캠(디지털 캠코더) 한 대로 찍어서 만들었을까? 대사랑 사운드도 하나하나 다 따서 믹싱했다잖아. 스탠드 조명으로 그 톤이 어떻게 가능하냔 말이지."

정우가 새삼 고개를 흔들었다.

감독이라는 위치는 늘 부족한 시간과 빠듯한 돈과 변수 가득한 현장에서 끊임없이 선택을 해야 한다. 최소한의 것에서 최대한의 가치를 뽑아내야만 하는 일이기도 했다. 준탁은 작은 방 한 곳에서 한 사람의 배우와 모든 것을 만들어냈다.

"결국 아일랜드는 그 삼 분짜리 영화의 리부트(Reboot)인 셈이었어. 이미 그때 준탁의 머릿속엔 아일랜드가 다 들어 있었던 거야. 단지 표현할 물리적 시간과 돈이 없었을 뿐."

"난, 가끔 그 비둘기 소녀가 궁금하더라."

정우가 비둘기 소녀에 대해서 여러 번 물었지만 준탁은 지금까지도 노코멘트였다. 그냥 평범하게 산다는 대답이 다였다.

"그러게. 배우 하면 진짜 대성할 비주얼인데. 그런데, 갑자기 옛날얘기야?"

나나가 물었다.

"그날이 생각나더라. 너랑 나랑 준탁이 면회하러 고성까지 갔던 날."

"사랑니 뽑고 과다출혈로 이송됐다는 말 듣고 기절할 뻔했잖아."

아카데미 졸업 작품이 끝나자마자 준탁과 연락이 뚝 끊겼다. 전화도 메일도 되지 않았다. 준탁과 정우와 나나가 함께 만든 단편영화를 아카데미 추천으로 해외영화제에 출품하려는데 정작 시나리오를 쓰고 연출을 한 준탁이 증발해버렸다.

"에밀리가 준탁이 군대 갔다고 알려주지 않았다면 찾지도 못했을 거야."

"그러니까. 에밀리가 진짜 영리하지."

정우가 고개를 끄덕였다.

"내 조카지만 진짜 영악한 기집애야. 그때 한 약속을 15년이 지난 지금 써먹다니. 약속은 약속이라며 그 약속을 또 지키는 준탁이도 웃기고."

"하여간 강릉까지 가서 국군병원에 있던 준탁이를 본 순간 그런 생각이 들었어. 얘한테 우리는 뭘까. 우릴 그저 인생에서 잠시 스쳐가는 사람들이라고 생각한 걸까, 하고."

정우가 한숨을 쉬었다.

"웃기는 일이지. 우린 걔한테 인생을 걸어야겠다고 다짐까지 하고 있었는데."

"지독한 짝사랑이야."

"정우야."

나나가 몸을 틀어 정우를 바라보았다.

"민 감독, 정말…… 괜찮을까? 어쩐지 불안해. 빈말이 아니라 너무 늦기 전에 병원에 데려가야 하는 거 아닌가. 손톱 봤어? 잠도 통 못 자는 거 같고. 스트레스가 너무 높아. 오늘은 복수니 뭐니 이상한 얘기도 하고. 곧 시사회잖아. 그뿐이야? 시사회 끝나면 그때부터 본격적으로 캠페인인데……."

"정신과라면 질색하는데 데려간다고 순순히 가겠다."

"그럼, 저렇게 방치하자고? 있잖아, 오늘 저녁에 만났던 내 동창."

"어. 그 탕웨이 닮은 친구?"

"탕웨이는 무슨!"

나나가 정우의 뱃살을 움켜쥐었다.

"아파파파. 그, 그래. 탕웨이 1도 안 닮은 그 친구 뭐?"

정우가 나나의 손아귀 아래서 꿈틀거렸다.

"걔가 그쪽에서는 되게 유능한 심리상담사거든. 걔한테 상담받아보게 할까 봐."

"받으려고 할까?"

"내가 먼저 가서 상담해볼게."

두 사람은 번갈아 한숨을 쉬며 꽤 오랫동안 천장만 바라보았다.

"나나야."

정우가 다정하게 불렀다.

"응?"

나나도 부드럽게 대답했다.

"솔직하게 말해. 준탁이가 너 좋아했으면 나 아니고 준탁이랑 결혼했을 거지?"

"나야말로 묻자. 너 준탁이가 여자였으면 나 아니고 준탁이한테 결혼하자고 꼬리쳤을 거지?"

"에휴. 말을 말자."

정우는 나나가 베고 있는 팔을 확 빼버렸다.

"그러자."

두 사람은 서로 휙 돌아누워 등을 맞대고 또다시 한숨을 쉬었다.

"나나야."

십 분쯤 지났을까. 정우가 잔뜩 가라앉은 목소리로 나나를 불렀다.

"왜?"

"사랑해."

"……."

나나의 대답이 없다.

"사랑한다. 유나나."

정우가 부스럭대며 몸을 돌려 나나의 티셔츠에 손을 집어넣었다.

"그물 스타킹 신을까?"

나나가 정우의 다리에 긴 다리를 감으며 속삭였다.

"그럴래?"

정우가 허둥지둥 일어나 웃통을 벗어젖혔다.

✳ ◆ ✳

"새로운 환자요?"

세밀화 수업을 끝낸 정원에게 한나가 파일 하나를 건넸다. 지속적으로 손톱과 피부를 물어뜯는 강박증상과 불면증이 있는 만 34세의 남성이었다. 문득, 준탁이 떠올라 정원은 자신도 모르게 셔츠 깃을 만지작거렸다.

"아팠겠네."

아팠냐고 묻는 것도 아니고 넌 분명 아팠을 거야, 단정 짓던 준탁의 말을 들었을 때, 정원은 차라리 이 낯선 남자에게 자신의 아픔을 낱낱이 발각당하고 싶다는 묘한 충동을 느꼈다. 동시에 그 누구보다도 이 남자에게만은 마음을 들키고 싶지 않다고 가슴을 웅크렸다.

"불안장애로 인한 강박증상일 수도 있고 아니면 신경회로의 잘못된 활성화나 뇌신경전달물질의 불균형으로 인한 걸 수도 있는데, 환자가 더 이상의 검사나 진단을 원하지 않아. 수면제나 약물에 대한 저항감이 꽤 있어서 약도 절대 먹지 않겠대. 그나마 다행인 건 본인이 자신의 상태를 잘 알고 있다는 거야. 그동안 고치려고 애도 썼던 거 같고."

정원은 파일을 다시 들여다보았다. 스트레스 지수 측정 결과가 거의 최고치였다. 긴장과 흥분 상태를 나타내는 교감활성도 심각하게 높았다. 우울척도와 불안척도도 정상 범위를 벗어나 있었다. 언제 터질지 모르는 활화산 같은 상태였다.

"어떻게든 스트레스를 좀 줄이고 긴장도를 낮춰야 하는데…… 환자가 원예치료에 관심을 보였어."

"다행이네요."

"문제는 너무 바빠서 치료 수업을 듣기가 힘들대. 또 다른 환자들과 함께 하는 것도 꺼리는 거 같고. 그래서 원예치료용 화단을 만들면 어떨까 싶어서."

온실 밖 옥상 정원도 원예치료용 화단으로 이루어진 정원이었다. 환자별로 섹터를 나누고 여러 환자들이 거쳐 가면서 처음 디자인했던 화단의 모습에서 조금씩 변해갔다. 세덤 류를 좋아하는 환자가 있는가 하면 허브나 호스타 류를 좋아하는 환자도 있었다. 토마토와 딸기를 잔뜩 심어놓아서 환자들과 병원 스태프들이 오가며 즐겁게 따 먹기도 했다. 심지어 어떤 환자는 끈끈이주걱, 네펜테스, 파리지옥 같은 식충식물에 몰두하기도 했다.

"환자의 집에 거의 방치된 작은 정원이 있대."

"그럼…… 여기가 아니라 자택에 원예치료용 화단을 만들고 싶다는 거네요."

"원예치료용 화단이라고 한정하는 것보다 이참에 정원도 손보고 싶다고. 특별한 케이스라 아무래도 원예전문가의 조언이 필요할 거 같아서 너랑 의논하고 싶었어. 바쁘다는 거 아는데 혹시 주말에 두 시간쯤 시간 낼 수 있니? 치료 기간은 12기 정도로 생각하고 있어. 프로그램은 스트레스와 긴장도를 낮추는 모델로 설계할까 해. 그 이상은 받을 수도 없대. 해외 출장이 계속 잡혀 있나 봐."

일주일에 한 번씩이면 적어도 석 달은 매여 있어야 했다.

"부담되면 안 해도 돼. 동창이 간곡하게 부탁해서 생각해보겠다고만 했어."

한나는 망설이는 정원에게 괜찮다고 고개를 끄덕여 보였다.

"환자분이 동창이세요?"

"아니."

"두 시간 정도면 괜찮아요. 그런데 남자 환자라……."

"민준탁 감독이야."

"……?"

"그 파일 민준탁 감독 거라고."

정원은 준탁의 상처투성이 손가락을 떠올렸다. 동시에 정원이 지켜주지 못했던, 그래서 홀로 외롭게 떠나버린 윤희……를 생각했다.

"왜 적극적으로 치료를 받지 않겠대요?"

"글쎄. 때때로 사람들은 온전히 이해받고 싶으면서도 속마음은 들키고 싶지 않기도 하니까."

정원은 고개를 돌려 환자들이 가꾼 화단들을 바라보았다.

"이 녀석은 내 하소연을 하도 들어서 시들시들한가 봐요."

휴케라를 유독 좋아했던 환자가 본인의 화단을 바라보며 조언을 구했다. 하소연 때문이 아니라 직사광선이 너무 강해서였지만 정원은 엔젤트럼펫 화분을 끌어와 그늘을 만들어주는 걸로 대답을 대신했다. 세상에는 사람이 아니라 식물 같은 존재에게 하소연하고 위안을 받고 감정이입을 해야만 그나마 살아갈 수 있는 사람들도 있다.

"해볼게요."

정원은 준탁의 파일을 가지런히 정리해서 테이블에 내려놓고 한나에게 대답했다.

08

|

토요일 오전 9시

미풍에 날아가는 부연 송홧가루가 심장 깊숙이 파고들어
알 수 없는 감정과 수정되어버린 느낌이었다.

토요일 오전 9시 십 분 전.

빌라의 인터폰이 울리고 모니터에 정원의 얼굴이 떴다. 현관문을 열어줄 생각
은 하지도 않고 준탁은 청바지 뒷주머니에 손을 찔러 넣은 채, 모니터 속의 얼굴만
들여다보았다. 머리카락을 정수리에 동그랗게 말아 묶은 여자는 제 나이보다 앳돼
보였고 언제나처럼 평온하고 잔잔했다. 상처가 아직 아물지 않았는지 목에는 토끼
패턴이 들어간 작은 스카프를 맸다.

호랑이굴에 들어온 토끼 같군.

아니면 별주부전에 나오는 장기 적출 직전의 토끼든가.

준탁의 입술이 삐딱하게 기울어졌다.

"원예치료를 받아보는 건 어떨까요?"

나나와 정우의 등쌀에 못 이겨 심리검사를 받았지만 준탁은 자신의 상태를 수
치와 그래프로 드러낸 리포트를 불신했다. 항우울제나 수면제의 처방을 원치 않는
준탁에게 나나의 동창은 원예치료를 권했다.

준탁은 치료, 치유, 힐링 따위의 말을 신뢰하지 않는다. 그건 일종의 사탕발림 같은 기만이다. 상처를 잠시 외면하거나 얄팍한 위로로 덮어두는 것일 뿐, 깨진 화병을 아슬아슬하게 붙여놓은 것과 다를 바 없다. 살짝만 건드려도 와장창 부서져 내릴 게 뻔하다. 하지만 손가락을 물어뜯는 것만은 어떻게 해보고 싶었다.

"우리 병원 원예치료 프로그램이에요."

상담사가 내민 프로그램을 펼쳐보다가 예정원, 그 여자의 이름을 발견했다.

'식물 세밀화가와 함께하는 원예치료'.

식물을 관찰하고 그림을 그리는 행위가 병든 마음을 치료할 수도 있다는 뜬구름 잡는 소개 글을 읽어내리다 준탁은 프로그램을, 정확히는 프로그램에 인쇄된 정원의 얼굴을 손가락으로 톡 건드렸다.

"받아보죠, 뭐."

그리고 선선히 대답했다.

- 불편하지 않으시겠어요?

며칠 후 예상했던 대로 원예치료를 도와줄 정원에게서 연락이 왔다.

"어차피 잘됐습니다. 촬영도 할 겸, 해피퍼니도 데려와요."

- ……경수예요.

전화기 너머로 빨개진 정원의 얼굴이 보이는 듯했다.

"궁금한 게 있는데…… 왜 개 이름을 경수라고 지었습니까?"

너도 알고 나도 아는 일을 준탁은 짓궂게 물었다.

- 사람…… 이름으로 지어주면 건강하게 오래 산다고 해서요.

그만 거 왜 묻냐고 따질 줄 알았는데, 정원은 순순히 대답했다. 물론 준탁이 묻는 의도를 살짝 피해서.

"아, 난 또. 뭐, 첫사랑이나 짝사랑의 이름인 줄 알았잖아요."

그냥 넘어가도 될 걸, 준탁은 굳이 휘저어댔다.

- …….

대꾸도 없이 전화기 너머로 불편한 숨소리만 들렸다.

- 그럼, 토요일 오전 9시에 뵙겠습니다.

감정을 갈무리한 듯 정원의 목소리는 다시 차분해졌다.

"그럽시다. 그럼."

- ……민준탁 씨.

전화를 끊으려는데 머뭇대며 정원이 준탁을 불렀다.

"할 말 더 남았습니까?"

- 놀림……받아도 될 만큼 하찮은 감정이란 건…… 없어요.

"……!"

- 토요일에 뵙겠습니다.

끝까지 공손함과 평정을 유지하며 정원은 전화를 끊었다.

하!

준탁은 한 방 얻어맞은 사람처럼 멍하니 끊긴 전화를 바라보았다.

그렇게 준탁을 한 방 먹인 정원은 열리지 않는 현관 앞에 서서 다시 벨을 눌러야 하나 망설이고 있다.

자, 시작해볼까.

준탁이 가면을 쓰듯 얼굴을 쓸어내리고 카메라를 들었다.

"아!"

현관문이 열리자마자 카메라를 든 준탁을 보고 정원이 눈을 커다랗게 떴다.

"말했잖습니까. 오늘부터 찍는다고."

"알고는 있었는데, 갑자기 카메라를 들이대서 당황했어요. 다시 할까요?"

대답도 듣지 않고 정원이 현관문을 닫고 사라졌다. 닫힌 현관문을 바라보다 준탁이 피식 웃고 말았다. 방송국 인터뷰를 몇 번 했다더니 촬영을 좀 안다.

"안녕하세요, 제니 오빠님."

정원이 왜건을 끌고 현관으로 들어섰다. 긴장한 채 뻣뻣하게 들어오는 모습이 어찌나 어색하신지, 준탁은 웃음을 터트렸다.

"어서 와요."

준탁이 웃자 정원이 겸연쩍게 미소 지었다. 순간 어디선가 상쾌한 바람이 불어왔다.

거실 창이 열렸나?

조금 전 제니를 내보내고 분명 닫았던 거 같은데.

"경수야, 안녕하세요, 해야지."

정원이 왜건의 지퍼를 열어주자 늙은 개는 왜건에서 느릿느릿 내려와 얌전하게 앉아 준탁을 올려다보았다. 정말 인사를 하는 것처럼 준탁의 시선을 피하지도 않았다. 준탁은 처음으로 늙은 개를 찬찬히 바라보았다. 개는 꼬리를 흔드는 것도 아니고 경계하는 것도 아닌 덤덤한 태도였다. 털이 하얗게 센 순한 얼굴이 어딘가 모르게 제 주인과 닮았다.

"왜 안 들어와요?"

현관에서 선뜻 신발을 벗지 못하고 정원이 머뭇댔다.

"어색해서요."

"카메라는 신경 쓰지 말아요. 그냥 친구 집에 놀러 왔다고 생각해요."

준탁이 카메라에서 시선을 떼고 정원을 바라보았다. 긴장한 듯 어깨가 경직돼 있었다.

"아, 친구 집."

정원이 어색하게 웃으며 친구 집이라고 되뇌었다. 마치 스스로에게 최면을 거는 듯.

준탁은 신발장에서 슬리퍼를 꺼내 정원의 발치에 놓아주었다.

"아무도 안 신었던 겁니다."

준탁은 집에서 늘 맨발로 지냈고, 찾아오는 사람이래야 정우와 나나가 다였다. 침입하듯 들이닥치는 사람들이라 슬리퍼를 권했던 기억은 없으니, 슬리퍼는 새거였다.

"감사합니다."

정원이 벗은 신발을 가지런히 정리하고 남자용 회색 슬리퍼에 발을 넣었다. 커다란 슬리퍼에 비해 너무 작고 가냘픈 발이다.

"경수 발은 깨끗해요."

경수의 리드 줄을 잡고 정원이 말했다.

"상관없어요. 제니는 똥도 묻히고 다니까. 이쪽으로. 그런데 내 이름 모르나?"

거실로 이어진 긴 복도를 걷는 정원과 늙은 개의 뒷모습을 찍으며 준탁이 물었다. 발소리도 내지 않고 경수와 나란히 걷던 정원이 걸음을 멈추고 돌아보았다.

"알아요."

"그런데 왜?"

퉁명스럽게 되물었다.

"제출한 서류에 닉네임을 '제니 오빠'라고 적으셨던데요. 치료 수업에서는 닉네임으로 불러요. 그리고 서로…… 존중……해주시면 감사하겠습니다."

반말하지 말라고 상냥하게도 돌려 간다.

"그럽시다. 그럼 난 뭐라고 부르면 됩니까?"

"음…… 선생님……이라고 불러주세요."

"……."

준탁은 카메라를 내리고 대나무처럼 마디마디 머뭇대면서도 할 말 다 하는 정원을 가만히 바라보았다.

"닉네임 바꿔도 됩니까?"

"네."

"그럼, 준탁으로 하죠."

준탁은 살짝 벌어지는 입술을 바라보다 등을 돌리고 피식, 웃었다.

"뭐 좀 마실래요?"

"괜찮습니다."

"그래요, 그럼. 가봅시다. 아, 그 전에. 카메라가 몇 대 더 있습니다. 거실과 정원에."

준탁이 집 안 곳곳에 설치한 카메라를 손가락으로 가리켰다.

"아, 네."

정원이 어깨를 살짝 올렸다 내리며 고개를 끄덕였다.

거실로 들어서자 정원과 경수를 발견한 제니가 껑충껑충 뛰어오르며 앞발로 거실 창을 쿵쿵 두드렸다. 겨우내 먼지가 쌓여 그다지 깨끗하다고 할 수 없는 창이 제니의 발자국으로 더 엉망이 되었다. 준탁이 개인 정원과 연결된 거실의 시스템 창을 열자 제니가 맹렬하게 튀어나와 정원과 경수에게 돌진했다. 준탁은 제니의 새끼들도 저렇게 천방지축일까 봐 걱정됐다.

"제니, 잘 있었어?"

제니를 부르는 목소리의 톤이 딴판이다. 두세 톤 높아진 목소리가 그지없이 달콤하다. 엉덩이를 흔들어대며 쿵쿵 냄새를 맡고 옷에 침을 묻히는 제니를 정원은 무릎을 꿇고 마주 바라보았다.

"제니, 간식 줘도 되나요?"

준탁이 고개를 끄덕이자 정원은 어깨에 걸친 천가방에서 오리목뼈로 보이는 간식을 꺼내 제니와 경수에게 하나씩 물려주었다. 제니는 며칠 굶긴 아이처럼 오리목뼈를 와작와작 씹어 해치우고 경수가 쳐다보고만 있는 오리목뼈를 널름 가져다 먹었다.

"아이고 욕심쟁이."

정원이 눈꼬리를 예쁘게 휘며 웃었다. 그 모습을 넋 놓고 카메라에 담던 준탁은 문득 정신을 차리고 심술궂게 창호의 프레임을 통통 두드렸다. 정원이 무릎을 펴고 일어나 확 찢어버리고 싶게 생긴 천쪼가리 가방을 고쳐 메고 준탁에게로 걸어왔다.

"생각보다 넓네요."

정원이 잔디밭을 내다보며 말했다.

준탁이 이 빌라로 이사를 오게 된 이유는 오로지 빌라에 딸린 20평가량의 개인 정원 때문이었다. 마음껏은 아니래도 아쉬운 대로 제니가 공놀이도 하고 뒹굴거릴 수 있는 공간이 마음에 들었다.

"얌전히 있어. 손님 접대를 공놀이로 시작할 거니?"

잔뜩 신이 난 제니가 테니스공을 두 개나 물고 와 정원의 발치에 떨어트렸다.

"공놀이하자고? 좋아. 자, 간다."

정원은 테니스공을 멀리 던져주었다. 대여섯 번쯤 반복한 후 준탁이 공을 치워버리자 제니는 경수와 집 안 이곳저곳을 돌아다녔다. 마치 유치원생이 처음으로 친구를 데려와 자신의 아지트를 구경시켜주는 듯했다. 그 모습을 카메라에 담는 준탁의 입가에 자신도 의식하지 못한 미소가 떠올랐다.

정원이 준탁의 정원을 둘러보았다. 꼼꼼한 눈길로 차폐용으로 식재된 대나무와 물을 빼버린 연못에 쌓인 낙엽과 깨진 화분과 화분째 말라 죽은 이름도 알 수 없는 식물의 잔해를 들여다보았다. 잡초가 무성한 특색 없는 철쭉 화단과 군데군데 제니의 오줌 때문에 누렇게 원형탈모가 생긴 잔디도 유심히 살펴보았다.

제니와 경수도 쫄랑대며 정원을 따라다녔다. 준탁도 카메라를 들고 정원과 제니와 경수를 열심히 따라다녔다.

정원이 정원을 걷는다.

정원이 정원을 바라본다.

정원이 정원을 가꾼다.

정원이 정원에서 잠이 든다……, 따위의 상상을 하면서.

"그동안에는 어떻게 관리하셨어요?"

"1년에 두 번, 빌라에서 공동으로 하는 소독 말고는 딱히. 가끔 아는 형이 와서 잔디 깎아준 게 답니다."

정우가 뱀 나오겠다고 툴툴거리며 잔디를 깎아줘서 그나마 이 정도로 유지할 수 있었다.

"어떤 정원이었으면 좋겠어요?"

어떤 정원이면 좋겠냐고? 준탁이 집게손가락을 들어 정원을 가리켰다.

정원 같은 정원.

"네……?"

정원이 자신을 가리키며 눈을 크게 떴다.

"선생님이 알아서 해주세요."

성의 없는 대답에 정원이 낮게 한숨을 쉬었다.

"저…… 준탁 님? 잠시 얘기 좀 할까요?"

정원이 잠시 두리번거리다 유일하게 먼지가 쌓이지 않은 그네벤치에 자리를 잡았다. 정원이 앉자 경수가 다가와 정원의 발에 턱을 얹었다. 제니의 지정석이라 준탁이 앉아도 낑낑거리며 밀어내는데 웬일로 제니 녀석은 얌전히 정원의 발치에 엎드려 헤헤거렸다. 준탁이 슬리퍼를 끌며 느릿하게 벤치로 다가가 해를 등지고 섰다.

"제가 아무리 예쁘게 정원을 꾸민다 해도 그건 아무런 의미가 없어요. 우리가 토요일 오전 9시에 이곳에 모인 이유도, 정원을 가꾸는 목적도 준탁 님의 치료 때문이에요."

정원이 이마에 손 그늘을 만들며 준탁을 올려다보았다.

"그렇게 말하니 내가 무슨 죽을병에라도 걸린 거 같네요."

"이 공간을 자세히 관찰한 적 있으세요?"

정원이 작은 정원을 둘러보며 물었다.

"아뇨."

준탁이 정원의 옆자리에 앉자 그네가 삐걱거리며 흔들렸다. 정원의 어깨에 준탁의 어깨가 스치고 허벅지가 닿았다. 잠시 어색한 침묵이 흘렀다. 정원은 그네 끝으로 최대한 물러나 앉으며 바리케이드 치듯 천쪼가리 가방을 두 사람 사이에 내려놓았다.

"서울 같은 도심 한가운데에서 하늘이 보이는 개인 정원을 갖고 있다는 건 축복이에요. 자, 자세히 준탁 님의 축복을 살펴보세요. 햇빛의 방향, 그림자의 길이,

바람이 어디에 머물고 어떻게 지나가는지."

"축복이라. 누가 주는 복인 겁니까?"

축복.

준탁의 인생에는 존재하지 않는 단어다.

"준탁 님을 사랑하고 아끼고 걱정하는 모든 사람들, 모든 기도들이요."

너무나 당연하다는 듯 정원은 말했다.

당신이 사는 세상에서나 당연히 그렇겠지.

단 한 조각의 행복도 스스로 치열하게 쟁취한 거였지, 누군가가 빌어준 것도 선심 쓰듯 하사한 것도 아니었다.

준탁은 냉소를 감추려고 카메라를 들어 정원의 옆얼굴을 바라보았다. 아무것도 칠하지 않은 가지런한 눈썹과 푸른 혈관이 비치는 관자놀이와 바람에 살랑대는 머리카락과 그 머리카락이 닿은 입술을.

새빨갛게 익은 딸기를 짓뭉개고 싶다는, 손가락 사이로 흐르는 끈적한 과즙을 혀를 내밀어 핥아 먹고 싶다는 비현실적인 충동이 일었다.

"이쪽 말고…… 저쪽 정원을 보세요."

점점 붉어지는 귓등을 만지작거리며 정원이 말했다.

"방치한 거치고는 대나무가 잘 자랐어요. 비밀이 생기면 이곳에 와서 털어놔도 될 만큼. 연못가 현무암 때문에 제주도 같은 느낌도 들어요. 물을 채우면 정원이 더 싱그러워질 거예요. 저 깨진 토분들도 이곳과 잘 어울리고……. 좋은 정원을 가지셨네요. 바비큐 파티도 하시나 봐요."

나긋나긋한 목소리가 이끄는 대로 대나무를 바라보고 연못가의 돌을 바라보고 이끼가 낀 깨진 토분들을 바라보았다. 이런 곳이었나 싶을 만큼 낯설게 느껴졌다. 이사하고 딱 한 번 사용한 바비큐 그릴도 새삼스럽다.

"오늘 바람이 정말 부드럽네요. 바람이 실어 나르는 풍경들이 있어요."

넘실거리는 댓잎을 바라보던 정원이 눈을 감고 바람의 결을 느끼려는 듯 턱을 살짝 들었다. 정원의 발치에 제니와 경수는 아예 벌러덩 드러누워 일광욕을 했다.

"눈을 감고 들어보세요. 바람이 불 때마다 싸르락싸르락 소리가 나요."

갑자기 될 대로 되라지, 하는 마음이 들고 나른해졌다. 준탁은 카메라를 내려놓고 벤치에 등을 기댔다. 그리고 시키는 대로 눈을 감았다. 눈을 감자, 댓잎이 스치는 소리보다 정원에게서 은은하게 풍기는 향기가 더 선명하게 코끝을 스쳤다. 레몬 향 같기도 하고 민트 향 같기도 한 싱그럽고 상큼한 향기다.

"리비히의 최소량의 법칙이란 게 있어요."

"리비히?"

눈을 감은 채로 되물었다.

"19세기 독일의 화학자인데, 식물이 공기로부터 이산화탄소를 얻고 뿌리로 질소화합물과 미네랄을 흡수해 성장한다는 걸 알아낸 과학자죠."

정원은 소위 말하는 딕션이 좋은 사람이다. 작은 목소리로 소곤대듯 말하는데도 발음이 뭉개지지 않고 명확하게 들렸다. 배우들이 부러워할 만한 발성법이다.

"유기화학을 이용해서 농업 생산력을 높이는 연구를 하다가 리비히는 어떤 원리를 알게 됐어요. 식물의 성장을 좌우하는 것은 넘치도록 공급되는 영양소가 아니라 가장 부족한 영양소라고요. 아무리 영양이 풍부해도 하나의 영양소가 결핍되면 그 식물은 잘 자라지 못해요."

"그게, 최소량의 법칙이다? 그럼 나는 뭐가 결핍된 거 같습니까?"

준탁은 눈을 뜨고 정원을 바라보았다.

문득 알고 싶었다. 자신의 공허함이 무엇 때문인지. 자신의 강박과 냉소는 어떤 결핍이 만들어낸 것인지.

"음…… 제가 보기에 준탁 님에게 부족한 건…… 햇빛 같아요."

햇빛이라고?

정원이 너무 심각한 얼굴로 말했기에 준탁은 비웃을 타이밍을 놓쳤다.

"그래서 오늘은……."

정원이 말하다 말고 주섬주섬 가방에서 A4 절반만 한 스프링 노트와 플러스펜을 꺼내고 다시 부스럭거리며 골프 티꽂이와 흰색과 빨간색을 꼬아 만든 포장끈을 꺼내 들었다.

"뭘 그렇게 많이 가지고 다녀요? 최소량의 법칙 몰라요?"

요술 주머니도 아니고 끊임없이 물건들이 나오는 헝겊 가방을 준탁은 신기한 듯 바라보았다. 저러다 비둘기나 장미가 나와도 준탁은 놀라지 않을 거 같았다.

"모두 필요한 것들이에요."

정원이 일어나 원형탈모가 심각한 잔디밭 양 끝에 티핀을 꽂고 포장끈으로 이쪽 핀과 저쪽 핀을 연결해 구획을 나누었다. 잔디밭은 정확하게 여섯 등분되었다.

"하루에 한 섹터씩 잡초를 뽑으면서 일광욕을 하세요."

정원이 잔디밭 한가운데서 말했다.

"최대한 해를 많이 쬐면서 하루에 삼십 분 정도 잡초멍."

"잡초멍?"

"잡초 뽑으면서 멍때리는 거요. 해보시면 알겠지만 어느 순간 자신이 아무 생각도 하지 않고 있다는 걸 깨닫게 될 거예요."

"뭘로 뽑습니까? 맨손으로?"

준탁이 일어나 잔디밭으로 나갔다. 경수가 감시하듯 고개를 들어 이쪽을 바라보다 다시 털썩 드러누웠다.

"혹시나 해서 왜건에 싣고 왔어요."

정원이 거실로 돌아갔다가 양손 가득 호미며 모종삽이며 원예장갑 따위를 들고 와 먼지 쌓인 나무 테이블 위에 가지런히 내려놓았다.

"이게 좋겠군."

준탁은 그중에 양쪽으로 갈라져 포크같이 생긴 길고 뾰족한 호미를 골라 쥐었다.

"잠깐만 기다리세요."

정원이 다시 자신의 에코백을 뒤져 핸드크림과 하얀 면장갑을 찾아왔다.

"혹시 손가락에 생긴 상처가 감염될 수 있으니까 보습제 바르고 면장갑 끼고 그다음 원예장갑을 끼세요."

정원이 묻지도 않고 준탁의 손등에 핸드로션을 동전만 하게 짜주었다. 준탁은 파우더 향이 나는 옅은 핑크색 로션을 물끄러미 내려다보았다. 생채기에 딱지가 생길 때처럼 손등이 몹시 간지러웠다.

준탁은 정원이 시키는 대로 로션을 바르고 면장갑을 끼고 그 위에 원예장갑을 꼈다.

"자, 이쪽부터 시작해볼까요? 이건 바랭이라고 하는 풀인데, 번식력이 무척 강해요. 뿌리도 단단하게 박혀 있어서 이렇게 깊숙하게 질러 넣어서 뿌리째 뽑아야 해요. 줄기가 끊어지면 두 배로 새순이 올라와요."

정원이 뾰족한 호미를 쥐고 시범을 보였다.

"이건 괭이밥. 노랗고 귀여운 녀석인데, 방치했다가는 여름이 가기 전에 잔디밭을 점령당할지 몰라요."

준탁은 쪼그리고 앉아 정원이 시키는 대로 잡초를 뽑았다.

"잘하시네요. 맞아요. 그렇게 줄기를 살살 흔들면 뿌리째 잘 뽑혀요."

이게 뭐라고 정원의 칭찬에 준탁이 피식 웃었다.

"이건 들꼬리풀. 선개불알풀이라고도 해요."

"이름 참……."

"이름은 남사스러워도 남보라색 꽃이 정말 앙증맞죠? 지금 준탁 님 왼쪽 발 앞에 있는 건 꽃마리라고 해요. 작은 하늘색 꽃이 사랑스러워요."

"그렇게도 앙증맞고 사랑스러운 걸 어떻게 뽑습니까?"

말은 그렇게 하면서도 준탁은 정원이 알려준 꽃마리를 뽑아냈다.

"자세히 보면 사랑스럽지 않은 건 없어요. 하지만 하나를 선택하면 다른 것은 포기해야 할 때가 있어요. 어쩔 수 없이."

"어쩔 수 없이?"

준탁은 잡초를 뽑던 손을 멈추고 솜털이 보송보송한 풀을 내려다보았다. 어쩔 수 없다는 건 선택하거나 선택받은 자들의 변명이자 자기 위안일 뿐이다. 잔디를 선택한 순간, 남보랏빛 선개불알풀이며 하늘색 꽃마리 따위는 이름이 사라지고 잡초가 된다. 존재 자체가 '해'로움이 된다.

"선택받지 못한 것들의 비애네요."

준탁은 꽃마리를 뽑아놓은 '잡초'더미에 툭 던졌다.

"촬영한 신들이 아깝다고 편집도 안 하고 모두 영화로 만들 순 없잖아요."

"……."

준탁은 고개를 들어 햇빛 속에 하얗게 서 있는 정원을 올려다보았다.

두 번째 어퍼컷인가?

"내가 잡초 뽑는 동안 선생님은 뭘 하실 겁니까?"

준탁이 호미의 날카로운 날을 만지작거리며 물었다.

"이곳을 어떻게 가꾸면 좋을지 스케치를 좀 할까 해요. 준탁 님도 잡초 뽑으면서 생각해보세요."

"멍때리라면서요."

"멍때리다 가끔 정신이 돌아오면요."

정원은 그렇게 말하고 벤치로 걸어갔다. 정원이 스프링 노트를 펼치고 펜을 집어 드는 모습을 잠시 바라보다가 준탁은 다시 풀을 뽑았다.

손에 힘을 너무 많이 주었나.

괭이밥의 줄기가 뚝 끊어지는 순간, 오디션에서 떨어진 수없이 많은 배우들이 생각났다. 선택받지 못한 배우들은 다음을 기약한다. 담담히. 때로는 소주 한 잔을 위안 삼아서.

하! 이게 뭐 하는 짓인지.

초여름 땡볕에 쪼그리고 앉아 잡초를 뽑고 있는 스스로가 어이없어서 헛웃음이 나왔다. 그럼에도 풀을 뽑아내는 단순한 작업은 묘하게 중독성이 있었다. 턱을 타고 땀이 뚝뚝 떨어지고 등과 가슴팍이 젖어드는데도 손을 멈출 수 없었다.

으으으.

마침내 한 구획을 마치고 허리를 폈다. 호미를 집어 던지고 벤치 쪽을 바라보자 제니는 아예 벤치에 올라가 정원의 무릎을 베고 잠들어 있고 정원은 노트를 들여다보며 스케치에 빠져 있었다. 준탁은 땀을 흘린 김에 한 섹터를 더 하기로 마음먹었다. 풀이 좀 덜 난 곳을 골라 다시 쪼그리고 앉아 호미를 집었다.

얼마나 지났을까.

지열로 얼굴이 벌겋게 달아오른 준탁이 마지막 풀을 뽑아낸 뒤 그대로 벌렁 드러누웠다. 피지의 무인도에서 아일랜드를 찍을 때에도 이렇게 땀을 흘리진 않았다. 누운 채로 끙끙대며 장갑을 벗어 던지고 하늘을 올려다보았다. 구름 한 점 없는 파란 하늘이 눈부셨다. 민들레 홀씨인지 버드나무의 솜털인지 눈송이처럼 씨앗들이 떠다녔다.

눈을 감았다.

그제야 바람이 느껴졌다. 댓잎이 바람에 싸르락싸르락 스치는 소리가 들렸다. 준탁은 뜨겁게 쏟아지는 햇살 아래서 꼼짝하지 않고 바람 소리와 자신의 심장 소리를 들었다.

조용했다.

사위가 조용해진 건지, 자신의 마음이 고요해진 건지 알 수 없었다.

눈을 뜨고 벤치 쪽으로 고개를 돌리다가 준탁은 골프 티핀에 나비 모양으로 묶은 포장끈을 바라보았다.

"풀린 운동화 끈을 나비 모양으로 예쁘게 묶고 다시 걸어가는 일련의 시퀀스가 마음에 들어."

문득 준탁이 날려버린 신들을 아쉬워했던 편집감독의 말이 떠올랐다.

준탁은 벌떡 일어나 땀에 젖은 티셔츠를 벗어 어깨에 걸치고 벤치 쪽으로 다가갔다.

"하! 누군 땡볕에서 잡초 뽑고, 누군 그늘에서 낮잠 자고."

어이가 없어 웃음이 터졌다.

스케치를 하고 있는 줄 알았는데 정원은 펜을 쥔 채 고개를 떨어뜨리고서 졸고 있었고, 그런 정원의 무릎을 베고 제니는 코까지 골았다. 경수는 아예 대나무 그늘 아래에 배를 깔고 누워 한쪽 눈을 떴다가 다시 감았다. 정원이 왼쪽 손에 들고 있던 스프링 노트가 금방이라도 떨어질 듯 대롱거렸다. 준탁은 카메라를 찾아 들고 오수를 즐기는 한 여자와 두 마리의 개를 찍었다.

대나무 잎사귀의 그림자가 정원의 뺨과 손등 위에서 어른거렸다. 오래전 하얀 벽에 어른거렸던 나뭇잎의 그림자가 떠올랐다. 식물인간처럼 아무것도 할 수 없었던 그 시간들.

툭.

기어이 손에서 스프링 노트가 떨어지고 정원이 화들짝 놀라 눈을 떴다가 웃통을 벗은 채 카메라를 들고 있는 준탁을 발견하고 헉, 하고 비명을 삼켰다.

"다, 다 뽑았어요?"

시선을 어디다 둬야 할지 몰라 허둥거리며 정원이 말을 더듬었다.

"달콤했어요?"

"네?"

"되게 달게 자는 거 같아서."

"죄송합니다."

정원이 고개까지 숙이며 사과했다. 진짜 달콤했던 모양이다.

"뭐 죄송할 거까지야. 시원한 거 마실래요? 레모네이드?"

"네. 감사합니다."

냉장고에서 레모네이드를 꺼내 정원에게 건네주고 준탁은 벤치 맞은편 대나무 그늘에 앉아 레모네이드를 마셨다.

"몇 시나 됐습니까?"

레모네이드 병을 내려놓고 땀에 젖은 티셔츠를 다시 껴입으며 물었다.

"10시 50분이요."

시선을 들지도 못하고 레모네이드 병만 만지작거리던 정원은 준탁이 티셔츠를 입자 안도의 한숨을 쉬었다.

"샤워하고 바래다줄게요."

"아니, 괜찮습니다. 그러실 필요 없어요."

"걸어가기에 너무 덥…… 앗!"

레모네이드 병을 잡다가 송곳에 찔린 듯한 통증을 느끼고 병을 놓쳤다.

젠장.

작고 노란 벌이 레모네이드 병 옆에 떨어져 부르르 몸을 떨고 있었다.

"왜 그러세요?"

정원이 놀란 얼굴로 뛰어왔다.

"벌에 쏘였어요."

벌겋게 부푼 손가락 사이를 들여다보며 얼굴을 찡그렸다. 불에 덴 듯 화끈거렸다.

"저한테 스테로이드 연고가 있어요."

"괜찮습니다. 일단 샤워부터 해야겠어요."

가방을 뒤지러 뛰어가려는 정원을 말리며 준탁은 자리에서 일어섰다. 화끈거리던 손가락은 이제 욱신거리기 시작했다.

"무슨 벌인지 모르겠어요. 땅벌 같기도 하고. 벌에 쏘인 적 있으세요?"

"태어나서 처음입니다."

정원이 걱정스러운 눈으로 죽은 벌과 준탁의 손을 번갈아 바라보았다.

"씻고 나올 테니, 가지 말고 기다려요."

서둘러 욕실로 들어가 땀에 젖은 옷들을 벗어 던지고 샤워부스로 들어갔다. 샤워를 하는 동안 손가락이 점점 부풀어 올라 주먹이 쥐어지질 않았다. 손이 풍선처럼 부풀더니 손목을 따라 붉은 두드러기가 아메바처럼 번져나갔다.

뭐지?

물을 잠그고 거울을 들여다보았다. 눈 주변과 입술이 흉측하게 부풀어 오른 괴물이 자신을 바라보고 있었다. 얼굴뿐만 아니라 목이며 가슴이며 배며 온몸에 두드러기가 드글드글 돋아났다.

뭔가 잘못됐다, 라고 느끼는 순간 숨쉬기가 힘들었다. 가슴이 답답하고 기도가 풍선처럼 부풀어 오르는 게 선명하게 느껴졌다. 현기증이 났다. 이러다 죽을 수도 있겠다는 공포가 준탁을 삼켰다.

준탁은 타월로 겨우 허리를 감고 비틀거리며 욕실을 빠져나왔다.

"119 좀 불러줘요."

물을 뚝뚝 흘리며 나오는 준탁을 정원은 비명도 지르지 못하고 얼음처럼 굳은 채 바라보았다.

"숨 쉴 수 있어요?"

정원이 다가와 준탁을 부축했다.

"힘들어요."

준탁이 벽에 기대 숨을 헐떡였다.

"아나필락시스 쇼크 같아요. 잠시만요."

정원이 빌어먹을 천쪼가리 가방을 뒤지더니 마커펜 같기도 하고 커다란 주사기 같기도 한 물건을 들고 왔다. 돌진하듯 다가오던 정원이 움찔 걸음을 멈추고 고개를 돌렸다.

"저기……."

"하아, 왜요?"

"수, 수건이……."

수건이 왜? 허리를 내려다보자 수건이 풀려 아슬아슬하게 걸려 있었다.

젠장.

수건을 묶으려 했지만 손이 풍선처럼 부풀어 올라 쉽지 않았다. 하는 수 없이 벌에 쏘이지 않은 손으로 움켜쥐었다.

"119……."

"따끔할 거예요."

주사기를 움켜쥐고 정원이 다가왔다.

"잠, 잠깐! 뭐, 뭡니까?"

"휴대용 에피네프린이에요. 알레르기 증상을 완화시켜주는."

"앗!"

순간 정원이 준탁의 허벅지를 무지막지하게 찔렀고 준탁은 비명을 질렀다. 너무 놀라 움켜쥐고 있던 수건을 놓쳤다.

"어."

정원이 얼결에 흘러내리려는 수건을 잡아챘다.

"······?"

"······!"

준탁의 그곳에 정원의 손이 스치는 순간 두 사람의 시선이 부딪쳤고, 이미 두드러기가 가득한 준탁의 얼굴은 더 흉측하게 붉어졌고, 정원의 뺨도 새빨개졌다. 일 초가 한 시간처럼 느껴지는 침묵이 흘렀다.

"제발······ 119 불러줘요."

준탁이 헐떡이며 다시 119를 불러달라고 애원했다. 이런 빌어먹을 상황에도 준탁의 그곳이 불안하게 꿈틀거리기 시작했다. 쇼크가 아니라 창피해서 죽을 수도 있을 거 같았다.

"119보다 응급실로 바로 가는 게 나을 거 같아요. 토요일이라 길도 막힐 거고. 자동차 키 어디 있어요? 걸을 수 있겠어요?"

정원이 수건을 준탁의 손에 쥐여주며 시선을 비꼈다. 새빨개졌으면서도 아무렇지 않은 척 애쓰는 모습이 고맙기조차 했다. 준탁이 고개를 끄덕이자 정원은 욕실에서 배스가운을 가져와 준탁에게 입혀주었다. 정원의 손이 피부를 스칠 때마다 준탁은 고통스럽게 끙끙댔다.

"하아······. 얘네들을 어떡하지?"

정원은 이마를 짚으며 천진난만한 얼굴로 나란히 엎드려 있는 제니와 경수를 바라보았다. 잠시 고민하던 정원은 경수와 제니에게 하네스와 리드 줄을 채우고 준탁의 손을 잡았다. 고작 손을 잡았을 뿐인데 죽을지도 모르겠다는 공포심이 조금씩 가라앉았다. 준탁은 자신의 손을 잡고 있는 서늘하고 작은 손을 잠시 바라보다가 힘주어 마주 잡았다.

"가요."

한 손에는 준탁의 손을 잡고 다른 한 손에는 리드 줄을 쥐고 정원은 주차장으로 내려가 준탁과 개들을 태우고 안전벨트까지 꼼꼼하게 채워주었다.

"조금만 참아요. 얘들아, 늬들도 얌전히 있어."

정원이 비상 깜빡이를 켜고 질주했다.

"형부, 정원이에요."

- 어, 처제. 언제 올 거야. 다들 모였는데.

블루투스 스피커에서 언제나 즐거운 올 포 도기 사장의 목소리가 흘러나왔다.

"성모병원으로 지금 사람 좀 보내주세요."

- 왜, 무슨 일이야? 어디 다쳤어?

"민준탁 씨가 벌에 쏘여서 병원으로 가는 중이에요."

- 심각해?

"조금요. 알레르기 쇼크 같아요."

"조금 아니고 많이."

준탁이 끼어들었다. 이대로 질식할 것 같았지만 할 말은 해야 했다. 자신의 증상을 별스럽지 않게 말하는 정원이 서운했다.

"애들만 집에 둘 수 없어서 데리고는 가는데, 병원 주차장에 놔둘 수가 없어서요."

- 오케이. 알았어. 김 선생 보낼게.

"네, 형부. 고맙습니다."

순하고 얌전한 얼굴을 하고 영화 '택시'의 '사미 나세리'처럼 거침없이 내달리면서도 정원은 차분하게 상황을 정리해나갔다.

"힘들죠?"

전화를 끊고 정원이 고개를 돌려 준탁을 살폈다. 힘드냐고 묻는 목소리가 다정해서 조금 전 서운함이 가셨다. 대신 더 숨을 쉴 수가 없었다. 어지럽고 머리마저 지끈거렸다.

"응급처치를 잘하셨어요. 아니면 큰일 날 뻔했습니다. 이제 곧 괜찮아질 거예요."

의사가 준탁의 상태를 다시 한번 확인하고 커튼을 닫아주었다.

에피네프린과 항히스타민제와 스테로이드제 정맥주사를 맞고서야 준탁은 겨우 숨쉬기가 편해졌다.

"수액 다 맞을 동안 눈 좀 붙이세요. 눈동자까지 충혈됐어요."

육체적으로나 정신적으로나 완전히 녹초가 된 준탁은 시키는 대로 얌전하게 눈을 감았다.

"쉬고 계세요. 잠시 나갔다 올게요."

"가지 말아요."

준탁이 눈을 뜨고 정원의 손목을 잡았다. 애새끼처럼 굴고 있다는 걸 알면서도 어쩔 수 없었다. 혼자 있기 싫었다. 아니, 무서웠다.

"갈아입을 옷 좀 가지고 올게요. 가운 차림으로 집에 갈 순 없잖아요."

"상관없어요. 홀딱 벗고도 갈 수 있으니까, 그냥 여기 있어요."

"홀딱 벗고 가려면 혼자 가세요."

정원이 입가를 부드럽게 휘며 의자에 앉았다.

"축축하지 않아요?"

그토록 비웃던 천쪼가리 가방에서 정원은 강아지가 인쇄된 하늘색 타월을 꺼내 젖은 채인 준탁의 머리카락을 닦아주었다.

"그런 건 왜 가지고 다닙니까?"

"미안해요. 경수 수건인데……."

하, 준탁이 헛웃음을 쳤다.

"깨끗하게 빤 거예요."

"아니, 그 주사기. 휴대용 에피네프린."

"저도 벌 알레르기가 있어요. 학부 때 채집 나갔다가 벌에 쏘여서 준탁 님처럼 쇼크를 일으켰거든요."

"이런 우연이 있나."

"그래서 벌 퇴치용 패치랑 휴대용 에피네프린은 항상 가지고 다녀요."

정원이 티셔츠 소매에 붙인 동그란 스티커를 보여주었다. 곰돌이 푸가 그려진 패치에서 레몬 향기와 민트 냄새가 났다.

저 냄새였군.

준탁은 퉁퉁 부은 입술로 피식 웃었다.

"마술램프도 아니고…… 사탕 같은 것도 주문하면 나옵니까?"

"얼 그레이랑 잉글리쉬 밀크티 맛 있어요."

정원이 당근이지, 하는 표정으로 가방을 또 뒤적이더니 구두약통처럼 생긴 틴 케이스를 꺼내 흔들었다. 준탁은 멍하니 입을 벌린 채 달그락거리는 깡통 소리를 들었다.

"이럴 땐 그냥 고맙다고 하시는 거예요. 뭐로 하실래요? 얼 그레이?"

"고마워요."

준탁이 마음을 담아 인사했다.

"진심으로. 덕분에 살았어요. 그리고 난 잉글리쉬 밀크티로."

준탁의 말에 정원이 처음으로 하얀 이를 드러내고 환하게 웃었다.

돌연 가슴이 꽉 죄어오는 흉통과 함께 심장이 욱신거렸다.

"의, 의사를 불러줘요."

"왜요? 어디가 불편해요?"

"심장이 욱신거리면서 쑤시고 아픕니다."

"조금만 참아요."

정원이 틴 케이스를 집어 던지고 의사를 부르러 뛰어가는 모습을 지켜보다 또다시 흉통을 느끼고 눈을 질끈 감았다.

준탁은 결국 심전도 검사와 심장초음파 검사를 하고서야 병원을 나설 수 있었다. 다행히 심장에는 이상이 없었다.

"정말 괜찮겠어요?"

직접 운전을 해서 집으로 돌아가겠다는 준탁을 정원은 걱정스럽게 바라보았다. 준탁은 정원의 눈에 담긴 걱정이 마음에 들었다. 오롯이 자신을 향한 누군가의 걱정. 유치하지만 꽤 기분이 좋았다.

"그럼, 잠시만 기다리세요. 제니 데리고 내려올게요."

차에서 내려 카페 알바트로스로 걸어가는 정원의 뒷모습을 준탁은 어떤 시선으로 바라봐야 할지 알 수가 없었다. 미풍에 날아가는 부연 송홧가루가 심장 깊숙이 파고들어 알 수 없는 감정과 수정되어버린 느낌이었다. 그 결합이 어떤 씨앗을 만들게 될지 두려웠다. 끔찍한 돌연변이가 될 수도 있으니까.

"아, 깜빡했어요."

카페테라스 계단을 오르던 정원이 되돌아와 차창을 두드렸다.

"벌 퇴치 패치. 붙이고 잡초 뽑으세요. 그리고 이건…… 도움이 될 거 같아서."

정원은 패치 박스와 함께 손바닥만 한 쇼핑백을 내밀고는 다시 카페 쪽으로 뛰어갔다. 작은 쇼핑백을 열자 매니큐어처럼 생긴 유리 용기가 나왔다. 용기에 노란 포스트잇이 붙어 있었다.

손톱에 바르면 효과가 있대요.

NO BITE

유리 용기에 대문자로 인쇄된 글씨를 물끄러미 바라보다가 고개를 돌려 정원을 바라보았다.

정원이 누군가를 향해 달려갔다. 카페테라스에 육십 대쯤 되어 보이는 여자가

의자에서 일어나 달려오는 정원을 꼭 끌어안았다. 오랜만에 만났는지 한참을 끌어
안고 있던 두 사람이 서로를 마주 보며 미소를 지었다. 염색을 하지 않은 짧은 회
색 머리의 여자가 정원의 뺨을 어루만졌다.

준탁은 유리 용기를 꽉 쥔 채 두 사람을 지켜보았다. 분명 심장에는 이상이 없
다고 했는데 또다시 흉통과 함께 숨을 쉬기가 힘들었다.

09

|

천 겹의 꽃잎을 가진 꽃

머리를 쓰다듬어주듯 별 다섯 개씩을 보내주었다.

"먼지 한 톨이 없어요."

예 원장은 석 달 만에 돌아온 집을 둘러보며 한숨을 쉬었다.

"어젠 너무 늦어서 못 봤는데 지금 보니 구석구석 반들반들해요."

"호텔처럼 깨끗한 집 보면서 왜 한숨을 쉬어요?"

윤 박사가 티 테이블에 보리차를 내려놓고 예 원장과 나란히 앉아 발코니를 바라보았다. 제주도로 내려가면서 키우던 화분들은 모두 정원에게 맡긴 터라 텅 빈 발코니에는 초여름 햇살만 짧게 들이쳤다. 아침 바람에 차랑차랑 흔들리는 윈드 차임 소리가 빈 공간을 채웠다.

"가든스 바이 더 베이도 좋았지만 엄마는 분명 보타닉 가든을 더 좋아하실 거예요. 화려하지는 않지만 헤리티지로 보존되는 식물들은 꼭 봐야 해요."

정원이 싱가포르로 연수를 다녀오면서 도자기로 구운 하얀 조약돌 모양의 윈드 차임을 선물로 사다 주었다. 의자에 올라가 윈드 차임을 발코니 창가에 달면서 그곳 난초들이 정말 예쁘다며, 엄마 모시고 꼭 다시 가고 싶다고 재잘거렸다.

네버 세이 네버

"가끔 들러 환기만 하랬더니……. 괜히 부탁했나 봐요. 개 성격 뻔히 알면서."

티 테이블 위에 가지런히 정리된 우편물을 뒤적이다가 예 원장은 또다시 한숨을 쉬었다.

"바로 옆 동이니까 자주 들렀나 보다, 편히 생각해요."

윤 박사와 예 원장이 재혼하면서 정원은 자연스럽게 독립했다. 처음부터 분가를 반대했던 예 원장은 같은 빌라 단지에 집을 구한다는 조건으로 정원의 분가를 허락했다. 혼자 살게 되면서 정원은 제일 먼저 유기견을 입양했다. 사람에게 곁을 내주지 못하고 강아지나 식물에게만 마음을 쏟는 정원이 예 원장은 늘 걱정이었다.

"뭐든 대강이 없고 너무 애를 쓰니까 말이죠."

"대강이 힘든 사람도 있어요. 정원이는 자기 기준으로 완벽해야 스트레스를 안 받는 아이니까."

"그게 안쓰러워요. 힘들어도 내색을 안 하니."

"내가 정원이를 열한 살 때부터 봐왔어요. 걱정을 많이 했는데 생각했던 것보다 더 단단한 아이예요. 누구보다도 건강하고 훌륭하게 잘 컸어요. 한나 말로는 잘 지낸다고 하니 너무 걱정하지 말아요."

"한나가 있어서 정말 든든해요. 나는 가끔 한나가 엄마 같을 때가 있어요."

"한나가 들으면 펄쩍 뛰겠네."

윤 박사가 허허 웃음을 터트렸다.

"그냥 하는 말이 아니라 한나를 보고 있으면 나는 참 서투른 엄마고 나이를 헛먹었구나, 하는 생각이 들 때가 많아요. 한나도 엄마의 보살핌이 필요한 나이였을 텐데 동생들 다 돌보고……."

윤 박사는 말없이 고개를 끄덕였다.

예 원장한테 정원이 짠하고 애틋한 딸인 것처럼 윤 박사에게는 한나가 아픈 손가락이었다. 한나는 사춘기도 겪을 틈 없이 아픈 엄마와 동생들을 챙겼다. 한나가 중학교 2학년 때 암을 이겨내지 못하고 아내가 떠났다. 엄마를 떠나보내고 돌아온 아이의 눈빛이 너무 침착하고 어른스러워서 윤 박사는 욕실에서 물을 틀어놓고 한참이나 울었다. 다 자라지도 않은 아이가 하룻밤 사이에 어른이 되어버린 게 오롯이 자신의 탓인 거 같았다.

"정원이가 그러더라구요. 엄마가 재혼하면서 로또 맞은 사람은 자기라고요. 언니들이 생겨서 '너무너무' 좋대요. 여기서 포인트는 정원이가 '너무너무'라고 한 거예요. 좋아도 너무 좋은 게 없고 싫어도 너무 싫은 게 없는 아인데 언니들이 너무너무 좋다잖아요."

"아빠가 생겨서 너무너무 좋다고는 안 했어요?"

윤 박사가 서운한 표정을 지었다.

"잊었어요? 우리가 누구 때문에 결혼했는지?"

예 원장이 윤 박사의 손을 토닥였다.

"이번에 저 그림은 가져갑시다."

윤 박사가 거실 벽에 걸어놓은 세밀화를 바라보며 말했다.

"가끔 잎사귀를 만져보고 싶을 때가 있어요. 잎사귀가 이슬에 젖은 듯해서."

예 원장은 따끈한 보리차를 마시며 고개를 끄덕였다. 머그잔을 양손으로 감싼 채로 정원이 결혼선물로 그려준 자귀나무를 바라보았다.

"부부의 정을 상징한대요. 과학적인 그림은 아니에요."

객관적이지 못한, 제 마음을 담은 그림이라며 부끄러운 듯 내밀던 그림을 예 원장은 새삼 찬찬히 다시 바라보았다. 부채모양의 분홍 꽃은 약한 날숨에도 하늘하늘 흔들릴 듯 섬세하다. 미모사 잎을 닮은 짙고 싱그러운 초록색의 이파리는 늘 만져보고 싶은 충동을 일으켰다. 손을 대면 그 결이 느껴질 것만 같았다. 밤이면 접힌다는 잎사귀가 반쯤 접힌 걸 보면 어둠이 내리기 직전의 자귀나무를 그린 듯했다. 그림 속에서 바람이 불었다. 머리카락을 쓰다듬는 손길처럼 위로하듯 부드러운 바람이다.

"저 그림을 보고 있으면 포근하고 따뜻한 바람 속에 서 있는 거 같아요."

예 원장의 말에 윤 박사도 고개를 끄덕였다.

식물을 잘 그리는 화가는 초록색을 잘 다룬다고들 하는데, 정원이 그랬다. 정원이 표현하는 초록색은 질감을 가지고 있었다. 어떤 초록색은 물기를 머금고 있어서 만져보면 손끝이 젖을 것 같았다. 그런가 하면 작은 자극에도 찢어질 듯 투명한 초록색도 있고 쓰다듬고 싶은 유혹을 뿌리치기 힘들 만큼 부드러운 벨벳 같은 초록색도 있었다.

"오늘 정원이랑 세나랑 쇼핑 재밌게 해요. 애들 것만 사지 말고 당신 것도 사고."

윤 박사가 예 원장에게 카드를 내밀었다.

"아휴. 됐어요. 세나가 치과를 너무 잘 꾸려나가서 선물 하나 사주려는 건데 방해하지 마세요."

"그럼, 세나 건 당신이 사주고 정원이랑 당신 건 이걸로 해요. 그리고 꼭 말해줘요. 아빠가 사주는 거라고. 나도 생색 좀 냅시다."

"한도는 넉넉하죠? 우리 모녀가 보기보다 통이 큰데."

"어이쿠, 초과되면 어쩔 수 없어요. 가난한 의사가 가진 유일한 카드니까."

"어쨌든 고마워요."

예 원장은 웃으며 카드를 받아 들었다.

"갑시다. 정원이 기다리겠어요."

윤 박사가 내미는 손을 잡고 소파에서 일어섰다. 일상 속의 작은 배려가 강퍅했던 예 원장의 마음을 조금씩 무르게 했다.

＊ ◆ ＊

빌라의 산책로에 설치된 장미 아치를 지나다 정원은 걸음을 멈추고 탐스럽게 핀 노란 장미를 바라보았다. 데이비드 오스틴 같은데 이름표가 없어서 '샬롯'인지

'티싱조지아'인지 정확하지 않았다. 겹겹이 주름진 꽃잎 속에 벌 한 마리가 들어가 빠져나오지 못하고 버둥거리고 있었다. 꽃가루를 잔뜩 묻히고 있는 벌을 보자 온몸에 두드러기가 난 채 허둥거리던 남자가 떠올랐다.

"경수야, 제니 오빠님은 괜찮겠지?"

경수는 내 알 바 아니라는 표정이다.

괜찮을까?

정원은 휴대전화를 만지작거리다 가방에 도로 집어넣었다.

괜찮겠지.

"정원아."

"엄마! 박사님!"

정원은 막 빌라 현관을 나서는 예 원장과 윤 박사에게 손을 흔들었다. 부드러운 베이지 톤으로 맞춰 입은 옷이 커플룩처럼 보였다. 다정하게 잡은 손을 보면서 정원은 '반려'라는 말을 생각했다. 함께 나란히 걸을 수 있는 짝꿍이 생긴 예 원장의 모습이 그 어느 때보다 안정되고 행복해 보였다.

"안녕히 주무셨어요?"

"잘 잤어? 안 피곤하니? 어제 오랜만에 수다를 떨어서인지 엄마는 완전 곯아떨어졌어."

팔짱을 끼는 예 원장에게서 전해지는 온기가 좋아서 정원은 아이처럼 더 바싹 다가갔다.

"잘 잤니? 경수도 굿 모닝."

윤 박사가 허리를 굽혀 왜건 안의 경수에게 인사를 했다. 경수가 꼬리를 흔들며 왜건에서 내려오려고 낑낑댔다. 경수는 유난히 윤 박사와 예 원장을 좋아했다. 산책을 하다가 연세 지긋한 노인들을 만나면 경수는 걸음을 멈추고 탁해진 눈동자로 유심히 바라보곤 했다. 어쩌면 경수의 전 주인은 나이 많은 노부부이지 않았을까, 하는 생각이 들 만큼.

"왜? 내려오려고?"

정원이 왜건의 지퍼를 내려주자 경수가 자신의 리드 줄을 물고 두 사람에게 다가갔다.

"하하. 이 녀석 보게."

"박사님이랑 산책하고 싶은가 봐요."

예 원장과 윤 박사가 재혼을 했지만 정원은 여전히 '박사님'이라고 불렀다. 어릴 때부터 불렀던 호칭이어서 바꾸기가 어색했던 점도 있었지만 정원이 원했던 건 자신의 '아버지'가 아니라 예 원장의 '남편'이었던 이유도 컸다.

그런 점에선 세 자매도 비슷했다. 한나는 예 원장을 '어머니'로 이나는 '원장님'으로 세나는 '엄마'로 불렀지만 공통된 생각은 예 원장을 자신들의 '어머니'가 아니라 윤 박사의 '아내'로 받아들였다는 거였다. 예 원장도 윤 박사도 호칭 문제를 애써 바꾸려 하지 않았다.

"편하게 살자."

호칭 문제에 대한 예 원장과 윤 박사와 자매들이 내린 결론이었다.

"경수 군, 오랜만에 함께 걸을까?"

윤 박사가 경수의 리드 줄을 잡고 앞서 걷고 정원이 왜건을 밀며 예 원장과 나란히 걸었다. 산책로에 나뭇잎 그림자가 어른거리고 초여름의 싱그러운 바람이 불었다. 장미꽃 향이 짙게 날아오고 점점 커지고 있는 수국 봉오리가 넘실댔다.

"어제 우리가 좀 무리했죠?"

카페 문을 닫고도 새벽 1시까지 와인을 마시며 다섯 여자는 수다를 떨었다.

"한 서방이 피곤하겠다."

"네."

신경 쓰지 말라는데도 동희는 이것저것 안주를 만들어주며 기꺼이 다섯 여자들의 수발을 자청했다. 덕분에 오늘은 브런치다.

"정원아, 안 선생 알지? 엄마 여고 동창."

"네. 교장선생님 말씀이시죠?"

은퇴하고 그림에 빠져 산다는 안 선생은 예 원장의 고향 친구였고, 누구보다도 예 원장과 정원의 사정을 잘 아는 친구이기도 해서 예 원장이 많이 의지했다.

"응. 어제 오후에 통화했는데, 대뜸 널 며느리 삼고 싶다잖아."

"네?"

정원이 걸음을 멈추고 예 원장을 바라보았다.

"널 TV에서 봤대. 인터뷰한 거. 안 선생 말로 어디서 많이 본 듯한 아이가 조곤조곤 인터뷰하는 모습이 예뻐서 밥 먹다 말고 보고 있었는데, 문득 보니까 자기 아들이 넋을 빼고 널 보고 있더란다."

"……."

"방송 나온 날, 안 선생한테서 축하 전화가 왔었어. 방송 보다가 너라는 걸 알고 깜짝 놀랐다고. 그날도 네가 너무 곱게 컸다고 좋은 데 중신을 서야겠다며 그러더니, 다른 데 소개해주기 아까웠나 봐. 한번 만나볼래?"

예 원장이 조심스럽게 물었다.

"너무 갑작스러워서……."

정원은 왜건을 밀며 다시 발을 뗴었다.

"혹시 사귀는 사람 있니?"

이끼 낀 벽돌 바닥에 찍힌 단풍잎의 그림자를 바라보며 정원이 고개를 흔들었다.

"엄마는 그 아들 몇 번 보기도 했고 안 선생 통해서 듣기도 했지만 사람이야 겪어보기 전에는 잘은 모르지. 하지만 안 선생 내외의 인격을 믿으니까 한번 만나보라는 거야. 친한 친구끼리는 사돈 맺는 거 아니라고들 하는데, 스펙만 보면 나도 그 아들은 좀 욕심나더라. 안 선생 닮아서 키도 훤칠하고."

이렇게 권하는 건 안 선생의 아들이 예 원장의 예선을 통과했다는 뜻일 것이다.

"지금…… 대답드려야 하는 거예요?"

독신을 고집하는 건 아니지만 정원은 지금 누군가를 만나거나 사귀고 싶은 마음이 없었다. 생각해보면 은경수 박사를 혼자 바라볼 때도 그랬다. 딱히 사귀거나 그 사람과의 미래를 그려본 적이 없었던 거 같다. 그저 적당한 거리를 두고 바라보는 것만으로도 설레고 좋았다. 은 박사가 다가오면서 그 거리가 좁혀지자 정원은 허둥지둥 도망치고 말았다. 그리고 그것으로 끝이었다.

좋아하는 일도 있고 경수와 언니들과 지내는 지금이 만족스럽다. 더구나 올해 안으로 마무리 지어야 할 프로젝트의 일정이 타이트하기도 해서 새로운 관계를 맺어 시간과 마음을 쏟을 여유가 없었다.

"아니야. 그런 건. 안 선생한테는 너 좀 바쁘다고 하지 뭐."

순순히 물러나면서도 예 원장은 아쉬운 듯 보였다.

"만났다가 저든 그쪽이든 마음에 안 든다고 하면 괜히 엄마랑 안 선생님이랑 불편해지시는 거 아니에요?"

"그런 생각 안 했을까 봐. 안 선생이랑 그랬어. 인연이란 게 마음대로 되냐고. 안 선생이 그런 면에서는 꽤 시원해."

예 원장은 이미 마음을 굳힌 거 같다.

"엄마는요?"

"엄마 뭐?"

"엄마 딸, 딱지 맞아도 서운하게 생각 안 할 자신 있으세요?"

"어머, 얘. 누가 널 딱지 놔."

예 원장이 너무 쿨하지 못한 반응을 보여서 정원은 웃고 말았다.

"그러면 안 만날래요."

"……."

예 원장이 걸음을 멈추고 정원을 올려다보았다.

"엄마 놀리고 있어."

정원의 눈에서 장난기를 발견한 예 원장이 정원의 뺨을 꼬집으며 피식 웃었다.

"알았어. 엄마도 최대한 쿨해질게. 만나볼 생각 있어?"

"평일은 안 되고. 당분간 토요일도 일이 있어요. 일요일은 괜찮아요."

"네 번호 안 선생 쪽에 보낼 테니까, 편안하게 만나봐."

"말로만 편안하게 아니고 진짜 편안하게 만날 거니까, 엄마도 약속해요."

정원이 새끼손가락을 내밀었다.

"뭘?"

"너무 기대하시지 말라고요."

"그러지요, 예정원 양."

예 원장이 정원의 새끼손가락에 손가락을 걸고 웃었다.

"가자. 한 서방 눈 빠지게 기다리겠다."

✳ ◆ ✳

"이게 뭐예요?"

정원을 기다리고 있었던 건 동희가 아니라 엄청나게 커다란 꽃바구니였다.

"세상에 이게 무슨 꽃이니?"

"우리도 궁금해서 정원이 올 때까지 기다렸어요. 딱 봐도 청담동 필인데, 누가 보냈는지 카드가 없어요."

먼저 도착한 세나와 한나가 테이블을 점령한 꽃바구니를 들여다보며 카드를 찾았다.

"카페 오픈하자마자 예정원 씨한테 전달해달라며 놓고 갔어."

동희가 예 원장의 의자를 빼주며 말했다.

"누가요?"

"꽃집 직원도 그렇게만 전달받았다고 하던데."

"이렇게 송이가 큰 장미는 처음 본다. 향도 정말 짙고 좋네."

예 원장도 놀란 듯 어른 주먹보다 더 큰 꽃송이를 들여다보았다. 한가운데는 살굿빛이 돌고 가장자리로 갈수록 옅은 핑크색인 로제트형의 겹겹이 주름진 장미였다. 커다란 장미송이 사이로 하얀색 베로니카와 시드 유칼립투스가 더해져 꽃바구니는 더할 수 없이 고혹적이다.

"'고르키파크'라는 품종이래."

세나가 바구니 손잡이에 달린 태그를 보며 말했다. 보낸 사람의 카드는 없는데 꽃에 대한 설명이 적힌 태그가 바구니 손잡이에 달려 있었다.

"엄머머. 꽃말이 사랑의 고백이라네. 혹시…… 은경수 박사가 보낸 거 아닐까?"

"은경수 박사?"

세나의 말이 아니었으면 생각하지 못했을 이름이었다. 지난번 은 박사가 찾아온 이후로 까맣게 잊고 있었다. 심지어 매일 아침 침대 맞은편 울릉바늘꽃을 바라보면서도 은 박사를 떠올리지 않았다.

"은 박사님이……."

꽃을 보낼 이유가 없었다. 정원도 은 박사도 두 사람 사이에 남은 건 한때 같은 직장을 다녔던 동료로서의 호의뿐이라는 걸 확인했다. 더불어 추억은 추억으로 남겨야 한다는 것도 깨달았다.

고민에 빠진 순간, 정원의 가방에서 메시지 도착 알람이 울렸다. 휴대전화를 꺼내 발신인의 이름을 확인한 정원의 뺨이 바구니 속의 장미처럼 은은하게 물들기 시작했다.

[생명의 은인에게 천 겹의 꽃잎을 가진 꽃을 보내고 싶었지만 이걸로 대신하죠. 감사의 마음을 담아 민준탁. P.S. 반품과 답장은 사절입니다.]

메시지를 연거푸 세 번이나 읽고 정원은 낮게 한숨을 쉬었다.

"왜? 누군데?"

"꽃 보낸 사람?"

"누구니?"

동희와 세나와 예 원장이 동시에 물었다.

"민준탁 감독이요."

"민준탁 감독이 꽃을 보냈다고?"

"민준탁 감독이 누군데?"

세나와 동희는 놀란 듯 동시에 목소리를 높였고 예 원장은 궁금해했다.

"원예치료 받는 제 상담자인데, 어제 수업 중에 벌에 쏘였어요. 벌 알레르기가 있는데 본인도 몰랐대요. 다행히 정원이가 휴대용 에피네프린이 있어서 응급처치하고 병원 데려다줬는데, 감사인사로 보냈나 보네요."

"그래? 그런 일이 있었어?"

한나의 설명에 예 원장이 고개를 끄덕였다.

"그런 것치고는 너무 과한 거 아니야? 이 정도 꽃이면 약혼식 치러도 되겠다."

세나가 장미에 코를 대고 킁킁거리며 향기를 맡았다.

"과하긴. 정원이 아니었으면 민 감독, 진짜 큰일 날 뻔했어."

한나가 말했다.

"아나필락시스 쇼크가 무섭긴 무서워. 대학 2학년 때였지, 아마? 우리 정원이도 채집 나갔다가 큰일 날 뻔한 적 있었어. 어쨌든 다행이다. 그 사람이 우리 정원이한테 많이 고마웠나 보네."

예 원장이 정원의 등을 토닥였다.

"그런데, 민준탁이란 이름…… 어디서 들어본 거 같은데?"

"엄마, 모르세요? 아일랜드라고 상 많이 받은 영화인데, 그 영화 찍은 감독이에요."

세나가 휴대전화를 꺼내 검색하며 말했다.

"언뜻 뉴스에서 본 거 같기도 하고. 좀 어두운 내용 아니었니?"

장미 꽃잎을 쓰다듬으며 예 원장이 물었다.

"어둡다기보다 좀 어려운 영화죠. 식물인간인 남자와 남태평양 무인도에 고립된 남자의 도플갱어라고 해야 하나, 평행이론 이야기라고 해야 하나? 여튼 그런 내용이에요."

세나도 영화를 본 모양이었다.

"나는 식물인간인 남자가 만들어낸 환시 같은 거라고 생각했어."

한나가 말했다.

"우울한 영화는 싫어."

예 원장은 관심 없어 했다.

"난 그 영화 아주 흥미롭게 봤어요."

경수를 쓰다듬으며 듣고만 있던 윤 박사가 처음으로 대화에 끼어들었다. 조조나 심야 영화를 혼자 찾아볼 정도로 윤 박사는 영화를 좋아했다.

"당신도 봤어요?"

"기억 안 나요? 당신이 별로 내키지 않는다고 해서 한나랑 봤죠."

"아빠, 그거 데이트 아니고 대타였던 거예요?"

한나가 사기당한 얼굴로 툴툴거리자 윤 박사와 예 원장이 웃음을 터트렸다.

"대타든 뭐든 영화 잘 봤음 됐지. 너도 괜찮은 영화라고 했잖아."

"뭐, 영화는 좋았어요."

"현대 정신의학 용어로도 오토스카피(Autoscopy), 자기상 환시라는 말이 있거든. 좀 난해한 이야기라고 할 수 있는데, 인간의 존재에 대한 감독의 시선이 날카롭고 흥미로웠어."

"맞아요. 끊임없는 자기 존재에 대한 물음이었던 거 같아요."

"아휴. 토론은 부녀끼리 하세요. 듣기만 해도 머리 아프고 내 취향 아니야. 프랑스 사람들은 이상하게 그런 영화를 좋아하더라."

예 원장이 고개를 흔들었다.

"엄마, 이 사람이에요. 잘생겼죠. 시사회에 간 사람들이 다 놀란대요. 배우보다 감독이 더 배우 같아서."

세나가 검색한 준탁의 사진을 예 원장에게 보여주었다.

"그러게…… 따분한 영화 만드는 사람치고는 화려하게 생겼네. 영화감독보다는 모델 같다."

예 원장은 가슴에 걸고 다니는 돋보기안경까지 찾아 끼고 한참 동안 준탁의 얼굴을 바라보았다.

"그런데, 이나는 왜 안 보여?"

예 원장이 돋보기를 벗고 동희를 바라보았다.

"컨디션이 좀 안 좋은가 봐요."

"어디 아픈 건 아니고? 어제도 좀 피곤해 보이던데."

"그게…… 걱정 안 하셔도 돼요. 더 자고 싶다고 해서. 자, 문제적 꽃바구니는 내려놓고 식사들 하세요."

동희가 무슨 말인가를 하려다 말고 서둘러 주방으로 돌아갔다.

'천 겹의 꽃잎을 가진 꽃.'

정원은 조금 멍했다.

멍하니 당근 라페를 씹고 멍하니 프렌치토스트를 먹었다. 라따뚜이 소스가 테이블에 떨어지는 줄도 모르고 멍하니 가지를 씹었다. 그 상태는 예 원장과 세나와 쇼핑할 때까지 지속되었다.

"너무 예쁘다."

"예정원, 완전 네 옷이다. 이렇게 돌아봐. 보자……. 거기에다가 내가 아까 봐둔 게 있는데……."

예 원장과 세나가 골라준 파스텔 핑크 원피스는 준탁이 보내준 장미의 색깔과 비슷했다. 사선으로 여러 겹 겹쳐서 드레이핑한 미디 길이의 원피스는 낙낙하게 몸을 감쌌다. 마치 겹겹의 보드라운 꽃잎에 감싸인 느낌이었다.

엄마?

정원은 거울 속에 비친 예 원장을 바라보았다. 좌우가 반전되어서 그런 걸까. 미소가 사라진 예 원장의 얼굴은 어쩐지 공허해 보였다. 정원을 바라보지만 정원이 아닌 누군가의 그림자를 더듬는 듯 먼 눈빛이었다. 정원은 눈을 내리깔고 입술을 깨물었다.

"정원아, 그 위에 이거 입어봐."

세나가 흰색 리넨 재킷을 들고 왔다. 정원은 세나가 권하는 대로 재킷을 입었다.

"그래, 이렇게 입으면 비즈니스 때도 괜찮겠다. 엄마 어때요?"

"그것도 괜찮다. 정원아, 이렇게 입고 나가면 되겠다."

깊은 상념에서 깨어난 듯 예 원장이 쓸쓸함을 몰아내고 거울 속에서 미소 지었다.

"정원이 어디 가요?"

"누가 정원이 좀 소개해달라고 해서……."

세나의 질문에 예 원장이 말꼬리를 흐렸다.

"선보는 거예요?"

"뭐, 말하자면."

"선을 왜 봐. 연애를 해야지."

정작 연애다운 연애 한번 못 해봤으면서 소개팅도 싫다, 선도 싫다, 결혼 정보 회사는 더더욱 싫다는 세나였다. 진짜 연애보다 아이돌이나 꽃미남 배우들에게 빠져 살았다. 한나처럼 독신주의자도 아니었고 세나는 그 누구보다도 결혼을 하고 싶어 했다. 그러면서도 뼈와 살이 타는 연애 아니면 결혼은 죽어도 안 한다는 주의였다.

"그냥 편하게 만나보려고요."

"그럼, 은경수 박사는?"

세나는 정원이 마치 바람이라도 피운 것처럼 다그쳤다.

"은경수 박사는 또 누구니?"

예 원장이 물었다.

"엄마도 기억하실 거예요. 저한테 울릉바늘꽃 도해도 부탁한 사람이요."

"수목원에서 같이 근무했던?"

"네. 그리고 진짜 은 박사님과는 아무것도 없어요."

자신이 왜 이런 변명을 하고 있는지 모르겠다.

"진짜?"

세나가 재차 물었다.

"진짜요."

"너야 그렇다 치더라도 은 박사는 아닌 거 같던데?"

"은 박사님은 이제…… 그냥 옛 직장 동료일 뿐이에요."

"그래?"

그제야 세나가 한발 물러나는 느낌이었다.

"정원아, 메시지가 연거푸 계속 들어오는데?"

정원이 세나에게 변명 아닌 변명을 하고 있을 때 예 원장이 들고 있던 정원의 숄더백에서 휴대전화를 꺼내 건넸다.

메시지를 확인하고 정원이 피식 웃음을 터트렸다.

[선생님, 숙제 끝냈습니다.]

짧은 메시지와 함께 말끔해진 잔디밭 사진과 수북하게 쌓아놓은 잡초더미 사진을 보낸 사람은 준탁이었다. 잡초를 뽑은 잔디밭에 오줌을 누는 제니의 사진도 있었고, 잔디밭 위로 손가락으로 브이한 그림자를 찍은 사진도 있었다.

사람을 참 당황스럽게 만드는 남자다, 민준탁은.

정원은 잠시 망설이다 메시지를 입력하고 전송 버튼을 눌렀다.

[참 잘했어요.]

메시지를 보내고 나서도 뭔가 아쉬워 정원은 다시 메시지 창을 열었다. 그리고 다섯 개의 별을 준탁에게 보내주었다.

[★★★★★]

일주일 동안 준탁은 매번 그렇게 정원에게 숙제 검사를 받았고, 정원은 머리를 쓰다듬어주듯 별 다섯 개씩을 보내주었다.

휴대전화를 내려놓고 정원은 테이블에 올려놓은 장미의 향기를 맡았다. 향기를 들이마시다 충동적으로 고르키파크 한 송이를 뽑아 유심히 들여다보며 연필을 집었다.

이러고 있을 시간이 없는데.

오늘 작업 분량을 다 마치지도 못했으면서 정원은 한눈을 팔았다. 도저히 고혹적인 장미의 유혹을 뿌리치기 힘들었다. 애무하듯 보드라운 꽃잎을 쓰다듬고 가시를 더듬어보며 섬세한 손길로 스케치를 시작했다. 꽃잎 한 장을 떼어내어 씹어보았다. 입안에 짙은 장미 향이 확 퍼져나갔다. 정원은 눈을 감은 채 오래도록 그 향을 음미했다. 마치 몰래 입맞춤을 한 것처럼 가슴이 두근거렸다.

10

|

나비매듭

미련스럽게도 눈물이 고여왔다.

별 다섯 개는 또 뭔데?

준탁은 휴대전화 모서리를 입술에 콕콕 찍어대며 피식거렸다. 같은 별인데, 영화 평점에 박힌 별과는 참 다르다. 평론가들이 야박하게 찍어주는 별에는 애초에 관심조차 없는 준탁이지만 정원이 보내준 별에는 태연할 수 없었다. 준탁이 선생님이라고 불렀던 사람 중에 별 다섯 개를 준 사람은 정원이 처음이다.

"왜 실실 쪼개?"

정우가 미친놈 보듯 준탁을 바라보았다.

조금 전까지 음향 스튜디오 일정을 너무 타이트하게 잡았다, ADR 녹음[17] 스케줄이 너무 늘어진다, 녹음 펑크 낸 배우 찾아와라, 스케줄 미리미리 체크 안 한 조감독 너는 나가 죽어라, 무차별 독설을 뱉어내던 준탁이 문자를 확인한 뒤부터 의자를 빙글빙글 돌려대며 비실비실 웃었다.

"내가?"

---

17 후시 녹음

네버 세이 네버

준탁은 자신이 웃고 있다는 걸 그제야 깨달았다.

"원래 잘 웃잖아, 내가."

"퍽이나."

정우가 실소했다.

준탁이 처음부터 거친 수세미 같은 인간이었던 건 아니다. 오히려 어린 시절의 준탁은 늘 칭찬받으려고 애쓰는 아이였다. 따뜻한 눈길, 다정한 손길 한 번을 목말라했다. 짧은 커트 머리와 파란색 물방울무늬 원피스를 즐겨 입었던, 엄마와 많이 닮았던 담임선생님에게 칭찬받으려고 하루도 빠짐없이 일기를 쓰고 숙제도 꼬박꼬박 했다. 귓바퀴 뒤쪽도 깨끗하게 씻고 손톱도 바싹 자르고 다녔다. 발표 시간에는 손을 높이 들고 '저요 저요'도 열심히 외쳤다. 그런데도 선생님이 준탁을 칭찬하는 일은 없었다. 준탁을 선택해준 적도 없었다. 누가 보아도 준탁의 그림이 제일 나았는데 솜씨자랑 게시판에 걸리는 일도 없었다.

"자애원 아이라고? 그런 거치고는 애가 깨끗하네. 귀티가 나. 모르는 사람이 보면 어디 부잣집 귀한 아들인 줄 알겠어."

"애가 좀 나대. 부담스러워."

복도에서 공손하게 인사하는 준탁을 스쳐 지나가며 담임과 옆 반 선생이 주고받는 말을 듣고 준탁은 냄새나는 화장실에서 한참이나 울었다. 준탁은 더 이상 손을 들고 '저요'를 외치지 않았다. 담임의 말속에 생략된 '주제도 모르고'라는 뉘앙스를 본능적으로 깨달았던 거 같다. 자연스럽게 교실에서 제일 구석진 곳이 준탁의 자리가 되었다. 구석진 곳에 똬리를 틀고 준탁은 삐딱한 시선으로 세상을 바라보았다. 사랑받으려 애쓰던 마음은 거친 수세미처럼 성글어지고 차가운 창에 성에가 돋듯 준탁의 마음에 얼음가시가 자라났다.

예정원도 자신의 과거를 알게 되면 더 이상 별 다섯 개를 주지 않게 될까?

미친. 갑자기 이 대목에서 예정원이 왜 튀어나오는데?

준탁은 스스로 생각해도 너무 유치하고 어이가 없어서 또다시 피식 웃었다.

"정신 나간 사람처럼 웃지 말고 이거 한번 들어볼래?"

나나가 회의실 모니터를 켜고 오디오의 볼륨을 올렸다.

"뭔데?"

"블랙버드."

나나가 플레이 버튼을 누르자 에밀리가 기타를 치며 블랙버드를 부르는 영상이 재생됐다.

"언제 촬영한 거야?"

"언제긴? 민 감독 생일 때잖아. 기억 안 나?"

영상 속의 장소는 준탁의 빌라였다. 빌라로 이사 온 후 생일 겸 집들이 겸 처음이자 마지막으로 바비큐 파티를 한 날 같다. 느닷없이 난입한 에밀리가 생일선물이라며 청하지도 않은 노래를 불렀던 게 기억났다.

"다시 한번 들어보자."

준탁은 눈을 감고 에밀리의 노래에 집중했다. 평소 키보다 낮은, 그리고 원곡보다 조금 느리게 부르는 블랙버드가 썩 괜찮았다. 한참 울고 난 후처럼 허스키한 에밀리의 목소리 사이사이 석원의 모습이 떠올랐다. 쇼윈도에 비친 자신의 얼굴을 가만히 바라보다가 풀린 운동화 끈을 나비 모양으로 단단히 매듭짓고서 점퍼 주머니에 손을 푹 찔러 넣고 걷는 소년의 뒷모습이 오버랩 됐다.

"어때?"

눈을 뜨자 나나가 기대에 찬 얼굴로 준탁의 대답을 기다리고 있었다.

"글쎄……. 와 씨, 써!"

준탁이 자신도 모르게 손가락을 물어뜯으려다 입술을 일그러트리며 진저리를 쳤다. 지독하게 썼다.

"왜 그래?"

"아무것도. 그런데, 원곡 사줄 돈 없는 거야?"

준탁은 'NO BITE'를 바른 못생긴 손톱을 들여다보았다.

"있어. 누나 돈 많아. 근데, 원곡보다 더 느낌 있지 않아? 석원이가 주머니에 손 넣고 흥얼거리며 부르는 거 같잖아."

"나도 에밀리 버전이 우리 영화에 더 어울리는 거 같다."

정우가 거들었다.

"응? 민 감독?"

"리메이크로 하자."

나나와 정우는 대답을 재촉했고, 준탁은 그러거나 말거나 아무 대답 없이 한 번 더 노래를 들었다.

"음감하고 얘기해볼게. 영상 보내줘."

에밀리의 블랙버드는 꽤 마음에 들었지만 시도 때도 없이 엉겨 붙는 에밀리를 생각하자 절로 미간이 찌푸려졌다.

"간다."

"어디? 스튜디오?"

"어."

"민 감독, 에밀리 긍정적으로 생각하는 거다."

나나의 목소리가 사무실을 나서는 준탁의 뒤통수에 달라붙었다. 지금 당장 결정해서 정우와 나나의 기대에 부응하고 싶은 생각은 없었다. 늘 그렇듯 정우와 나나의 애를 태우는 게 준탁의 작은 즐거움이니까.

✳ ◆ ✳

"언제나…… 누군가에게 무엇이 되고 싶었다. 세상에 유기된 모든 것들의 소망일지도 모른다."

영상 위로 내레이션이 흘렀다.

영상 속의 소년은 남자에게 폭력과 유린을 당하면서도 남자의 옷자락을 꼭 쥐고 놓지 못했다. 소년이 이를 악무는 순간 감은 눈가에 눈물 한 방울이 솟아올랐다. 새벽의 푸른빛이 소년의 헐떡이는 쇄골에 고였다 흘러내렸다.

"석원아, 잠시 쉬었다 갈까?"

준탁은 녹음실과 연결된 마이크를 켰다. ADR 녹음이 처음인 신인 배우는 좀처럼 캐릭터에 스며들지 못하고 겉돌았다. 현장에서의 그 신들린 듯한 몰입을 보여주지 못했다. 어찌 보면 너무 깊게 빠져들지 않으려고 스스로 억제하는 느낌도 들었다.

"나와."

오늘부터 이틀간 주인공 석원의 대사와 내레이션을 따야 하는데, 아무래도 시간이 더 필요할 듯했다. 이런 변수 때문에 음향 스튜디오 사용 계약을 넉넉하게 잡아달라고 했건만 예산을 입에 달고 사는 나나는 터무니없이 타이트하게 잡아놓았다.

"죄송합니다, 감독님."

나무가 꾸벅 인사를 했다. 촬영 끝나면 바싹 자르겠다던 머리카락은 자르지도 않고 덥수룩한 채로 눈을 가렸다.

"인서 씨, 삼십 분 쉬었다 가죠."

준탁이 다이얼로그 슈퍼바이저인 인서를 돌아봤다.

"그럽시다. 안 그래도 약 기운이 떨어져서."

인서가 손가락으로 담배 피우는 시늉을 하며 엔지니어들과 스튜디오를 빠져나갔다.

"커피 한잔하자. 밥은 먹었니?"

나무가 고개를 흔들었다.

"지금 몇 신데. 가자."

준탁은 스튜디오 근처의 카페로 나무를 데리고 갔다.

"먹어."

샌드위치와 샐러드까지 주문해서 나무 앞에 내려놓았다.

"머리는 왜 안 자르고?"

"혹시, 재촬영 들어갈까 봐요."

나무는 식욕 없는 눈길로 샌드위치를 바라보다가 아이스커피를 집어 들었다.

"더 이상의 재촬영 없으니까 잘라."

준탁은 리스트레토를 한 모금 마시고 나무를 바라보았다. 촬영 때보다 부쩍 야윈 모습이다. 지금 나무의 상태가 어떤지 대충 감이 왔다. 가끔 캐릭터에 깊이 매몰돼서 벗어나기 힘들어하는 사람이 있다. 심한 경우 심리치료나 정신과 치료까지 받는 배우들도 봤다.

"그거 다 먹어야 녹음 들어갈 거야."

나무는 웅크리고 있던 가슴을 펴더니 마지못한 손길로 포크를 들고 샐러드 속 방울토마토를 찍었다.

"석원아."

"그 이름으로 부르지 마세요."

나무가 느리게 토마토를 씹으며 고개를 흔들었다.

"미안. 버릇이 돼서."

"죄송합니다. 후반 작업 많이 늦어졌다고 들었는데…… 그런데, 겁이 나요."

나무가 토마토를 힘겹게 삼키고 말했다.

"알아, 네 마음."

"……?"

"다시 석원의 감정을 느끼는 게 두렵겠지."

나무가 고개를 들어 준탁을 바라보았다.

"조나무. 네가 배우를 계속하려면 캐릭터와 잘 이별하는 법을 배워야 해."

나무의 때 묻지 않은 맑은 눈동자에 물기가 차올랐다.

"촬영할 때는 몰랐는데, 막상 촬영 끝나고 나니 힘들었어요. 감독님, 이 마음이 뭘까요? 석원이는 영화 속 인물인데…… 내내 그 아이가 너무 걱정이 돼요."

나무의 말에 가슴 한가운데가 뜨겁게 뭉치는 느낌이었다.

"석원이 잘 보내줘."

명치 부위를 엄지로 꾹꾹 누르며 준탁은 무심하려고 애썼다.

"내가 잊으면 석원이도 사라질 거 같아서요. 이 세상에서 석원이를 제일 잘 아는 사람은 감독님이랑 저뿐인데……."

나무가 결국 고개를 숙이고 눈물을 떨어뜨렸다.

"나무야."

준탁은 손을 뻗어 나무의 뒤통수를 쓰다듬으려다 그만두었다.

"석원이는 잘 살고 있을 거야."

나무가 고개를 들고 아이처럼 손등으로 눈물을 닦았다.

"나름…… 일도 열심히 하고, 마음을 나누는 사람들도 곁에 있고, 개도 키우고…… 평범한 소시민으로 살고 있을 거야."

정말일까요? 나무가 젖은 눈으로 물었다.

"얼른 먹어."

준탁은 고개를 끄덕이고 샐러드 접시를 나무 앞으로 더 밀어주었다.

샌드위치와 샐러드의 힘이었을까. 나무의 ADR 녹음은 순조롭게 진행됐다. 울고 난 뒤의 카타르시스 때문인지 나무의 담담한 내레이션은 흡족했다. 특히 조금 쉰 듯한 목소리가 더없이 캐릭터와 맞아떨어졌다.

"좋아. 오늘은 여기까지."

헤드셋을 벗으며 녹음실의 나무를 바라봤다. 눈이 마주치자 나무는 쑥스럽게 웃었다.

"수고했다."

"감독님, 저 때문에 고생 많으셨습니다."

준탁은 나무의 어깨를 주먹으로 툭 쳤다. 이 어린 배우가 맘에 들었다. 연기라고는 고등학교 축제 때 공연한 짧은 창작 단막극이 다였다는 나무는 휴학 중에 재미 삼아 본 오디션에 덜컥 합격해 인생의 새로운 경험을 하는 중이다. 나무는 배우를 계속할지 고민 중이라고 했는데, 욕심 같아서는 자신의 영화에만 독점으로 쓰고 싶은 배우였다.

"조나무. 너 제니 같은 녀석 키우고 싶다고 하지 않았어?"

나무는 형제처럼 함께 자란 코커스패니얼을 떠나보내고 한동안 펫로스 증후군을 앓았다고 했다. 가끔 촬영 현장에 제니를 데려가면 나무가 제일 예뻐했다. 제니를 보면서 이제는 다른 녀석을 받아들일 마음이 생겼다고 했던 게 기억났다.

"네?"

"제니 조금 있으면 엄마 되는데, 새끼 낳으면 한 녀석 입양할래? 너, 마당 있는 집에 산다며?"

"감독님, 진짜요?"

나무가 아이처럼 펄쩍 뛰었다.

* ♦ *

"감독님! 제니, 지금 여기 있습니다."

엘리베이터로 향하는 준탁을 올 포 도기 사장이자 카페 주인장인 동희가 불러 세웠다. 로비와 연결된 동물병원 문을 반쯤 열고 동희는 안쪽을 가리켰다.

"아, 아니. 정기검진 때문에요."

표정이 굳어지는 준탁에게 손바닥을 들어 보이며 안심시켰다.

"도시락 가방이랑 다 가지고 내려왔으니 이쪽으로 오세요."

준탁은 동희가 열어준 문으로 동물병원에 들어섰다.

"초음파 검사인가요?"

진료실 창으로 들여다보자 천하장사 제니답게 네 사람이 다리 하나씩을 잡고 초음파 진료 중이었다.

동희가 진료실 유리문을 두드리자 수의사가 들어오라는 고갯짓을 했다.

"가만, 제니야."

준탁이 휴대전화 카메라를 켜고 들어서자 제니는 눈동자를 희번덕거리며 버둥거렸다.

"괜찮아."

준탁이 제니의 목덜미를 쓰다듬고 콧등에 뽀뽀를 해주자 그제야 좀 얌전해졌다.

"자 시작해볼까요?"

수의사가 투명한 젤을 손바닥에 짜서 자신의 체온으로 잠시 데운 후 제니의 배에 부드럽게 문질렀다. 조심스러운 손길에 준탁은 수의사를 새삼 다시 바라보았다. 차갑고 쌀쌀해 보이는 인상인데 의외였다.

"이 자식, 살찐 거야, 뭐야."

살이 많이 쪘다고만 생각했는데 제니의 배가 많이 부풀어 있었다.

"엇! 방금 뭐죠?"

제니의 배가 꿈틀거렸다.

"태동이에요."

"태동……이요?"

"아기들이 제니 닮아서 무척 활달해요. 여기 보시면…… 아기들 갈비뼈 보이시죠?"

제니의 배를 스캔하자 모니터에 생선가시 같은 작은 갈비뼈들이 보이고 무언가가 팔딱팔딱 요란하게 움직였다.

"심장이에요. 예상대로 열두 녀석이고…… 소리 들어보세요. 더할 나위 없이 건강하네요."

"심장……."

소란스럽게 팔딱거리는 열두 개의 심장 소리를 들었다. 무슨 공장의 엔진이 가동되는 소리 같았다. 준탁은 카메라 액정에서 눈을 떼고, 콩알만 한 심장들이 맹렬하게 뛰는 모습을 바라보았다. 목구멍이 꽉 죄어들고 눈가가 따가웠다. 힘겹게 침을 삼켰다. 준탁이 자신도 모르게 손가락을 깨물다가 인상을 썼다.

"으으."

"네?"

수의사가 안 그래도 큰 눈을 더 크게 뜨고 준탁을 올려다보았다.

"아, 아닙니다. 그런데, 딸입니까? 아들입니까?"

왠지 이런 걸 물어봐야 할 거 같았다.

"확인하자면 할 수는 있지만 정말 알고 싶으세요?"

수의사의 물음에 준탁은 고개를 흔들었다. 딱히 알고 싶었던 건 아니다. 그저…… 무슨 말을 해야 할지 알 수가 없었을 뿐이다.

"8주부터는 조심해야 해요. 제니가 활동량이 많은 아이라, 제한시킬 필요가 있어요. 혹시라도 집에서 불안해하거나 새끼를 낳으려고 구덩이를 파려는 행동을 보일 때도 있으니까 잘 관찰하셔야 합니다. 그런 증상이 나타나면 바로 데리고 오세요. 제니 상태로 보면 다음 주말이나 그다음 주 초면 출산할 거 같아요. 자, 다 됐다. 제니야. 조심해서 내려오자."

간호사 두 사람이 제니를 안고 바닥으로 내려놓자 제니가 부르르 몸을 털었다.

"수술해야 합니까?"

준탁이 제니를 끌어안으며 물었다. 막상 출산 날짜가 다가오자 두렵다. 애기가 애기를 낳다니. 자꾸만 눈물이 나오려고 했다.

"초산이라 걱정이 되긴 하는데, 지금 상황으로는 건강하게 출산할 수 있을 거 같아요."

"그럼, 병원에서 출산하는 겁니까?"

"안 그래도 그 문제로 상의를 드리려고 했어요. 이쁜이, 수고했다."

올 포 도기 사장이 제니가 좋아하는 오리목뼈를 물려주며 말했다.

"3층에 임시로 산후조리원을 만들 생각입니다. 올 포 도기는 24시간 운영하는 곳이고 수의사랑 훈련사들이 자주 들여다볼 수도 있고……."

"호텔링하는 다른 개들 때문에 제니가 예민할 수도 있지 않을까요? 내가 없으면 혼자 불안해할 수도 있고."

어미 개가 새끼들을 보호하려고 예민해진다는 얘기를 들은 적 있다.

"그 걱정은 하지 마세요. 제니와 열두 녀석이 지낼 만큼 넓고 독립된 공간으로 만들고 제니와 강아지만 전담하는 스태프도 따로 둘 생각입니다. 또, 경수도 와 있기로 했습니다."

"경수요?"

"경수가 옆에 있으면 제니가 덜 불안해할 거 같아서요. 게다가 경수가 아기들을 무척 잘 돌보거든요."

"걷는 것도 힘들어하는 것 같던데 말입니까?"

제 몸도 가누기 힘들어 보이던 경수였다.

"최대한 제니와 강아지들을 위한 방향으로 진행하겠습니다."

올 포 도기 사장이 '우리 경수가 어때서?' 하는 표정으로 대답했다.

"어쨌든 잘 부탁드리겠습니다. 선생님도 수고 많으셨습니다."

준탁이 한발 물러섰다. 어쨌든 합의가 된 상황에서 이러니저러니 불평하고 싶은 마음은 없었다. 더구나 지금의 준탁은 강아지들 돌본다고 출산휴가를 낼 수 있는 처지도 아니다.

"네, 조심해서 들어가세요. 제니도 안녕."

동희가 도시락 가방과 하네스를 준탁에게 건네주었다.

"가자, 제니."

준탁은 제니에게 하네스를 채우고 도시락 가방을 챙겨 병원 문을 나서다 진료실 쪽으로 다시 몸을 돌렸다.

"제니 짐은 어떤 걸 챙겨놓아야……."

하는지 물어보려고 했는데 진료실에 채 다가가기도 전에 발을 멈추었다.

"자기, 많이 피곤해 보인다. 그냥 집에 가서 쉬는 게 어때?"

올 포 도기 사장이 수의사의 뺨을 쓰다듬고 있었다. 따로 놓고 보면 전혀 어울릴 거 같지 않은 두 사람이 막상 같이 있는 모습을 보면 꽤 어울렸다. 눈에서 꿀이 뚝뚝 떨어지는 올 포 도기 사장을 바라보며 준탁은 피식 웃었다.

"됐어. 아빠랑 원장님 내일 내려가신다는데 저녁이라도 같이 먹어야지. 그리고 오늘 다 모인 김에 말씀드리자."

걸음을 되돌리려던 준탁의 귀에 '원장님'이라는 단어가 날아와 꽂혔다.

밝은미소치과 원장을 말하는 건가?

"진짜?"

"응."

"나 진짜 입술이 간지러워서 죽을 뻔했다구. 자기가 말하지 말라고 해서 하루에도 열두 번씩 미친놈처럼 카페 주차장 벽에다 대고 소리쳤잖아. 통곡의 벽도 아니고. 주차장 담벼락 무너지면 자기 책임이야."

"이구, 한동희."

수의사가 귀여워서 죽겠다는 표정으로 올 포 도기 사장의 뺨을 꼬집었다. 두 사람이 로비 쪽 문을 열고 나가는 모습을 지켜보다 준탁은 병원을 나섰다.

동물병원을 나와 횡단보도를 건너던 준탁은 중앙선 한가운데서 우뚝 걸음을 멈추었다. 초록색 불이 꺼지고 차들이 질주했다. 준탁은 한쪽 무릎을 꿇고 앉아 낑낑대는 제니를 끌어안고 정면을 응시했다. 차들이 질주하는 속도만큼 준탁의 시간들이 스쳐 지나갔다.

"여기가 어딘데요?"

"네가 앞으로 지낼 곳."

손등의 화상이 거의 아물어갈 무렵 이모는 준탁을 퇴원시켰다. 당연히 집으로 갈 줄 알았는데, 이모와 준탁이 탄 택시는 이상한 곳에 두 사람을 내려놓았다.

"엄마랑 정원이는요?"

"잔말 말고 어서 걸어."

자꾸만 뒤를 돌아보는 준탁을 이모가 재촉했다.

"싫어요. 엄마가 오신댔어요."

"미안한데, 이제 네 엄마 없어. 정원이도."

이모가 체크무늬 가방을 다른 손으로 옮겨 쥐며 앞장서서 걸었다. 올 테면 오고 싶으면 말라는 무책임한 걸음걸이였다.

그렇게 실랑이를 벌이며 도착한 곳에서 준탁은 체크무늬 가방을 끌어안고 밤새 울었다.

신호등의 초록 불이 다시 켜지자 준탁은 몸을 일으켰다.

"제니, 오랜만에 우리도 외식할까?"

제니의 리드 줄을 잡고 카페 쪽으로 걸음을 되돌렸다.

카페의 계단 아래서 테라스 쪽을 바라보았다. 한 무리의 사람들이 둘러앉은 테이블에서 웃음이 끊이지 않았다. 그 속에 정원이 보였다. 정원의 발치에 엎드려 있는 경수도 보였다. 정원의 바로 옆자리에 짧은 회색 머리의 여자가 정원의 어깨에 머리를 기대고 환하게 웃고 있었다. 아이를 버린 여자치고는 행복한 웃음이다.

"꺄아. 윤이나! 나, 이모 되는 고야? 진짜루?"

돌연 비명에 가까운 환호가 터져 나왔다.

"축하한다, 이나야. 축하해, 한 서방."

온 가족이 끌어안고 야단법석이었다.

"세상에. 아기라니."

예 원장이 냅킨으로 눈가를 찍어대고 있었다.

가증스럽네.

준탁은 리드 줄을 쥐고 있는 손가락을 천천히 하나씩 폈다. 리드 줄이 바닥에 툭 떨어졌다.

"제니, 저기 경수 있다."

예상대로 제니가 경수를 향해 돌진했다. 준탁은 서두르지 않고 손바닥으로 얼굴을 한 번 쓸어내리고 카페의 계단을 올랐다.

"제니!"

준탁이 제니를 부르며 테이블로 달려갔다.

"죄송합니다. 리드 줄을 놓치는 바람에."

준탁이 허리를 숙여 제니의 리드 줄을 집는 순간 정원과 눈이 마주쳤다. 정원이 살짝 고개를 숙여 인사했다. 준탁은 자신이 할 수 있는 최대한의 미소를 보내주었다. 정원이 당황한 듯 급하게 시선을 내리깔았다. 내리깐 긴 속눈썹이 파닥거렸다.

"어? 안 가셨어요?"

올 포 도기 사장이 놀란 얼굴로 물었다.

"간단하게 요기나 하고 갈까 해서 왔는데, 제니가 경수를 보고 돌진하는 바람에. 워낙 힘이 센 녀석이라. 그런데…… 무슨 축하할 일이 있나 보네요?"

준탁이 자연스럽게 주위를 둘러보는 척 짧게 자른 회색 머리의 여자를 바라보았다. 곱게 나이 든 여자가 호기심 어린 눈빛으로 준탁을 올려다보았다. 눈이 마주치자 여자는 눈가에 부드러운 주름을 잡으며 미소를 지었다. 심장이 가슴을 가르고 튀어나올 것만 같다. 입안이 바싹 말랐다.

저런…… 얼굴이었나?

저렇게 늙고 연약한 모습이었나?

오랫동안 떨어져 있었다 해도 울음소리로 서로를 알아보는 펭귄처럼, 자신도 단번에 엄마를 알아볼 수 있을 거라고 생각했다. 그런데, 지금 눈앞의 여자는 너무 평범했다. 거리에서 열두 번을 지나친다 해도 결코 알아볼 수 없을 만큼 낯설었다.

눈가에 파르르 경련이 일었다. 준탁은 서둘러 고개를 숙이고 제니의 리드 줄을 집었다.

"아내가 임신을 해서요."

뭐 대단한 일이라도 한 거마냥 올 포 도기 사장이 가슴을 내밀며 뻐겼다.

"그래요? 축하드립니다."

준탁이 이나에게 인사를 건네자 수의사 선생은 답지 않게 고개를 숙이며 쑥스러워했다. 조금 전 제니의 아기들을 보여주던 그 사람 맞나 싶었다.

"그럼, 즐거운 시간 되세요."

준탁이 가볍게 인사를 건네고 빈 테이블로 제니를 데리고 갔다. 회색 머리의 여자가 고개를 돌려 자신의 뒷모습을 바라보는 걸 느꼈다. "누구니?" 하고 묻는 목소리가 들렸다.

준탁의 걸음이 잠시 흔들렸다. 오랜 시간 달팽이관 깊숙이 고여 있던 목소리가 재생되어 흘러나온 듯했다. 조금 낮고 단단한 목소리. 그 목소리로 '석원아' 하고 불러주었을 때 느꼈던 감정들이 한순간에 준탁을 집어삼켰다. 민준탁 감독이요, 하고 속삭이는 정원의 목소리를 듣고서야 걸음을 다시 뗐다. 여자가 뭐라고 말하자 자매들이 웃음을 터트렸다.

"버섯크림 리소토하고, 간하지 않은 안심스테이크 미디움레어로 부탁합니다. 아, 사장님. 사장님 와인셀러에서 제일 좋은 샴페인도 한 병 추천해주세요."

"샴페인요?"

동희가 '뜬금없이 웬 샴페인?' 하는 표정으로 물었다.

"샴페인엔 문외한이라."

"돔페리뇽도 괜찮고 뵈브끌리꼬 퐁사르당 2006빈티지가 있습니다."

"뵈브끌리꼬, 그걸로 하죠."

"더 필요한 건 없으십니까?"

준탁이 고개를 끄덕이며 물잔을 들어 한 모금 마시는 걸로 대답했다.

잠시 후 직원이 아이스버킷에 담은 샴페인을 가져왔다.

"샴페인은 저쪽 테이블로 가져가세요."

샴페인 잔을 내려놓으려는 직원에게 말했다.

"네?"

직원이 놀란 눈으로 준탁과 옆 테이블을 번갈아 바라보았다.

"선물이라고 전해주시면 됩니다."

직원이 아이스버킷을 실은 트롤리를 끌고 옆 테이블로 갔다.

"저쪽 손님이 선물이라고 전해달라시는데……."

직원의 말이 끝나기가 무섭게 일곱 사람의 시선의 준탁의 등에 꽂혔다. 준탁은 여유롭게 턱을 괸 채 휴대전화를 보는 척했다.

"아니, 감독님. 이러실 필요 없습니다."

올 포 도기 사장이 헐레벌떡 다가와 손사래를 쳤다.

"우리 제니 돌봐주시는데, 이 정도는 해야죠."

"그거야, 저희 쪽이 잘못한 거라……."

"그냥, 그러고 싶네요."

준탁이 웃자 동희가 무슨 말인가를 하려다 말고 준탁을 멍하니 바라보았다.

"한 서방, 이쪽으로 모시고 와. 괜찮으시면 같이 들어요."

준탁의 뒤에서 목소리가 들렸다. 유리컵을 쥔 준탁의 손가락에 힘이 바싹 들어
갔다.

"감독님, 불편하지 않으시면 합석하시죠."

"괜찮습니다. 가족들끼리 축하하는 자리 같은데."

"축하야 많이 받을수록 좋죠. 감독님이 샴페인 보내주셨으니까, 저녁은 제가
대접하겠습니다. 가세요. 가자, 제니."

동희가 의자에 묶어놓은 리드 줄을 풀자 준탁은 못 이기는 척 자리에서 일어섰
다.

"아버님, 어머님. 민 감독님이세요."

동희가 반백의 노신사에게 준탁을 소개했다.

"민 감독님을 이렇게 뵙다니, 영광입니다. 민 감독님 팬이자 애들 아버지 윤송
입니다."

노신사가 준탁에게 악수를 청했다. 이 사람이 엄마의 새 남편인가? 나나의 말
처럼 그레고리 펙을 닮은 젠틀맨이었다.

"처음 뵙겠습니다. 민준탁입니다."

준탁이 노신사의 손을 공손하게 맞잡았다.

"반가워요. 정원이 엄마예요. 실물이 훨씬 잘생기셨네요."

예 원장이 조금 들뜬 목소리로 인사했다. 애들 엄마가 아니라 정원이 엄마라고

하는데도 윤 박사의 세 딸들은 아무렇지 않은 표정이었다.

"저를…… 보신 적 있으십니까?"

준탁이 애써 입술을 끌어올리며 물었다.

"우리 셋째가 인터넷에서 감독님 사진 찾아줘서 봤지요. 내가 요즘 영화는 통 몰라서……."

"아, 네."

준탁은 예 원장의 눈을 조금 무례하다 싶게 똑바로 바라보았다. 준탁의 영화에는 관심이 없다고 에둘러 표현하는 그 눈빛 어디에도 자신을 기억하고 있다는 흔적은 없었다.

"자, 자. 건배합시다."

동희가 새로 가져온 샴페인 잔에 샴페인을 따르고 잔을 들었다.

"우주 최고 미녀, 내 사랑 윤이나의 건강과 아름다움을 위하여."

"미친 거 아니야?"

세나가 어처구니없는 축사에 콧방귀를 뀌었고 사람들은 웃음을 터트리며 건배를 했다. 준탁도 잔을 들어 가까이에 있는 한나와 세나의 샴페인 잔이 아니라 팔을 쭉 뻗어야 겨우 닿는 정원의 잔에다 제 잔을 부딪쳤다. 두 사람의 시선도 부딪혔다. 잔잔한 연못 같은 얼굴에 작은 물결이 일렁였다. 준탁은 또다시 활짝 웃어주었다. 정원도 수줍은 미소를 돌려주었다.

"뭐 눈에는 뭐만 보인다고 민 감독님 치열이 정말 예쁘네요."

예 원장이 마주 웃는 두 사람을 잠시 지켜보다 준탁에게 말을 건넸다.

"감사합니다. 저희 어머니가 들었으면 분명 좋아하셨을 겁니다. 어머니도 치과 의사셨거든요."

준탁이 샴페인 잔 속 기포를 바라보며 말했다.

"어머나, 그래요? 은퇴하셨나 보네요?"

예 원장이 물었다.

"글쎄요. 그건 잘 모르겠습니다. 어릴 때 헤어져서."

일순간 테이블 위가 조용해졌다.

"너무 어릴 때라 어머니에 대한 건 딱 두 가지밖에 기억이 안 납니다. 그중에 하나가 제 앞니 네 개를 어머니가 뽑아준 거죠."

준탁이 예 원장을 똑바로 바라보며 말했다. 예 원장의 입가에 어정쩡하게 걸린 미소를 바라보며 준탁은 잔을 들어 천천히 샴페인을 삼켰다. 준탁이 잔을 다 비우고 테이블에 내려놓을 때까지 아무도 말을 꺼내지 않았다.

"요 녀석들은 정말 사이가 좋네요."

어색한 침묵을 털어내며 예 원장이 화제를 전환했다. 제니는 경수가 귀찮아하거나 말거나 경수의 주둥이를 깨물고 핥아대며 장난을 쳤다.

"제니가 진짜 미견이네. 제니야, 샴푸 뭐 쓰니? 이렇게 털에 윤기가 흐르는 녀석은 처음인 거 같아요. 박사님, 우리 제니 아기 입양할까요? 경수 애기라 한 녀석 키우고 싶기도 하네요. 어때요?"

"고민해봅시다."

윤 박사가 선선히 대답했다.

"미안하지만 두 분은 자격이 안 됩니다요."

샴페인을 홀짝이던 세나가 말했다.

"왜?"

"민 감독님네 강아지 입양하려면 60세 미만이어야 한대요. 견주한테 무슨 일이 생길 확률이 높잖아."

"뭐? 일찍 죽기라도 할까 봐요?"

예 원장이 준탁을 바라보며 웃었다.

"원장님이라면 나이 상관없이 저도 마음 놓고 입양 보낼 수 있을 거 같습니다. 단…… 파양한 경험이 없다면요."

준탁의 말에 미소를 짓던 예 원장의 입술이 다물리지 못한 채 파르르 떨렸다.

"엄마는 강아지나 반려동물 키워본 적 없다고 하셨지 않나?"

세나가 말했다.

"어? 어······."

예 원장이 급하게 샴페인 잔을 집으려다 바로 옆 정원의 물잔을 건드렸다. 정원이 재빨리 쓰러지려는 물잔을 잡아 다행히 쏟아지지 않았다.

"민 감독님. 우리 부부 건강관리 잘할 테니까 한 녀석 부탁드리겠습니다."

윤 박사가 준탁에게 잘 부탁한다는 의미로 손을 내밀었다.

"네. 박사님 내외분이시라면 저도 긍정적으로 고민해보겠습니다."

준탁은 윤 박사와 악수를 하며 예 원장이 떨리는 손으로 샴페인 잔을 들어올리는 모습을 지켜봤다. 예 원장은 아무 말도 없이 잔을 비우고 석 잔째의 와인을 마셨다.

"엄마······."

정원이 걱정스럽게 예 원장을 바라보았다.

"괜찮아. 좋은 날이라 좀 마시고 싶어."

예 원장이 정원의 손등을 토닥이고 또다시 와인을 따랐다. 정원은 정물처럼 앉아 세 자매와 올 포 도기 사장의 수다를 듣고 윤 박사의 말을 경청했다. 추측건대, 그 테이블에서 편하지 않은 사람은 단 세 사람뿐이었다. 예 원장과 정원과 준탁.

정원은 식사를 즐기지 못하고 습관인 듯 사람들을 살폈다. 윤 박사의 물잔이 비면 물을 채워주고 세나가 나이프를 떨어트리면 트롤리에 준비된 여분의 커트러리를 챙겨주었다. 한나가 소스를 흘리면 물티슈를 건네주었다. 오늘만이 아니라 늘 그래왔듯 너무나 익숙한 모습이었다. 보살피는 정원이나 보살핌을 받는 사람들이나.

"그만하고 먹어요."

한나에게 물티슈를 건네는 정원과 시선이 마주쳤을 때, 준탁이 입술로 말했다. 정원이 가만히 고개를 끄덕이며 미소 지었다.

"잠깐 실례."

예 원장이 조금 비틀거리며 자리에서 일어났다.

"엄마······."

"괜찮아. 엄마 멀쩡해."

따라 일어서려는 정원을 말리며 예 원장이 카페 건물 안으로 들어갔다. 비틀거리며 걸어가는 예 원장의 뒷모습을 윤 박사가 말없이 지켜보았다.

"저도 잠시 화장실에…… 제니 좀 부탁해요."

준탁이 정원을 향해 말하고 예 원장을 뒤따랐다.

"원장님!"

준탁이 로비 한가운데서 예 원장을 불렀다. 예 원장이 우뚝 걸음을 멈추었다. 걸음은 멈추었지만 예 원장은 뒤돌아보지 않았다.

"어? 신발 끈이 풀렸네요."

준탁이 태연하게 예 원장 앞으로 다가가 한쪽 무릎을 꿇었다.

"괜찮아요. 내가 하면……."

고개를 숙인 준탁이 풀린 옥스포드화 끈으로 두 개의 고리를 만들어 묶자 나비 모양의 매듭이 만들어졌다.

"매듭을…… 특이하게 짓네요."

준탁의 뒤통수에 예 원장의 목소리가 닿았다. 그 목소리가 떨린다고 느끼는 건 자신의 착각일까.

"나머지 기억 하나가 이거예요. 엄마가 가르쳐준 나비 모양 매듭."

준탁은 고개를 들고 예 원장의 표정을 보고 싶었지만 그럴 수가 없었다. 미련 스럽게도 눈물이 고여왔다.

11

|

이러고 싶을까 봐.

산 채로 영원히 벗어날 수 없는 그물에 걸린 짐승이 된 기분이었다.

토요일 오전 9시.

굳게 닫힌 문은 열리지 않았다.

"어떡할까?"

오 분 간격으로 세 번의 초인종을 누른 후 정원은 경수에게 물었다. 경수는 왜건에 얌전히 엎드린 채 고개를 갸웃하며 난감해하는 정원의 표정을 살폈다.

무슨 일이 생긴 건가?

어제저녁만 해도 사람 홀리려고 작정이라도 한 듯 화사한 웃음을 흩뿌렸던 준탁이었다.

"그만하고 먹어요."

한나 언니에게 물티슈를 건네준 후 눈이 마주쳤을 때, 준탁이 소리 내지 않고 입술로 말했다. 그 순간…… 심장에서 무엇인가 돋아나려는 듯 가슴 한구석이 꿈틀거렸다.

네버 세이 네버

"저는 그만 가봐야겠습니다. 정원 씨, 내일 봐요."

그랬으면서.

화장실에 다녀온 준탁은 깜빡했던 일이 생각난 사람처럼 급하게 제니를 데리고 떠났다.

"전화를 해볼까?"

경수가 꼬리를 두어 번 탁탁 흔들었다.

"안 받네."

벨 소리가 열 번째 울렸을 때, 정원은 어쩌면 오늘의 수업은 포기해야 할지도 모르겠다는 생각을 했다. 이럴 거면 미리 연락을 주든가. 매너 없는 남자 때문에 한숨이 절로 나왔다.

- 미안해요.

전화를 끊으려는 순간 준탁의 목소리가 들렸다. 갈라지고 메마른 목소리다. 소리를 움켜쥘 수 있다면 손바닥 안에서 바스러질 것처럼 생기가 없었다.

"어디 편찮으세요?"

- …….

한참 동안 대답이 없다. 그렇다고 전화를 끊은 것도 아니다.

"컨디션 안 좋으신 거 같은데 오늘 수업은 연기……할까요?"

정원은 세찬 바람에 술렁거리는 배롱나무를 바라보며 물었다. 회색빛 하늘은 금방이라도 비가 쏟아질 듯 무겁다. 멀리서 우르릉거리는 천둥소리도 들렸다.

- 연기할 필요 없어요. 치료 수업은 그만두겠습니다.

"네?"

- 그동안 수고했어요.

"제니 오빠님? 여보세……."

일방적으로 전화가 끊긴 것보다 치료 수업을 그만두겠다는 말에 더 멍했다.

뭘 얼마나 했다고?

그럼, 미리 말했어야지.

심지어 생명의 은인이라며 보내온 고르키파크는 채 시들지도 않았다.

어제저녁과 오늘 아침 사이 대체 무슨 일이 있었던 걸까?

"어떡하지?"

휴대전화를 든 채 또다시 경수에게 물었다. 바람 냄새를 맡으려는 듯 경수는 고개를 들고 코를 벌름거렸다. 정원도 고개를 들어 숨을 들이켰다. 습하고 묵직한 공기 속에 잔디를 깎은 후의 풀 냄새와 짙은 향나무 냄새가 맡아졌다.

빌라 현관 바로 옆, 청회색빛 구과가 잔뜩 달린 커다란 향나무가 서 있었다. 정원은 손을 뻗어 새로 돋아난 바늘잎에 손끝을 대어보았다. 생각보다 따끔했다. 병아리콩처럼 생긴 구과와 묵은 가지의 부드러운 비늘잎도 만져보았다.

향나무는 뾰족한 가시 모양의 침엽과 매끈하고 부드러운 인엽을 동시에 가진 나무다. 어린 가지에서는 바늘잎이, 묵은 가지에서는 부드러운 비늘잎이 만져진다. 준탁을 처음 보았을 때, 극락조화를 닮았다고 생각했는데, 아니다. 민준탁은 향나무를 닮았다. 뾰족한가 싶으면 친절했고, 다정한가 싶으면 어느새 잔뜩 가시가 돋아나 있다.

정원은 향나무 냄새를 깊이 들이마시며 솟아오르는 짜증을 내리눌렀다. 어떤 인간관계에서는 극한 인내심이 필요하다는 걸 민준탁이라는 남자를 만나면서 새삼 깨닫고 있다.

"일단 철수해야겠지?"

정원은 에코백을 고쳐 메고 왜건을 밀었다. 치료 수업 건은 한나와 상의해야 할 문제였다. 치료를 중도에 그만두는 사람이 민준탁 하나뿐도 아니니까.

빌라의 슬로프를 내려가면서 정원은 불안하게 하늘을 올려다보았다. 천둥소리가 점점 가까워진다고 생각하는 순간, 커다란 빗방울이 툭 하고 정원의 뺨에 떨어졌다. 투둑투둑, 떨어지던 빗방울은 이내 쏴아아아 소리를 내며 쏟아지기 시작했다. 정원은 왜건을 후진해서 현관 캐노피로 피했다.

쏟아지는 빗줄기도 굵었지만 바람이 거셌다. 캐노피 아래에 서 있는데도 정원의 셔츠와 바지가 비에 젖어들었다. 저녁처럼 컴컴해진 하늘은 짐승처럼 우르릉댔다. 천둥 번개를 무서워하는 경수가 왜건 안에서 낑낑댔다.

"경수야, 걸어갈 수 있을까?"

계속 이렇게 서 있을 수는 없었다. 집까지는 천천히 걸어도 십오 분. 빨리 걸으면 십이 분. 정원은 걷기로 했다. 택시를 부른다 해도 개를 태워줄 택시는 별로 없다. 왜건 짐칸에서 레인커버를 꺼내 씌우고 장마철이면 가지고 다니는 우비도 꺼내 입었다.

"자, 출발한다."

빗줄기가 가늘어지길 기다리던 정원은 포기하고 왜건을 밀었다. 빠르게 슬로프를 내려와 정문을 향해 뛰다시피 했다. 얼마 못 가서 바짓단과 운동화가 흠뻑 젖어들었다. 빗줄기가 등 뒤에서 날아오는 게 그나마 다행이라면 다행이었다.

아르누보 풍의 철문이 달린 빌라의 정문에 다다랐을 때 뒤쪽에서 철벅거리는 발소리가 들리고 누군가가 정원의 팔꿈치를 홱 잡아챘다.

"미쳤어요? 이 비를 다 맞게?"

기다란 속눈썹에 빗방울을 매달고 준탁이 정원을 노려보았다. 정원은 대체 이 남자가 왜 노려보는지 이유를 알 수 없었다. 노려봐야 하는 사람은 이런 상황에 처한 자신인데 말이다. 게다가 누굴 미쳤다고 말할 처지는 아니지 않나?

홀딱 젖은 채 미친 사람처럼 헐떡이는 건 다른 누구도 아닌 그쪽인데요, 라고 말하고 싶었지만 정원은 참았다.

"수업을 취소한 건 제니 오빠님이신데요."

"그렇다고 이 비를 맞고 돌아갑니까? 시위하는 겁니까? 사람 마음 불편하게 하려고? 원래 이렇게 미련해요?"

준탁이 얼굴에 쏟아지는 빗물을 손바닥으로 거칠게 털어내며 소리쳤다.

"마음…… 불편했어요?"

"하! 그럴 리가."

준탁이 '내가 왜?' 하는 표정으로 코웃음을 쳤다.

비에 젖은 생쥐 꼴이어도 민준탁이 잘생겼다는 걸 부정할 순 없었다. 하얗다 못해 도자기처럼 창백한 피부, 가쁜 숨을 몰아쉬는 붉게 젖은 입술, 그늘진 눈매, 긴 속눈썹에 영롱하게 맺힌 물방울은 수정 같다. 청춘멜로 영화의 남자주인공으로도 손색없을 듯했다. 더구나 하늘색 파자마에 흰 티셔츠가 착 달라붙어 몸매가 고스란히 드러났다. 헐벗은 모델보다 더 야했다.

"미련한 게 아니라 참을성이 많은 거라고 해두죠."

"그게 미련한 거지."

"그런가요? 나는 미련이라는 단어를 이럴 때 쓰는데."

"……?"

준탁이 무슨 뚱딴지같은 소리냐는 듯 젖은 눈썹을 추켜올렸다.

"뛰어올 거면 우산이라도 들고 오시죠. 미련하게."

정원이 왜건 짐칸에 예비로 넣어둔 삼단 우산을 꺼내 준탁에게 내밀며 말했다.

하하.

"예정원, 당신 진짜……."

준탁은 정원이 내민 분홍색 물방울무늬 우산을 보고 정신 나간 사람처럼 머리를 젖히고 웃어댔다. 정원이 우산을 펴 준탁의 어깨에 걸쳐주었다. 분홍색 우산 때문인지 젖은 준탁의 얼굴이 갓 핀 복숭아꽃처럼 화사해 보였다.

"그럼, 들어가세요."

등을 돌려 왜건을 밀려는 정원의 팔을 준탁이 다시 붙잡았다.

"비 그치면 가요."

"괜찮아요."

"고집 피우다 감기 걸리면……."

"그러면…… 준탁 님 마음이 조금 더 불편해지실까요?"

"젠장, 그래요. 만족합니까?"

준탁이 버럭 소리를 질렀다.

"무지요."

그 순간 번쩍, 번개가 쳤다. 그리고 거의 동시에 쾅, 땅이 흔들릴 만큼 요란한 천둥이 울렸다. 정원은 비명도 지르지 못하고 귀를 막으며 주저앉았다.

컹. 컹. 컹.

놀란 경수가 왜건 안에서 엉거주춤 일어나 짖어댔다.

"갑시다. 벼락 맞고 죽으면 몹시 흉할 거 같으니까."

준탁이 정원의 팔을 잡고 일으켰다.

"어차피 젖었으니까 이건 그쪽이."

우산을 정원의 어깨에 걸쳐주고 준탁은 왜건을 힘차게 밀며 달렸다. 뛰어가는 준탁의 뒷모습을 멍하니 지켜보다가 정원이 "저 남자 미쳤나 봐." 하고 속삭였다. 준탁은 맨발이었다. 맨발로 철벅이며 뛰어가는 준탁을 따라 정원도 뛰기 시작했다.

"제니!"

우비를 벗고 로비에 들어서는데 어디선가 요란한 개 짖는 소리가 들렸다. 로비 층에 있는 준탁의 집에서 나는 소리였다. 현관을 열자 번쩍 번개가 쳤고 제니가 비명을 질러댔다.

"제니, 제니, 제니."

준탁이 다급하게 제니를 부르며 복도를 뛰어갔다. 제 꼬리를 물려고 뱅글뱅글 도는 제니를 끌어안고 눈을 가려주었다.

"괜찮아, 오빠 여기 있어. 아무 데도 안 가."

제니도 경수처럼, 아니 경수보다 훨씬 더 천둥 번개를 무서워하는 거 같았다.

"미안하지만 저기 맨 아래 서랍에 있는 담요 좀 꺼내줄래요?"

준탁이 가리키는 콘솔의 서랍을 열자 담요는 보이지 않고 누더기가 있었다. 설마.

"……이건가요?"

누더기를 들어올리는데 얼기설기 어설프게 꿰맨 자국이 보였다. 서로 붙어 있는 게 신기할 정도다.

"맞아요. 그거."

정원에게서 받아 든 누더기로 준탁은 제니의 몸을 감쌌다. 흥분해서 날뛰던 제니가 조금 얌전해졌다. 제니는 낑낑대면서도 누더기를 물어뜯었다. 저 낡은 담요가 제니의 애착 이불인 모양이다.

"그만 물어뜯어. 이제 꿰맬 수도 없다구. 이태리 장인이 와도 소생불가야."

격렬하게 담요를 물어뜯고 있는 제니를 바라보며 준탁이 투덜댔다.

저 바느질의 주인공이 민준탁 저 남자라고?

커다란 남자가 등을 구부리고 누더기 담요를 꿰매고 있는 모습을 상상하자 왠지 조금 귀엽기도 했다.

쿠르릉, 쾅!

정원의 미소가 채 가시기도 전에 눈이 멀 만큼 강한 섬광과 함께 하늘이 쪼개질 듯한 낙뢰가 내리꽂혔다. 제니가 비명을 질러댔고 준탁이 안으려 하자 제니가 이를 드러내고 으르렁거렸다.

"이 자식, 갑자기 왜 이래……."

준탁이 당황한 듯 움찔, 팔을 멈췄다.

"쉬이. 제니, 괜찮아……."

달래도 소용없었다. 이를 드러낸 제니는 흥분을 가라앉히지 못하고 제 꼬리를 물어 기어이 피를 봤다. 바닥에 깔린 매트 위로 뚝뚝 선홍색 핏방울이 떨어졌다. 그때 갑자기 경수가 제니를 덮치듯 내리눌렀다.

"경수야!"

"야 이 개새끼야!"

놀란 정원과 준탁이 경수를 제니에게서 떼어놓으려고 했지만 경수는 제니에게서 떨어지지 않았다.

"잠깐만요."

정원이 준탁의 팔을 잡았다.

"경수가 제니를 진정시키려는 거 같아요."

경수가 몸을 누르자 버둥대던 제니가 얌전해졌다. 제니가 '히응, 히응' 소리를 냈고, 경수가 제니의 얼굴을 여러 번 핥아주었다. 마치 무서웠다고 칭얼대는 아기를 달래주는 엄마 같았다. 연이어 번개와 천둥이 쳤지만 제니는 더 이상 이상행동을 보이지 않았다. 제니가 안정된 모습을 보이자 경수가 일어나 푸르르 몸을 털었다. 제니도 긴장이 풀렸는지 경수를 따라 몸을 털었다. 그러고는 고맙다는 듯 경수의 주둥이를 핥아댔다.

"허, 참."

준탁이 누더기 담요 위에서 뒹굴거리는 두 녀석을 보며 어이없어했다. 배신당했다는 표정이 역력했다. 소독약을 찾아와 제니의 꼬리에 뿌려주고 물티슈로 매트에 떨어진 피를 말끔하게 닦아내면서도 여전히 몹시 상처받은 얼굴이었다.

"우리도 좀 씻읍시다."

"우리……도?"

정원이 놀란 눈으로 준탁을 바라보았다.

"아! 그…… 같이 씻자는 게 아니고…….."

어울리지 않게 준탁이 말을 더듬었다. 조금 더 귀여웠다.

"옷 벗어요."

"벗어?"

정원이 과장되게 팔을 엑스자로 만들어 방어 자세를 취했다.

"아, 아니. 그러니까, 내 말은…… 옷이 젖었잖습니까. 건조기에 돌려줄 테니까…….."

준탁이 버럭 화를 냈고, 정원이 피식 웃었다.

뺨이 벌겋게 달아오른 준탁이 이 여자가 미쳤나, 하는 표정으로 바라보았다.

"제 걱정 말고 얼른 씻으세요. 감기 걸리겠어요."

정원이 웃으며 말했다.

"하."

그제야 준탁은 정원이 장난쳤다는 걸 깨달았는지 코웃음을 쳤다. 예민하게 생겨서는 이럴 땐 눈치가 좀 없다.

"건조기 있는 곳 알려주시면 제가 말릴게요."

"주방 지나면 세탁실 있어요."

준탁이 거실 맞은편 주방을 가리켰다.

"저……."

옷이 마를 동안 속옷 차림으로 있을 순 없었기에 주저하면서 입술을 뗐다.

"저쪽 욕실에 가운이랑 타월 있습니다."

이럴 땐 또 여우같이 눈치가 빠르다. 준탁이 복도와 거실이 만나는 곳을 가리키고는 물을 뚝뚝 흘리며 마스터룸으로 들어갔다.

"경수야, 제니 잘 보살펴주고 있어. 누나 금방 올게."

경수가 오빠 한번 믿어봐, 하는 얼굴로 꼬리를 탁탁 두드렸다.

뽀송한 욕실에 들어서자 그리운 향기가 떠돌았다. 얼룩조차 없는 세면대와 수전이 조명을 받아 반짝였다.

역시, 이 향기였구나.

할머니가 늘 사용하셨던 비누였다. 비누받침대 위에 놓인 노란 다이알 비누를 정원은 한참 바라보았다.

요새 이런 비누 쓰는 사람 별로 없을 텐데.

유행에 민감하고 트렌디할 거 같은 준탁이 사용하기에 뭔가 어울리지 않았다.

정원은 비누를 들고 냄새를 맡아보았다. 가슴에 수건을 두른 채 쪼그리고 앉아 눈을 꼭 감고 있었던 욕실이 떠올랐다. 정원의 뺨과 귓불과 목덜미를 정성스레 닦아주시던 할머니의 손바닥 느낌이 되살아났다. 정원이 낯선 동네를 헤매다 돌아오면 할머니는 꾸중도 없이 정원을 욕실로 데려가 세면대 가득 따뜻한 물을 받아 정원의 손을 씻겨주셨다. 눈물이 뚝뚝 세면대에 떨어져도 할머니는 아무것도 묻지 않으셨다.

정원은 따뜻한 물을 틀고 거품을 많이 내어 손을 씻었다. 손을 씻고 옷걸이에 걸린 회색 가운을 벗겨냈다. 커다란 남자용 가운을 입고 더블침대만 한 아일랜드 테이블이 놓인 주방을 거쳐 세탁실로 향했다. 인테리어 잡지에 나올 법한 근사한 주방이지만 뭘 만들어 먹기는 하는 건가 싶게 생활의 흔적이 느껴지지 않았다. 싱크 볼도 물기 하나 없이 바싹 말라 있었다.

이게 대체 무슨 상황인지.

태풍이 휩쓸고 간 후의 소강상태처럼 좀 멍했다. 정원은 건조기 안에서 돌고 있는 자신의 셔츠와 바지와 양말을 물끄러미 바라보았다. 잘 알지도 못하는 사람, 그것도 남자의 집에서 속옷 차림으로 건조기를 돌리고 있는 자신이 너무 현실감 없게 느껴졌다.

건조기가 돌아가는 동안 벽에 기대 세탁실 창을 올려다보았다. 세차게 내리는 굵은 빗방울이 창에 부딪혀 흘러내렸다. 하얀 나비가 내려앉은 듯 흐드러지게 핀 산딸나무의 흰 꽃이 비바람에 안쓰럽다. 한기가 들어 정원은 양팔로 자신의 몸을 감쌌다. 가운에서도 비누 향기가 났다. 정원은 눈을 감고 잠시 그렇게 그리운 향기를 맡았다. 커다랗고 포근한 가운 때문인지 할머니의 품이 몹시 그리웠다.

이러고 있을 때가 아닌데.

정원은 치렁치렁한 가운의 소맷자락을 걷어 올리고 벽에 세워둔 밀걸레를 집어 들었다.

에구, 녀석들.

제니와 경수는 누더기 담요에 나란히 누워 잠이 들었다.

정원은 제니와 경수가 깨지 않게 조용히 물기를 닦아냈다. 현관에서부터 떨어진 물기를 따라 거실과 마스터룸 바로 앞까지 걸레질했다. 살짝 열린 문틈으로 물소리가 들렸다. 괜히 귓등이 간지러웠다. 서둘러 몸을 돌려 거실로 되돌아왔다. 밀걸레를 세탁실에 두고 올 때까지도 경수와 제니는 깨지 않았다.

좋은 꿈 꾸나 보네.

경수와 제니의 얼굴이 평온했다. 순한 생명체가 주는 온기에 가슴이 뭉클했다. 정원은 휴대전화를 꺼내 사진을 찍었다. 경수를 꼭 끌어안고 자는 제니의 통통한 발도 클로즈업해서 찍었다. 촉촉한 코도 찍었다. 우울할 때마다 가끔씩 꺼내 보고 싶은 사랑스런 모습이었다.

경수를 끌어안고 자는 제니를 보면서 누군가를 사랑하게 된다면 제니처럼 사랑하고 싶다는 생각을 했다. 온 마음을 다해. 주저하거나 숨기지 않고 솔직하게. 그럴 용기가 생길까 싶었지만 그러고 싶었다.

"뭐 합니까?"

발소리도 내지 않고 다가온 준탁 때문에 정원이 깜짝 놀라 돌아봤다. 채 마르지 않은 머리카락이 이마에 흘러내려 준탁은 훨씬 부드럽고 앳돼 보였다.

"예뻐서요."

정원이 자신이 찍은 사진을 준탁에게 보여주었다.

"변태예요? 남의 딸 콧구멍은 왜 찍어요?"

"오빠라면서요."

"은근히 하나도 안 지는 거 알아요?"

"네?"

"언뜻 보면 나무늘보인데, 자세히 보면……."

턱을 문지르며 낱낱이 파헤치려는 시선으로 정원을 위아래로 훑어내리던 준탁이 말을 흐렸다.

보면……?

준탁의 시선이 멈춘 곳을 따라가다 정원은 자신의 가슴께를 내려다봤다.

"어머."

걸레질을 하느라 담요처럼 큰 가운의 앞섶이 벌어진 줄도 모르고 있었다. 황급히 가운 자락을 움켜쥐었다. 목덜미가 화끈거렸다. 다행스럽게도 건조가 끝났다는 알람이 희미하게 들렸다.

"옷……이 다 말랐나 봐요."

헐떡거리는 커다란 슬리퍼를 끌고 도망치듯 급하게 세탁실 쪽으로 향하던 정원이 가운 자락을 밟고 철퍼덕 볼썽사납게 고꾸라졌다. 거실 전체에 푹신한 매트가 깔려 있어서 아프진 않았다. 그저 창피할 뿐.

"괜찮아요?"

그럴 리가요.

정원은 매트 위에 개구리처럼 엎드린 채 어떻게 일어나야 최대한 자연스러워 보일까 고민했다.

"일어나봐요."

준탁이 입술을 꾹 깨물고 웃음을 참았다.

"안 다쳤어요?"

준탁이 다가와 정원의 팔을 잡고 일으켜 세우려 했다. 정원은 산책이 끝났는데도 집에 들어가지 않으려는 강아지처럼 매트에 이마를 대고 뻗댔다.

"이럴 땐 그냥 벌떡 일어나는 게 덜 쪽팔려요."

들을 사람도 없는데 준탁이 귓가에 속삭였다.

으, 얄미워.

정원은 준탁의 팔을 뿌리치고 일어나 세탁실로 휘청휘청 뛰어갔다.

"가운은 햄퍼에 그냥 던져둬요."

등 뒤로 빗소리와 함께 준탁의 웃음소리가 쏟아졌다.

뽀송하게 온기가 남은 옷을 입고서야 정원은 조금 진정이 됐다. 양 뺨을 손바닥으로 감싸고 나갈 타이밍을 보고 있는데 전화벨 소리가 들렸다. 주머니를 더듬던 정원이 햄퍼를 바라보았다. 가운 주머니에 휴대전화를 넣었던 기억이 났다. 전화는 끊어졌다 다시 울리기 시작했다.

"여보세요."

가운을 뒤져 휴대전화를 찾아낸 정원은 급하게 통화 버튼을 눌렀다.

- 예정원 씨 되십니까?

차분한 남자의 목소리였다. 그제야 정원은 휴대전화를 귀에서 떼고 발신인을 확인했다. 낯선 번호였다.

"네, 말씀하세요."

- 강진우입니다.

"아, 네."

글자 그대로 엄마친구아들이었다.

"진우한테서 전화 올 거야. 잘하고 와, 딸."

오늘 아침 일찍 공항으로 출발하기 전, 예 원장이 당부했었다.

- 목소리만 들었는데도 벌써 반갑네요.

스스럼없는 남자의 말에 어떻게 대답해야 할지 몰라 정원은 그저 네, 라고 했다.

- 내일 시간 괜찮으시면 점심 같이 할까요?

"내일은……."

딱히 할 일은 없었다. 모처럼 경수와 뒹굴거리며 원고를 쓸까, 했었다.

- 다음 주는 제가 일정이 잡혀 있어서요. 그다음 주까지 기다리기는 제가 좀 힘이 드네요. 정원 씨 빨리 만나고 싶어서.

너무 적극적인 상대방의 태도에 정원은 저도 모르게 뒷걸음질을 쳤다.

- 정원 씨?

"네. 괜찮아요."

아직 마음의 준비가 안 됐지만 '어차피'라는 생각이 들었다. 어차피 만나야 한다면 미룬다고 달라지는 건 없으니까.

- 무슨 음식 좋아하십니까?

"샌드위치 좋아해요."

- …….

아무거나 상관없어요, 같은 대답을 기대했는지 남자는 잠시 침묵했다.

- 소박하시네요. 그런데 샌드위치 잘하는 곳을 아는 데가 없어서.

"저희 동네에 잘하는 집 있는데, 괜찮으시면 주소 찍어드릴게요."

- 네. 좋습니다. 시간은 언제가 괜찮겠습니까?

"11시 어떠세요?

- 하하. 브런치인가요? 좋습니다.

"그럼, 내일 뵙겠습니다."

내일은 비가 안 와야 할 텐데, 따위의 가벼운 인사를 하고 남자는 전화를 끊었다.

정원은 다시 창밖을 바라보았다. 마음이 비에 젖은 산딸나무 꽃잎처럼 축 처졌다. 부담감을 떨쳐내려 깊게 심호흡하고 세탁실 문을 여는데 소리도 없이 경수가 들어섰다. 정원을 발견한 경수가 꼬리를 흔들었다.

"경수, 누나 찾았어? 어머나, 제니도 왔네?"

경수를 따라온 제니가 정원의 다리 사이로 파고들며 애교를 피웠다.

"꼬리는 괜찮아?"

꼬리 끝에 굳은 피딱지가 보였다.

"아팠겠다……."

동그란 이마를 쓰다듬어주자 제니는 헤헤거리며 웃었다.

"자고 일어나더니 누나부터 찾아서……."

준탁이 매우 부자연스러운 모습으로 세탁실에 나타났다. 경수가 정원을 찾으러 온 게 아니라 준탁이 정원을 찾아오라고 두 녀석을 보낸 게 분명했다.

"핫초코 먹을래요?"

준탁이 세탁실 손잡이를 만지작거리며 딴청을 피우듯 물었다.

"네."

정원은 고개를 끄덕였다. 어쩐지 제니처럼 천진하게 웃어보고 싶었다.

준탁은 아이들이나 먹는 스틱 코코아에 스티밍한 우유를 가득 부어주었다.

"특별히 두 개 넣었습니다."

대단한 선심인 양 준탁이 씨익 웃었다.

"고맙습니다."

혀가 얼얼해지도록 달달한 핫초코를 마시며 그제야 집 안을 찬찬히 둘러보았다. 전문가의 손길이 닿은 듯 세련됐지만 어쩐지 오랜 비행을 하고 도착한 호텔 같다는 느낌을 지울 수 없었다. 콘솔 위에 올려놓은 아름다운 액자들을 잠시 바라보다가 정원은 맞은편 벽에 걸린 사진으로 시선을 돌렸다. 우주에서 바라본 지구의 사진인가 싶었는데, 지구보다 더 초록빛의 행성이었다.

"이 녀석이랑 어떻게 만났습니까?"

준탁은 정원의 발치에 엎드려 있는 경수를 가리켰다.

"경수요?"

정원이 사진에서 눈을 떼고 경수를 가만히 내려다보았다.

"우리 경수는……."

"잠깐 잠깐 잠깐!"

준탁이 갑자기 정원의 말을 가로막더니 부산스럽게 거실 창가에 두 대의 카메라를 설치하고 정원을 불렀다.

"이리 와서 앉아봐요."

거실 창가에 놓인 암체어에 준탁이 시키는 대로 앉았다. 카메라를 번갈아 들여다보던 준탁이 암체어 옆 스탠드 조명을 켰다.

"좋아."

준탁은 혼자서 고개를 끄덕이더니 마이크 각도를 조절하고 다시 카메라를 테스트했다.

"오케이. 시작해볼까요?"

준탁이 정원에게 머그잔을 가져다주고 맞은편 의자에 앉았다.

"경수는 어떻게 키우게 됐습니까?"

"경수는…… 집을 잃은 천사처럼 저한테 왔어요. 저기…… 너무 어색해요."

타인에게 경수의 이야기를 하는 게 정원으로서는 쉽지 않았다. 경수가 원치 않을 수도 있다는 생각을 했다. 그건…… 경수에겐 너무 큰 상처니까. 자신의 상처를 낯선 사람에게 드러내고 싶은 사람은, 아니 생명체는 별로 없을 테니까.

정원이 암체어에서 일어나 카메라에서 벗어났다.

"그냥 편안하게 해요."

"먼저 보여주시면 따라서 할게요."

"나요?"

준탁이 자신을 손으로 가리켰다.

"네. 자리 바꿀까요?"

준탁이 마지못해 자리에서 일어나 암체어에 앉고 정원은 준탁이 앉았던 의자에 앉았다.

"제니랑은 어떻게 만나셨어요?"

정원이 물었다.

다리를 꼬고 앉아 있던 준탁이 고개를 돌려 창밖을 응시했다. 비는 좀처럼 그칠 기미가 보이질 않았다.

"스코틀랜드에 있는 꽤 이름난 브리더에게 분양을 받았죠. 오랫동안 기다려서."

쏟아지는 빗줄기를 바라보던 준탁이 정원에게로 시선을 돌렸다.

"제니의 엄마, 아빠는 도그쇼 챔피언 출신이고. 한마디로 혈통이 좋은 녀석이죠."

"그렇군요."

정원은 제니의 풍성한 밝은 금빛 털을 바라보며 고개를 끄덕였다.

"제니라는 이름은 어떻게 지어주셨어요?"

"첫사랑 이름이 제니였습니다."

"아아……."

정원이 또다시 고개를 끄덕이자 준탁이 피식 웃었다.

"왜요? 동병상련 같아요?"

"저…… 이 부분은 편집해주세요."

정원이 손가락으로 가위를 흉내 내자 준탁이 웃음을 터트렸다.

"처음 만났을 때 기억나세요?"

"어떻게 잊겠어요."

"어땠나요?"

"죽여버리고 싶었죠."

준탁이 웃음을 지우고 바닥에 엎드린 채 헤헤거리는 제니를 바라보았다.

"네? 죽여……버리고 싶었다니요?"

정원은 잘못 들었나 되물었다.

"사실 분양받은 것도 아니고 제니가 어디서 왔는지도 몰라요."

"……?"

"3년 전 이맘때였어요. 장마가 막 시작되는. 시나리오 작업 때문에 지인의 시골집을 빌린 적이 있었죠. 글 좀 쓰려고 하면 옆집 개가 미친 듯이 짖어댔습니다. 정말 쉬지 않고 짖어댔어요. 시나리오는 안 풀리지, 개새끼는 지치지도 않고 짖어대지…… 정말 미쳐버릴 거 같았죠. 가뜩이나 안 써지는 시나리오 파일을 버그로 다 날려버린 날이었어요. 모든 게 저놈의 개새끼 때문인 거 같았죠. 내 이 개새끼를 죽이고 말리라, 옆집으로 무작정 쳐들어갔습니다."

"그곳에 제니가 있었나요?"

"네. 빈집이었어요. 아무도 없는 집에 저 녀석 혼자 덩그러니 있더라구요. 똥구덩이에…… 1미터도 채 안 되는 쇠사슬에 묶여서. 대야 한가득 쏟아부어놓은 사료에는 곰팡이가 잔뜩 피어 있고…… 물은 언제 갈아줬는지 물그릇으로 보이는 찌그러진 양은 냄비에는 푸른 이끼가 자라고. 그런데, 저 녀석은 죽이겠다고 온 남자를 보고 겁내기는커녕 좋다고 꼬리를 흔들더군요."

"어쩌다……."

준탁이 말한 상황이 눈앞에 저절로 그려져서 정원은 잠시 눈을 감았다 떴다.

"뭐 흔한 스토리였어요. 아무 생각 없는 젊은 부부가 저 녀석을 펫샵에서 분양받았고, 아이가 생기자 은퇴한 부모님이 사는 전원주택으로 보냈다가, 부모 중 한 사람이 아파서 입원을 하고, 간병하느라 집은 비고, 가끔 이웃에서 사료만 채워주고……."

"그래서 제니를 데려오셨나요?"

준탁이 고개를 흔들었다.

"나는 개를 별로 안 좋아합니다. 사실, 지금도 별로예요."

준탁이 어깨를 으쓱했다.

"제니는 사랑하시잖아요."

"제니는 제니니까."

어쩐지 준탁다운 대답이라고 생각했다.

"그래서요?"

"신고했죠. 동물학대로. 그런데, 뭐. 알잖아요. 그런 민원이 제대로 처리되는 나라가 아니라는 거. 사실, 그 노부부도 악의가 있어서 그렇게 방치한 것도 아니고. 각자의 사정이란 게 있으니까."

준탁이 씁쓸하게 웃었다.

"시나리오를 쓰다가 바람도 쐴 겸, 하루에 한 번 사료도 채워주고 물도 갈아주고 했죠. 차마 똥은 치워줄 수 없었지만. 그러다 오늘처럼 천둥 번개가 치는 밤에 녀석이 미친 듯이 짖어대서 가봤더니 비를 쫄딱 맞으며 제 꼬리를 물어뜯더라고요. 피는 뚝뚝 떨어지고. 하는 수 없이 데려와서 하룻밤을 재웠죠. 하아, 그 지독한 냄새……."

상상만으로도 골이 지끈거리는지 준탁이 관자놀이를 손가락으로 꾹꾹 눌렀다.

"그러던 어느 날 갑자기 녀석이 사라졌어요. 일 때문에 잠시 서울에 다녀온 사이에. 누더기 같은 담요 한 장이랑 찌그러진 양은 냄비만 남기고. 말로는 좋은 곳으로 보냈다는데 딱 촉이 왔죠."

"거기요?"

"네. 거기요. 우여곡절 끝에 녀석을 찾았는데, 다행히 무사했어요. 날 보니 몸도 제대로 펼 수 없는 좁고 녹슨 케이지 안에서 헤헤거리며 꼬리를 흔들더라고요."

개를 싫어한다는 남자가 개장수한테 팔려 간 개를 찾으러 다녔다고?

"제니, 이리 와."

준탁이 제니를 부르자 배가 많이 부푼 제니는 걸음마를 시작한 아기처럼 뒤뚱 거리며 준탁에게로 다가왔다.

"애기 때부터 썼던 저 누더기 담요랑 첫 주인이 지어준 제니라는 이름을 가지 고 이렇게 나한테로 왔죠."

"아까는 첫사랑 이름이라면서요."

"놀라운 우연의 일치라고 해두죠."

준탁이 뻔뻔하게 둘러대며 제니의 탐스러운 목덜미를 끌어안자 제니는 천사처 럼 웃었다. 정원도 제니를 따라 웃고 말았다.

"질문 하나 더 해도 되나요?"

준탁이 고개를 들고 정원을 바라보았다.

"왜 그렇게 말씀하셨어요? 스코틀랜드에서 분양받았다고……."

정원의 말에 준탁이 피식 웃었다.

"제니가 유기견 출신이라고 하면 하찮게 취급하더라고요. 유기견한테 뭘 그렇 게까지 하냐고. 이사 오기 전 동물병원에서 그런 경험을 했죠. 내 딴에는 가여운 아이니까 잘 부탁한다는 의미로 제니의 사정을 얘기했는데 말입니다. 족보 있는 혈통 좋은 개라고 하면 또 다르게 대하더라고요. 예정원 씨도 지금 그랬잖습니까. 제니 부모님이 챔피언 출신이라니까."

"맞아요. 의심할 여지 없이 제니는 멋진 아이니까요. 확인할 수 없을 뿐, 제니는 분명 좋은 부모에게서 태어난 아이라고 생각해요. 다만 운이 나빠서 잠시 힘들었 던 거였어요. 제니가 방치……되고 유기……된 게 제니가 하찮아서도 아니고 더더 구나 제니의 잘못은 아니잖아요."

정원은 '방치'나 '유기'라는 단어를 말할 때 목소리를 낮추며 제니를 바라보았 다. 마치 제니가 방치나 유기 같은 말을 알아듣기라도 하는 것처럼.

"다시 이렇게 좋은 집사를 만나서 너무 다행이라고 생각했어요. 귀하게 데려왔

다고 말씀하신 건…… 제니가 더 이상 상처받지 않길 바라는 집사의 마음이라고
이해했어요."

준탁이 멍하니 정원을 바라보더니 갑자기 사람 홀릴 정도로 환하게 웃었다. 한
시간 전에 수업을 때려치우겠다고 한 사람 맞나? 정말 적응하기 힘든 남자다.

"마지막으로 하나 더 질문할게요."

정원은 준탁의 웃음 공격을 피하려고 눈을 내리깔았다.

"뭐가 그렇게 궁금해요?"

"카메라 끄셔도 되고 편집하셔도 돼요."

정원이 허리를 곧게 펴며 말했다.

"무슨……?"

"치료 수업…… 그만두시려는 이유요."

"……."

준탁의 얼굴에서 서서히 미소가 사라졌다.

"일주일 동안 숙제도 열심히 하셨잖아요."

준탁이 고개를 돌려 별 다섯 개를 받은 잔디밭을 오래도록 바라보았다.

준탁의 등 뒤로 온통 초록빛이다. 푸른 댓잎이 비바람에 출렁였다. 깊은 생각에
잠긴 듯 준탁은 내내 고요했다.

"이유가 궁금해요?"

하염없이 창밖을 바라보던 준탁이 갑자기 벌떡 일어나 카메라를 껐다. 그리고
정원이 앉은 의자 앞으로 다가와 천천히 허리를 숙여 의자의 팔걸이를 짚었다. 정
원이 준탁과 의자 사이에 속절없이 갇혀버렸다.

쏴아아아.

비는 지치지 않고 쏟아졌고 스탠드 하나만 켜진 어둑한 거실은 기묘하도록 고
요했다. 일 분에 몇 번의 숨을 쉬는지 체크하려는 듯 두 사람은 서로의 숨소리만
세고 있었다.

제발, 무슨 말이라도 해봐요.

준탁은 아무 말도 없이 그저 정원의 얼굴만 노려보듯 바라보았다. 시선을 돌리고 싶었지만 돌릴 수 없었다. 눈도 깜빡일 수 없었다. 점점 가빠지려는 숨을 애써 내리눌렀다. 준탁은 꼼짝도 하지 않는데 정원은 지레 겁을 먹고 몸을 뒤로 뺐다.

그 순간 정원은 깨달았다. '사로잡힌다'라는 말이 어떤 의미인지. 산 채로 영원히 벗어날 수 없는 그물에 걸린 짐승이 된 기분이었다.

"어제만 해도 내일 보자고 했……."

따뜻한 입술이 정원의 말을 가로막았고, 내뱉지 못한 말은 준탁의 입술 사이로 사라졌다. 준탁을 밀어내려는 손은 맥없이 준탁에게 붙잡혔다. 손바닥 아래서 준탁의 심장이 천둥처럼 으르렁댔다. 정원은 눈을 감았다.

쏴아아아.

빗소리가 아득하게 들렸다.

"이러고 싶을까 봐."

준탁이 정원의 입술 위에서 속삭였다.

12

|

Maze Garden

볼 때마다 가슴이 빠듯해진다고 다 사귀어드릴 순 없잖아요.

엄마는 준탁을 기억하지 못했다.

영화에서나 일어날 법한 일은 준탁에게 일어나지 않았다. 흔히들 비현실적인 일은 영화에서나 일어난다고 생각하지만 어떤 영화도 인생의 비정함과 서글픔을 사실 그대로 담지 못한다.

도망치듯 집으로 돌아와 이불을 뒤집어쓰고 소리 내어 울었다. 엄마를 본 순간 준탁은 깨달았다. 자신이 저 늙은 여자를 몹시도 그리워했다는 걸.

멍청한 새끼.

"고마워요."

신발 끈을 묶어주자 엄마는 준탁에게 고맙다고 했다. 지하철에서 자리를 양보 받은 할머니가 할 만한 말투였다. 적당히 상냥하고 적당히 무심한. 준탁이 고개를 들었을 때 엄마는 옅게 미소를 지어주었다. 준탁이 아니라 그 누구에게라도 보낼 법한 형식적인 미소였다. 그 순간 어떻게 그렇게 웃을 수 있냐고 야윈 어깨를 흔들고 싶었다. 아니, 다른 건 다 때려치워도 한 가지만 묻고 싶었다. 왜 나를 버렸는지.

내심 엄마가 한눈에 알아봐주길 바랐던 걸까?

죄책감에 괴로워하는 모습을 기대했던 걸까?

몸속의 수분을 눈물로 뽑아내고 나니 복수고 뭐고 모든 게 귀찮아져버렸다.

복수라니. 같잖다.

기억도 못 하는 사람에게 복수가 가당키나 한가. 복수를 다짐했던 마음은 가시에 찔린 풍선처럼 맥없이 허공을 부유하다 쭈글쭈글해진 채 바닥으로 떨어졌다. 준탁은 너덜거리는 마음을 어떻게든 추스르려고 안간힘을 썼다. 이따위 일에 상처받을 나이가 아니다. 의연하고 싶었다. 어쩔 수 없는 일이라고 포기하고 싶었다. 그런 마음들을 하나하나 쌓아가며 현관 벨이 울리고 전화가 올 때까지 제니를 끌어안고 있었다.

그래. 도망가.

그렇게 내 인생에서 꺼져버려.

엄마랑 늙은 개새끼랑 잘 살아.

비를 맞으며 되돌아가는 정원의 뒷모습을 지켜보며 마지막이라고 생각했는데. 그랬는데. 정신을 차려보니 준탁은 쏟아지는 빗속에서 정원의 팔을 붙잡고 있었다. 그리고 어쩌면 남매로 자랐을지도 모를 여자에게 키스를 했다.

정원은 가늘게 떨었다.

눈꺼풀도. 입술도. 참고 참다 내쉬는 숨도.

숨을 쉬는 게 몹시 힘들어 보였다. 준탁은 고개를 들고 미세하게 수축했다가 이완되는 짙은 초콜릿색 홍채를 들여다보았다. 촉촉하게 젖은 눈동자가 왜냐고 묻고 있었다.

"무릎 튀어나온 회색 추리닝 입고 나타난 그 순간부터…… 키스하고 싶었어."

정원의 입술 사이에 부족한 숨을 불어넣듯 속삭였다.

꽉 움켜쥐고 있던 손목을 놓아주었는데도 정원은 준탁의 가슴 위에서 손을 떼지 않았다. 마치 준탁의 마음이 진심인지 확인해보려는 듯.

"키스……하고 싶을까 봐 치료 수업을 그만두겠다는 건가요?"

정원이 준탁의 가슴에서 손을 거두고 떨림을 숨기려는 듯 양손을 맞잡았다.

"모르겠어."

진짜 모르겠다. 어쩌면 알고 싶지 않은 건지도. 이 마음이 무언지, 왜 이러는지. 준탁은 눈을 감고 자신의 마음 깊은 곳을 바라보길 거부했다. 모호함이 때론 면죄부가 될 때도 있다.

"예정원을 볼 때마다……."

준탁이 눈을 뜨고 무릎에 놓인 정원의 손을 잡았다. 손끝이 싸늘했다. 정원은 손을 빼내려고 했고 준탁은 도망치려는 손을 더 세게 움켜쥐었다.

"여기가 빠듯하게 당겨."

정원의 손을 끌어다 자신의 가슴 위에 다시 올려놓았다. 그리고 인정했다. 정원을 바라보면 심장의 판막과 근육들이 찢어질 것처럼 팽팽하게 당겨진다는 걸. 그건 굳이 마음속을 깊게 헤집지 않아도 알 수 있었다. 이렇게 튀어나올 듯 뛰고 있는 심장이 증명해주니까.

"저를…… 좋아하세요?"

정원이 참았던 숨을 내쉬며 물었다.

"그럴지도."

하얀 미간이 예민하게 일그러졌다.

"뭐가 이렇게 심각해. 좋아한다는 말 처음 들어요?"

준탁은 속삭이듯 말하는 정원의 목소리가 좋았다. 천쪼가리 가방에 온갖 잡동사니를 챙겨 다니는 정원이 신기했다. 마디가 굳어지길 기다리는 것처럼 마디마디 머뭇대면서도 듣고 있으면 할 말 다 하는 것도 웃겼다. 무엇보다…….

"정원이라는 이름이 좋아."

"제 이름……요."

정원이 잠시 눈을 내리깔았다 다시 준탁을 올려다보았다. 그 짧은 순간, 감정을 정리한 듯 따뜻한 초콜릿색 눈동자는 더 이상 흔들리지 않았다.

"제가 정원이라서요?"

정원이 물결이 가라앉은 깊고 깊은 연못 같은 표정으로 물었다.

"아주 복잡한 정원. 모퉁이를 돌 때마다 이상한 물건이 튀어나오는. 예를 들면 잉글리쉬 밀크티 맛 사탕 같은 거."

잔잔했던 연못에 파랑이 일듯 정원의 입가에 옅은 미소가 일었다. 촉촉한 입술에 보일락 말락 매달린 미소가 중력처럼 준탁을 끌어당겼다. 이끌리듯 정원에게로 고개를 숙이던 준탁이 갑자기 억! 비명을 질렀다.

"경수야!"

식탁 아래서 내내 자고 있던 경수가 언제 깼는지 준탁의 청바지를 물고 맹렬하게 끌어당겼다. 늙은 개가 어디서 저런 힘이 나오는지. 느닷없이 공격당한 준탁은 비틀거리며 경수에게 맥없이 끌려갔다. 준탁이 끌려가는데도 제니는 바닥에 엎드린 채 해맑게 웃으며 그저 바라보고만 있었다.

예쁘게 웃으면 다냐? 쓸모없는 자식.

"경수야, 아니야. 아니야. 누나 괴롭힌 거 아니야!"

정원이 경수와 준탁 사이에 끼어들어 경수를 떼어내려고 애썼지만 녀석은 좀처럼 청바지를 놓지 않았다.

괴롭히다니?

터그 놀이를 하듯 청바지를 잡아당기며 경수와 실랑이하던 준탁이 정원을 바라보았다.

"절 공격한다고 생각했나 봐요."

공격? 지들은 시도 때도 없이 쪽쪽거리면서.

어이가 없어서 경수를 노려보자 경수는 더 세게 청바지를 잡아당겼다. 부우욱, 기어이 찢어지는 소리가 났다.

"이것 봐. 경수야. 좋은 아저씨야."

전략을 바꿨는지 정원이 갑자기 준탁을 꼭 끌어안았다.

"이왕이면 형이라고 해줘요."

얼떨결에 정원의 품에 안긴 준탁이 그 와중에 잊지 않고 부탁했다.

"아이, 착하다. 착한 사람. 착한 형이야."

정원은 아예 까치발을 하고 채 마르지 않은 준탁의 머리까지 쓰다듬었다. 쓰다듬기 편하라고 준탁이 무릎을 굽혀주고 고개를 정원의 어깨에 기댔다. 아이처럼 폭 안긴 채로 쓰다듬을 받는 기분이 나쁘지 않았다. 작은 품이 향긋하고 아늑했다.

"내가 착한 사람입니까?"

준탁이 정원의 허리를 감싸며 물었다.

"제니 한정으로요."

정원은 어림없는 소리를 잘도 한다는 표정을 지었지만 경수를 자극할까 봐 준탁의 팔을 풀어내지는 않았다.

"아이 착해애애."

정원이 거듭 착하다고 머리를 쓰다듬어주자 경수는 의심 가득한 눈으로 준탁을 스윽 바라보더니 마지못해 준탁의 청바지를 뱉어놓았다.

"물리지 않았어요?"

정원이 찢어진 청바지를 들춰보았다. 우연이겠지만 정원이 휴대용 에피네프린을 꽂았던 바로 그 자리였다.

"괜찮아요. 바지만 찢어졌어요."

청바지는 침에 젖어 너덜거렸지만 다행히 상처는 없었다.

"후우. 다행이다. 바지는 제가 똑같은 걸로 사드릴게요."

"됐습니다. 낡아서 몇 번 더 입다가 버리려고 한 거니까 신경 쓰지 말아요."

좋아하는 디자이너의 리미티드 에디션이지만 상관없었다. 뭐, 따지고 보면 스스로 자초한 일이기도 했다.

"경수, 이리 와봐. 앉아."

처음 듣는 엄한 목소리로 정원은 경수를 불러 앉혔다. 경고하듯 검지를 들어 보이자 늙은 개는 잔뜩 긴장했다. 경수는 정원을 흘깃흘깃 바라보며 끼잉끼잉 항변했다. 흰자위가 드러난 눈동자는 더없이 억울해 보였다.

"이 녀석 원래 이렇게 공격적입니까?"

"아니요. 이런 모습…… 처음이라 저도 깜짝 놀랐어요."

"야, 제니."

경수를 두둔하려는 듯 옆으로 다가와 나란히 앉는 제니 때문에 준탁은 말문이 막혀 허, 하며 창밖을 바라보았다. 하늘은 밝아지고 빗발도 훨씬 가늘어졌다.

"그러니까 우리 경수 군은 누나가 키스하는 모습을 본 적 없다는 거네요?"

"경수가…… 보는 데서는요."

정원이 넘겨짚지 말라는 듯 딱 잘라 말했다. 새침한 대답과 달리 정원의 귓등이 빨갰다.

"경수야."

정원은 달래듯 다정하게 경수를 불렀다. 제 잘못을 아는지 경수는 정원의 시선을 피했다.

"고마워. 누나 지켜주려던 거였지? 그래도 사람을 물면 절대 절대 안 돼. 경수가 제니랑 친구인 것처럼 제니 오빠도 누나랑 친구야."

어린아이에게 하듯 정원이 차근차근 설명하자 경수가 고개를 갸웃했다.

준탁이 정원의 옆자리에 털썩 주저앉으며 어깨에 팔을 걸쳤다. 정원이 놀란 눈으로 준탁의 팔을 바라보았다.

"제니 오빠는 경수 누나 친구니까."

준탁의 말에 정원이 피식 웃었다. 나란히 앉은 두 사람을 바라보며 또다시 경수는 고개를 갸웃했다. 그런 경수를 따라 제니도 고개를 갸웃했다. 녀석들의 모습이 웃겨 정원과 준탁은 결국 웃음을 터트리고 말았다.

"제니가 가진 매력을 알 거 같아요. 그건…… 미워하는 마음이 없다는 거예요. 온몸으로 사랑을 주는 아이예요."

정원이 준탁의 팔을 풀고 제니에게 다가가 북실북실한 목덜미를 끌어안았다.

"미워하는 마음 없이 사랑을 주기만 하니까 제니는 백만 송이 장미를 피우고 아주아주 먼 훗날 아름다운 강아지별나라로 갈 수 있을 겁니다."

"그 노래 아세요? 백만 송이 장미?"

정원이 오, 하는 표정으로 준탁을 돌아보았다.

"뭐, 음악 좀 듣는 편이죠."

몰래 엿들었다는 얘기는 할 수 없었다. 일부러 찾아서 다시 들어봤다는 얘기는 더더욱 할 수 없었다.

"좋아하는 노랩니까?"

"오늘 아침에도 장미 향에 눈을 뜨는 호사를 누렸어요."

준탁의 질문에 정원이 엉뚱한 대답을 했다.

"답장 보내지 말라고 하셨지만 장미…… 감사해요. 태어나서 처음이었어요, 그런 호사는."

"뭘 또 그렇게까지 감동이야……."

면전에서 대놓고 감사하다고 하니 어떤 표정을 지어야 할지 모르겠다. 준탁은 저도 모르게 손톱을 물어뜯으려다 인상을 썼다. 매번 당하지만 당할 때마다 욕이 나왔다.

"나도 이거 고마워요. 욕 나오게 써요."

준탁이 가운뎃손가락을 올리며 말하자 정원이 처음으로 소리 내어 웃었다. 끌어안고 있는 제니와 자매처럼 보였다. 준탁은 정원의 웃는 얼굴을 새삼스레 바라보았다. 눈이 반달 모양으로 휘고 눈매가 처져 순한 얼굴이 더 순해졌다.

"어? 비가 그쳤나 봐요."

준탁의 시선이 부담스러웠는지 정원은 서둘러 자리에서 일어나 거실 창가로 다가갔다. 창 앞에 서서 비에 젖은 대나무를 잠시 바라보던 정원은 준탁을 향해 돌아섰다.

"가봐야겠어요."

준탁은 청바지 뒷주머니에 손을 찔러 넣은 채 가방을 챙기는 정원을 지켜보았다. 휴대전화를 가방에 집어넣는 손가락을 바라보며 경수가 청바지를 물어뜯지 않았다면 어떻게 됐을까, 생각했다.

"아까 경수랑…… 집으로 돌아가면서 걱정했어요."

정원이 어깨에 천가방을 메고는 잠시 망설이다 말했다.

"밤사이 준탁 씨한테 무슨 일 생긴 걸까…… 하고요."

"보시다시피 아무 일 없습니다."

준탁은 어깨를 으쓱했다.

"그렇다면 다행이에요. 수업은…… 어쩔 수 없죠. 각자의 사정이 있으니까."

정원이 다시 고개를 돌려 비에 젖은 아담한 정원을 바라보았다.

"여기…… 민준탁 씨만의 대나무숲 같은 곳이었으면 했어요. 잠시라도 마음을 내려놓고 편안하게 머물 수 있는 공간으로 함께 만들어보고 싶었는데 아쉽네요."

바람에 흔들리는 대나무 잎을 만져보려는 듯 정원은 창에 맺힌 물방울에 손을 대었다. 정원의 손끝에서 굴러떨어지는 물방울을 바라보다 준탁은 정원에게로 한 걸음 다가갔다.

"내가 변덕이 좀 심해서요."

시나리오를 고쳐야겠다.

준탁만 입 다물면 아무도 모른다. 이 세상에 '한석원'은 존재하지만 존재하지 않는 사람이니까. 자신이 기억하고 있는 모든 것들을 깊이 암장해버리면 그만이다. 그 심연을 들여다볼 사람은 이제 없다.

"수업 계속합시다."

물방울을 따라 움직이던 정원의 손이 멈칫했다.

"그럼…… 윤한나 선생님께 말씀드릴게요."

정원이 창에서 손을 떼고 준탁을 돌아봤다.

"무슨 뜻입니까?"

준탁이 눈썹을 추켜올렸다.

"다른 선생님을 섭외해주실 거예요."

진짜 모퉁이를 돌 때마다 뭐가 튀어나올지 심각하게 궁금해졌다.

"나는 지금 이대로 예정원 선생님 수업을 받고 싶은데요."

"그건…… 좋은 생각이 아닌 거 같아요."

자신의 손끝을 내려다보며 정원이 말했다.

"왜? 내가 당신한테 키스해서?"

"네."

"일말의 망설임이라는 것도 모릅니까?"

평상시에는 마디마디 곱씹고 머뭇대면서 이럴 때는 참 거침이 없다.

"저는 이 수업을 잘 마무리 지어야 할 책임이 있어요."

"그럼, 수업은 때려치우고 연애합시다."

준탁이 정원에게로 성큼 다가갔다. 정원이 움찔 뒷걸음질 치자 정원의 가방이 창에 부딪혀 퉁, 소리를 냈다. 엎드려 있던 경수가 고개를 들어 두 사람을 잠시 바라보다 한숨을 푹 쉬고는 눈을 감았다.

"아무 사이도 아닌데 키스하면 잡혀가잖습니까."

준탁은 정원의 얼굴 옆 창을 짚으며 말했다.

"오늘 일이라면 신경 쓰지 마세요. 신고는 하지 않을게요."

정원이 소심한 아량을 베풀었고 준탁은 웃음을 터트렸다. 이럴 줄 알았다. 순한 얼굴만 보고 덤볐다간 큰코다친다.

"내가 싫어요?"

정원이 고개를 저었다.

"내가 무섭습니까?"

"강제로 절 어떻게 하실 거 같지는 않아요."

"그 남자 때문인가? 무슨 박사라는 사람?"

"아니요."

단호한 대답이 마음에 들었다.

"내 키스가 끔찍했어요?"

정원이 대답 대신 손바닥으로 얼굴을 가리고 고개를 흔들었다.

"그럼 왜?"

"절 좋아한다고…… 볼 때마다 가슴이 빠듯해진다고 다 사귀어드릴 순 없잖아요."

뭐지? 이 사근사근하고 도도한 거절은?

"그리고……."

"그리고?"

"무엇보다 제 스타일이 아니세요."

"내 스타일이 어때서?"

어디를 가도 빠지는 스타일은 아니라고 자부하면서 살았던 준탁이었다.

"어떤 면이?"

오기가 생겨 굳이 물었다.

"너무 디테일하게 묻지 마세요. 상처드리고 싶지 않아요."

"괜찮아요. 어차피 이렇게 된 거."

"저는……."

정원이 잠시 망설이다 결심한 듯 얼굴에서 손을 떼고 준탁을 올려다보았다.

"기다리는 거…… 잘 못하는데, 민준탁 씨와 연애를 하면 많이 기다리게 될 거 같아서요."

정원을 기다리게 했던 그날이 떠올랐다. 예기치 못한 곳에서 엄마의 흔적을 발견한 날.

"안 그럴게요."

"그것도 그렇지만…… 너무 변덕스럽거나 감정기복이 심한 사람과 있으면 제가 힘들어서요. 엄살이 심한 사람도요. 저는…… 흔들리지 않는 일상이 중요한 사람이거든요."

또박또박 천천히 상처를 준다.

"하. 상처 주기 싫다면서 이렇게 콕 집어서 상처 주는 겁니까? 상처받은 마음 치료하려는 사람한테?"

준탁이 창에서 손을 툭 떨어트렸다.

"미안해요."

"됐습니다. 이미 너덜너덜해졌으니까."

준탁이 창가의 의자에 털썩 주저앉았다.

"대신…… 친구는 되어드릴 수 있어요."

정원이 적선을 베풀듯 말했다. 조금 전 경수를 달랠 때의 바로 그 목소리로. 그게 더 자존심 상했다.

"변덕스럽고 감정기복 심하고 엄살쟁이 싫다면서요. 그리고 난, 여자랑 친구 안 해요. 그것도 키스한 여자랑 무슨 친구!"

준탁은 콧방귀를 뀌었다.

"제가 아무한테나 친구 하자고 하는 사람은 아니에요."

"아, 네에. 황송합니다."

상냥하게 잘난 척도 잘한다.

"민준탁 씨가 거절하면 어쩔 수 없죠. 이런 상황에서 제가 수업을 계속 진행하기는 불가능해요. 전…… 도와드리고 싶었어요. 민준탁 씨의 정원이요. 제가 식물에게서 받은 위로와 위안을 민준탁 씨도 경험해보시면 좋겠다, 생각했어요. 그래서 윤한나 선생님한테 이 수업을 제안받았을 때 받아들인 거구요."

"왭니까? 불쌍해 보였어요?"

준탁이 삐딱하게 물었다. 거듭 말하지만 위안, 위로 같은 허황된 단어는 딱 질색이다.

"그건……."

정원의 시선이 신경질적으로 의자의 팔걸이를 두드려대는 준탁의 손가락에 잠시 머물렀다.

"굳이 따지자면 개……사돈?"

하. 준탁이 어이없는 웃음을 터트렸다.

"게다가 유명인이고요."

점점.

"유명인 한 명쯤은 친구로 둬도 괜찮을 거 같아요."

"예정원…… 당신 은근 나쁜 여자 같아."

"은근 속물이기도 해요."

정원이 웃으며 준탁에게 손을 내밀었다.

저 순한 얼굴에 언젠가 뒤통수를 맞을 거 같다는 생각을 하며 정원의 손을 바라보았다.

"이 손, 잡으면 친구 되는 겁니까?"

"네."

"먼저 손 내민 거 후회하게 될지도 모릅니다."

준탁이 경고했다.

준탁의 경고에도 정원은 일단 한번 잡아보라는 듯 손을 조금 더 앞으로 내밀었다. 준탁은 잠시 망설이다 정원이 내민 손을 꽉 잡았다. 손바닥에 퍼지는 낯선 온기가 혈관을 타고 빠르게 심장으로 치달았다.

"수업은 계속하는 겁니까?"

"하시는 거 봐서요."

"잘할게요."

"그럼…… 손잡은 김에 수업하는 건 어때요?"

정원이 마주 잡은 손을 흔들며 달콤한 눈웃음을 지었다. 정원의 웃음이 준탁을 혼란스럽게 만들었다. 키스 한 번에 겁먹고 도망갈 줄 알았는데 성큼 손을 잡자고 다가왔다. 준탁은 제 손아귀에 쏙 들어오는 작은 손이 주는 온기에 알 수 없는 평온함을 느꼈다. 정교하고 교묘해서 도저히 빠져나올 수 없는 미로의 정원에 갇힌 기분이다. 이 영화의 장르가 무언지, 끝이 어떻게 될지 준탁도 알 수 없게 되어버렸다.

✻ ◆ ✻

"공무원치고는 세련됐네."

세나는 두 잔째 콜라를 마시며 정원의 맞은편에 앉은 남자를 턱으로 가리켰다. 한나가 고개를 돌려 테라스 안쪽 테이블을 바라보았다.

"너무 과한 거 아니야? 요트라도 타러 가려는 사람 같네."

패션에 여간 자신 없으면 소화하지 못할 채도 낮은 핑크색 버뮤다팬츠에 스트라이프 셔츠를 입은 남자는 정원에게서 눈을 떼지 못했다. 남자가 눈으로 하트를 쏟아내고 있는데도 정원은 몹시 긴장한 자세로 꼿꼿하게 앉아 가끔 고개를 끄덕이며 덤덤하게 샌드위치만 먹었다. 저러다 체하고 말지.

"공무원이래?"

"응. 행시의 꽃이라는 재경직 수석 합격한 엘리트라나. 다리도 잘빠졌네."

반바지 아래로 드러난 다리도 경주마처럼 길고 매끈했다.

"쟤는 무슨 선을 이런 데서 보냐? 엄마가 기껏 골라준 옷은 어디다 팔아먹고 면접 보러 가는 취준생같이 하고 나왔어. 하긴. 엄마가 좀 푸시하는 느낌이긴 했다. 엄마 말이라면 끔뻑하는 애니까 어쩔 수 없이 나온 거 같고."

"그만 봐."

한나가 세나의 턱을 잡고 앞으로 돌려놓았다.

"어제 왜 하루 종일 연락이 안 돼?"

한나는 머핀 위에 올려놓은 수란의 얇은 막을 깨트리며 물었다.

"엄마, 아빠 공항터미널에 모셔다드리고 친구 만났어."

"누구?"

"……."

대답 없이 콜라만 들이켜는 세나는 피곤해 보였다.

"과음했니? 너 과음하면 콜라만 들이붓잖아."

"음. 좀 마셨어."

"그럼, 콩나물국밥 먹으러 갈 걸 그랬나?"

"언니야, 정원이 말이야. 경수한테 경수라는 이름을 붙여줄 정도면 그 사람…… 많이 좋아한 거겠지?"

"아마도."

머핀을 자르던 한나는 깊게 한숨을 쉬는 세나를 바라보았다.

"지금도 좋아할까?"

세나가 콜라 속 얼음을 와그작 씹으며 물었다.

"글쎄. 지난번에 보니까 정원이는 상행선, 그 사람은 하행선 티켓 끊은 거 같더라."

"갑자기 웬 트로트?"

"남녀관계는 타이밍이 중요하다는 뜻이지."

"그렇겠지?"

세나는 또다시 한숨을 쉬었다.

"너, 뭐 있니?"

포커페이스인 이나와 달리 세나는 얼굴에 감정이 고스란히 드러나는 아이였다. 어릴 때부터 누굴 좋아하면 그대로 표시가 났다. 분명 말하고 싶어서 근질근질한 표정인데.

"있긴 뭐가. 어? 저 사람 민준탁 아니야?"

세나가 길 건너편에 선글라스를 끼고 서 있는 남자를 가리켰다.

"맞나?"

"맞아. 우리 동네에서 저런 비율 가진 남자는 민준탁 하나야. 치료 수업은 잘 받고 있대?"

한나는 어제 정원이 가져온 수업 일지를 떠올렸다. 비가 와서 그림 수업을 진행했다며 준탁이 그린 그림을 보여주려고 저녁 늦게 일부러 찾아왔었다. 한나는 민준탁의 그림을 보고 꽤 놀랐다. 색감이 화려하고 몽환적이었다. 어딘가 모르게 클림트의 정원 그림을 연상케 했다.

"민 감독 말이에요. 콘티도 직접 그린다던데, 진짜 천잰가 봐요."

상기된 표정의 정원도 떠올랐다. 그리고 예 원장의 전화도.

- 그 치료 수업 꼭 정원이가 해야 하니?

잘 도착했다며 전화를 걸어온 예 원장은 잠시 망설이다 민준탁의 수업 얘기를 꺼냈다.

- 혼자 사는 남자 집에 정원이가 드나드는 거 좀 그래서.
"네. 무슨 말씀인지 이해했어요. 친구 소개로 온 내담자라 미처 거기까지는 생각 못 했어요."
- 고마워. 이해해줘서. 그럼, 한나만 믿을게.

예 원장과 통화를 끝내고 한나는 정원이 놓고 간 그림을 한참 동안 들여다보았다. 그림 속에서 바람이 불었다. 꽃들이 한쪽으로 기울어져 흔들렸다. 그림 한구석에 시그니처처럼 조그맣게 그려 넣은 꼬리가 긴 검은 나비가 바람 속에서 고요히 날개를 접고 있었다.
"어? 이쪽으로 온다, 와."
신호등이 켜지자 선글라스를 낀 남자가 횡단보도를 성큼성큼 가로질러 곧장 카페 알바트로스로 들어섰다. 잠시 후 준탁이 주문한 커피를 들고 테라스로 나와 많은 테이블 중에 굳이 정원의 맞은편 테이블에 앉았다.
샌드위치를 먹던 정원이 갑자기 딸꾹질을 하며 급하게 물컵을 집어 들었다. 그 모습을 지켜보며 준탁은 세상 나른한 자세로 여유롭게 커피를 마셨다.
"저럴 줄 알았다니까. 정원이 딸꾹질한다, 언니야."
"그만 신경 끄자."
한나가 티스푼으로 세나의 컵을 두드렸다.
"민준탁은 혼자 영화 찍고 있네. 선글라스도 끝내주게 어울린다. 어디 건가?"

아랑곳하지 않는 세나를 무시하고 한나는 묵묵하게 식사를 계속했다.

"뭐야? 저렇게 끝난다고?"

세나의 목소리에 한나는 고개를 돌렸다. 딱 샌드위치와 커피 한 잔 마실 시간이 지났을 뿐인데 정원과 남자는 테이블에서 일어나 헤어질 준비를 하고 있었다.

"정원 씨, 만나서 반가웠습니다. 부담스러우셨을 텐데 시간 내주셔서 감사합니다. 덕분에 샌드위치 맛집 발견했네요."

"이해해주셔서 감사드려요. 살펴 가세요."

그다음 얘기는 궁금하지도 않을 만큼 무미건조한 인사를 나누고 남자는 카페를 떠났다.

"나가리 같지?"

세나가 또다시 콜라를 들이켰다.

"어머니가 서운해하시겠네."

잔뜩 긴장했던 정원의 어깨가 아래로 툭 떨어졌고, 그런 정원을 바라보며 준탁은 우아하게 다리를 바꿔 꼬고는 여유롭게 커피를 즐겼다.

13

|

화; angry, fire, flower

그리고 나는…… 차라리 잘됐다, 안도했었지.

그 아이일까?

예 원장은 컴컴한 서재에 우두커니 앉아 어딘가에서 떨어져 나온 조각 같은 달을 바라보았다.

설마.

고개를 저었다.

석원……일까?

멍하니 파도 소리를 듣다가 또다시 되물었다. 부드럽게 재잘대던 파도가 밤이 깊어지면서 가슴을 때리듯 철썩였다. 파도가 철썩일 때마다 예 원장의 가슴에 시퍼렇게 멍이 들었다.

그럴 리가.

예 원장은 또다시 고개를 저었다. 그리고 두 개의 고리를 만들어 나비 모양으로 매듭을 짓던 청년의 손가락을 애써 지워냈다.

메마른 손바닥으로 얼굴을 쓸어내리고 노트북의 파워 버튼을 눌렀다. 오래된 노트북이 느리게 부팅되는 동안 예 원장은 습관처럼 책상 위에 올려놓은 액자를 집어 들었다. 소박한 남산제비꽃을 들여다보다가 생일선물이라며 수줍게 그림을 내밀던 어린 정원이 떠올라 액자를 가슴에 꼭 끌어안았다.

정원아…….

아니야, 아닐 거야.

떨리는 손가락으로 포털 검색창에 '민준탁' 세 글자를 쳤다. 끊임없이 쏟아지는 정보 앞에서 길을 잃은 듯 아득해졌다. 길마저 사라진, 30년 넘게 버려둔 폐가를 찾아가는 기분이다. 켜켜이 쌓인 먼지와 거미줄을 걷어내듯 마우스패드에 손을 올렸다. 차갑게 식은 손끝이 뻣뻣하게 굳어 몇 번이나 주먹을 쥐었다 폈다 했다.

칸이 사랑하는 천재 감독.

'단편경쟁부문 최연소 황금종려상 수상'을 시작으로 하는 수없이 많은 수상 경력과 인터뷰 기사들과 평론들과 리뷰들, 그리고 배우들과 가수들과의 스캔들 기사를 읽으며 예 원장은 미로처럼 헤맸다. 유명세에 비해 개인에 대한 정보는 찾아보기 힘들었다. '한국영화 아카데미' 출신이라는 공식적인 기록 외에 민준탁 감독이 서른다섯 살이라는 것밖에 찾을 수 없었다.

서른다섯.

그 아이와 같은 나이다.

예 원장의 시선이 한 인터뷰 영상에서 멈추었다.

"'아일랜드'도 그렇고, '화; angry, fire, flower'도 제목이 굉장히 메타포적인 거 같으면서도 직설적이에요."

영화 학도를 대상으로 한 포럼 영상이었다. '아일랜드'라는 영화에 대한 인터뷰 중, 사회를 맡은 영화 평론가가 민준탁 감독의 '화'라는 영화로 화제를 전환했다.

"이유가 있을까요?"

"딱히 이유는 없습니다."

사회자의 질문에 민준탁은 꼬고 있던 다리를 풀어 반대로 바꿔 꼬고는 어깨를 으쓱했다. 영상 속의 민준탁은 신발 끈을 묶어주던 청년과 달리 꽤나 시니컬하고 냉랭해 보였다.

"저는 이 영화가 영화 아카데미 졸업 작품이라는 점에 더 놀랐습니다."

"영화 아카데미가 어때서요?"

민준탁이 팔짱을 끼며 물었다.

"아니, 아니. 폄하하려는 게 아니고 민 감독님이 스무 살 때 찍은 영화라는 점이 놀랍다는 뜻으로 말씀드린 겁니다. 군 복무 중이라 칸에 못 갔다는 얘기는 충무로에서 아직도 전설처럼 회자되곤 하잖아요. 오늘 포럼을 준비하면서 오랜만에 다시 찾아보고 왔습니다. '화', 그러니까 개인의 상처와 분노가 어떤 식으로 발화되는지에 관한 스토리인데요. 영화에서 주인공이 방화범으로 나오잖아요, 자아분열을 겪는. 지구대 계단에 온갖 꽃을 키우는 스물다섯 살의 청년 경찰관과 연쇄방화를 저지르는 일곱 살의 아이로. 그런 캐릭터의 대비가 독특했어요. 무엇보다도 이 스토리를 어떻게 발전시켰는지가 무척 궁금했습니다. 배경 자료가 별로 없더군요. 스무 살의 민준탁은 무슨 의도로 이런 영화를 찍게 된 건지."

민준탁은 자신의 스무 살을 떠올리는지 피식 웃었다.

"스무 살의 저는 찢어지기 직전까지 꽉꽉 눌러 담은 20리터짜리 쓰레기봉투 같은 상태였습니다. 분리수거도 안 하고 온갖 종류의 쓰레기를 모두 섞어놓은 듯한 분노를 담고 살았죠. 영화를 찍지 않았다면 지금쯤 어디서 연쇄방화를 하고 다녔을지도 몰라요."

민준탁의 말에 사회자와 청중들이 웃음을 터트렸지만 예 원장은 숨도 쉬지 않고 민준탁을 바라보았다.

"방화범도 그냥 방화범이 아니잖아요. 뭐랄까, 나름 행위예술 같은 거라고 할까. 화학약품을 섞어서 신비롭고 아름다운 불꽃을 만들어내잖아요. 주인공이 직접 조제한 화학물을 뿌리고 라이터를 던지면서 원시시대의 제사장처럼 외쳐요. '파이어!' 하고. 그럼 진짜 마술처럼 거대한 불꽃이 피어오르죠. 북극의 오로라 같은. 분명 심각한 범죄인데 굉장한 카타르시스를 느끼게 합니다. 그 장면은 볼 때마다 숨이 턱 막혀요. 강렬한 생명력을 내뿜는 꽃을 연상시키거든요. 뭐랄까…… 분노를 그런 식으로 폭발시키지 않았더라면 주인공은 꽃을 가꾸는 삶을 간절하게 원했겠구나 하는 그런 느낌. 모티프가 무엇인지 궁금합니다."

"어릴 때 불장난을 좀 했죠."

준탁의 대답에 또다시 사회자와 방청객이 웃음을 터트렸다. 웃지 않은 사람은 준탁과 그런 준탁을 바라보는 예 원장뿐이었다.

"정확하게 몇 살인지 기억나진 않지만 여섯 살인가 일곱 살쯤이었을 거예요. 나쁜 꿈을 꾸고 잠에서 깬 적이 있었는데 마침 정전이었어요. 어머니가 급하게 초를 찾아 켜고 무서워서 울어대는 저를 안아 달래주셨죠. 성모마리아가 인쇄된 커다란 초였어요. 어머니의 품에 안겨서 조용히 타들어가는 불꽃을 보다가 다시 잠들었는데, 어린 저에게 그 밤은 비현실적으로 느껴졌습니다. 그조차도 꿈 같은. 그 뒤로 어머니 몰래 초를 켜고 놀곤 했죠. 그 밤의 아늑함이라고 해야 할까, 완벽하게 보호받고 있다는 안도감이라고 해야 할까…… 그런 것을 다시 느끼고 싶었던 거 같아요. 그러다 불을 내서 집에서 쫓겨날 뻔한 적도 있었습니다."

"저런. 큰일 낼 어린이였군요."

사회자가 농담을 건넸지만 화면 속의 준탁은 무대 끝 어딘가를 잠시 응시했다가 어깨를 으쓱했다.

"인류가 불을 사용하게 된 이후부터 DNA에 깊이 각인된 불꽃의 의미, 그러니까 물리적으로든 정신적으로든 '안식'을 상실한 인간에 대한 이야기를 하고 싶었던 거 같아요, 이십 대의 저는."

"그렇군요. 영화는 연쇄방화범을 쫓던 경찰관인 '나'가 화염에 휩싸인 건물의 창에 비친 아이의 모습을 마주 보면서, 말하자면 자신 안의 분노와 상처를 가진 또 다른 자아를 자각하면서 끝나는데요. '나'는 결국 어떻게 됐을까요?"

"글쎄요."

습관인 듯 민준탁은 나른하게 다리를 바꿔 꼬고는 턱을 괴었다.

"아마도 교도소에서 쓰레기를 소각하며 꽃을 키우고 있지 않을까요?"

준탁의 말에 또다시 청중들의 웃음이 터졌다.

"하하. 불이면서 꽃인 두 개의 자아가 동시에 만족할 만한 결말이군요."

예 원장이 차갑게 굳은 손으로 입술을 틀어막았다.

진짜…… 석원인 거니?

예 원장은 휴대전화를 집어 들고 차마 지우지 못했던 동생 인정의 번호부터 찾았다. 전화하기에 너무 늦은 시간이라는 것도, 10년 넘게 절연 중이라는 것도 잊었다.

－ 민정…… 언니? 이 밤중에 무슨 일이야?

"너, 해숙이 언니 연락처 아니?"

잠이 잔뜩 묻은 목소리에도 아랑곳하지 않고 이종사촌언니의 행방을 물었다.

－ 언니, 미쳤어? 한밤중에 뜬금없이. 그것도 십 몇 년 만에 전화해서는 고작 해숙 언니…….

"알아 몰라?"

－ 몰라. 엄마 돌아가시고는 이모네랑은 왕래 없었지.

엄마가 돌아가신 후, 예 원장도 동생들과의 연을 모두 끊어냈다. 동시에 살림밑천 맏이로서의 삶도 끝냈다.

"미안해. 깨워서. 자라."

－ 언니.

전화를 끊으려는데 다급하게 인정이 예 원장을 불렀다.

"왜?"

－ 잘 지내는 거지?

"니들이 언제 내 걱정 했다고."

－ 말을 왜 그렇게 삐딱하게 해? 동생이 안부도 못 물어?

예 원장이 검푸른 하늘에 박힌 조각달을 바라보며 허탈하게 웃었다.

"사는 동안…… 너희들 안부 전화가 제일 무서웠어."

치과의사가 무슨 떼돈을 번다고 엄마와 형제들은 예 원장의 삶에 기생했다. 정작 도시락 한번 제대로 싸준 적 없으면서 '내가 너를 어떻게 키웠는데'로 시작하는 엄마의 넋두리와 형제들의 수없이 많은 돈 사고, 빈번한 실직, 대책 없는 이혼…….
그 모든 뒷감당은 예 원장의 몫이었다. 가끔 자신이 쓸개에 빨대를 꽂힌 채 살아가
는 반달가슴곰 같다는 생각을 하곤 했다.

- 아니, 우리가 또 뭘 어쨌다고…….

"끊자."

전화를 끊고 창가로 걸어가 오전에 놓아두었던 바구니 속을 들여다보았다. 몇
개의 깃털만 떨어져 있을 뿐 바구니는 비어 있었다.

아침에 바다직박구리가 창에 부딪혀 떨어졌었다.

거실 창에 부딪혀 기절한 새는 짙은 오렌지빛 가슴을 할딱거렸다. 잠시 두면
깨어날 거 같았지만 하필 녀석이 기절한 장소는 동네 고양이들이 일광욕하러 드
나드는 길목이었다. 예 원장은 기절한 바다직박구리를 지켜보다 수건으로 감싸 양
파 바구니를 비워내고 그 안에 넣어주었다. 그러는 동안에도 녀석은 깨어나지 않
았다. 바구니를 서재로 가져와 창가에 두었다. 깨어나면 날아갈 수 있게 창을 활짝
열어둔 채로.

오전 내내 들락거리며 바구니를 지켜보았지만 녀석은 좀처럼 깨어나질 못했
다.

어딜 많이 다쳤니?

손가락으로 가슴 깃털을 가만히 쓰다듬자 새는 파르르 떨더니 눈을 번쩍 떴다.
까만 씨앗 같은 날짐승의 눈동자에 자신의 얼굴이 선명하게 들어박혔다. 그 모습
을 지켜보는 순간 새끼 오리처럼 자신을 쫓아다니던 까맣고 무구했던 눈동자가 떠
올랐다. 그리고 잊고 있었던 희미해진 어떤 감정들도 되살아났다.

사랑받으려 애쓰는 아이에 대한 동정심과 부담감. 끝내 진심으로 그 아이를 사
랑하지 못했던 죄책감. 그리고…… 결코 삼켜지지 않았던 분노. 아이에 대한 예 원
장의 감정은 늘 뒤죽박죽 일관성이 없었다. 마치 사랑과 증오를 배접한 두 겹의 옷
감으로 지은 옷을 입은 것처럼 무겁고 버거웠다.

점심을 먹고 돌아오니 새는 떠나고 없었다. 날아오르려고 몸부림을 쳤었는지

바구니에 깃털 몇 개가 떨어져 있었다. 그 아이도 그렇게 떠났다. 예 원장의 곁에 잠시 머물다 짙은 생채기를 남기고.

깃털을 만지작거리며 검푸르게 밝아오는 하늘을 바라보고 있는데 휴대전화의 문자 알림음이 울렸다. 인정이다.

[강원도 양양 낙산해오름요양원]

예 원장은 인정이 보내온 문자를 이해하려고 미간을 좁혔다. 해숙이 낙산해오름요양원에 입원했다는 건지, 아니면 거기서 일하고 있다는 건지 감이 오질 않았다. 인정에게 전화를 하려는데 마치 예 원장의 생각을 읽기라도 한 듯 메마른 문자가 하나 더 도착했다.

[알코올성 치매로 5년 전 입원]

화려한 옷차림과 화장. 붉게 립스틱을 바른 입술 옆에 일부러 애교점을 찍고 다녔던 해숙이 치매라니. 하긴, 30년이라는 세월이 흘렀다.

내가 이렇게 늙었는데 언니도 늙었겠지.

예 원장은 자신의 노화를 확인하려는 듯 짧게 자른 회색 머리카락을 쓸어넘겼다.

"서재에서 밤새웠어요?"

예 원장이 양양행 항공권을 막 예약하려는데 노크 소리가 들리고 윤 박사가 걱정스러운 표정으로 서재 문을 열었다.

"애들 선 때문에 그래요?"

"아니요. 인연이 아닌 걸 어쩌겠어요."

예 원장은 정원이 그린 제비꽃을 다시 한번 바라보았다.

― 엄마, 죄송해요.

잔뜩 풀이 죽어 맞선의 결과를 알리던 정원의 목소리가 떠올랐다. 죄송할 거 없다고 달래며 예 원장도 아쉬운 마음을 털어냈다. 언제나 자신에게 맞춰주려고 애쓰는 아이인데, 그걸 알면서도 모른 척 몰아붙였다. 기죽은 목소리에 예 원장은 후회했다.

"안 교장한테서 득달같이 전화가 왔어요. 정원이가 너무 부담스러웠는지 딸꾹질까지 하니까 뭘 어떻게 해볼 수가 없었대요. 진우는 아주 코가 빠져 있다고."

"저런."

"공연히 애한테 부담을 줬나 싶어요. 안 교장은 안 교장대로 살짝 삐친 거 같고."

"쿨하시다며."

"그러게 말이에요. 쿨한 척은 혼자 다 하더니."

"자식 일이 그렇다."

"그런가 봐요."

예 원장은 힘없이 웃고는 항공권 예약 버튼을 눌렀다.

"양양엘 다녀와야겠어요."

"양양?"

"사촌언니가 그곳 요양원에 있다네요. 치매로."

예 원장은 윤 박사의 시선을 피하며 예약을 확인하고 노트북을 껐다. 친동기들과도 연을 끊은 사람이 치매에 걸린 사촌언니를 만나러 양양까지 간다는 말은 스스로 듣기에도 설득력이 없었다.

"알아볼 게 좀 있어서요."

"나도 같이 갈까요?"

"아뇨. 다녀와서 말씀드릴게요."

아무 말 없이 예 원장의 옆모습을 바라보던 윤 박사는 책상으로 다가와 손을 내밀었다.

"오늘따라 밥하기 싫네. 성게미역국으로 해장이나 하러 갑시다."

성게미역국이란 말에 입안 깊숙한 곳에서 침이 고였다. 예 원장은 윤 박사의

손을 잡고 일어섰다. 뜨끈한 성게미역국 한 그릇 비우고 나면 30년 전의 그날을
마주 볼 용기가 생길 것 같기도 했다.

✳ ◆ ✳

"여기서 기다리세요. 곧 모시고 올게요."

요양원 접견실에서 십 분쯤 기다렸을까, 요양보호사가 휠체어에 탄 노인을 해
숙 언니라며 데려왔다. 해숙은 예 원장보다 고작 두 살이 많을 뿐인데, 자신 앞의
노인은 팔십은 훌쩍 넘어 보였다. 탁해진 눈동자는 양쪽이 따로따로 불안하게 흔
들렸고, 손을 심하게 떨었다. 이는 모두 빠지고 녹아내린 잇몸에 아래쪽 앞니 한
개만 겨우 남아 있었다. 탐스러웠던 머리카락은 사라지고 남자처럼 짧게 자른 회
색 머리카락만 듬성했다. 무엇보다 안으로 말려들어간 주름진 입술에 새빨간 립스
틱을 바른 모습이 기괴했다.

"세상에. 우리 뻥 할머니, 손님 오셨네."

요양보호사는 해숙을 '뻥 할머니'로 불렀다. 그러면서 예 원장이 해숙을 찾아온
첫 번째 방문객이라고 했다.

"뻥 할머니라니요?"

예 원장은 해숙이 그런 식으로 불리는 게 불편했다. 온전치 못한 사람을 희롱
하는 것처럼 들렸다.

"베르니케 뇌병변이 있어서 작화증이 심하세요. 처음 오셨을 때, 오해숙 할머
니 거짓말에 여기 있는 사람들 모두 한 번씩은 당했지 뭐예요. 악의 없는 애칭이니
까 너무 신경 쓰지 마세요."

함께 온 복지사가 예 원장의 귓가에 낮게 속삭였다.

"그럼, 말씀 나누세요."

둘만 남게 되자 해숙의 눈동자는 더욱 불안하게 흔들렸다.

"언니, 나 알겠어? 민정이. 언니 이종사촌 예민정."

예 원장이 다가가 해숙 앞에 쪼그리고 앉았다.

"민정……이?"

이가 빠져 발음이 뭉개지고 어눌했지만 생각보다 목소리는 늙지 않았다. 목소리 끝에 젊은 해숙의 흔적이 남아 있었다.

"그래. 알아보겠어?"

"알고말고. 너, 내가 데리고 다녔던 시다바리였잖아."

"……뭐?"

"오갈 데 없는 널 심부름이라도 부리라고 우리 엄마가 데리고 왔지."

해숙은 쪼글쪼글해진 새빨간 입술로 자못 거만하게 말했다. 예 원장은 잠시 멍하니 눈앞의 노인을 바라보았다.

이혼 후 오갈 데가 없어진 해숙을 아이들의 보모로 들이민 건 엄마였다. 평생 이모와 묘한 신경전을 벌이며 살았던 엄마는 그런 식으로 우월감을 드러내길 좋아했다. 당신의 딸이 평생 라이벌이었던 언니의 딸을 하녀처럼 부리면서 사는 꼴을 내심 즐거워했다.

"해숙 언니."

예 원장은 해숙의 이름을 부르며 뒤틀려 부들거리는 손을 잡았다.

"석원이는 기억해? 한석원. 내…… 아들."

석원이란 이름이 나오자 해숙은 예 원장의 손에서 자신의 손을 빼내려고 버둥댔다.

"기억 안 나?"

"알지."

"알아?"

"알고말고."

"그 아이…… 어디로 보냈어?"

해숙은 사시처럼 양쪽으로 벌어진 눈동자로 예 원장을 한참이나 바라보았다. 마치 네가 버린 네 새끼를 왜 나한테 찾느냐는 눈빛이었다.

"프랑스로 보냈지."

주름진 입술로 프랑스라고 발음할 때 침방울이 튀었다.

"확실해? 정말이야?"

뺨에 묻은 침을 닦아낼 생각도 하지 못했다.

"언니도 알잖아. 갑자기 불이 나고…… 정원이 때문에 그땐 내 정신이 아니었어. 나중에 정신 차리고 보니까 정원 아빠랑 시어머니가 아이를 파양했다고, 해외로 입양 보냈다고, 좋은 곳으로 보냈으니까 걱정하지 말라고 했어. 입양 기관에서는 절대 알려줄 수 없다고 하고…… 그 아이와 마지막까지 있었다는 언니는 연락도 안 되고."

그리고 나는…… 차라리 잘됐다, 안도했었지.

마지막 말은 차마 내뱉지 못하고 예 원장은 눈을 감았다.

"내가 지난번에 걜 만났지 뭐야."

"뭐?"

지난 5년 동안 해숙을 찾아온 사람은 아무도 없다고 하지 않았나?

"그 아이를 만났다고? 어디서? 어떻게?"

"어떻게는. 영화 촬영 때문에 파리에 갔다가 만났지."

해숙은 같잖다는 표정으로 콧방귀를 뀌었다.

"프랑스 파리……? 언제?"

"작년이었지, 아마."

예 원장은 털썩 바닥에 주저앉고 말았다.

해숙은 언제나 배우를 꿈꾸었지 배우였던 적은 없었다. 이모의 허황된 욕심에 이끌려 언니는 여기저기 미인대회에 나가기도 했지만 본선에 올라가는 게 최대치였다. 적어도 예 원장이 아는 한 그랬다. 만나지 못한 30년 동안 배우를 했었다면 모를까.

주저앉은 채 노인을 멍하니 올려다보았다.

아름다웠던 해숙은 아름다운 노년을 살지 못하고 있었다.

"몽마르트 언덕에서 초상화를 그렸지."

검붉은 잇몸을 드러내며 해숙이 웃었다.

아니, 어쩌면 자신이 만들어낸 망상 속에서 나름대로 행복한 노년을 보내고 있는 건지도 모르겠다.

예 원장은 비틀거리며 자리에서 일어섰다. 시어머니도 전남편도 죽고 없는 지금, 석원의 행적을 알려줄 사람은 이제 세상 어디에도 없다는 걸 깨달았다.

＊ ◆ ＊

해가 완전히 질 때까지 낙산의 바다가 보이는 카페테라스에 앉아 파도 소리를 들었다. 남쪽 바다와 달리 이곳의 파도는 채찍으로 후려치는 소리가 났다. 시어머니에게 강제로 끌려간 점집의 무당이 자신에게 쌀알을 던졌던 모멸의 시간이 되살아났다.

"네년이 죽인 아이가 아들이야. 귀하게 점지해준 아들을 지워버렸으니 삼신할미께서 노하는 게 당연하지."

아이라인을 관자놀이까지 그려 올린 무당이 새빨갛게 핏발 선 눈으로 자신을 노려보았다. 머리카락에서 후드득 떨어지는 쌀알을 바라보며 무엇이 저 늙은 무당을 저토록 분노케 하는지 알 수가 없어 어안이 벙벙했다. 복채를 위한 쇼라면 대단한 퍼포먼스였다. 동시에 일제강점기에 대학까지 다닌 엘리트임을 자처했던 시어머니가 인생의 중요한 순간순간을 무당에게 의지하고 있다는 사실이 우스꽝스럽기도 했다.

융자를 잔뜩 내어 치과를 개원한 지 얼마 안 돼 임신 사실을 알았다. 단 하루도 쉴 수 없는 상황에서 달갑지 않았다. 아이를 좋아하지도 않았다. 아이 때문에 남편과 매일매일 치열하게 싸웠다.

"이럴 거면 당신은 도대체 왜 결혼했지? 차라리 당신 식구들 뒤치다꺼리하면서 평생 살지 그랬어."

배를 가르진 않았지만 황금알을 어서 많이 낳으라고 극성부리는 엄마와 철없는 동생들의 이야기를 말없이 들어주었던 남편이었다. 울타리가 되어주겠다고, 너의 편이 되어주겠다고 단단히 약속했던 남편이었다. 그랬던 남편이 자신을 힐책했다.

"그래요. 그게 좋겠어요. 미안해요."

여기서 끝내는 게 좋겠다고 생각했다. 남편을 여전히 사랑했다. 그랬기에 자신을 미워하는 남편을 견디기 힘들었다. 무엇보다 그때의 예 원장은 집안의 가장이라는 굴레를 벗어버릴 수도 없었다.

"그게 무슨 뜻이야?"

남편이 예 원장의 팔을 확 잡아채는 순간, 맥없이 배를 움켜쥐고 주저앉았다. 지우려 했던 아이는 스스로 죽은 채 세상에 나왔다. 남편과의 사이는 회복할 수 없을 만큼 깊게 벌어졌다. 손이 귀한 집의 독자인 남편을 놓아주는 게 맞았지만 남편은 이혼도 원하지 않았다. 그러던 어느 날 치과로 찾아온 시어머니가 예 원장을 늙은 무당 앞으로 끌고 가 무릎을 꿇렸다.

"죽은 애와 나이가 같은 사내애를 하나 데려와서 정성껏 키워. 네년 업보를 씻어내야지."

예 원장은 말도 안 된다고 끝까지 거부했지만 남편은 손자 타령을 하며 대를 이으라는 어머니와 깐깐한 아내 사이에서 그렇게라도 벗어나고 싶어 했다.

"민정아, 제발…… 숨 좀 쉬게 해줘."

남편이 꺼칠해진 얼굴을 손바닥으로 쓸어내리며 말했을 때, 예 원장은 고집을 꺾었다. 유쾌하고 긍정적이고 너그러웠던 사람이 강퍅한 자신을 만나 저렇게 망가졌구나, 죄책감이 들었다.

그렇게 온 아이가 석원이었다.

남편은 아이에게 집안의 돌림자를 넣어 '한석원'이라는 이름을 주었다. 아이는 지금껏 석원으로 살아왔던 것처럼 미련 없이 자신의 이름을 버리고 석원이라는 이름을 순순히 받아들였다. 생각해보니 원래 아이의 이름이 무엇이었는지 단 한 번도 묻지 않았던 거 같다. 궁금해하지도 않았다.

아이는 사랑스러웠다.

첫날 밤을 자고 일어난 아이의 얼굴이 지금도 잊히지 않는다. 낯섦과 호기심과 불안함과 행복함이 교차하던 까만 눈동자. 커다란 눈동자를 또록또록 굴리며 주변을 살피던 모습이 귀엽기도 하고 안쓰럽기도 했다.

아이는 기특했다.

낯선 사람과 낯선 곳이 무서울 법도 한데 어리광 부리지 않고 주어진 상황을 의연하게 받아들였다. 일에 파묻혀 살던 남편의 귀가가 점점 빨라졌다. 주말에는 아이와 공놀이 따위를 하며 놀아주기도 했다.

"민정아, 석원이 데리고 네버랜드 갈까?"

마흔을 훌쩍 넘긴 남자가 눈가에 주름을 잡고 소년처럼 웃는 모습을 보면서 예원장은 석원을 입양하길 잘했다고 생각했다.

세 사람의 피크닉은 더할 나위 없이 좋았다. 날씨마저 완벽했다. 아이는 세상의 모든 것에 신기해하며 남편과 예 원장의 손을 잡고 까르르 웃음을 터트렸다. 세 사람이 어색하게나마 가족이라는 이름으로 서로를 받아들인 날이기도 했다. 남편과 예 원장은 서툴지만 좋은 부모가 되려고 노력했다. 행복한 날들이었다. 그 정점은 예 원장의 임신이었다. 유산의 후유증으로 불임을 선고받은 예 원장에게 뜻하지 않게 아기가 찾아왔다.

"엄 보살이 부적을 제대로 썼다. 첩이 아이를 가지면 본댁도 샘을 내서 아이가 선다고 하지 않니? 저 애를 데리고 오니 네 바싹 마른 애기집이 샘을 낸 거지."

임신 소식에 시어머니가 한걸음에 달려와 내뱉은 말이었다.

부적이라니.

그래서였을까, 당신이 그토록 강요했던 입양인데 시어머니는 석원에게 눈길

한번 주지 않았다. 시어머니에게 석원은 한씨 집안의 대를 잇기 위한 비싼 부적에 불과했던 거였다. 예 원장은 석원의 팔을 잡고 등 뒤로 숨겼다. 왜 그랬는지 모르겠지만 아마도 그건 처음으로 가져본 모성애에서 비롯된 행동이었는지 모르겠다.

"딸도 낳았는데, 아들인들 못 낳을까?"

정원을 낳은 후, 시어머니에게서 들은 첫마디였다. 이래서 1남 8녀 같은 가족 구성이 생기나 보다, 헛웃음이 나왔다.

가장 높은 곳에서 추락할 때 가장 고통스럽듯, 복병은 언제나 가장 행복한 시기에 덮쳤다.

극심한 산후우울증이 예 원장을 잠식했다. 시발점은 엄마와 형제들이었다. 산후조리 따위 바라지도 않았다. 몸은 괜찮냐, 노산인데 수고했다, 아이는 건강하냐 같은 살뜰함은 애초에 기대하지도 않았다. 그랬음에도 불구하고 언제부터 치과에 나갈 수 있냐고 넌지시 묻던 엄마의 목소리를 듣는 순간 예 원장의 몸과 마음이 무너져 내렸다.

상처가 깊을수록 갓 태어난 정원에게 집착했다. 엄마 같은 엄마는 절대로 되지 않겠다고 다짐하고 다짐했다. 이 작고 여린 것을 지켜줄 사람은 오직 자신뿐이라는 공포심에 먹지도 자지도 않고 정원을 끌어안고 있었다. 밤낮이 바뀐 아이 때문에 거의 기면 상태로 지냈다. 그러는 동안에 그 아이, 석원의 눈동자에 빛이 사라지는 걸 알지 못했다. 남편이 불면을 핑계로 사무실 앞 오피스텔에서 지내는 시간이 많아졌다는 것도 깨닫지 못했다.

"엄 보살이 저 애랑 우리 정원이랑 상극이란다. 저 애가 정원이를 잡아먹는 사주란다."

무슨 말을 어떻게 들었는지 새파랗게 질린 얼굴로 시어머니가 찾아왔다.

"태어난 날짜도 정확하게 모르는 애예요. 무엇보다 저는 그런 거 안 믿어요."

"돌려보내라."

"돌려보내다니요?"

역할을 끝낸 부적을 태워버리자고 말하는 것과 뭐가 다를까. 자신의 핏줄에 한해서라면 극단적으로 이기적인 시어머니가 무서웠다.

"친남매도 아닌데, 막말로 나중에 우리 정원이한테 해코지라도 하면 어쩔 거니?"

"어머니!"

"나중에 후회하지 말고. 무엇보다 넌 저 애 좋아하지도 않잖니."

시어머니는 무책임하게 수류탄의 안전핀을 뽑아버리고 떠났다.

예 원장은 시어머니의 말을 무시하기로 했다. 잊으려고 애썼다. 아니, 잊었다고 확신했다. 정원의 백일 기념 사진을 찍기로 한 날, 스스로를 기만하고 있었다는 걸 깨닫기 전까지.

출산 후 처음으로 한 화장이 마음에 들지 않아 지워버리려는데 자지러지는 정원의 울음소리가 들렸다. 립스틱을 내려놓고 헐레벌떡 아기방으로 뛰어갔다. 석원이 울고 있는 정원을 내려다보고 있었다. 이마에 멍이 든 아이는 고통스럽게 울고 있는데 오뚝이 인형을 쥐고 있는 석원의 얼굴은 무표정했다.

"저 애가 정원이를 잡아먹는 사주란다."

순간 저주와도 같았던 시어머니의 말이 떠올라 작은 어깨를 거칠게 낚아챘다.

"정원이한테 무슨 짓 했니?"

석원은 변명도 없이 고개만 흔들었다. 까만 눈동자에 원망의 빛이 잠시 떠돌다 사라졌다.

엄마와 이모의 부탁으로 해숙 언니가 보모로 들어오고 예 원장은 치과로 복귀했다. 석원에게 야뇨증이 생겼다. 유치원에서 ADHD 검사를 하는 게 어떻겠냐고 연락이 왔다. 잘 가지고 놀던 장난감을 일부러 망가트렸다. 정원을 안고 있는 예 원장의 모습을 멀찍이서 지켜보며 손가락을 물어뜯었다. 그리고…… 남편에게 여자가 생겼다. 악몽 같은 날들이었다.

"엄마, 울지 마요."

여리고 보드라운 팔이 예 원장의 목을 감쌌다. 석원이었다. 침실 구석에 웅크린 채 소주를 마시며 울고 있던 예 원장을 석원이 안아주었다.

"잘못했어요, 엄마. 이제 말 잘 들을게요. 착한 아이가 될게요."

아이가 눈물에 젖은 뺨을 닦아주었다. 작은 손이 어떻게든 자신을 위로해주려고 애썼다. 그랬는데…… 예 원장은 석원의 손을 뿌리쳤다. 모두가 이 아이 때문인 거 같았다. 베이비 박스에 버려졌다는 아이가 가진 불운과 박복함이 자신에게로 옮아 붙는 거 같았다.

석원아.

예 원장은 바닷바람에 푸석해진 머리카락을 쓸어넘기며 눈을 감았다. 그러다 갑자기 눈을 번쩍 떴다.

그 아이가 석원이 맞다면 정원의 근처를 맴도는 게 우연 같지 않았다.

설마…… 아니야. 그럴 리가 없어.

예 원장은 부르르 떨리는 손가락으로 정원의 번호를 눌렀다.

- 엄마?

다정한 정원의 목소리를 듣자 안도감과 함께 울컥 눈물이 솟구쳤다.

- 엄마? 무슨 일 있으세요?

"아니야. 우리 딸 목소리가 갑자기 듣고 싶어서. 어디니? 저녁은 먹었어?"

눈가를 닦아내며 예 원장은 아무렇지 않은 척 목소리를 조금 높였다.

- 지금 군위에 출장 왔어요. 사과연구소. 중간 컨펌 받고 스케치도 좀 더 하고 샘플도 만들어야 해서 모레까지 머물 거예요. 지금 선생님들이랑 식사하려고 이동 중이에요. 수고했다고 맛있는 거 사주신대요. 여기 등갈비가 맛있다구요. 엄마는 저녁 드셨어요?

"먹어야지. 정원아……."

- 네?

정원의 이름을 불렀지만 어디서부터 어떻게 말을 꺼내야 할지 막막했다. 민준탁이 오래전 엄마가 버린 아들일지도 모른다는 말을 어떻게 할 수 있을까. 세상에서 엄마를 제일 존경한다는 아이한테. 예 원장은 고개를 흔들었다.

"아니야. 이동 중이라며. 엄마가 다시 전화할게."

─ 엄마, 혹시 맞선 때문에 그러신 거예요?

"아냐. 엄마 벌써 다 잊었는걸, 뭐. 얼른 가서 저녁 먹어."

정원이 내쉬는 안도의 한숨이 귓가에 닿았다.

─ 엄마도 저녁 맛있게 드세요.

"저기…… 정원아."

전화를 끊으려다 예 원장은 다시 정원을 불렀다. 마음속에서 움트는 불안함을 도저히 떨쳐낼 수 없었다.

"그…… 민 감독 말이야."

─ 민준탁 감독이요?

"……어떤 사람이니?"

짧은 침묵이 두 사람 사이에 흘렀다. 생뚱맞은 질문에 당황스러워하는 정원의 표정이 보이는 듯했다.

─ 상담자의 정보는 아무리 엄마래도 알려드릴 수 없어요.

"어머, 얘."

예 원장은 정원의 고지식함에 헛웃음이 나왔다.

"그런 뜻이 아니라 강아지를 키워볼까 해서……."

─ 진짜요? 정말 강아지 키우실 거예요? 박사님도 오케이하신 거예요?

정원의 목소리가 단번에 밝아졌다.

"아직. 반반이야. 그래서 직접 물어보고 싶은 게 있어서. 연락처 좀 알 수 있을까?"

─ 준탁 씨한테 물어보고 연락드릴게요.

준탁 씨?

정원이 친근하게 부르는 준탁의 이름이 가슴에 턱 걸렸다. 수화기 너머로 정원을 부르는 소리가 들렸다.

"부르는 소리 들리네. 저녁 맛있게 먹어. 운전 조심하고."

- 네. 엄마두요. 금방 연락드릴게요.

전화기를 테이블에 내려놓고 완전히 깜깜해진 밤바다를 바라보았다. 잠시 후 내려놓은 전화기에서 알림음이 울렸다.

[언제든 연락하셔도 괜찮대요.]

예 원장은 정원이 보내온 번호를 확인하고 다시 어두운 밤의 바다로 시선을 돌렸다.

14

무지개, 봄여름가을겨울 그리고 별

초조하고 불안할 때 따뜻한 물에 손을 씻어요.

폴리[18]와 앰비언스[19]와 다이얼로그[20]가 따로 놀았다.

프리믹싱된 음향을 체크하던 준탁이 헤드폰을 벗고 미간을 문질렀다. 점심도 거르고 일곱 시간을 모니터만 들여다봤더니 구토가 날 지경이다.

"별로예요?"

사운드 슈퍼바이저인 정찬이 준탁의 눈치를 보며 물었다.

"나쁘진 않아요. 오히려 폴리나 이펙트 사운드만 놓고 보면 좋아. 훌륭해. 그런데……."

생각했던 사운드는 아니었다. 어때? 죽이지? 대놓고 이런 느낌이랄까.

준탁은 이번 영화에서 효과음이 들어갔는지 눈치채지 못할 정도로 좀 더 날 것의 소리를 원했다. 일상의 앰비언스를 촘촘하게 쌓아올린 사운드를 기대했는데 소

---

18 Foley, 효과음
19 Ambience, 환경음
20 Dialogue, 내레이션 등 후시 녹음

리에 감정이 느껴지지 않았다. 너무 매끈했다. 잘빠진 광고처럼.

"특히 이 시퀀스에서 빗소리 말인데……."

주인공인 석원이 잘 곳이 없어 폐교로 숨어 들어가는 장면으로 영상을 되돌렸다. 보호종료 후 보육원을 나온 석원이 믿었던 보육원 선배에게 자립정착금을 모두 빼앗기고 먼지 쌓인 교실에 앉아 하염없이 비를 바라보고 있었다.

"지금 석원이는 너무 막막하고 무섭고 절망적인데, 이 아이를 둘러싼 빗소리가 너무 청량하지 않아요? 같은 비라도 어디에 부딪치냐에 따라 다 다르잖아요. 운동장에 떨어지는 빗소리, 지붕에서 떨어지는 낙숫물 소리, 나뭇잎이 빗방울을 튕겨내는 소리……."

영화의 사운드 톤을 결정하는 건 앰비언스다. 일상의 소음이 주인공의 마음을 대변해주기도 한다. 소리 그 자체가 스토리가 될 때가 있다.

천장에서 샌 비가 낡은 나무 바닥에 부딪히는 소리는 길지 않은 삶에 지쳐버린 소년의 맥박 같았고, 창을 때리는 빗소리는 온몸을 흔들어대는 것처럼 무서웠고, 부식된 시멘트 바닥에 떨어지는 빗소리는 유난히 춥게 심장을 파고들었었다. 열아홉 살의 준탁이 폐공장에서 들었던 빗소리는 그랬다.

"진 감독은 어때요?"

영화 전체 사운드의 방향을 잡아야 하기에 음악감독인 진 감독도 스튜디오에 함께였다. 컷 편집이 끝나면 그때부터 정말 한 땀 한 땀 영화에 들어갈 소리와 음악을 만들어가야 했다.

"난 괜찮은데?"

진 감독이 정찬을 흘끔 바라보며 대답했다.

"주인공이 처한 상황과 별개로 빗소리는 단조롭고 무심하잖아. 오히려 그런 대비도 나쁘지 않은 거 같은데."

그럴 수도 있겠다.

준탁은 진 감독의 말에 고개를 끄덕였다. 개인의 희로애락과 상관없이 자연은 늘 언제나 한결같이 무심하니까.

"민 감독, 오늘따라 유난히 귀가 예민한 거 같다."

"그런가?"

준탁은 초조하게 휴대전화를 한 번 들여다보고는 손바닥으로 얼굴을 쓸어내렸다.

진 감독의 말처럼 왜 이렇게 곤두서는지 모르겠다. 아니, 안다. 신경이 선인장 가시처럼 서 있는 이유는 모두 정원 때문이다. 정확히는 이틀 전에 정원에게서 받은 메시지 때문이다.

[안녕하세요, 민준탁 감독님. 예정원입니다. 엄마가 강아지 입양 때문에 여쭤보고 싶으신 게 있대요. 실례가 안 된다면 감독님의 전화번호를 알려드려도 될까요?]

구구절절 격식 차린 정원의 메시지를 받고 본능적으로 깨달았다. 엄마가 자신을 알아봤다고. 떨리는 손가락으로 '언제든지 통화 가능'이라고 답장을 보냈다. 그 후부터 내내 이 상태였다.

전화가 오면 어떻게 받을까.

만나자고 할까.

그 여자는 무슨 말을 할까.

난 또 무슨 말을 해야 할까.

안절부절 전화기만 붙들고 있는데 이틀이나 지난 지금까지 아무런 연락이 없다.

준탁은 머리를 젖히고 눈을 감았다.

무슨 꿍꿍일까.

그때 준탁의 휴대전화가 진동했다. 눈을 번쩍 뜨고 전화기를 들여다봤다. 나나였다. 젠장. 무시하고 다시 눈을 감았다. 또다시 전화가 울렸다. 이번에는 정우다. 부부가 쌍으로 피곤하게 군다.

"아, 나나 피디. 민 감독? 같이 있는데, 왜? 음…… 조금 그러네."

준탁이 전화를 안 받으니 진 감독에게 연락한 모양이다.

"잠시만 기다려봐. 민 감독, 나나 피디가 급하게 할 말이 있다는데."

"이따가 연락한다고 전해주세요."

모든 게 성가시다.

"나나 피디. 이따가 전화한대. 응? 에밀리? 그래? 잠깐만. 민 감독, 에밀리 말이야."

"에밀리가 왜요?"

준탁이 눈을 감은 채로 물었다.

"민 감독이 직접 부탁하면 생각해보겠다고 했다는데?"

하겠다도 아니고 생각해보겠다고? 준탁이 코웃음을 쳤다. 꼬맹이가 많이 컸네.

"투어 준비로 아주 바쁘시대요. 다음 주에 출국한다고 이번 주밖에 시간이 없대."

준탁은 눈을 뜨고 관자놀이를 문질렀다. 뮤직비디오를 찍으면서 들러붙는 에밀리에게 완전히 질려버렸다. 겨자씨만큼의 여지를 줘도 사정없이 엉겨 붙는 새끼다. 과거의 약속만 아니었다면 그 여우 새끼와 얽힐 일도 없었다.

"민 감독?"

대답 없는 준탁을 진 감독이 재촉했다.

"바쁘면 그만두라 하세요. 아니, 바꿔주세요."

진 감독이 휴대전화를 내밀었다.

"나야. 바쁘면 그만두라고 해. 그리고 원곡이나 사줘."

준탁은 할 말만 하고 전화를 끊어버렸다. 전화를 끊자마자 준탁의 전화가 다시 울렸다.

"꼬맹이 장난에 장단 맞출 기분 아니야. 바쁘다고!"

준탁이 낮게 으르렁거렸다.

- ……죄송합니다. 많이 바쁘신가 보네요. 다음에 전화드리겠습니다.

낯선 여자의 목소리였다.

"잠깐만요."

전화를 끊으려는 상대를 급하게 붙잡고 휴대전화를 들여다보았다. 저장하지 않은 번호였다.

"누구……십니까?"

- 윤한나예요.

윤한나? 윤한나 선생이 왜?

실망과 안도가 교차했다. 준탁은 자리에서 일어나 정찬과 진 감독에게 잠시 통화를 하고 오겠다는 손짓을 하고 스튜디오를 빠져나왔다.

"죄송합니다. 다른 사람인 줄 알았어요. 그런데 어쩐 일이십니까?"

- 통화 괜찮으세요?

"네. 말씀하세요."

비상구 문을 열며 짧게 대답했다.

- 수업 보고서를 보다가 치료 수업을 그만두시겠다는 말씀을 하셨다고 하기에 전화드렸습니다.

그런 것까지 다 보고했나?

준탁의 행동 하나도 놓치지 않고 꼼꼼하게 수업 일지를 썼을 정원이 정원답다고 생각했다.

- 수업 내용이나 치료 선생님이 마음에 들지 않으시면 다른 선생님을 섭외해드리겠습니다.

"다른 선생님이요?"

준탁의 촉수가 예민하게 곤두서기 시작했다.

"예정원 선생이 진행하기 힘들다고 했습니까?"

이틀 동안에 엉망으로 뜯겨나간 손톱을 들여다보며 물었다.

- ……아니요. 그런 건 아닙니다.

그런 건 아니다? 그런데 왜 정원을 자신에게서 떼어내려는 느낌이 들까. 설마, 키스했다는 것까지 보고한 걸까?

"그것 때문에 전화하신 겁니까?"

- 간혹 불만이 있으신데도 말씀을 안 하시고 그냥 중도에 그만두시는 분들이 계셔서요. 혹시 미흡한 부분이나 불만족스러운 부분이 있으신가, 중간 체크 겸 전화드렸습니다.

"어차피 별 기대 없는 수업이라 불만도 없습니다. 그만두려던 건 제 개인적인 사정이었고 예정원 선생의 설득에 그냥 계속하기로 한 겁니다."

- 네, 그러셨군요. 민 감독님…….

한나가 할 말이 있는 듯 망설였다. 그 잠시의 망설임으로 준탁은 한나가 왜 전화했는지 눈치챘다. 참 싫다. 쓸데없이 눈치가 빠른 자신이. 눈치인지 자격지심인지 알 수 없는 이 촉수 때문에 늘 인간관계가 힘들다. 버려지기 전에 내치고 미움받기 전에 먼저 경멸했다.

"공과 사는 구별하는 사람입니다. 예정원 선생이 아무리 매력적이라도 수업 중에 키스를 하거나 그러진 않겠다는 말씀입니다."

- ……네?

한나의 놀란 목소리에 준탁이 입술을 비틀며 피식 웃었다.

"예 선생이 싫어하는 일은 그 어떤 것도 하지 않겠다고요. 전화하신 목적이 그거라면."

준탁은 손톱을 물어뜯으려다 인상을 쓰고 머리카락을 헤집었다.

- 이해해주셔서 감사합니다. 드물긴 하지만 간혹 상담 기간 동안 형성된 라포르를 오해하는 경우가 있어요.

어설픈 변명처럼 들렸다.

"누가 오해를 한다는 말씀입니까? 아, 됐습니다. 그럴 일 없을 테니까."

말이 곱게 나가지 않았다.

- 무례했다면…….

"전화 왔었다는 얘기는 하지 않겠습니다."

'누구에게'라는 말은 생략되었지만 준탁과 한나는 동시에 같은 사람을 떠올리며 암묵적으로 서로의 무례와 무뢰를 용인했다.

　- 도움이 필요하시면 언제든지 연락 주세요. 예정원 선생 통해서 하셔도 좋구요.

"그러죠."

통화를 끝내고 준탁은 한참 동안 휴대전화를 내려다보았다.

예 원장이 아니라 윤한나 선생이 전화를 했다, 하필 이 타이밍에. 마치 나는 네가 하려는 짓을 알고 있다고 경고하듯이. 무언가가 교묘하게 마음속을 헤집어놓았다.

결국…… 모른 척하겠다는 건가.

아니면 정말 몰라본 건가.

내 착각일까.

글자 그대로 정말 강아지를 입양하고 싶어서 전화하겠다는 건지도 모르겠다.

스튜디오로 돌아가려는데 전화가 또 울렸다. 올 포 도기 사장이었다. 이 집 사람들이 오늘 단체로 왜 이러는지 모르겠다.

"민준탁입……."

　- 감독님!

채 이름을 말하기도 전에 동희의 숨넘어가는 목소리가 흘러나왔다.

제니가 진통을 시작했다.

＊　♦　＊

출장에서 막 돌아온 정원은 늘 그랬듯이 베란다 창을 활짝 열고 트렁크를 풀고 샤워를 하고 세탁기를 돌렸다.

베란다 가득한 화분을 하나하나 들여다보며 떡잎을 떼어주고 물을 주다 보니 경수를 데리러 갈 시간이 다 됐다. 서둘러 작업실로 들어가 이번 출장에서 추가로 만든 표본들과 스케치들을 정리했다. 지류함 서랍을 열고 날짜별로 스케치를 정리하다가 정원은 그리다 만 고르키파크 장미의 세밀화를 들어올렸다. 프로젝트가 산더미처럼 쌓여 있는데 어쩌자고 장미 따위나 그리고 있는지 모르겠다. 스스로를 나무라듯 한숨을 쉬면서도 여린 핑크색 꽃잎의 표현이 마음에 들어 흐뭇했다.

벨벳 같아.

정원은 무의식적으로 자신의 입술에 손가락을 가져다 댔다.

남자 입술이 그렇게 부드러울 일인가?

준탁의 키스는 갑작스러웠지만 따뜻했고 상냥했다. 정원이 싫었다면 충분히 밀어낼 수 있을 만큼 조심스러웠다. 그럼에도 정원은 피하지 않았다. 너무 당황해서라고 합리화를 거듭했지만 궁색했다.

빗소리로 세상과 차단되었던 거실. 준탁의 등 뒤로 출렁이던 푸른 대나무. 손바닥 아래서 힘차게 뛰던 심장, 숨소리, 멍하니 그날의 습도와 향기와 온도를 떠올리는 게 서른에 첫 키스를 '당'한 정원에게 새로이 생긴 버릇이다. 정원은 눈을 감고 손바닥을 가슴에 대어보았다. 손바닥에 심장의 울림이 여전히 남아 있는 듯했다. 끓는점까지 도달하지 못해 오히려 아늑했던 키스의 여운을 되새김하던 정원은 갑자기 울리는 전화벨 소리에 움찔 눈을 떴다.

분명, 이런 비슷한 상황이 있었는데.

정원은 지난번 출장에서 돌아왔을 때가 떠올라 선뜻 전화를 받지 못하고 망설였다.

– 처제 어디야?

동희의 목소리를 듣는 순간, 심장이 쿵 내려앉았다.

"경수…… 사고 쳤어요?"

– 운전 중이야?

"아니요. 집에 도착했어요."

– 아, 다행이다. 경수가 아니라 제니가 지금 수술 들어갔어. 심장이 너무 후들거려서 처제한테 전화한 거야.

"수술이요?"

－ 제니가 오늘 점심부터 밥도 안 먹고 자꾸 구석으로 들어가 땅 파는 시늉을 하더라고. 드디어 그날이구나, 했지. 그래서 올 포 도기 식구들이 진돗개 1단계 모드로 전환해서 만반의 준비를 했거든. 아, 진돗개는 우리 올 포 도기 비상시 신호체계야. 3단계가 최고 비상사태거든.

군대도 다녀오지 않은 동희의 진돗개 비상 신호체계를 정원은 꾹 참고 들어주었다.

－ 그러다 양수가 터지고 새끼가 나오기 시작했어. 삼십 분 간격으로 첫째 녀석과 둘째 녀석까지는 건강하게 잘 나왔지. 그랬는데 분만이 더 진행이 안 되는 거야. 셋째 녀석이 머리가 컸나 봐. 분만 간격이 긴 녀석도 있긴 한 모양인데, 제니가 초산이기도 하고 이나가 안 되겠다 싶었는지 제왕절개를 해야겠다고 해서 조금 전에 수술실 들어갔어.

"제니는 괜찮아요?"

왠지 제니는 헤헤 웃으면서 아기도 순풍순풍 잘 낳을 거 같았는데.

－ 똥꼬발랄한 녀석이 낑낑거리며 우는데, 내 가슴이 다 찢어지더라. 내가 이런데 민준탁은 어떻겠어?

"민 감독…… 지금 거기 있어요?"

－ 어. 수술실 앞에서 망부석 됐다. 날 쳐다보는 표정이…… 윽, 눈 마주쳤다. 이러다 제니 잘못되면 살아남지 못할 거 같아.

제니의 임신 사실을 알았을 때의 소동을 떠올렸다. 만약 제니에게 문제라도 생긴다면…… 정원은 고개를 흔들었다. 상상하고 싶지 않다.

"수술 잘될 거예요."

잘되어야만 한다. 무탈하게. 모두를 위해서.

－ 미안한데 처제, 좀 와줄 수 없을까. 민준탁을 혼자 상대하려니 기 빨려서 안 되겠어. 무서워.

"네. 어차피 경수도 데리러 가야 해요."

정원이 간다고 달라질 건 없겠지만 정원은 서둘러 병원으로 향했다. 생각하니 머리카락도 말리지 못했고 심지어 얼굴에 로션조차 바르지 않았다는 걸 깨달았지만 집으로 되돌아가지 않았다. 가로등이 켜지기 시작하는 골목길을 달리며 수술실 앞에서 망부석처럼 버티고 있다는 준탁을 생각했다.

"뛰어왔어?"

정원을 기다렸는지 윤이나 동물병원 앞에 동희가 서 있었다.

"수술 끝났어요?"

숨을 몰아쉬며 물었다.

"아직. 잠시 바람 쐬러 나왔어. 민준탁 때문에 질식할 거 같아서."

에이프런 주머니에 손을 찔러 넣으며 동희는 한숨을 쉬었다.

정원은 손가락으로 헝클어진 머리카락을 대충 빗어넘기고 병원 문을 열었다. 대기실에 몰티즈 환자와 진돗개 환자가 순서를 기다리고 있었고 이나의 후배인 새로 온 수의사가 진료실에서 시바 견을 진찰하고 있었다. 시바는 간호사의 품에 안겨서 죽는다고 소리를 지르는 중이었다.

시바와 씨름 중인 간호사와 눈인사를 하고 안쪽 수술실 쪽으로 들어가자 인큐베이터 앞에 서 있는 남자가 보였다. 망부석 준탁이었다. 인큐베이터 안에는 털이 채 마르지도 않은, 말 그대로 핏덩이 같은 강아지 두 마리가 분홍빛이 도는 몸을 맞댄 채 꼬물거리고 있었다.

"제니 아기들인가 봐요."

준탁이 휙 고개를 돌렸다. 벌겋게 충혈된 눈으로 초조하게 손톱을 물어뜯고 있던 준탁과 눈이 마주쳤다. 아주 짧은 순간 준탁의 눈동자에 안도의 빛이 스치고 지나갔다고 느낀 건 자신의 착각일까.

"괜찮아요?"

정원이 다가가자 준탁이 슬쩍 손을 뒤로 감추려고 했다.

"세상에……."

정원은 자신도 모르게 준탁의 손을 붙잡았다. 얼마나 물어뜯었는지 피가 배어나고 있었다.

"신경 꺼요."

준탁이 정원의 손을 뿌리치려고 했지만 정원은 놓아주지 않았다. 실랑이 끝에 포기했는지 준탁은 정원에게 손을 잡힌 채 고개만 돌리고 있었다. 이 더위에 준탁의 손은 싸늘하기까지 했다.

이 남자를 어쩌면 좋을까.

정원은 상처투성이의 손을 내려다보며 미간을 찌푸렸다. 준탁의 손을 볼 때마다 지켜주지 못했던 사람이 떠올라서 마음이 불편했다.

"이리 와보세요."

정원이 준탁의 손을 끌자 준탁이 '어딜?' 하는 눈빛으로 바라보았다.

"가요."

정원이 한 번 더 손을 잡아당기자 준탁은 순순히 따라왔다.

정원은 화장실로 갈까 하다가 비어 있는 이나의 진료실로 들어갔다. 옆 진료실에서 시바는 여전히 비명을 지르고 있었고 어르고 달래는 수의사의 목소리가 들렸다.

정원은 준탁의 손을 잡은 채로 세면대로 다가가 온수를 틀었다. 그리고 준탁의 손을 흐르는 물 아래로 가져갔다. 따가운지 준탁이 미간을 찌푸렸다.

"초조하고 불안할 때 저는 따뜻한 물에 손을 씻어요."

외로울 때도 손을 씻는다는 말은 하지 않았다. 대신 차가워서 뻣뻣해진 손가락을 천천히 주물러주었다.

"모두 잘될 거예요. 제니도. 아가들도."

안심시키듯 준탁의 손등을 가볍게 토닥였다.

"다친 적 있나 봐요."

준탁의 손등에서 희미한 흉터를 발견했다. 화상을 입은 것 같기도 하고. 손끝으로 흉터를 만지려는 순간, 준탁이 정원의 손에 깍지를 끼웠다. 정원이 숨을 삼켰다. 옆방의 시바도 조용해졌다. 진료실에 흐르는 물소리와 두 사람의 숨소리만 들렸다. 따뜻한 물이 혈관이 도드라진 준탁의 손목을 타고 내려와 맞닿은 손바닥 사이로 스며들었다가 손마디 끝으로 흘러내렸다. 정원은 멍하니 배수구를 빠져나가는 물을 바라보았다.

어느 순간, 차가웠던 준탁의 손가락에 온기가 돌았고 급기야 뜨겁게 느껴졌다. 문득 정신을 차린 정원이 깍지를 풀려고 했지만 준탁이 놓아주지 않았다. 준탁의 시선이 닿은 뺨이 화끈거려도 고개를 돌릴 용기가 나지 않았다. 고개를 들 용기는 더더욱.

"예정원 씨."

준탁이 정원의 이름을 불렀다. 정원은 고개를 더 숙였다.

준탁이 깍지를 끼지 않은 손으로 정원의 턱을 잡아 자신을 바라보게 했다. 마지못해 시선을 들자 준탁이 새빨개진 눈으로 정원을 뚫어지게 바라보고 있었다.

언제였나.

이 남자에게서 자신의 아픔을 낱낱이 발각당하고 싶다는 묘한 충동을 느낀 적이 있었다. 동시에 그 누구보다 속마음을 들키고 싶지 않다는 생각도 했었다. 지금도 마찬가지였다. 준탁을 향해 자라나는 마음의 싹을 도려내고 싶기도 했고 마음껏 자라도록 내버려두고 싶기도 했다. 의지와 상관없이 쑥쑥 자란 그 잎이 마주 보기인지, 어긋나기인지 궁금하기도 했다.

"예정원 씨, 도대체 나한테 왜 이럽니까?"

"제가…… 그렇게 오지랖 부리고 그런 사람은 아닌데 이상하게도……."

"이상하게도?"

준탁은 눈도 깜빡이지 않고 빤히 바라보며 되물었다.

"이상하게도 신경이 쓰여요."

말하고 나니 더 이상했다.

"그러니까 말하자면…… 민준탁 씨는 친구……니까요."

턱을 잡고 있던 젖은 손이 정원의 목덜미를 감싸왔다.

"저는 순전히……."

"순전히?"

준탁의 엄지가 귓불 뒤쪽 움푹한 곳에 닿자 솜털이 곤두섰다.

"순전히 인류애…… 같은 거라고 할까요? 어디서 봤는데, 어떤 여자들은 '돌봐주고 친구가 되어주는 증후군'[21]을 앓는대요. 그게 아마도 전가 봐요."

"하하."

어이가 없는지 준탁이 웃음을 터트렸다.

정원은 배수구로 빠져나가는 물과 함께 어딘가로 빠져나가고 싶었다. 그러다 빠져나갈 구멍을 하나 찾아냈다.

"저기…… 촬영 안 하세요? 오늘 정말 중요한 날이잖아요. 제니의 아기가 태어나는 날. 기록해야죠."

정원의 말에 준탁이 아차, 하는 표정을 지었다. 그 틈에 정원이 재빨리 손깍지를 풀고 물을 잠갔다.

"카메라를 안 가져왔는데……."

"칸이 사랑하는 천재 감독님이잖아요. 휴대전화로도 충분하지 않을까요?"

이럴 경우 쑥스러워하는 게 일반적인 반응일 텐데 준탁은 당연한 걸 뭘 그리 주절거리냐는 표정을 지었다. 아무렴. 손가락 물어뜯는 것보다 자아도취가 낫다.

정원이 페이퍼타월을 건네주자 준탁은 마음이 급해졌는지 손을 대충 닦고는 청바지 뒷주머니에서 휴대전화를 꺼냈다.

"어? 두 사람, 왜 거기서 나와? 찾았는데……."

진료실 문을 열고 나오는 두 사람을 동희가 '어라?' 하는 얼굴로 바라보았다.

"끝났습니까?"

"네. 제니도 새끼들도 모두 무사해요. 단지……."

---

21 여자한테 팔아라, 2003년, 마사 발레타 著, 최기철 譯, 청림출판

네버 세이 네버

대답을 다 듣지도 않고 준탁이 휴대폰 카메라를 켠 채 서둘러 수술실 쪽으로 걸어갔다. 동희가 준탁의 등에다 대고 '저런 싸가지' 하며 소리 없이 투덜거렸다.

"무슨 문제가 있어요?"

정원이 준탁의 뒤를 따라가며 동희에게 조심스럽게 물었다.

"산도에 오랫동안 끼어 있었던 녀석의 상태가 안 좋아. 오늘 밤이 고비 같다고 이나가 그러던데."

"많이 안 좋아요?"

"글쎄."

수술실 앞에서 이나가 준탁의 휴대전화 카메라를 바라보며 수술 경과를 얘기하고 있었다. 이나의 하얀 얼굴이 더 창백해졌고 많이 지쳐 보였다. 정원은 정수기에서 물을 따라 이나에게 다가갔다.

"제 실수입니다. 아기들 머리 크기와 제니의 골반 사이즈를 계속 체크하고는 있었는데 생각보다 골반강이 좁았어요. 제니는 하루 정도 입원했다가 퇴원해도 될 거 같고, 저 녀석은 조금 지켜봐야 할 거 같습니다."

지난번처럼 불같이 화를 낼 줄 알았는데 준탁은 아무 말도 없이 마취에서 깨어나지 않은 제니와, 형제들과 떨어져 혼자 인큐베이터에 들어가 있는 강아지를 카메라에 담더니 다시 이나에게로 카메라를 돌렸다.

"고생 많으셨습니다."

무표정한 얼굴이 어떻게 보면 분노를 삭이는 거 같기도 했는데 뜻밖에도 준탁이 이나에게 인사를 했다.

"고생은 뭐……."

준탁의 공격을 예상하고 어깨에 잔뜩 힘을 주고 있던 이나는 예기치 못한 준탁의 반응에 얼떨떨한 표정을 지었다. 이나의 어깨가 툭 떨어졌다.

"오늘 밤은 당직 선생이 제니랑 아기들 잘 케어할 테니까 걱정 마시고 돌아가서 쉬세요."

"회복실 안으로 들어가도 됩니까?"

준탁이 물었다.

"아, 네."

이나의 말을 듣는 둥 마는 둥 준탁은 회복실로 들어가 제니 앞에 쪼그리고 앉았다. 아마도 제니가 깨어날 때까지 저러고 있을 모양이었다.

"언니……."

정원이 컵을 내밀자 이나는 차가운 물을 단숨에 들이켰다.

"하아, 살 거 같다. 고마워. 나 챙겨주는 건 너밖에 없다. 한동희는 설레발만 떨지."

이나가 인큐베이터 앞에서 꼬물거리는 강아지를 바라보는 동희의 뒤통수를 보며 피식 웃었다.

"피곤해 보여요. 좀 앉아서 쉬세요."

"아냐. 먼저 씻어야겠어. 땀투성이다."

이나가 슬리퍼를 끌며 복도 끝으로 걸어갔다.

제니야, 고생했어.

정원은 회복실에 누워 있는 제니를 들여다봤다. 늘 천진하게 웃던 제니는 무표정하게 눈을 감은 채였고 혀는 주둥이 밖으로 축 처져 있었다. 코도 바싹 말라 있고 실크처럼 반짝이던 털도 어쩐지 빛을 잃은 듯했다. 준탁도 그렇게 느꼈는지 제니의 이마와 콧등을 마냥 쓰다듬었다.

우리 제니…… 엄마 됐네.

제니와 준탁을 지켜보던 정원의 코끝이 이유 없이 아릿했다.

"괜찮을까요?"

정원이 힘겹게 할딱이는 녀석을 걱정스레 바라보았다.

"자식이 뭘 믿고 이렇게 컸지? 엄마 고생시키려고. 대갈장군이야, 아주."

동희의 말처럼 산도에 끼었다는 녀석은 다른 형제들보다 몸집이 두 배는 됐다. 머리도 유난히 컸다.

"내가 밤새 지켜볼 거야."

"형부가요?"

"이 녀석 어떻게 되면 민준탁이 또 얼마나 난리겠어."

동희가 회복실 쪽을 흘끔 바라보더니 한숨을 쉬었다.

"한바탕 난리 날 줄 알았는데, 다 처제 덕분이다. 가자. 맛있는 거 해줄게."

"아뇨. 경수 데리고 그냥 갈래요. 피곤해서요."

"그럴수록 더 잘 먹어야지. 그럼, 포장해줄 테니까 집에 가서 먹어. 경수 데리고 얼른 내려와."

"저, 형부. 부탁…… 하나 드려도 될까요?"

"뭐든지."

"포장 하나만 더 해주세요."

"……그거야 일도 아니지."

동희가 준탁 쪽을 슬쩍 바라보고는 고개를 끄덕였다.

"준비해놓을 테니까 얼른 내려와. 아이고, 이러다 저녁 장사 다 망치겠다."

동희가 에이프런을 털고 일어나 서둘러 카페로 향했다.

"왜 그래? 누나 안 보고 싶었어?"

경수는 어쩐지 기운이 없어 보였다. 잠시 정원의 옆구리에 얼굴을 파묻고 있다가 어디가 불편한지 자꾸만 코를 바닥에 비벼댔다.

"어제까지는 잘 지냈는데 오늘은 컨디션이 좀 별로였어요. 밥도 잘 안 먹고. 제니가 안 보여서 그런 거 같기도 하고."

훈련사가 하네스를 채우며 말했다.

"똥은 잘 쌌어요?"

췌장이 안 좋은 경수는 컨디션이 나쁘면 설사를 했다.

"변은 괜찮았어요."

"우리 경수, 제니 걱정돼서 그런 거야? 제니 보러 갈까?"

제니란 말에 경수가 컹, 짖었다.

"이 녀석, 진짜 제니가 보고 싶었나 보네요."

"그러게요."

정말 제니가 보고 싶었는지 매사에 느릿한 녀석이 빨리 가자고 재촉이었다.

"여자친구 걱정도 하고. 기특한 녀석."

훈련사가 경수의 머리를 쓰다듬었다.

정원이 경수를 데리고 로비로 내려오자 마침 동희가 양손에 종이백을 들고 카페에서 나왔다.

"처제. 여기."

동희가 종이백을 건네주었다.

"감사합니다. 잘 먹겠습니다."

"무거운 게 민준탁 거."

"어떻게……?"

"뭘 어떻게야. 척하면 척이지. 미운 놈 떡 하나 더 준다고 많이 준비했으니까 갖다줘. 에혀, 이놈의 팔자 진짜. 차라리 밤나무 천 그루를 심고 말지."

동희는 땅이 꺼져라 한숨을 쉬었지만 눈가의 웃음을 지우진 못했다. 평생 배고픈 사람들을 먹여야 할 운명을 타고났다는 동희의 팔자타령은 언제 들어도 웃기면서도 감동적이다. 초등학교 1학년 때 방문한 냉장고 AS기사가 너무 허기져 보여토스트를 구워줬다는 얘기는 차라리 동화 같다.

"제니야……."

제니는 아직 마취에서 깨어나지 않았다. 경수가 유리 너머의 제니를 보고 낑낑거리자 준탁이 고개를 돌렸다. 왜 다시 왔냐는 듯 한쪽 눈썹을 치켜올렸다.

"제니가 보고 싶었나 봐요."

경수는 아예 회복실로 들어가고 싶은지 유리문을 앞발로 쿵쿵 치기까지 했다. 그 소리 때문이었을까 제니가 눈을 떴다.

"깼어?"

멍하게 초점 없던 눈동자가 천천히 또렷해지더니 준탁을 보고는 헤, 하고 웃었다. 마치 나 괜찮아요, 하는 것처럼. 많이 아플 텐데 온 힘을 다해 웃어주는 제니가 대견해서 정원은 또다시 코끝이 찡했다.

"안 아파?"

준탁이 묻자 제니는 꼬리로 바닥을 두어 번 툭툭 치더니 일어나려고 버둥거렸다. 그러다 끙, 앓는 소리를 냈다. 몸은 아직 마취가 풀리지 않았는지 일어나지 못했다.

"말괄량이. 가만있어. 아프잖아……."

준탁이 제니의 북슬북슬한 목털을 쓰다듬다 말고 벌떡 일어나 회복실 문을 열고 나왔다. 고개를 돌리고 서둘러 복도 끝으로 사라졌지만 정원은 준탁의 눈물을 보았다. 들키고 싶지 않은 누군가의 마음을 들여다본 것 같아 괜히 미안했다.

"경수야, 이리 나와."

회복실 문틈으로 들어간 경수가 제니에게로 다가갔다. 리드 줄을 당기다 말고 정원은 코를 맞대고 있는 두 녀석을 말없이 지켜보았다. 경수가 바싹 마른 제니의 코를 핥아주자 제니가 꼬리를 흔들었다. 어떤 연인이 저렇게 애틋할까. 정원은 주머니에서 휴대전화를 꺼내 두 녀석의 모습을 촬영했다.

"경수야, 제니한테 수고했다고 말했니?"

정원의 말을 알아듣기라도 한 듯 무뚝뚝한 경수가 제니의 귀를 핥아주었다. 마치 사랑한다고 말하는 것처럼.

"뭐 합니까?"

동영상을 찍고 있는데 머리 위에서 목소리가 들렸다. 고개를 들자 준탁이 정원을 내려다보고 있었다. 세수를 했는지 앞머리가 젖어 있었다.

"예뻐서요."

제니는 다시 잠들었고 경수는 제니 곁에 엎드린 채 꼼짝을 하지 않았다.

"신기해요. 경수도 제니가 아기를 낳았다는 걸 아나 봐요. 조금 전에 제니 배에 귀를 대고 소리를 듣는 거 같았어요."

"설마."

"진짜로요. 이거 보실래요. 제가 찍어뒀는데……."

정원이 준탁에게 휴대전화를 보여주는데 슬리퍼를 끌며 이나가 나타났다.

"어? 정원이 아직 안 갔니? 보자, 우리 제니."

이나가 회복실로 들어가 제니의 수술 부위와 수액을 체크했다.

"진통제 때문에 잠든 거라 내일 아침까지는 이대로 푹 잘 거예요. 내일부터는 수유도 할 수 있을 거 같고. 새끼들도 지금 초유 잘 먹고 있고…… 머리 큰 녀석은 좀 더 지켜봐야겠지만 괜찮을 거 같습니다. 너무 걱정 마시고 들어가세요. 정원이 너도. 그럼."

이나가 준탁에게 고개를 까딱이고는 슬리퍼를 끌며 다시 사라졌다.

"윤이나 선생, 원래 저렇게 차갑습니까?"

준탁이 이나의 뒷모습을 보며 물었다.

누가 누굴 차갑다고 하는지 모르겠지만 자매 중에서 마음이 제일 여린 사람이 이나다. '츤데렐라'라고나 할까.

"이거 받으세요."

정원이 종이백을 내밀었다.

"뭡니까?"

"형부가 민 감독님 도시락 싸주셨어요. 밤새 제니만 보고 있을 거 같다고."

준탁의 눈매가 아주 살짝 부드러워졌다.

"그건?"

"아, 이건 제 거요."

"같이 먹읍시다."

"저는 집에 가서 먹을게요."

밥만이라도 혼자 편안하게 먹고 싶었다.

"어차피 혼자 먹을 거잖아요."

그렇긴 해도 준탁과 함께 먹으면 어쩐지 체할 거 같았다.

"왜요? 나랑 먹으면 체할 거 같아요?"

정원이 놀란 눈으로 바라보자 준탁이 피식 웃었다.

"옥상 정원으로 갈까요?"

카페에 빈 테이블이 없어서 기다리다 정원이 제안했다. 경수를 당직 수의사에게 잠시 부탁하고 나온 터라 마냥 기다릴 수가 없었다.

"옥상 정원?"

"옥상에 온실과 정원이 있어요."

정원이 손가락으로 옥상을 가리켰다.

"서울 한가운데 이렇게 호사스러운 곳이 있다니."

옥상으로 올라온 준탁은 온실을 신기하다는 듯 둘러보았다.

"왜 몰랐지? 올 포 도기 옥상에는 늘 올라왔었는데."

올 포 도기의 놀이터와 옥상 정원의 경계에 키 큰 스카이로켓이 병풍처럼 심겨 있어서 자세히 보지 않으면 몰랐을 거다. 간혹 원예치료 수업 중에 모험심이 강한 녀석들이 스카이로켓 울타리를 뚫고 이곳까지 와서 말썽을 피우는 경우도 있었다.

"여기서 보는 노을이 예뻐요."

노을이 사라진 하늘은 짙은 보랏빛이었지만 정원은 제일 좋아하는 벤치로 가서 자리를 잡았다. 지난주만 해도 망울만 맺혔었는데 어느새 수국이 보글거리며 피어났다.

"이건 또 뭐야?"

과카몰리와 루꼴라와 구운 새우를 듬뿍 넣은 포카치아 샌드위치를 내려다보며 준탁이 미간을 찌푸렸다. 노릇하게 구운 포카치아 위에 검은 올리브로 만든 하트가 무려 세 개나 박혀 있었다. 밝지 않은 조명으로도 또렷하게 보였다. 정원의 샌드위치에는 없는, 굉장히 의도적인 데커레이션이었다.

저게 바로 미운 놈한테 하나 더 준다는 떡인 걸까?

"예쁘네요. 어서 드세요."

떨떠름한 준탁의 표정과 검은색 올리브 하트를 번갈아 보며 정원은 웃음을 참았다.

"왠지 굉장히 떫을 거 같네."

말은 그렇게 하면서도 준탁은 점심을 굶기라도 한 것처럼 샌드위치 두 개를 단숨에 해치우고 따로 포장된 토마토 마리네이드도 남기지 않고 다 먹었다.

체할 거 같았던 정원도 예상과 달리 맛있게 먹었다.

"빨주노초파남보, 봄여름가을겨울, 그러고도 한 녀석이 남네."

강아지의 이름을 생각하는지 준탁이 손가락을 꼽더니 한숨을 쉬었다.

"그게 최선인가요?"

너무 성의가 없다. 빨주노초파남보라니.

"그럼 예정원 씨가 한번 지어보시든가."

"제가요?"

"빨주노초파남보, 봄여름가을겨울이 지금 내가 생각할 수 있는 최선입니다."

"음…… 별이 어때요?"

"별이? 도긴개긴이네."

"그 녀석, 머리 큰 녀석 말이에요. 별이라고 부르고 싶어요."

별.

정원의 첫 강아지 이름이었다. 늘 바쁘셨던 부모님은 어린이날에 조르고 졸랐던 강아지를 선물해주셨다. 잔디밭이 넓은 과천의 어느 주택에서 이마의 털이 별 모양으로 뭉친 골든레트리버를 안고 정원은 울음을 터트렸다. 너무 행복해서. 그 후로 늘 별 같은 아이와 살고 싶었다. 아쉽게도 경수는 '별'과 '경수' 중에서 경수를 선택했지만.

"빨주노초파남보, 봄여름가을겨울 그리고 별……."

이름을 불러보는 것만으로도 버거운지 준탁이 또다시 한숨을 쉬었다.

"참, 감독님. 엄마가 전화하셨어요?"

정원의 물음에 준탁은 잠시 정원을 뚫어지게 바라보더니 어깨를 으쓱하고는 커피를 마셨다.

"바쁘셨나? 급하게 물어보셨는데."

"죄송하지만 어머니께는 분양해드릴 수 없다고 말씀드리세요."

"네?"

엄마에게 별이를 입양하자고 말씀드리려 했는데, 분양해줄 수가 없다니.

"왜요? 나이가 많으셔서요?"

"잘 아시네."

"그러면 혹시 저는요?"

"혼자 사는 사람한테도 입양 안 보냅니다."

말하지 않아도 알지 않냐는 단호한 눈빛이다.

정원의 어깨가 처졌다. 적어도 한 녀석 정도는 가까이서 보고 싶었는데.

"긴 하루네요."

정원은 커피를 마시며 어쩌면 오늘이 인생에서 가장 드라마틱한 하루가 아니었나 생각했다. 새 생명이 열둘이나 태어나는 걸 지켜봤으니 굉장한 날이다. 문득 궁금해졌다. 오늘 준탁은 어떤 마음이었는지.

"민준탁 감독님."

정원이 충동적으로 휴대전화의 카메라를 켜고 준탁을 불렀다. 말없이 커피를 마시던 준탁이 고개는 돌리지 않고 곁눈질로 정원을 쳐다보았다. 뭐 하는 짓이냐는 듯.

"오늘 제니 보면서 기분이 어떠셨어요? 무슨 생각 하셨어요?"

준탁이 피식 웃는 시선을 돌려 밤하늘을 올려다봤다. 대답하지 않을 건가 싶어 카메라를 끄려는데 준탁이 입을 열었다.

"조금…… 슬펐고 그리고 엄마를 생각했습니다."

그래서 울었나. 다 큰 남자가. 어릴 때 헤어졌다는 엄마가 보고 싶었던 걸까?

"날…… 어떤 마음으로 낳았을까."

휴대전화 액정으로 바라본 준탁의 옆모습은 깊게 음영 져서 어쩐지 쓸쓸해 보였다.

"또 어떤 마음으로 날 버렸을까."

"……."

액정에서 눈을 떼고 준탁을 바라보았다.

"뭐, 그냥 그런 생각들."

준탁이 정원에게로 고개를 돌리고 피식 웃었다.

"민준탁…… 씨."

이럴 땐 무슨 말을 해줘야 하나.

"예정원…… 씨."

정원을 흉내 내듯 준탁이 정원의 이름을 길게 늘여 불렀다.

"오늘 고마웠습니다. 초조하고 불안하고 미칠 거 같았는데 예정원…… 당신 얼굴 보는 순간 살 거 같았어."

"……."

"웃기지도 않아. 불과 두 달 전에는 세상에 존재하는지도 몰랐던 사람인데."

준탁이 또다시 웃었다.

그 순간 무언가가 심장에서 불쑥 돋아났다. 정원은 저도 모르게 손바닥으로 가슴을 꾹 눌렀다. 심장에서 돋아난 넝쿨손이 정원의 손바닥을 뚫고 제멋대로 뻗어나가 나른하게 미소 짓는 입술에 닿으려고 했다.

15

|

정원은 식쇼를 가자고 했다.

이젠…… 민준탁 씨가 유일한 사람이에요.

"죄송합니다. 늦었습니다."

토요일 오전 9시 5분.

정원이 현관 앞에서 숨을 몰아쉬었다. 채 말리지 못한 머리카락, 옅게 홍조가 번진 뺨, 살짝 벌어진 입술. 정원에게서 싱그러운 초여름의 냄새가 묻어났다.

"들어와요."

제니와 경수가 없어 허전한 건지 아니면 둘만 있는 게 어색한 건지 정원은 현관 앞에서 잠시 망설였다.

"키스 같은 건 안 할 테니까."

준탁의 말에 정원이 입술을 달싹이다 말았다. 너무 정곡을 찔렀나 보다.

"문은 그냥 열어둬요."

준탁은 일부러 현관문을 활짝 열어둔 채 몸을 돌렸다. 등 뒤에서 정원이 신발을 벗는 소리가 들렸다.

"잔디 깎으셨어요? 풀 냄새가 여기까지 나네요."

아닌 척 말을 돌리는 정원의 목소리가 조금 높다.

"잔디뿐이겠습니까?"

아무리 기다려도 어둠은 쉽게 걷히지 않았다. 잠이 오지 않아 새벽을 기다렸고 이대로 영원히 새벽이 올 거 같지 않은 불안감이 불면으로 이어졌다. 모순의 악순 환이었다. 뒤척이다 창에 푸른빛이 스며들고서야 안도의 숨을 쉬었다. 준탁은 새 벽빛에 드러난 자신의 손을 물끄러미 들여다보았다. 생각해보니 준탁에게 정원은 '어디선가 누군가에 무슨 일이 생기면' 나타나는 히로인이었다. 무슨 일이 생긴 준 탁의 손을 늘 잡아주었다.

눈에 속눈썹이 박혀서 눈을 뜰 수 없을 때도.

벌에 쏘여 쇼크를 일으켰을 때도.

제니가 잘못될까 봐 불안해서 미칠 거 같았던 어제도.

"초조하고 불안할 때 저는 따뜻한 물에 손을 씻어요."

갸름한 손톱을 가진 하얀 손가락으로 준탁의 손마디를 쓰다듬고 손가락 사이 를 닦아주었다. 위로하듯 다정했던 손길의 느낌이 손등과 손가락 사이사이에 여전 히 남아 간지럽기도 했고 아프기도 했다. 얼었던 손을 뜨거운 물속에 담갔을 때처 럼. 이상하게도 그 짧은 순간에 준탁은 자신의 고통을, 찌질함을, 부끄러움을 정원 이 함께 견뎌주는 듯한 느낌을 받았다.

익숙지 않은 말랑하고 나약한 감정이 못마땅해 준탁은 벌떡 일어나 앉았다. 오 지 않는 잠은 포기하는 게 상책이다. 제니도 없는 텅 빈 거실을 어슬렁거리다 발목 에 휘감길 정도로 자라난 잔디가 눈에 들어왔다. 이사 온 후 처음으로 잔디를 깎아 야겠다는 생각이 들었다.

수동식 잔디깎이와 씨름하면서 정우에게 고맙다는 말도 하지 않았다는 걸 깨 달았다. 이렇게 힘든 걸 정우는 군소리 없이 잘도 깎아주었다. 헉헉거리며 잔디를 깎고 정원이 가르쳐준 대로 깎은 잔디를 멀칭[22]용으로 화단 한쪽에 모아두었다. 그러다 아무렇게나 방치된 죽은 화분과 깨진 화분들이 눈에 들어왔다. 늘 눈에 거슬렸는데 내친김에 화분 속 죽은 뿌리와 흙도 모두 털어내고 깨진 화분들도 정리했다.

뚝뚝 떨어지는 땀과 함께 잡생각이 떨어져 나갔다. 산만하게 웃자란 마음이 제법 차분하게 깎였다.

준탁은 샤워를 하고 마음을 다잡듯 정원이 준 'NO BITE' 매니큐어를 발랐다.

뭐랄까.

엄마를 만난 후 준탁의 상태는 작심삼일 금연에 실패하고 에라 모르겠다, 이전보다 더 헤비스모커가 되어버린 사람의 심정과 비슷했다. 어쩌다 이 지경이 됐을까 싶을 만큼 엉망진창이 된 손을 바라보며 거의 자포자기였는데, 정원에게 이끌려 따뜻한 물에 손을 담근 순간 다시 시작할 마음이 생겼다고나 할까. 또다시 작심삼일이 될지라도.

매니큐어를 바르고 준탁은 주인을 기다리는 개처럼 현관 앞을 서성이며 정원을 기다렸다.

"제가 정말 좋아하는 냄새예요."

정원이 막 깎아놓은 잔디밭 한가운데 서서 숨을 깊게 들이마셨다.

"아침 먹었습니까?"

정원의 반쯤 마른 머리카락을 바라보며 물었다. 왠지 아침도 못 먹고 허둥지둥 온 듯한 느낌이 들었다.

"네. 민 감독님은 아침 드셨어요?"

진짠지, 거짓말인지.

예의 바르게 되묻는 정원의 얼굴을 잠시 바라보았다.

---

22 Mulching, 농작물 재배 시 경지토양의 표면을 덮어주는 일

"아침은 원래 안 먹습니다. 커피 마실래요? 캡슐이긴 하지만 아바라도 됩니다."

"네? 아바……라요?"

대체 어디서 살다 온 건지. 준탁은 되묻는 정원을 보며 피식 웃었다.

"아이스 바닐라 라테."

"아아. 아이스 바닐라 라테."

고개를 끄덕이는 정원의 뺨이 살짝 붉어졌다.

"전 그냥 핫바라 주세요."

하하하.

준탁이 웃음을 터트렸다.

"왜……?"

정원의 뺨이 조금 더 붉어졌다.

"아니, 아닙니다. 예정원 선생 덕분에 나도 오늘은 핫바라 한 잔 해야겠습니다."

도대체 왜 웃는지 영문을 모르겠다는 표정과 뭔가 실수를 했나 하는 표정이 반반 섞인 얼굴이 준탁을 더 웃게 만들었다. 불면의 피곤함과 익숙지 않은 노동 후의 노곤함이 단숨에 날아가버렸다.

뭔가 요깃거리가 없으려나.

냉장고 문을 연 채 준탁은 쯧, 혀를 찼다. 비어 있다는 건 알고 있었지만 예상보다 더 텅텅 비어 있었다. 싱크대를 뒤적이다 지난번 정우가 두고 간 홍삼절편과 약과를 발견했다.

유통기한이 지난 건 아니겠지.

날짜를 확인하고 준탁은 홍삼절편과 약과를 쟁반에 수북이 담았다.

"자. 핫바라 나왔습니다."

비를 맞아 얼룩진 테이블에 쟁반을 내려놓았다.

"감사합니다."

"이것도 먹어봐요."

준탁이 무심하게 쟁반을 정원 쪽으로 쓱 밀어놓고 그네벤치에 앉았다.

"네."

대답은 찰떡같이 하면서 정원은 라테만 홀짝였다. 분명 어디를 가도 나서서 제 몫을 챙기는 성격은 못 되는 거 같다. 뭔가 악착같은 구석이 없어 보여서 걱정이 됐다. 아니, 저 여자가 악착같든 맹탕이든 무슨 상관이라고.

"왜 안 먹어요? 유통기한 지났을까 봐 그래요?"

"아뇨."

정원이 당치 않다는 듯 준탁을 바라보았다.

"그럼, 우리 절편 한 봉지랑 약과 두 개씩 먹고 수업합시다."

준탁이 팔을 뻗어 절편 봉지를 뜯고 약과 포장을 열어 정원 앞에 놓아주었다. 세 개를 나란히.

"잘 먹겠습니다."

정원이 자신 앞에 놓인 약과와 절편을 잠시 바라보다 조심스럽게 약과 한 개를 집어 베어 물더니 마음에 드는지 음, 하고 작게 소리를 냈다.

"맛있네요. 감독님도 드세요."

반달 눈이 되어 더 순한 아이처럼 보였다.

준탁은 홍삼 봉지를 이로 물어뜯으며 정원의 미소를 외면했다. 라테를 마시고 꿀에 절인 절편을 씹고 약과를 먹는 동안 정원과 자주 시선이 부딪쳤다. 그럴 때마다 정원은 맛있다는 건지, 어서 먹으라는 건지, 그것도 아니면 그냥 습관인 건지 고개를 살짝 끄덕여주었다. 공간이든 시간이든 준탁의 인생에서 누군가와 이런 식으로 아침을 공유해본 적이 없었다. 조금 어색했고 다소 불편했고 동시에 평온했다.

"그래서 오늘은 뭘 합니까?"

정원이 약과를 다 먹은 걸 확인하고 물었다.

"식쇼를 갈까 하는데요."

"식쇼?"

노쇼는 들어봤어도 식쇼는 처음 듣는 말이다.

"식물 쇼핑이요."

그런 것도 모르냐는 얼굴이지만 정원의 눈동자에 희미한 장난기가 스치고 지나가는 걸 준탁은 놓치지 않았다. 준탁이 당연히 모를 거라고 야심 차게 준비한 말인 게 분명했다.

"그런 쇼핑도 있습니까?"

피식 웃으며 장단을 맞춰주었다.

"장담컨대 재미있을 거예요."

정원이 일심동체처럼 가지고 다니는 에코백에서 태블릿 PC를 꺼내며 환하게 웃었다.

"다행히 곧 장마철이라 모종 옮겨심기에 적절한 때예요. 이건 지난 시간에 그린 몽유도원도를 참고해서 디자인해봤어요."

"몽유도원도?"

"민 감독님이 그린 그림이요."

어떤 정원을 가꾸고 싶냐고 자유롭게 그려보라고 해서 낙서하듯 마음 내키는 대로 그렸었다.

"윤한나 선생님이 꿈속에서 거닐고 싶은 정원이라며 그렇게 부르셨어요. 몽환적이고 아름답다고."

한나의 이름이 나오자 준탁의 입가가 굳어졌다. 나나에게 끌려가 처음 상담을 받을 때부터 준탁은 한나가 불편했다. 당신의 고민과 상처에 관한 그 어떤 것이라도 들어주겠다는 온화한 표정이 거슬렸다. 살아오면서 그런 얼굴들을 많이 만났다. 그들의 공통점은 모든 걸 이해한다고 자애로운 표정을 지으면서도 준탁을 자신들이 그어놓은 선 안으로는 결코 들여놓지 않는다는 거였다.

"The remains of the day? 카즈오 이시구로 좋아하니?"

네버 세이 네버

중학교 때 교생실습을 나왔던 남자의 얼굴이 스치고 지나갔다. 있는 듯 없는 듯, 늘 구석진 곳에서 책을 읽고 있던 준탁에게 처음으로 다가와 말을 걸어준 사람이었다.

"이건 영화가 더 좋던데."

준탁이 영화의 세계로 발을 내딛게 해준 사람이었다. 친절했고 다정했다. 교생 실습이 끝난 뒤에도 종종 남자를 만났다. 함께 영화도 보고 게임도 했다. 준탁은 형처럼 남자를 따랐다. 차마 아무에게도 말하지 못한 비밀도 털어놓았다. 남자는 준탁의 얘기를 묵묵히 들어주었고 어깨를 툭툭 쳐주기까지 했다. 기운 내라는 듯.

"걔 아무래도 게이 같더라. 날 보는 눈이 좀 그래. 어릴 때 남자한테 성추행이나 성폭행당한 애들이 게이가 될 확률이 높다며?"
"그런 애들한테는 여지를 주면 안 돼. 걔 위해서도."
"그렇긴 한데, 짠하잖아."

준탁은 자신이 찍은 영상을 보여주려고 남자를 기다리다가 계단 밑에서 담배 연기와 함께 피어오르는 목소리를 들었다.
당하고 또 당하고 그러고도 또 당하고.
병신 같았다.
"민 감독님?"
정원이 태블릿을 들고 준탁이 앉아 있는 그네벤치로 다가와 딴생각에 빠진 준탁을 불렀다.
"서 있지 말고 앉아요."
준탁이 조금 옆으로 옮겨 앉자 정원은 잠시 망설이다 준탁의 옆에 앉았다. 오늘도 벌 퇴치용 패치를 붙였는지 정원에게서 옅은 레몬 향과 민트 향이 났다.

"차폐용으로 심은 대나무 때문에 그늘이 져서 저쪽은 잔디가 거의 죽었잖아요."

정원이 대나무 아래를 가리켰다.

"파랗게 보여도 저건 잔디가 아니라 이끼 종류예요. 이끼를 긁어내고 다시 잔디를 심어도 되지만 그것보다는 환경에 맞는 식물을 심는 게 좋을 거 같아요. 수국 종류나 호스타 류도 좋고 아스틸베도 괜찮고. 이른 봄에 피는 앵초류도 예뻐요. 아주가도 아주 잘 자라는 아이예요."

아주가도 아주 잘 자라는 아이…….

턱을 괸 채 스케치를 들여다보며 정원의 목소리를 들었다. 들어본 적 없는 식물의 이름을 설명하는 정원의 목소리는 가사를 몰라도 듣고 있으면 마음이 편안해지는 이국의 노래 같았다.

"이게 호스타 종류고 이건 아스틸베. 노루오줌이라고도 해요. 아, 이 녀석은 선인장도 말려 죽이는 사람들에게 권한다는 휴케라예요."

정원이 태블릿 화면을 넘겨가며 식물들을 보여주었다.

"이른 봄 앵초로 시작해서 아스틸베가 피고 그다음에 휴케라, 그리고 장마철엔 수국 종류와 호스타들이 차례로 꽃을 피울 거예요. 아스타 류와 관상용 수크령 몇 가지 섞어 심으면 서리가 내릴 때까지 꽃을 볼 수 있어요. 어떠세요?"

"마음에 듭니다."

준탁이 고개를 끄덕이자 정원이 다행이다 하는 표정을 지었다.

"장미나 작약 정원처럼 화려하거나 화사진 않지만 은은한 매력이 있는 정원이 될 거 같아요. 무엇보다 난도가 낮은 편이라 관리하기 쉽다는 게 장점이고요. 모두 그늘에서도 잘 자라는 녀석들이거든요."

준탁은 대나무 아래 여린 연둣빛에서 짙은 청록색까지 다양한 녹색의 잎들이 풍성하게 그려진 그림을 찬찬히 들여다보았다.

"그늘에서 잘 자라는 녀석들이 꽃까지 예쁘게 핀다니 기특하네."

그늘에서 자란 사람도 이렇게 꽃을 피울 수 있을까.

"그리고 여기 휴식공간에 이 정원의 포인트가 되는 나무를 식재하면 좋을 거 같아요. 이건 무슨 나무를 그리신 거죠? 능수벚나무 같기도 하고…….."

정원이 태블릿에 준탁의 그림을 열어놓고 물었다.

"그냥 마음대로 그린 겁니다. 봄에는 꽃이 피고 여름에는 그늘이 짙고 가을에는 열매가 열리는 그런 나무."

"특별히 심고 싶은 나무가 있으세요?"

"예정원 선생이 골라줘요."

"저는 라일락이 어떨까 생각했는데, 말씀 듣고 보니 유실수도 괜찮을 거 같아요. 모과나 꽃사과 같은. 가을에 열매가 맺히면 운치 있을 거 같아요."

"복숭아나무는 어떻습니까?"

불쑥 튀어나온 말이다. 어린 시절 성공하면 복숭아 농장을 사버리겠다고 다짐했던 기억이 떠올랐다. 과수원을 살 수 없다면 복숭아나무 한 그루쯤은 심어야겠다는 생각이 문득 들었다.

"복숭아나무요?"

"몽유도원도라면서요."

준탁의 말에 정원은 재미있다는 듯 준탁을 바라보았다.

"복숭아 좋아하세요?"

"그랬던 거 같습니다."

"네?"

무슨 그런 대답이 있냐는 얼굴이다.

"어린 시절 이후로 먹어본 적 없는데 아무튼 좋아했던 건 확실해요."

손가락 사이로 과즙이 뚝뚝 떨어지는 향긋하고 달콤한 과육을 욕심껏 베어 물고 싶었다.

＊ ♦ ＊

'식쇼'라더니 정말 카트를 밀게 될지 몰랐다.

정원이 준탁을 데려온 과천 근처의 대형 화원에는 온갖 식물들이 삼단 선반 위에 진열되어 있었다. 별천지다. 마트에서 장을 보듯 카트를 밀고 다니며 화분들을 담았다. 준탁은 수국의 종류가 이렇게 많은지 처음 알았다. 늘 고요하다 싶을 만큼 정적인 정원이 이곳에서는 다람쥐처럼 돌아다녔다. 얼굴에 생기가 돌았다.

"어쩌다 식물한테 빠져서 살게 됐습니까?"

알면서 물었다.

"비밀이에요."

할머니나 엄마 때문이라는 예상했던 대답이 아니다.

"경험상 비밀이라고 말하는 건 이미 비밀이 아니던데."

비밀이라고 타인에게 말하는 건 이미 발설하고 싶다는 강한 욕망이 내재되어 있다는 거다. 정말 아무에게 말하고 싶지 않은 비밀이라면 차라리 거짓말하거나 침묵한다.

"비웃을 거 같아서요."

할머니나 엄마의 권유로 진로를 선택하는 일이 비웃을 일은 아닐 텐데 말이다.

"비웃지 않을게요."

"아뇨. 감독님한테는 말 안 하는 게 나을 거 같아요."

정원이 고개를 흔들었다.

"왜 멋대로 넘겨짚습니까? 날 못 믿어요?"

"네."

하. 진짜 쓸데없이 솔직하다.

"됐습니다. 굳이 알고 싶지도 않아요."

괜히 사람을 옹졸하게 만든다. 준탁이 카트를 밀며 앞서 걸었다.

"정말 비웃지 않으실 거죠?"

정원이 잰걸음으로 따라오며 물었다.

"세상에 비웃음당할 마음은 없다고 하지 않았습니까?"

준탁이 언젠가 들었던 대답을 돌려주자 정원이 놀란 눈으로 준탁을 올려다보았다.

"그래도…… 다음에요."

다음에요, 라고 하면서도 갈등하는 눈빛이다. 한 번만 더 물어보면 대답을 들을 수 있을 거 같았지만 이럴 땐 멈춰야 한다. 상대방이 털어놓고 싶도록.

"그러든지."

준탁이 고개를 끄덕이자 정원이 낮게 한숨을 쉬었다. 안도의 한숨보다는 아쉬움의 한숨 같았다.

"이 녀석은 어때요?"

정원의 말처럼 식물 쇼핑은 꽤 독특한 경험이었다.

"좋네요."

산수국과 유럽 품종의 목수국 몇 그루를 사고 꽃대가 올라오기 시작한 호스타들을 카트에 담았다. 정원은 화분을 고를 때마다 준탁의 의견을 물었다. 그리고 어떤 토양에서 잘 자라는지, 물과 영양 공급은 어떻게 해줘야 하는지 꼼꼼하게 설명해주었다.

"휴케라는 저쪽인가 봐요."

정원이 휴케라 종류가 진열된 선반 쪽으로 걸어갔다.

"식쇼라고 했지만 사실 입양을 하는 거나 마찬가지라고 생각해요."

정원이 '플럼로열'이라고 적힌 자줏빛 휴케라 포트를 집어 들고 준탁의 동의를 구하듯 바라보았다.

"입양?"

"생명이 있는 것들이잖아요. 쓰고 버리는 게 아니라."

준탁은 카트의 손잡이를 꽉 움켜쥐고 정원이 조심스럽게 플럼로열 포트를 카트에 담는 모습만 바라보았다.

저 여자는 알까.

세상에는 소모품처럼 쓰임이 다하고 버려지는 아이도 있다는 걸. 정원이 살아가는 말랑한 파스텔 톤 세상에서는 결코 일어날 수 없는 일일 것이다. 더구나 그런 일을 태연하게 해치운 사람이 본인의 부모라는 건 상상조차 할 수 없을 테지.

"민 감독님?"

옆 선반으로 이동한 정원이 멍하니 서 있는 준탁을 돌아봤다.

"어디 편찮으세요? 안색이……."

"그냥 좀 피곤하네요."

준탁은 카트를 끌고 정원을 지나쳤다.

'식쇼'를 마치고 정원에게 맛있는 걸 먹으러 가자고 할 참이었다. 분위기 괜찮은 카페에서 커피도 마시고. 그리고 제니와 경수와 강아지들을 보러 가야지 했다. 그랬는데. 준탁은 고개를 돌려 화분을 든 채 멀뚱히 서 있는 정원을 바라보았다. 정원은 '이 남자, 또 변덕이군.' 하는 표정이다. 그 표정을 보자 더 심술이 났다.

"서두릅시다."

"그럼, 이 정도만 담을까요? 어차피 나눠서 심을 거니까요."

"그러시든가."

계산대가 있는 입구 쪽으로 카트를 되돌리며 생각했다. 정원을 알지 못했던 시간으로 되돌아가고 싶다고. 적어도 그때는 자신의 감정이 무엇인지, 무얼 원하는지 명확하게 알고 살았다. 지금 이 순간에도 준탁은 자신이 원하는 게 뭔지 알지 못했다. 정원의 파스텔 톤 세상을 박살 내고 싶은 건지, 아니면 자신도 그 세상 속으로 들어가고 싶은 건지.

"이건 제가 계산할게요."

정원이 아무 특색 없는 평범한 작은 포트 하나를 카운터에 내려놓았다.

"같이 계산해주세요."

준탁이 직원에게 카드를 내밀었다.

"아뇨."

정원은 손지갑에서 지폐를 꺼내 기어이 삼천 원짜리 화분 값을 치렀고 준탁은 결제가 끝난 카드를 말없이 받아 들었다.

"제니는 여전히 수유 거부 중인가요?"

돌아오는 차 안의 침묵이 불편했는지 정원이 무난한 화제를 꺼냈다.

"그렇다네요."

제니의 수유 거부로 올 포 도기 스태프들이 열둘이나 되는 새끼들에게 인공수유를 하느라 고생이었다. 수의사 말로는 제왕절개를 한 모견들 중에 제니처럼 수유를 거부하는 케이스가 종종 있다고 했다. 심지어 제니는 새끼들을 피해 도망 다니기조차 했다. 그래서 애꿎은 경수가 독박육아 중이다. 눈도 못 뜬 새끼들이 경수가 엄만 줄 알고 경수의 품으로만 파고들었다. 삼 분쯤 놀다가 세 시간 잠을 잔다는 게 그나마 다행이랄까.

"그래도 별이가 건강해져서 너무 다행이에요."

준탁은 고개만 끄덕였다.

다른 형제들보다 배는 큰 녀석은 먹성도 대단해서 제니에게 제일 구박받고 있었다. 품에 파고드는 별이를 제니는 질색하며 밀쳐냈다. 그런 제니의 모습을 준탁은 착잡한 마음으로 지켜봐야만 했다. 모성애도 없는 새끼.

준탁이 한숨을 쉬었다.

"옥시토신 때문이래요."

정원이 준탁의 마음을 읽기라도 한 듯 말했다.

"억지로라도 수유를 하면 옥시토신이 나온대요. 조금만 기다려보세요. 제니잖아요. 분명 좋은 엄마가 될 거예요."

"모성애도 결국 호르몬에 좌지우지된다는 겁니까?"

"어쩌면요. 호르몬의 노예라는 말도 있잖아요."

"그 말이 맞다면 내 변덕도 호르몬 문제인지 모르겠네요."

"네?"

정면만 바라보던 정원이 고개를 돌렸다.

"지난번에 말한 그 리비히의 법칙. 예 선생은 나한테 부족한 게 햇빛이라고 말했지만 아마도 세로토닌 같습니다. 미안해요. 변덕 부려서."

신호등이 붉은색으로 바뀌고 준탁이 브레이크를 밟으며 정원을 바라보았다. 즐거운 쇼핑이 될 수 있었는데 감정 하나 조절 못 해서 다 망쳤다.

"즐겁지 않으셨어요?"

정원이 물었다.

"나름, 즐거웠습니다."

"그럼 됐어요. 민 감독님 즐겁게 해드리고 싶었거든요."

정원이 환하게 웃어주었다.

그렇게 웃지 마라.

준탁은 아침에 그랬듯이 정원의 미소를 외면했다. 고개를 돌려 신호등만 뚫어지게 바라보다 신호가 바뀌자마자 가속페달을 밟았다. 정원이 저렇게 섬세한 레이스를 펼치듯 화사하게 웃을 때면 다이빙대의 스프링보드를 힘차게 굴러 높이 솟구친 느낌이다. 남은 거라곤 낙하밖에 없는 순간처럼. 금방이라도 곤두박질칠 것 같아 저도 모르게 몸이 먼저 긴장했다.

"배 안 고파요? 우리……."

점심을 먹고 가자고 말하려는 순간 전화벨이 울렸고, 모니터에 낯선 번호가 떴다. 벨이 열 번쯤 울릴 때까지 받지 않자 전화는 끊어졌다 잠시 후 다시 울렸다.

"저 때문에 안 받으시는 거라면……."

준탁이 통화 버튼을 눌렀다.

"민준탁입니다."

– …….

블루투스로 연결된 스피커에서 목소리는 들리지 않고 커다란 팬이 돌아가는 듯한 소음만 들렸다. 바람 소리 같기도 했다.

"여보세요?"

– 정원이…… 엄마예요.

거의 들리지 않을 만큼 낮고 갈라진 목소리였다. 정원이 놀라 등받이에서 몸을 일으켰다.

"네. 말씀하세요."

준탁의 심장이 꽉 조여들며 미친 듯이 뛰어댔다.

하필 이럴 때.

차라리 전화를 꺼버릴까 싶었지만 정원이 바로 옆에서 눈을 동그랗게 뜨고 있었다.

- …….

또다시 바람 소리만 들렸다.

"강아지 분양 문제라면 따님께 말씀드린 대로 곤란할 거 같습니다."

준탁은 입에서 나오는 대로 아무 말이나 내뱉었다.

- 그래요. 그 얘긴 들었어요.

"죄송하게 됐습니다."

- 저…… 오늘 내가 전화한 이유는…….

아니야. 지금은 아니야. 제발 아무것도 말하지 마.

준탁이 어금니를 꽉 깨물었다.

- 혹시…… 한석원이라는 이름을 들어본 적…….

끼이익.

갓길에 차를 세웠다.

"지금 따님 옆에 있습니다."

준탁이 다급하게 예 원장의 말을 가로막았다.

"엄마?"

- …….

대답이 없었다.

"엄마? 엄마 목소리 왜 그래요?"

- ……정원이니? 니가 왜……?

"수업 중이라서요."

- 아아, 수업. 그 수업…… 아직도 하는구나.

아직도?

준탁의 눈매가 날카로워졌다.

"엄마, 어디 편찮으세요?"

- 그냥…… 몸살감기야. 거의 다 나았어.

"다른 데는요? 심장은 괜찮으세요? 무리하시면 절대 안 되는데……."

심장?

준탁은 거의 울기 직전의 정원을 바라보았다.

"엄마, 제가 내일 내려갈게요."

- 오긴 어딜 와. 일도 많으면서.

"지난번에도 재협착 때문에 고생하셨잖아요."

- 아니야. 그냥 감기라니까.

"엄마……."

준탁은 멍하니 두 모녀의 대화를 들었다.

하. 애틋해서 눈물이 날 지경이다.

늙고 병든 여자의 목소리와 울먹이는 정원의 목소리가 지독한 이명처럼 준탁의 귓속에 파고들었다.

"원장님, 조금 전에 누구라고 하셨죠?"

- …….

전화기 너머로 또다시 바람 소리만 들렸다. 준탁은 이를 악물고 바람 속에서 숨을 죽이고 있을 늙고 병든 여자를 떠올렸다. 헝클어진 회색 머리. 파리한 입술. 야위고 주름진 뺨. 준탁은 그 늙은 여자가 어떤 표정을 짓고 있는지 선명하게 느껴졌다. 그건 두려움이었다. 그리움도 미안함도 아닌 두려움.

"한……석원이라고 하셨나요?"

- …….

늙은 여자의 목을 조르듯 천천히 되물었다.

"한석원이라는 이름을 들어본 적 있냐고 물으셨습니까?"

목을 조르는 손에 더욱 힘을 주었다.

- ……미안해요. 내가 뭔가 착각을…….

더듬더듬 쉰 목소리가 스피커에서 흘러나왔다.

"무슨 착각 말씀이십니까?"

핸들을 움켜쥐고 있는 준탁의 손이 부들거렸다.

- 미안해요.

"뭐가 미안하다는 겁니까?"

손마디가 하얗게 도드라졌다. 현기증이 나고 오한과 동시에 등줄기에 땀이 솟았다.

"……"

바람 속에서 '제발'이라는 쇳소리 같은 비명을 들은 거 같다. 언뜻 흐느낌이 들렸다면 착각이겠지.

"들어본 적 없습니다. 그런…… 이름."

준탁은 목을 조르던 손에서 서서히 힘을 뺐다.

지금은 아니다.

당장 심장이 멎을지도 모를 여자의 목을 조르는 게 무슨 소용이 있을까. 재미없다.

- 그래……요?

무너질 듯 나약한 목소리에서 안도감이 느껴졌다.

준탁이 예 원장에게 죄책감을 강요할 수 없듯이 예 원장 역시 준탁에게서 용서를 받진 못할 것이다. 어쩌면 영원히.

"네. 얼른 쾌차하세요. 그럼."

준탁은 종료 버튼을 눌렀다.

바람 소리가 멎고 차 안이 고요해졌다. 준탁이 고개를 돌려 굳은 표정의 정원을 바라보았다.

"미안해요. 그냥 끊어버려서."

준탁의 정원이 완성되면 예정원은 잊어야 할까?

그러면 정교하고 교묘해서 도저히 빠져나올 수 없을 것 같았던 미로의 정원을 빠져나올 수 있을까?

정원이 말없이 고개를 저었다. 잊지 말라는 건지, 아니면 빠져나갈 수 없다는 건지.

"스킨답서스 때문이에요."

올 포 도기 주차장에 차를 세우자 내내 침묵하던 정원이 입을 열었다.

"스킨답서스?"

"힘들었던 시간이 있었어요. 잠들면 깨어나지 않길 바랐을 만큼."

무엇이 그토록 힘들었냐고 묻는 대신 준탁은 고개를 돌려 정원의 담담한 연못 같은 얼굴을 바라보았다.

"거의 매일 울면서 잠들었던 거 같아요."

정원이 무릎 위에 올려놓은 화분을 내려다보았다.

"침대 머리맡에 할머니가 키우시던 스킨답서스가 있었는데, 어느 날 문득 그 아이가 햇빛이 들어오는 창 쪽이 아니라 반대 방향으로 줄기를 뻗으며 자라는 걸 발견했어요. 제가 누워 있는 침대 쪽으로요. 누군가 화분을 돌려놓았나 물었지만 화분을 만진 사람은 아무도 없었어요. 그러다……."

정원은 잠시 말을 끊고 준탁의 얼굴을 올려다보았다. 비웃고 있는지 확인하려 는 듯.

"그러다?"

"자면서 저도 모르게 눈물을 흘렸나 봐요. 낯선 촉감에 눈을 떴는데…… 스킨 답서스의 이파리가 제 뺨에 닿아 있었어요. 마치 제 눈물을 닦아주려는 것처럼요. 그날 이후로 저는 더 이상 울지 않고 잠들 수 있었어요."

정원이 믿을 수 있겠냐는 듯 또다시 준탁의 표정을 살폈다.

"믿어……지세요?"

"믿어요."

준탁이 손을 뻗어 스킨답서스가 그랬듯 정원의 뺨을 가만히 쓸어주었다.

믿는다.

이런 이야기는 거짓말로 지어낼 수 없는 종류니까. 준탁이 정원을 향해 고개를 끄덕이자 정원이 안도하듯 미소 지었다.

"그 스킨답서스 아직도 키우고 있어요?"

준탁이 물었다.

"아뇨. 이 이야기를 처음으로 믿어준 사람에게 줬어요."

"내가 처음도 아닌데 비밀은 무슨 비밀."

정원의 비밀을 공유하는 누군가가 또 있다는 게 어쩐지 못마땅했다. 그 사람이 남자냐고 물으면 너무 찌질한 걸까.

"이젠…… 민준탁 씨가 유일한 사람이에요."

유일한 사람?

"처음으로 믿어준 사람은 어쩌고?"

"……."

정원이 창밖으로 시선을 돌렸다. 정원의 턱을 잡고 자신을 바라보게 하고 싶었지만 준탁은 인내심을 가지고 기다렸다.

"……죽었어요."

정원답지 않게 감정이 담기지 않은 무심한 말투였다. 아니, 무심한 척하는 말투였다는 걸 창에 비친 정원의 꼭 깨문 입술을 보고 알았다.

그래서였을까.

처음 정원을 봤을 때 수없이 중첩된 적막한 밤들이 느껴졌던 건. 그런 밤을 보내본 사람만이 알아볼 수 있는 흔적 같은 것 말이다. 어쩌면 정원의 세상은 준탁이 생각했던 것만큼 파스텔 톤이 아닐지도 모르겠다.

"걱정 마요. 난 안 죽을 테니."

차마 누구냐고 물을 수 없어 준탁은 농담을 했다.

정원이 고개를 돌려 준탁을 바라보았다. 언제나 시리도록 푸른 기가 돌던 흰자위가 붉게 충혈되어 있었다.

"설마, 예 선생의 비밀을 알았다고 막 죽거나 그런 건 아니겠죠?"

정원이 피식 웃었다.

"이거…… 키워보실래요?"

정원이 무릎 위에 올려놓고 있던 삼천 원짜리 화분을 내밀었다.

"스킨답서스예요."

"……."

"믿어주셔서 고마워요."

준탁은 매력이라고는 찾아볼 수 없는 작은 넝쿨식물을 받아 들었다. 얼룩무늬가 있는 초록색 이파리가 손등의 흉터를 감싸듯 부드럽게 아래로 처졌다.

16

|

우리, 복숭아 먹으러 갈래요?

지금······ 좋아하는 사람 있어요.

윤 박사는 닫힌 침실 문 앞에서 서성였다.

무슨 일인지 다녀와서 이야기하겠다던 예 원장은 굳게 닫힌 침실 문처럼 침묵했다. 노크를 하려다 말고 문을 열었다. 활짝 열어놓은 창문으로 바닷바람이 불어왔지만 희미한 알코올 냄새를 지우진 못했다. 침대 옆, 협탁 서랍을 열자 반쯤 빈 위스키 병이 보였다. 윤 박사는 침대에 걸터앉아 잠든 예 원장의 얼굴을 바라보았다. 찡그린 이마에 달라붙은 회색 머리카락을 넘겨주고 한숨을 쉬었다. 양양에 다녀온 후 부쩍 초췌해졌다.

예 원장을 처음 만났던 날도 그랬다. 지하 주차장 엘리베이터로 급하게 들어서던 여자에게서 옅은 알코올 냄새가 났다. 화장기 없이 짧게 자른 커트 머리의 여자는 나이를 가늠하기 힘들었다. 얼굴은 삼사십 대로 보였는데 머리카락은 이미 반백이었다. 여자는 내내 벽만 바라보다 살짝 고개를 숙여 인사를 하고는 2층에서 내렸다.

"2층 치과에서 보내왔어요. 개업 떡이라고."

병원 직원이 차와 함께 정성스럽게 소포장한 떡을 내왔다. 쟁반 위에는 명함 한 장이 놓여 있었다.

밝은미소치과 원장 예민정

여자가 2층에 새로 오픈한 치과의 원장이라는 걸 나중에 알았다. 그러고도 여러 번 엘리베이터에서 부딪혔지만 예 원장은 한 번도 먼저 입을 열지 않았다. 늘 살짝 고개를 숙이는 인사가 다였다. 윤 박사가 "안녕하세요." 하고 먼저 인사를 건네면 마지못해 "안녕하세요." 할 뿐이었다. 그렇게 3년쯤 지난 어느 날 예 원장이 윤 박사를 찾아왔다.

"술이 없으면 잠을 자지 못해요."

예 원장은 알코올의존증이었다.

"이러다 환자도 보지 못할까 봐 걱정이에요."

바싹 마른 손을 움켜쥔 채 자신의 건강보다 환자를 치료하지 못할까 봐 더 두려워했다. 아니, 병원 문을 닫아야 할까 봐 무섭다고 했다. 집안의 가장이라고.

우울증과 불안증을 동반한 알코올사용장애를 치료하는 데 오랜 시간이 필요했다. 다행히 예 원장은 자신의 상태를 냉정하게 있는 그대로 받아들였다. 치료의 일환으로 시작한 봉사활동은 사명감을 가지고 지금까지도 지속하고 있었다. 약물치료와 상담치료와 운동과 봉사활동, 그 모든 것보다 예 원장이 알코올의존증을 극복하는 데 가장 큰 힘이 된 건 정원의 존재였다.

병원을 세나에게 맡긴 최근에 들어서야 기분 좋은 날 와인 한두 잔 하게 된 예 원장이었다.

그랬는데.

양양에 다녀온 후로, 아니 정확히는 서울에 다녀온 후로 예 원장은 불면에 시달리고 있었다. 무슨 일이 생겼다는 걸 직감했지만 캐물을 수 없었다. 예 원장이 스스로 마음을 열 때까지 인내심을 가져야 한다는 건 알지만 환자가 아닌 아내에 관해서는 의사가 아니라 남편의 마음이 앞서려고 했다.

윤 박사는 침대에서 일어나 창가로 걸어갔다. 멀리 집어등을 환하게 밝힌 배들이 검은 밤바다 위에서 출렁거렸다. 창문을 반쯤 닫고 집어등의 불빛을 멍하니 바라보는데 집 앞에 택시가 서는 게 보였다. 택시에서 내린 여자가 바람에 흩날리는 머리카락을 그러모으자 가로등에 얼굴이 환하게 드러났다.

정원이다.

괜찮다는데도 기어이 밤 비행기를 타고 날아온 정원이 애처로워 윤 박사는 또다시 낮게 한숨을 쉬었다. 정원에게 예 원장은 세상의 전부다. 예 원장이 감기몸살에 걸렸다는 건 세상의 모퉁이가 허물어지는 일과 같다.

"정원아."

"박사님."

대문을 막 들어서던 정원이 마당을 가로질러 윤 박사에게로 뛰어왔다.

"녀석, 기어이 왔니?"

"엄마는요?"

정원이 숨을 몰아쉬며 물었다.

"조금 전에 잠들었다. 열도 떨어졌고 심장도 괜찮아. 걱정 안 해도 돼."

윤 박사는 금방이라도 예 원장에게로 달려갈 태세인 정원을 안심시켰다.

"지난주에 사촌언니를 만나고 와서 몸도 마음도 좀 지친 거 같다."

"사촌……언니요?"

"몰랐니?"

시시콜콜한 것도 공유하는 모녀 사이인데 정원은 예 원장이 양양에 다녀온 걸 모르는 눈치였다.

"치매로 요양원에 계시는데 엄마를 알아보지 못할 정도로 많이 안 좋으셨나 봐."

"많이…… 속상하셨겠네요."

"아무래도 그랬겠지. 바쁘다면서 어떻게 온 거야?"

"내일 첫 비행기로 가야 해요."

"그럴 걸 뭐 하러 와."

"엄마 얼굴 봐야 일도 할 수 있을 거 같아서요."

정원은 가방도 내려놓지 않고 예 원장의 침실로 곧장 향했다.

침실 문틈으로 정원의 뒷모습이 보였다. 조금 전 윤 박사가 앉았던 자리에 앉아 예 원장의 손을 잡고 하염없이 바라보기만 했다. 예민한 아이가 술 냄새를 맡지 못했을 리가 없었다. 한숨을 쉬는지 정원의 어깨가 조금 솟았다 내려앉았다.

"곤하게 주무시네요."

정원이 조용히 침실 문을 닫고 나왔다.

"엄마는 지금 잠이 보약이야."

"저…… 박사님. 내일 새벽까지 이대로 주무시면 저 왔었다는 얘긴 하지 말아주세요."

"왜?"

"마음 쓰실 거 같아서요."

속 깊은 아이다. 예 원장이 자신의 허물어진 모습을 가장 보여주기 싫어하는 상대가 정원이라는 걸 정원도 알고 있다. 예 원장은 정원에게만은 완벽하고 존경받는 엄마이고 싶어 했다.

"저녁은 먹었니?"

윤 박사는 대답 대신 물었다.

"아뇨. 배고파요."

정원이 고개를 저었다. 배가 고파도 어디가 아파도 말을 하지 않던 아이가 배고프다고 칭얼거리는 게 고맙기조차 했다.

"라면 먹을래? 정원이 너 안 먹어봤지? 오분자기 넣고 끓인 라면."

"박사님이 끓여주시는 거죠?"

"기대해도 좋아."

정원이 아이처럼 웃었다.

"이 녀석이 봄봄이. 얘는 노랑이. 여기 경수가 핥아주고 있는 아이가 냠냠이. 빨주노초파남보의 '남'인데 먹을 때 유난히 냠냠거려서 남남이에서 냠냠이가 됐어요. 제일 약하고 작아요. 그래서 그런지 경수가 이 애를 제일 예뻐하는 거 같아요."

라면을 먹고 정원과 윤 박사는 나란히 포치에 앉아 강아지들의 모습을 들여다보았다. 목에 색색이 리본을 묶고 꼬물거리는 모습이 여간 귀엽지 않았다. 한 녀석 키워볼까 했는데, 견주가 분양해줄 생각이 없다니 아쉬웠다.

"이름 짓기도 힘들었겠네."

"네. 무지개색이랑 봄여름가을겨울을 다 동원하고도 한 개가 부족해서 별이라고 지었어요. 이 아이가…… 바로 별이에요."

별이.

윤 박사는 다른 강아지들보다 배는 덩치가 크고 모색이 유난히 하얀 녀석을 들여다보았다. 목에 별이 인쇄된 붉은 리본을 매고 힘차게 젖병을 빨고 있었다.

"제니가 유난히 싫어해서 마음이 아파요."

정원은 한참이나 별이를 들여다보다가 별 모양으로 털이 뭉친 강아지의 이마를 손가락으로 가만히 쓰다듬었다.

별이.

정원이 어릴 때 키웠다던 강아지의 이름이 별이었다는 게 기억났다.

"별이가 절 구해줬어요."

병원 상담실에 인형처럼 앉아 그렇게 말하던 어린 정원이 떠올랐다. 상실의 고통을 망각과 기억의 왜곡으로 버텨내려는 작은 소녀는 결코 자신의 마음을 열지 않았다. 마주 앉은 중년의 의사를 위로하듯 옅은 미소를 지으며 "저는…… 괜찮아요."라고 머뭇머뭇 말할 때마다 윤 박사는 의사로서 무력감을 느꼈다.

"요즘은 어때? 꿈은 안 꾸니?"

"요즘은…… 괜찮아요."

정원이 걱정 말라는 듯 희미하게 미소 지었다.

"정원아……."

"정원이니?"

윤 박사가 정원의 이름을 부른 것과 동시에 예 원장의 목소리가 들렸다.

"엄마?"

"정말 우리 정원이구나. 잠결에 네 목소리가 들려서 꿈인 줄 알았는데……."

예 원장이 현관문을 나서다 휘청거리자 정원이 달려가 여윈 어깨를 감싸 안았다.

"뭐 하러 와……."

끝맺지 못한 젖은 목소리가 밤공기 속으로 흩어졌다.

"엄마 보고 싶어서 왔죠."

"정원아…… 엄마가 미안해……."

"뭐가요."

"그냥 다…… 미안해."

예 원장은 정원의 등을 쓰다듬고 또 쓰다듬었다. 소금기를 품은 바닷바람이 끌어안고 있는 모녀의 머리카락을 흩트렸고 윤 박사는 말없이 두 사람을 지켜보았다.

＊ ◆ ＊

J.H.파브르는 식물기에 녹색의 세포 부분이 썩고 남은 잎맥을 우아한 레이스

같다고 기록했다. 얼마나 아름다운 표현인지. 식물의 잎을 자세히 들여다볼 때마다, 채집을 나갔다가 잎맥만 남은 나뭇잎을 발견할 때마다 격하게 공감했다. 살아남기 위한 분투가 아름다운 레이스처럼 엽신[23] 가득 펼쳐져 있다.

정원은 현미경의 배율을 조정해가며 품종별로 사과 잎을 관찰했다. 톱니의 형태와 반점들, 잎맥과 잎줄기의 나선 모양을 날카로운 2H 연필로 공들여 드로잉했다. 너무 진하지 않으면서도 섬세한 선이 마치 정원의 손끝에서 흘러나오는 거 같다.

정원이 세밀화 작업 중에 가장 공을 들이는 과정이 스케치다. 스케치의 목적은 대상의 이해다. 현미경 렌즈를 들여다보고 촬영해 온 접사 사진과 표본을 비교해가며 현장에서 그린 스케치를 정교하게 교정한다. 한 개인의 평전을 써내려가듯 정원은 식물의 생애를 세밀하게 기록한다. 과장 없이. 과학적으로. 그러나 아름답게. 스케치하면서도 꼭 맞는 녹색을 찾아내려고 머릿속에서 다양한 색채를 조합해본다.

샙 그린[24]에 과슈[25]를 혼합해서 사용해볼까?

잎사귀 위로 떨어지는 빛의 속성을 가늠하며 잎맥의 패턴을 어떻게 표현하는 게 효과적일까 고민했다.

손목과 손마디가 아파올 즈음 연필을 내려놓고 손을 뻗어 텀블러를 집어 들었다. 한 모금 마시다 말고 바로 내려놓았다. 어느새 시간이 이렇게 지났는지 얼음이 모두 녹아버려 아이스티는 맹탕이 되어 있었다. 남은 아이스티를 개수대에 버리는 데 작업 시간이 끝났다는 알람이 울렸다.

정원은 알람을 끄고 늘 그랬듯 순서대로 현미경과 작업대를 정리하고 휴대전

---

23 葉身, 잎사귀를 이루는 넓은 부분
24 Sap green, 암록색
25 Gouache, 불투명한 수채물감

화 전원을 켰다. 개수대에서 손을 씻는 동안 메시지들이 들어오는 소리가 연이어 울렸다.

[정원아, 복숭아 먹으러 와]

정원의 얼굴에 미소가 번졌다. 검게 그을린 도희 선배가 3년생 정도로 보이는 복숭아나무 옆에서 활짝 웃고 있는 사진을 보내왔다. 작은 나무에 탁구공만 한 복숭아가 달려 있었다. 복숭아 과수원집 막내딸인 도희 선배는 아버지가 돌아가신 후 가업을 잇기 위해 국립원예특작과학원을 그만두고 장호원으로 내려갔다. 그곳에서 육종전문가답게 새로운 복숭아 품종 개발에 열중이었는데 그 결실을 맺었나 보다.

"선배. 잘 지내셨어요?"

- 정원아, 우리 봉봉이 네가 그려줘야지.

도희 선배의 목소리에서 건강한 삶을 살아가는 사람 특유의 활기가 느껴졌다.

"이름이 봉봉이예요?"

- 성도 있어 도봉봉이라고. 꽃은 또 얼마나 예쁘게요.

정원이 웃음을 터트렸다.

도희 선배는 자신의 첫 복숭아에 대해서 끝도 없이 자랑했다.

"올해는 어쩌다 보니 선배한테 가지도 못했어요."

복숭아꽃이 필 때면 도희 선배의 과수원에 놀러 갔다. 도희 선배의 어머니가 부쳐주신 복숭아꽃 화전과 발효 중이라 환타 맛이 나는 진달래 와인을 마시며 밤이 새도록 수다를 떨면 한 해를 살아갈 온기를 충전하는 기분이 들었다.

- 안 그래도 엄마가 너 왜 안 오냐고 궁금해하셔서 문자 한 거야.

"네. 복숭아 먹으러 꼭 갈게요."

- 경수 말고 남자친구랑 같이 와.

"그럼 저 못 가요."

정원이 시무룩하게 대답하자 도희가 깔깔대며 웃었다.

- 혼자든 둘이든 셋이든 상관없으니까 얼굴 보여주러 와.

장마가 끝나면 꼭 가겠다고 약속하고 정원은 도희 선배와 통화를 끝냈다. 진달래 와인을 생각했더니 갈증이 일었다. 정원은 아쉬운 대로 자몽에이드를 한 잔 만들어 침실로 들어갔다.

침대 끝에 걸터앉아 맞은편 벽에 걸린 세밀화 액자를 바라보았다. 지난밤 정원은 한밤중에 일어나 울릉바늘꽃 액자를 떼어내고 그 자리에 완성된 고르키파크 로즈를 걸었다.

제니의 아기들이 태어난 후, 경수는 내내 올 포 도기에서 지냈다. 경수의 코 고는 소리, 뒤척이는 소리, 쿠션을 긁는 소리, 마른 콧등을 핥는 소리 따위가 없어서인지 쉬이 잠들지 못했다. 멍하니 천장을 올려다보다 벌떡 일어나 충동적으로 액자를 바꿔 걸었다.

컵을 내려놓고 정원은 왼쪽으로 살짝 기울어진 액자의 균형을 맞추고 다시 그림을 바라보았다. 고르키파크의 부드럽고 연약한 꽃잎의 촉감을 잘 살린 듯해서 만족스러웠다.

"경수야, 어때?"

습관처럼 경수를 찾다가 혼자 웃고 말았다.

"네가 없어서 하는 말인데 이 정도면 르두테 선생님도 칭찬해주실 거 같지 않아?"

경수가 지금 정원의 곁에 있다면 몹시 귀찮아하는 얼굴로 꼬리를 두어 번 툭툭 쳐줄 거 같았다. 정원은 장미 그림 앞에서 붙박이처럼 움직이지 못했다.

이 마음이 뭘까?

정원은 스스로에게 물었다.

엉망으로 물어뜯은 손가락을 보고 윤희 언니가 생각났기 때문이었을까?

아니면 키스를 해서일까?

그것도 아니면 볼 때마다 가슴이 빠듯해진다는 믿지 못할 말 때문일까.

준탁을 생각하며 저 그림을 그렸다는 걸 부정할 수 없었다. 식물을 이해하기 위해 깊게 들여다보고 관찰하는 것처럼 고르키파크를 그리며 자신의 마음이 어떤 상태인지 세세하게 헤집어보고 싶었다.

낯설고 기묘한 무언가가 홀씨처럼 날아와 심장 깊숙이 박혀버렸다. 몸속에 병원균이나 이물질이 침범하면 식물은 그것들을 물리치려고 맹렬한 화학전을 벌인다. 당연히 정원도 그럴 것이라고 생각했다. 지금까지 그래왔던 것처럼 몸을 납작 웅크리고 침범한 '그것'과 집요하고 고요한 전쟁을 치러야 하는데 정원의 심장은 무력하게 잠식당하고 있었다.

"아팠겠네."

한숨 같았던 목소리가 정원의 심장으로 고여들었던 그 밤이 떠올랐다.

"그만하고 먹어요."

탐스런 입술을 만져보고 싶었던 저녁도 기억났다.

"여기가 빠듯하게 당겨."

정원은 손바닥을 물끄러미 내려다보았다. 준탁이 정원의 손을 끌어다 자신의 가슴 위에 올려놓았을 때 준탁의 심장은 성능 좋은 우퍼처럼 쿵쿵 울렸었다. 그 울림이 여진처럼 손바닥에 남아 있었다. 정원은 머뭇머뭇 손바닥을 제 심장 위에 대어보았다. 준탁은 빠듯하게 당긴다고 했는데, 정원의 심장은 꿈틀거렸다. 무언가가 맹렬하게 자라나고 있었다. 정원은 흠칫 손을 떼고 울릉바늘꽃 액자를 들고 침실을 빠져나왔다.

자귀나무 그림을 떼어낸 거실 벽이 허전했던 게 생각났다. 정원은 내친김에 액자를 들고 부모님의 빌라로 향했다. 우편함에서 우편물을 챙겨 현관에 들어서자

밖의 열기와 달리 집 안은 서늘했다. 고여 있던 집 안의 공기 속에 오래된 종이 냄새와 예 원장이 좋아하는 룸스프레이 향기가 떠돌았다. 정원은 베란다 창과 집 안의 모든 문을 활짝 열어놓고 우편물을 정리해서 티 테이블에 올려두었다. 그리고 자귀나무 액자가 걸려 있던 벽에 울릉바늘꽃 액자를 걸어놓고 뒤로 물러나 그림을 바라보았다. 액자를 가져오길 잘했다는 생각이 들었다. 부모님의 거실에 더 잘 어울렸다.

쾅.

갑자기 불어온 바람에 서재 문이 소리를 내며 닫히고 무언가 떨어지는 소리가 났다. 서재에 들어가자 액자가 떨어져 깨져 있었다. 바람에 블라인드가 흔들려 서가에 두었던 액자를 건드린 모양이다. 액자를 집어 들었다. 다행히 액자 속 사진은 멀쩡했다.

정원은 목에 커다란 리본을 매고 학사모를 쓴 예 원장의 얼굴을 들여다보았다. 힘든 공부를 마치고 졸업을 했는데도 그다지 행복해 보이지 않았다. 정원은 예 원장의 젊은 얼굴을 가만히 쓰다듬었다. 제주도에서 지친 듯 잠든 예 원장의 얼굴과 침실에서 맡았던 알코올 냄새가 떠올랐다.

"예전에 엄마가 알고 있던 사람……."

한석원이 누구냐고 묻자 예 원장은 한참 동안 바다를 바라보다 그렇게 대답했다.

"민준탁 감독이 그 사람이랑 많이 닮은 거 같아서……. 아무래도 엄마가 착각한 거 같아."

예 원장은 부질없다는 듯 고개를 흔들었다.

제주도에서 더할 나위 없이 행복하던 예 원장은 전혀 행복해 보이지 않았다.

사진 속의 여대생처럼.

"정원아……."

"네."

"아니다. 자자. 내일 새벽에 출발해야 하잖아."

예 원장은 무슨 말인가를 하려다 말고 어서 자라고 정원의 잠자리를 살폈다. 정원도 더는 물어볼 수 없었다. 어쩐지 그래야 할 거 같았다.

정원은 액자를 서가에 올려놓고 낮게 한숨을 쉬었다. 깨진 유리 조각들을 치우고 창문을 닫으며 예쁜 액자를 사야겠다고 생각했다. 예 원장의 얼굴이 좀 더 화사해 보이도록.

"매운 갈비찜이요?"

정원이 한나의 차에 오르며 되물었다.

"윤이나가 먹고 싶대."

"내가 아니라 얘가."

조수석에 앉아 있던 이나가 자신의 배를 가리켰다.

입덧이 끝난 이나의 식욕이 예상외의 방향으로 터졌다. 비린 것도 육고기도 즐기지 않던 사람이 매일매일 자극적인 음식을 찾았다. 어제는 평소에 질색하던 보리굴비를 먹었다.

"형부랑 세나 언니는요?"

"동희는 저녁 장사 해야지. 세나는 약속 있대. 언니, 걔 요즘 뭐 있어? 만날 약속이야. 주말엔 아예 얼굴을 볼 수가 없네?"

"글쎄다. 뭔가 어수선해 보이기는 하더라."

한나가 차를 출발시키며 말했다.

"언니, 오늘 경수 집으로 데려갈까 하는데 괜찮을까요?"

준탁이 양육비를 청구할까 봐 겁이 났는지 경수는 헌신적으로 제 새끼들을 돌보았다. 열두 마리나 되는 강아지들을 세 시간마다 수유하느라 지친 올 포 도기 스태프들도 경수가 있어야 한다고 애원했지만 정원은 경수의 건강이 걱정되었다.

"그래, 데리고 가서 푹 재워. 경수가 있으니까 제니가 더 새끼들을 나 몰라라 하는 거 같기도 하고."

"아직도야?"

한나가 물었다.

"호르몬도 써보고 베테랑 훈련사가 와서 이것저것 해봤는데 아직까지 별로 효과가 없네. 억지로 젖을 물리긴 하는데 새끼들한테는 턱없이 부족하지. 유난히 별이를 밀쳐내는 걸 보면 출산 고통 때문에 그런 거 같기도 하고. 간혹 새끼가 기형이거나 문제가 있으면 냉정하게 구는 녀석들이 있어서 별이를 검사해봤는데, 아무 이상이 없어. 아주 건강하거든."

"별이한테만 그래?"

"기본적으로 새끼들한테 관심이 없는데 별이한테 더 심한 편이야. 웃긴 건 열두 마리 중에 별이가 제니랑 제일 많이 닮았다는 거. 아까 민준탁이 와서는 제니한테 막 뭐라고 하더라."

"뭐라고요?"

준탁의 이름이 나오자 정원은 저도 모르게 이나 쪽으로 고개를 쑥 내밀었다.

"모성애도 없는 나쁜 새끼라고. 별이가 불쌍해서 아주 죽어요, 죽어."

이나가 유별나다는 듯 고개를 절레절레 흔들었다.

"모성애가 없어서가 아니라 뭔가 환경이 제니한테 안 맞는 거 아닐까?"

"그런 걸까?"

한나의 말에 이나가 미간에 주름을 잡았다.

"사람들은 지금의 환경이 제니에게 최선이라고 생각할 수 있지만 제니에게는 어쩌면 낯선 곳일 수 있잖아."

"언니 말대로 그럴지도 모르겠네. 훈련사랑 동희랑 다시 한번 얘기해봐야겠다.

어쨌든 제니 덕분에 우리 경수만 '개'고생이지. 경수 보고 있으면 정말 눈물 난다니까. 어찌나 새끼들을 물고 빨고 하는지."

"둘 중에 하나라도 지극정성이니 새끼들한테는 다행이네. 그런데, 차가 꽤 막힌다. 정원아 배 안 고파?"

한나가 정원을 돌아보았다.

"배고파 죽겠어."

정원 대신 이나가 꽉 막힌 뱅뱅사거리를 바라보며 투덜거렸다.

한 시간이나 걸려 도착한 식당은 유명한 맛집답게 줄을 서서 기다려야 했다.

"기다려야 한다고? 금요일이라 그런가? 날을 잘못 잡았네. 아, 현기증 나."

이나는 번호표를 받아 들고 대기석에 털썩 주저앉았다.

"언니, 바나나 우유라도 사다 드릴까요?"

정원이 물었다.

"괜찮아. 그 정도는 아니야."

이나가 웃으며 정원에게 앉으라는 듯 옆자리를 두드렸다.

"와아. 나왔다. 여기 진짜 맛집이거든요. 매운 거 좋아한다기에 경수 씨 꼭 데려오고 싶었어. 먹어봐요. 어때요? 맛있게 맵지?"

경수…… 씨?

순번을 기다리던 세 사람의 귀에 익숙한 목소리가 날아와 꽂혔다.

"세나 목소리 아니야?"

비슷하긴 했지만 세나 목소리라고 하기에는 지나치게 애교가 뚝뚝 떨어졌다. 세 사람이 동시에 목소리가 들리는 쪽으로 고개를 돌렸다. 식당 야외 테이블에 세나인 듯 세나 아닌 세나 같은 여자가 활짝 미소를 짓고 있었다. 세나라면 머리를 질끈 묶고 있어야 하는데, 부드럽게 컬이 들어간 여자의 머리카락이 웃을 때마다 경쾌하게 흔들렸다. 여자의 맞은편에 앉은 남자의 체크무늬 셔츠가 낯설지 않다.

"야, 윤세나!"

말릴 틈도 없이 이나가 벌떡 일어나 세나에게 다가갔다.

"어? 윤이나? 어떻게……?"

세나가 맞은편에서 어정쩡하게 서 있는 정원과 한나를 발견하고 말끝을 흐렸다.

"아, 안녕하셨습니까?"

체크무늬 셔츠를 입은 남자가 벌떡 일어나 이나에게 꾸벅 인사하더니 세나의 시선을 따라 고개를 돌렸다. 은경수 박사다. 은 박사가 난처한 듯 코를 찡긋거리며 안경을 추켜올렸다.

"너 지금 뭐 하는 짓이야?"

이나가 과격하게 세나의 팔뚝을 움켜쥐고 일으켜 세웠다.

"왜 이래? 미쳤어?"

세나가 이나의 손을 털어내며 퉁명스럽게 대답했다.

"뭐 하는 짓이냐니까?"

이나가 이 사이로 음산하게 다시 물었다.

"뭐, 뭐 하긴. 매운 갈비찜 먹고 있잖아."

세나의 목소리가 어쩐지 패잔병처럼 힘이 없었다.

"세상에 남자가 없어서 동생 남자를 가로채니?"

이나가 세나를 윽박지르자 주변 테이블에 앉아 있던 사람들이 일시에 이나와 세나와 은 박사를 힐끔거렸다.

"언니……."

정원이 급하게 다가가 이나의 팔을 잡았다.

"윤이나, 진정해. 너야말로 뭐 하는 짓이야? 목소리 안 낮춰? 나가서 싸우든가."

한나도 이나를 나무랐다.

"이 기집애가 여태 호박씨를 까면서 양심을 팔아먹고 있었잖아. 앙큼한 년."

"왜 욕을 하고 지랄이니?"

세나도 지지 않고 맞받아쳤다. 금방이라도 서로의 머리카락을 쥐어뜯을 것처럼 분위기가 살벌했다.

"장소가 장소라서 수위 낮춘 거야. 정원이가 어떤 마음으로 개 이름을 경……."

"아, 아니에요. 언니. 세나 언니한테 그러지 마세요."

정원이 다급하게 이나의 말을 가로막았다.

"두둔할 생각 하지 마."

"지금은 아니에요."

정원이 단호한 목소리로 말했다.

"뭐?"

"지금은 아니야?"

"진짜?"

한나와 이나와 세나가 동시에 물었다. 은 박사는 영문을 모르겠다는 얼굴로 정원을 바라보았다. 정원의 뺨이 새빨개졌다.

"네. 확실히 아니에요."

"아냐. 괜히 어색해질까 봐 둘러대는 거지?"

이나는 포기를 몰랐다.

"지금…… 좋아하는 사람 있어요."

"뭐?"

"있어?"

"진짜?"

"……?"

세 자매와 은 박사의 시선까지 정원에게 꽂혔다. 아예 주변 사람들이 노골적으로 목을 빼고 정원을 쳐다봤다.

"안 믿어. 너 어떻게 지내는지 뻔히 아는데……."

"진짜예요."

"누군데?"

세 자매가 동시에 물었다.

민준탁이요.

하마터면 발설할 뻔한 이름을 정원은 급하게 어금니로 꾹 깨물었다.

✳ ◆ ✳

금방이라도 비가 쏟아질 듯 공기가 묵직하다.

준탁은 턱을 따라 흐르는 땀을 손등으로 닦아내고 뿌리가 다칠세라 조심스럽게 플라스틱 포트에서 산수국을 꺼냈다. 지난주에는 밥풀처럼 꽃망울이 몽글몽글했는데 일주일 만에 남보랏빛 꽃이 활짝 피었다. 정원이 가르쳐준 대로 삽으로 구덩이를 파고 배양토를 조금 채운 뒤 산수국을 안착시켰다. 호스와 연결한 분사기로 물을 흠뻑 주고 물이 모두 스며들길 기다렸다가 흙을 덮었다.

잘 자라라.

준탁은 흙을 덮고 두세 번 토닥여주었다. 그러다 문득 집요한 시선을 느끼고 고개를 들었다. 준탁을 빤히 바라보고 있던 정원과 눈이 마주치자 정원은 나쁜 짓을 하다 들킨 사람처럼 화들짝 놀라며 시선을 돌렸다. 손에 들고 있던 보라색 휴케라 포트를 떨어트리기까지 했다.

"뭐가 잘못됐습니까?"

"아, 아니요. 훌륭해요. 준탁 님은 천재인 게 분명해요. 어떻게 이런 생각을 다 하셨어요?"

어디가 아픈가? 아니면 뭘 잘못 먹었거나.

듣기 좋은 세레나데도 한두 번이지 눈이 마주칠 때마다 민망한 칭찬을 대놓고 들으니 어쩐지 놀림을 받는 기분이다.

"구릉을 만드니까 확실히 볼륨이 생겨서 더 생동감 있고 리듬감 있는 정원이 됐어요."

정원이 디자인한 단정한 화단보다 준탁은 좀 더 드라마틱한 변화를 주고 싶었다. 볼품없는 철쭉 몇 그루가 심겨 있는 화단을 허물었다. 화단의 돌은 인부를 불러 해결했지만 연못까지 이어지는 완만한 구릉은 온전히 준탁이 한 삽 한 삽, 달밤의 삽질로 만들었다.

스튜디오에서 작업을 끝내고 제니와 제니 새끼들을 보러 갔다가 집으로 돌아와 잠들 때까지 일주일 내내 손에 물집이 잡히도록 삽질을 했다. 덕분에 아침까지 한 번도 깨지 않고 곯아떨어졌다.

"세상에. 이걸 혼자서 다 하셨다고요? 포클레인도 없이요?"

손바닥의 물집 따위는 아무렇지도 않을 만큼 정원의 반응이 꽤 만족스러웠다.

"저 구릉 위는 조팝나무를 심으면 어떨까요? 은행조팝이 좋을 거 같아요. 늘어지는 수세도 아름답고 단풍도 곱게 들거든요."

"심고 싶으면 심어요."

"준탁 님은 싫으세요?"

"그럴 리가. 그런데 왜 민준탁 씨였다가, 민 감독이었다가, 제니 오빠님이었다가, 준탁 님이었다 마음대로 부릅니까?"

"제가…… 그랬나요?"

정원이 고개를 갸웃했다. 전혀 의식하지 못했던 거 같다. 궁금했다. 본인도 의식하지 못한 그 미묘한 차이가 무엇인지.

"그냥 '준'으로 통일합시다."

준탁이 놀리듯 농담을 던졌다.

"으."

닭살이 돋는지 정원이 자신의 팔뚝을 쓸어내렸다. 그러더니 이내 장난스럽게 눈을 반짝였다.

"쥬우운, 조팝꽃이 동글동글 하얗게 피고……."

정원이 '쥬우운'이라고 발음을 굴렸다.

"준, 바람에 꽃잎이 날리면…… 너무 예쁠 거 같아요."

"그만!"

"왜요, 준?"

"못됐다, 진짜."

준탁이 분사기를 정원에게 조준하자 정원이 비명을 지르며 그네벤치 쪽으로 도망쳤다.

준탁이 웃음을 터트리며 분사기의 손잡이를 눌렀다. 높게 솟구친 물줄기는 굵은 빗방울과 함께 떨어졌다.

쏴아아.

두꺼운 구름 속에 갇혀 있던 비가 세차게 쏟아지기 시작했다. 몬순의 계절이 돌아왔다.

"장마가 시작됐네요."

두 사람은 비를 피하며 수국과 휴케라의 이파리에 묻은 흙이 빗물에 씻겨 내려가는 모습을 바라보았다.

"흙 위에 떨어지는 비 냄새가 좋아요."

정원은 눈을 감고 숨을 깊게 들이켰다. 습한 바람이 불어와 정원의 잔 머리카락을 흔들었다.

준탁은 자신도 모르게 손을 뻗어 정원의 입술에 달라붙은 머리카락을 떼어주었다.

정원이 눈을 뜨고 준탁을 바라보았다.

"고작 삼천 원짜리가 위로가 됩디."

댓잎이 반사되어 푸르게 보이는 눈동자를 들여다보며 말했다.

"네?"

"스킨답서스 말입니다."

정원에게서 스킨답서스를 받은 날, 정원이 그랬던 것처럼 준탁은 침대 머리맡에 화분을 올려두었다. 스탠드 조명에 반짝이는 길쭉한 하트 모양의 이파리를 한참 바라보았다. 볼품없는 작은 화분 하나가 침실의 풍경을 바꿔놓았다.

호텔이나 빌딩의 로비에 있는 커다란 화분을 지나치면서도 생명을 가진 존재라고 생각해본 적이 없었다. 준탁이 말려 죽인 화분도 수십 개는 될 것이다. 말려 죽였으면서 죽였다는 인식조차 없었다. 그것들은 존재하지만 존재하지 않는 존재들이었다.

처음으로 눈앞의 삼천 원짜리 식물이 보이지 않는 미세한 기공으로 자신처럼 호흡하고 있는 생명체라는 걸 자각했다. 살아 있음을 깨달았다. 제니도 없이 텅 빈 집에 분명 혼자인데 혼자이지 않았다. 질긴 껍질을 뚫고 나온 듯 생경한 기분을 경험했다.

"고마워요. 나한테 소중한 비밀을 말해줘서."

정원의 눈동자 속에서 푸른 댓잎이 흔들렸다.

"준탁 씨. 정원이 다 완성되면……."

정원은 말을 잠시 멈추었다.

"우리…… 복숭아 먹으러 갈래요?"

준탁의 한쪽 눈썹이 치켜 올라갔다.

복숭아 같은 뺨을 하고 복숭아를 먹으러 가자고 정원이 유혹했다.

17

|

장마가 끝나는 게 아쉬워요.

새드 엔딩도 해피 엔딩도 아닌,
결말 없는 영화 속에 박제되고 싶었다.

"제 복숭아나무가 있어요."

주차장에 차를 대고 스튜디오 계단을 오르던 준탁은 계단참에 떨어진 분홍색
배롱나무꽃을 바라보다 문득 정원의 말을 떠올렸다. 요사이 준탁에게 몹쓸 버릇이
생겼다. 에코백을 들고 가는 사람을 봐도 정원이 생각났고, 하얀색 컨버스 스니커
즈를 신고 다니는 사람을 봐도 정원이 생각났다. 하다못해 도로변의 핑크색 간판
을 봐도 정원의 상기된 뺨이 떠오를 지경이 되었다.

어쩌다 이렇게 되었나.

"선배 과수원인데 펀딩을 했어요. 복숭아나무를 입양하는."
"입양?"

정원은 장호원 어느 과수원에 있다는 자신의 복숭아나무 사진을 보여주었다.
정말 복숭아 나뭇가지에 '예정원'이라고 적힌 명패가 붙어 있었다.

"입양한 나무의 복숭아를 직접 배송받을 수 있어요. 재배자는 안정적으로 소비자를 확보하고 소비자는 가장 맛있을 때 수확한 복숭아를 먹을 수 있으니까 윈윈이죠. 준탁 님은 말복이 좋아요? 딱복이 좋아요?"

"말복은 뭐고 딱복은 또 뭡니까?"

"말랑한 복숭아, 딱딱한 복숭아."

'아바라'의 복수인 듯했다. 뒤끝 있다더니. 준탁은 피식 웃었다. 하다 하다 이젠 정원의 뒤끝조차 귀여웠다.

"민 감독!"

스튜디오 출입문 사이로 음악감독인 진 감독이 고개를 내밀고 소리쳤다.

"분명 주차하는 거 봤는데 안 들어와서 무슨 일인가 했잖아. 비 오는데 뭐 하는 거야?"

"비에 꽃이 다 떨어져서요."

"웬 멜랑콜리? 들어가자. 내가 재미있는 거 들려줄 테니까. 기대해도 좋아."

진 감독이 특유의 눈웃음을 치며 재촉했다.

"음악 하시는 분이 '랑만'이 없어."

준탁이 계단을 마저 오르며 젖은 머리카락을 대강 털어냈다.

E 마이너로 시작함에도 피아노 소리는 투명하리만치 맑았다. 상처받기 쉬운 영혼 같은 첫 여덟 마디가 끝난 후 시작되는 첼로 연주가 준탁의 가슴 깊이 파고들었다. 깊이 잠든 제니의 순한 숨소리 같다. 반복되는 메인 테마 멜로디가 어쩐지 귀에 익었다. 분명 어디서 들은 적이 있는데.

"어때?"

진 감독이 준탁을 돌아봤다.

"어디서 들었던 거 같은데…… 한 번만 더 들어보죠."

준탁이 다시 헤드폰을 썼다.

"잘 생각해봐."

진 감독이 퀴즈를 내듯 손가락을 까딱였다.

"아! 풍금!"

준탁이 눈을 번쩍 떴다.

"역시. 민 감독이네."

진 감독이 음악과 믹싱한 영상을 준탁에게 보여주었다.

거미줄 쳐진 교실에서 석원이 낡은 풍금을 발견하는 장면이다. 까맣게 때가 긴 손가락으로 천천히 건반을 누를 때마다 먼지와 공기가 섞인 소리가 빈 교실에 풀썩이며 울려 퍼졌다. 그 단조로운 음들이 조금 전 들었던 피아노의 테마 멜로디와 연결되고 첼로가 섞이면서 폐교에서의 시퀀스가 시작되었다.

"어때? 석원의 테마로 할까 하는데."

"어떻게 이렇게 연결할 생각을 했습니까?"

석원과 빗소리와 음악이 절묘하게 섞여 영상을 가득 채웠다.

"편곡을 하긴 했는데, 작곡가는 따로 있어."

"그래요? 누군데요?"

"민 감독도 아는 사람."

준탁이 아는 사람 중에 작곡가가 한두 명도 아니고. 혹시 에밀리? 에밀리를 떠올리다 준탁은 고개를 저었다. 에밀리의 감성이 아니었다.

"석원이."

"석원이?"

카페에서 고개를 숙이고 눈물을 흘리던 그 조나무?

"응. 지난번에 작업실 한번 놀러 가도 되냐고 묻기에 그러라고 했지. 진로 때문에 고민이 많은 눈치였어. 어릴 때부터 피아노를 쳤고 음악도 하고 싶었는데, 자신도 그랬고 주변도 그랬고 의대 가는 걸 당연하게 생각했었대. 그런데 막상 의대에 입학하니 가지 않았던 길이 자꾸 생각나더래."

오디션 때 휴학생이라고 자신을 소개한 나무는 후회하고 싶지 않아서 잠시 멈춘 상태라고 했었다.

"언제 작곡한 거래요?"

"석원으로 사는 동안 머릿속에서 떠나지 않는 멜로디가 있었는데 그게 풍금으로 쳤던 저 멜로디래. 그러다 석원이를 마음속에서 떠나보내면서 이 곡을 썼다고 하더라. 어딘가에 살고 있을 석원이를 위로하고 싶었다고. 민 감독이 그랬다며? 석원이는 잘 살고 있다고. 민 감독 말처럼 석원이가 진심으로 행복하길 바라는 마음을 담았대."

준탁은 고개를 돌려 창밖에 내리는 비를 바라보았다. 영상 속의 석원도 준탁처럼 창밖의 비를 바라보고 있다.

"다시 한번 들어보죠."

헤드폰을 쓰고 눈을 감자 축축하게 젖은 옷을 입고 온전히 자신만의 체온에 의지한 채 오들오들 떨었던 그 밤이 떠올랐다. 젖은 몸은 영원히 마르지 않을 것만 같았고, 새벽은 결코 오지 않을 거 같아서 무서웠던 밤이었다. 동시에 또 다른 하루가 시작된다는 게 두려웠던 밤이기도 했다.

준탁은 손가락을 물어뜯는 대신 결박하듯 양손으로 깍지를 꼈다. 그리고 따뜻한 물속에 손을 담갔던 그 안온함을 되새김질했다. 가슴속 한기가 서서히 물러가고 단조롭고 어쩐지 머뭇머뭇 속삭이는 정원의 목소리를 닮은 멜로디가 그 자리를 채웠다.

"좋네요."

눈을 감은 채로 말했다. 음악이 끝나고도 여운이 오래 머물렀다.

"그럴 줄 알았어. 딱, 민 감독 스타일이지."

"연주도 나무가 한 거예요?"

"응. 여기서 바로 녹음했어. 피아노를 정말 잘 치더라고. 세상은 참 불공평하더라. 잘생겨, 공부도 잘해, 음악적 재능도 있어, 게다가 연기도 타고난 거 같고."

"인생이 원래 불공평하잖아요."

　　　　　　　　　　　　　　　네버 세이 네버

"뭐래? 민 감독이 할 말은 아니지."

"한 번만 더 듣죠."

준탁의 말이 채 끝나기도 전에 주머니 속 휴대전화가 진동했다. 준탁이 헤드폰을 벗으며 한숨을 쉬었다. 좀 더 여운을 즐기고 싶었는데. 발신인을 확인한 준탁이 털썩 의자에 몸을 기댔다. 에밀리다.

"왜?"

늘 그렇듯 용건만 간단히 물었다.

- 이모한테 에밀리 조건 못 들었어요?

어리광이 잔뜩 묻은 목소리를 듣자마자 머리가 지끈거렸다.

"들었어."

- 근데 왜 부탁 안 해요?

"하기 싫음 하지 마."

- 너무해. 에밀리가 아직도 일곱 살 에밀리라고 생각해요? 감독님이 인정하기 싫어도 에밀리는 슈퍼스타예요.

자신을 스스로 '에밀리'라고 부르는 심리는 대체 뭘까?

- 정말 에밀리가 필요 없어요?

"네가 결정해. 하고 싶음 하고. 하기 싫음 말고."

- 부탁 한 번 하는 게 그렇게 힘들어요?

"힘든 게 아니라 싫어."

부탁 한 번 했더니 평생 들러붙어서 징징거리는 게 누군데.

아카데미 졸업 작품을 찍을 때 아역배우가 마땅치 않았다. 주인공이기도 했지만 작품을 이끌어가는 존재여야 했기에 그 역을 소화해낼 아역배우란 처음부터 불가능에 가까웠다. 그러다 나나가 조카라며 데려온 아이가 에밀리였다. 준탁의 디렉팅을 완벽하게 이해하는 아이는 에밀리가 처음이었다. 다만 여자아이라는 게 문제였다. 주인공이 남자아이라서 머리를 잘라야 했다. 에밀리는 절대로 자를 수 없다고 울고불고 야단이었다.

"에밀리, 니가 꼭 해주면 좋겠다."

준탁은 에밀리 앞에 쪼그려 앉아 부탁했다.

영악하게도 일곱 살짜리 여자애는 세 가지 소원을 들어주는 조건으로 흥정을 했다.

- 그럼 제니 아기 한 마리 주세요. 그럼 할게요.

맹한 척하는 걸 모를까 봐.

"끊자."

- 왜요? 에밀리가 혼자 사는 것도 아니고 엄마, 아빠도 좋다고 하셨고, 넓은 정원도 있는데. 더 이상 좋은 조건이 어디 있어요?

그렇긴 했다.

"너한테는 안 보내."

- 세 번째 소원이에요.

세 번째 소원?

준탁은 새살이 돋고 있는 자신의 손끝을 바라보며 고민했다. 이걸로 묵은빚을 털어버리는 게 차라리 낫지 않을까?

"증거로 녹음할 테니까 다시 말해."

- 제니 아기 주면 블랙버드 부른다구요.

"좋아. 입양확인서 보낼 테니까 사인해서 보내. 그리고 진 감독님 오케스트라 녹음하러 다음 주에 프라하에 가셔야 하니까 스케줄은 진 감독님하고 조정하고, 계약 문제는 나나 이모랑 상의해."

- 저기, 감독님!

전화를 끊으려는데 에밀리가 다급하게 준탁을 불렀다.

"왜?"

- 에밀리가 고맙죠?

"하. 그래."

여우 같은 새끼.

준탁이 전화를 끊고 머리를 흔들었다.

"에밀리? 하겠대?"

"제니 새끼 한 마리 분양해주면 하겠다고 해서 그러라 했어요."

"잘됐네."

"진 감독님도 입양확인서 줘요. 형수님이 반대하신다더니 용케 허락해주셨네요."

준탁은 진 감독이 내미는 서류를 받아 들었다.

"말도 마. 애들은 강아지 키우고 싶다고 난리지, 뒤치다꺼리는 다 자기 몫이라고 와이프는 절대 안 된다지, 중간에서 내가 혼났다."

"형수님 말씀이 맞아요."

"어쨌든 고마워. 조건도 안 되는 집에 보내준다고 해서."

"넓은 집이 다는 아니잖아요. 함께해주는 시간이 얼마냐가 문제지."

"민 감독. 요즘 어째 부드러워진 거 같다? 연애하나? 아까는 떨어진 꽃 보고 슬프다더니."

"슬프다고 한 적 없는데?"

"연애는 하고?"

"일합시다, 일. 빨리 돈 벌어서 넓은 집으로 이사 가야죠."

"그러고 보니 오늘 손톱도 안 물어뜯고. 수상하다, 민 감독. 파동이라는 게 있거든. 연애하는 사람 특유의. 내가 또 그런 쪽으로 귀신인데, 연애를 하면 호르몬이 바뀌면서 일단 심박 수랑 호흡부터 달라져. 본인도 눈치채지 못한 그 미세한 진동들이 증폭돼서 특유의 파장을 만들어내지……."

궤변을 늘어놓는 진 감독의 말을 못 들은 척 준탁은 헤드폰을 썼다.

[별이가 눈을 떴어요.]

작업을 마무리할 즈음 뜻밖에도 정원이 별이의 영상을 보내왔다.

별이는 몸집이 커서인지 뭐든 빨랐다. 제일 먼저 기어다니고, 진공청소기처럼 젖병도 맹렬하게 빨아대더니 열두 형제 중에서 첫 번째로 눈을 떴다. 금빛 속눈썹 사이로 단춧구멍만큼 벌어진 틈이 보였다. 그 틈으로 까만 눈동자가 반짝였다.

뭐가 보이긴 보이는 걸까?

눈을 뜬 별이는 어쩐지 더 맹해 보였다. 어떡해. 너무 귀여워. 예뻐서 어쩔 줄 몰라 하는 정원의 목소리가 영상 속에서 조그맣게 흘러나왔다. 하얀 손가락으로 반질반질 윤기가 흐르는 코와 검은콩을 박아놓은 듯한 발바닥을 건드리는 모습을 몇 번이나 되풀이해서 돌려 보았다.

"뭘 보고 그렇게 웃어?"

"제니 새끼 중에 한 녀석이 눈을 떴대요."

"그래? 나도 보자."

준탁이 영상을 보여주자 진 감독은 눈가에 잔뜩 주름을 잡고 오구오구, 노인네 같은 소리를 내며 별이를 한참이나 들여다보았다.

"이 녀석 마음에 드네. 내가 찜할까?"

"이 녀석은 안 돼요."

"왜?"

"그냥 안 돼요. 그리고 찜하는 거 없어요. 매치는 내가 해요."

준탁은 그렇게 말하고 서둘러 메시지를 보냈다.

[언제 찍은 겁니까?]

[지금이요.]

준탁이 자리에서 벌떡 일어났다. 지금 가면 어쩌면 정원을 만날 수도 있을 거 같았다.

"오늘은 이만하죠. 내일 봐요."

"어? 어, 그래. 민 감독도 수고 많았……."

진 감독의 인사를 듣는 둥 마는 둥 준탁은 스튜디오의 계단을 뛰어 내려왔다.

비가 그치고 오후 햇살에 젖은 나뭇잎이 반짝였다.

"예정원 선생님이 제니랑 경수, 일광욕시킨다고 옥상으로 데려가셨어요."

제니를 담당하는 훈련사가 말했다.

제니와 경수는 없고 열두 마리 강아지들만 사방으로 꼬물거리며 기어다니고 있었다. 그중에 제일 눈에 띄는 별이는 방 한가운데 사람처럼 똑바로 누워 자고 있었다. 뭘 얼마나 많이 먹었는지 볼록 솟은 배가 숨을 쉴 때마다 풍선처럼 오르내렸다. 태평스러운 게 제니와 똑같았다.

"눈 뜬 거 보려고 왔더니 자네요."

"별이요? 조금 전까지 휘젓고 다니다 피곤했나 봐요."

훈련사가 별이를 돌아보고는 웃었다.

"고생 많습니다. 이거 드시면서 하세요."

잠시 새끼들을 지켜보다 훈련사에게 간식을 건네주고 준탁은 서둘러 옥상으로 올라갔다. 유리문을 열자마자 훅, 습한 열기가 쏟아져서 숨이 막혔다. 며칠 만에 드러난 태양이 수증기를 맹렬하게 증발시켰다.

"더운데 뭐 해요?"

경수와 제니를 데리고 스카이로켓 울타리 앞에 서 있는 정원을 발견했다. 울타리 사이로 손을 넣어 무언가를 찾던 정원이 깜짝 놀라 몸을 돌렸다.

"여기서 뭐 합니까?"

"그게…… 애들이 너무 더워해서요."

정원이 손으로 해를 가리며 준탁을 올려다봤다.

"그럼 내려가면 되잖습니까?"

제니는 더워서인지 준탁을 보고도 꼬리만 흔들 뿐 앉아서 헐떡였다.

"강아지들 때문에 제니랑 경수가 제대로 쉬지를 못해서요. 좀 쉬게 해주려고 올라왔는데, 너무 덥네요. 그래서……."

"그래서?"

"저…… 비밀인데요."

"……?"

"여기 문이 있는 건, 저랑 건물주만 알거든요."

정원이 목소리를 낮추며 로켓처럼 솟은 향나무를 젖히자 향나무 사이로 좁은 철문이 드러났다.

"건물주는 그렇다 치고 정원 씨는 어떻게 알았는데요?"

"이곳 정원 디자인을 제가 했어요. 비밀의 화원 아시죠? 메리가 발견한 비밀의 화원으로 들어가는 문 같은 거 꼭 만들어보고 싶었거든요."

그런 걸 만들어보고 싶었던 사람도 신기했지만 허락한 건물주도 신기했다.

"이쪽으로 넘어가려고 했는데……."

"불청객이 나타났다?"

"그렇다기보다 보안 문제라서."

"못 본 걸로 하죠."

"비밀 꼭 지켜주셔야 해요."

"예정원 씨, 은근히 비밀이 많네."

정원이 의심을 거두지 않은 눈빛으로 잠시 망설이더니 준탁이 볼 수 없게 손으로 가리고 철문의 비밀번호를 눌렀다.

"얘들아, 가자."

정원이 철문을 열자 제니와 경수가 익숙하게 문을 통과해 온실 쪽으로 뛰어갔다. 한두 번 해본 솜씨가 아니다.

"저 녀석들, 뭐가 저렇게 자연스러워?"

"몇 번 갔었거든요. 얼른 들어오세요."

정원이 재촉했다. 허리를 굽히고 몸을 옆으로 돌려야 겨우 빠져나갈 수 있을 만큼 좁은 문이었다. 준탁이 무사히 통과하자 정원이 서둘러 문을 닫고 향나무로 가렸다. 감쪽같았다.

선스크린을 내린 온실은 생각보다 덥지 않았다. 정원이 에어컨을 켜자 차가운 공기가 뜨겁게 달궈진 준탁의 정수리를 식혀주었다. 온실 안은 적당히 시원해졌고 적당히 어둑했다.

제니와 경수는 서늘한 바닥에 아예 배를 깔고 누워 뒹굴거렸다. 헐떡이던 제니의 숨소리도 조금 편안해졌다.

"이렇게 마음대로 들어와도 됩니까?"

온실 안을 둘러보며 물었다.

"윤한나 선생님한테 허락받았어요."

정원은 테이블에 에코백을 내려놓고 경수 앞에 앉아 하얗게 센 얼굴을 쓰다듬었다.

"우리 경수…… 힘들지?"

경수는 꼬리로 바닥을 두어 번 치고는 노인네처럼 한숨을 푹 쉬었다.

"그러게 사고를 왜 쳐서는……."

"쉿! 사고 아니고 사랑이요."

준탁이 경수에게 한소리 하자 정원이 검지를 입술에 대며 고개를 저었다.

자기가 무슨 황희 정승이야, 뭐야.

"우리 제니가 진짜 고생이다."

정원이 손을 뻗어 철퍼덕 드러누운 제니의 목덜미를 쓰다듬었다. 제니가 철없이 헤헤 웃었다.

"고생은 무슨. 제 새끼도 나 몰라라 하는 녀석이."

"모성애를 강요할 수는 없잖아요. 세상의 모든 엄마가 같을 수도 없고요. 분명 우리가 모르는 제니만의 사정이 있을 거예요."

정원이 제니를 두둔했다.

정말 그런 걸까? 그동안 준탁은 모든 어미는 새끼를 물고 빨아야 한다는 편견을 가지고 있었는지도 모르겠다. 그렇지 못한 어미는 어미가 될 자격이 없다고 생각했다.

"안 바쁘세요?"

"괜찮습니다."

"바쁘신데 얼떨결에 따라오신 거 같아서요."

"얼떨결에 오긴 했지만 어차피 제니랑 강아지들 보러 온 거였으니까."

"별이 보셨어요?"

"자고 있더라고요."

"아쉬워라. 얼마나 귀여웠는데요."

생각만으로도 행복한지 정원의 얼굴에 미소가 번졌다.

"덥죠? 시원한 거 드실래요? 별이 눈 뜬 기념으로 제가 쏠게요. 아바라?"

"좋죠."

별이가 눈을 떴는데 왜 정원이 음료를 사주겠다는 건지 알 수 없었지만 준탁은 고개를 끄덕였다.

"잠시만 기다리세요."

정원이 가방에서 작은 손지갑을 꺼내 들고 온실을 나섰다.

준탁은 정원을 기다리며 온실을 조금 더 찬찬히 둘러보았다. 원예치료 수업을 진행하는 곳이라고 들었는데 작은 식물원 같았다. 학생들의 이름표를 꽂은 화분들이 선반을 따라 줄지어 있고 화분 안에는 알 수 없는 식물들이 자라고 있었다.

선반에 놓인 화분들을 바라보다 작은 조각을 발견하고 허리를 굽혀 들여다보았다. 백설공주에 나올 거 같은 빨간 모자를 쓴 난쟁이 모습의 조각이었다. 조각도의 결이 살아 있고 독특하고 세련된 색 조화와 섬세한 칠이 마음에 들었다. 냉장고처럼 생긴 쇼케이스 안에는 다양한 종류의 절화와 관엽식물들이 숨을 죽인 듯 고요했고 벽면엔 모종삽이며 가위며 다양한 원예도구들이 깔끔하게 정리되어 있었다.

온실을 한 바퀴 둘러보고 준탁은 의자를 빼고 앉았다. 어느새 제니와 경수는 등을 맞대고 잠이 들었다. 턱을 괸 채 무료하게 테이블을 톡톡 두드리다 흘끔 정원의 가방을 보았다. 지갑을 꺼내고 닫지 않아 내용물이 들여다보였다.

도대체 뭘 저렇게 가지고 다니는 걸까?

크기가 다양한 파우치들과 스프링 노트, 지난번 응급실에서 머리를 닦아줄 때 썼던 수건, 분홍색 땡땡이 우산까지 보였다. 그중에서 강아지 그림이 인쇄된 파우치를 눈여겨보았다. 정확히는 파우치의 벌어진 지퍼 사이로 삐죽 나온 분홍색 립밤 케이스를 바라보았다.

잠시 망설이다 준탁은 케이스를 집어 들었다. 뚜껑을 열자 상큼하고 달달한 향기가 났다. 정원에게 키스했을 때 맡았던 향기 같기도 했다. 준탁은 온실 입구를 쓱 쳐다보고는 충동적으로 립밤을 발라보았다. 립밤이 매끄럽게 입술에 달라붙었다. 마치 도둑 키스를 한 것처럼 심장이 벌렁댔다.

미친놈.

준탁이 서둘러 립밤의 뚜껑을 닫고 원래대로 파우치에 꽂자마자 온실 문이 열리고 텀블러를 든 정원이 나타났다.

"많이 기다리셨죠? 카페에 손님이 많아서……."

정원이 준탁에게 텀블러를 건네주다 말고 냄새를 맡는 듯 잠시 숨을 들이켰다. 준탁은 슬그머니 입술을 말아 물고 몸을 뒤로 뺐다. 텀블러를 받아 들다 손끝이 맞닿았고 정원의 시선이 준탁의 입술에 머물렀다. 갑자기 어색한 침묵이 온실을 채웠다.

"육아에 지친 부부의 모습이 저런 걸까요?"

정원이 불편한 공기를 지우려는 듯 제니와 경수 얘기를 꺼냈다. 코까지 골며 자는 녀석들이 웃기기도 하고 짠하기도 했다.

"수목원 다닐 때, 산후우울증으로 정말 힘들어했던 동료가 있었어요. 며칠 동안 잠을 잘 수 없을 만큼 아이가 울어대서 베란다에서 던져버리고 자신도 뛰어내리고 싶었대요. 그런 마음이 드는 자신이 너무 섬뜩해서 자책하고…… 악순환의 연속이었다고요."

"애 아빠는 뭐 하고?"

준탁은 경수를 바라보며 물었다.

"남편도 나름 최선을 다하고 있다는 걸 안대요. 그래도 이유 없이 밉고 서운하고 원망스러웠대요."

제니와 강아지들을 촬영할 때마다 훈련사들이 경수 같은 녀석은 처음 봤다고 '동물농장'이나 '세상에 이런 일이'에 제보해야 한다고 했다.

카메라 렌즈를 통해 경수의 표정을 유심히 바라본 적 있었다. 정물처럼 자리 잡고 앉아 탁해진 눈동자로 새끼들을 바라보고 있는 경수에게서 알 수 없는 감정을 느꼈다. 슬픔도 아니고 대견함도 아닌 애잔함 같은 거라고 해야 할까. 정원이 말하지 않았지만 경수가 유기견 출신이라는 걸 알았다. 옛 주인을 생각할까. 제 새끼들을 보면서 무슨 생각을 하고 있을까. 세상사에 초연한 늙은 개를 볼 때마다 문득 궁금해지기도 했다.

"자식을 낳아보지 않은 사람들은 결코 알 수 없는 마음 같아서…… 위로의 말을 건네기도 힘들었어요."

"하긴."

준탁이 고개를 끄덕였다.

"네. 정말 그래요. 누군가를 위로해준다는 건 힘든 일이에요."

"그 힘든 일을 예정원 씨는 잘하던데."

"네?"

커피를 마시다 말고 정원이 준탁을 바라보았다. 준탁은 대답하지 않고 정원이 사다 준 '아바라'를 마셨다. 정원도 더 이상 묻지 않고 고개를 돌렸다.

"어쩐지 딴 세상 같아요. 비밀의 화원에 들어온 것처럼요."

정원이 선스크린 너머 어딘가를 응시하며 말했다.

"비밀의 온실이죠."

준탁의 말에 정원이 쿡 웃었다.

"왜 웃어요?"

"비밀의 화원은 사랑스런 동화 제목 같은데, 비밀의 온실은 어쩐지 호러나 서스펜스 영화 제목 같아서요. 음…… '영국식 정원 살인사건' 같은."

"그 영화 봤습니까? 피터 그리너웨이, 좋아하는 감독인데."

"정원이 나오는 영화는 일부러 찾아보는 편인데 저한테는 너무 어려웠어요. 영국식 정원이랑 독특하고 아름다운 미장센에도 불구하고 영화를 보고 나서 계속 그 괴상한 조각상만 생각났거든요."

준탁이 웃음을 터트렸다.

"완벽한 맥거핀이죠."

"게다가 결말이 나지 않은 영화를 보면 며칠은 우울해요. 뭐랄까, 제 감정의 일부분이 그 영화 속에 계속 머물러 있는 듯한 느낌이 들어서요. 뭔가 완전하게 연소하지 못한 감정 같은 거요."

준탁은 턱을 괴고 정원의 이야기를 들었다. 정원과 이렇게 영화 이야기를 나누고 있다는 게 현실감 없게 느껴지기도 했다. 밖은 사우나처럼 후덥지근한데 두 사람이 있는 공간은 서늘했고 고요했다.

준탁과 정원은 세상과 완전히 차단된 채 나란히 앉아 잠든 경수와 제니를 바라보며 커피를 마셨다. 삼십 분이라는 시간이 긴 휴식처럼 느껴지기도 하고 순식간에 지나가버리는 찰나 같기도 했다. 정원과 함께 있을 때면 준탁은 늘 시간의 왜곡을 겪는다.

"오늘…… 저녁 같이 먹을래요?"

준탁이 충동적으로 물었다.

"어쩌죠? 언니들이랑 족발 먹으러 가기로 해서요."

정말 아쉽다는 듯 정원의 눈썹이 아래로 처졌다.

"족발?"

"이나 언니가 장충동 족발 먹고 싶다고 해서 다 같이 가기로 했어요."

"거기 맛있죠. 나도 가끔 먹으러 갑니다. 맛있게 먹고 와요."

준탁이 아쉬운 마음을 접었다.

"저기…… 같이 가실래요?"

정원이 머뭇대며 물었다.

그럴까, 잠시 고민하다가 준탁은 고개를 저었다.

"다음에. 그쪽 언니들 너무 무서워서."

준탁의 말에 정원이 장난스러운 표정을 지으며 쉿, 검지를 들어올렸다.

"정말 곤하게 자네. 깨우기 미안하게."

다 마신 텀블러를 테이블에 내려놓고 정원이 경수의 발바닥을 만져보았다. 꼼꼼하게 발바닥을 살피던 정원이 가방을 열고 조금 전 준탁이 몰래 발라보았던 립밤을 꺼냈다.

뭐 하려고?

준탁의 심장이 불길하게 벌렁거렸다.

설마, 내가 보는 앞에서 저걸 바른다고?

정원은 준탁의 눈앞에서 뚜껑을 열더니 태연하게 립밤을 발랐다. 경수의 발바닥에.

"뭐, 뭐 하는 겁니까?"

너무 놀라 준탁의 목소리가 갈라졌다.

"경수 발바닥이 잘 트거든요. 건조하면 더 심해지고. 장마철이라 괜찮을 줄 알았는데, 많이 거칠어졌어요."

"그게…… 사람이 쓰는 거 아닙니까?"

"이것저것 써봤는데 이게 제일 효과가 좋더라고요. 먹어도 되는 성분이기도 해서."

어쩐지 매끄럽게 발리더라니.

정원이 잠든 경수의 발바닥에 립밤을 발라주는 모습을 준탁은 입술을 일그러트리며 바라보았다.

하. 꼼꼼하게도 바른다.

"보자, 우리 제니 발바닥."

정원이 경수와 제니의 발바닥에 립밤을 발라주고 정성 들여 마사지해주는 동안 준탁은 셔츠 자락을 끌어당겨 입술을 박박 닦아냈다.

보이지 않았던 것들이 보이기 시작했다. 아니, 보지 않았던 걸 들여다보게 되었다는 게 더 맞겠다.

샤워를 마친 준탁은 무릎을 꿇고 기세 좋게 세력을 넓히고 있는 휴케라를 손으로 쓸어보았다. 싱싱하고 푸릇한 향기가 피어올랐다. 잎사귀의 부드러운 솜털이 손바닥을 간질였다. 꽃줄기마다 아름답게 착지한 체조선수처럼 팔을 활짝 펼친 여린 꽃들이 맺혀 있다. 산수국은 날로 무성해지고 연둣빛이 돌던 목수국은 점점 핑크색을 띠기 시작했다. 듬성듬성 간격을 두고 심었던 아주가도 기세 좋게 번식하며 빽빽해지고 있었다. 아침에 꼬투리를 말고 있었던 공작고사리의 잎도 활짝 펴졌다. 삭막했던 준탁의 정원이 매일 조금씩 달라졌다.

달라진 건 정원뿐만이 아니었다. 준탁은 거실 창에 비친 자신의 얼굴을 물끄러미 응시했다. 때때로 한석원을 민준탁과 분리해서 바라보기도 했다. 무표정한 남자의 얼굴에서 어린 석원이 보였다. 이 세상에 오직 자신과 슬픔만 마주 보고 있다고 생각했던 적이 있었다.

"어쨌든 살아냈잖아. 그걸로 충분해."

창에 비친 석원에게 말했다.

집으로 돌아와 맥주 한 캔을 마시며 식물들을 바라보고 있으면 좁고 아늑한 둥지에 들어앉아 있는 기분이 들었다. 이 시간만큼은 엄마도, 영화도, 그 무엇도 생각하지 않으려고 노력했다. 대부분 그 노력은 유효했다. 예정원만 빼고.

준탁은 정원의 손을 떠올렸다. 정원은 하찮은 것들에도 섬세하고 정연했다. 식물을 다룰 때도, 하다못해 개 발바닥에 립밤을 발라주던 손길조차 그랬다. 그런 하찮고 중요하지 않은 순간들이 준탁의 가슴에 쌓였다. 그런 것들을 곱씹는 시간들이 준탁을 아프게 했다.

맥주를 마저 비우고 납작하게 캔을 일그러트리며 일어서는데 초인종이 울렸다. 인터폰 모니터에 경비원 아저씨의 얼굴이 떴다.

"무슨 일이십니까?"

- 주말마다 오는 학생이 이걸 전해달라고 해서요.

학생?

문을 열자 경비원 아저씨가 족발 가게 이름이 찍힌 봉투를 내밀었다.

"지금요?"

10시가 훌쩍 넘은 시간이었다.

"아니 글쎄, 야식으로 드시라며 제 것까지 챙겨주고 갔지 뭡니까? 고맙게 올 때마다 음료수도 주고……."

"갔어요?"

"방금 갔지요."

준탁은 족발 봉투를 든 채 뛰었다.

젠장.

빌라의 경사로를 달리다 슬리퍼가 벗겨졌다. 준탁은 저만치 벗겨진 슬리퍼를 고쳐 신고 다시 달렸다. 골목 끝에 하얀색 셔츠를 입은 정원이 보였다. 준탁이 헉헉대며 정원의 어깨를 잡았다.

"준탁 씨……."

어라?

정원이 준탁을 올려다보며 눈웃음을 쳤다. 정원에게서 옅은 소주 냄새가 났다.

"술 먹었어요?"

"아아, 네에. 이나 언니랑 세나 언니가 좀 심하게 싸웠었는데, 오늘 화해했거든요. 그래서 한잔했어요. 그게…… 원인 제공자가 저라서 내내 마음이 쓰였는데요……."

혀가 살짝 풀린 정원은 분명 정원인데 어딘가 모르게 느슨해져 있었다.

"이건 뭡니까?"

봉투를 들어 보였다.

"아아…… 그거요. 맛있는 거 먹다 보니까 준탁 씨 생각나서요."

정원이 또다시 준탁을 올려다보며 눈을 반달 모양으로 만들었다.

"……."

순간 심장이 꽉 죄어들었다. 맛있는 걸 먹는데 왜 내가 생각났냐고 묻지 못했다. 물을 수 없었다.

"가요. 데려다줄 테니까."

"아니, 아니. 괜찮아요."

정원이 아이처럼 손을 흔들었다.

"누가 잡아가면 어떡해요?"

"누가요?"

순진한 건지 순진한 척하는 건지, 정원이 눈을 동그랗게 뜨고 물었다. 정원의 어깨에서 가방끈 하나가 툭 떨어졌다.

"나쁜 놈이요."

준탁이 정원의 어깨에서 가방을 벗겨내 대신 메고 정원의 손목을 잡았다.

"어디 살아요?"

"서래빌라요."

정원이 손목을 잡힌 채 순순히 따라오며 대답했다.

정원의 손목을 잡고 습기 가득한 골목을 걸었다. 정원도 준탁도 아무 말도 하지 않았다. 한 발짝쯤 떨어져서 걷는 정원이 숨을 쉴 때마다 달짝지근한 소주 냄새가 코끝에 달라붙었다.

뿌옇게 안개비가 내리기 시작했다.

식지 않은 아스팔트에서 피어오르는 열기가 준탁의 발목을 휘감았다. 축축하게 어깨가 젖어들었지만 준탁은 이 길이 영원히 끝나지 않았으면 했다. 이 밤이 끝없이 되풀이됐으면 좋겠다고 생각했다. 지루하고 지루한 장마가 지속되길 바랐다. 새드 엔딩도 해피 엔딩도 아닌, 결말 없는 영화 속에 박제되고 싶었다.

"있잖아요……."

갑자기 정원이 걸음을 멈추었고 준탁이 고개를 돌려 정원을 바라보았다. 정원의 머리카락과 속눈썹에 안개처럼 내려앉은 빗방울이 가로등에 반사되어 마치 물방울로 만든 베일을 쓰고 있는 듯했다.

"장마가 끝나는 게 아쉬워요."

정원이 안개처럼 속삭였다.

18

|

윈터 버드

어느 봄밤에 피어나는 꽃처럼 수줍게 고백했다.

"은 박사랑 결혼하려고."

푸후.

세나의 폭탄선언에 이나가 레모네이드를 뿜었다.

"이 아줌마가! 더럽게."

세나가 뺨을 닦아내며 인상을 찌푸렸다.

"너어…… 쿨럭 미친 거…… 쿨럭."

사레들린 이나는 새빨개진 얼굴로 기침을 하면서도 세나에게 손가락질을 해댔다.

"너무 성급한 거 아니니?"

한나도 포크를 내려놓았다. 식욕이 완전히 가신 얼굴이다. 세 자매 사이에 끼어서 정원은 냅킨만 만지작거렸다.

"만난 지 얼마나 됐다고?"

이나가 겨우 기침을 멈추고 따지듯 물었다.

"만난 기간이 중요해? 둘이 얼마나 잘 맞냐가 중요하지."

"뭐가 얼마나 그렇게 잘 맞는데?"

이나가 비아냥거렸다.

"하나에서 열까지 다. 그런 경험 없어? 뭐랄까…… 소수점 다섯째 자리까지 맞는다는 느낌? 첫눈에 딱 알아봤어. 우리가 잘 맞을 거라는 거."

"하! 그토록 원하던 뼈와 살이 타디?"

이나는 아예 콧방귀를 뀌었다.

"……어."

세나가 정원의 눈치를 보며 대답했다.

"언니, 이 기집애 뻔뻔한 거 봐."

이나가 파르르 분노를 못 이기고 한나에게 협공을 요청했다.

"윤세나, 넌 배려라는 걸 모르니?"

한나가 한마디 하자 세나가 고개를 푹 숙였다.

"나라고…… 고민 안 한 줄 알아? 백만 번쯤 포기하려고 했어. 근데…… 그래도 좋은 걸 어떡해."

세나가 훌쩍였다.

"백만 번은 무슨! 백만 번 참은 애가 쪼르르 수목원 찾아가서 꼬리치니?"

이나는 한 대 쥐어패고 싶다는 얼굴로 주먹을 꾹 말아 쥐었고 한나는 깊은 한숨을 쉬었다.

"정원아…… 너한테는 정말 미안한데, 그래도…… 나중에 다른 사람 통해서 듣게 되는 것보다 직접 얘기하는 게 나을 거 같아서……."

세나는 냅킨으로 코를 풀어가며 떠듬거렸다.

"언니. 나는 괜찮아요."

정원이 세나 앞에 새 냅킨을 놓아주며 말했다.

"정말?"

세나가 너무나 간절하게 믿고 싶다는 눈빛으로 정원을 바라보았다.

"네."

아무런 서사도 없이 끝나버린 자신의 짝사랑 때문에 눈치를 보고 마음고생했을 세나에게 오히려 미안한 마음마저 들었다.

은 박사를 생각할 때면 어김없이 떠오르는 울릉도의 바람과 바늘꽃은 억지로 지워내지 않아도 서서히 희미해졌다. 아렸고 설렜던 삶의 한 순간은 마음속 어딘가에 존재할 것이다. 색이 바래고 수분이 증발한 책갈피에 꽂아둔 들꽃처럼.

"세나 너, 은 박사와 정원이에 대해서 혹시나 하는 마음 없이 살 수 있겠니?"

한나가 세나에게 물었다.

"나는……."

세나는 대답하려다 말고 잠시 눈을 감았다 떴다. 붉게 충혈된 눈동자에 단단한 마음이 보였다.

"은 박사가 정원이한테 호감 가지고 있었다고 말했을 때도……."

세나가 손바닥으로 눈가를 닦아냈다.

"7년 사귀다 안 좋게 헤어진 연애사를 털어놨을 때도……."

"헐. 7년!"

이나가 답답하다는 듯 레모네이드를 벌컥 들이켰다.

"솔직하게 말해줘서 고마웠고, 날 진심으로 대한다는 걸 느꼈어. 지난 사랑에 대해서 변명하지 않고 본인이 부족했고 본인의 잘못이라고 말하는 사람이라 오히려 믿음이 갔어. 이런 남자…… 두 번 다시 만날 수 없을 거라고 확신했어. 온 마음을 다해서 사랑해줄 거야."

정원은 세나에게서 온몸으로 사랑을 표현하는 제니를 보았다. 마음이 이끄는 대로 솔직하게 행동할 수 있는 세나의 용기가 부럽기조차 했다.

"정원이 너는? 너는 아무렇지 않게 은 박사를 형부로 받아들일 수 있겠어?"

한나가 정원을 바라보며 물었다.

"솔직하게 말하면 식당에서 은 박사님이랑 세나 언니 봤을 때 당혹스럽긴 했어요. 하지만 그건 잠시였고 지금은 정말 아무렇지 않아요. 바람이 있다면…… 제발 은 박사님이 우리 경수 이름이 경수라는 걸 몰랐으면 좋겠어요. 지금이라도 해피퍼니로 바꿀까 봐요."

정원의 말에 이나와 세나가 동시에 피식 웃었다.

"세나 언니, 은 박사님 정말 좋은 분이세요. 하지만 나한테는 은 박사님보다 언니가 더 소중해요."

정원이 손을 뻗어 세나의 손등을 감쌌다. 동희처럼 스스럼없는 형부와 처제 사이가 되기는 힘들겠지만 은 박사를 형부로 대하지 못할 이유는 없었다.

"정원아……."

고맙다는 듯 세나가 정원의 손을 꼭 마주 잡았다.

"은 박사가 언니들과 식사 한번 하고 싶다는데, 이번 토요일 어때? 정원이 너도 수업 끝나고 다른 일정 없지?"

활기를 되찾은 세나가 물었다.

"네."

정원은 고개를 끄덕이고는 쪽지처럼 꼬깃꼬깃 접었던 냅킨을 천천히 펼쳤다.

"내일이 마지막 수업이니?"

한나가 정원의 손에서 몇 번이나 접혔다 펴졌다 하는 냅킨을 보며 물었다.

"네."

정원이 다시 고개를 끄덕였다.

"벌써 마지막 수업이야? 그 수업 다음 달까지라고 하지 않았어?"

이나가 물었다.

그랬다. 그런데, 정원을 집까지 데려다준 다음 날 한나에게서 전화가 왔다. 준탁이 스케줄 때문에 치료 수업을 그만둬야 할 것 같다고.

"많이 바쁜가 봐. 도저히 시간을 낼 수가 없대."

정원 대신 한나가 짧게 대답했다.

"나도…… 그래요."

장마가 끝나는 게 아쉽다는 정원의 말에 준탁은 느리게 눈을 감았다 뜨고는 그렇게 말했다. 마치 목에 무언가가 걸린 사람처럼, 몹시 힘들게.

그 순간, 정원은 준탁을 향한 자신의 마음이 여름철 칡넝쿨처럼 자라나고 있다는 걸 깨달았다. 그렇게 자란 마음이 정원을 온통 뒤덮고 있다는 걸 온전히 수용했다.

정원은 쪽지처럼 접은 냅킨을 테이블에 올려놓고 낮게 한숨을 쉬었다.

"윤이나."

동희가 아이처럼 신난 얼굴로 흰 머그컵을 들고 다가왔다.

"뭔데?"

"에밀리한테 사인 받았어."

"에밀리 사인이라고?"

"어어, 깨진다. 조심……."

세나가 동희의 손에서 머그컵을 빼앗다시피 하고 사인을 들여다봤다.

"에밀리를 어디서 봤는데?"

이나가 카페 안을 둘러보며 물었다.

"조금 전에 민준탁이랑 같이 왔어. 제니 새끼 입양한다고 보러 왔대. 진짜 요정 같이 생겼더라. 강아지들 보고 예쁘다며 폴짝폴짝 뛰는데 우리 스태프들 심장 다 부서졌잖아."

동희는 이나의 입안에서 얼음이 와그작 부서지는 것도 모르고 휴대전화를 꺼내 함께 찍은 사진을 보여주었다.

"어디 봐봐. 대박! 진짜네. 이것 봐, 정원아."

세나가 휴대전화를 정원에게 내밀었다. 환하게 웃는 에밀리와 손가락으로 브이를 한 동희보다 에밀리가 안고 있는 강아지가 먼저 보였다. 금색 별이 박힌 빨간 리본을 맨 강아지는 에밀리의 품에서 제니처럼 헤, 웃고 있었다.

"별이……를 입양한대요?"

별이가 누군가에게 입양된다는 생각을 하자 서운함보다는 상실감에 가까운 감정이 들었다.

"완전 마음에 들었나 봐. 별이 보자마자 꺄아악 소리 지르더니 얘, 내 거, 이러 더라구."

동희가 손가락으로 이나의 뺨을 콕 찌르며 새침하게 흉내를 내자 이나가 동희 손가락을 꽉 깨물었다.

"그럼 우리 별이 슈퍼스타의 반려견 되는 거야? 에밀리 SNS에 막 뜨고 그러겠 네?"

세나가 다시 휴대전화를 들여다보며 말했다.

"노 노. 그건 아니야. 민준탁이 안 된다고 딱 잘라 말하더라."

"왜?"

"그거야 모르지. 감독님 진짜 안 돼요? 하면서 애교 부리는데 와아, 민준탁 눈 도 깜짝 안 해. 사람이 진짜 냉해."

"페이크네."

세나가 휴대전화를 동희에게 건네주며 단정적으로 말했다.

"페이크?"

"에밀리랑 사귀니까 오히려 더 아닌 척하는 거지."

"그러네. 그럴 수도 있겠네. 어? 저기 에밀리 내려왔다. 벌써 간다고? 쿠키 좀 포장해주려고 했더니."

맞장구를 치던 동희가 창밖을 바라보다 주방 쪽으로 황급하게 달려갔다.

"한동희, 미친 거 아니야?"

이나는 어이없다는 듯 코웃음을 쳤고 정원은 몸을 틀어 비가 내리는 창밖을 바 라보았다.

자신의 아티스트에게는 빗물 한 방울도 허락하지 않겠다는 듯 매니저로 보이 는 남자가 어깨에 비를 다 맞아가며 헌신적으로 우산을 받치고 있었다. 커다란 우 산 속에서 레몬색 쇼트 팬츠에 레인부츠를 신은 에밀리는 눅눅한 장마 속에서도 상큼했다. 에밀리 뒤로 준탁이 어울리지도 않게 앙증맞은 분홍색 도트 무늬 우산 을 쓰고 무심하게 지나쳤다. 정원이 빌려준 우산이다. 매니저가 문을 열어준 밴에 오르려다 말고 에밀리는 뒤돌아서서 준탁의 팔을 잡고 끌어당겼다.

"그냥 같이 타고 가지 뭘 저렇게 뻗대? 하긴 저게 민준탁 매력이긴 하다. 아무한테나 호락호락하지 않은 거. 메타플렉스 신재현 부회장한테도 엄청 까칠하게 군다고 하던데? 부회장이 투자 조건으로 민준탁한테 들이댔다는 소문도 있고. 신재현 부회장이 동성애자라는 건 비밀 아닌 비밀이니까. 여튼 감독이 제작사랑 배급사한테 할 말 다 하기는 쉽지 않지."

조금 전까지 사랑 때문에 울었던 사람 맞나 싶게 세나가 흥미롭게 바깥 풍경을 관전했다.

"아주 연예가중계 나셨다."

이나가 세나를 한심하게 바라보며 고개를 흔들었다.

매니저는 어떻게든 비를 안 맞히려고 안간힘을 썼고 에밀리는 준탁에게 매달리다시피 했다. 택시가 도착하자 준탁이 보기 민망할 정도로 야멸차게 에밀리의 팔을 뿌리치고 택시에 올라탔다. 택시 뒷좌석에 앉아 우산을 접는 순간 준탁이 카페 쪽으로 고개를 들었고 정원과 시선이 마주쳤다. 그랬다고 생각했다. 빵, 뒤차가 클랙슨을 울리고서야 준탁은 차 문을 닫았고 택시가 출발했다. 택시가 떠난 후에도 에밀리는 한참 동안 그 자리에 서 있었다.

"언니야, 우리 형부 에밀리 좋아했어? 완전 찐팬이네."

동희가 멍하니 서 있는 에밀리에게 다가가 쿠키가 든 박스를 내미는 걸 바라보며 세나가 고소해했다. 이나가 레모네이드 잔에서 스트로를 빼내 세나에게 던졌고 세나는 킬킬대며 웃었다. 에밀리가 상냥한 미소를 지으며 쿠키 박스를 받아 드는 모습을 지켜보면서 어쩌면 긴 시간 동안 울릉바늘꽃을 바라본 것처럼, 고르키파크 로즈를 그렇게 바라보게 될지도 모르겠다고 정원은 생각했다.

✳ ◆ ✳

제8회기 수업.

연못에 수생식물(수련, 물토란, 파피루스 물옥잠화) 식재.
처음과 달리 수업에 매우 적극적이고 능동적으로 참여.
원예와 조경 관련 책을 구입해서 탐독.
8회기를 마지막으로 상담자 요청에 따라 수업 중단.

수업 보고서를 작성하다 말고 정원은 고개를 들어 준탁을 바라보았다. 장마가 물러간 파란 하늘 아래서 준탁은 땀을 흘리며 연못을 손보고 있었다. 방수포를 꼼꼼하게 씌우고 마사토를 덮은 다음 현무암으로 경계를 쌓고 있었다. 민소매를 입은 팔뚝이 땀에 젖어 번들거렸다.

준탁은 타고난 미적 감각도 있지만 무언가에 관심을 가지면 완벽하게 몰입하는 스타일인 거 같았다. 영화만으로도 정신없이 바쁠 텐데 원예와 조경 관련 서적이 올 때마다 늘어나 있었다. 정원은 거실 테이블에 잔뜩 쌓아놓은 책들을 살펴보다가 그중에 한 권을 집어 들고 접힌 페이지를 펼쳤다.

'수단과 방법을 가리지 않는 무서운 살인마'라고 교살식물을 표현한 소제목이 꽤 자극적이었다.

용수라고도 불리는 반얀트리도 교살식물이다. 교살식물은 나무를 뒤덮어 원래 있던 나무를 말라 죽게 한다. 실제로 나무를 졸라 죽이는 것은 아니지만, 햇빛을 차단해서 나무가 시들게 한다. 그 모습이 마치 나무를 졸라 죽이는 것처럼 보인다.[26]

---

26 싸우는 식물, 2018년, 이나가키 히데히로 著, 김선숙 譯, 더숲

정원은 준탁이 연필로 밑줄을 그어놓은 문단을 읽다가 문득 시선을 느끼고 고개를 들었다. 창밖에서 준탁이 정원을 바라보고 있었다. 언제부터 저렇게 무섭게 바라보고 있었던 걸까. 눈이 마주치자 준탁은 고개를 돌리고 커다란 현무암을 들어올렸다. 정원은 책을 내려놓고 일어나 거실 창을 열었다. 그악스러운 매미 소리와 함께 한여름의 열기가 훅 끼쳤다.

"시원한 거라도 드릴까요?"

정원이 물었다.

"됐어요."

준탁은 호스를 끌어와 연못에 대고 물을 틀었다. 마사토와 자갈이 깔린 연못에 천천히 물이 차기 시작했다.

"수련 화분에 부평초가 딸려서 왔네요. 번식력이 좋아서 감당 안 될 때도 있어요. 여름이 가기 전에 연못에 가득 찰지도 몰라요. 배수구로 빨려 들어가면 막힐 수도 있으니까 배수구에 망 설치하는 거 잊지 마시고요."

정원이 양말을 벗고 바짓단을 접어 올리며 말했다.

"뭐 하는 겁니까?"

"수업 시간이 얼마 남지 않아서 서둘러야 할 거 같아요."

정원은 수련 화분을 들고 물이 차오르는 연못에 발을 담갔다. 마사토와 자갈이 발바닥에 닿는 느낌이 좋았다. 지압매트를 밟을 때처럼 적당히 아프고 적당히 시원했다.

"겨울이 문젠데, 이 정도 크기의 연못은 분명 물이 얼어서 뿌리가 상할 거예요. 화분째 베란다로 옮겨서 겨울을 나게 해주세요."

정원은 맨발로 연못을 들어갔다 나갔다 하며 수련과 물토란 화분의 위치를 잡았다. 그런 정원의 모습을 준탁은 물끄러미 바라보고만 있었다. 오늘 아침 현관문을 열어줄 때부터 준탁은 정신을 어딘가에 두고 온 사람처럼 조금 멍했다. 한나의 말처럼 갑자기 너무 바빠져서 과부하가 걸린 걸까.

"조금 오른쪽으로."

자이언트 파피루스 화분을 내려놓는데 뒤에서 준탁의 목소리가 들렸다.

"너무 센터인가요?"

정원은 순순히 준탁의 말을 따랐다. 꽤 묵직한 파피루스 화분을 들고 조금 오른쪽으로 이동시켰다.

"조금 더."

"조금 더요? 너무 치우치는 거 같지 않나요?"

"아뇨."

키가 큰 파피루스는 연못 중앙에 배치하는 게 더 어울릴 거 같았지만 준탁은 고집을 꺾지 않았다.

"물토란은 조금 왼쪽으로."

"네?"

준탁이 손가락으로 물토란을 옮길 자리를 가리켰다. 납득하기 힘들었지만 정원은 준탁이 원하는 대로 화분을 옮겼다. 그런데 이게 끝이 아니었다. 물토란을 옮기니 다시 수련도 옮겨달란다.

"여기요?"

"아니 너무 갔네. 조금 오른쪽으로. 아니, 아니. 더 가운데."

발등에 찰랑이던 물이 발목을 넘어 종아리까지 차오르도록 정원은 허리를 굽혔다 폈다 화분을 옮기며 준탁의 변덕을 받아주었다. 허리가 시큰했다. 등허리와 뒤통수가 뜨거워지고 이마와 목덜미도 축축하게 젖어들었다.

"처음이 나았나?"

준탁이 무심한 손길로 물옥잠 한 송이를 연못에 툭 던졌다.

퐁.

정원의 뺨에 물이 튀는 순간, 당했다는 걸 깨달았다. 정원이 허리를 펴고 몸을 돌렸다. 준탁의 무표정한 얼굴 어딘가에 억지로 참고 있는 웃음이 보였다.

"민준탁 씨!"

"그러게 왜 바보처럼 남의 말을 잘 들어줘요. 그러니까, 매번 당하지."

하!

정원은 어이가 없어 고개를 들어 하늘을 올려다보았다. 새파란 하늘을 배경으로 목화송이 같은 적운이 떠다녔다. 새삼 짜증이 났다. 수업을 그만두겠다는 말을 하나 언니에게서 듣게 된 순간부터 정원의 마음 한구석에 도사리고 있던 짜증이었다. 엄밀히 말하면 짜증이 아니라 서운함이었다. 두 달 동안 수업을 함께 했다. 어느 정도 라포르가 형성되었다고 생각했는데 착각이었던 걸까.

정원은 느리게 움직이는 구름을 바라보며 짜증과 서운함의 중간 어디쯤인 감정을 삭였다.

그래. 서운해할 문제가 아니다. 서운해할 게 아니라 신뢰를 주지 못한 자신이 부족했던 거다.

"그럼 처음으로 되돌려놓을까요?"

최대한 상냥하게 물었다.

"됐습니다. 내가 할 테니 올라와요."

준탁이 손을 내밀었다.

정원은 준탁의 손을 외면하고 바지가 젖지 않도록 최대한 물살을 일으키지 않고 연못 가장자리로 걸어 나왔다.

"화났어요?"

"그럴 리가요. 어, 어……!"

정원이 연못가 현무암에 발을 딛는 순간 제대로 고정되지 않은 돌이 한쪽으로 기우뚱 기울어졌고 정원은 중심을 잃고 버둥거렸다. 매트릭스의 네오라면 유연하게 허리를 비틀며 일어섰겠지만 불행히도 정원에게 그런 능력은 없었다. 볼썽사납게 연못에 빠지겠구나, 질끈 눈을 감는 순간 정원의 몸이 허공에서 멈추었다. 탱고를 추다 허리가 꺾인 채로 멈춘 것처럼 아슬아슬한 자세였다.

천천히 눈을 떴다.

새파란 하늘을 등지고 준탁이 정원을 내려다보고 있었다. 한 손은 정원의 허리에, 다른 한 손은 허우적대던 정원의 팔을 움켜쥔 채로.

"이 손 놓으면 예정원 선생은 어떻게 될까?"

몰라서 묻나요?

"이대로 영영 얼굴 볼 일이 없겠지."

놀리듯 준탁이 입술을 비틀며 웃었다.

"그러게 손 내밀 때 잡으라니까."

삭였던 짜증이 다시 솟구쳤다.

물에 빠진 사람이 구해준 사람에게 보따리를 내놓으라고 협박했다는 이야기가 터무니없는 얘기는 아닐지도 모르겠다. 구해줄까? 말까? 피 마르게 간죽거리지 않았을까?

태양이 이글거리며 정원의 눈동자를 찔러댔다. 이마와 뺨은 달궈져서 뜨거웠고 관자놀이를 따라 땀이 흘러내렸다. 자신의 허리를 받치고 있는 손의 열기를 선명하게 느꼈다. 그리고 몹시 갈증이 났다.

"왜…… 저한테 직접 말하지 않았어요? 수업…… 그만두겠다고."

T.P.O.에 전혀 맞지 않는 질문이 튀어나왔다. '자신도 모르게' 갑자기 툭 하고 튀어나온 말이라고 변명하고 싶었지만 사실은 며칠 동안 내내 묻고 싶었던 말이었다.

준탁의 눈가에서 웃음기가 서서히 사라졌다. 준탁은 대답 대신 갑자기 팔에 힘을 뺐고 정원의 몸이 아래로 툭 떨어졌다. 정원은 비명을 지르며 준탁의 셔츠를 움켜쥐었다. 정신을 차리기도 전에 수면에 거의 닿을 것만 같았던 몸이 다시 붕 떠올랐다. 준탁이 정원을 번쩍 들어올려 그네벤치에 내려놓았다. 머리가 어찔했다.

"밥 안 먹고 다녀요? 제니보다 더 가볍네."

준탁은 정원의 발목을 잡고 목에 걸치고 있던 수건으로 물기를 닦아주었다.

"하지…… 마세요."

정원이 준탁의 손에서 벗어나려고 버둥거렸다.

"왜요? 수건이 더러워서 그래요? 이거 제니 수건 아니고 내 수건인데."

"그게 아니라…… 제가 할게요."

준탁의 손이 발목에 닿을 때마다 쐐기풀에 스친 듯 정원의 몸속 어딘가가 따끔거렸다.

"예 선생 복숭아나무는 잘 있습니까? 마트에는 복숭아가 지천이던데."

수건으로 감싼 발을 꾹꾹 눌러대며 준탁이 말했다.

"……네?"

준탁의 손등에 희미하게 남은 흉터를 바라보며 되물었다.

"복숭아 먹으러 가자더니."

준탁은 여전히 고개를 숙인 채였다.

"잊고…… 계신 거 같아서요."

"그럴 리가."

준탁이 고개를 들고 정원을 바라보았다. 두 사람의 시선이 부딪히자 일순 사위가 고요해졌다. 매미 소리도 멈추고 댓잎만 싸르락거리며 흔들렸다. 바람에 준탁의 머리카락이 흐트러졌고 남자치고는 잔머리가 많은 이마가 드러났다. 민소매에 헐렁한 반바지를 입고 있어도 화려한 사람이다, 민준탁은. 도톰하게 부푼 붉은 입술이 선정적인 느낌마저 들었다. 그럼에도 정원은 준탁에게서 경수를 바라볼 때처럼 알 수 없는 애틋함을 느꼈다. 준탁의 이마를 쓸어주고 싶다는 스스로의 생각에 놀라 움찔 주먹을 쥐었다.

"서운……했습니까?"

준탁이 물었다.

조금요.

정원은 마음속으로 대답했다.

"예정원 선생한테 직접 말하면 설득당할까 봐서요. 그거 알아요, 설득의 목소리를 가졌다는 거?"

정원의 마음을 읽은 것처럼 준탁이 말했다.

"마지막 수업은 복숭아 농장에서 하는 거 어떻습니까?"

준탁이 축축해진 수건을 어깨에 걸치며 일어섰다.

* ◆ *

시나리오는 이미 너덜너덜해졌다.

고치고 고치고 또 고치고. '예정원'이라는 장르를 함부로 시도하는 게 아니었다. 집요하게 복수를 향해 앞만 보고 질주해야 할 캐릭터는 햄릿 신드롬에 빠져 붕괴된 지 오래다.

"이거 쓰고 가세요."

안개비가 내렸던 밤, 정원이 분홍색 물방울무늬 우산을 내밀었을 때 준탁은 이 여자에게 결코 상처 입힐 수 없다는 걸 깨달았다. 꿈을 꾸듯 반짝이는 눈동자를 외면하고 돌아섰을 때 알았다. 이 여자의 인생에서 그만 퇴장해야 할 때가 왔음을.

석원 역시 보내줘야 할 시간이 왔다는 걸 알았다. 어떻게 할 도리 없는 것들을 붙들고 있는 건 어리석은 일이었다. 어쨌든 엄마가 잘 살고 있다는 걸 알았으니 됐다. 자신이 잘 살고 있다는 걸 엄마가 알았으니 그것으로 됐다. 장난감을 제 얼굴에 떨어뜨리고 멍이 든 채 울던 아기도 예쁘게 잘 자랐으니 된 거다. 햄릿의 우유부단함이 오필리어를 죽음에 이르게 했듯이 자신의 어설픈 시나리오가 정원을 망가트릴까 봐 덜컥 겁이 났다.

그러면서도 복숭아를 먹으러 가자고 했다. 정원과의 추억 하나쯤은 가지고 싶다고 어쭙잖은 욕심을 부렸다. 그러면 '남아 있는 나날'을 버텨낼 수 있을지도 모르겠다고. 새벽이 오지 않을 것 같은 밤이 찾아오면 반딧불처럼 떠올릴 수 있는 기억 한 조각은 가져야겠다고.

준탁은 올 포 도기 근처 공원에 차를 세우고 정원을 기다렸다.

- 언니들이 호기심이 많아서요.

올 포 도기에서 만나자는 준탁에게 정원은 머뭇거리며 말했다.

에어컨의 풍속을 줄이고 녹음이 짙어진 공원을 바라보았다. 불두화가 한창이 던 지난봄의 어느 밤이 아주 먼 옛날인 듯 아득했다. 그 밤, 분명 할퀸 상처였는데 도 정원은 아토피라고 서툴게 변명했었다.

손톱을 물어뜯으려다 포기하고 안절부절 주머니를 더듬는데 골목을 올라오는 정원이 보였다. 경수를 데리고 오겠다더니 혼자다.

"왜 혼자 옵니까?"

준탁이 차 문을 열고 내렸다. 저도 모르게 정원의 목으로 시선이 갔다. 브이넥 티셔츠 위로 드러난 피부는 상처 없이 깨끗했다. 다행히도.

"컨디션이 좀 안 좋은 거 같아서요."

목소리에 기운이 없다.

"많이 안 좋으면 장호원 가는 거 다음으로 미룰까요?"

마음에도 없는 소리를 했다.

"아뇨. 그 정도는 아니에요. 더위를 많이 타서 여름철에 힘들어하는 편인데 올 해는 새끼들까지 돌봐야 해서 더 그런 거 같아요."

태어난 지 2개월이 다 되어가는 녀석들의 생동감이란 상상 그 이상이었다. 좋 게 표현해서 생동감이지 제니 같은 사고뭉치가 열두 녀석이나 된다는 얘기였다. 요즘 들어 올 포 도기 사장에게 조금은 미안한 마음도 들었다.

"그럼, 출발합시다. 더 더워지기 전에."

매일 최고온도를 경신하는 요즘이다. 아침부터 날씨가 심상치 않았다.

"이거 드세요."

조수석에 앉으며 정원이 준탁에게 카페 알바트로스 로고가 찍힌 텀블러를 내 밀었다.

"아바라?"

"네."

"고마워요."

텀블러를 받아 들며 피식 웃었다.

"왜 웃어요?"

"언니들이 호기심이 많다면서요?"

"네?"

정원이 무슨 소리냐는 듯 준탁을 바라보았다.

"주말 아침에 커피 두 잔을 주문하면 언니들이 무슨 생각 할 거 같아요?"

"아!"

그제야 깨달았다는 듯 정원이 눈을 동그랗게 떴다.

"형부도 출근 전이고 아르바이트생만 있었는데요."

안심하고 싶어 하는 얼굴이다.

"뭐, 어쨌든 출발합시다."

준탁은 커피를 한 모금 마시고 차를 출발시켰다. 고속도로에 진입한 후 슬쩍 곁눈질로 정원을 보자 텀블러를 만지작거리며 내내 고민하는 눈치였다. 그 모습이 귀엽기도 해서 준탁은 속으로 또다시 웃었다.

"좋아하는 음악 있으면 틀어요."

휴가철답게 고속도로는 차로 넘쳐났다.

"저는 괜찮아요."

본인의 플레이 리스트를 들키고 싶지 않은 모양이다.

"그럼, 내 거 들을래요?"

준탁은 자신의 플레이 리스트를 눌렀다. 미처 삭제하지 못한, 진 감독이 보내준 석원의 테마가 흘러나왔다. 좁은 공간에 피아노와 첼로 선율이 가득 찼고 차도 제 속도를 내며 달리기 시작했다.

"이 음악…… 제목이 뭐예요?"

가만히 듣고 있던 정원이 '알 수 없음'이라고 떠 있는 플레이 리스트를 보며 물었다.

"들어본 적 없어요?"

"아뇨. 처음 듣는 곡이에요."

"이번 영화에 삽입될 곡입니다. 어때요?"

"음…… 한 번 더 듣고 말씀드릴게요."

준탁이 리플레이 버튼을 눌렀다. 정원은 눈을 감고 집중해서 음악을 들었다. 첼로의 마지막 여운이 사라진 뒤에도 정원은 한참 동안 말이 없었다. 준탁은 초조하게 핸들을 톡톡 두드렸다. 그러거나 말거나 정원은 고요했다. 준탁의 인내심이 한계치에 도달하기 직전, 정원이 말했다.

"겨울눈 같아요."

"겨울……눈? 스노우?"

"아뇨. 윈터 버드(Winter bud)요. 학부 때 은사님께서 가장 아름다운 정원이 겨울 정원[27]이라고 하셨어요. 식물의 본질을 볼 수 있다고요. 수목원에 다닐 때 겨울이 오면 도감을 들고 시간 날 때마다 겨울눈을 관찰한 적이 있었는데 이 곡을 듣고 있으니까 그때 보았던 겨울눈이 떠올랐어요. 그런데 이 곡…… 정말 너무 좋아요. 제목이 뭐예요?"

"……아직."

'석원의 테마'라고 말하려다 엄마와의 통화가 떠올라 그만두었다.

"겨울이면 윈스턴의 디셈버 많이 듣는데 그만큼, 아니 그보다 더 좋은 거 같아요."

정원은 아예 반복재생 버튼을 눌렀다.

"겨울눈 보면 나는 왠지 불쌍하던데."

앙상한 가지 끝, 목련의 겨울눈을 보면 준탁은 늘 몸속에 한기가 들었다.

"맞아요. 힘겹죠. 그런데 뭐라고 해야 할까…… 매서운 겨울을 버텨내는 겨울

---

27 식물 산책, 2018년, 이소영 著, 글항아리

눈들을 들여다보면서 경외감 같은 것도 느꼈어요. 순응하는 삶도 이렇게 아름다울 수 있구나, 하는. 탓하기보다 자신이 뿌리내린 곳에서 스스로를 변화시키면서 살아내는 삶도 의미 있다고 생각했어요."

"순응하는 삶이라. 너무 나약하지 않아요? 패배자들의 변명 내지는 자기합리화 같잖습니까."

"그런……가요? 그렇게 볼 수도 있겠네요."

정원은 가만히 고개를 끄덕였다.

"하지만…… 포기보다는 분명 힘든 일이에요. 순응한다는 건."

그럴까?

차라리 깨끗하게 포기하면 포기했지 준탁의 삶에 순응은 없었다. 편견을 뛰어넘거나, 경쟁을 뚫거나, 가로놓인 장벽을 부숴버리면서 살아왔다. 어느 건축가의 말처럼 '날기 위해서는 저항이 있어야 한다'[28]고 생각하며 살았다. 그래서일까. 사는 게 이렇게 힘이 드는 건.

"순응하면서 사는 건 어떤 겁니까?"

정말 궁금해서 물었다.

"잘은 모르겠어요. 다만…… 순응하는 삶이 굴복을 의미하는 건 아니라고 생각해요. 자신을, 자신의 상황을 있는 그대로 받아들이는 거…… 그리고 더 나은 쪽으로 스스로를 변화시키는 거…… 그런 게 순응 같아요."

있는 그대로 받아들인다.

준탁은 속도를 조금 더 올렸다.

정원은 거친 물살에 순응하는 바위처럼 얌전하게 앉아 음악에 빠져들었고 준탁은 한여름, 인생의 한가운데를 가로질러 질주했다.

---

28 마야 린(1959~), 미국, 건축가

"정원아!"

"어머니이이. 잘 지내셨어요?"

이렇게 애교스러운 구석이 있는 여자였나. 마중 나온 중년의 여자를 부둥켜안고 한 바퀴 빙 돌려 내려놓는 정원을 새삼스럽게 바라봤다.

"아이고 어지러워. 많이 바빴다며? 경수는?"

"관절이 좀 안 좋아져서 두고 왔어요."

"저런. 그랬구나. 어머나…… 경수 말고 남자친구 데려오라고 했더니 진짜 데려왔네. 세상에 우리 정원이 남자친구를 다 보고. 환영합니다. 도희 엄마예요."

레이스 두건을 쓰고 꽃무늬 가득한 원피스에 가슴 한가운데 왕 리본이 달린 앞치마를 두른 중년의 여자가 부담스러운 시선으로 준탁을 바라봤다.

"아니, 아니에요."

정원이 극렬하게 손사래를 쳤다. 너무 대놓고 아니라니 오히려 민망했다.

"아니야?"

"네. 그냥 아는 분이에요."

하, 그냥 아는 분?

"정원수로 심을 복숭아나무도 골라볼 겸, 어머니도 뵐 겸 겸사겸사 왔어요."

"그래?"

리본 아주머니는 결코 믿지 않겠다는 표정으로 준탁과 정원을 번갈아 바라보았다.

"처음 뵙겠습니다. 민준탁이라고 합니다."

"네. 반가워요."

준탁이 인사하자 아주머니가 소녀처럼 생긋 웃었다.

"도희 선배는요?"

"농원에 가 있어. 작업해주셔야 할 분들이 갑자기 못 나와서 지금 고양이 손이라도 빌려야 할 참이야."

"그래요? 이거 새참이죠? 제가 가져갈게요."

정원이 익숙한 듯 커다란 아이스박스가 실려 있는 사륜 오토바이의 트레일러를 내려다봤다.

"그래줄래?"

"저…… 같이 가실래요? 아니면 여기서 어머니랑 정원 구경하셔도 되구요. 깜짝 놀라실 거예요. 한국의 타샤 튜더세요."

"어머나, 얘는."

쑥스러움이 남아 있는 어른은 오랜만이다. 준탁은 리본 아주머니가 마음에 들었다.

"같이 다녀오죠."

"그럼, 따라오세요. 어머니, 다녀올게요."

"그래. 얼른 다녀와. 엄마가 맛있는 거 해놓고 기다릴게."

정원이 사륜 오토바이에 올라타더니 거침없이 먼저 출발했다. 지난번 벌에 쏘여 응급실에 갈 때도 그랬고 은근히 터프한 구석이 있다.

"민준탁 씨?"

준탁이 운전석에 오르려는데 아주머니가 준탁을 불러 세웠다.

"진짜 우리 정원이 남자친구 아니에요?"

"그냥 친굽니다."

"어머나. 혼자 좋아하시는구나."

"그게……."

"어서 다녀와요."

리본 아주머니가 만족스러운 미소를 지으며 어서 다녀오라고 손짓했다. 변명하기에 이미 타이밍을 놓쳐버렸다.

나지막한 산 전체가 복숭아 농원이었다.

준탁은 농원의 크기에 압도되었다. 조생종을 키우는 하우스 동을 지나 언덕을 오르며 낮게 탄성을 내뱉었다. 탐스러운 복숭아가 열린 나무들이 끝도 없이 펼쳐

네버 세이 네버

져 있었다. 무릉도원이 따로 없었다.

"황도희예요."

챙이 넓은 모자를 쓴 여자가 장갑을 벗으며 준탁에게 손을 내밀었다. 그을린 피부에 총명하게 반짝이는 갈색 눈동자가 인상적인 여자였다. 웬만한 남자보다 키가 컸고 체격도 다부져서 언뜻 보면 배구선수처럼 보였다.

"민준탁입니다."

준탁이 여자의 손을 잡았다.

"아뉘. 안 되겠네. 시크한 척하려고 했는데. 감독님, 저 감독님 팬이에요. 무대 인사도 갔고 피켓팅해서 GV도 갔었거든요."

갑자기 도희가 준탁의 손을 꽉 잡고 놓아주지 않았다.

"정원이가 감독님 데려온다고 했을 때 저 진짜 기절하는 줄 알았다고요. 아, 심장 떨려."

"다음 시사회 때 오세요. 초대장 보내드릴게요."

끼아악.

도희가 소리를 지르며 경중경중 뛰어올랐다.

"정원아, 봤지. 이게 바로 성덕이라는 거다. 크랭크업했다는 기사는 봤는데……."

그때, 도희의 뒤에서 "새참 먹고 합시다!" 하는 목소리가 들렸다.

"영화 얘기는 이따가 해야겠네요. 네, 갑니다, 가요. 감독님도 이리 오세요."

도희는 아쉽다는 듯 몸을 돌렸다. 커다란 그늘막 아래로 하나둘 사람들이 모여들었다. 정원과 준탁도 자리를 잡았다.

"일할 사람들 옷차림이 아닌데?"

"제 손님들이세요."

"오라는 인부는 안 오고. 도희 사장, 이러다가 오전까지 못 끝내. 어서 사람 구해 와."

작업반장으로 보이는 남자가 우무콩국을 꿀꺽꿀꺽 단숨에 비워낸 후, 목에 두른 수건으로 입가를 닦아냈다. 수건에는 '황가네 농원'이라고 커다랗게 인쇄되어 있었다.

"복동이가 급한 대로 선별 작업자 두 명 더 데려온대요."

"아니, 상도란 게 있는데, 어떻게 남의 사람들을 빼 간대?"

"그러게 말예요. 자자, 반장님, 한 그릇 더 드세요. 이거, 엄마가 밤새도록 맷돌로 간 겁니다."

도희가 작업반장의 대접에 넘칠 만큼 콩국을 부어주었다.

"드세요."

정원이 우무콩국과 말린 복숭아를 넣은 술빵을 준탁에게 가져다주었다. 어울리지 않을 거 같은 음식의 궁합이 훌륭했다.

"맛있죠?"

정원이 반달 눈을 하고 준탁을 바라보았다.

"장호원에 왔으니 이걸 한번 먹어봐야제."

반장이 복숭아를 씻어서 준탁과 정원에게 내밀었다. 한 손에 가득 차고도 남을 만큼 커다란 백도였다.

"드세요."

정원이 얇게 껍질을 벗겨서 준탁에게 건넸다. 준탁이 복숭아를 받아 들자 스무 쌍이 넘는 눈동자가 준탁을 바라보았다.

"아이고, 총각이 훤칠하니 잘생겼네."

"키만 컸지 저렇게 팔다리 긴 사람들이 힘을 못 쓰더라."

"손을 보니 일은 안 해본 이네."

"세상에, 남자 피부가 똑 우리 복숭아색이네."

아주머니들이 대놓고 준탁을 품평했고 작업반장은 어서 먹어보라는 듯 눈짓을 했다. 복숭아가 목에 걸릴 것만 같았다.

"음……."

준탁이 선뜻 복숭아를 입으로 가져가지 못하고 미적거리는 동안 정원이 껍질

네버 세이 네버

을 벗기고 한입 가득 베어 물었다. 정원의 손가락 사이로 진득한 과즙이 뚝뚝 떨어졌다.

"진짜 맛있어요."

정원이 엄지를 추켜세웠다.

그렇지. 복숭아는 저렇게 먹어야지.

아이고 예쁘게도 먹네.

저 아가씨는 작년에 적화²⁹ 때도 왔던 아가씨네.

아주머니들 눈에서도 꿀이 뚝뚝 떨어졌다.

"먹어보세요. 깜짝 놀라실 거예요."

준탁이 마지못해 복숭아를 입으로 가져갔다. 갓 따 온 복숭아는 따뜻했다. 과육을 씹자 상상하지 못했던 맛이 났다. 그건 정원의 말처럼 놀랄 만큼 향긋하고 달콤해서만은 아니었다. 보육원을 방문했던 손님이 두고 간 복숭아 한 알을 훔쳐 먹었던 그때의 맛이 났기 때문이다. 반도 채 먹지 못하고 입안에 든 복숭아마저 튀어나올 만큼 뺨을 맞았었다. 어른이 되면 복숭아 농장의 주인이 되겠다고, 그래서 커다란 복숭아를 배가 터지도록 먹으리라 다짐했지만 그 뒤로 복숭아를 먹어본 기억이 없다. 스스로 과일을 챙겨 먹는 스타일도 아니었고 과일 코너에 쌓인 복숭아를 보고도 카트에 담을 생각조차 하지 않았었다.

준탁은 힘겹게 복숭아를 삼켰다.

"맛있네요."

덤덤한 준탁의 말에 다들 실망한 기색을 숨기지 않았다.

"자자, 일합시다. 일."

작업반장이 술빵을 입안으로 욱여넣고는 자리에서 일어나 사람들을 재촉했다.

"여사님들, 이제 한 트랙터만 더 하면 됩니다."

---

29 摘花, 과실이나 꽃의 크기 및 품질의 향상을 위하여 꽃을 솎아내는 일

배구선수가 파이팅을 외치듯 도희가 박수를 치며 일어섰다.

"선배, 저도 좀 도울까요?"

정원이 빈 그릇들을 정리하며 물었다.

"아니야. 집에 가 있어. 12시면 대강 끝날 거야. 미안하다. 괜히 사람 불러놓고. 보통 이 시간이면 선별 작업까지 끝내고 포장 들어갈 시간인데……."

"방법 알려주면 저도 돕겠습니다. 날이 너무 뜨거운데, 오 분이라도 빨리 마치면 좋죠."

준탁이 이글거리는 해를 바라보며 말했다.

"아이고, 잘됐네."

옆에서 듣고 있던 작업반장이 너 잘 걸렸다, 하는 눈으로 준탁을 바라봤다.

"총각, 이리 와봐요."

"아니, 감독님. 안 그러셔도 되는데."

도희가 미안한 표정을 지으며 손사래를 쳤다.

"괜찮습니다."

"잠깐만요."

준탁이 작업반장을 따라가려는데 정원이 불러 세웠다.

"모자도 쓰고 패치도 붙이고 가세요."

정원이 가방에서 벌 퇴치용 패치를 꺼내 준탁의 셔츠와 바지에 덕지덕지 붙여주었다.

"벌 알레르기가 있어서요. 반장님도 붙여드릴까요?"

뭐 하는 짓인가 하는 얼굴로 바라보는 작업반장에게 정원이 상냥하게 물었다.

"난 그런 거 안 붙여도 끄떡없지."

작업반장이 한심하다는 표정을 지우지 않고 준탁을 위아래로 꼬나보았다.

"이것도 뿌리고……."

패치를 붙이고 나서 스프레이까지 꺼내 준탁을 향해 분사했다. 준탁은 정원이 하는 대로 가만히 서 있었다. 왠지 극성스러운 엄마의 보살핌을 받는 기분이다.

"예정원 씨나 조심해요."

준탁은 소매에 붙은 패치를 하나 떼어 장난스럽게 정원의 이마에 톡 붙여주었다.

"입 다물어요."

놀라서 멍하니 서 있는 정원의 손에서 스프레이를 뺏어서 정원에게 잔뜩 뿌려주었다. 패치에 스프레이까지 뿌렸는데도 정원에게서 달콤한 복숭아 향기가 났다. 등 뒤에서 도희가 쿡쿡대며 웃는 소리가 들렸다.

"이렇게 손에 힘을 빼고 감싸듯이 잡고 따야 멍이 안 들어."

작업반장이 시범을 보였다.

"아니, 아니. 좀 더 힘을 빼야지. 그렇지. 여자친구 가슴이다 생각하고 감싸듯이 살포오시."

성적 발언을 자연스럽게 해대는 작업반장 때문에 준탁이 피식 웃었다.

"왜? 생각만 해도 좋은가?"

"살포오시 따보겠습니다."

"그렇지, 잘하네."

반장이 고개를 끄덕이며 자리를 뜬 후 준탁은 복숭아 따기에 열중했다. 한 상자를 채우기도 전에 이마와 등이 젖어들었다. 뜨겁게 올라오는 지열에 숨이 막혔다. 가끔 고개를 돌려 정원을 찾았지만 보이지 않았다. 복숭아나무 주인 이름이 적힌 스티로폼 박스에 차곡차곡 복숭아가 쌓이면 복동이라고 불리는 젊은 남자가 가져가고 빈 스티로폼 박스를 두고 갔다. 그렇게 열 박스쯤 땄을까, 불쑥 정원이 눈앞에 나타났다.

"이제 그만하셔도 돼요. 오늘 출하량 다 채웠대요. 이리 와보세요."

정원이 준탁을 재촉하며 앞서 걸었다.

"뭡니까?"

장갑으로 이마의 땀을 닦으며 정원을 따라갔다. 언덕을 조금 더 올라가자 클로버꽃이 하얗게 핀 복숭아밭이 나왔다. 달큼한 향기가 발걸음을 뗄 때마다 피어났다.

"벌이 많아요. 조심하세요."

정원이 고개를 돌려 준탁의 발치를 살폈다.

"이것 보세요. 이 녀석이 제 나무예요."

정원이 이름표가 붙은 나무를 보여주었다. 아래쪽 농원에 있는 나무보다 둥치가 작은 나무였다. 준탁이 이름표를 자세히 들여다보았다. 지난번 사진으로 봤을 때는 그냥 펜으로 쓴 건 줄 알았는데, 섬세하게 조각이 된 이름표였다.

"선배 말로 올해는 열 박스 정도 될 거 같네요. 이거, 제가 드리는 선물이에요."

정원이 나무 밑에 미리 따놓은 복숭아 박스를 내밀었다. 스티로폼 박스가 아니라 종이상자에 포장된 복숭아였다.

"해마다 보내드릴게요."

정오의 태양 아래서 정원이 웃었다. 챙이 나달거리는 낡은 밀짚모자를 쓰고, 호피 무늬 장화를 신고, 복숭아보다 더 예쁜 뺨을 하고서. 할 수만 있다면 눈이 짓무르도록 오래오래 정원의 미소를 보고 싶었다.

"해마다?"

준탁은 박스를 받아 들며 물었다.

"네. 복숭아를 보낼 리스트에 준탁 씨 이름도 올려놨어요."

감격해야 하나.

"그러다 복숭아가 안 오면?"

정원의 미소가 천천히 묽어졌다.

"제가…… 민준탁 씨를 잊었거나, 제 복숭아나무가 수명을 다했거나 둘 중 하나겠죠."

잠시 장화 코를 내려다보던 정원이 고개를 들고 담담한 연못 같은 얼굴로 말했다.

"아니, 보내지 마요."

매년 복숭아가 올지 안 올지 기다리면서 살 자신이 없었다.

정원은 무슨 말인가를 하려다 말고 다시 호피 무늬 장화를 내려다보았고 준탁은 올이 풀린 밀짚모자를 바라보았다. 바람이 불었고 벌들이 붕붕거렸다. 그리고 준탁의 심장은 알레르기를 일으킨 것처럼 몹시 가렵고 따가웠다.

"정원아, 예정원. 점심 먹으러 가자. 감독님도 고생 많으셨어요."

언덕 아래서 도희가 손을 흔들며 두 사람을 불렀다.

"있잖아요, 내가 말했나요? 복숭아랑 커피랑 같이 먹으면 진짜 진짜 맛있다고요."

정원이 얌전한 얼굴을 하고 열 번째 똑같은 말을 했다. 그럴 때마다 도희는 고개를 꺾고 목젖이 보이도록 웃음을 터뜨렸다.

"아이고, 우리 정원이 취했네."

점심을 먹고 커다란 복숭아를 한 개 더 먹었다. 늦어진 선별 작업을 도와준 후에 아주머니가 만들어준 복숭아 라테를 먹었다. 도희는 준탁의 정원에 심을 나무로 장호원 황도복숭아 나무를 추천했다. 낙엽이 진 후, 늦가을 즈음에 서울로 보내주겠다고 했다. 나무를 골라놓고 또 복숭아를 먹었다.

정원이 도희가 육종한 새로운 품종 '도봉봉'의 사진을 찍고 스케치를 하는 동안 준탁은 리본 아주머니가 40년 가까이 가꾼 정원을 둘러봤다. 아주머니는 사람이 해주지 못하는 건 시간이 해결해줄 때가 있다고 했다. 남편의 부재가 가져다준 상실감을 함께 가꾼 정원을 바라보며 달랬다고 했다. 남편이 심어준 나리꽃은 지천으로 번식해도 일부러 놔둔다고도 했다.

"오늘 원 없이 복숭아도 먹고 맛있는 밥도 먹고 감사드립니다."

"어머나, 저녁 다 됐는데 먹고 가요. 정원이 좋아하는 개복숭아절임도 잔뜩 만들어놨는데."

서울로 출발하려는 준탁을 아주머니가 붙잡았다. 저녁까지 먹고 아예 자고 가라고 성화였다. 그럼 저녁만 먹겠다는 두 사람을 아주머니는 또 붙잡아 앉혔다. 디저트로 복숭아 파이를 먹고 가라고. 오늘같이 더운 날 오븐 앞에서 땀을 흘렸을 아주머니의 호의를 거절할 수 없었다.

마당에 모깃불을 피우고 정자로 자리를 옮겨 디저트를 먹었다. 그런데 파이와 함께 내온 진달래 와인이 사달이었다. 운전을 해야 하는 준탁은 커피를 마셨고 도희와 정원은 개복숭아를 절인 페스키올레를 안주로 해서 진달래 와인을 마셨다. 두 사람은 분홍색 술을 홀짝거리며 제니와 강아지들 사진을 들여다보다가 가끔 깔깔대고 웃었다. 정원의 주량이 얼마나 되는지 몰라서 보고만 있었는데 아무도 모르게 혼자 취해버렸다.

"감독님, 저희도 입양 신청해도 될까요?"

도희가 암으로 죽은 자신의 보더콜리 사진을 보여주었다.

"다시는 키우지 않으려고 했는데 제니 새끼들 보니 생각이 달라지네요. 엄마도 봉봉이 보내고 늘 적적해하셨고."

준탁은 고개를 돌려 도희의 집을 둘러보았다. 정성 들여 가꾼 정원과 마음껏 뛰어놀 수 있는 넓은 마당에 수영을 좋아했다는 '봉봉'이를 위한 작은 풀장까지 있었다. 제니를 데려와 키우고 싶을 만큼 좋은 환경이었다. 그리고 무엇보다 늘 가까이 돌봐줄 사람이 있다는 게 제일 마음에 들었다.

"어머니가 가꾸신 정원을 다 망가트릴 텐데요."

"그런 거라면 이골이 났어요. 우리 봉봉이 때문에."

아주머니가 말했다.

"좋습니다."

준탁이 고개를 끄덕이자 도희가 우와, 만세를 부르다 정원을 끌어안고 옆통수에 뽀뽀를 했다.

"있잖아요. 제가 말했나요? 복숭아랑 커피랑 같이 먹으면 진짜 진짜 맛있다고요."

"엄마, 얘 귀여워서 어떡해? 몇 잔 안 마셨는데 왜 이러지? 더위 먹었나?"

도희가 정원의 이마를 짚어보았다.

"그러게 더위 먹었나 보다. 차가운 수건이라도 가져와야겠다."

아주머니가 물수건을 가지러 집 안으로 들어갔고 도희는 선풍기를 정원에게로 돌렸다. 정원의 머리카락이 바람에 날렸고 입술에 머리카락이 걸린 채로 준탁을 바라보았다.

"있잖아요……."

"맛있네요. 복숭아 파이랑 커피 같이 먹으니까 정원 씨 말처럼 진짜 진짜 맛있어요."

준탁이 복숭아 파이를 한입 가득 베어 물고 보란 듯이 커피를 마셨다.

"그쵸. 진짜 맛있죠?"

정원이 반달 눈이 되어 웃었다.

"정원이는 여기서 자고 감독님 먼저 출발하셔야 할 거 같은데요."

"아니에요, 선배. 나도 가야 해요. 경수가 컨디션이 안 좋아서…… 저 잠시 술 좀 깨고 올게요."

정원이 정자를 내려서며 비틀거리자 준탁이 정원의 팔을 잡았다.

"같이 가요."

"아뇨, 아뇨. 복숭아랑 커피 마시고 계세요."

정원이 고개를 흔들며 준탁의 팔을 떼어냈다. 하얀색 클레마티스가 핀 아치 쪽으로 걸어가는 정원의 뒷모습을 불안하게 지켜보았다. 정원이 사라지고도 준탁은 한참 동안 어둠을 응시했다.

"우리 정원이 좋아하시죠?"

고개를 돌리자 도희가 웃음기 없는 얼굴로 준탁을 바라보았다.

"정원이 정말 좋은 아이예요. 놓치지……."

"착각하신 거 같은데, 나는 그저 예정원 선생한테 원예치료 받는 환자일 뿐입니다."

그것도 오늘이 마지막인.

준탁이 도희의 말을 잘라내고 정원을 찾으러 일어섰다. 준탁은 깜깜한 마당 한 가운데서 걸음을 멈추고 밤하늘을 올려다보았다. 이름도 알 수 없는 별들을 바라보며 생각했다. 평생 복숭아는 먹지 못할 거 같다고.

"괜찮습니까?"

정원은 정원의 키만큼 자란 백합에 둘러싸여 있었다.

"자이언트 백합이에요. 제가 드린 구근이었는데, 이렇게 풍성하게 키우셨네요."

조금 느릿했지만 취기는 느껴지지 않는 목소리가 밤공기 속으로 흩어졌다.

"민준탁 씨 정원에도 제가 몰래 구근 몇 개를 심어뒀어요."

"이 커다란 백합을 말입니까?"

"아니요. 비밀이에요. 추식 구근[30]이라 너무 일찍 심어서 더위에 녹아버릴 수도 있고, 운이 좋으면…… 내년에 꽃을 볼 수도 있겠죠."

정원이 고개를 돌려 준탁을 바라보다 이내 시선을 떨어트렸다. 어둑한 조명에 정원의 이마와 뺨이 반짝였다. 정원은 준탁의 셔츠 단추에 시선을 못 박았고 준탁은 그런 정원의 정수리만 내려다보았다. 두 사람은 말없이 한동안 그렇게 서 있었다. 백합 향기에 숨이 막혔다. 준탁은 저도 모르게 셔츠 깃을 잡아당겼다. 술은 정원이 마셨는데 준탁의 위장이 울렁거렸다.

"그만 올라가죠."

준탁이 먼저 몸을 돌렸다. 발을 떼는 순간 준탁은 움찔 걸음을 멈추었다. 차갑고 축축한 무언가가 자신의 손을 잡았다. 준탁은 고개를 돌려 자신의 손을 내려다보았다. 정원이 준탁의 새끼손가락을 붙잡고 있었다.

울렁임이 심해지고 현기증까지 일었다. 눈을 꾹 감았다 떴다. 그래도 여전히 어

---

30 秋植球根, 가을에 심는 구근

지러웠다. 마른침을 삼키고 정원에게로 몸을 돌렸다. 정원은 준탁의 손가락에서 손을 떼고 두 손을 꼭 모아 쥐었다. 모아 쥔 손이 안쓰러울 만큼 떨렸다.

"좋아해요."

정원은 어느 봄밤에 피어나는 꽃처럼 수줍게 고백했다.

정원이 내뱉은 숨은 느리게 밤공기를 가르고 준탁의 심장 깊숙이 스며들었다. 순간, 폐기처분해서 차례차례 흘려보냈던 마음들이 역류했다. 그리고 준탁은 자신이 순응할 수 없는 인간이라는 걸 깨달았다.

오돌오돌 떨고 있는 작은 몸을 끌어안았다. 차갑게 식은 몸과 달리 뜨거운 뺨을 양손으로 감싸고 앵술처럼 촉촉하게 젖은 입술을 삼켰다. 정원의 목에서 울음 같은 소리가 터져 나오지 못한 채 메아리쳤다. 준탁은 진달래꽃 향이 나는 입술을 가르고 그 메아리를 욕심껏 흡입했다.

철없는 꽃들이 난만한 여름밤이었다.

19

|

흰독말풀

너무 좋은데…… 울고 싶기도 해요.

"어쩐 일이야?"

나나가 한나를 찾아왔다.

"체리 충치치료 때문에 치과 들렀다가 강아지 보고 싶다고 해서. 지금 할머니랑 강아지 보러 갔어. 온 김에 너 시간 괜찮으면 커피 한잔하려고. 바쁘면 그냥 가고."

나나가 포장해 온 커피를 들어 보였다.

"삼십 분쯤 괜찮아. 안 그래도 커피 생각났는데."

한나가 다음 상담 시간을 확인하고 자리에서 일어났다.

"이야. 굉장하네."

나나가 옥상 정원의 덩굴식물 터널 앞에서 탄성을 터트렸다.

"여기 통과하면 이상한 나라 나오는 거야?"

나나의 말처럼 덩굴장미와 여러 종류의 나팔꽃, 풍선초와 클레마티스와 새깃유홍초가 어우러진 짙은 녹음의 터널을 거닐 때마다 마치 다른 차원의 공간으로 이어질 거 같은 느낌이 들곤 했다.

"터널 안이 놀랄 만큼 시원하다."

터널을 둘러본 나나가 벤치로 다가왔다.

"시간에 맞춰 미스트 노즐에서 연무가 분사되거든."

"네가 만든 거야?"

"아니. 우리 디자이너가 따로 있어. 디자이너가 설계하고 원예치료 받는 환자들이랑 함께 만든 거야. 만족도가 꽤 높아."

"그렇겠네. 보고만 있어도 좋은데, 자라는 모습 보면 뿌듯하겠다."

"강아지 입양하려고?"

"체리가 강아지 키우고 싶다고 졸라대서 한 녀석 입양할까 고민 중이야. 남편도 좋아하고 나도 상관없는데, 어차피 제일 시간을 많이 보내야 하는 사람이 엄마라 엄마 허락이 중요하지."

"친정에 들어가서 산다고 했지? 옛날 그 집?"

"응."

"그럼, 마당도 넓고 괜찮겠네."

"저긴 뭐 하는 데야?"

한나가 터널 끝으로 보이는 온실을 가리켰다. 온실 유리 너머로 정원이 환자들과 세밀화 수업을 진행하는 모습이 보였다.

"원예치료 수업도 하고, 겨울을 나야 하는 화분들도 옮겨주고."

"지금 수업 중인가 보네? 저 사람…… 지난번에 카페에서 본 사람 같은데?"

눈썰미 좋은 나나가 정원을 알아보았다.

"응. 막냇동생."

"아……."

나나는 이해했다는 듯 고개를 끄덕이며 정원을 유심히 바라보았다.

"왜?"

"아니…… 요즘 보기 드문 유형 같아서."

"좀 그렇지?"

"어릴 때 할머니랑 살아서…… 제가 좀 할머니 감성이에요."

아날로그적인 면이 많은 정원을 세나가 놀려대면 정원은 뺨을 붉히며 변명하곤 했다.

"그러게. 내 직업이 직업이다 보니 배우며 가수며 온갖 종류의 사람들을 다 만나잖아. 지난번에 봤을 때도 얼핏 그런 느낌을 받았는데 뭐랄까…… 되게 서정적인 느낌이다. 시도 아니고 음악도 그림도 아니고 사람한테서 이런 느낌 받아보기는 처음이네. 감독들이 좋아할 거 같은 희소템이야."

나나의 말에 한나가 웃었다.

"왜? 너는 인정하고 싶지 않겠지만 업계에서는 내 안목 알아준다?"

"동생한테 전해줄게."

나나의 말을 전하면 정원은 어떤 얼굴을 할까.

한나가 정원을 처음 본 건, 15년 전 아버지의 진료실에서였다. 대학원을 졸업하고 유학을 떠나기 전 잠시 아버지의 병원에서 인턴을 했었다. 정원은 누구에게도 관심을 받지 않는 게 생존전략인 작은 생물 같았다. 나무늘보처럼 고립될수록 안전감을 느끼는 아이였다. 높은 나무 위, 아무도 알아보지 못하는 은신처에서 고요한 눈으로 세상을, 사람들을 바라보는 것에 만족했다. 어떤 유혹에도 결코 땅으로 내려올 거 같지 않던 아이가 그 나무를 내려왔다.

민준탁 때문에.

최근 교통사고로 부모를 잃은 어린 상담자가 한나에게 왔다. 복합적인 문제를 안고 있는 어린 환자라 윤 박사에게 조언을 구했고 윤 박사는 비슷한 사례가 있었다고 관련 논문을 알려주었다. 토요일 밤, 산책 겸 아버지의 서재에서 논문을 찾아 돌아가는 길이었다. 빌라의 정문 쪽으로 걷다가 부모님과 한 단지에 살고 있는 정원의 집을 올려다보았다. 11시가 다 되어가는데 불이 꺼져 있었다. 선배의 복숭아 농장을 다녀온다더니 자고 오려나 생각했다.

"여깁니까?"

사람 키만큼 자란 측백나무 울타리를 막 지나는데 빌라 출입구에 서 있는 정원이 보였다. 키가 큰 남자가 들고 있던 상자를 정원에게 내밀었다. 가로등에 드러난 남자의 얼굴은 놀랍게도 민준탁이었다.

"괜찮아요?"

준탁이 묻자 정원이 가만히 고개를 끄덕였다.

"들어가요."

"준탁 씨도 조심해서 가세요."

작별인사를 나누고서도 두 사람은 계속 그렇게 서 있기만 했다. 누가 보아도 헤어지기 싫은 연인의 모습이었다.

"아직도 술 냄새가 나네."

준탁이 손을 들어 정원의 눈썹을, 코를, 뺨을 쓰다듬고 관자놀이에 달라붙은 머리카락을 넘겨주었다. 한나는 세상에 저런 손길도 존재하는구나, 하는 생각을 했다. 여린 꽃잎을 어루만지듯 조심스러우면서도 한편으로는 내밀한 욕망을 숨기지 않는 손길이었다.

"잘 자요."

준탁이 양손으로 정원의 뺨을 감싸고 정원의 얼굴을 들여다보았다. 상자를 든 채로 정원은 어쩔 줄 몰라 했다. 준탁이 정원에게 키스하기 직전, 한나는 몸을 돌려 다른 동을 빙 돌아서 빌라를 빠져나왔다.

"민준탁 감독 말인데……."

어차피 제삼자라는 생각에 한나는 잠시 망설였다.

"민 감독 뭐?"

"좀 어때? 수업 그만둔 건 알지?"

"사실 그것 때문에 왔어. 무슨 일이 있었나, 해서. 여긴 당연히 금연구역이겠지?"

한나가 고개를 끄덕이자 나나는 아이스커피의 뚜껑을 열더니 얼음을 오독오독 씹었다.

"일방적인 통보였어. 함께 수업 진행했던 선생님도 스킵하고."

"기복이 좀 있기는 했어도 평균으로 따지면 많이 좋아진 느낌이었거든. 최근에는 불면증도 좀 나아진 거 같고. 열심히 한다고 해서 마음 놓고 있었지. 남편이 가끔 민 감독네 잔디 깎아주러 가는데 정원이 확 바뀌었다고 사진을 찍어 왔더라고. 나도 보고 깜짝 놀랐지. 책까지 찾아보면서 가드닝에 푹 빠졌던데. 왜 또 그만뒀는지. 하여간 변덕하고는……."

"많이 바쁘다고는 했어."

"바쁘기야 엄청 바쁘지. 그런데, 생각해보니…… 올해는 아직까지 한 번도 없었네. 차 안에서 토한 거 말고는."

"뭐가?"

"영화 들어가면 응급실에 서너 번은 실려 가는 게 연례행사였어. 아, 올해도 가긴 갔었네. 벌 쇼크 때문에."

"응급실에?"

"영양실조로 한 번. 신경 쓰면 뭘 먹질 못해. 배가 부르면 감각이 무뎌져서 싫다나. 과호흡으로도 한 번 갔었고. 위경련으로 두어 번. 탈진해서 서너 번. 예민한 인간이라 몸이 못 버티는 거지."

그런 사람과 정원이 잘해나갈 수 있을까.

"감독 민준탁 말고 인간 민준탁은 어떤 사람이야?"

한나가 결국 물었다.

"인간 민준탁? 글쎄……."

나나는 커피를 한 모금 마시고 컵에 맺힌 물방울을 엄지로 닦아낼 뿐 모호하게 말끝을 흐렸다.

"네가 보기엔 어땠어? 상담은 네가 했잖아."

나나가 한나에게 되레 물었다.

준탁의 심리검사 결과는 전반적으로 일관성이 적고 지나치게 왜곡된 것으로 보였다. 자신의 마음을 드러내지 않으려는 듯 고의로 조작한 흔적이 있었다. 그런 결과로는 수검자를 제대로 이해하는 데 어려움이 있었다.

"고의로 그랬는지 모르겠지만 검사 결과가 왜곡이 심해서 유의미하지가 않아. 웩슬러 지능검사 결과가 상위 0.1퍼센트라는 것과 스트레스 지수나 교감활성도 같은 신체적으로 드러나는 수치 외에는 신뢰도가 떨어지지."

"알고는 있었지만 우리 준탁이 진짜 천재였구나."

"나도 좀 놀랐어. 이런 케이스는 처음이라."

"아카데미에서 만났으니까 알고 지낸 지는 한 15년 정도 됐는데, 사실 우리도 민 감독에 대해서 아는 게 별로 없어. 아주 어릴 때 부모님과 헤어졌다는 정도. 행복하지 못한 유년기를 보낸 거 같아. 언젠가 이런 말을 한 적 있어. 스무 살 전의 기억은 스스로 지워버렸다고."

나나가 씁쓸한 미소를 지었다.

"글쎄요. 그건 잘 모르겠습니다. 어릴 때 헤어져서."

어릴 때 헤어졌다던 어머니가 치과의사였다는 준탁의 말이 떠올랐다.

"그런데, 민 감독 담당했던 선생님은 누구야?"

"왜?"

"좀 궁금해서. 벌 쇼크 때 구해줬다며. 고맙기도 하고. 민 감독이 난데없이 전화해서 생명의 은인에게 당장 꽃바구니 보내야 한다고 난리 쳤던 걸 생각하면……민 감독이 타인에게 그렇게 관심을 두거나 친절한 스타일이 아니거든. 좀 뜻밖이어서."

"그랬어?"

"그랬다니까. 또 눈은 높아가지고 반드시 우리 회사 거래하는 플로리스트여야 한대. 그 플로리스트 한 달 전에 예약해야 할 정도로 유명하신 분인데, 내가 아주

들들 볶였다."

"저기 저 서정적인 선생님."

한나가 터널 끝, 온실 속의 정원을 가리켰다.

"뭐?"

"그 선생님이 우리 막내라고."

"헐. 우리한테는 오십 대 아주머니라고 했는데."

나나는 아예 몸을 돌려 정원을 바라보았다. 민소매 셔츠 원피스를 입은 정원이 한 환자에게 다가가 허리를 숙여 그림을 들여다보고 있었다.

"진짜, 엉뚱하다니까."

나나가 어이가 없다는 듯 피식 웃었다.

"이런 말 웃기긴 한데, 만약에 너한테 여동생이 있다면…… 민준탁 감독한테 소개해줄 거야?"

유치하지만 묻지 않을 수 없었다.

"당근이지. 안 그래도 우리 조카랑 연결해주려고 오작교 노릇하고 있는데."

"조카?"

"아, 너 모르는구나. 에밀리가 우리 사촌언니 딸이잖아. 정확히는 오촌조카지. 친언니가 멀리 살다 보니 가까이 사는 사촌언니랑 더 자매처럼 지냈어. 에밀리는 뭐 거의 우리 집에서 자라다시피 했고."

지난번 강아지를 보러 왔던 에밀리를 차갑게 떨쳐내던 준탁이 떠올랐다.

"민준탁 감독, 주변 사람들을 좀 힘들게 하는 스타일 같던데."

"뭐, 그렇기는 하지. 그래도 비즈니스 한정이고 일상에서는 오히려 좀 허당이야. 손이 많이 가는 편인데 나름 귀여워."

"귀엽다고?"

세상에서 민준탁과 제일 어울리지 않을 것 같은 단어였다.

"고등학교 갓 졸업할 무렵부터 민 감독을 봐서 그런지 남편은 동료가 아니라 아들 같은 느낌이 들 때도 있대."

동생도 아니고 아들이라니.

"남편이 펭귄처럼 쓸데없이 부성애가 넘치는 사람이라……. 아니, 잠깐."

말을 하다 말고 갑자기 나나가 벌떡 일어나 온실을 다시 바라봤다.

"혹시 수업 그만둔 거…… 네 막냇동생 때문 아니야? 그래서 여동생 소개니 뭐
니 물은 거야?"

"……."

"그치? 저 서정적인 얼굴로 우리 민 감독한테 막 들이댄 거지? 맞네, 맞아. 그래
서 민 감독이 놀라서 그만둔 거구나."

하! 무슨 근자감인지. 어이없는 추론에 한나는 헛웃음을 터트렸다.

"민 감독이 생긴 거는 저따위로 생겼는데, 여자 문제에 한해서는 엄청 어설프
고 숙맥이야. 모르긴 몰라도 제대로 된 연애도 못 해봤을 거야. 좋다고 대시했던
여자들이야 많았지. 포털 검색해봐. 아주 주르륵 뜬다. 근데 몇 번 만나보고는 다
나가떨어지더라. 연애가 그렇잖아. 자신을 좀 오픈해야 진행이 되는 건데……."

고개를 돌려 한나의 동의를 구하던 나나가 돌연 말을 멈췄다.

"뭐야? 그 표정? 설마…… 민준탁이 들이댔대?"

"누가 먼저 들이댄 건지는 모르겠지만 현재 진행형인 건 맞는 거 같아."

"리얼리? 그럼 내 야심 찬 계획이 실패하는 건데?"

나나가 다시 고개를 돌려 정원을 바라보았다. 때마침 정원이 환자가 그린 그림
을 바라보며 환하게 미소를 지었다.

"민준탁이 들이댔네."

정원의 미소를 보고 나나가 단정 지었다.

"두 사람 진짜 확실한 거야?"

"아마도."

"정우한테 말해야 하나……?"

나나가 남편한테 두 사람의 관계를 얘기해야 하나 고민하는 동안 한나도 고민
했다. 예 원장이 이 사실을 알면 어떻게 나올지 걱정되었다.

✳ ◆ ✳

경수는 수업 보고서를 쓰고 있는 정원의 발치에 엎드려 졸다 깨다 했고, 제니는 경수가 놀아주지 않자 심심한지 킁킁대며 온실 안을 돌아다녔다.

"제니."

정원은 제니의 애착 인형인 당나귀 인형을 던져주고 다시 보고서를 썼다.

정원은 보고서를 마무리 짓고 파일을 정리하다가 습관처럼 그날을 떠올렸다. 모기향과 백합 향기가 섞여 떠돌던 그 밤의 공기가 여전히 피부에 흡착되어 있는 기분이다. 그 밤, 준탁은 아무 말도 하지 않았다. 비웃지도 않았고 취했다고 무시하지도 않았고 왜냐고 묻지도 않았다. 떨고 있는 정원이 진정될 때까지 말없이 오래도록 안아주었다. 정원의 고백이, 그 순간의 절실했던 감정이 그 어떤 것으로도 희석되거나 변질되지 않도록 오롯이 침묵해주었다. 부끄럽지 않게 해주었다. 그것만으로도 눈물이 났다.

[해장하러 갑시다.]

장호원에서 돌아온 다음 날 준탁의 메시지로 눈을 떴다. 준탁은 눈곱만 떼고 기다리라고 했지만 정원은 벌떡 일어나 양치와 세수를 하고 잠시 고민하다 립글로스도 발랐다. 정원을 데리러 온 준탁은 립글로스를 바른 정원의 입술을 바라보더니 예쁘네, 하고 쪽 소리 나게 입맞춤을 했다. 준탁이 정원을 데리고 간 식당은 세나 언니가 좋아하는 콩나물국밥집이었다.

"변덕 심한 사람 싫다면서."

정원의 앞접시에 깍두기를 덜어주며 준탁이 말했다. 그랬다. 변덕스러운 것도 요란한 감정기복도 감당하기 버거웠다. 흔들리지 않는 일상의 평온함이 중요했는데, 요즘의 정원은 멀미가 날 정도로 흔들리면서도 두근거리고 설렜다.

"무엇보다 예정원 씨 스타일도 아니라면서요."

준탁이 수란에 김 가루를 뿌려주면서 따졌다. 맺힌 게 꽤 많아 보였다.

"스타일은 어쩔 수 없고…… 예정원 씨 기다리게 하지는 않을게요."

준탁이 수란의 얇은 막을 깨트리며 말했다.

"저…… 에밀리는요?"

정원의 입장에서는 묻지 않을 수 없었다.

"에밀리? 에밀리가 여기서 왜 나옵니까? 설마, 그런 찌라시 믿어요? 내가 양다리 걸칠 놈으로 보입니까?"

준탁이 수란을 먹다 말고 수저를 내려놓았다. 억울하고 황당하다는 표정을 숨기지 못했다. 정원은 제 몫의 수란을 준탁 앞으로 살며시 밀어주고 콩나물국밥을 한 술 떠먹었다. 국물이…… 끝내줬다.

"다 됐다. 제니."

정원은 태블릿을 끄고 제니가 어느새 가져다 놓은 당나귀를 흔들었다. 제니는 빨리 던지라는 듯 두툼한 발을 굴러댔다.

"자, 간다."

정원이 인형을 던지자 제니는 잽싸게 인형을 물고 와서 정원의 발치에 툭 떨어트렸다. 그러고는 헤헤 웃으며 던지라고 또다시 발을 굴렀다.

"이게 그렇게 재밌어?"

싫증 날 만도 한데 제니는 열 번이면 열 번, 매번 처음처럼 신나했다. 경수는 제니가 그러거나 말거나 엎드린 채 무심했다.

"제니, 왜?"

당나귀 인형의 뒷다리를 물고 졸래졸래 다가오던 제니가 갑자기 온실 입구로 다가가 컹, 짖었다.

"나가고 싶어? 아직 더울 텐데."

엎드려 있던 경수도 고개를 들었다.

제니가 누군가를 발견한 듯 컹, 짖고는 꼬리를 흔들었다. 온실 유리 너머로 준탁이 나타났다.

"여기 있는 거 어떻게 알았어요?"

"로비에서 윤한나 선생을 만났어요. 당신 여기 있다고."

당신……. 이렇게 간지러운 단어였나. 귓등이 붉어졌다.

"이거."

준탁이 다짜고짜 내미는 종이백을 받아 들었다.

"뭔데요?"

안을 들여다보니 드라이아이스로 꼼꼼하게 포장된 빙수였다.

"그냥. 먹다가 예정원 씨 생각나서."

정원이 빙수를 한 번 바라보고 다시 준탁에게로 시선을 돌렸다. 흰 리넨 셔츠와 무릎까지 오는 베이지색 반바지를 입고 무심한 자세로 서 있는 남자는 지난봄보다 조금 더 자란 머리카락을 꽁지처럼 묶고 '왜?' 하는 눈빛으로 정원을 마주 보았다.

이 남자…… 이런 캐릭터였나? 잠시 혼란스러웠다.

"빨리 먹어요. 녹으니까."

아까워서 먹을 수나 있을까.

"같이 먹어요."

"혼자 다 먹어요."

준탁은 편안하게 먹으라는 듯 제니를 데리고 온실 밖으로 나갔다.

"경수도 나갈래?"

정원이 빙수를 들고 일어서자 경수도 느릿느릿 일어나 정원을 따라왔다. 더위가 한풀 꺾인 저녁 공기가 훈훈하게 느껴졌다.

정원은 좋아하는 벤치에 앉아서 빙수의 뚜껑을 열었다. 소복하게 쌓인 눈 같은 빙수에 선뜻 스푼을 대기가 망설여졌다. 얼음 입자가 녹아내리는 걸 바라보며 정원이 미간을 좁혔다. 데자뷰처럼 언젠가도 이런 적이 있었던 거 같다.

"고사 지내요? 아니면 마음에 안 들어요?"

준탁이 제니의 입에서 뺏기지 않으려고 꽉 물고 있는 공을 억지로 빼내며 소리쳤다.

"취향저격이에요."

아무것도 첨가하지 않은 우유 얼음과 통팥만으로 만든 빙수가 취향에 맞았다. 준탁의 성화에 한 스푼을 떴다. 사각거리는 얼음과 달콤한 팥알을 씹으며 정원은 공놀이를 하는 경수와 준탁을 바라보았다. 준탁이 일부러 경수 앞으로 천천히 공을 굴려주자 경수는 귀찮다는 듯 코끝으로 공을 밀었다. 준탁이 반쯤 굴러오다 멈춘 공을 집으며 경수의 이마를 쓱 쓰다듬었다. 처음 봤다. 준탁이 경수를 쓰다듬는 모습은. 툭툭. 경수가 꼬리를 두 번 바닥에 쳤다. 기분이 좋다는 뜻이다.

"정원에 이상한 풀이 자라고 있어요."

"이상한 풀이요?"

경수와 제니와 한참을 놀아준 준탁이 정원의 옆자리에 털썩 앉으며 벤치 등받이에 팔을 걸쳤다. 옅은 땀 냄새와 함께 정원이 좋아하는 준탁의 냄새가 났다.

"분명 우리가 심은 녀석은 아닌데 쑥쑥 자라더니 어제 아침에는 길쭉한 꽃봉오리까지 맺혔어요. 꽃이 펴야 검색이라도 해볼 수 있을 거 같아서 꽃이 피길 기다리고 있습니다."

"사진 찍어두셨어요?"

"아, 그 생각은 못 했네."

"그럼 사진 찍어서 저한테 보내주세요."

"저녁 먹고 확인하러 같이 가볼래요?"

정원은 움찔 허리를 폈다. 준탁이 벤치 등받이에 걸쳐놓았던 손으로 장난치듯 정원의 귓불을 슬쩍 만졌다. 갑작스런 접촉에 정원이 고개를 움츠리며 준탁을 바라보았다.

"왜 그렇게 봅니까? 수작 부리는 거 같아서?"

말하는 순간에도 준탁은 조금 뻔뻔한 표정으로 정원의 귓불을 만지작거렸다.

"……네."

준탁이 웃음을 터트렸다.

"갑시다. 뭐 먹고 싶어요? 먹고 싶은 거 다 만들어……줄 순 없어도 사줄 순 있으니까."

준탁이 일어나 정원에게 손을 내밀었다. 피식 웃으며 준탁의 손을 잡았다. 골목대장처럼 호기를 부리는 준탁이 귀여웠다.

✳ ◆ ✳

"다투라 메텔(Datura metel)이에요."

정원은 산수국 사이에 떡하니 자리를 잡고 기세 좋게 자라고 있는 풀을 자세히 들여다보며 말했다.

"다투라 메텔?"

"흰독말풀이라고도 불려요. 엔젤트럼펫의 원종인데, 수국 화분에 딸려 왔나 봐요. 아마도 오늘 밤에는 활짝 필 거 같네요."

나선형으로 말린 꽃봉오리가 3분의 2 정도 느슨하게 벌어져 있었다.

"흰독말풀?"

"꽃도 예쁘고 향기도 좋은데 이름처럼 유독식물이에요. 뽑아버리는 게 좋겠어요."

"독초라는 말입니까? 되게 순하게 생겼는데."

부드러운 솜털이 난 둥근 이파리와, 연둣빛과 흰색이 섞인 담백한 꽃봉오리는 백합이나 나팔꽃과 비슷했다.

"맹독에 가까워요. 그 성분을 얻으려고 재배도 하는데 거의 모든 부위에 독이 있어서 잘못 먹으면 경련이나 환각을 일으켜요. 심하면 사망할 수도 있대요. 오래전 남미에서는 주술이나 종교의식용으로 사용했다고 해요. 신분이 높은 사람이 죽으면 순장할 아내나 노예들에게 먹였다는 기록도 있어요."

"독초라. 오히려 관심이 가는데?"

준탁은 독을 가진 식물에 호기심이 생겨 카메라로 여러 각도에서 흰독말풀을 찍었다.

"원래 위험하고 금기된 것에 끌리는 법이잖아요."

위험하고 금기된 것.

사진을 찍다 말고 준탁은 정원을 바라보았다. 정원은 장마철에 이식한 식물들의 활착 상태를 살펴보고 있었다.

"좋아해요."

정원이 그 말을 내뱉는 순간 준탁의 머릿속에 떠오른 생각은 단 한 가지였다.

망가트릴 수 없다면 온전히 내 것으로 만들고 싶다고.

엄마에게서 정원을 빼앗아야겠다고.

정원이 입술을 떨며 고백했던 그 순간을 수없이 재생하고 재생했다. 재생할 때마다 그 바람은 믿음으로 변질되었고 마침내 신념처럼 굳어졌다. 자신과 엄마가 동시에 물에 빠졌을 때 정원이 준탁을 먼저 구하는 장면을 상상하면서 잠들었다.

열대야를 예고하는 후덥지근한 바람이 불었다. 정원의 원피스 자락이 펄럭였고 가녀린 실루엣이 드러났다. 준탁은 이끌리듯 카메라를 들어 정원의 모습을 찍었다.

"나한텐 예정원이 제일 위험해."

"……."

어둑한 조명에도 정원의 뺨이 붉어지는 게 보였다. 준탁이 다시 카메라를 들어 정원의 수줍음을 찍었다.

"찍지 마세요."

정원이 파파라치에 걸린 셀럽처럼 손바닥으로 얼굴을 가리며 벤치 쪽으로 피했다.

"바람이 훈훈해요."

정원은 벤치에 앉아 밤바람에 흔들리는 대나무의 우듬지를 바라보았다. 준탁이 정원의 옆에 앉았다. 준탁이 발을 구르자 벤치가 '끼이익' 소리를 내며 앞뒤로 흔들렸다. 정원이 준탁을 따라 발을 굴렀다. 그네벤치는 조금 더 큰 각도로 움직였다. 두 사람은 아이들처럼 흔들리는 그네에 몸을 맡기고 싸르락거리는 대나무 소리를 들었다.

"이곳에선 왠지 비밀을 말해도 될 거 같아요. 대나무숲처럼."

정원이 속삭이듯 말했다.

"말해봐요. 대나무숲이다 생각하고."

"……."

정원은 엷게 미소만 지었다.

"예정원 씨는 왜 아무것도 묻지 않지? 나에 대해서?"

"그럼…… 제 얘기도 해야 하니까요."

정원은 대나무와 코발트색 하늘 그 사이 어딘가를 바라보며 말했다.

"제 얘기를 타인에게 한다는 게…… 저는 쉽지 않아요. 그래서 상대방한테도 조심스러워요. 그 사람도 그럴 수 있으니까요."

정원이 고개를 돌려 '이해할 수 있겠어요?' 하는 눈빛으로 준탁을 바라보았다. 준탁은 고개를 끄덕여주었다. 너무나 잘 이해한다고.

"준탁 씨 말대로 대나무숲이라 생각하고…… 비밀을 하나 털어놓자면 저는 초록색을 좋아해요."

"어마무시한 비밀이네."

준탁이 웃음을 터트렸다.

"비밀인데…… 나는 흰색 좋아합니다."

의외라는 듯 정원의 눈썹이 살짝 치켜 올라갔다.

"왜 그런 눈으로 봅니까?"

"좀 더 화려한 색을 좋아할 거 같았어요. 음…… 오렌지나 보라색 같은?"

"허옇고 희멀겋고 희끄무레한 것도 안 되고 딱 흰 것. 순백의 하얀색 좋아합니다."

"음…… 진짜 비밀인데요. '아바라'보다는 아이스티 좋아해요."

정원의 목소리가 명랑해졌다.

"나도 이건 아무한테도 얘기 안 했는데, '따바라'보다는 에스프레소나 리스트레토 좋아합니다."

정원이 웃었다.

"잡곡밥보다 '흰'쌀밥 좋아해요."

"짬뽕보다 짜장면 좋아합니다."

"저녁형보다는 아침형이에요."

"난 올빼미형."

이런 유치한 대화가 준탁은 즐거웠다. 발목을 잡아당기는 현실의 무게 따위 무시하고 깃털처럼 가벼워지고 싶었다. 정원이 누구의 딸이라는 것도, 준탁이 누군가에게서 버려진 아이라는 것도 비눗방울을 불듯 날려 보내고 싶었다. 그저 서로에게 반해버린 여자와 남자이고 싶었다.

"열한 살 때 원형탈모가 생긴 적 있어요."

"어디?"

준탁이 묻자 정원이 자신의 뒤통수를 가리켰다.

"다행히 지금은 괜찮아요."

"어디 봅시다."

준탁이 장난스럽게 정원의 머리카락을 헤집자 정원이 깔깔대며 웃었다.

"흐음. 비밀의 수위를 좀 높였으니 그에 상응한 비밀을 털어놔야 하나?"

"거래는 공정해야죠."

정원이 고개를 끄덕였다.

"여장을 한 적 있습니다."

"여장을 했다고요?"

"배우를 못 구해서 어쩔 수 없이. 이건 진짜 아무도 모르는 비밀입니다."

"진짜요? 보고 싶어요."

"안 돼요."

"왜요?"

"부끄러우니까."

준탁의 말에 정원이 또다시 웃음을 터트렸다.

"웨스 앤더슨 영화 좋아해요."

"민준탁이 아니고?"

농담처럼 가볍게 던진 말인데 정원의 눈가에서 미소가 사라졌다.

"민준탁은 나쁜…… 남자예요. 평온한 제 일상을 망가트린."

"……."

정원은 농담인지 진담인지 알 수 없는 모호한 표정으로 말했다.

"시도 때도 없이 생각나서 제 생계를 위협하고 있어요. 특히…… 나빠요. 이 입술……."

정원이 머뭇머뭇 손을 뻗어 준탁의 아랫입술을 살짝 쓰다듬었다. 자신의 대담한 행동에 스스로 놀란 듯 황급하게 손을 거두려고 했지만 준탁이 더 빨랐다. 준탁은 정원의 손을 꽉 움켜쥐고 정원을 쏘아보았다.

아무래도 예정원은 오늘 밤 실수를 한 거 같다. 준탁의 깊은 곳 어딘가에 유물처럼 뒹굴던 불발탄이 터져버렸다.

바람이 멈췄다.

숨 쉬는 것조차 잊은 침묵이 찾아왔다.

두 사람을 둘러싼 밤의 색깔이 더욱 짙어졌다.

"예정원은 시도 때도 없이 꿈에 나타나 민준탁을 괴롭혀요. 아주 야하고 발칙하게."

손목을 잡았던 손에 힘을 풀고 손목 안쪽을 따라 어깨까지 천천히 쓰다듬었다. 하얀 살결에 소름이 돋았다. 정원의 드러난 어깨에 소용돌이처럼 말린 솜털이 조명에 반사되어 금빛으로 반짝였다. 준탁은 이끌리듯 정원의 어깨에 입맞춤했다. 정원의 가슴에서 참았던 숨이 새어나왔다.

"싫으면…… 지금 말해요. 바래다줄 테니."

준탁은 정원의 눈을 들여다보며 열망을 숨기지 않았다. 정원은 잠시 눈을 내리떴다가 준탁을 바라보았다. 늘 가라앉은 연못 같았던 눈동자에 파랑이 일었다.

"싫지…… 않아요."

정원이 속삭였다. 정원의 왼쪽 눈자위가 파르르 경련했다. 좀처럼 경련이 가라앉지 않는 눈가를 쓰다듬어주자 정원이 갑자기 준탁의 목을 감싸 안으며 목덜미에 얼굴을 묻었다. 그리고는 깊게 숨을 들이켰다.

"준탁 씨 냄새……."

정원이 웅얼거렸다.

"냄새……?"

"그리운 향기가 나요."

준탁이 정원의 머리를 감싸 자신의 목덜미에서 떼어냈다. 정원의 눈가가 촉촉하게 젖어 있었다.

"왜 울어요?"

"모르겠어요. 너무 좋은데…… 울고 싶기도 해요."

준탁은 정원의 손에 천천히 깍지를 끼고 벤치에서 일어섰다.

에어컨이 켜진 서늘한 거실을 가로질러 마스터룸으로 가는 동안 맞잡은 손에 촉촉하게 땀이 뱄다.

찰칵.

문이 닫히고도 두 사람은 어둠 속에 가만히 서 있었다. 야행성 동물이 어둠 속에서 적의 움직임을 관찰하듯, 서로가 뱉어내는 숨소리를 들으며 작은 움직임에 신경을 곤두세우고 있었다. 정원이 젖은 손바닥을 원피스에 닦아내는 순간 준탁이 정원에게 한 걸음 다가갔다.

원피스의 첫 번째 단추를 풀었다.

정원이 준탁의 손을 꽉 움켜쥐었다.

"씻고 싶어요."

정원이 헐떡이며 속삭였다.

"안 돼요. 늦었어요."

정원의 손을 뿌리치며 두 번째 단추를 풀었다.

단추가 한 개씩 풀릴 때마다 섬세하게 뜬 레이스를 한 올 한 올 풀어내는 기분이었다. 정원의 원피스가 바닥으로 툭 떨어져 내렸다. 브래지어도 벗겨냈다. 곤두선 멍울 끝에 이슬처럼 달빛이 맺혔다. 포근하게 부푼 가슴은 햇빛에 데워진 복숭아처럼 따뜻했고, 한입 가득 베어 물고 싶을 만큼 손바닥에 가득 찼다.

복숭아 같은 가슴을 멍들지 않게 부드럽게 감싸고 그보다 더 부드럽게 키스했다. 부드러웠던 키스는 천천히 달아오르고 끓어올라 마침내 정원의 입안에서 진하고 달콤한 꽃내음이 증류했다.

정원은 천 겹의 꽃잎을 가진 꽃이다.

부드럽지만 집요하게, 세심하지만 열망에 달뜬 손길로 한 장 한 장 꽃잎을 들추고 가르고 헤집었다. 준탁은 정원의 세계로 천천히, 맹렬하게 침투했다. 정원이 준탁의 목을 끌어안으며 신음을 깨물었다.

"사랑해요."

일순간 준탁이 움직임을 멈추었다. 준탁의 날카로운 턱을 타고 땀방울이 툭 떨어졌다. 준탁은 깊이를 알 수 없는 연못처럼 아득한 정원의 눈을 들여다보았다.

너는 왜 이토록 무모한 걸까.

서늘한 손이 가슴을 가르고 심장을 움켜쥐는 듯한 통증을 느꼈다. 도무지 닿을 수 없을 것 같은 그 끝에 닿고 싶다는 갈망은 고통이 되어 준탁을 덮쳤다. 정원의 말처럼 미칠 만큼 좋은데 울고 싶기도 했다.

준탁이 다시 움직였다. 정원의 고백이 준탁을 더욱 대담하게, 격렬하게 만들었다. 깊이, 더 깊숙이 파고들었다. 절정이 찾아왔을 때, 준탁은 교살목처럼 정원을 칭칭 감고 몸을 떨었고, 정원은 비단 천을 찢듯 아름다운 교성을 토해냈다.

독을 가진 꽃이 달빛 아래서 하얗게 피어나는 밤이었다.

20

|

네버, 네버, 네버랜드

너를 만난 뒤로 종종 깨고 싶지 않은
꿈 같은 현실을 만난다.

정원이 전화를 받지 않는다.

"작업할 때는 전원을 아예 꺼놔요."

프리랜서로 전향하면서 만든 철칙이라고 했다. 오후 4시면 보통 작업을 마친
다고 했는데, 이상했다. 북미 배급사와의 미팅에 대해서 떠들어대는 나나의 무시
무시하도록 새빨간 입술을 바라보다가 다시 통화 버튼을 눌렀다. 여전히 전원이
꺼져 있다는 메시지만 들렸다. 오전에 보낸 메시지는 아직 읽지도 않았다.

이게 바로 안읽씹인가?

준탁은 손톱을 물어뜯으려다 인상을 찌푸리고 한숨을 쉬었다. 'NO BITE' 때문
이 아니라 정말로 입안이 썼다.

"민 감독, 듣고 있어?"

참다못한 나나가 테이블을 두드렸다.

"어떤 여자가 있어. 남자를 사랑한다면서 자고 갈 수는 없대. 그런 심리는 뭐

야?"

준탁이 물었다.

정말 혼자 있기 싫었던 밤이었다. 정원의 말랑말랑하고 따뜻한 몸을 안고 밤새
도록 속삭이듯 다정한 목소리를 듣고 싶었다. 자고 가라고 매달렸는데도 정원은
특유의 순하고 상냥한 얼굴로 딱 잘라 말했다. 불편해서 싫다고.

"뭐?"

정우와 나나가 준탁의 말에 서로 시선을 주고받았다.

"유부녀인가 보지."

"그럴지도."

남의 일이라고 아무 말이나 내뱉는 정우와 나나를 노려보았다.

"아니면 애가 있거나."

"그럴 수도 있지."

저런 걸 부창부수라고 하나 보다. 남편이 바람 잡고 아내는 약을 팔고.

"그것도 아니면 테크닉이 시원찮았던지."

"아니면 매너가 후졌던지."

정우와 나나의 말에 준탁이 입을 딱 벌렸다. 진상 부부의 깐죽거림을 참아내기
힘들었다.

"섹스하면서 지 욕심만 채우는 것들, 두 번 다시 꼴도 보기 싫지."

나나가 먹잇감을 발견한 암사자처럼 빨간 입술을 핥았다.

"게다가 섹스 한 번 했다고 달라붙고 질척대는 것들도 아웃이야."

나나는 준탁의 가슴에 비수를 열두 번 꽂고 한 번 더 꽂았다.

정말…… 그렇게 형편없었던 걸까?

나나 말대로 너무 질척댄 걸까?

자신이 너무 배려하지 못했던 걸까?

생각해보니 연약한 몸을 너무 함부로 다뤘다는 죄책감이 들었다. 그런 순간에
자제심을 발휘하기란 불가능했다고 변명해봐도 달라지는 건 없었다. 여전히 정원

은 준탁의 전화를 받지 않고 있으니까.

설마…… 어디가 아픈 건가?

머릿속에서 무언가가 와장창 깨지는 소리가 났다.

준탁이 갑자기 벌떡 일어났다.

"회의 안 하고 어딜 가려고?"

"왜? 어디 가는데?"

회의실을 빠져나가는 준탁의 등에 대고 정우와 나나가 동시에 소리쳤다.

＊ ◆ ＊

정원은 밤새도록 앓았다.

물에 빠진 듯 온몸이 축축했고 베개와 침대 커버마저 흠뻑 젖어 있었다.

몇 시나 되었을까.

오전 9시쯤 경수의 담당 훈련사와 도시락을 준비하고 있을 형부에게 문자를 보내고 죽은 듯이 잠에 빠져들었다.

"네버랜드죠."

지난밤, 샤워를 마친 준탁이 다가와 사진을 바라보고 있는 정원의 허리를 감쌌다.

"피터팬의 네버랜드?"

"아니. 민준탁의 네버랜드."

정원의 정수리에 턱을 괴고 준탁이 말했다.

"무슨 행성 사진인 줄 알았어요."

준탁에게서 나는 익숙한 비누 냄새를 맡으며 거실 벽에 걸린 '민준탁의 네버랜드'를 다시 들여다보았다. 언뜻 보면 우주에서 바라본 지구 같기도 했고 안드로메다 끝에나 존재할 거 같은 미지의 행성 같기도 했다. 처음 준탁의 집을 방문했을 때부터 이 사진의 정체가 궁금했었다.

"잘 봐요. 결코 빠져나올 수 없는 메이즈 가든이 있으니까."

중심부에 태풍의 눈처럼 생긴 나선형의 암록색 띠가 보였다.

"찾았어요? 그 속에 갇힌 남자도 보여요?"

"남자요?"

정원이 더 가까이 다가가 초록색 회오리를 자세히 들여다보았다. 사람의 모습은 보이지 않고 대신 수없이 많은 초록색 기포들만 가득했다.

"못 찾겠어요."

"아! 조금 전 모퉁이를 돌아 사라졌네요."

정원이 고개를 비스듬히 들어 준탁을 올려다보았다.

"지금 놀리는 거죠?"

"아닌데. 저 남자…… 어쩌면 저기서 영원히 빠져나오지 못할 겁니다."

준탁이 웃음기 없는 얼굴로 정원을 내려다보았다. 어쩐지 준탁은 길을 잃은 아이처럼 막막해 보였다. 정원은 손을 뻗어 준탁의 뺨을 쓰다듬었다.

"왜 그런 표정을 지어요."

"자고 가요."

준탁이 정원의 손바닥에 뺨을 부비며 아이처럼 칭얼거렸다.

"편안하게 잘 수 없을 거 같아요."

"혼자 있기 싫은데."

"미안……해요."

정원도 준탁과 함께 있고 싶었다. 준탁의 목덜미에 얼굴을 묻고 잠들고 싶었다. 하지만 그 이상으로 첫 경험이 가져다준 충격이 컸다. 익숙하고 움푹한 곳으로 기어들어가 눈을 감고 숨을 고르고 싶었다. 그리고 휘몰아치는 감정의 도가니에서 빠져나와 자신에게 일어난 일을 찬찬히 정리하고 싶었다. 정원에게는 그런 시간들이 필요했다.

"사랑한다면서요."

준탁이 아예 일곱 살짜리처럼 굴었다.

"내 사랑이…… 불편을 감수하겠다는 뜻은 아니에요."

"하! 은근 냉정하다니까."

준탁이 상처받았다는 걸 숨기지 않았다. 풀 죽은 표정을 보자 마음이 약해졌지만 정원은 고개를 저었다.

"이리 와봐요."

포기한 준탁이 정원의 손을 잡고 소파를 빙 돌아 맞은편 콘솔 쪽으로 데리고 갔다.

콘솔 위에는 다양한 모양의 테이블 액자들이 놓여 있었다. 도자기나 금속으로 된 것도 있었고 유리나 크리스털을 조각한 것들도 있었다. 컬렉션인 듯 하나같이 섬세한 세공이 들어간 아름다운 액자들이었다. 이상한 점은 거의 대부분이 비어 있다는 거였다. 두 개만 빼고.

하나는 지난번 카페에서 봤던 한나의 친구라는 여자와, 여자보다 키가 좀 작은 남자와 셋이서 찍은 사진이었다. 꽤 오래전인지 둘 사이에 서 있는 준탁은 소년처럼 앳되어 보였다. 다른 하나는 제니와 찍은 사진이었다.

"액자들이 정말 예뻐요."

허리를 숙여 제니의 목을 끌어안고 있는 준탁의 사진을 들여다보았다. 촬영 현장에서 찍은 듯 나란히 앉아 있는 둘의 뒷모습이었다. 누군가의 뒷모습을 본다는 건 미묘한 감정을 불러일으키곤 하는데 제니와 준탁의 뒷모습은 다가가 꼭 안아주고 싶은 마음이 들게 했다.

"마음에 드는 거 있으면 가져가요."

준탁이 콘솔의 서랍을 열며 말했다.

"네?"

"다 가져가도 돼요. 이게 마음에 들어요? 베니스 갔을 때, 무라노 섬에서 산 건데……"

준탁이 정원의 마음을 읽기라도 한 것처럼 초록색 스테인드글라스로 만든 액자를 집어 들었다. 정원의 눈에 제일 먼저 들어온 액자였다. 애플 그린에서 샙 그린까지, 미세한 톤 차이를 준 초록색 유리들이 조명을 받아 투명하게 반짝였다. 액자는 작품이라고 불러도 좋을 만큼 장인의 손길이 느껴졌다.

"납땜이 아니라 은으로 땜을 했다고 해서 가져왔어요."

준탁이 액자를 정원에게 내밀었다.

"······정말 받아도 돼요?"

"보시다시피 먼지만 쌓이고 있잖아요."

준탁이 어깨를 으쓱했다.

"가져가서 써줘요. 그래야 액자도 보람이 있죠. 영화 관계자 집에 초대받아서 간 적이 있었는데, 가족들 사진을 예쁜 액자에 넣어서 맨틀피스 위를 장식해놓았더라고요. 갓을 쓴 고조부부터 갓 돌을 지난 고손까지. 보기 좋아서 출장 갈 때마다 기회 되면 하나씩 사오곤 했는데······ 보시다시피 끼워 넣을 사진이 없네요. 자, 받아요."

정원이 액자를 받아 들고 빈 액자들을 다시 바라보았다. 준탁이 어떤 마음으로 이것들을 모아왔을지 조금은 알 것 같기도 했다.

"이것도 가져요. 민준탁이 주는 네버랜드."

준탁은 정원이 들고 있는 액자 위에 테니스공보다 조금 작은 구슬을 올려놓았다. 코발트블루와 초록색이 섞인 유리 문진이었다.

"혹시······."

정원은 초록색 그림자가 맺힌 구슬과 맞은편 사진을 번갈아 바라보았다.

"맞아요. 이 페이퍼웨이트를 찍어서 확대한 사진이에요."

어떻게 그런 생각을 했을까.

준탁이 바라보는 세상은 어떤 모습일까, 문득 궁금했다.

"처음이자 마지막으로 부모님과 네버랜드에 갔었는데, 그날의 추억이 담긴 구슬입니다."

"그렇게 소중한 걸 왜······?"

정원이 구슬을 집어 들었다.

"그냥…… 내 마음."

마음대로 굴겠다는 건지 마음을 주겠다는 건지, 준탁은 어울리지 않게 쑥스러운 미소를 지었다.

준탁의 마음.

잠들기 전 정원은 스탠드 불빛에 구슬을 비춰보았다. 준탁은 매일 네버랜드 사진을 보면서 무슨 생각을 했을까. 이제는 되돌아갈 수 없는 그 순간을 그리워했을까. 자신을 버렸다는 엄마를 원망했을까. 메이즈 가든에서 영원히 빠져나오지 못할 거라는 남자는 초록색 구슬 속에 가두어버린 소년의 마음일까.

정원은 구슬을 손에 꼭 쥔 채로 잠이 들었다.

꿈속에서 네버랜드의 메이즈 가든을 헤매다 속눈썹이 긴 아름다운 소년을 만났다. 소년의 손을 잡고 미로를 걷는데 어느 순간 소년은 준탁으로 변했고 정원에게 입맞춤하며 입안에 초록색 구슬을 넣어주었다. 정원은 구미호에게 홀린 아이처럼 구슬을 꿀꺽 삼켰다.

이제 정말 일어나야 했다.

정원은 담벼락에 붙은 덩굴손을 뜯어내듯 끙끙대며 침대에서 몸을 일으켰다. 현기증이 나서 잠시 침대 헤드에 머리를 기댔다. 잠들기 전 삼킨 타이레놀 덕분인지 열은 내렸지만 온몸은 근육통으로 뻐근했다.

시간을 확인하려고 전화기를 들었지만 전원이 꺼져 있었다. 배터리가 방전된 전화기를 충전기 위에 올려놓고 침대에서 내려서다 또다시 끙, 앓는 소리를 냈다. 몸속 깊은 곳의 통증이 어제의 일은 꿈이 아니라는 걸 상기시켰다.

집 안에 고여 있는 공기가 탁했다.

창을 열고 이불과 침대 커버를 갈아 끼우고 세탁기를 돌렸다. 따뜻한 물줄기 아래 서자 그제야 안도의 한숨이 나왔다. 근육의 통증이 조금씩 가라앉았다. 욕조에 몸을 담그고 싶었지만 그럴 시간이 없었다. 하루를 온전히 날려 보냈다.

샤워를 마치고 거울에 맺힌 수증기를 닦아내던 정원은 문득 깨져버린 예 원장의 액자를 떠올렸다. 마음에 드는 액자가 없어서 미뤄뒀었는데, 갑자기 마음이 급해졌다. 예 원장의 사진을 준탁이 준 초록색 액자에 빨리 끼워보고 싶었다.

정원은 머리도 제대로 말리지 않고 거실 선반에 올려두었던 깨진 액자를 작업 테이블로 가져갔다. 잠금장치를 풀고 뒤판을 분리했다. 얇은 보드에서 사진을 떼어내는 순간, 보드와 예 원장의 졸업 사진 사이에 달라붙어 있는 또 다른 사진을 발견했다.

뭐⋯⋯지?

처음 보는 사진이었다.

정원은 사진을 자세히 들여다보았다. 머리를 짧게 잘라서일까. 치과대학을 졸업할 때보다 예 원장은 몰라보게 살이 빠지고 나이가 들어 보였다. 스튜디오에서 찍었는지 예 원장은 로코코 풍의 암체어에 앉아 백일쯤 된 아기를 안고 있었다. 아마도 정원⋯⋯인 듯했다. 그리고 유치원생 정도의 소년이 의자 옆에 서 있었다. 리본 머리띠를 하고 방긋 웃고 있는 아기와 달리 예 원장과 소년의 표정은 밝지 않았다. 예 원장은 무표정했고 소년은 불만이 가득해 보였다. 쏘아보듯 카메라를 바라보는 소년의 얼굴을 정원은 한참 바라보았다. 피부가 유난히 하얗고 이마가 예쁜 아이였다.

누굴까?

사진을 뒤집어보았지만 인화지의 브랜드만 인쇄되어 있을 뿐이었다.

엄마가 넣어둔 사진일까?

이 소년이 누군지 여쭤볼까?

여쭤보면 대답해주실까?

"엄마한테⋯⋯ 잃어버린 아들이 있어. 우리 정원이 돌도 안 지났을 때."

정원이 대학에 합격했던 날, 술에 취한 예 원장이 했던 말이 떠올랐다. 그 뒤로 예 원장은 그 이야기를 꺼낸 적이 없었고 정원도 더 이상 묻지 못했다. 예 원장이 말한 '잃어버린'이란 말이 국어사전 세 번째의 뜻 '가까운 사람이 죽어서 그와 이별하다'라는 뜻인지 차마 물을 수 없었다. 예 원장의 깊은 슬픔이자 고통이라는 걸 본능적으로 깨달았기 때문인지도 모르겠다.

어쩐지 열어보지 말아야 할 상자를 건드렸다는 생각이 들었다. 지뢰를 밟은 사람처럼 정원은 꼼짝하지 않고 소년의 눈동자를 들여다보았다. 마치 그곳에 해답이 있는 것처럼.

차랑차랑.

창가에 흔들리는 선 캐처 소리를 들으며 한참을 그렇게 서 있던 정원은 예 원장의 졸업 사진과 소년의 사진을 겹쳐 원래의 액자에 다시 끼워 넣었다. 액자를 거실로 가지고 나가려다 무언가에 이끌리듯 다시 작업 테이블에 액자를 내려놓았다. 소년의 눈빛 때문이었다. 소년의 눈빛이 더는 갇혀 있기 싫다고 말하는 거 같았다. 소년의 사진을 빼서 초록색 유리 액자에 끼웠다. 예 원장이 앉아 있는 새크라멘토 그린 색의 의자 때문인지 사진은 제자리를 찾은 것처럼 초록색 액자와 잘 어울렸다.

엄마가 보시면 뭐라 하실까.

두 개의 액자를 나란히 거실 선반에 올려놓고 바라보고 있는데 현관 인터폰이 울렸다. 모니터에 뜬 얼굴은 놀랍게도 준탁이었다.

- 전화 왜 안 받아요?

준탁은 전력질주를 한 사람처럼 헐떡이며 소리쳤다.

전화?

그제야 정원은 충전기 위에 올려놓은 휴대전화의 전원을 켜지 않았다는 걸 깨달았다. 전원을 켜자 준탁에게서 온 부재중 전화와 메시지가 연달아 떴다.

＊ ◆ ＊

"무슨 일 생긴 줄 알고……."

현관문이 열리자마자 준탁은 정원을 와락 끌어안았다.

"아아……."

정원이 고통스럽게 앓는 소리를 냈다.

"왜요? 어디가 아파요? 얼굴은 또 왜 이래."

정원의 어깨를 잡고 얼굴을 들여다보았다. 밤사이 얼굴이 반쪽이 되어 있었다. 눈자위는 푸르스름했고, 입술은 하얗게 말라 있었다.

"괜찮아요……."

"거짓말."

준탁은 정원의 이마를 짚었다. 다행히 열은 없었다.

"병원 갑시다."

"아니, 그럴 필요 없어요. 그냥…… 몸살이 좀 났을 뿐이에요."

"몸살?"

대답 대신 정원은 고개를 살짝 숙이고 준탁의 시선을 피했다. 창백했던 뺨이 발그레 붉어졌다. 그제야 준탁은 몸살의 원인을 깨달았다.

"미안해요."

"뭐가요?"

정원이 고개를 들어 준탁을 올려다보았다.

"내가…… 그 막…… 힘으로만…… 매너 없이…… 배려 못 하고……."

답지 않게 더듬거리자 정원이 발돋움해서 쪽, 소리가 나게 입맞춤을 해주었다. 준탁이 놀란 눈으로 정원을 바라보았다.

"난…… 좋았는데."

정원이 달콤하게 속삭였다. 그리고 수줍게 물었다.

"준탁 씨는 별로였어요?"

그럴 리가.

준탁이 고개를 숙여 정원의 입술을 삼키고 메말라 가슬거리는 입술을 핥아주었다. 정원이 머뭇머뭇 준탁의 목을 끌어안았다. 마르지 않은 머리카락에서 싱그러운 허브 향이 났고 말캉한 가슴이 준탁의 단단한 가슴에 부딪혔다. 브래지어를 하지 않았다에 제니를 걸었다. 젠장. 아랫배에 힘이 들어가고 브리프 속은 미친놈 처럼 난리가 났다.

하아, 하아…….

정원을 몸에서 떼어내고 가쁜 숨을 몰아쉬었다.

"얼굴 봤으니 갈게요."

준탁이 정원에게서 한 걸음 물러섰다. 아픈 사람한테 자신이 무슨 짓을 할지 두렵기도 했다.

"나는…… 괜찮아요."

정원이 뺨을 붉히며 말했다.

"아니! 안 괜찮아."

준탁이 유혹에 지지 않으려는 듯 고개를 흔들었다.

"어젯밤……보다 조금만 부드럽게…… 해줘요."

완강하게 고개를 흔드는 준탁의 손에 깍지를 끼고 정원이 자신의 침실로 준탁을 이끌었다. 준탁은 영혼을 사로잡힌 제물처럼 홀린 듯 정원을 따라갔다.

침실 창가에 걸어둔 선 캐처를 투과한 오후의 햇살이 새하얀 침대 위에 어른거 렸다.

"꿈을 꿨어요."

"……?"

정원이 침대 발치에 앉아 'SEOUL BOTANIC PARK'라고 적인 티셔츠를 벗었 다.

"준탁 씨가 네버랜드의 메이즈 가든에서 내 입안에 초록색 구슬을 넣어줬어 요."

정원의 입을 통해 듣는 꿈은 어쩐지 순결하면서도 야했다.

빛이 산란하는 정원의 하얀 몸을 준탁은 꿈을 꾸듯 바라보았다. 정원이 준탁을 향해 손을 뻗었다. 준탁은 정원 앞에 무릎을 꿇고 결코 빠져나올 수 없을 것 같은 아름다운 계곡에 얼굴을 묻었다.

* ◆ *

8월의 마지막 날, 열한 번째 집사가 결정됐다.

"안 된다고 하실 줄 알았는데."

카페 알바트로스의 테라스에서 한나가 준탁에게 입양신청서를 내밀었다.

"사실 지금도 반반입니다."

처음 한나가 자폐 아동과 범죄 피해 아동을 위한 치료견 얘기를 꺼냈을 때, 준탁은 딱 잘라 거절했다. 편견일지 모르겠지만 안내견이나 치료견으로 훈련을 시키는 게 인간의 욕심처럼 느껴졌기 때문이었다.

준탁이 거절했음에도 불구하고 한나는 치료견 매개 프로그램의 효과에 관련된 논문과 책과 해외 사례들을 '바쁘시더라도 잠시 짬을 내서 봐주세요.'라며 보내왔다. 준탁이 마음을 바꾼 건 성범죄 피해 아동의 심리치료에 관련된 사례를 읽은 후였다.

"제니처럼 사람을 좋아하는 아이들이 훈련의 효과도 높다고 해요. 분명 엄마를 닮아서 잘해낼 거라고 믿어요."

"생각해둔 녀석이 있습니까?"

준탁이 물었다.

"마음대로 선택할 수 없다고 들었는데……."

"이 경우는 예외죠."

치료견이 된다는 건 무엇보다 자질이 필요한 일이다.

"이왕 결정했으니 가장 가능성이 높은 녀석을 보내는 게 낫겠죠."

"정원이가 강아지들의 성격을 꼼꼼하게 기록해놨더라고요. 냠냠이가 어떨까 싶어요. 정원이 말로는 몸집은 제일 작아도 똑똑하고 무엇보다 사람을 제일 잘 따른다고 하네요. 그리고 경수를 많이 닮았대요. 차분하고 의젓하다고. 훈련사님들의 의견도 그렇고."

"경수를 많이 닮았다고요?"

제니를 안 닮아서 다행이라는 뜻으로 들려서 빈정이 상했다.

"제니와 경수의 장점을 제일 많이 가진 녀석이라고요."

한나가 서둘러 덧붙였다.

"섭섭하시겠어요. 녀석들 모두 떠나보내려면."

"섭섭하긴요. 아주 후련합니다."

준탁의 말에 한나가 부드러운 미소를 지었다. 준탁은 한나에게서 처음으로 따뜻한 속결을 본 듯했다.

"한나 언니가 제 멘토예요. 따뜻하면서도 강하고 이성적이면서도 감성도 굉장히 풍부해요. 뭐랄까, 황금비율 같은 내면을 가진 사람이랄까요. 제가 대학원에서 원예치료를 공부하게 된 것도 언니의 영향이 컸어요."

자랑스러움을 넘어 존경에 가까웠던 정원의 칭찬이 떠올랐다.

"저…… 민 감독님."

"네?"

"아니, 아닙니다. 올라가보세요. 정원이가 기다리는 거 같던데."

한나는 무슨 말인가를 하려다 말고 텀블러를 들고 일어섰다.

"하실 말씀 있으시면 하세요."

정원이 자신과의 관계를 얘기했나 싶어 준탁은 앉은 채로 한나를 올려다보았다. 준탁과의 연애를 일부러 숨길 필요는 없지만 당분간은 언니들에게 비밀로 하고 싶다고 말한 건 정원이었다.

"어머니…… 그러니까, 예 원장님, 쉽지 않은 분이시라고요."

한나가 잠시 망설이다 입을 뗐다.

"무슨 말씀이신지."

"아니. 아실 거예요. 제가 걱정스러운 건, 어머니와 민 감독님 사이에서 정원이가 상처 입을까, 하는 거예요."

"……."

설마, 한나가 예 원장과 준탁의 관계를 아는 걸까?

어떻게?

준탁이 어금니에 힘을 주었다.

"보통 딸에게 집착하는 엄마와 마마걸의 관계와는 좀 다른 케이스지만 힘드실 수 있어요. 민준탁 감독이라서가 아니라, 재벌 3세라고 해도, 유럽 어느 왕실의 왕자님이라고 해도 어머니는 정원이를 빼앗아 간다고 생각하실 거예요. 정원이는 그런 어머니를 외면할 수 있는 아이가 아니에요."

그럼, 왜 맞선을 보게 했을까? 준탁이 미간을 찌푸렸다.

"당신이 컨트롤하기 쉬운 상대와 정원이를 결혼시키려 하실 거예요."

"왜 그런 얘기를 저한테 하시는 겁니까?"

"저는…… 누구보다도 정원이가 행복하길 바랄 뿐이에요."

한나가 고개를 까딱여 인사를 하고 등을 돌렸다. 준탁은 한나의 뒷모습을 바라보다 머리카락을 거칠게 쓸어넘겼다.

"보셨어요?"

지난밤, 정원의 거실 선반에 놓인 액자를 발견하고 준탁은 얼음처럼 굳어버렸다. 저 사진을 찍었던 날을 낙인처럼 기억한다. 무서웠던 엄마의 눈빛. 준탁의 팔을 낚아채던 거친 손길. 무슨 짓을 했냐며 다그치던 목소리.

"저 남자아이는 누굽니까?"

"아주 어릴 때 엄마가 잃어……버린 아들이요."

준탁의 물음에 정원은 나지막하게 한숨을 쉬며 말했다.

"잃어……버린?"
"저도 대학 입학할 즈음에 처음 들었는데, 자세히 여쭤볼 수 없었어요. 기억을 떠올리는 것조차 너무 고통스러운 일인 거 같아서요."

기억하는 것조차 너무 고통스럽다고?
그럼 그 시간을 살아온 사람은?
준탁이 텀블러를 꽉 움켜쥐고 벌떡 일어섰다. 그 바람에 의자가 넘어지고 몇몇 사람들이 준탁을 바라보았지만 준탁은 개의치 않고 카페테라스를 벗어나 옥상으로 향했다.
올 포 도기 옥상은 웃음소리와 비명이 난무했다.
정원과 훈련사들이 강아지들의 사진을 찍는다고 야단법석이었다. 제라늄과 안젤로니아, 그리고 이름도 알 수 없는 화분들 사이에 쿠션이 깔린 바구니가 놓여 있었고 강아지들을 한 마리씩 앉혀서 사진을 찍고 있었다. 보지 않아도 정원이 만들었을 법한 포토존이었다.

"입양 보내는 댁에 드리고 싶어요. 그리고…… 준탁 씨의 빈 액자들도 채워드릴게요."

정원의 야심 찬 프로젝트는 쉽게 끝날 거 같지 않았다. 얌전하게 찍히는 녀석도 있었고 기를 쓰고 바구니를 빠져나가는 녀석들도 있었다.
"오셨어요."
정원이 준탁을 향해 손을 흔들며 환한 미소를 보냈다.
준탁은 카메라를 켜고 정원과 강아지들을 담았다.
노을에 잠겨드는 옥상.

나를 잡아보라며 신나게 뛰어다니는 강아지들.

멀리서 불어오는 따뜻한 바람.

흩날리는 정원의 머리카락, 정원의 미소…….

모든 게 너무 좋아서 꿈속 같았다. 정원을 만난 뒤로 종종 깨고 싶지 않은 꿈 같은 현실을 만난다. 그럴 때마다 준탁은 스스로를 다그쳤다. 그리고 스스로에게 주문을 건다.

너를 절대, 절대로 사랑하지 않겠다고.

21

|

붉은 바다

그러니까, 이제 그만 거기서 걸어 나와요.

"우리…… 어디 멀리 나가서 살까?"

오늘 밤, 준탁은 좀처럼 정원을 놓아주지 않았다. 정원이 힘들어할까 봐 안쓰러울 정도로 자제하던 준탁이 오늘은 한순간도 떼어놓지 않겠다는 듯 집요하게 파고들었다. 마치 무언가에 쫓겨 정원의 품으로 도망치는 사람 같았다. 시선을 떼는 것도 허락하지 않았다. 빠듯하게 들어차는 준탁이 버거워 눈을 감는 순간, 정원의 턱을 잡고 자신을 바라보게 했다.

"응?"

재차 대답을 요구했다.

"네버랜드보다 더 멀리?"

정원이 고통스럽게 일그러진 준탁의 미간을 손끝으로 쓰다듬으며 물었다.

"더 멀리."

"좋아요. 어디든."

이렇게 간절하게 바라보는데 어떻게 '노'라고 말할 수 있을까. 고개를 끄덕이자 준탁은 안도한 듯 미간의 주름을 펴고 정원을 으스러져라 끌어안았다. 정원의 품이 최후의 보루인 양 파고드는 커다란 남자를 다독이듯 감싸 안았다. 이 밤, 준탁

네버 세이 네버

의 몸짓은 어쩐지 애처롭고 가여웠다. 벗어나려고 몸부림칠수록 더 옭매이는 올무에 걸린 짐승 같다.

"무슨 일…… 있어요?"

"……."

샤워를 하고 돌아왔는데도 준탁은 꼼짝도 하지 않고 태아처럼 웅크린 채 눈을 감고 있었다.

"강아지들이 모두 떠나서 슬퍼요?"

땀으로 젖은 머리카락을 쓸어넘기자 예쁜 이마가 드러났다.

"후련해."

"거짓말."

이럴 땐 꼭 청개구리 같다.

별이만 남고 모두 떠났다.

정원은 경수가 새끼들을 찾아다닐까 봐 걱정했다. 한시도 새끼들에게서 눈을 떼지 못하고 애지중지했던 경수는 막상 강아지들과의 이별을 담담하게 받아들였다. 가끔 엎드려서 졸다가 느릿느릿 강아지들이 지냈던 울타리로 다가가서 탁한 눈으로 한참을 바라보기도 하고, 제 새끼들의 흔적을 킁킁대기는 했지만 걱정보다 잘 견뎌내고 있었다. 그런 경수가 정원은 겨울눈 같다고 생각했다. 최선을 다한 삶에 순응하는.

별이도 잘 지냈다. 형제들이 떠난 뒤 한동안 경수에게만 붙어 있더니 요즘은 한나가 입양한 냠냠이와 다른 강아지들과 함께 훈련도 받고 잘 지낸다고 했다.

오히려 제니의 반응 때문에 모두 당황했다. 새끼들을 경수에게 다 떠넘기고 나 몰라라 놀러만 다녔던 녀석이 막상 새끼들이 사라지자 히웅히웅, 애끓는 소리를 내며 찾아다녔다. 급기야, 밤새도록 하울링을 해서 늑대를 키우냐는 민원이 들어왔다. 또다시 경수가 투입되고서야 제니는 안정을 되찾았다. 제니는 다시 예전의 제니로 돌아왔는데, 준탁이 우울해졌다.

"어처구니없는 자식. 있을 때 잘하지."

준탁도 제니를 생각하고 있었는지 눈을 감은 채로 웅얼거렸다.

"아마도 제니는…… 사랑해줄 시간이 많이 남아 있다고 생각했나 봐요. 우리가 늘 그렇듯이."

"……"

"별이는 언제 가요?"

"……"

"마지막으로 별이 보내면……."

"자고 가면 안 되나?"

대답하기 싫은지 준탁은 정원의 몸을 끌어당겨 허벅지에 얼굴을 묻었다. 정원은 자신의 허리를 감싸고 있는 준탁의 손을 떼어내서 검사하듯 꼼꼼하게 들여다보았다. 손톱은 여기저기 뜯은 흔적이 있는데 다행히 살갖은 양호했다. 정원은 준탁의 엄지손톱을 혀끝으로 살짝 핥아보았다. 쓴맛이 희미하게만 남아 있다.

"왜?"

준탁이 눈을 떴다.

"양약은 고구[31]."

정원은 'NO BITE'를 찾아와 준탁의 손톱에 꼼꼼하게 발라주었다. 손톱을 다 바르고 뚜껑을 닫자 준탁은 눈을 뜨고 자신의 손톱을 한참이나 들여다보았다.

"누군가에게 단 한 순간도 소중한 존재였던 적이 없었어."

준탁의 목소리가 꽉 잠겨 있었다.

"그래서 예정원이…… 족발 들고 온 날…… 미치는 줄 알았어. 심장이 터질까 봐."

"족발을 그렇게나 좋아하는 줄 몰랐네요."

---

31 良藥苦口, 좋은 약은 입에 쓰다

정원이 장난스럽게 말했다.

"그게 아니고……."

답답하다는 듯 준탁이 손을 내리는 순간, 정원이 고개를 숙여 예쁘게 드러난 이마에 쪽, 소리가 나게 입맞춤을 했다.

"지금 이 순간을 기억해요."

"……."

"소중한 나의 민준탁."

준탁이 정원의 허리를 와락 끌어안고 얼굴을 묻었다. 그러고는 꼼짝도 하지 않았다. 잠이 들었나 싶게 고요했다.

"준탁 씨……."

정원이 조용히 준탁을 불렀다.

여전히 대답이 없다.

밤은 깊었고 여름은 끝나가고 있었다.

침실 창 방충망에 풀잠자리 한 마리가 달라붙어 방 안을 들여다보고 있었다. 여린 풀잎 같은 곤충을 바라보며 정원은 할머니를 보내드렸던 그 여름밤을 떠올렸다. 지금이 아니면 자신의 이야기를 영원히 꺼내놓을 수 없을 것만 같았다.

"우리의 대나무숲은 아직 유효한 거죠?"

"……."

"있잖아요. 하고 싶은 말이 있는데……."

"성폭행을 당했어."

뭐……?

준탁의 머리를 쓰다듬던 손이 그대로 멈췄다.

"초등학교 졸업하고 그해 여름이 끝날 무렵까지."

정원은 자신의 허리를 꽉 끌어안고 우들우들 몸을 떠는 남자의 등을 멍하니 바라보았다.

성폭행……이라니.

허공에 멈춘 손에서 온기가 빠져나갔다.

"처음엔…… 나한테 무슨 일이 일어났는지도 자각하지 못했어. 너무 어렸으니까. 아무도 도와주는 사람이 없었어. 피해자가 나 혼자도 아니었어. 모두 알면서도 묵인했지. 그 새끼 배에 과도를 찔러 넣기 전까지. 피 칠갑을 한 채 울부짖고서야 겨우 그 새끼한테서 벗어날 수 있었어."

"……."

몇 번이나 입술을 달싹였지만 목소리가 나오지 않았다. 준탁이 토해내는 숨소리만 조용한 침실을 고통스럽게 채웠다.

"부모……님은요?"

정원이 고작 할 수 있는 물음이었다.

"열아홉 살까지 보육원에서 살았어."

"또 어떤 마음으로 날 버렸을까."

제니의 새끼들이 태어나던 날, 옥상에서 준탁이 했던 말이 떠올랐다.

어릴 때 헤어졌으니 엄마가 자신을 버렸다고 생각할 수도 있겠다고 여겼다. 그랬는데…… 말 그대로 정말로 버려진 아이였다니.

정원은 부들부들 떨리는 손으로 준탁의 몸을 끌어안으려고 했다. 정원의 손이 닿자 준탁은 마치 매를 피하는 아이처럼 온몸을 웅크리며 거부했다.

"제발…… 불 좀 꺼줘. 당신 얼굴 보기 수치스러워."

준탁의 젖은 목소리가 정원의 심장을 찢어놓았다. 그제야 세상 부러울 것 없이 화려한 인생을 살 것 같은 준탁의 지독한 불면과 우울, 불안이 온전히 이해가 되었다.

"수치심은 그들이 느껴야 하는 거예요."

정원은 온 힘을 다해 준탁을 안았다. 준탁이 헉, 하고 숨을 들이마시는 게 맞닿은 가슴으로 고스란히 느껴졌다.

"그들이 역겹고…… 더럽고 혐오스러운 거예요."

정원은 자신이 울고 있다는 것도 몰랐다.

"나라면…… 죽여버렸을 거야."

진심으로 준탁을 위로해주고 싶었다. 당신의 잘못이 아니라고. 준탁이 허물어지지 않게 붙들고 싶었다. 당신이 수치스러워할 이유는 결코 없다고.

"사랑해요."

소리 죽여 울고 있는 남자의 귓가에 속삭였다.

"내가 많이…… 사랑해줄게요. 그러니까, 이제 그만 거기서 걸어 나와요."

정원은 믿고 싶었다. 아니, 믿었다.

사랑해주면 생명은 다 꽃을 피운다고.

✳ ◆ ✳

"이러다 출품도 간당간당하다고."

나나가 안달했다.

VFX[32] 작업이 생각보다 더디게 진행됐다. 이유는 당연히 준탁이 원하는 아웃풋이 나오질 않아서였다. 석원이 꿈을 꾸거나 상상을 하는 신의 대부분에 많은 VFX가 들어가야 했다. 크로마키 촬영을 제일 먼저 찍었고, 프로덕션과 동시에 VFX 작업을 진행했는데도 예상보다 더 시간을 잡아먹고 있었다.

"혹등고래 나오는 거 괜찮던데, 왜?"

정우도 한마디 거들었다.

"응. 괜찮았어. 내 마음에 안 들 뿐이지."

"그래, 이게 우리 영화냐? 니 영화지."

---

32 Visual effect, 특수효과

준탁의 대답에 부부가 쌍으로 한숨을 쉬었다.

"그건 그렇고 민 감독, 조나무 고모가 조일은 배우라는 거 알았어? 나, 우리 베리 데리러 갔다가 깜짝 놀랐잖아."

베리는 정우와 나나가 입양한 제니의 새끼 이름이다. 그러니까 빨강이가 베리가 됐다.

"몰랐어. 나무 고모도 강아지 입양하고 싶어 한다고 해서 한번 보러 오시라고 했지."

남편과 아이들을 데리고 강아지를 보러 온 나무의 고모를 만나고 준탁도 놀랐다. 정원은 제일 좋아하는 배우라며 에코백을 뒤져 펜과 스프링 노트를 들고 쭈뼛쭈뼛 다가가서 사인을 부탁했다.

"섭섭하네. 왜 나한테는 부탁 안 했습니까?"

"뭐 딱히……."

받고 싶은 생각이 없었다고 정원의 얼굴에 고스란히 드러났다. 사인을 받은 정원은 스프링 노트를 소중하게 품에 안고, 조일은 배우의 아이들을 멀찍이 지켜보았다. 추억을 더듬는 듯, 강아지에게 뽀뽀를 하는 소녀를 바라보는 눈빛이 조금은 그립고 조금은 쓸쓸했다.

"그런 거 보면 DNA가 무서워. 나무가 고모 닮았나 봐."

"내 말이. 나무가 캐릭터를 분석하는 능력도 그렇고 뭔가 타고난 그런 게 있잖아."

"목소리도 딱히 꼬집을 순 없는데 결이 비슷해."

"그치? 우 대표도 느꼈구나? 목소리 하면 조일은이지. 목소리가 진짜 명품이잖아. 나무 내레이션 듣고 완전 소름 쫙……. 봐봐, 지금도 소름 돋았어."

저 부부는 참 좋겠다. 심심할 틈이 없어서.

준탁은 정우와 나나가 주고받는 대화를 들으며 피식 웃었다.

"민 감독도 주말에 갈 거지? 그런데 선물은 뭐로 하나? 그냥 가볍게 밥 먹으러 오라고 하는데, 빈손으로 갈 순 없잖아."

"못 간다고 조일은 배우한테 연락했어."

"왜?"

"제주도 가야 해."

"제주도? 제주도는 왜?"

"만날 사람이 있어서."

"민 감독, 진짜 연애하냐?"

정우가 물었다.

"뭐지? 저 표정? 우 대표, 우리 민 감독 말이야, 뭔가 번민에서 벗어나 해탈한 사람의 눈빛 같지 않아? 요즘 분위기가 묘해졌어."

나나가 눈을 가느스름하게 뜨고 준탁을 뜯어보았다.

여름이 끝나가던 그 밤, 준탁은 정원의 무릎에 얼굴을 묻고 자신의 과거를 모두 털어놓았다. 베이비 박스에 버려졌던 것도.

"생모는 위장장애가 있는 사람이었을지도 몰라요. '잔탁'이라는 소화제 박스에 태어난 날짜가 적혀 있었대요. 이름도 없이. 그래서 준탁이 됐습니다. 원장님의 성을 따서 민준탁. 민잔탁보다는 민준탁이 백만 배는 낫잖아요."

입양되었다 파양된 이야기도 했다. 양모의 이름이 예민정이라는 것만 빼고.

"불을 낸 아이라고. 그래서 파양된 거라고. 예의 주시해야 하는 문제아라고 낙인찍혔지만 상관하지 않았어요. 나는 불을 내지 않았으니까. 부모님이 꼭 데리러 올 거라 믿었죠."

그날, 불이 났던 날, 이모가 준 주스를 마시고 잠이 들었다. 그 주스를 마시면 늘 졸렸던 거 같다. 자다가 숨이 막혀서 깼는데 연기 때문에 아무것도 보이지 않았다. 아기방에서 울음소리가 들렸다. 아기가 위험하다는 걸 본능적으로 깨달았다. 문을 열려고 했는데 손잡이가 너무 뜨거워서 열 수가 없었다. 그 순간 무언가가 머리 위로 떨어졌고 다시 눈을 떴을 때는 병원이었다. 그리고 이모는 준탁이 불을 냈다고 했다.

"아니라고 했지만 아무도 믿어주지 않았어요. 한 달. 두 달. 한 해. 두 해. 시간이 갈수록 자신이 없어졌습니다. 결국 나도 인정하게 되었죠. 이모 말이 맞을지도 모르겠다고. 어린아이의 기억이란 정확하지 않을 수도 있으니까."

'밝은미소치과'를 '맑은미소치과'로 알고 있었던 것처럼.

정원이 어떤 표정으로 준탁의 이야기를 듣고 있었는지는 모른다. 다만 자신의 머리카락을 어루만졌던 손길만 기억에 남았다. 그리고 아침까지 깨지 않고 깊고 깊은 잠을 잤다. 아침 햇살에 눈을 떴을 때, 온기가 채 가시지 않은 옆자리의 흔적으로 밤새 정원이 자신의 곁을 지켜주었다는 걸 알았다.

그날 이후로도 정원은 변한 게 없었다. 준탁을 위로해준다고 유난을 떨지도 않았고 동정하지도 않았다. 일정한 유속으로 흘러가는 잔잔한 강물처럼 준탁의 곁에 있어주었다. 하루의 일과가 끝나면 경수를 왜건에 태워 별이와 제니를 데리고 산책을 하고 저녁을 먹고 좋아하는 음악을 들으며 사랑을 나누었다.

난생처음 준탁은 남자와 여자가 맺을 수 있는 세상의 모든 관계, 그러니까 연인, 부부, 모자나 부녀, 남매, 친구, 스승과 제자, 상사와 부하직원과는 다른, 이해하기 힘들지만 어디에도 속하지 않는 관계가 존재할 수도 있다는 생각을 했다.

그 관계는 논리적으로 분석하거나 규정할 수 없었다. 설명하기도 힘들었다. 소울메이트란 말로도 부족했다. 아침에 일어나 거울을 보면 거울 속에서 정원이 자신을 바라보고 있었다. 한 개의 씨주머니에 들어 있던 씨앗이 각각 다른 곳에 떨어져 자라난 것처럼, 정원은 준탁의 또 다른 자아처럼 느껴졌다. 정원은 준탁의 갈비뼈가 아닌 심장을 도려내어 빚은 존재였다. 그러지 않고서야 바라만 봐도 심장이 아픈 이유를 설명할 수 없었다.

준탁은 막 제주행 티켓을 예약했다.

남은 건 엄마뿐이다.

엄마를 용서할 것이다.

엄마가 모른 척한다면 준탁도 모른 척 살 수 있다. 엄마가 반대하면 정원을 송두리째 빼앗을 작정이다. 그건 용서와 별개의 문제였다. 심장을 잃고 살 수 있는 사람은 없으니까. 그런 상황으로 치닫는 건 엄마도 결코 원치 않을 거라 생각했다. 입양한 아이를 파양했다는 건 결코 명예로운 일이 아닐 테니까. 더더구나 애지중지 키운 딸에게 존경받는 엄마라면 말이다. 엄마는 준탁의 존재를 감내해야 했다. 그것이 준탁이 엄마를 용서할 수 있는 유일한 이유가 될 것이다.

"조일은 배우한테 안부 전해줘. 주말 잘 보내고."

준탁은 항공사 예약센터에 전화를 걸며 회의실을 빠져나왔다.

"수고 많으십니다. 동승할 반려견이 있어서요……."

* ◆ *

바람의 결이 완전히 바뀌었다. 바람에서 완연한 가을이 느껴졌다.

한나는 책을 읽다가 잠이 들었고, 예 원장과 윤 박사는 냠냠이를 데리고 산책을 나갔다.

"그냥 나가서 먹자니까."

옥외 주방에서 재료를 준비하는 동희를 못마땅해하며 이나가 한숨을 쉬었다.

"자기 때문에 더 정신없어. 내 즐거움이라고 몇 번을 말해. 그리고 어머니 아버지 결혼기념일인데, 사위가 안 하면 누가 하나? 자기는 그냥 처형 옆에 누워서 일광욕이나 해."

동희는 철판구이를 하겠다고 시장에 나가 잔뜩 장을 봐 왔다. 아이스박스에서

랍스터며 전복이며 문어며 스테이크용 고기며 재료들이 끝도 없이 나왔다.

"형부, 여기 있는 채소 다 씻으면 되죠?"

정원이 아스파라거스 봉투를 뜯으며 물었다.

"처제도 그냥 쉬어. 언니랑 놀아줘. 심심하니까 귀찮게 하잖아. 어어, 거기 마는 맨손으로 만지지 마. 손 가려워. 내가 손질할 테니까."

"하여간. 윤세나 맹장 수술하고 대타로 과외하러 간 날, 시커먼 고삐리가 게살 넣고 라면 끓여줄 때부터 알아봤어야 했는데."

이나가 포기한 듯 한숨을 쉬고 마늘을 까기 시작했다.

"두루미처럼 비쩍 마른 여자가 너무 허기져 보여서 수학문제가 눈에 들어오지도 않았다구."

동희가 킬킬대며 전복을 손질했다.

"백조도 아니고 두루미?"

"응. 두루미. 목이 길고. 팔이랑 다리도 가느다랗고. 그리고 봄이 되면 시베리아로 떠날 것처럼 불안해 보였지."

전복을 든 동희와 마늘을 까던 이나가 서로를 바라보며 둘만의 시간 속으로 빠져들었다. 정원만 없다면 키스를 백 번쯤 할 법한 눈빛이다. 정원은 아스파라거스를 들고 자리를 피해줘야 하나 안절부절못했다.

"흠, 흠. 윤세나 이 기지배는 왜 아직 안 와? 서핑을 하는 건지, 호텔에 처박혀 있는 건지, 아주 제일 신났어. 케이크 깜빡하기만 해봐."

이나가 헛기침하더니 공연히 세나를 찾았다.

은경수 박사와 함께 온 세나는 서핑 삼매경에 빠졌다. 오늘도 파도가 좋은 해변을 찾아 은 박사와 아침 일찍 나갔다. 뜻밖에도 은 박사가 서핑 마니아였다. 잠수함도 좋아한다나. 세나의 말대로 소수점 다섯째 자리까지 맞는 진정한 반쪽으로 모두가 인정해주었다.

씻은 채소들을 채반에 차곡차곡 담고 있는데 메시지가 왔다.

준탁이다.

[애월 도착. 주소 찍어줘요.]

애월에 도착했다고?

정원은 통화 버튼을 누르며 잔디밭을 가로질러 대문으로 향했다.

"지금 제주도라는 거예요?"

예 원장과 윤 박사의 결혼기념일에 맞춰 가족들에게 준탁을 소개하고 싶었다. 제주도에 함께 가지 않겠냐는 정원의 제안에 준탁은 잠시 고민하더니 다음에, 라고만 했다. 그랬는데, 애월이라니.

- 루스톤 호텔 근처인데……. 혹시 부모님이 산책 중이신가?

"네. 냠냠이 데리고 나가셨는데……."

- 마린 스트라이프 티셔츠 입으신?

"네. 맞네요."

- 부모님을 만난 거 같네요. 곧 갈게요.

오 분쯤 기다리자 은색 SUV가 대문 앞에 멈췄다.

"어떻게 왔어요?"

운전석에서 선글라스를 쓴 준탁이 내렸다.

"비행기 타고."

"그게 아니라."

"보고 싶어서."

준탁이 선글라스를 벗으며 정원의 입술에 입맞춤했다. 입술은 웃고 있는데, 긴장한 듯 눈빛이 날카로웠다.

"말이 돼요?"

"안 될 건 또 뭐지?"

준탁이 별거 아니라는 듯 어깨를 으쓱했다.

"내가 괜한 소릴 했나 봐요. 무리할 필요 없었는데. 인사는 다음에 해도 되는 거고……."

"무리 아니고. 이리 와봐요."

준탁이 정원의 손을 잡고 조수석 문을 열었다.

"별아."

케이지 안에서 잔뜩 구겨진 채 잠들어 있는 노란 털북숭이가 보였다.

"어떻게 별이를 데리고 왔어요? 설마……."

한나가 데려온 냠냠이를 보면서 입양 신청에 탈락당한 윤 박사는 많이 아쉬워했다. 보다 못한 이나가 차라리 다른 강아지를 입양하시라 권하자 윤 박사는 "경수 새끼라서 더 정이 가나 보다."라며 냠냠이를 쓰다듬었다.

"앞으로 별이 보러 제주도에 자주 옵시다."

준탁이 케이지 문을 열고 잠든 별이를 안아 들었다.

"정원아, 누구 왔니? 어? 민 감독이 여긴 어떻게……."

이나가 준탁을 발견하고는 갑자기 입을 딱 벌리고 정원과 준탁을 번갈아 바라보았다.

"설마…… 정원이 너. 그러니까 이 상황이……. 한동희! 언니, 일어나!"

이나가 동희와 한나를 불러댔다.

"엄마랑 박사님은요?"

"조금 더 걷다가 오시겠답니다."

준탁이 별이를 정원의 품에 안겨주었다. 깊이 잠든 별이는 그러는 동안에도 깨지 않고 정원의 품으로 더 파고들었다.

"어라? 진짜네."

동희가 젖은 손을 닦으며 달려왔고, 그 뒤로 책 사이에 손가락을 꽂은 채 걸어오는 한나가 보였다. 한나가 고개를 까딱이자 준탁이 정중하게 머리를 숙여 인사했다.

땅거미가 지고 부드러운 바닷바람이 불었다. 냠냠이와 별이는 노을이 내려앉은 잔디밭을 뛰어다녔고 사람들의 얼굴은 귤빛으로 물들었다. 그리고 제사장처럼 철판 앞에 선 동희의 현란한 불쇼가 시작됐다. 동희가 보란 듯이 럼주를 붓고 불꽃을 일으키는 모습에 자매들은 깔깔대며 박수를 쳤고, 세나는 준탁이 가져온 샴페인을 터트렸다.

"준탁 씨?"

정원이 준탁에게로 고개를 돌렸다. 준탁이 무표정하게 불꽃 너머 예 원장을 바라보고 있었다.

"불편해요?"

"내가 아니라…… 어머니가 불편해하시는 거 같아서."

준탁이 정원을 바라보며 입술을 끌어올렸다.

"조금 당황하셨나 봐요. 제 실수예요. 엄마한테는 말씀드렸어야 하는데……."

윤 박사와 나란히 앉아 불꽃을 바라보는 예 원장의 표정이 어두웠다. 산책을 다녀온 후 두통 때문에 계속 침실에 누워 있다 나와서인지 안색도 좋지 못했다.

"엄마, 좀 쉴게."

갑자기 찾아온 준탁에 대해서 설명하려고 침실 문을 노크했지만 예 원장의 목소리는 싸늘했다.

"조용, 조용. 아빠, 한 말씀 하세요."

세나가 스푼으로 샴페인 잔을 두드렸다.

"여보, 당신도 이리 와요."

윤 박사가 샴페인 잔을 들고 일어서며 예 원장을 불렀다.

"아휴, 박사님 혼자 하세요."

예 원장이 손사래를 쳤다.

"에이, 엄마도 한 말씀 하셔야죠."

세나가 분위기를 띄우자 준탁만 빼고 모두 박수를 치며 환호했다.

"엄마……."

정원이 손을 잡으려 하자 예 원장이 슬쩍 손을 빼며 샴페인 잔을 들고 윤 박사에게 다가갔다. 정원은 순간 자신의 빈손을 내려다보았다. 착각이겠지. 정원은 고개를 흔들어 예 원장이 일부러 피했다는 생각을 지워버렸다.

"이렇게 행복한 자리를 마련해준 우리 딸들에게 고맙고, 특별히 우리 사위 한동희 군 진심으로 고맙네. 그리고 귀한 시간 내서 멀리서 찾아주신 은경수 박사와 별이를 데리고 와주신 민준탁 감독께도 감사드립니다. 별이 잘 키울게요. 또…….."

윤 박사가 말을 잠시 멈추더니 옆에 서 있는 예 원장의 손을 잡고 따뜻하게 바라보았다.

"내 인생의 마지막을 저 노을처럼 아름답게 채워주고 있는 예민정 여사에게 온 마음을 다해 감사의 인사를 전하고 싶습니다. 고마워요. 사랑합니다."

윤 박사의 사랑 고백에 다들 웃음을 터트렸고 세나와 동희가 요란하게 휘파람을 불었다.

"나도 고마워요. 지금 이 순간이…… 누군가에게 빼앗길까 두려울 만큼 행복하네요."

떨리는 예 원장의 목소리 때문이었을까, 아니면 미소 짓는 입술 끝이 파르르 경련했기 때문이었을까. 그것도 아니면 노을을 배경으로 서 있는 황혼의 부부가 아름다워서일까. 일순 주위가 고요해졌다.

"자자, 건배합시다. 그레고리 윤과 오드리 예를 위하여!"

동희가 잔을 들고 분위기를 환기시켰다.

"한동희, 설레발, 미쳤어."

"오. 뭔가 그 느낌인데? 너, 로맨틱, 성공적."

이나와 세나가 킬킬댔고 분위기는 금세 되살아났다. 샴페인 잔이 부딪히고 웃음들이 터져 나왔다. 불 맛이 나는 구운 해산물과 스테이크는 금세 동났고 와인도 여러 병 비워냈다.

정원은 한나의 옆에 자리를 잡은 예 원장을 계속 지켜보았다. 샴페인 잔을 들고 예 원장과 눈이 마주치길 기다렸는데, 예 원장은 좀처럼 정원을 바라보지 않았다. 어쩐지 일부러 피하고 있다는 느낌을 지울 수 없었다. 이상하게도 보이지 않는

벽이 있는 것처럼 선뜻 다가갈 수가 없었다.

"무슨 생각 하는데?"

준탁이 정원의 손등을 쓰다듬었다.

"아니, 아무것도. 준탁 씨는 괜찮아요?"

"괜찮지 않을 이유가 없잖아요."

준탁이 어깨를 으쓱했다.

"다행이에요."

정원이 다시 고개를 돌려 예 원장을 바라보았다. 예 원장이 미간에 주름을 잡은 채 한나에게 무언가를 묻자 한나가 죄송해요, 라고 대답하는 듯했다.

역시…… 준탁 때문일까?

"우리 정원이 언제부터 좋아했어요?"

세나가 눈을 반짝이며 물었다.

"처음 봤을 때부터요. 머리카락도 말리지 않고, 무릎 튀어나온 트레이닝 바지에 숨이 턱까지 차서 윤이나 동물병원에 들어서는 여자를 본 순간, 심장이 쿵 내려앉았죠."

"어우야."

"번호 찍으라고 휴대전화 내밀 때부터 알아봤다니까."

이나가 거보란 듯 턱을 들었다.

"정원이도 첫눈에 반한 거야?"

"저는…….""

"말해봐요. 나도 궁금하니까."

준탁이 턱을 괴고 세상에 더없을 다정한 눈빛으로 정원을 바라보았다.

"잘 모르겠어요. 언제부터였는지."

정말 어느 순간이었는지 알 수가 없다. 준탁을 좋아한다고 자각했을 때는 이미 온 마음이 준탁으로 뒤덮여 있었으니까.

"처음 만났을 때…… 준탁 씨 손톱 때문에 신경이 쓰이긴 했어요."

"손톱? 손톱이 어떻기에?"

세나가 준탁의 손을 들여다보려 하자 턱을 괴고 있던 준탁이 아이처럼 깜짝 놀라 겨드랑이 사이로 손을 숨겼다. 세나와 이나가 그 모습을 보고 웃음을 터트렸다.

"신경 쓰인다는 게 좋아한다는 거지. 첫눈에 반한 거 맞네, 뭘. 결혼은 언제 할 거예요? 자매가 같은 해에 하는 거 아니라던데. 참고로 우리는 올해 말이나 내년 초에 할까 해요."

세나가 은 박사의 팔짱을 끼며 말했다.

"글쎄. 결혼 얘기는 아직 안 해봤는데…… 당신은 언제가 좋아?"

준탁이 손을 뻗어 일부러 그러는 듯 나른하게 정원의 머리카락을 귀 뒤로 넘겨주고 뒤통수를 쓰다듬었다. 정원의 뺨이 확 달아올랐다.

"어우, 분위기 뭐야. 엄마, 아빠 앞에서."

윤 박사와 예 원장 앞에서 뽀뽀도 서슴없이 하는 세나가 비명을 질렀다.

"정원 씨만 좋다면 나는 언제든지……."

"정원이 아직 결혼시키고 싶지 않아."

달달한 분위기에 예 원장이 불쑥 찬물을 끼얹었다.

"엄마처럼 후회하지 말고 이 사람, 저 사람 만나보고 해."

"에이, 엄마. 정원이가 이 사람, 저 사람 만날 수나 있는 애예요?"

"우리 정원이가 어때서?"

세나의 말에 예 원장이 정색했다.

"아니…… 제 말은…… 정원이는 신중하고 진지하게 만나는 스타일이다, 뭐 이런 뜻이죠."

"그러니까, 진지하고 신중하게 이 사람도 만나보고 저 사람도 만나보라는 얘기지."

엄마는 준탁이 마음에 들지 않는 걸까?

벌써 와인을 여러 잔 비운 예 원장을 정원은 불안하게 바라보았다.

"어머……님은 제가 마음에 안 드시나 보네요."

준탁의 직설적인 질문에 누군가의 목에서 '꼴깍' 침을 삼키는 소리가 들렸다.

"준탁 씨."

정원이 준탁의 팔을 잡았다.

"솔직히 그래요."

엄마가 준탁의 눈을 똑바로 바라보며 대답했다.

"어떤 점이 마음에 들지 않는지 말씀해주시겠습니까? 부족한 점, 고치도록 노력하겠습니다. 다만…… 제가 어떻게 할 수 없는 부분이 싫으시다면…… 예를 들어 부모님이 안 계셔서 마음에 들지 않으시다면 그건 제가 어쩔 도리가 없죠. 버림받은 건 제 의지가 아니니까요."

준탁이 냉랭한 눈빛으로 엄마를 쏘아보듯 바라보았다.

"민 감독."

윤 박사가 차분한 목소리로 타이르듯 준탁을 불렀다.

"죄송합니다. 좋은 날인데…… 제 실수가 큽니다."

준탁이 고개를 숙여 사과했다.

그런 준탁을 바라보던 예 원장이 들고 있던 와인 잔을 벌컥벌컥 단숨에 비운 뒤, 잔디밭을 가로질러 대문으로 향했다.

"엄마!"

"있어요. 내가 모셔올게요."

예 원장을 따라나서려는 정원을 말리고 준탁이 대문 밖으로 뛰어나갔다. 노을로 붉게 물든 골목길을 엄마가 휘적휘적 내려갔고, 그 뒤를 준탁이 따라갔다.

"박사님, 죄송해요."

"죄송할 일이 뭐가 있어?"

윤 박사가 정원의 등을 토닥였다.

"좋은 날인데……."

"원래 가족들 모이면 싸우는 거야. 언니야, 엄마 살아 계실 때 기억 안 나? 명절에 큰아빠랑 삼촌, 만나시기만 하면 싸웠잖아. 괜찮아, 정원아."

세나가 빈 접시들을 치우며 정원을 위로했다.

설거지를 끝내고 디저트 세팅이 끝나도록 예 원장과 준탁이 돌아오지 않았다.

"왜 안 오시지? 케이크 잘라야 하는데."

동희가 냉장고에서 꺼내 온 케이크를 테이블 중앙에 내려놓으며 말했다.

"전화기도 놓고 나가셨네."

준탁의 휴대전화도 테이블에 그대로 놓인 채였다.

"제가 모시고 올게요."

정원이 고개를 돌려 오늘따라 유난히 붉게 타오르는 바다를 바라보았다.

✳ ◆ ✳

들러붙은 악몽을 헤집으며 걷는 기분이다.

산책을 하다가 석원, 아니 준탁을 만났을 때 예 원장은 무릎이 꺾여 하마터면 넘어질 뻔했다. 구토가 쏠려 도저히 준탁의 차에 탈 수 없었다.

잔디밭 한가운데서 정원의 볼을 쓰다듬는 준탁을 보았을 때, 불길한 예감은 현실이 되어 예 원장을 덮쳤고 지독한 두통과 오한이 일었다. 예 원장이 어떻게 나올지 예상하고 도발하듯 움직이는 준탁의 눈빛 하나하나, 손짓 하나하나를 바라볼 때마다 몸서리가 쳐졌다. 방파제 끝, 붉은 등대를 바라보며 예 원장은 새삼 몸을 떨었다.

예 원장은 삼십 분 가까이 아무 말도 하지 않고 자신의 곁을 지키고 서 있는 준탁 때문에 숨이 막혔다.

"정원이한테서 떨어져요."

파도 소리에 묻힐세라 악쓰듯 말했다.

"……."

준탁은 아무 대답도 없이 일렁거리는 붉은 바다만 바라보았다.

"우리 정원이한테 접근한 목적이 뭔지는 알겠는데…… 그냥 민 감독이 살던 곳에서 살아요."

"……."

준탁의 침묵이 예 원장의 속을 더 후벼 팠다. 어릴 때도 그랬다. 혼을 낼수록 조개처럼 입을 꼭 다무는 아이였다.

"지난번 통화…… 그러기로 한 거 아니었어요?"

서로의 존재를 몰랐던 것처럼 그렇게 살기로 암묵적인 약속을 했다고 생각했다. 그래서 안심했다.

"……."

"제발…… 떠나줘요."

불타오르듯 출렁이는 바다를 바라보며 내내 침묵하던 준탁이 예 원장 앞으로 한 걸음 다가왔고 예 원장은 한 걸음 물러섰다. 노을 때문인지 눈물 때문인지 준탁의 눈동자가 새빨갰다.

"미안하다는…… 그 한마디가 그렇게 힘듭니까?"

울음을 삼키듯 준탁이 힘겹게 말했다.

"보고 싶었다고…… 전과자 안 되고 잘 자라주어서 고맙다고…… 그 한마디가 그렇게 하기 힘드냐구요."

준탁이 뜨거운 내장을 쏟아내듯 소리쳤다.

"내가……."

준탁이 손바닥으로 눈을 가리고 한참이나 말을 잇지 못했다.

"내가 어떻게 살아왔는지 알아요?"

거칠게 눈가를 닦아내고 준탁이 잔뜩 쉰 목소리로 물었다.

"나는?"

예 원장이 싸늘하게 되물었다.

"너는 내가 어떻게 살아왔는지 알기나 하니?"

"그래도 나는…… 당신 용서하려고 노력했어."

준탁이 소리쳤다.

"용서? 누가 누굴 용서해? 나는 너…… 용서 못 해!"

예 원장도 지지 않고 맞받아쳤다.

"내가 널 어떻게 용서할 수 있겠니. 너 때문에 내 딸이 죽었는데."

예 원장은 자신의 목소리가 이처럼 표독스러울 수 있다는 걸 처음 알았다.

"딸이…… 죽었다니?"

준탁이 가슴을 헐떡이며 예 원장을 바라보았다.

"그래. 너 때문에 불에 타서 돌이 되기도 전에 죽은 내 딸, 정원이."

"그게…… 무슨…….."

영혼이 빠져나간 듯 텅 빈 눈동자를 예 원장은 싸늘하게 노려보았다.

"엄마……?"

그 순간, 어디선가 불쑥 솟은 것처럼 정원이 두 사람 앞에 나타났다.

준탁과 예 원장이 고개를 돌려 정원을 바라보았다.

정원의 뺨이 눈물에 젖어 반질거렸다. 붉은 노을 때문에 마치 피눈물을 흘리는 것처럼 보였다.

22

서정원

떠돌이 개가 된 기분이에요.

"……민준탁이 석원이에요."

예 원장은 윤 박사에게 모든 걸 고백했다. 입양과 파양. 그리고 양양에 홀로 다녀왔던 이유까지 털어놓고서야 참았던 울음을 터트렸다. 어렵게 가진 아이를 화재로 잃고 남편과 이혼했다고만 알고 있던 윤 박사는 충격을 받은 듯 한동안 말이 없었다.

"실망하셨죠? 이런 사람이라서."

"당신도 그때는 어쩔 수 없었겠지."

윤 박사가 깊은 한숨을 내쉬었다.

"그럼…… 민 감독은 당신이, 아니 정원이가 당신 딸이라는 걸 알고…….."

윤 박사는 말을 잇지 못하고 마당 한가운데 엎드려 어디선가 물고 온 나무막대기와 씨름하고 있는 별이를 바라보았다.

"저 녀석은 또 무슨 마음으로 데리고 온 건가."

"정원이…… 그 아이의 눈빛이 머릿속에서 떠나질 않아요."

하얗게 질린 얼굴로 준탁과 예 원장을 바라보던 정원의 눈빛 때문에 예 원장은 잠을 이루지 못했다. 가시덤불에 갇힌 짐승처럼 잔뜩 겁을 먹은 눈동자는 금방이라도 깨져버릴 것처럼 불안하게 반짝였다. 까만 눈동자에 충격과 분노와 실망, 그리고 슬픔이 노을빛과 한데 엉겨 차례로 스치고 지나갔다.

"엄마…… 모두…… 기다리고 있어요."

방파제 끝에서 온몸을 덜덜 떨면서 정원이 말했다. 부들거리는 손으로 눈물을 닦아내고 이가 부딪힐 만큼 턱을 떨면서도 아무것도 묻지 않았다. 쓰러지지 않으려고 안간힘을 쓰고 있다는 걸 한눈에 알 수 있었다.

두 사람에게서 벗어나려는 듯 뒷걸음질 치는 정원을 준탁이 붙잡았다. 손목을 잡힌 채로 정원이 준탁에게 무슨 말인가를 했다. 바람 때문에, 파도 소리 때문에 아무것도 듣지 못했다. 준탁은 맥없이 정원의 손목을 놓았고 정원은 한 번도 뒤돌아보지 않고 뛰어갔다. 마치 영영 돌아오지 않을 것처럼.

예 원장은 정원의 뒷모습을 지켜보며 정원과 처음 만났던 날을 떠올렸다.

"봉사활동을 해보시는 건 어때요?"

알코올의존증을 치료하면서 봉사활동을 권유받았다. 윤 박사는 치아치료가 필요한 보육원 아이들을 도와주는 게 어떻겠냐고 제안했다. 어디를 방문하거나 대면해야 하는 거창한 봉사가 아니라 자신의 능력으로 커버할 수 있는 범위의 일이라서 동의했다. 주로 건강상 교정이 꼭 필요한 아이들이 그 대상이었다.

그러던 중 윤희라는 아이가 병원을 찾아왔다. 윤 박사가 후원하는 보육원의 아이였다. 치아가 다물어지지 않는 개방교합이 심한 여중생이었는데, 앞니로 음식을 끊어 먹기 힘들고 늘 입이 벌어져 있어서 턱관절에도 무리가 간 상태였다. 유전적인 요인보다 손가락을 빠는 후천적인 습관이 원인인 듯했다. 다행히 수술 없이 교정이 가능해 보였다.

윤희는 외모적인 콤플렉스 때문인지, 아니면 구강구조상 발음이 새서인지 목소리가 들리지 않을 만큼 작고 소심한 아이였다. 중학교 2학년이라는데 또래에 비해 키도 몸집도 작았다. 겁먹은 듯 놀란 표정으로 예 원장의 설명을 들으며 간간이 고개를 끄덕였다.

"윤희야, 시간은 좀 걸리겠지만 선생님이 예쁘게 교정해줄게. 그럼, 음식도 잘 씹을
수 있고 턱도 안 아플 거야. 다음 주부터 시작하자."

"감사합니다."

모기 소리만큼 작은 목소리로 윤희가 인사를 하고 진료실을 나갔다. 예 원장은
진료실을 나서는 윤희의 뒷모습을 바라보았다. 요즘 들어 부쩍 교복 입은 소녀들
이 눈에 들어왔다.

"정원아, 가자."

정원……?

한결 밝아진 윤희의 목소리가 진료실 문틈으로 들렸고, 예 원장의 귀에 '정원'
이라는 이름이 날아와 박혔다. 예 원장은 벌컥 진료실 문을 열고 대기실 쪽을 바라
보았다.

"다 끝났어?"

윤희와 같은 교복을 입고 소파에 앉아 책을 읽던 소녀가 문이 열리는 소리에
진료실 쪽으로 고개를 돌렸다. 예 원장과 눈이 마주치자 소녀는 소파에서 일어나
고개를 숙여 인사했다.

찰랑거리는 단발머리. 하얀 피부. 발그레한 입술. 또래의 소녀답지 않게 차분하
고 담담한 까만 눈동자를 바라보는 순간, 예 원장의 명치가 아프게 조여들었다.

"윤희…… 친구니?"

덴탈 마스크를 벗으며 소녀에게 다가갔다. 키가 훌쩍 크고 팔다리가 곧고 가느
다란 소녀였다.

"윤희 언니랑 '효준의 집'에 함께 사는 서정원입니다."

서……정원.

예 원장은 눈앞의 소녀를 멍하게 바라보았다.

죽은 정원이가 살아 있었다면 이런 모습일까.

길을 걷다가, 쇼핑을 하다가 여자아이들을 보면 문득문득 죽은 정원을 생각했

다. 지금쯤이면 저 정도로 자랐을까. 저렇게 머리를 잘랐을까. 그렇게 상상해오던 정원의 모습 그대로인 아이가 예 원장을 바라보고 있었다.

"몇 살이니?"

"열네 살이요."

나이마저 같았다.

무언가 말을 하고 싶은데 목이 메어 아무 말도 할 수 없었다. 서정원이라고 자신을 소개한 소녀는 그런 예 원장을 걱정스럽게 바라보았다.

"정원……이도 온 김에 진료받고 갈래?"

"저는…… 괜찮아요."

정원이 차분하게 대답했다.

"치과 진료 마지막으로 언제 받았니? 6개월 넘었으면 받고 가자."

정원은 잠시 망설이더니 예 원장을 따라 진료실로 들어왔다. 정원의 치아는 그동안 관리를 잘 받은 듯 충치는 레진으로 꼼꼼하게 치료되어 있었고 깨끗하고 건강했다.

"양치질 열심히 했구나, 착하네."

입을 헹구고 몸을 일으키며 소녀는 뺨을 붉혔다.

"너무 오래된 칫솔로 양치하지 말고. 자주 바꿔서 써. 이건 같이 나눠 쓰고."

예 원장은 칫솔 한 박스를 소녀에게 들려주었다.

윤희와 정원이 돌아간 뒤, 예 원장은 마치 열병을 앓는 것처럼 정원을 생각했다.

"서정원?"

"안녕하세요, 원장님."

그러던 어느 날, 퇴근길 엘리베이터에서 정원을 만났다.

"윤 박사님 뵙고 가는 거니?"

"네."

"너…… 목이 왜 그래? 어쩌다 그랬니?"

교복 블라우스 위로 드러난 정원의 목에 붉은 손톱자국이 선명했다. 꽤 심하게 긁힌 것 같았다.

"……."

정원이 얼굴을 붉히며 고개를 움츠렸다. 실례가 될 거 같아 더는 물어보지 못했다.

"약은 발랐니?"

"네."

"아프지 않아? 어쩌면 좋아. 흉질까 걱정이네."

"저는…… 괜찮아요. 감사합니다."

"뭐가?"

"걱정……해주셔서요."

정원은 그렇게 말하고 정말 괜찮다는 듯 예 원장을 향해 희미하게 웃어주었다. 두 사람은 나란히 엘리베이터에서 내려 빌딩을 나섰다.

밖은 5월이었다.

예 원장이 유난히 힘들어하는 계절이기도 했다. 퇴근을 하고도 딱히 갈 곳이 없었다.

"정원아, 선생님이랑 아이스크림 먹으러 갈까?"

"아이스크림요?"

정원이 반달 눈이 되어 웃었다. 그 순간 예 원장은 울컥 눈물이 솟아 눈에 뭐가 들어간 사람처럼 눈을 비볐다.

벚꽃이 진 근처 고등학교의 교정에 앉아 두 사람은 아이스크림을 먹었다.

예 원장은 정원이 지금 생활하고 있는 효준의 집은 어떤 곳인지, 어떻게 그곳에 갔는지 궁금했지만 묻지 않았다. 대신 좋아하는 게 뭔지 물었다.

"그림 그리는 거 좋아해요."

"그림 그리는 거 좋아하는구나? 선생님은 그림 잘 그리는 사람들 정말 부럽더라. 그린 거 있음 좀 보여줘."

"잘은 못 그려요."

정원은 그렇게 말하며 머뭇머뭇 가방에서 16절 스케치북을 꺼냈다. 제비꽃, 덩굴장미, 수선화…… 온통 꽃 그림이었다.

"세상에. 이거 진짜 정원이 네가 그린 거니?"

예 원장이 감탄을 연발하자 정원이 쑥스러운 듯 운동화 끝으로 바닥을 문질렀다.

"이건 뭐니?"

"꽃마리예요."

"이건?"

"봄맞이꽃이요."

"이런 걸 다 알아?"

"할머니가 가르쳐주신 것들이에요."

정원은 몹시 그리운 표정으로 봄이 되면 할머니 텃밭에 자라던 것들이라고 말했다. 예 원장은 자신도 모르게 손을 뻗어 정원의 머리를 쓰다듬어주었다. 갑작스런 접촉에 놀란 듯 눈을 동그랗게 뜨고 예 원장을 바라보던 정원은 이내 긴장을 풀고 예쁘게 웃어주었다. 헤어지기가 아쉬울 만큼 행복한 시간이었다.

며칠 뒤, 병원으로 정원의 엽서가 도착했다. 요즘 세상에 엽서라니. 신기하기도 하고 얼떨떨하기도 했다. 조그맣게 꽃 그림을 그려 넣은 엽서에는 아이스크림을 먹었던 그날 무척 행복했었다고, 할머니가 돌아가신 후 처음으로 울지 않고 할머니 이야기를 할 수 있었다고 감사하다는 인사의 말이 적혀 있었다. 예 원장은 울컥 목이 죄어와 엽서를 가슴에 품고 한동안 창밖을 바라보았다.

윤희의 치아가 조금씩 맞물리는 동안 예 원장과 정원의 관계도 조금씩 가까워졌다. 예 원장은 정원에게 식물도감을 선물했고 예 원장의 생일날 정원은 남산제비꽃을 그려 선물했다. 혼자 밥이 먹기 싫은 날이면 피자를 잔뜩 주문해서 효준의 집으로 향했다.

수녀님 두 분과 고3부터 세 살 막내까지 여자아이 일곱 명이 함께 지내는 효준의 집은 보육원이라기보다는 여느 가정집과 다를 바 없었다. 방이 네 개인 빌라에서 정원이 잘 지내는 모습을 보며 안도했다. 예 원장은 생리용품이나 수녀님들이 미처 신경 쓰지 못하는 예쁜 속옷들을 사 들고 가기도 했다.

"이걸 정원이가 다 키운다고?"

빌라의 옥상에서 돗자리를 펴고 아이들과 피자를 먹다가 상추며 치커리며 토마토가 싱싱하게 자라고 있는 화분 텃밭을 바라보았다.

"정원이 덕분에 우린 채소는 안 사 먹어요. 뭐든 잘 키워요. 작년에는 수박도 키웠어요."

윤희가 교정기를 낀 채 환하게 웃었다. 처음 병원에 왔었던 그 아이 맞나 싶게 밝아졌다.

"윤희 언니가 쌀뜨물이랑 우유 팩 씻은 물도 주고 해서 잘 자라는 거예요."

정원이 쑥스러워하며 어린 동생의 입에 묻은 소스를 닦아주었다. 원장수녀님이 기특하다는 듯 정원을 바라보았다. 그 눈길에 예 원장은 자신이 왜 뿌듯해지는지 알 수 없었다.

"우리 정원이가 원장님 같은 멋진 여성이 되고 싶대요."

원장수녀님이 전하는 말에 예 원장은 고래처럼 춤추고 싶었다. 정원 때문에 알코올에서 벗어날 수 있었다. 누구도 아닌 정원에게만은 좋은 어른이고 싶었다. 소녀에서 아름다운 숙녀로 자라는 모습을 지켜볼 수 있어서 행복했다. 그리고……
정원이 정원이 아니라서 미치도록 슬프기도 했다. 그런 시간들이 흘러갔다.

"정원아, 졸업하면 어떻게 할 거니?"

고등학교를 졸업하면 정원은 보호종료아동이 되어 효준의 집을 나와야 했다.

"윤희 언니랑 자취하려고요."

윤희는 대학 진학 대신 이천의 기숙사가 있는 반도체 회사 라인에 취업했다.

"어디서?"

"아직 정하진 않았지만…… 옛날부터 그렇게 하기로 약속했었어요."

"윤희는 잘 지내고 있니?"

"……."

정원의 표정이 어두워졌다.

"왜? 무슨 일 있어?"

"저도 못 본 지 꽤 됐어요. 지난주에 만나기로 했는데 약속 장소에 나오지 않았어요. 걱정돼서 전화했더니, 깜빡 잊고 있었다고…….."

"또?"

윤희가 약속을 펑크 낼 때마다 정원은 의기소침해졌다. 치아교정이 끝난 윤희는 몰라보게 예뻐졌고, 성격도 외향적으로 바뀌었다. 고등학교 졸업 즈음에는 정원과 보내는 시간보다 다른 친구들과 어울려 다니는 시간이 더 많았다. 홀로 남겨진 정원은 그림을 그리거나 식물을 키우면서 지냈다.

"언니가 저한테 뭔가 서운한 게 있나 봐요."

"뭘?"

"그게…… 저도 잘 모르겠어요."

정원은 무언가 할 말이 더 있어 보였지만 입을 다물었다.

정원의 대학 합격 소식을 들은 날, 예 원장은 효준의 집을 찾아가 파티를 열었다. 그리고 몇 년간이나 끊었던 술을 마셨다. 기쁘고도 슬퍼서.

"원장님, 감기 들어요."

옥상에서 바람을 쐬고 있는데 정원이 예 원장의 어깨에 두툼한 패딩을 걸쳐주었다. 예 원장이 정원에게 사준 옷이었다.

"겨울엔 별이 더 예뻐요."

정원이 밤하늘을 바라보며 하얗게 숨을 토해냈다.

"그래. 그러네."

예 원장도 하늘을 올려다보았다. 정원이 살아 있었다면 오늘 같은 날, 밤하늘에 폭죽을 터트렸을지도 모른다.

"그거 아니? 선생님 딸 이름도 정원이었다는 거."

와인 몇 잔에 취기가 올라왔는지 마음속의 말이 불쑥 튀어나왔다.

"나이도 똑같아. 살아 있었으면 우리 정원이도 정원이처럼 대학생이 되었겠다."

뺨에 닿는 정원의 시선이 느껴졌다.

"그리고…… 엄마한테…… 잃어버린 아들이 있어. 우리 정원이 돌도 안 지났을 때."

예 원장은 자신의 입에서 엄마라는 말이 튀어나왔음에도 그리 놀라지 않았다. 이상하게 너무 당연한 느낌이 들었다. 정원은 고개를 숙여 자신의 발끝만 바라보고 있었다.

"집은 어떻게 하기로 했니?"

괜한 소리를 한 거 같아 예 원장은 서둘러 화제를 돌렸다.

"그냥 기숙사에 들어가야 할 거 같아요. 수녀님 말씀으로는 정부에서 지원도 해준대요."

정원은 결국 윤희와의 자취를 포기했다.

"언니는 같이 살자는데…… 제가 거절했어요. 아무래도 같이 지내는 건…… 아닌 거 같아서요."

"왜?"

"남자……친구가 생겼대요."

"동거한다는 뜻이니?"

"언니는 늘 가족을 빨리 만들고 싶어 했어요. 투 룸 얻으면 괜찮다고 하는데 그건 너무 민폐잖아요."

"그 남자친구란 사람 본 적 있니?"

"아뇨. 언니 말로는 좋은…… 사람이래요. 언닐 많이 위해준다고…….."

정원은 어떻게든 윤희를 두둔하려고 애썼다.

기숙사에 들어가기 전에 만나기로 한 윤희가 또다시 정원을 바람맞혔다. 시계탑 아래서 하염없이 윤희를 기다리다 돌아온 정원에게 경찰에서 연락이 왔다. 남자친구가 떠난 자취방에서 윤희가 스스로 목숨을 끊었다고. 윤희를 보육원에 버렸던 부모들이 번갈아가며 찾아와 정착금을 갈취하고 그동안 윤희의 월급마저 착취했다는 사실을 남겨진 유서로 알았다. 부모라는 사람들이 나타나지 않아 윤희의 장례조차 치를 수 없었다. 키워준 수녀님도 효준의 집 친구들도 윤희를 편안하게 보내줄 수 없었다. 법이 그랬다.

잠시였지만 널 질투했던 나 자신이 너무 초라했어. 이 세상에서 진심으로 날 사랑해준 사람은 너뿐이었는데. 네가 준 스킨답서스 잘 키우지 못해서 미안해. 세상에서 제일 사랑하는 정원아, 너는 꼭 행복해야 해.

윤희의 죽음은 정원을 깊은 슬픔에 빠지게 했다. 윤희가 그토록 힘든 상황이라는 걸 그 누구도 몰랐음에도 정원은 자신을 탓했다.

"정원아, 나랑 살래?"

정원이 반쪽이 된 얼굴로 대학 생활관에 입소하던 날, 예 원장은 정원에게 속마음을 털어놓았다.

"선생님이 지금 정원이한테 프러포즈하는 거야."

정원의 짐을 싣고 올림픽대로를 달리며 프러포즈했다. 정원의 입양을 결심한 건 어쩌면 속죄하는 마음에서 시작됐는지도 몰랐다. 그 아이…… 석원을 버렸다는 죄책감을 덜어보자는 얄팍한 마음. 그런데 지금은 정원 없이 살 수 없을 것만 같았다. 윤희처럼 정원에게 무슨 일이 생길까 애가 탔다.

"……"

정원이 놀란 눈으로 예 원장을 바라보았다.

"천륜이라고들 하잖아. 부모와 자식의 관계는. 변할 수도 없고 선택할 수 없는. 그런 면에서 우리는 아주 특별한 기회를 가지게 된 거라고 생각해. 나는 오래전부터 정원이의 엄마가 되고 싶었어. 정원이가 날 엄마로 선택해주면 안 될까?"

"생각할 시간을 주세요."

"그래. 생각해봐."

주말이 되면 예 원장은 정원을 생활관에서 데리고 나와 집에서 함께 지냈다. 여느 모녀처럼 함께 영화도 보고 쇼핑도 하고 전시회도 다녔다. 서로에게 적응하며 함께 많은 시간을 보냈다.

5월 8일.

정원은 붉디붉은 카네이션 꽃다발을 들고 와 예 원장의 프러포즈를 받아주었다.

그렇게 두 사람은 엄마와 딸이 되었다.

"엄마, 촛불 끄세요."

집에 도착하니 준탁은 떠나고 없었다. 예 원장은 멍하게 세나가 시키는 대로 촛불을 끄고 케이크를 잘랐다. 정원은 자른 케이크와 디저트를 식구들에게 나눠주고 뒷정리까지 말끔하게 한 뒤 언니들과 서울로 떠났다. 그 누구도 정원에게 준탁의 이야기를 꺼내지 못했다.

"내일…… 정원이한테 가봐야겠어요."

정원은 잘 도착했다는 메시지 끝에 시간이 필요하다는 말을 남겼다. 오래전 딸이 되어달라고 말했을 때처럼. 그때와 달리 예 원장은 기다려줄 수가 없었다. 예 원장은 정원에게 전화를 걸려고 전화기를 들었다가 방파제에서의 그 눈빛이 떠올라 포기하고 말았다.

"무슨 일이 생길까 봐 미치겠어요."

예 원장이 손바닥에 얼굴을 묻었다.

"그 화재가 민 감독, 아니 석원이가 냈다는 게 확실해요? 본인이 인정했습니까?"

윤 박사가 물었다.

"아이의 말은 일관성이 없었어요. 낮잠을 자다가 연기 때문에 깼다고도 하고 자기가 했다고도 하고. 꿈과 현실을 구별하지 못하는 것처럼 오락가락했어요. 그런데, 발화 지점이 작은방이라는 현장 조사 결과가 나왔어요. 전에도 그 방에서 석원이가 초에 불을 붙이는 장난을 했었어요. 한번은 제 눈썹이랑 머리카락을 태워서 큰일 날 뻔한 적도 있었고. 초를 켜놓고 잠들었다가 몸부림을 친 거 같다고 아이들을 돌봐주던 사촌언니가 그러더라고요. 우리가 아는 거 말고도 여러 번 불장난을 했다고. 석원이가 혼날까 봐 묵인해왔다고요."

예 원장은 손바닥에서 얼굴을 떼고 기억을 더듬었다.

"석원이가 불장난을 여러 번 했다……."

윤 박사가 혼잣말처럼 되뇌었다.

"그때 상담을 받은 적 있었어요. ADHD라고. 그 상담해준 의사가 어렸을 때 불장난을 하는 아이들은 아주 우려할 만한 반사회적 성향을 갖고 있을 수도 있다고, 대부분 문제가정 출신들이라고 말했어요."

"내 생각엔……."

윤 박사가 말도 안 된다는 듯 고개를 흔들었다.

"전형적인 '크라이 포 헬프(Cry for help)'예요. ADHD가 아니라 소아 우울증일 확률이 높아요. 갑작스럽게 생긴 동생에게 부모님의 사랑과 관심을 다 빼앗겼다고 생각했을 겁니다. 자신이 입양됐다는 걸 알고 있는 상황이라면 분명 그 시기의 석원이는 극도로 스트레스를 받고 있었을 거예요. 의식적이든 무의식적이든 불을 이용해서 자신이 느끼는 스트레스를 해소하거나 다른 사람의 관심을 끌어보려고 그런 행동을 하는 아이들이 있어요."[33]

"그 밤의 아늑함이라고 해야 할까, 완벽하게 보호받고 있다는 안도감이라고 해야

---

33 불장난을 하는 어린이 방화자의 유형, 해결자의 블로그

할까…… 그런 느낌을 다시 느끼고 싶었던 거 같아요."

문득 포럼에서 준탁이 했던 말이 떠올랐다.

"도대체 어떡하면 좋을까요."

예 원장은 막막한 눈으로 윤 박사를 바라보았다.

"당신은 아이들이 헤어지길 원하는 거예요? 그래서 엄마만 바라보는 정원이길 바라는 겁니까? 평생? 당신이 정원을 입양하겠다고 했을 때, 내가 한 말 기억해요? 정원이는 누구의 인생을 대신 사는 게 아니라고. 아이들 문제는 아이들이 해결하게 둡시다."

윤 박사의 목소리는 더 이상 남편의 것이 아니라 의사의 목소리였다.

"작정하고 정원이한테 접근했다는 게 무서워요."

"그건 당신 추측이잖아요."

"……."

예 원장은 아무 말도 하지 못하고 혼자서 놀고 있는 별이를 바라보았다.

"내 딸이 그 아이 때문에 죽었어요. 정원이마저 그 아이 때문에 잘못되면……."

예 원장은 자신의 불길한 상상을 털어내듯 고개를 세차게 저었다.

"사고일 뿐이에요. 누구도 의도하지 않은. 힘들겠지만, 민 감독이 아니라 석원이를 이해해보려고 노력해봐요. 그 아이는 아무것도 모른 채 버려졌다고 생각했을 겁니다. 세상을 잃은 거나 다름없었겠죠. 당신이 힘들었던 것만큼 그 아이도 힘들었을 거예요. 의식적이든 무의식적이든 아이들은 사랑받으려고 처절하게 노력해요. 잔인한 이야기 같지만 그건…… 생존이 달린 문제니까."

윤 박사는 그렇게 말한 뒤 나무막대를 가지고 놀다가 갑자기 쓰러지듯 잠이 들어버린 별이를 안아 들고 의자에 앉았다. 별이의 따뜻한 몸을 쓰다듬으며 오래전 경찰서 벤치에 오도카니 앉아 있던 어린 정원을 떠올렸다.

정원은 2년 가까이 일주일에 한 번, 할머니의 손을 잡고 상담치료를 받으러 오는 아이였다. 지하철을 두 번이나 갈아타면서도 한 번도 빠진 적 없었는데, 몇 주째 병원에 오지 않았다. 보호자인 할머니에게 전화를 해도 받지 않는다고 했다. 석 달이 다 되어갈 무렵에는 걱정에 앞서 덜컥 겁이 났다.

마지막 상담치료 때, 정원은 사고가 난 후 처음으로 눈물을 흘렸다. 그리고 엄마, 아빠의 죽음을 받아들였다. 그 울음이 물꼬를 튼 거라 생각했는데 어쩐지 마음에 걸렸다. 주소를 들고 찾아가봐야 하나 고민하던 어느 날, 경찰서에서 연락이 왔다. 서정원이라는 아이를 아냐고. 아이들과 저녁을 먹다 말고 허겁지겁 경찰서로 달려갔다.

도착한 경찰서에 정원은 화분 하나를 안고 오도카니 앉아 있었다. 윤 박사를 보고 정원은 잠시 놀라더니 이내 고개를 푹 숙였다. 정원의 옆에 놓인 캐리어와 불룩한 배낭이 영락없는 가출소녀였다.

"맹랑하게도 보육원에 보내달래요."

담당 경찰관이 기가 찬다는 듯 정원을 바라보았다.

"아무리 보호자 연락처를 대라고 해도 자기는 보호자가 없다고, 그래서 보육원에 가야 한다고 앵무새처럼 그 말만 하고 입을 꼭 다물고 있어서……."

"그런데 제 연락처는 어떻게 알고."

"아이가 화장실 간 사이 짐을 좀 뒤졌죠. 하루 종일 저렇게 내버려둘 수는 없으니까. 배낭 앞 지퍼를 열었더니 수첩 사이에 윤송 박사님 명함이 있더라구요. 다른 연락처는 일부러 다 지워버렸는데 박사님 명함만 남아 있었어요."

경찰은 정원이 듣지 못하도록 목소리를 낮췄다.

"정원아."

윤 박사가 벤치로 다가가 무릎을 꿇고 정원의 이름을 불렀다.

"할머니가…… 돌아……가셨어요."

정원은 울지 않으려고 입술을 깨물며 말했다.

정원의 할머니는 뇌출혈로 쓰러진 후 한 달 만에 돌아가셨다고 했다. 장례식장에서 외삼촌과 고모가 언성을 높이며 싸웠다고 했다. 정원을 서로 데려다 키우라고. 그러다 정원의 생각은 물어보지 않고 6개월씩 데리고 있자고 결론을 내렸다고 했다. 중계동과 목동을 오가면서.

"제가 떠돌이 개가 된 기분이에요."

정원은 그렇게 말하며 화분을 꼭 끌어안았다.

"이제 곧 중학생이 되니까…… 혼자서 살 수 있다고 고모와 외삼촌께 말씀드렸는데……."

할머니와 살았던 집은 내놔야 한다고 했다. 아빠와 엄마가 고모와 외삼촌한테 빌려 간 돈은 그 집 전세 보증금으로는 턱도 없다고. 내일이면 집도 비워줘야 한다고 했다.

"그래서 보육원에 가겠다는 거니?"

"네. 고아니까요."

정원은 할머니가 키우던 화분을 끌어안고 담담하게 말했다.

윤 박사의 연락을 받은 정원의 외삼촌과 고모는 우리가 있는데 어떻게 그럴 수 있냐고 했지만 "저 때문에 삼촌과 고모가 싸우는 게 싫어요."라고 정원은 고집을 꺾지 않았다. 골칫거리가 해결돼서 안도하는 정원의 외삼촌과 고모를 보면서 윤 박사는 어쩌면 정원의 선택이 옳을지도 모른다는 생각을 했다. 친부모에게도 버림받는 마당에.

"정원이 할머니가 생각나네요. 참 좋은 어르신이었습니다. 단 한 번도 언제까지 치료를 받아야 하냐고 묻지 않으셨죠. 늘 한결같이, 우리 정원이가 행복해질 때까지 의연하게 기다리겠다고 하셨어요. 당신께서 흔들리고 불안해하면 정원이가 더 힘들어한다고."

정신과 의사보다 더 본질을 꿰뚫는 혜안을 가진 어른이었다.

"봄이면 쑥버무리, 여름이면 매실청, 가을이면 유자청 같은 걸 들고 오시기도 하고. 정원이가 저렇게 회복할 수 있었던 건 할머니의 사랑 때문이라고 생각해요. 유년기에 사랑받은 기억은 그 어떤 치료보다 강력한 치유제니까요. 그런 기억과 경험은 인생의 베이스캠프 같은 거죠. 힘들어도 돌아갈 곳이 있는 사람은 쉽게 망가지지 않아요."

윤 박사는 차갑게 식은 예 원장의 손을 잡아주었다.

"기다려봅시다. 기다려달라고 했으니. 스스로 보육원에 들어간 아이예요. 우리가 생각했던 것보다 훨씬 강한 아이니까."

✳ ◆ ✳

정원은 오래된 기사를 찾아보았다.

유망 벤처사업가 40대 부부의 몰락
핵심기술 중국에 빼돌린 CTO의 배신
기나긴 특허권 소송과 패소
유서 한 장 없이 극단적 선택을 한 A씨와 B씨
살아남은 그들의 딸 C양

아빠와 엄마의 사망 기사는 '가족 동반자살'이라는 말로 활자화되어 인터넷상에 여전히 존재하고 있었다.

정원은 태블릿 PC를 내려놓고 붉은 덩굴장미가 흐드러지게 핀 마당에서 뛰어놀던 강아지를 떠올렸다.

내 강아지, 별이는 어떻게 되었을까.

지금쯤, 강아지별에서 정원을 기다리고 있을지도 모른다.

"별이라고 할래."

이마에 별처럼 털이 뭉친 골든레트리버는 단번에 정원을 사로잡았다. 너무 행복해서 눈물이 났다.

"그렇게 좋아? 눈물이 날 만큼?"

엄마가 정원의 옆에 쪼그리고 앉아 정원의 눈가를 닦아주었다.

강아지를 선물 받아서 행복한 것도 있었지만 엄마, 아빠와 함께 있는 이 순간이 마치 꿈처럼 느껴졌다. 1년이면 함께 밥을 먹는 날이 손가락에 꼽을 정도로 바쁜 부모님이었다. 유치원의 재롱잔치도 운동회도 모두 할머니와 함께했다. 그런 엄마와 아빠를 온전히 독차지해서 하루를 보냈다는 게 정원에겐 가장 큰 선물이었다.

"엄마, 여긴…… 천국 같아."

정원이 강아지들을 바라보며 말했다.

"천……국?"

엄마가 얼굴을 굳히며 되물었다.

이곳은 정원이 상상했던 천국과 흡사했다. 꽃들이 만발했고 손질이 잘된 잔디밭에 금색 털뭉치 같은 강아지들이 뛰어다녔다. 게다가 엄마와 아빠의 다정한 목소리가 곁에 머물렀다.

"정원아, 마음에 드는 녀석 골랐니?"

엄마의 대학 선배라는 아주머니가 정원에게 딸기를 가져다주었다.

"벌써 이름도 지었대. 별이라고. 진짜 눈이 별처럼 예쁘네."

엄마가 정원이 안고 있는 강아지의 넓은 미간을 쓰다듬었다.

"별이? 예쁘다."

아주머니는 펜을 가져와 별이의 목에 묶어놓은 리본에 '별이'와 '정원'을 쓰고 그 사이에 하트를 그려주었다.

"자, 이제 정원이가 별이 주인이야. 잘 키워줘."

"네."

정원은 별이를 동생처럼 사랑해주리라 다짐했다. 별이를 끌어안고 잠드는 상상을 하자 또다시 울컥 울음이 나오려고 했다.

"2주 후에 오면 지금보다 배는 커져 있을 거야."

"2주 후요?"

"아직 엄마 젖 더 먹어야 해. 예방접종도 하고. 그래야 아프지 않고 건강하게 자라지."

오늘 당장 데려갈 수 있다고 생각했는데.

"저런. 우리 정원이 실망했구나. 별이도 엄마랑 헤어지는 거잖아. 그러니까 준비할 시간을 줘야지. 그치?"

정원이 고개를 끄덕였다. 미처 그 생각을 하지 못했다. 별이가 제게 온다는 건, 엄마랑 헤어지는 거라는 걸.

"아휴 착해라."

아주머니가 눈물을 글썽거리는 정원의 머리를 쓰다듬어주었다.

"이래서 딸, 딸, 그러나 보다. 머슴애들만 보다가 정원이 보니까 부럽다, 얘."

"부러우면 언니도 하나 더 낳아."

엄마가 보란 듯이 정원을 꼭 끌어안으며 웃었다.

"그러다 또 아들 나오면?"

"딸 같은 아들로 키우면 되지."

"어머, 얘."

아주머니가 끔찍하다는 듯 손을 내저으며 쟁반을 들고 마당 구석에서 담배를 피우며 대화 중인 아빠와 아저씨에게로 걸어갔다.

"정원아, 우리 팥빙수 먹을래?"

저녁을 먹고 가라는 아주머니의 만류에도 엄마는 가봐야 한다며 일어섰다. 급한 일이라도 생긴 것처럼 서둘렀던 엄마가 팥빙수 배너가 걸린 카페 앞에 차를 세웠다.

"갑자기 팥빙수가 먹고 싶네."

엄마와 정원이 먼저 차에서 내리자 아빠는 마지못해 따라 내렸다.

"엄마, 왜 안 먹어?"

네버 세이 네버

갑자기 팥빙수가 먹고 싶다고 했던 엄마는 정원이 먹는 모습을 바라보기만 했다. 엄마와 아빠의 팥빙수는 얼음이 녹아 말 그대로 '빙수'가 되어 있었다.

"은석 씨, 기억나? 정원이 가졌을 때, 팥빙수 진짜 많이 먹었잖아. 그래서 그런가? 우리 정원이도 팥빙수 좋아하네?"

사실 정원은 팥을 그다지 좋아하지 않았다. 엄마랑 아빠와 함께 있는 시간이 좋아서 조금은 억지로 먹고 있었던 건데.

"갈까?"

정원이 스푼을 내려놓자 엄마가 또다시 허둥지둥했다.

"집에 가는 거 아니야."

집으로 가는 길이 아니었다. 아빠와 엄마는 정원을 태우고 땅거미가 지는 고속도로를 달렸다.

"응. 드라이브 갈 거야."

운전석에 앉은 엄마가 룸미러로 정원을 바라보았다.

"진짜? 내일 출근 안 해?"

"응."

엄마가 조수석에 앉아 있는 아빠를 잠시 바라보더니 "안 해도 돼." 하며 웃었다.

"할머니도 같이 오셨으면 좋았을걸."

생각해보니 너무 들떠서 하루 종일 할머니 생각도 하지 않았다.

"정원이…… 목 안 마르니? 주스 줄까?"

아빠가 정원이 좋아하는 열대과일 맛이 나는 주스 팩을 건네주었다. 그다지 목이 마르지 않았던 정원은 주스를 3분의 1쯤 마시고 핑크색으로 물드는 하늘을 바라보았다.

"수진아, 노래 하나 불러봐."

아빠가 엄마의 이름을 부르는 걸 오랜만에 들었다.

"노래는 무슨."

노래를 부르는 대신 엄마는 라디오를 켰다.

먼 옛날 어느 별에서 내가 세상에 나올 때
사랑을 주고 오라는 작은 음성 하나 들었지
사랑을 할 때만 피는 꽃 백만 송이 피워 오라는
진실한 사랑 할 때만 피어나는 사랑의 장미

정원의 눈꺼풀이 무거워지기 시작했다.

미워하는 미워하는 미워하는 마음 없이
아낌없이 아낌없이 사랑을 주기만 할 때
백만 송이 백만 송이 백만 송이 꽃은 피고
그립고 아름다운 내 별나라로 갈 수 있다네[34]

주위가 조용해지고 라디오에서 흘러나오는 노래를 따라 부르는 아빠와 엄마의 목소리와 웃음소리가 희미하게 귓속을 떠돌았다.

수진아, 나 지쳤어. 너무 힘들어.
알아.
그만할래.
은석 씨.
미안하다.
나…… 당신 혼자 못 보내.

---

34 백만 송이 장미, 1997년, 작사 심수봉, 라트비아 가요의 번안곡

드문드문 들리는 목소리.

울고 있는 엄마의 머리를 천천히 쓰다듬는 아빠의 모습이 보였다. 무슨 일인가 눈을 뜨려 했지만 정원의 의식은 질긴 끈에 묶여 밑으로 밑으로…… 끝도 없이 끌려 내려갔다.

정원이 기억하는 부모님의 마지막 모습이었다.

정원이 눈을 뜬 곳은 병원이었다.

아무런 기억이 없는 정원에게 경찰들은 끊임없이 부모님과의 마지막 상황을 기억해내라고 강요했다. 정원이야말로 묻고 싶었다. 출장 간 엄마와 아빠를 도대체 왜 자신에게서 찾는 것인지.

정원은 앵무새처럼 같은 말을 되풀이할 수밖에 없었다. 숨이 막혀서 죽을 것만 같은 순간에 어느새 커다랗게 자란 별이가 차 문을 열고 자신을 끌어내주었다고. 그 증거로 목에 상처도 남아 있었다.

할머니는 그런 정원을 윤 박사에게 데리고 갔다.

정원은 윤 박사의 진료실에서 그림을 그리거나 글짓기를 하거나 매일 밤 반복되는 꿈 얘기를 했다. 정원이 유일하게 숨을 쉴 수 있는 시간이었다. 사람들의 시선에서 벗어날 수 있는 공간이기도 했다. 무엇보다 아무런 의심 없이 정원의 이야기를 믿어주는 윤 박사가 좋았다.

그러는 사이, 엄마, 아빠와 함께 살던 넓은 아파트에서 서울 외곽의 열세 평짜리 빌라로 이사를 했고, 공립학교로 전학을 했다. 할머니는 정원의 일상이 무너지지 않게 최대한 유지시키려고 노력하셨지만 역부족이었다.

정원을 둘러싼 환경이 급속도로 바뀌었고 엄마와 아빠는 여전히 출장에서 돌아오지 않았다. 엽서조차 보내지 않아 정원을 더욱 섭섭하게 했다. 그래도 정원에게는 할머니가 계셨다. 늘 그랬듯이 할머니와 함께 잠이 들고 잠을 깼다. 다이알 비누 냄새가 나는 낡은 욕실에서 머리를 감고 세수를 하고 양치를 했다.

"서정원, 밥 먹자."

노래 부르듯 정원의 이름을 부르는 할머니의 목소리가 아직도 생생하다.

"으. 완두콩 싫은데."

텃밭에서 딴 완두콩을 넣어 지은 밥이었다. 이사를 와서도 할머니는 빌라 옆 작은 공터에 텃밭을 가꾸셨다.

"먹어봐. 포근포근 고소해."

완두콩밥을 김에 싸서 정원의 입속에 넣어주시며 할머니는 눈가에 주름을 잡으셨다.

"이럴수록 잘 먹어야 해."

"이럴수록?"

할머니는 안경 너머로 정원을 잠시 바라보다 다시 김을 싸서 정원에게 내밀었다. 이제 너도 다 알 나이잖니, 하는 눈빛이었다. 생각해보면 할머니는 늘 정원을 자신만의 생각을 가진 한 사람으로 대해주셨다. 가끔은 친구처럼, 또 가끔은 어린 동료처럼.

"살다 보면 막막하고 세상에 아무도 없다는 생각이 들 때가 있더라. 그런데 할미가 가만히 생각해보니 말이야. 끝까지 날 지켜주고 사랑해주는 사람이 딱 하나 있었어."

"그게 누군데?"

"그건 바로 나, 김순남이지."

할머니는 김밥을 내밀었고 정원은 제비 새끼처럼 김밥을 받아먹었다.

"아이고 저런……."

할머니는 김밥을 싸다 말고 틀어놓은 TV 쪽으로 고개를 돌렸다. 사냥에서 돌아온 어미 치타가 가냘프게 울며 새끼들을 찾아다녔다. 새끼들은 이미 하이에나 떼에 당한 뒤였다. 초원에 바람이 불었다. 새끼를 다 잃고도 덤덤한 눈빛으로 슬픔을 이겨내며 초원의 바람 앞에 서 있는 치타를 할머니는 한참이나 바라보았다.

"짐승인데도 참 의연하구나."

할머니는 그렇게 말하고 초원 위의 치타처럼 고개를 들고 베란다 너머 하늘을 바라보았다.

할머니는 뇌출혈로 쓰러지시기 전날까지 정원의 손을 잡고 지하철을 두 번이나 갈아타면서 일주일에 한 번 윤 박사에게 데리고 갔다.

"그런데, 정원아. 별이는 그 뒤로 어떻게 됐니?"

그날, 그러니까 할머니가 쓰러지시기 전날, 윤 박사가 물었다.

"별이는……."

정원은 처음으로 자신의 기억을 의심했다. 아니, 어쩌면 더 오래전에 이미 의심하고 있었는지도 모른다. 어디서부터 어디까지가 자신의 온전한 기억인지 확인하고 싶어서 할머니 몰래 과천의 주택가를 헤매며 별이를 찾아다녔다. 엄마, 아빠와 함께 갔었던 그 집을 끝내 찾지 못하자 그것조차 자신이 만들어낸 상상일까 불안했다.

"그래도 별이는 제 강아지예요……."

거짓말이 아니란 걸, 꾸며낸 생각이 아니란 걸, 윤 박사가 알아주었으면 했다.

"선생님은 믿어. 별이는 정원이 강아지란 걸."

"……."

"정원아. 잘 생각해봐. 뭔가 좀 이상하지 않니? 별이는 아직 엄마 젖도 떼지 못한 강아지였는데, 그곳 호수까지 어떻게 왔을까?"

"……."

"정원이가 생각해도 이상하지?"

정원은 무릎 위에 올려놓은 손을 꽉 움켜쥐고 고개를 끄덕일 수밖에 없었다.

그리고 그날…… 정원은 사고 이후 처음으로 눈물을 흘렸고, 부모님의 죽음을 받아들였다.

"일어났어?"

정원이 깊은 한숨과 함께 머리카락을 쓸어넘기고 경수를 바라보았다. 엎드린 채 눈썹을 씰룩이며 정원의 눈치를 보고 있던 경수가 꼬리를 두어 번 두드렸다.

"그만 일어날까?"

경수가 느릿느릿 일어나 기지개를 켰다. 정원도 무거운 몸을 일으키고 침대를 정리했다. 늘 그랬듯 음악을 틀고 따뜻한 물을 한 잔 따라 거실로 돌아왔다. 정원은 거실 선반 위에 놓인 액자를 바라보았다. 엄마는 여전히 무표정했고, 엄마의 딸 정원이는 방긋 웃고 있었고, 소년은 정원을 뚫어지게 응시하고 있었다.

어디서부터 잘못된 걸까.

예정원이 아니라 서정원이라고 좀 더 일찍 말해주었더라면 이런 일이 생기지 않았을까.

소년의 눈을 마주 바라보며 꾸역꾸역 물 한 잔을 다 비웠다.

"경수야, 산책 가자."

빈 컵을 내려놓고 경수의 왜건을 꺼냈다. 오늘의 태양이 떠올랐고 정원은 삐걱거리긴 했지만 고집스럽게 자신의 쳇바퀴를 돌리기 시작했다.

✳ ◆ ✳

"아무것도 듣고 싶지 않아요."

방파제에서 내뱉었던 말 때문인 걸까. 오늘도 준탁은 연락이 없다.

붓을 씻어낸 탁한 초록색 물이 개수대를 빠져나가는 걸 멍하니 지켜보며 시큰한 손목을 문질렀다.

적어도 먼저 연락해주기를 기다렸는데.

모두 거짓말이었나.

기다리지 않게 한다면서.

붓의 물기를 꼼꼼하게 닦아 정리하고 작업대를 치우고 청소기를 돌리다가 정원은 청소기의 전원을 끄고 귀를 기울였다.

전화벨이 울린 거 같은데.

청소기를 내려놓고 전화기를 확인한 정원이 낮게 한숨을 쉬었다. 다시 청소기를 돌리려다 정원은 충동적으로 준탁에게 메시지를 보냈다. 많이 바쁘면 준탁이 있는 곳으로 가겠다고.

[자뎅 블랑. 7시. 6시 30분에 에스코트 기사 보내겠습니다.]

준탁에게서 도착한 메시지를 한참이나 들여다보았다. 이 상황과 너무 어울리지 않는 단어들이 눈에 들어왔다. 자뎅 블랑. 검색해보니 도산공원 근처의 꽤 유명한 레스토랑이었다. 게다가 에스코트라니. 준탁의 생각을 도무지 알 수 없었다. 알아서 가겠다고 메시지를 보내려다 그만두었다. 사소한 일에 에너지를 쓰고 싶지 않았다. 이미 너무 지쳤다.

"경수야, 누나 오늘 저녁에 잠깐 나갔다 올 건데, 혼자 있을 수 있을까?"

하루 종일 잠을 자는 경수를 흔들어 깨웠다. 제주도에 다녀온 뒤로 정원은 경수를 유치원에 보내지 않고 함께 지냈다. 준탁을 피하고 싶은 마음도 있었지만 무엇보다 경수의 기력이 많이 떨어졌다. 산책을 다녀오면 현관을 나서려 하지 않았다. 작업하는 정원의 발치에 엎드려 있거나 자신의 쿠션으로 돌아가 잠을 자거나 했다.

경수의 밥을 챙겨주고 외출 준비를 했다. 진실을 받아들이는 일은 물컹하게 찐 가지를 삼키는 것처럼 힘들 때가 있다. 그래도 삼켜야 했다.

정원은 옷장 앞에서 잠시 고민했다. 드레스코드가 있는 레스토랑 같던데 청바지를 입고 갈 수는 없었다. 이리저리 옷들을 들춰보다 올봄에 예 원장이 사준 원피스가 손에 걸렸다. 사놓고 한 번도 입지 못했던 옷이었다.

너무 과한가.

망설이다가 옅은 장밋빛 원피스를 꺼내 들었다. 정성 들여 화장도 했다. 설레면서 립글로스를 발랐던 게 불과 얼마 전인데, 립스틱을 바르는 거울 속 여자는 이별을 예감한 듯 창백했다.

원피스를 입고 하얀색 리넨 재킷을 걸치고 6시 30분에 빌라 현관으로 내려가자 날렵한 세단이 정원을 기다리고 있었다.

세단 옆에 언젠가 보았던 한나의 동창이라고 했던 여자가 서 있었다. 여자가 정원을 발견하고 손을 흔들었다.

"정원 씨 맞죠? 오늘 정원 씨 에스코트 담당 유나나예요."

"어떻게……."

"민 감독이 오늘 중요한 미팅이 있어서 내가 대신 왔어요. 너무 간곡하게 부탁을 해서."

간곡이라니. 준탁과 어울리지 않는 말이다.

"그냥 택시 타고 가도 되는데……."

"부담 갖지 말아요. 어차피 나도 그쪽에 볼일이 있어서. 타요. 아니, 아니. 뒷좌석에 타요."

조수석에 타려는 정원을 말리며 나나가 뒷좌석 문을 열어주었다.

"내부 세차한 거는 또 어떻게 귀신같이 알고……."

나나가 운전석에 오르며 씨익 웃었다.

"자, 가봅시다."

무슨 대화를 해야 하나, 클러치백을 만지작거리고 있었는데 다행히 나나는 아무것도 묻지 않고 운전에만 열중했다. 룸미러로 시선이 부딪히면 씨익 시원한 미소를 지을 뿐이었다.

"참, 우리 베리 아빠가 정원 씨가 키우는 골댕이라면서요? 경수라고 했던가?"

"네. 준탁 씨한테 들었어요. 빨강이가 베리가 됐다고."

"우리 딸 이름이 체리인데, 동생이라고 베리로 하겠대요."

"베리가 굉장히 애교가 많죠."

"말도 말아요. 둘이서 물고 빨고 아주 좋아 죽어요."

그 모습이 눈에 선해서 정원이 웃었다.

"딱 맞춰서 왔네요. 정원 씨, 우리 자주 봐요. 경수랑도요."

나나가 레스토랑 앞에 차를 세우고 정원에게 손을 내밀었다. 완벽한 메이크업과 달리 그 흔한 매니큐어도 바르지 않은 담백한 손이었다. 정원이 손을 잡자 나나가 힘을 꾹 주어 쥐고는 또다시 씨익 웃었다.

레스토랑의 이름과 달리 조명은 무척 어두웠다. 직원의 안내를 받으며 프라이 빗 룸으로 들어서자 통화 중인 준탁이 보였다. 미팅이 있었다더니 화보를 찍고 온 사람 같았다. 슬림한 핏의 슈트와 폭이 좁은 타이를 맨 준탁은 날렵하고 스마트하게 보였다. 늘 청바지에 맨투맨 티셔츠, 반바지에 리넨 셔츠 차림만 보다가 매끈한 슈트 차림의 준탁을 보자 예전에 보았던 잡지의 인터뷰 사진이 떠올랐다. 오늘 준탁은 정원과는 완전히 다른 세상 속의 사람이다.

"왔어요?"

준탁의 태도는 제주도에서의 일들이 정원 혼자 만들어낸 상상이었나, 하는 생각이 들 만큼 스스럼없었다.

"아니, 내가 할게요."

직원이 의자를 빼주려 하자 준탁이 자리에서 일어섰다.

"예쁘게 하고 왔네요?"

준탁이 정원의 의자를 밀어주며 귓가에 속삭였다. 순간, 정원은 준탁의 향기를 맡지 않으려고 숨을 참았지만 이미 늦었다. 아무리 생각해도 준탁과 너무나 어울리지 않는 향이다.

"……고마워요."

정원이 테이블 위 하얀 델피니움을 바라보며 대답했다. 자리로 돌아가나 싶었던 준탁이 주머니에서 무언가를 꺼내 한참이나 정원의 뒤에서 끙끙댔다. 정원이 참지 못하고 고개를 돌리려는 순간 차가운 무언가가 목에 닿았다.

"이게…… 뭐예요?"

몸을 굳히며 물었지만 준탁은 대답도 하지 않고 목 뒤의 잠금장치와 씨름을 했다.

"준탁 씨?"

"후우. 됐다. 보기보다 힘드네요."

준탁이 자신의 자리로 돌아와 앉으며 웃었다. 의자에 앉고서야 준탁의 턱선이 더 날카로워졌다는 걸 눈치챘다. 자신도 모르게 준탁의 손톱에 시선이 갔다. 준탁이 정원의 눈길을 느끼고 자신의 손을 내밀었다.

"안 뜯었어요. 너무 짧아서 그렇지."

칭찬해달라는 강아지처럼 웃었다.

"이거 뭐예요?"

정원이 목걸이를 손끝으로 더듬으며 물었다.

"선물. 생각해보니 뭘 해준 게 없어서. 예쁘네."

"준탁 씨……."

"저녁 먹고 시작해도 안 늦어요."

정원이 본론을 꺼내려고 심호흡하는 순간, 준탁이 손을 뻗어 정원의 손등을 쓰다듬었다. 정원이 움찔 손을 빼자 준탁의 손만 덩그러니 테이블 위에 남았다.

"맛있는 거 많이 사주려고 했는데…… 맨날 샌드위치 쪼가리나 배달음식만 먹었던 거 같네."

"마지막 만찬…… 같은 건가요?"

"왜 마지막이라고 생각합니까?"

준탁이 턱을 괴고 정원을 바라보았다.

"그래요. 먹고 얘기해요."

정원이 준탁의 말을 되돌려주고 세팅된 냅킨을 펼쳤다.

잠시 후 셰프가 직접 나와 오늘 서빙될 디너에 대해서 짧게 설명하고 음식과 어울리는 각각의 와인을 추천했다. 예술품이라고 불러도 손색이 없을 만큼 아름답게 세팅된 아뮤즈 부쉬를 시작으로 끊임없이 음식들이 나왔다. 오늘 같은 날이 아니었다면 분명 감탄하며 즐겼을 테지만 정원은 지금 씹고 있는 게 농어인지 북어인지 알 수가 없었다.

"맛없어요?"

그렇게 묻는 준탁도 접시만 헤집어놓았을 뿐 거의 손도 대지 않은 채 와인만 마시고 있었다.

"맛있어요."

"거짓말."

"네?"

"맛있는 거 먹을 때면 코를 찡긋거리는데 오늘은 한 번도 안 그러네."

"내가……요?"

"네. 정원 씨가요."

자신에게 그런 버릇이 있다는 걸 몰랐다.

디저트 접시가 나오고서야 비로소 커다랗고 하얀 접시들의 공격에서 벗어났다는 안도감이 들었다.

옅은 복숭아 맛이 나는 소르베를 한 입 먹고 스푼을 내려놓았다. 장호원에서의 키스가 갑자기 떠올랐다. 그날, 준탁의 입술에서 복숭아 향이 났다. 오랜 시간이 지나도 그 여름밤의 키스는 복숭아 향으로 기억될 거 같았다.

소르베를 다 먹기도 전에 준탁이 커피를 부탁했다.

"복숭아랑 커피랑 같이 먹으면 맛있다면서요."

"……."

이 남자는 사람을 묘하게 끓어오르게 하는 재주가 있다.

"나한테…… 하고 싶은 말 없나요?"

정원이 가슴에서 울컥 치솟는 무언가를 내리누르며 준탁을 바라보았다.

"아무것도 듣고 싶지 않다면서요."

"하아, 제발……."

이러지 말아요.

정원이 눈을 질끈 감았다 떴다.

"내가…… 누구인지 궁금하지 않아요? 아니면 알고 싶지 않은 건가요?"

"민준탁이 알고 있는 예정원 말고는 관심 없어요."

준탁이 딱 잘라 말했다.

"내가…… 예 원장의 딸이라는 거 처음부터 알았어요?"

"처음부터는 아니었지만 어쨌든 알았어요."

"언제요?"

"내가 바람맞힌 날."

옥상 정원에서 준탁의 연락을 기다렸던 날을 떠올렸다.

"그래서 일부러 접근했어요?"

"시나리오를 짜서 접근했어요."

"원예치료도 의도한 건가요?"

"의도한 건 아니지만 운 좋게 걸려들었죠."

"그러니까…… 나는 운 나쁘게 교묘한 거미줄에 걸려든 거네요."

"운이 나빴다고 생각해요?"

"……."

정원은 눈앞의 준탁을 새삼 다시 바라보았다.

"왜죠? 파양당했다고 모두 준탁 씨처럼 이러진 않아요. 내가 준탁 씨였다면…… 엄마를 찾게 되었다면 차라리 왜 나를 버렸냐고 물었을 거예요."

"나는 예정원 씨가 아니니까."

준탁이 와인 잔을 내려놓고 입술을 비틀었다.

"왜냐고 물었습니까?"

"……."

"내 행복을 빼앗아 간 아이가 너무 행복해 보였어요. 맑고 깨끗하고…… 누가 봐도 사랑받고 자란 티가 확 나는."

준탁은 비틀어진 미소마저 지우고 정원을 똑바로 바라보았다.

"그래서 망가트리고 싶었어요. 그래야 날 버린 엄마가 불행해질 테니까."

"나는…… 준탁 씨가 생각했던 그 정원이가 아니에요."

"그건 미안하게 생각해요. 하지만 당신도 어느 정도 감내해야죠. 당신이 누구든 정원의 자리에서 정원으로 살았으니까."

순간, 불시에 심장을 찔린 짐승처럼 숨을 들이켰다. 들이켠 숨을 내뱉기가 힘들었다.

"어떻게……."

"어떻게 그럴 수 있냐고 묻는다면 할 말은 있어요. 이건 아니다…… 포기하고 그만두려 했던 나를 붙잡은 건 예정원, 당신이었으니까."

온몸의 용기를 비틀어 짜내서 준탁의 새끼손가락 하나를 붙잡았던 그 밤이 정원의 가슴속에서 얼룩지고 무너져 내렸다.

"우리가 함께했던 모든 것들이 거짓이라는 건가요?"

친밀하고 은밀했던 순간들, 위로받고 위로해줬던 시간들이 모두 자신만의 착각이었다는 걸 인정하고 싶지 않았다.

"그럴 리가. 매 순간 즐거웠어요."

즐거웠다고?

"난…… 연애할 때 꽤 몰입하는 편이거든요."

"준탁 씨는…… 즐거웠다고 하는데 나는 왜…… 능욕당하는 느낌이 드는 걸까요?"

"뭐가 그렇게 심각해요?"

눈앞에 앉아서 여유롭게 와인을 마시고 있는 남자가 자신이 알고 있는 준탁인지 의심스러웠다. 아니면 원래 이런 사람인데 자신이 만들어낸 환상을 쫓았는지도 모르겠다.

"나를 사랑했나요?"

우습게도 정원은 준탁이 자신을 사랑하지 않는다는 절망적인 확인이 필요했다. 그래야 이 사랑을 멈출 수 있을 거 같았다.

"정원 씨가 나를 사랑했죠."

음소거 버튼을 누른 듯 침묵이 찾아왔다.

모든 것의 끝은 적막함이구나, 생각했다.

열대과일 향이 떠돌던 호숫가의 그 차 안에서도. 그리고 지금도.

"이렇게 해서 준탁 씨가 얻은 건 뭔가요?"

"복수의 완성이죠."

준탁이 와인을 벌컥 들이켜고 잔을 내려놓았다. 붉은 액체 한 방울이 긴 목을 따라 천천히 흘러내려 새하얀 테이블보를 적셨다.

"그래서…… 행복한가요?"

"안 피곤해요?"

"……?"

"정원 씨가 내 행복까지 신경 쓸 필요는 없다는 말입니다."

"멀리…… 가서 살자면서요."

창피할 정도로 목소리가 떨렸다.

"하하. 순진한 아가씨. 앞으로 남자가 섹스하면서 하는 말은 아무것도 믿지 말아요."

이렇게 세상 물정 모르는 여자를 어쩌지, 하는 표정으로 준탁이 고개를 흔들며 웃었다.

"마지막으로 한 가지만 더 물을게요. 준탁 씨가…… 아니, 내가…… 입양된 딸이라는 걸 알았어도 나한테 접근했을까요?"

목소리를 떨지 않으려고 안간힘을 썼다.

"살면서 제일 쓸모없는 게 'if'이지만 굳이 알고 싶다면 대답할게요. 아니요. 내 스타일이 아니라서요."

준탁이 자신의 손톱을 바라보며 무성의하게 대답했다.

정원은 마음속에서 사랑을 뜯어내듯 준탁이 채워준 목걸이를 뜯어내 테이블에 떨어트렸다. 알알이 박힌 다이아몬드가 비웃듯 반짝거렸다.

23

|

보고 싶었어요.

놈과 햇빛이 준탁 씨와 준탁 씨의 정원을 늘 지켜줄 거예요.

에밀리의 블랙버드가 흘러나오고 소년이 걷다가 잠시 멈춰 서서 운동화 끈을 고쳐 맨다. 운동화 끈을 나비 모양으로 단단히 매듭짓고 소년은 다시 점퍼 주머니에 손을 찔러 넣은 채 도심을 걷는다. 석양을 배경으로 실루엣만 일렁일 뿐 소년의 표정은 잘 보이지 않는다. 바람이 불자 머리카락이 황금색 빛무리 속에서 흩날린다. 우는 듯 웃는 듯, 소년이 머리카락을 쓸어넘기며 카메라를 바라보는 장면에서 영화는 끝이 났다.

정면을 응시하는 소년과 눈이 마주치는 순간, 준탁은 바로 이 장면을 위해서 지금까지 달려온 게 아닐까 하는 생각이 들었다. 홀가분했고 후련했고 동시에 허탈했다.

블랙버드와 소년의 모습이 사라진 뒤에도 시사회장에 무거운 침묵이 흘렀다. 나나와 정우를 비롯해 관계자의 눈이 모두 투자자인 신재현 부회장에게 못 박혀 있었다.

"남의 돈 가지고 예술 하니까 기분이 어때?"

다리를 꼰 채, 의자 깊숙이 앉아 있던 신재현 부회장이 고개를 돌려 준탁을 바라보았다. 늘 그렇듯 비웃음과 짜증이 반반 섞인 말투다.

"달콤하죠."

"달콤하다?"

"예술은 원래 남의 돈으로 하는 거라고 달콤하게 꼬드긴 건 부회장님이십니다."

신재현 부회장은 이런 뻔뻔한 놈을 보았나, 하는 얼굴로 준탁을 보더니 조커처럼 커다란 입술을 찢으며 웃었다.

"수고했다, 민준탁."

신재현 부회장이 일어나 준탁의 어깨를 쳤다.

"내 영화 내가 찍는데, 수고는요."

준탁이 여긴 내 영역이다, 명확하게 선을 그었다.

"예술은 민준탁이 하고 신재현은 돈만 벌어라?"

준탁이 어깨를 으쓱했다.

"뭐, 나쁘지 않지. 다빈치 뒤에는 메디치가 있었으니까."

신재현 부회장이 옆에 서 있는 비서에게 손가락을 튕겼다.

샴페인이 터졌다.

정우와 나나의 한시름 놓은 표정을 보자 준탁도 숙제를 마친 기분이 들었다. 신재현 부회장에게 꼼짝없이 붙잡혀 있던 준탁은 화장실을 간다는 핑계로 시사회장을 빠져나왔다. 전화기도 꺼버렸다.

집으로 돌아와 도우미를 퇴근시키고 습관처럼 콘솔 위의 사진들을 바라보았다. 정원이 열두 녀석의 사진을 찍어 액자에 넣어준 것들이었다. 제니와 경수가 나란히 앉아 찍은 사진을 한참 들여다보았다.

"제니, 경수 보고 싶지 않아?"

경수란 말에 공을 물고 온 제니가 고개를 갸웃했다.

액자를 내려놓고 제니와 공놀이를 한 뒤 반신욕을 하고 침대에 누웠다. 오늘은 제발 잠들게 해달라고 무성하게 자라 협탁 아래까지 늘어진 스킨답서스를 바라보며 소원했다.

눈을 감았다.

수면제를 얻으려고 병원에 가서 신세한탄을 하고 싶지 않았다. 그렇다고 술에 취한 채 의식을 잃고 싶지도 않았다. 수면을 도와준다는 수면영양제도 소용없었다. 준탁이 택한 방법은 미친 듯이 일한 뒤 기진맥진 지쳐 잠드는 무식한 방법이었지만 그것 역시 신통치 않았다. 침대에 누우면 무뎌져야 할 신경의 모든 촉수들이 일제히 한 방향으로 뻗어나갔다.

이런 날, 정원은 별을 몇 개나 줄까.

참 잘했어요, 칭찬해주었을까.

모든 생각의 끝은 언제나 정원으로 귀결되었다. 준탁은 감은 눈에 힘을 주어 더 꼭 감았다.

제주에서 김포로 가는 비행기 안에서 정원에게 무릎을 꿇고 용서를 빌며 매달리자 작정했다. 의도를 가지고 접근했지만 계획대로 되지 않았다고 털어놓자 생각했다. 최대한 불쌍하게. 불가항력이었다고. 그러면 정원은 자신을 버리지 못하리라 믿어 의심치 않았다. 예정원은 그런 여자니까. 여리고 순한 사람이니까. 무엇보다 민준탁을 사랑하니까.

돈으로 여자의 마음을 사려는 거냐는 나나의 놀림을 꿋꿋하게 견뎌내며 선물을 고르고 시나리오를 쓰듯 철저하게 계획을 세웠다. 선물 포장을 기다리다 문득 누군가가 바라보는 거 같아 고개를 돌렸다. 매장의 거울에 비친 한 남자가 보였다. 어딘가 모르게 뺀질뺀질한 느낌의 남자였다. 동생을 죽이고서도 염치조차 없어 보였다. 누군가의 선한 마음을, 순정한 감정을 이용해서 욕망을 채우는 비열하고 야비한, 그토록 싫어하는 유형의 인간이 자신을 바라보고 있었다. 준탁은 불시에 명치를 가격당한 것처럼 휘청 중심을 잃었고 서둘러 거울 속 남자를 외면했다.

하아.

준탁은 이불을 걷어차고 벌떡 일어나 맨발로 잔디밭에 내려섰다. 기온이 뚝 떨어져 슈가파우더 같은 서리가 내렸다. 휴케라도 세덤도 서리를 맞은 채 반짝였다.

미치도록 잠을 자고 싶었다.

잠을 자야만 정원을 생각하지 않을 테니까.

맨발로 잔디밭을 걷다가 흰독말풀 앞에 섰다. 여전히 기세가 좋은 흰독말풀의 짙은 초록색 잎사귀를 바라보다 충동적으로 손을 뻗었다.

"순장할 아내나 노예들에게 먹였다는 기록도 있어요."

준탁이 질긴 잎사귀를 씹으며 그것도 나쁘지 않겠다, 생각했다. 잠들어 그대로 죽음에 이르는 건 축복처럼 느껴졌다. 쓰디쓴 풀을 삼키고 준탁은 그네벤치로 가 털썩 주저앉았다. 자고 있던 제니가 나와 낑낑대며 준탁의 무릎에 턱을 올려놓았다.

"왜 안 자고?"

제니의 이마를 쓰다듬으며 하늘을 올려다보았다. 맑은 밤하늘에 별인지 인공 위성인지 알 수 없는 빛들이 반짝이고 있었고 댓잎이 스산하게 싸르락거렸다.

눈을 감았다.

사랑 따위 믿지 않지만 어쩌면 정원을 사랑했을 수도 있다.

또 어쩌면 사랑하지 않았는지도 모른다. 그저 자신을 사랑한다는 정원이 만들어낸 마법의 세상에 빠져 있었는지 모르겠다. 그것도 아니면 누군가에게 사랑받는 스스로를 탐닉했는지도. 준탁은 그런 모호함이 마음에 들었다. 그 모호함이 준탁에게는 일종의 면죄부였다. 그렇게 스스로의 죄를 사하며 살아가면 되는 거다.

눈이 녹듯 발끝으로 무언가가 나른하게 흘러내리는 기분이다. 피부에 닿는 옷감이 거추장스럽게 느껴졌다. 준탁은 꼼짝하기 싫은 손을 느릿느릿 움직여 티셔츠를 벗어 던졌다.

"준탁 씨."

준탁을 부르는 소리가 들린다. 힘겹게 눈을 뜨자 정원이 아기를 안은 채 레이스를 펼치듯 화사한 미소를 짓고 있다.

"예……정원?"

준탁이 비틀거리며 일어섰다.

"여긴 어떻게⋯⋯. 그 아긴 누구지?"

"잊었어요? 정원이잖아요. 한석원의 동생 한정원."

아기가 준탁을 향해 쌀알 같은 이를 드러내며 방긋 웃었다.

"한⋯⋯정원이라고?"

믿을 수 없었다.

정말 살아 있는 아이인지 만져보려는데 아기가 먼저 준탁의 새끼손가락을 꼭 움켜쥐었다. 그 순간, 준탁은 잊었지만 준탁의 몸은 기억하고 있었던 연약한 온기가 심장으로 번져왔다. 후드득 눈물이 쏟아졌다.

"아아⋯⋯."

준탁이 쓰러지듯 주저앉았다.

"미안해⋯⋯. 정말 미안해. 정말⋯⋯ 정말 미안하다, 정원아."

준탁은 목 놓아 울었다. 아이처럼 손바닥에 얼굴을 묻고 소리 내어 우는 준탁의 뒤통수를 정원이 말없이 쓸어주었다. 정원은 그만 울라는 말도 하지 않았다. 그저 울고 있는 준탁의 곁을 지켜주었다. 울음은 쉽게 멈추질 않았다. 준탁은 몸속의 수분이 다 빠져나가도록 울었다.

"가요."

얼마나 울었을까. 목구멍이 따가울 만큼 울다 고개를 들자 정원이 한 손으로 아이를 안고 준탁에게 손을 내밀었다.

"어디로⋯⋯?"

"멀리 가서 살자고 했잖아요. 네버랜드보다 더 멀리."

"그래⋯⋯ 그랬지."

"우리 셋이서 가요."

정원의 손을 잡고 싶었지만 준탁은 선뜻 잡을 수 없었다.

"우리 셋이?"

준탁이 물었다.

정원은 대답 대신 준탁의 손을 잡아주었다. 준탁이 놓칠세라 힘을 주어 정원의 손을 마주 잡았다. 보드랍고 따뜻한 손을 잡고 안개비가 내리던 그 밤처럼 걷고 또 걸었다.

❋ ◆ ❋

"그거 봤어?"

세나가 몸을 숙이며 목소리를 낮췄다.

"밑도 끝도 없이 뭘?"

임신 8개월에 접어든 이나가 부푼 배를 습관처럼 쓰다듬으며 물었다.

"얼굴들 보니 아직이네."

세나가 휴대전화를 꺼내 이나와 한나에게 동영상을 보여줬다.

"뭔데? 태교에 안 좋은 거면 안 볼래."

"그럼 넌 보지 말든가."

"이게, 언니한테. 내일모레 결혼한다는 애, 말본새 좀 봐. 은 박사가 너 이렇게 교양 없는 거 아니?"

세나가 한나에게만 동영상을 보여주자 호기심을 이기지 못한 이나가 기린처럼 목을 빼고 두 사람 사이에 끼어들었다.

밤인 듯 화면이 어두웠다. 한 남자가 파자마로 보이는 헐렁한 바지 차림으로 느릿느릿 골목을 배회하고 있었다. 입김이 하얗게 나오는 걸 보면 분명 추운 날씨인 듯한데 웃통을 벗고 있었다. 게다가 맨발이다. 남자는 마치 누군가와 대화하듯 허공을 보고 웃기도 하고 손을 뻗어 무언가를 쓰다듬는 동작을 했다. 전형적인 환시 증상으로 보였다.

"뭐야? 이 사람…… 민준탁 아니야?"

이나가 목소리를 높이다 손으로 입을 가리고 주변 테이블을 살폈다.

"얘…… 제니 맞지?"

마치 남자를 보호하듯 골든레트리버 한 마리가 남자를 바짝 붙어서 따라다니고 있었다.

"어젠가, 누가 SNS에 올렸는데, 지금 난리도 아니야."

민준탁 같은데?

헐. 민준탁 마약 하냐?

민 감독 골댕이 키운다는 얘기 있었는데.

이 와중에 복근은 무슨 일?

와. 생로랑 모델인가 했다. 스타일 좋은 건 알았지만 생각보다 엄청 말랐네.

민준탁 입원했음. 친구 언니가 응급실에 근무하는데 119로 실려 왔대.

자살 시도?

약물중독 같은 건가? 진짜 마약 하나?

걔 영화 봐봐. 정상적인 인간이 하나도 없잖아.

댓글을 읽다 말고 한나가 이마를 짚었다.

"대체 이게 무슨 일이야? 언니는 뭐 좀 알아?"

한나는 고개를 흔들었다. 제주도에서 돌아온 이후로 윤 박사에게서 정원이 잘 부탁한다는 당부만 들었을 뿐이었다.

"정원이도…… 봤을까?"

세 자매가 서로를 바라보다 동시에 한숨을 쉬었다.

"걔가 그 산골짜기에서 이걸 봤을까?"

"여기 대한민국이야. 전국 방방곡곡 인터넷 터지는. 그리고 군위가 무슨 산골짜기야."

"그럼 넌, 이딴 걸 정원이가 봤음 좋겠니?"

"그래그래. 윤이나만 정원이 걱정하는 착한 언니지."

세나가 비아냥거렸다.

"그만들 좀 하자."

투덕거리는 세나와 이나 때문에 한나는 두통이 몰려왔다.

"정원이 언제 올라온다고 했지?"

정원은 맡았던 세밀화 수업의 종강과 동시에 사과연구소가 있는 군위로 가버렸다. 경수와 베란다의 화분까지 모두 싣고 떠난 게 벌써 2개월 전이다. 컨디션 난조를 보이는 경수를 두고 계속 출장을 다닐 수 없다며 사과연구소 프로젝트가 끝날 때까지 아예 군위에 내려가서 작업을 마치고 오겠다고 했지만 그 말을 믿는 사람은 아무도 없었다.

제주도에서 돌아온 뒤의 정원은 테이블 모서리에 올려놓은 유리컵처럼 아슬아슬해 보였지만 자매들이 해줄 수 있는 건 아무것도 없었다. 그저 돌아가면서 전화를 해대거나 밥을 챙겨 먹이는 일밖에는. 정원이 군위로 가버리자 그것마저도 이젠 할 수 없게 되었다.

"세나 결혼식 전에는 마무리 짓고 올라온댔으니까 아무래도 한 달은 더 있어야겠지?"

"드레스 가봉하려면 적어도 2주 전에는 와야 하는데."

"지금 이 상황에 들러리 드레스가 중요하니?"

"중요하지 않을 건 또 뭐야?"

"얘들아, 제발!"

한나는 아예 양손으로 이마를 감쌌다.

정원이 떠나자 자매들의 식사 시간은 뽁뽁이 완충재가 빠진 택배 상자처럼 덜걱거렸다. 정원의 빈자리를 말다툼으로 채우려는 듯 이나와 세나는 매번 각을 세웠다. 이나가 출산한 다음 세나가 결혼식을 하기로 했는데, 갑자기 일정을 바꿔 크리스마스이브로 날을 잡았다. 그 일로 아직까지도 이 모양이다. 고작 두 달밖에 되지 않았는데 정원의 부드러운 목소리와 주변 사람들까지 차분하게 만드는 미소가 그리웠다.

"민폐도 이만저만이지, 누가 크리스마스이브에 결혼식을 하니? 처음이자 마지막일지도 모를 태교여행 준비하고 있었더니…….”

“날짜가 그날밖에 없는 걸 어떡해?”

“그러니까 내년에 하면 나도 출산하고 좀 좋아?”

“배불러서 드레스를 어떻게 입니?”

세나가 눈물을 그렁그렁 매단 채 소리를 질렀다.

“……뭐?”

“뭐가…… 불러?”

한나와 이나가 동시에 세나를 바라보자 세나는 허엉, 울음을 터트렸다.

“엄마 보고 싶어…….”

“세나야.”

한나는 세나를 보듬어 안고 등을 토닥였고, 팩하고 고개를 돌려 창밖을 바라보
는 이나의 눈가가 붉어졌다.

“유나나, 여기.”

강아지를 데리고 공원 입구에 들어서는 나나를 향해 한나가 손을 들었다.

“냠냠아. 베리 누나 왔다.”

한나가 앉아 있는 벤치 주변을 킁킁거리던 냠냠이가 베리를 발견하고 앞다리
를 들어 펄쩍 뛰어올랐다.

“하아. 안 그래도 너한테 연락할까 말까 고민 중이었다. 피워도 되지? 집에서는
금연이라…….”

나나는 한나 옆자리에 앉자마자 담배를 꺼내 물었다.

“도대체 무슨 일이야?”

“내가 하고 싶은 말이다. 여태 기사 막느라고 아주 진짜 목에서 단내가 난다.”

나나는 갈증 난 사람처럼 깊숙하게 담배를 빨아 당기고는 밤하늘로 연기를 길
게 내뿜었다.

“민 감독은 괜찮아?”

"오늘 의식 돌아왔어. 위세척하고 챠코도트인가 뭔가 응급해독 주사 맞고도 세미코마 직전까지 가서 기도 삽관하고 중환자실 들어가야 하나 했는데, 다행히 자가 호흡하고 의식이 돌아왔다."

"설마…… 약을 먹은 거야?"

"혈액검사에서 나오면 안 되는 물질들이 나와서 우리도 그런 줄 알고 무슨 약 먹었냐고 닦달했는데…… 풀을 먹었단다."

"풀?"

한나는 자신이 잘못 들었나, 되물었다.

"흰독말풀인가? 그저 미치도록 잠을 자고 싶었대."

"흰……독말풀? 그런 풀을 어디서 구했대?"

"여름에 심은 수국인가 어딘가에 딸려 왔나 봐. 경찰이 현장 조사까지 했어. 흔한 식물인데 또 맹독성 식물이라고 조심해야 한다고 하더라. 남편이 가봤더니 11월인데도 퍼렇고 싱싱하게 자라고 있어서 뽑아버렸대."

"잠을 자고 싶어서 그 풀을 먹었다고?"

엉뚱한 건지, 무모한 건지.

"말은 그렇게 하는데…… 그 속을 누가 알겠어."

나나는 다시 길게 연기를 내뿜었다.

"몇 달 동안 잠을 자나, 먹길 하나, 병원 안 실려 가는 게 오히려 이상했는데 또 이렇게 사람 식겁시키면서 실려 갈 줄은 몰랐다."

후우.

한나의 한숨과 나나의 담배 연기가 섞여 차가운 밤공기로 흩어졌다.

정원만큼 준탁도 힘든 시간을 보내는 모양이다. 제주도에서 무슨 일이 있었는지는 모른다. 다만, 쉽게 풀리지 않는 매듭 같은 관계도 있다는 윤 박사의 말로 미루어 짐작건대 준탁과 정원이 스스로의 의지로 헤어진 건 아닐 것이라고 추측만 할 뿐이었다.

"영화 작업은?"

"일이야 늘 독하게 하니까. 그 독풀인가 뭔가 먹었던 날, 기술시사회 있었거든."

"문제가 있었어?"

"아니. 우리 영화라서 하는 말이 아니라 진짜 잘빠졌어. 투자자가 직접 샴페인 터트릴 정도로 분위기도 좋았고."

그럼 이유는 하나밖에 없는 건가.

"내가 우리 준탁이 그렇게 애새끼처럼 행복하게 웃는 거 처음 봤는데…… 그래서 에밀리랑 엮어주려고 했던 것도 포기하고 네 막냇동생, 정원 씨 응원했었다고. 선물도 골라주고. 대체 우리 준탁이가 어디가 어때서?"

민 감독이 아니라 우리 준탁이라고 부르는 나나의 목소리가 떨렸다.

"그거야 우리는 당사자가 아니니까."

"속상해 죽겠어, 진짜."

나나가 답지 않게 손바닥으로 눈두덩을 꾹 눌렀다.

"지난번에는 자기 방문도 안 잠그고 노트북을 켜놓은 채로 퇴근했더라고. 내가 말했잖아. 일 말고는 헐렁한 구석이 많다고. 도우미 퇴근 시간에 맞춰서 허겁지겁 간 거 같더라. 제니 때문에 내가 도우미 구해줬거든. 밥도 좀 챙겨 먹일 겸."

제주도에서 돌아온 준탁은 올 포 도기에 더 이상 제니도 맡기지 않았다. 동희는 새끼들 다 분양 보내고 인사도 없이 떠났다며 "사람 그렇게 안 봤는데." 하며 꽤 서운해했지만, 한나가 보기에는 정원과 경수를 위한 준탁의 배려 같았다. 정원이 군위로 떠나버린 지금에야 소용없는 일이긴 했지만.

"그냥 문만 잠그고 퇴근하려다 호기심에 노트북을 들여다봤는데……."

"봤는데?"

"편집 중이던 파일이 하나 있었어. 민 감독 집에서 찍은."

나나가 한나의 눈치를 보며 이상하게 뜸을 들였다.

혹시. 그럴 리가. 설마. 아니겠지.

한나가 자신도 모르게 침을 꿀꺽 삼켰다.

"윤한나, 너 무슨 상상 하는 거야?"

"아니, 요즘 리벤지 포르노다, 뭐다, 디지털 범죄도 있고 해서……."

"야, 너 우리 준탁이를 어떻게 보고."

나나가 씩씩거렸다.

"네가 뜸을 들이니까 그러지. 그래서 뭔데?"

"네 동생 영상이었어. 초록색 대나무를 배경으로 정원 씨가 앉아 있고 창엔 빗방울이 흘러내리고 있었어. 한낮인데도 어둑했고. 바닥에 켜놓은 조명 때문인지 렘브란트나 베르메르의 그림 같은 느낌도 들었어. 우리 준탁이가 아카데미 다닐 때, 촬영이랑 편집도 기가 막히게 했거든. 특히 조명을 끝내주게 다루지."

"옆길로 새지 말고. 그런데?"

"속눈썹, 눈동자, 코, 입술……. 마치 카메라로 정원 씨를 쓰다듬듯 그렇게 찍었더라고."

한나는 지난여름 빌라 출입구 앞에서 준탁이 정원의 얼굴을 쓰다듬던 모습을 떠올렸다.

"뭐랄까, 대상은 되게 무심하고 금욕적인데 바라보는 시선은 집요하고 에로틱하다고 해야 하나? 어떻게 보면 좀 관음적인 느낌도 들고. 내밀한 일기장을 들여다보는 기분이었어. 그런데 보는 내내 이상하게 가슴이 아팠다고 할까. 울컥하더라. 그런 영상이 한두 개가 아니야. 시네마 카메라로 찍은 것도 있고, 폰 카메라로 찍은 것도 있고. '시네마천국'의 키스 신처럼 정원 씨 모습만 다 모아놨더라고. 자학하는 것도 아니고. 그걸 또 편집하면서 들여다보는 심리는 대체 뭐니?"

"그러게. 속상하다."

한나는 모랫바닥에서 엎치락뒤치락 놀고 있는 냠냠이와 베리의 꼬인 리드 줄을 풀며 다시 한숨을 쉬었다.

"퇴원은 언제 해?"

"뇌신경 손상이 있는지 검사도 해야 하고 신장도 체크해봐야 하고. 좀 더 있어야겠지. 병원에 있는 김에 수면제 먹여서 일주일쯤 재우고 싶어."

"언어기능은? 의식은 또렷해?"

"다행히."

"유나나, 네 의견은 어때? 우리 막내한테 민 감독 상태 말해줘야 할까? SNS 하는 애도 아니고 연예 기사 같은 거 관심 없는 스타일이긴 한데, 혹시나 보게 되면 속 끓일 거 같아서."

"윤한나, 그걸 말이라고 하니?"

나나가 버럭 화를 냈다.

"왜?"

한나는 어느 지점이 나나를 화나게 했는지 알 수 없어서 눈만 동그랗게 뜨고 나나를 바라보았다.

"이렇게 좋은 기회를 그냥 놓쳐?"

"그런가?"

"뭐가 그런가야? 그런 거지."

"그런데 관계를 정리하는 입장에서는 폭력이 될 수도 있어. 헤어진 연인이 자살소동 벌이는 것처럼 고약하고 찜찜한 일은 없잖아."

"자살은 무슨! 끔찍한 소리 하지 마. 그리고 민 감독…… 그런 식으로 여자 발목 잡는 스타일은 아니야."

나나가 준탁을 두둔했다.

"그래. 내가 너무 나갔다."

한나도 수긍했다.

"어떤 평론가가 그러더라. 왕가위 감독의 영화에는 두 종류의 인간이 있다고."

나나가 주머니에 손을 찔러 넣고 하늘을 바라보며 말했다.

"상처받았음에도 기다리는 사람과 버림받을까 봐 먼저 떠나는 사람."

한나는 군위로 떠난 정원을 떠올렸다. 어쩐지 정원은 기다리기 위해 떠난 사람 같았다.

"근데, 우리 되게 웃기다."

"뭐가?"

"학교 다닐 때는 말도 안 섞었는데, 이렇게 한배에서 태어난 강아지도 분양받고 불량하게 놀이터에서 담배 피우면서 남 연애나 참견하고 있다는 거 말이야."

나나는 이런 상황이 어이없다는 듯 피식거렸다.

"불량한 건 너지."

한나가 새침하게 말하자 나나가 코웃음을 쳤다.

"하! 너 그렇게 새침한 표정 지으면 누가 탕웨이 닮았다고 하디?"

"탕웨이는 무슨…… 똥딴지같이."

"됐고. 이거 받아."

"뭔데?"

"범죄 저질렀어."

나나가 한나의 손바닥 위에 USB 메모리를 올려놓았다.

"설마…….

"우린 이제 공범자야."

"누구 맘대로?"

"내 맘대로. 난 우리 민 감독 위해서라면 뭐든 할 거야."

"…….

"서정적인 정원 씨한테 전해주든 말든 그건 네가 알아서 해라. 간다. 담배 피우러 나갔다고 울 엄마 또 잔소리하시겠다."

나나가 엉덩이를 털며 일어나 베리를 데리고 떠났다. 춥다며 잔뜩 움츠리고 뛰어가는 나나의 뒷모습을 어이없이 바라보다 한나는 헛웃음과 함께 한숨을 토해냈다. 손바닥 위의 메모리를 주머니에 넣고 벤치에 올라오려고 낑낑대는 냠냠이를 안아 들었다.

"냠냠아. 오늘 같은 날에는 엄마도…… 엄마가 있었으면 좋겠다."

한나는 냠냠이를 무릎 위에 앉히고 나나가 보고 있었던 밤하늘을 오래도록 바라보았다.

네버 세이 네버

정원은 카드뮴 레드와 알리자린 크림슨 그 사이 어디쯤의 색을 가진 사과를 하루 종일 들여다보고 있었다. 사과연구소에서 육성한 품종 중, 숙기가 가장 늦은 만생종 '단홍'이다. 뻑뻑한 눈을 느리게 감았다 떴다. 붉은 과피에 점점이 박힌 노란 점이 망막 깊숙이 파고들어 눈을 감아도 어른거렸다.

― 정원아, 경수 컨디션 나빠지면 대구에 있는 펫트라슈 동물병원으로 가. 24시간 진료인 데다 내 동기가 거기서 일해. 경수 얘기 해놨어. 그럴 일 없으면 좋겠지만 혹시나 해서.

― 사진 봤어? 예쁘지? 경수랑 산책할 때 세트로 쓰고 다녀. 겁나 따뜻해.

어제저녁, 경수의 컨디션을 묻는 이나의 전화와, 쇼핑하다가 너무 예뻐서 샀다며 바라클라바를 보냈다는 세나의 전화가 시차를 두고 연달아 왔다. 그리고 잠자리에 들기 직전 한나의 전화를 받고서야 자매들이 동시에 연락한 이유를 알았다.

― 정원아, 언니가 고민 많이 했는데…… 그래도 내가 알려주는 게 나을 거 같아서. 민준탁 감독 일이야.

한나와 통화를 끝낸 후 한숨도 자지 못했다. 낯선 곳, 낯선 방에 누워 낯선 천장을 바라보았다. 천장을 마감한 편백나무 패널의 옹이 수를 세며 멍하니 새벽을 맞았다. 차마 문제의 동영상을 찾아볼 엄두는 나지 않았다.
하아.
정원은 잠수하기 직전의 사람처럼 숨을 깊이 들이마신 후 사과를 껍질째 한입 베어 물었다. 과즙이 입안 가득 고였지만 아무 맛도 느껴지지 않았다. 미간을 모으고 '단홍'이 가진 과육의 질감과 맛에 집중하려고 눈을 감았다. 한 번 더 베어 물고 신중하게 씹어보았다. 이제는 쓴맛마저 나는 거 같다.

이상하다.

다른 사과를 집어 다시 베어 먹었다. 여전히 썼다.

이럴 리가 없는데.

먹던 사과를 내려놓고 다른 사과를 집어 들었다. 대조군인 '후지'와 당도는 비슷하고 산미가 좀 더 높다고 했는데 턱이 아프도록 씹어도 미맹처럼 맛을 느낄 수 없었다. 맛을 알아야 그릴 수 있었다.

세밀화를 그릴 때, 정원은 꽃잎도 뜯어서 먹어보고 이파리와 열매도 씹어보곤 했다. 식물이 가진 고유의 향과 맛과 질감을 알고 나면 그 식물을 좀 더 이해한 느낌이 들었다. 이해가 높을수록 식물을 표현하는 데 좀 더 수월했다. 블루베리 도감을 만들 때도 두 달 내내 보랏빛 혓바닥을 하고 지냈다.

정원에게 이해한다는 말은 사랑한다는 것과 다르지 않다. 예 원장의 아픔을 이해하는 만큼 사랑했고, 준탁의 고통을 이해하면서 더 사랑하게 되었다. 자식을 잃은 예 원장이 준탁을 용서할 수 없다고 소리치던 그 마음을 이해하려고 애썼다. 영문도 모른 채 버림받은 석원의 슬픔도, 복수를 결심했던 준탁의 마음도 이해해보려고 노력했다. 모두 다 어찌할 수 없는 가여운 마음들이라고.

그럼…… 내 마음은?

정원은 두 사람 사이에서 으깨지는 기분이었다. 예 원장과 준탁을 동시에 사랑한다는 건, 몸을 둘로 나누는 것보다 고통스러웠다. 이런 자신의 마음은 어디서 이해를 받아야 하는지 알 수가 없었다.

"민준탁이 알고 있는 예정원 말고는 관심 없어요."

정원이 이토록 고통스러운 건, 예 원장과 준탁이 사랑했던 예정원은 진정한 자신이 아닐지도 모른다는 자각 때문이었다.

예 원장이 자신에게서 죽은 정원의 모습을 찾고 있다는 걸 알고 있었다. 그건 서정원이 예정원으로 살겠다고 결정했을 때 각오했던 일이기도 했다. 가끔 서운한 마음이 들기도 했지만 예 원장의 그리움은 예 원장이 살아가는 이유이기도 했다. 어쩌면 예 원장은 예 원장대로 대놓고 그리워하지 못했을지도 모른다. 때때로 엄마와 아빠가 그리웠고, 할머니가 미치도록 보고 싶었지만 내색하지 못했던 것처럼.

준탁이 알고 있는 예정원은 과연 나였을까.

사춘기에도 하지 않았던 정체성의 혼란을 느꼈다. 정원은 자신이 누구인지 스스로에게 물었다. 세밀화를 그릴 때처럼 스스로를 들여다보았다. 겨울눈처럼 단단한 비늘로 감싸버린 마음의 형태를 들여다보았다. 감정의 뿌리와 줄기를 더듬어보고 심장을 헤집어보았다. 지금의 예정원이라는 사람은 온전히 자신의 의지인지, 아니면 예 원장이 원하는 예정원인지. 들여다볼수록 그 경계가 모호했다.

예 원장을 만난 이후로 정원은 예 원장의 관심과 칭찬과 시선에 목말라하며 그 기대에 부응하려고 무던히도 애썼다. 예 원장이 자랑스러워하는 사람이 되려고 노력했다. 그런 노력들이 지금의 예정원을 만들었고, 단 한 번도 자신이 누구인지 의심하지 않았다. 준탁의 말을 듣기 전까지.

"당신이 누구든 정원의 자리에서 살았으니까."

준탁의 사랑이 거짓이었다고 믿지 않는다. 다만 그 대상이 서정원이 아니었을 뿐이다. 자신이 아니라 그 누구였어도 준탁은 '예정원'이라는 대상을 사랑했을 것이다. 끝내 외면하고 싶었던 진실을 받아들였고 정원은 깊은 내상을 입었다.

늘 그랬듯 고통 앞에서 눈을 감았다. 정원은 고통 한가운데를 관통할 만큼 강한 사람이 아니라는 걸 스스로 잘 알았다. 피할 수 없다면, 부딪쳐 깨트릴 수 없다면, 품어서 삭이는 편이 나았다. 군위로 도망치듯 내려온 것도 정원이 고통에 순응하는 방법이었다. 군위에서의 밤은 준탁을, 예 원장을, 고통을, 혼란스러움을, 깊은 슬픔을 어떻게든 품어보려는 뒤척임이었다. 정원이 생존하는 방식이었다.

그런데…… 흰독말풀이라니.

그 시퍼런 이파리를 뜯어 씹으면서 준탁은 무슨 생각을 했을까.

어떤 마음으로 그 풀을 삼켰을까.

사과가 목에 걸려 콜록거렸다. 코끝과 눈가가 붉어지고 눈물이 차올랐다. 억지로 먹고 있던 사과를 내려놓았다. 작업대에 흘러내리는 과즙을 얼른 닦아내야 끈적이지 않을 텐데, 하면서도 무력하게 바라보기만 했다.

정원은 준탁의 그 자학적인 마음마저 이해해보려고 안간힘을 썼다. 복수가 부메랑이 되어 처참하게 찢긴 마음도, 동생을 죽게 했다는 죄책감 때문에 정원에게 상처를 주면서까지 끊어내려는 그 마음도 헤아려보려고 했다. 준탁이 그 누구도 아닌 정원에게조차 이해받을 수 없는 삶을 산다는 건, 너무 가엽고 슬픈 일이었기에.

"예 선생, 작업 아직 안 끝났어요?"

육성연구 총괄연구관인 김 박사가 파티션을 노크했다. 사과 품종별 숙성기가 달라서 출장을 오가며 작업하기가 힘들었는데, 김 박사는 객원연구원 자격으로 정원에게 사과연구소 한켠에 자리를 마련해주었다. 심지어 경수의 자리도 만들어주었다. 김 박사 덕분에 수월하게 작업을 진행할 수 있었다.

"어라? 경수 어디 갔어요?"

정원의 발치에 놓인 빈 쿠션을 바라보며 경수를 찾았다.

"답답해하는 거 같아서 점심시간에 펜션에 두고 왔어요."

군위에 출장 올 때마다 묵었던 펜션에서 정원은 경수와 장기투숙 중이었다. 사과연구소에서 도보로 십 분 거리라 가깝고 다행히 펜션 사장 내외가 경수를 좋아했다. 노인들을 좋아하는 경수도 두 사람을 잘 따랐다.

"이상하단 말이지. 맛을 봐야 더 잘 그린다더니 진짜 그림을 보고 있으면 딱 그

네버 세이 네버

사과의 맛이 느껴진단 말이죠. 내년에 이 그림들 전시할 생각 하니까 벌써 흥분되네요."

김 박사는 팔목에 찬 노란 고무줄로 머리를 질끈 묶고 정원의 그림들을 들여다보며 흐뭇한 미소를 지었다.

"아이고. 이제 물릴 만도 하죠?"

정원이 먹다 만 사과를 주섬주섬 챙기자 김 박사가 웃음을 터트렸다.

"아, 이 녀석. 조금 아쉬워요. 내 목표가 후지를 능가하는 녀석을 꼭 하나 만드는 건데……."

김 박사는 바구니에서 단홍 한 알을 집어 와삭와삭 맛있게 베어 먹었다. 사과를 씹을 때마다 볼록거리는 뺨이 김 박사가 육성해낸 사과처럼 건강해 보였다.

"새콤한 맛 좋아하는 사람들한테 딱인데."

아쉬운 표정을 지우지 못하고 김 박사는 사과 하나를 단숨에 먹어치웠다.

"내 정신! 사과 먹으러 온 게 아닌데. 이래서 내 다이어트가 망한다니까. 출판 판형 건 때문에 기획조정과에 물어봤는데 다행히 전시 홍보 예산이 잡혀 있어서 예 선생이 말한 대로 두 가지 버전으로 출판할 수 있을 거 같다네요."

"잘됐네요."

홍보용인 국배판과 소장용으로 고급용지의 타블로이드판을 소량 찍는 게 어떨까 제안했었다.

"그럼, 수고합시다."

활달한 목소리로 인사를 하고 김 박사가 돌아갔다. 김 박사가 돌아간 후 정원은 오늘 하루 종일 단 한 번도 사용하지 못한 붓과 팔레트를 정리하고 물을 버렸다. 4시 전이었지만 오늘 작업은 여기서 그만하고 싶었다.

사과연구소 철책 문을 지나 마을 쪽으로 걷는데 멀리 누군가가 왜건을 밀며 마주 걸어오고 있었다. 바람이 불고 뿌옇게 흙먼지가 일어 잠시 고개를 돌렸다가 다시 앞을 바라보았다. 익숙한 걸음걸이였고 눈에 익은 왜건이었다.

"정원아."

"엄마……?"

정원은 손을 흔드는 사람에게로 뛰어갔다.

"엄마, 어떻게 오셨어요?"

"비행기 타고 왔지. 얼굴이 왜 이렇게 상했어?"

예 원장이 손을 뻗어 정원의 뺨을 감쌌다. 정원은 차갑고 야윈 손을 자신의 손으로 감싸며 울지 않으려고 눈을 꾹 감았다 떴다.

"밥은 잘 먹고 다니는 거야?"

"엄마는요?"

그사이 흰머리가 더 많아진 듯해서 마음이 아팠다. 정원은 바람에 흐트러진 예 원장의 머리를 손가락으로 쓸어주었다.

"귀한 걸 이리 많이 가지고 오셔서."

펜션 아주머니는 저녁을 먹으러 나가려는 두 사람을 붙잡아 앉혔고, 아저씨는 마당에 숯불을 피우고 석쇠를 걸어 엄마가 가져온 석화와 옥돔을 굽기 시작했다.

"지난번에도 갈치랑 고등어랑 보내주셔서 어찌나 잘 먹었는지 모릅니더. 내 살면서 그렇게 살이 실한 갈치는 처음 먹었다 아입니꺼."

솜씨 좋은 아주머니가 굴무침과 부추를 넣은 굴국을 내왔다.

"찬 바람 불 때는 이만한 게 없습니더. 드이소."

큰 대접에 국을 가득 담아 예 원장 앞에 놓아주며 아주머니는 눈가에 주름을 잡고 웃었다.

"모녀가 아주 똑 닮았습니더."

아주머니의 말에 예 원장은 "그렇죠?" 하며 옥돔을 찢어 정원의 밥에 올려주었다. 남은 숯불에 고구마까지 구워 먹고서야 예 원장과 정원은 아주머니의 손에서 벗어날 수 있었다.

네버 세이 네버

"생각해보니, 이렇게 한 침대에서 자본 적은 처음이다, 그치?"

예 원장이 모로 누워 정원의 이마를 쓰다듬었다.

"경수랑 셋이서 자는 것도 처음이에요."

"그러네. 경수야, 잘 자라."

정원의 말에 예 원장은 고개를 돌려 침대 발치에서 엎드려 있는 경수를 바라보았다.

"별이는 잘 지내요?"

"말도 마. 어찌나 다양한 방법으로 사고를 치시는지. 어제는 박사님 키보드까지 다 뜯어놨어."

다정한 말들을 주고받았지만 정작 하고 싶은 말은 하지 못하고 겉도는 느낌을 떨칠 수 없었다.

"엄마."

"응."

"요즘은 그냥…… 서정원으로 살았으면 어땠을까, 하는 생각을 하게 돼요."

"……."

정원의 머리를 쓰다듬던 예 원장이 몸을 일으켰다.

"내가 어떤 사람인지 잘 모르겠어요. 내가 정말 나인지."

달빛이 예 원장의 주름 사이사이에 파랗게 스며들었다.

"할머니가 돌아가신 뒤로 늘 긴장한 채 살았던 거 같아요. 미움받지 않으려고. 밥을 너무 많이 먹나? 욕실을 너무 오래 썼나? 설거지를 도와줬어야 했나? 감사의 표시가 미약했나? 또다시 혼자가 되는 게 너무 무서웠어요."

"정원아……."

"윤희 언니가 그런 말을 한 적 있어요. 출산율이 떨어진다는 뉴스를 같이 보고 있었는데…… 아이들을 위한 여러 가지 정책들을 듣고 있다가 언니가 그랬어요. 저 사람들이 말하는 '아이들' 속에 우리는 없다고."

그렇게 말하던 윤희의 쓸쓸했던 얼굴이 떠올랐다. 그날 밤, 정원은 물어뜯어 영망이 된 윤희의 손을 꼭 잡고 잠이 들었던 거 같다. 윤희가 더 이상 물어뜯지 못하도록.

"이런 생각도 해봤어요. 만약에 그 사람…… 민준탁 씨가 아니, 석원이가 정말 엄마가 낳은 아들이었다면…… 석원이의 잘못으로 엄마가 딸을 잃게 되었다면…… 석원이를 보육원에 보낼 수 있었을까, 하구요."

"정원아……."

"엄마, 죄송해요. 엄마가 어떻게 살아오셨는지 잘 아는데…… 제가 보육원에서 자라서인지 제 마음은…… 이유도 모르고 파양된 남자아이에게 머물러 있어요. 석원이를 생각하면 효준의 집에서 같이 살았던 아름이가 떠올라요. 소리도 내지 못하고 장롱 속에서 숨죽여 울던 일곱 살짜리 아이의 모습과 한 번도 본 적 없는 석원이의 모습을 겹쳐서 생각하게 돼요."

"정원아, 엄마는……."

예 원장이 말을 잇지 못하고 무릎에 얼굴을 묻고 오래도록 울었다.

"엄마…… 정말 죄송해요."

정원이 예 원장의 몸을 끌어안았다. 야윈 몸피가 안쓰러울 만큼 떨렸다.

"나는…… 어쩌면 핑계를 찾고 있었는지 몰라. 내 죄책감을 덮어씌울 대상 같은 거. 좋은 엄마가 될 거라고 다짐했지만 나는 좋은 엄마가 아니었어. 그날, 화재가 난 날에도 나는 집에 들어가고 싶지 않아 배회하고 있었어. 나한테 집은…… 또 다른 일거리가 산더미처럼 쌓여 있는 곳이었어. 돌도 안 된 정원이와 석원이가 목을 빼고 기다리고 있다는 걸 알면서도 구실을 만들어 친구들과 술을 마셨어. 인생이 왜 이렇게 거지같을까, 한탄하면서. 더 거지같아질 거라는 걸 꿈에도 모르고."

예 원장이 흐느끼며 띄엄띄엄 말을 이어나갔다.

"그날…… 내가 일찍 들어갔더라면…… 화재도 나지 않았고 우리 정원이도 죽지 않았겠지. 그런데도 나는 자격 없는 어미라는 소리를 듣게 될까 봐 석원이를 탓했어. 내가 불행해진 건 모두 박복하고 재수 없는 석원이 때문이라고."

"엄마의 잘못이 아니에요."

정원은 예 원장을 더 꼭 끌어안았다.

"정작 잘못을 저지른 사람들은 따로 있는데…… 그 사람들 때문에 상처받은 건 엄마랑 준탁 씨인데…… 두 사람이 서로에게 상처 주고 고통받는다는 게 저는 너무 슬퍼요."

"어떻게……?"

정원의 품에서 고개를 들고 예 원장이 물었다.

"군위로 온 지 얼마 안 돼서 박사님한테서 전화 왔었어요. 엄마를…… 좀 더 이해해줄 수 없겠냐고요."

정원은 예 원장의 젖은 뺨을 손바닥으로 닦아주었다. 윤 박사와의 통화로 정원은 예 원장의 전남편과 시어머니가 예 원장과 어린 석원에게 저질렀던 일들을 알게 되었다.

"엄마. 그 사람…… 지금 병원에 있대요."

정원은 울지 않으려고 입술을 꼭 깨물었다.

"병원?"

"많이 힘들었나 봐요."

"……."

"저는요…… 엄마랑 준탁 씨가 서로의 이야기를 들었으면 해요. 용서를 하고 용서를 받고가 아니라 그냥 서로가 살아왔던 시간을 들어줬으면 좋겠어요."

"차라리 나한테 복수를 하든 원망을 했다면 난 이해했을 거야."

"저는…… 괜찮아요. 그 마음도 이해하려고 노력하고 있어요."

정원은 엄마의 손등을 쓰다듬으며 스스로에게 납득시키듯 고개를 끄덕였다.

"그 아이가 아니, 민 감독이 너한테 했던 일들은 절대 받아들일 수 없어."

세상에 절대라는 게 있을까.

정원은 스탠드 조명을 켜고 협탁 위에 올려두었던 초록색 유리구슬을 예 원장에게 보여주었다.

"엄마, 이거 기억하세요?"

"이게 뭐니?"

예 원장은 기억하지 못하는 듯 낯선 시선으로 유리구슬을 들여다보았다. 누군가에게 절대로 잊지 못할 기억이 누군가에게는 잊힌 과거일 뿐일 수도 있다.

"준탁 씨가 처음이자 마지막으로 부모님과 네버랜드에 갔을 때의 추억이 담긴 거래요. 부모님이 사주신 게 아닌가 싶어요."

"……."

구슬을 들여다보던 예 원장의 눈에 새로운 눈물이 차올랐다.

"이걸 소중하게 간직하고 있었어요."

"기억났어. 이 유리구슬 문진. 사준 게 아니라 전남편의 서재에 있었던 거야. 석원이가 신기한 듯 바라보자 남편이 준 거야. 맞아. 네버랜드에 가던 날이었을 거야."

"그랬구나."

정원은 고개를 끄덕였다.

"엄마, 저는요…… 엄마와 준탁 씨가 지금보다 편안해진다면 저도…… 제 마음도 편안해질 거 같아요."

예 원장의 눈물이 유리구슬 위로 떨어졌다.

＊ ◆ ＊

"너, 은혜 갚은 까치 알아?"

또 무슨 소리가 하고 싶은 걸까.

준탁은 자는 척 눈을 감고 정우의 말을 들었다. 나나는 저 잔소리꾼과 대체 어떻게 한 이불을 덮고 사는지 모르겠다. 의식을 찾고 백 번하고도 열일곱 번 용서를 빌었다. 다시는 이런 일을 벌이지 않겠다고 각서까지 썼다.

"제니 아니었으면 너 저체온증으로 죽었다고. 뭐야, 이건 또 먹지도 않았네."

무언가를 또 잔뜩 싸 왔는지 부스럭거리는 종이봉투 소리와 냉장고 문을 여닫는 소리가 들렸다.

"경비 아저씨가 그러더라. 제니가 하도 짖어서 가봤더니, 현관문은 활짝 열려 있고 너는 연못에 둥둥 떠 있었대. 니가 뭐 오필리어냐? 더 웃긴 건 뭔지 알아? 제 주인 죽을까 봐 지가 아끼는 누더기 담요까지 끌어다 덮어놓았더래. 내가 그 얘기 듣고 진짜 눈물이 핑 돌았다. 이게 바로 은혜 갚은 까치, 아니 골댕이구나 하고."

"형."

준탁이 정우를 불렀다.

"왜?"

"형하고 되게 잘 맞을 거 같은 사람 알고 있는데 소개해줄까?"

"미쳤어? 나, 유부남이야."

"목소리가 설레는데?"

"웃기시네. 근데…… 누군데?"

"그쪽도 유부남이야."

"미친."

종이봉투를 요란하게 구기는 소리에 준탁은 피식 웃었다. 올 포 도기 사장인 동희를 볼 때마다 누군가 떠오를 듯 말 듯 했는데, 그게 바로 정우였다.

"돈도 잘 벌고 요리도 잘하는데."

"그만해."

"강남에 빌딩도 있어."

"그만. 내가 돈에 넘어갈 거 같냐?"

"고마워, 형."

"그만하라고…… 뭐?"

준탁이 살면서 만난 가장 멋있는 남자였다, 정우는. 좋은 남편이고, 좋은 아빠이고, 좋은 영화 제작자이고, 좋은 파트너였다. 보고 배워야 할 대상이 없었던 준탁에게 비록 나이 차이는 얼마 나지 않았지만 정우는 아버지와도 같은 존재였다. 저런 사람이 멋진 사람이라는 걸 일깨워준 존재였다.

"체리가 부럽더라. 형 같은 아빠가 있어서."

"부러우면 내가 입양해줄까?"

정우의 말에 준탁이 피식 웃었다.

"앵벌이 시키려고?"

"헐. 고새 눈치 깠네."

정우의 웃음소리가 노크 소리에 지워졌다.

"네. 누구……십니까?"

문이 열리는 소리가 나고도 한참이나 조용했다. 준탁이 눈을 뜨고 고개를 돌렸다. 열린 문 앞에 예 원장이 서 있었다.

∗ ◆ ∗

퇴원하기 이틀 전, 장호원에서 연락이 왔다. 까맣게 잊고 있었는데, 복숭아나무를 실어 보내겠다는 메시지였다. 준탁은 취소하겠다는 메시지를 보내려다 지워버리고 이틀 후로 약속을 잡았다.

가져온 복숭아나무는 농원에서 골랐을 때보다 훨씬 더 커 보였다. 인부 두 사람이 겨우 들고 옮겼다. 인부 중 한 사람의 낯이 익었다. 농원에서 사람들이 복동인가 복실인가로 부르던 사람이었다. 두 사람이 구덩이를 깊게 파고 야자수 매트로 싼 등치를 구덩이에 앉혔다.

"이렇게 몇 번 막대기로 찔러주세요. 뿌리 사이사이 흙이 메워지고 공기가 빠지도록."

복동이와 함께 온 인부가 구덩이에 흙을 메우고 호스를 끌어와 물을 주며 말했다.

"하루나 이틀 지나고 나머지 흙을 덮어주면 됩니다. 시기가 좀 늦었는데, 요사이 날씨가 안 추워서 다행이에요."

인부가 꼼꼼하게 설명해주며 뒷정리를 하는 동안 복동이라는 남자가 나뭇가지에 이름표를 달아주었다. 정원의 복숭아나무에 달려 있었던 바로 그 조각된 이름표였다.

"이건 누가 조각한 겁니까?"

준탁이 묻자 복동이란 남자가 손가락으로 자신을 가리켰다.

"직접 하신 겁니까?"

남자가 고개를 끄덕이더니 상자를 하나 내밀었다.

"이게 뭡니까?"

남자가 준탁의 입술을 읽어내듯 바라보더니 디자인이 좀 독특한 휴대전화를 꺼내 자판을 찍어 준탁에게 보여주었다. 그제야 준탁은 남자가 청각장애가 있다는 걸 알았다.

[정원 씨가 감독님께 드리는 선물입니다.]

남자들이 돌아간 후에도 준탁은 상자를 열지 못하고 그네벤치에 앉아 복숭아나무의 겨울눈을 바라보았다.

"여기 온 건 내 마음이 반, 정원이의 부탁이 반이었어요."

불현듯 병실로 찾아온 예 원장은 길고 긴 침묵 끝에 입술을 떼었다. 준탁은 창가에 놓인 정우가 마시다 만 커피 컵의 그림자가 해시계처럼 조금씩 움직이는 걸 지켜보고 있었고, 예 원장은 소파에 앉아 정우가 가져다준 주스 잔만 바라보았다.

"정원이가 이야기 많이 나누라고 했는데⋯⋯."

예 원장은 말끝을 흐렸고 준탁은 정원이라는 이름이 가슴을 찔러와 눈을 감아버렸다. 두 사람은 병실이 어둑해지도록 말없이 그렇게 서로를 외면한 채 앉아만 있었다.

"정원이 이름도 정원이에요. 서정원. 그래서⋯⋯ 진짜 정원이가 살아서 돌아온 거 같았어요."

준탁은 숨을 들이켜며 자신이 잔인하게 내뱉었던 말들을 떠올렸다.

"예……정원 씨. 성이랑 이름이 별로 어울리지 않네요."

"이정원이나 서정원, 아니면…… 한정원 같은 조합이 당신한테 더 잘 어울리는 거 같아서."

그 말을 했을 때, 정원의 눈동자에서 일렁이던 그림자의 이유를 이제야 알았다.

"정원이라는 이름이 좋아."

"제가 정원이라서요?"

바닥을 알 수 없는 깊은 연못 같은 표정으로 묻던 정원의 얼굴이 떠올라 준탁은 입술을 깨물었다.

"건강 잘 회복해요."

예 원장이 한 모금도 마시지 않은 주스 잔을 내려놓고 일어섰다. 예 원장이 문을 열고 나설 때까지 준탁은 꼼짝하지 않고 창밖만 바라보았다. 병실 문이 닫히고 발소리가 멀어지고서야 미친놈처럼 링거 폴대를 끌고 맨발로 병원 복도를 뛰어갔다. 간호 스테이션에 도착했을 때 막 엘리베이터에 오르는 예 원장이 보였다. 엘리베이터 문틈으로 새빨개진 예 원장의 눈과 마주친 순간, 준탁은 저도 모르게 소리쳤다.

"엄마! 보고 싶었어요."

그리고 텅, 문이 닫혔다.

준탁은 상자의 리본을 풀고 뚜껑을 열었다. 한지에 한 번 더 싼 포장을 풀자 언젠가 옥상 온실에서 보았던 것과 비슷한 크기의 조각이 나왔다. 몸집의 두 배나 되는 커다란 빨간색 모자를 쓴, 디즈니 만화에 나오는 난쟁이를 닮은 조각이었다.

정원을 지켜준다는 정원요정, 놈(Gnome)이에요.

언젠가 말한 적 있죠? 준탁 씨에게 딱 하나 부족한 건 햇빛이라고.

일광욕하는 거 잊지 마세요.

놈과 햇빛이 준탁 씨와 준탁 씨의 정원을 늘 지켜줄 거예요.

준탁의 정원 드림.

동봉된 카드를 열어본 준탁은 주먹으로 제 명치를 때렸다.

한 번, 두 번, 세 번…….

멍이 들 만큼 주먹으로 내리치다 헐떡이는 가슴에 조각을 품고 눈을 감았다.

소리 내서 우는 것조차 역겨워서 주먹을 목구멍에 쑤셔 박고 싶었다.

24

|

사랑해.

얼굴이 보이지 않는 밤에 고백하려고 했다.
이렇게 솜털까지 들여다보이는 순간이 아니라.

"왜?"

침실 문의 손잡이가 철컥 내려가고 제니가 주둥이로 문을 밀치며 들어왔다.

새벽 3시 15분.

협탁 위의 휴대전화를 찾아 시간을 확인한 준탁은 끙, 소리를 냈다. 마지막으로 시간을 확인한 후로 삼십 분도 지나지 않았다. 일어나 하루를 시작하기에도 다시 잠들기에도 어중간한 시간이었다. 지금 준탁의 상황처럼. 정원이 없는 세상에서 살아갈 수도, 붙잡고 늘어질 수도 없는 죄 많은 인간의 밤은 길고 길었다.

"너는 왜 못 자는데?"

침대에 앞발을 올리고 제니가 낑낑댔다. 준탁이 병원에 실려 갔던 일이 제니에게 트라우마가 된 건지, 늘 이 시간에 침실로 찾아와 준탁이 있는지 확인했다. 덕분에 준탁의 불면증은 나아질 기미가 보이지 않았다.

"오빠 여기 있잖아."

제니의 목덜미를 쓸어주며 안심시켰다.

"뭐? 올라온다고?"

침대 위에는 올라오지 못하게 했는데, 한번 맛을 들이더니 이제는 당연하다는 듯 떼를 쓴다. 준탁이 몸을 조금 옆으로 비키자 커다란 털뭉치가 기다렸다는 듯 옆구리에 파고들었다.

"눈 감고 얼른 자."

제니를 토닥이며 준탁은 멍하니 어둠을 응시했다. 해가 늦게 뜨는 계절은 정말 고역이다. 결국 태블릿 PC의 전원을 켰다. 정우는 제발 노트북이니 휴대전화니 태블릿 따위를 침실에 두지 말고 수면에 집중하라고 했지만 불가능했다. 전화기나 태블릿을 치워버리자 불안해져서 더 잠이 오질 않았다. 협탁의 스탠드를 켜고 모니터 불빛에 익숙해질 때까지 미간을 찌푸린 채 눈을 깜빡였다.

다시는 열어보지 않으리라 다짐했던 파일을 클릭했다. 영구삭제를 하면 간단한 일이라는 걸 애써 외면하면서 구석에 숨겨둔 파일이다.

영상을 재생시키자 토끼 문양 스카프를 맨 정원이 그네벤치에 앉아 스케치를 하다 말고 고개를 들어 어딘가를 응시하고 있었다. 준탁은 화면을 멈추고 배율을 높여 정원의 눈을 들여다보았다. 빗은 듯 가지런한 속눈썹에 둘러싸인 맑은 눈동자에 잡초를 뽑고 있는 준탁의 모습이 고스란히 반사되어 보였다. 저 순간조차 준탁은 정원을 기만하고 있었다.

저 순간, 정원은 준탁을 바라보며 무슨 생각을 하고 있었을까.

기묘한 슬픔이 차올랐다.

정원이 다시 고개를 숙이고 스케치했다. 준탁은 문득 모니터로 손을 뻗어 정원의 턱을 잡고 고개를 돌리고 싶은 유혹을 느꼈다. 이쪽을 바라보라고. 정원의 눈꺼풀이 스르르 내리감겼다. 정원은 더없이 평온한데 준탁의 숨은 토막토막 끊겼다. 그날의 따뜻하고 부드러웠던 공기, 풀 냄새와 섞여 정원에게서 나던 레몬 향 같기도 하고 민트 향 같기도 했던 냄새, 솟아오르던 지열, 제니와 경수의 쌕쌕대던 숨소리들이 고스란히 심장을 할퀴며 지나갔다.

"서정원."

정원의 뺨에 어른거리는 나뭇잎의 그림자를 바라보며 서정원, 이라고 입속으로 불러보았다. 화면 속의 정원은 마치 그 소리를 듣기라도 한 것처럼 깜짝 놀라 눈을 떴다.

자학하듯 침대 헤드에 쿵쿵, 머리를 찧자 제니가 부스럭거리며 고개를 들었다.

"미안. 깼어?"

축축한 코를 들이밀며 끙끙대는 제니를 꼭 끌어안으며 한숨을 쉬었다.

"아기들 보고 싶어서 그래?"

좋은 엄마였든 아니었든 새끼들을 다 떠나보내고 혼자가 된 제니가 안쓰러웠다.

"보자……. 오늘은 누가 올라왔나."

준탁은 정원이 만들어준 '제니와 아이들' 카페 창을 열었다. 경수와 제니와 그리고 열두 마리의 강아지를 찍은 가족사진이 카페 대문에 걸려 있었다.

강아지들의 입양 조건 중 하나가 '제니와 아이들'에 정기적으로 강아지들의 근황을 올려야 하는 거였다. 정원은 카테고리에 제니와 경수의 방과 무지개와 사계절과 그리고 별이의 방을 만들어놓았다. 장호원 '황가네 농원'에는 봄봄이와 겨울이가 한꺼번에 입양을 가서 카페에는 총 열세 개의 방이 있다.

가장 열심히 활동하는 멤버는 정원의 선배 도희와 에밀리다. 에밀리가 입양한 보라는 슈퍼스타인 주인의 영향으로 SNS 계정까지 있는, 세상에서 가장 핫한 개다. 럭셔리 브랜드에서 광고 섭외까지 왔다나. 오늘도 보라색 패딩 조끼를 입고 산책 중인 보라의 사진이 올라와 있었다.

"어째, 너보다 에밀리를 더 닮은 거 같다."

보라색 패딩을 입은 보라는 런웨이를 걷는 모델처럼 도도한 표정을 하고 있었다.

장호원으로 간 녀석들의 방을 열어보았다. 도깨비바늘을 잔뜩 묻힌 채 과수원과 너른 마당을 마음껏 활개 치며 뛰어다니는 봄봄이와 겨울이는 보고만 있어도 행복했다. 6개월 차에 들어서는 녀석들은 이제 강아지라고 부르기에 너무 커버렸다.

"많이 컸다, 그치?"

기다란 나뭇가지 한 개를 나란히 물고 뛰어다니는 동영상을 바라보던 제니가 고개를 갸웃하며 끼웅끼웅, 애처로운 소리를 냈다.

"못 알아보면 어쩌냐."

준탁과 엄마가 서로를 알아보지 못했던 것처럼.

올라온 사진들과 동영상을 하나하나 들여다보던 준탁은 잠시 머뭇거리다 경수의 방을 눌렀다. 경수의 방에는 카페를 오픈할 때 정원이 올려놓은 단 한 장의 사진뿐이었다. 눈가와 콧등의 털이 하얗게 센 경수가 환하게 웃고 있었다. 준탁은 한 번도 본 적 없는 표정이었다. 저 탁한 눈동자에 누구를 담고 있는지 보지 않아도 알 수 있었다.

"경수는 잘 있나 모르겠다……."

경수를 보자 조건반사처럼 마음속에 고여 있던 정원의 기억들이 출렁거렸다.

"미안하다, 제니 아줌마."

제니의 이마를 쓸어주었다. 경수와 생이별을 하게 된 게 오롯이 제 탓이기에 마음이 무거웠다.

"더 보고 싶다고?"

태블릿을 내려놓으려고 하자 제니가 준탁의 손을 앞발로 막았다.

"자야지. 지금 몇 신데? 낮에 또 하루 종일 자려고. 아줌마가 너 부쩍 낮잠이 늘었다고 걱정하던데……."

4시가 훌쩍 넘었다.

"그럼 딱 한 녀석만 더 보자. 누가 보고 싶은데? 아이구야, 우리 제니는 복도 많지. 아기가 열둘이나 돼서……."

준탁이 닫았던 카페를 다시 열고 주르륵 카테고리를 훑다가 별이의 방에 새로운 글이 올라왔다는 빨간 표시를 발견했다. 별이의 방은 경수의 방처럼 정원이 옥상에서 찍어준 사진 말고는 아무것도 업데이트되지 않은 방이었다. 준탁은 마른침을 꿀꺽 삼키고 별이의 방을 열었다.

제주도로 데려간 직후인 듯, 새파란 하늘을 배경으로 현무암 돌담에 올라가 있는 별이의 사진이었다. 멀리 어딘가를 응시하는 표정이 강아지답지 않게 아련했다. 무선 키보드의 활자판을 다 빼내어 씹어놓고 눈치를 보고 있는 사진도 있었다. 공을 물고 귀를 펄럭이며 뛰어오는 사진도 있었는데, 별이는 대체로 덤덤하고 무심한 표정이었다. 모색이 제니와 똑같아서 제니를 제일 닮았다고 생각했는데 어딘가 모르게 경수를 더 닮았다. 마지막 사진은 가장 최근인 듯 훌쩍 큰 별이가 콧등에 유채꽃을 올려놓은 채 환하게 웃고 있었다. 조금 전 보았던 경수와 웃는 얼굴이 똑같았다. 마치 경수가 제니의 털을 뒤집어쓴 거 같았다.

"제니, 보고 있어? 별이가 경수 닮았다. 니가 그렇게나 죽고 못 사는⋯⋯."

준탁이 제니 쪽을 바라보자 제니는 꾸벅꾸벅 졸고 있었다.

"어이, 아줌마. 자냐? 의리 없이⋯⋯."

피식 웃고는 다시 별이를 바라보았다. 별이를 제주도로 보내길 잘했다는 생각을 했다.

예 원장은 그 후로도 두 번 더 별이의 사진을 올렸다. 주로 금요일 새벽 시간이었다. 지금도 접속멤버에 '밝은미소'라는 닉네임이 떠 있고 별이의 새 사진이 올라왔다. 준탁은 허리를 곧추세우고 '밝은미소'가 사라질까 조바심을 내며 채팅창을 열었다.

[별이 사진 올려주셔서 감사합니다.]

일 초. 이 초. 삼 초. 아무런 회신이 없었다. 준탁의 허리가 푹 꺾였다.

괜히 보냈나.

머리카락을 쥐어뜯는데 답장이 떴다.

[궁금해할 거 같아서. 작별인사도 제대로 못 했잖아요. 별이 건강하게 잘 크고 있어요. 이갈이도 하고.]

준탁은 단어 사이사이에 숨겨진 예 원장의 마음을 읽어내려는 듯 읽고 또 읽었다.

[건강은 괜찮아요?]

예 원장이 준탁의 안부를 먼저 물어왔다.

"네⋯⋯."

준탁은 예 원장에게 들릴 리 없는데도 소리를 내어 대답했다.

[허락하신다면 정원이 잠든 곳에 가보고 싶습니다.]

무엇으로도 정원이를 살려낼 수 없지만 무엇으로든 속죄하고 싶었다.

* ◆ *

준탁과 정원에게 가기로 한 날이다.

예 원장은 세나의 결혼식 준비도 할 겸, 윤 박사보다 며칠 앞서 제주를 출발했다. 캐리어를 찾아 게이트를 나오자마자 준탁을 한눈에 알아봤다. 검은색 슈트와 타이를 매지 않은 흰 셔츠 차림의 준탁은 애쓰지 않아도 바로 눈에 들어왔다.

- 공항으로 나가겠습니다.

괜찮다고 했는데도 준탁은 굳이 공항으로 마중을 나왔다.

예 원장을 발견한 준탁은 성큼 다가와 고개를 숙여 인사하고 말없이 예 원장의 캐리어를 끌고 앞장섰다. 예 원장은 주차장까지 준탁의 등만 보며 따라갔다. 목욕을 시키고 잠옷을 갈아입혔던 기억이 떠올랐다. 복숭아처럼 노란 솜털이 나선형으로 말려 있던 보드랍고 여린 등이 저렇게 넓어지는 동안 저 아이는 어떤 시간을 살아왔을까.

"이쪽이 좋겠어요."

트렁크에 캐리어를 싣고 준탁이 뒷좌석 문을 열어주었지만 예 원장은 스스로 조수석 문을 열고 차에 올랐다. 준탁이 뒷문을 닫고 운전석에 올랐다. 탁, 하고 문이 닫히자 밀폐된 공간에 건조한 침묵이 고여들었다.

공항을 빠져나온 차는 잔뜩 흐린 하늘을 이고 정원이 잠들어 있는 광주로 향했다. 두 사람은 아무 말도 없이 정면만 바라보았다.

"영화는 어떻게 시작했어요?"

준탁의 차가 간선도로에서 고속도로로 진입하고 나서야 예 원장이 먼저 입을 열었다.

"어릴 때부터 영화 보는 걸 좋아했어요."

목소리가 갈라져서 나오자 준탁은 조금 당황한 듯 흠흠, 목을 가다듬었다.

"고등학교 때부터는 말도 안 되는 시나리오도 쓰고 영화 촬영장 스태프로 아르바이트를 했어요. 보육원에서는 아르바이트 못 하게 하는데 야단맞아가면서 했죠."

"고등학생이?"

예 원장이 되물었다.

"대학생이라고 속였어요."

준탁이 피식 웃었다.

"고3 여름방학 때 김만호 감독님 촬영장에서 연출팀 보조의 보조를 했죠."

"아, 김만호 감독."

몇 년 전에 타계한 노감독의 영화는 예 원장도 좋아했다.

"우연히 감독님이 제 시나리오 노트를 보시고 영화 아카데미에 추천서를 써주셨어요. 조악하게 포트폴리오를 만들어서 지원했는데 감독님 덕분인지 합격했죠. 거기서 좋은 사람들을 만나고…… 그렇게 시작하게 됐습니다."

"다행이다. 좋아하는 일을 하면서 산다는 건 행복한 일이잖아요."

쉽게 쉽게 운이 좋았다는 듯 말하지만 지금의 준탁이 되기까지 무수히 많은 일들이 있었으리란 걸 미루어 짐작할 뿐이다.

"……치과의사가 꿈이셨어요?"

"설마."

"왜요?"

네버 세이 네버

준탁이 의아한 눈빛으로 예 원장을 쳐다보았다.

"동생들이 줄줄이 딸린 장녀였고, 돌아가신 아버지가 남겨준 재산은 씀씀이 큰 엄마가 거덜 냈고, 내게 주어진 선택지는 몇 개 없었어요. 교사, 간호사, 약사…… 뭐 그런 직업군이었죠. 공부는 잘했으니까. 공부 말고는 아무런 재능이 없었고, 다른 방법을 알지 못해서 죽기 살기로 했던 거지만. 의대는 투자해야 하는 시간과 비용이 많았고 그래서 차선책으로 치대를 선택했어요. 막상 합격한 날에는 이불을 뒤집어쓰고 울었지. 평생 타인의 입안을 들여다보고 살아야 한다는 게 끔찍했거든."

"……."

"그런데 또 하다 보니까 익숙해지더라고요."

"다행이네요."

"그래요. 다행이었지."

일이 있어서 다행이었던 시간들도 있었다. 어긋나고 비뚤어진 자신의 인생을 바로 맞추는 대신 타인의 치아를 정교하게 갈아내고 조이고 맞추고 땜질을 하면서 살아냈다.

"눈이 오네……."

광주에 도착할 무렵부터 내리기 시작하던 눈발이 굵어졌다.

"그만 일어나요."

정갈하게 손질된 작은 봉분 위로 흰 눈이 고요하게 내려앉았다. 갈변한 잔디 위에 무릎을 꿇고 앉은 준탁의 머리와 어깨에도 눈이 쌓였다. 석고대죄하는 죄인처럼 고개를 숙인 채 하염없이 앉아만 있는 모습을 보다 못해 준탁에게 다가갔다. 코트도 입지 않고 머플러도 두르지 않은 준탁은 새파랗게 얼어 있었다. 무릎 위에 올려놓은 손마저 추위에 새빨갰다.

그 모습을 보자 괜히 같이 가자고 했나, 예 원장은 후회했다.

"엄마, 보고 싶었어요."

다 큰 남자가 아이 같은 얼굴을 하고 소리치던 모습이 가슴에 얹혀 예 원장은 며칠을 앓았다. 보고 싶었다고 외치는 준탁의 얼굴 위로 어린 석원의 얼굴이 겹쳐졌다. 낯선 곳에서의 호기심과 불안함과 엄마와 아빠가 생겼다는 행복함과 저 사람들을 정말 믿어도 될까 하는 의심이 모두 섞여 있었던 조그마한 얼굴.

얹힌 마음을 삭이고 나서야 비로소 석원의 마음을 들여다볼 용기가 생겼다. 아무것도 모른 채 내동댕이쳐진 아이의 마음이 어떠했을지. 그럼에도 준탁을 어떻게 대해야 할지 알 수가 없다고 윤 박사에게 하소연했다. 윤 박사는 카페에 별이의 사진을 올리는 게 어떻겠냐고 했다.

"천천히 다가갑시다. 30년 세월을 하루아침에 다 들여다볼 수 있는 것도 아니고 매듭지을 수 있는 건 더더욱 아니니까."

마음을 추스르고 예 원장은 카페에 별이의 사진을 올렸다. 세 번째 사진을 카페에 올린 날, 준탁이 말을 걸어와 소스라치게 놀랐다. 치료를 받아야 할 만큼 불면증이 심하다고 하더니 그 시간까지 잠을 자지 않고 있다는 게 걱정되기도 했다. 그래서였을까. 정원이 잠든 곳에 가고 싶다는 준탁에게 같이 가자고 선뜻 손을 내밀었다.

"이러다 눈사람 되겠네."

예 원장은 자신의 머플러를 풀어 준탁의 목에 둘러주었다. 준탁이 깜짝 놀라 고개를 들어 예 원장을 올려다보았다. 새빨갛게 핏줄이 선 눈동자와 속눈썹이 젖어 있었다.

"……춥다. 늙으니까 추위도 많이 타."

예 원장이 어깨를 움츠리자 준탁은 그제야 몸을 일으켰다. 무릎을 펴던 준탁이 잠시 휘청거렸고 예 원장이 놀라 준탁의 손을 잡았다. 장갑을 낀 손으로 잡았는데도 몹시 차가웠다. 얼음장처럼 찬 손에 놀랐고, 위로해주려고 애쓰던 그 조그맣던 손이 이렇게 커다래졌다는 것에 한 번 더 놀랐다.

"아버지……는 어떻게 돌아가셨어요?"

준탁이 한씨 집안 가족묘를 둘러보며 물었다. 정원의 묘 바로 앞이 전남편의 묘였고 그 앞이 시어머니의 묘였다.

"아버지 기억나니?"

예 원장은 자신이 어느 순간 말을 놓았다는 걸 깨달았지만 내색하지 않았다. 꽉 끼는 속옷을 풀어놓은 것처럼 편했다.

"그냥…… 손이 따뜻하고 컸다는 기억만 남아 있어요."

그 커다랗고 따뜻한 손 때문에 남편과 결혼할 마음을 먹었었다.

"정원이 그렇게 보내고 이혼했어."

서로가 서로를 견딜 수가 없었다. 서로를 탓했고, 증오했고, 저주했다.

"난 병원을 정리해서 미국으로 연수를 떠났고, 그 사람은…… 재혼을 했지. 그러다 교통사고 소식을 들었어. 미국에서. 할머니도 그 충격으로 돌아가셨다고 친척분이 전해주셨어."

아들의 갑작스러운 죽음도 충격이었지만 임신 중이었던 며느리가 유산을 한 충격이 더 컸다고 했다. 소식을 전해준 친척은 유산이 아니라 낙태였다고 목소리를 낮추며 덧붙였다. 진실이 무엇이든 노인은 그토록 원했던 손자를 결국 안아보지 못했다.

"정원…… 씨가 말하는 할머니와 제 기억 속의 할머니가 너무 달라서 좀 혼란스러웠어요. 제가 기억하는 할머니는 차갑고 무서웠거든요."

준탁이 맨손으로 눈을 뭉쳐 작은 눈사람을 만들어 정원의 묘 앞에 놓아주었다.

"그래. 무서운 분이셨지."

예 원장은 오뚝이처럼 통통한 눈사람을 바라보며 고개를 흔들었다.

"그 오뚝이…… 제가 그런 거 아니에요."

"오뚝이?"

"정원이가 제 이마로 떨어트린 거였어요. 그래서 제가 인형을 집어 들었는데…… 오해하신 거예요."

그걸…… 기억하고 있다고?

예 원장은 오뚝이 모양의 눈사람을 바라보다 다시 준탁에게로 시선을 돌렸다.

"고등학교를 졸업하고 엄마……를 찾아다녔어요. 꼭 한 번은 만나고 싶었습니다."

준탁이 이가 부딪히도록 몸을 떨며 말했다.

"그래서 묻고 싶었어요. 왜 내가 버려졌는지. 그 대답을 들어야만, 그래야만 살아질 거 같았습니다. 그런데…… 그 이유가 이제는 감당하기 버겁습니다. 그 작은 아이가…… 어떻게 속죄해야 할지 알 수가 없어요."

"석원아."

예 원장이 준탁에게 한 걸음 다가갔다. 막상 석원의 이름을 불렀지만 무슨 말을 어디서부터 어떻게 시작해야 할지 막막했다. 서로가 지나온 세월을 가늠해보려는 듯 두 사람은 눈을 맞으며 바라보기만 했다.

"사고였을 뿐이야."

인정하기 힘들었지만 예 원장은 받아들였다.

"그 누구도 어쩔 수 없었던 불운한 사고였어. 네 탓이 아니야."

하필, 그날 예 원장은 친구와 술을 마시느라 귀가가 늦었고, 하루 종일 아이들에게 시달린 해숙 언니는 하필, 아이들이 잠든 시간을 틈타 슈퍼에 갔었고, 하필, 아이들만 있는 집에 불이 났을 뿐이었다.

"정원이가 그러더라. 네가 정말 엄마가 낳은 아들이었다면…… 너를 보육원에 보낼 수 있었겠냐고."

"……."

준탁이 돌연 등을 돌렸다. 젖은 어깨가 들썩였다.

"왜 나만, 왜 내가 이런 삶을 살아야 되는지 도무지 알 수 없었어. 그랬는데…… 정원이의 말을 듣고 비로소 깨달았어. 가여운 아이 하나 품어줄 수 없을 만큼 나란

사람이 강퍅한 사람이었다는 걸. 나무는커녕 풀 한 포기도 키워내지 못할 만큼 메마른 사람이었어, 내가."

그 삭막함으로 모두를 떠나보냈다.

"변명 같지만…… 그때의 나는 너무 무기력했어. 온갖 기계를 달고 하루하루를 버티고 있는 정원이 때문에 널 생각할 틈이 없었어. 아니, 널 바라볼 자신이 없었다는 게 맞아. 정원이 떠나보내고 미친 사람처럼 지내다 문득 정신을 차리고 보니 넌 이미 파양된 후였고, 외국으로 입양을 보냈다고 하더라. 차라리 잘됐다, 안도했어."

"더 이상 너랑 살 수 없다고 직접 말해주셨다면…… 그랬다면 어쩌면 저는 받아들였을 겁니다. 체념이었을지언정."

준탁의 거친 숨이 눈송이와 섞여 하얗게 쏟아졌다.

"미안하다……."

준탁을 다시 만나게 되면 다른 말은 모두 제쳐두고라도 꼭 하고 싶었던 말을 가슴 깊은 곳에서 끄집어냈다.

"엄마가 널…… 지켜주지 못했어. 알아보지도 못했고…… 알아보고서도 외면했어."

예 원장은 목 끝까지 차오른 울음을 삼켰다. 불을 삼키듯 목구멍이 뜨거웠다.

"훌륭하게 잘 자라주어서 고마워."

예 원장은 떨리는 손을 맞잡고 준탁의 젖은 등을 바라보았다. 칠십을 바라보는 나이에 깨달았다. 진실을 들추어내서 바라보는 일이란 몸이 떨리도록 용기가 필요한 일이라는 걸.

불쌍한 아이를 버렸다는 죄책감을 외면하면서 살았다. 석원 때문에 정원이가 죽었다고 스스로를 기만하면서 살았다. 자신은 아이들을 잃은 불쌍한 사람이어야 했다. 위로받을 자격이 있는 사람이라고 스스로에게 측은지심을 쏟아부으며 그렇게 살아왔다.

"이 말을 하기까지 엄마는…… 무척 힘이 들었어."

준탁이 손바닥으로 눈물을 닦아내고 몸을 돌려 예 원장을 바라보았다.

"저는……."

준탁이 입술을 떼었다 다시 닫았다. 하고 싶은 말이 너무 많은데 어디서부터 시작해야 할지 막막한 얼굴이었다. 예 원장이 그랬던 것처럼.

"어디 가서 따뜻한 핫초코라도 마시자."

예 원장이 장갑을 벗고 맨손으로 준탁의 빨갛게 언 손을 감쌌다.

"이젠…… 핫초코 같은 건 안 마시니?"

예 원장은 준탁의 손등에 희미하게 남은 화상 자국을 들여다보며 애써 미소를 지었다. 그리고 위로하듯 준탁의 손을 토닥였다.

천천히 하자고.

천천히 너의 이야기를 들어주겠다고.

그리고 내 얘기도 하겠다고.

* ◆ *

"축의금 잘 전달했다. 와아, 근데 들러리가 너무 예쁘더라. 완전 민폐지."

컵라면에 끓인 물을 부으며 결혼식에 다녀온 나나의 전언을 떠올렸다.

"신랑 친구들인지 동료들인지 죄다 누구냐고 묻더라고. 누군가 신부 동생 같다고 하니까 아예 노골적으로 기혼이냐 미혼이냐…… 애니웨이, 정원 씨 인기가 장난 아니었단 말이지."

나나는 미주알고주알 준탁의 염장을 질렀다.

"내가 그날 유심히 정원 씨를 봤거든. 정원 씨 특유의 그 분위기라고 해야 하나. 왜 있잖아. 사람을 좀 안달 나게 하는 그런 거. 대체 그게 뭘까…… 관찰하다 알아냈지.

무심함이더라고, 포인트가. 순하고 상냥해 보이는데 무심해. 그게 건성건성이랑은 또 달라. 어떤 것에도 연연하지 않는 그런 초연함 같은 게 있더라."

아주 틀린 말은 아니다.

"아무것도 듣고 싶지 않아요."

한 번도 들어본 적 없는 싸늘한 목소리를 듣는 순간, 한때 동생이었던 아이의 죽음이 가져온 충격보다 눈앞의 정원을 영원히 잃겠구나 하는 공포가 준탁을 지배했다. 이 여자는 돌아서면 끝이겠구나, 하는.

"엄마가 정원이한테 프러포즈를 했어. 딸이 되어달라고."

광주에서 서울로 돌아오는 길에 작은 카페에 들러 뜨겁고 진한 핫초코를 마셨다. 습관인 듯 예 원장은 머그잔을 양손으로 감싸고 정원한테서 결코 듣지 못했던 이야기를 들려주었다. 세상을 떠들썩하게 했던 부모님의 죽음과 할머니를 여의고 보육원에 스스로 들어갔다는 이야기를 들으면서 준탁은 하염없이 내리는 눈만 바라보았다.

자기 연민에 사로잡혀 끊임없이 제 고통과 아픔을 알아달라 보챘으면서 정작 정원이 누구인지, 어떻게 엄마의 딸이 되었는지, 어떤 삶을 살아왔는지 생각하지 못했다. 그저 눈앞의 정원이 사라질까 조바심을 쳤다. 사랑한다고 말해준 유일한 사람이 자신을 버릴까 봐 안달했을 뿐이었다.

눈물을 삼키듯 뜨거운 핫초코를 꿀꺽꿀꺽 삼켰다. 그제야 자신의 죄가 무엇인지 깨달았다. 한정원을 죽게 했고, 엄마를 불행하게 만들었고, 머지않아 예정원도 그렇게 만들 것이다. 아니, 이미 그렇게 만들고 말았다.

라면을 먹기도 전에 식욕이 가셔버렸다. 그래도 버리기 아까워 면발을 뒤적이는데 인터폰이 울렸다.

"무슨 일이야?"

"송년회 해야지."

정우와 나나가 쳐들어왔다. 체리와 베리까지 달고서.

"감독님, 저도 왔어요."

"에밀리도요."

장을 봐 왔는지 양손 가득 짐을 든 나무와 다리에 깁스를 한 에밀리까지 나타났다.

"그 꼴로 여긴 왜 와?"

"연말 시상식 대신 여기 온 걸 영광으로 생각하세요."

해외 투어를 끝내고 체르마트(Zermatt)로 보드를 타러 갔다가 인대를 다친 에밀리는 절뚝거리며 제집인 양 먼저 들어가버렸다.

"삼촌."

팔을 활짝 벌리고 매달리는 체리를 안아 올리며 준탁은 한숨을 쉬었다. 조용히 컵라면이나 먹으려고 했더니 다 틀렸다.

"이봐, 이봐. 내가 이럴 줄 알았다니까. 아주머니가 이렇게 냉장고를 꽉 채워놨는데 청승스럽게 컵라면은. 쯧."

냉장고와 냉동고를 활짝 열어젖히고 나나가 혀를 찼다.

"그러다 정자 감소증 걸려."

정우도 거들었다.

"맞아. 가슴도 나온대."

미친 부부가 진짜.

"나무야, 나 좀 도와줄래?"

정우가 팔을 걷어붙이며 나무를 주방으로 불렀다.

함부로 들이닥친 사람들이 함부로 주방을 사용하고, 함부로 거실을 점령했고,

네버 세이 네버

체리와 제니와 베리는 거실과 침실과 잔디밭을 함부로 뛰어다녔다. 적막했던 집 안에 기름 냄새와 웃음소리와 개 짖는 소리와 아이의 비명이 가득 찼다. 백여 명의 스태프가 움직이는 촬영장보다 더 번잡스럽게 느껴졌다. 이 소란스러움이 아무렇지도 않은 듯 준탁만 빼고 모두 태평했다. 골이 지끈거렸다. 준탁은 양손으로 이마를 감싼 채 민원이 들어오길 기다렸다. 시끄럽다는 민원이 들어오는 즉시 모두 쫓아내버릴 작정이었다.

"삼촌, 이거 나 줘요."

맨발로 거실과 잔디밭을 오가며 뛰어다니던 체리가 정원이 선물로 준 '놈'을 찾아 들고 준탁을 졸랐다.

"그거 뭐야? 오, 예쁘다 이거 내가 가질래."

에밀리가 체리의 손에서 날름 조각을 빼앗아 갔다.

"내 거야."

체리가 지지 않고 암팡지게 에밀리에게 달려들었다.

"어허. 꼬맹이는 저리 가. 나무야, 이거 받아."

에밀리가 손을 높이 들어 달려드는 체리를 약 올리며 나무에게 조각을 던졌다. 양손에 접시를 들고 있던 나무는 이러지도 저러지도 못하고 허둥대며 날아가는 조각을 속절없이 바라보기만 했다.

툭.

조각이 바닥에 떨어졌다. 카펫이 아니라 대리석 바닥으로 떨어진 조각은 거짓말처럼 목이 똑 부러졌다. 일순간 정적이 흘렀다.

안 돼.

준탁이 소리 없이 비명을 질렀다. 정원이 선물한 요정이 부러졌다. 불길한 마음이 준탁을 집어삼켰다. 준탁이 조각을 집으려 발을 내딛는 순간, 어디선가 베리가 번개처럼 나타나 놈의 빨간 머리를 물고 가버렸다. 뒤이어 제니가 놈의 몸통을 물고 베리를 따라 정원으로 뛰어나갔다. 준탁은 다리에 힘이 풀려 풀썩 주저앉았다.

"감독님……."

"아무 말도 하지 마."

에밀리에게 쏘아붙이고 준탁은 휘적휘적 현관으로 걸어갔다.

"저기, 민 감독."

현관 앞 옷걸이에서 외투를 떼어내는데 정우가 준탁을 불렀다.

"형은 저 인형이나 붙여놔."

외투를 든 채 모두 들으라는 듯 쾅, 문을 닫고 집을 빠져나왔다. 울먹거리는 체리가 마음에 걸렸지만 뒤돌아보지 않고 걸었다.

젠장.

집에서 한참이나 걸어 나온 뒤에야 정우가 왜 자신을 불렀는지 깨달았다. 들고 있던 패딩 점퍼가 정우의 것이었다. 아이 옷을 빼앗아 입은 듯한 몰골을 내려다보며 한숨을 쉬었다. 집으로 되돌아갈까 하다가 주머니에 손을 찔러 넣고 계속 걸었다. 정처 없이 걷다 보니 허기가 졌다. 배에서 꼬르륵 소리가 났다. 하루 종일 굶다가 컵라면 하나 먹으려고 했는데 이 사달이 났다.

내 집에서 내가 컵라면 하나도 제대로 못 먹나?

억울해서라도 컵라면을 먹어야겠다. 점퍼의 주머니를 더듬자 다행히 안주머니에 정우의 지갑이 있었다. 준탁은 주위를 두리번거리며 편의점을 찾았다. 건너편 사거리 코너에 편의점 사인이 보였다.

"천육백 원입니다."

빤히 쳐다보는 아르바이트 직원의 시선을 슬쩍 피하며 계산이 끝난 컵라면을 집어 들었다. 밖이 내다보이는 자리에 앉아 라면이 붇길 기다렸다. 나무젓가락의 포장을 찢으며 초점 없이 멍하니 창밖을 바라보았다.

횡단보도의 신호가 바뀌자 어깨를 움츠린 사람들이 움직이기 시작했다. 한 해의 마지막 날이라 그런지 사람들의 걸음은 바빴다. 그 와중에 유독 느릿하게 횡단보도를 건너는 사람이 있었다. 망토인지, 후드인지, 초록색 니트 모자를 쓴 여자가 눈에 익은 왜건을 밀며 걸어오고 있었다. 왜건 속에 여자와 똑같은 모자를 뒤집어

쓴 개가 보였다. 라면을 뒤적이려다 말고 준탁은 여자와 개를 뚫어지게 바라보았다. 준탁의 시선을 느꼈는지 횡단보도를 다 건너온 여자가 고개를 들어 편의점 쪽을 바라보았다. 여자와 준탁의 시선이 부딪혔다.

"무심함이더라고, 포인트가. 순하고 상냥해 보이는데 무심해."

여자는 놀라지도 않았다. 오래전에 얼어버린 연못 같은 눈으로 잠시 준탁을 바라보더니 고개를 돌리고 왜건을 끌며 걸어갔다.
"정원 씨."
준탁이 젓가락을 내던지고 정원에게 뛰어갔다.
"오랜만입니다."
왜건을 가로막다시피 하고 자신이 생각하기에도 너무 뻔뻔하다 싶은 인사말을 건넸다.
"네."
정원이 시선을 내린 채 대답했다.
"시간 괜찮으면 커피 한잔할래요?"
"선약이 있어서요."
정원이 준탁을 피해 왜건을 밀려고 하자 경수가 컹, 짖었다. 왜건 속에 얌전히 앉아 있던 경수가 네트를 걷어달라는 듯 엉거주춤하게 일어나 낑낑댔다.
"왜? 답답해?"
정원이 지퍼를 열어주자 슈렉 같은 초록색 모자를 쓴 경수가 고개를 빼고 준탁을 바라보았다. 놀랍게도 경수는 탁한 눈동자로 준탁을 바라보며 미소를 지었다. 꼬리도 두어 번 흔들어주었다.
"잘 지냈어?"
준탁이 손을 내밀자 경수는 마치 제니의 냄새를 맡는 듯 한참 동안 킁킁거리더니 준탁의 손등을 핥아주었다. 눈물이 날 만큼 따뜻한 온기였다.

"아프지 마라."

경수의 하얗게 센 콧등을 쓰다듬어주자 경수는 또다시 웃어주었다.

"경수야, 누나들 기다려. 얼른 케이크 찾아서 가자."

경수의 행동에 정원이 오히려 당황한 듯했다. 서둘러 왜건을 밀었다. 경수가 고개를 돌려 미련이 남은 시선으로 준탁을 바라보았다. 그 모습을 지켜보다 준탁은 주머니에 손을 찔러 넣고 정원을 따라갔다. 정원이 몹시 불편하고 신경 쓰인다는 걸 숨기지 않고 멈춰 서서 준탁을 돌아보았다. 준탁은 무릎을 꿇고 운동화 끈을 고쳐 매는 척했다. 하마터면 다리를 들고 전봇대에 오줌을 눌 뻔했다. 정원이 한숨을 푹 쉬고 다시 걷기 시작했다.

"경수야, 잠시만 기다리고 있어."

정원이 동네에서 꽤 유명한 베이커리 앞에 왜건을 세웠다.

"내가 지켜보고 있을게요."

"그러실 필요 없어요."

정원이 딱 잘라 거절했다.

"신경 쓰지 말고 일 봐요."

정원이 또다시 한숨을 쉬고 매장 안으로 들어갔다.

쇼윈도 너머로 정원이 점원과 이야기하는 모습을 물끄러미 바라보았다. 점원이 정원이 쓴 모자를 가리키며 뭐라고 하자 정원이 미소를 지었다. 점원이 쇼윈도 밖에서 기다리고 있는 준탁을 힐끔 쳐다보더니 또다시 정원에게 무슨 말인가를 했고 정원은 정색하며 고개를 흔들었다. 정원이 커다란 케이크 상자를 받아 들고 매장을 나왔다.

"새해…… 복 많이 받으세요."

정원은 왜건 지붕에 케이크 상자를 고정시키고 출발하려다 잠시 머뭇거리더니 새해인사를 건넸다. 화장기 하나 없는 얼굴이 초록색 모자 때문인지 더 창백하게 보였다.

"그 모자는 대체 뭡니까?"

"……?"

"횡단보도에서 슈렉이 걸어오는 줄 알고 깜짝 놀랐잖습니까."

정원은 어이없다는 듯 피식 웃더니 미련 없이 등을 돌리고 걸어갔다. 아예 무시하기로 했는지 준탁이 따라가도 아무 반응이 없었다. 두 사람은 묵언수행을 하는 것처럼 걷기만 했다. 정원의 빌라가 가까워질수록 준탁의 마음이 다급해졌다.

"밥 안 먹고 다녀요?"

왜건을 미는 손목이 더 가늘어졌다.

"정원……이한테 다녀왔다는 얘기 엄마한테서 들었어요."

"……."

"정원이가 오빠…… 만나서 좋아했겠네요. 정원이 보고 온 후로 엄마도 좀 편해지신 거 같아요. 다행이에요. 엄마도 준탁 씨도. 준탁 씨가…… 엄마 많이 위로해 주세요. 그러면 좋겠어요. 음…… 그리고…… 경수가 제니 보고 싶어 해요. 나는 상관없으니까 제니 올 포 도기에……."

서둘러 짐을 싸는 것처럼 두서없는 말을 늘어놓았다. 정원답지 않았다.

"예정원."

준탁이 왜건의 손잡이를 잡고 정원의 이름을 불렀다. 정원이 걸음을 멈추고 하늘을 올려다보았다. 노을 진 겨울 하늘에 가로획을 그은 듯 선명한 비행운이 떠 있었다.

"당신한테 상처 줘서 미안해."

"난…… 괜찮아요."

정원이 담담한 시선으로 준탁을 바라보았다.

"준탁 씨도 힘들었잖아요."

"……."

"누군가를 거짓으로 대한다는 거…… 진심으로 대하는 것만큼 힘든 일이었을 거예요. 아닐 수도 있겠지만."

왜건의 손잡이에서 준탁의 손이 툭 떨어졌다.

"준탁 씨가 어떤 마음으로 정원에게 접근했는지 모르겠지만, 그건 준탁 씨의 마음이지 내 마음이 아니잖아요. 그 마음까지 헤아려달라고 하지 마세요."

정원이 마치 타인을 지칭하듯 '정원에게'라고 말하는 순간 머릿속이 멍해졌다. 눈앞의 정원은 준탁의 정원이 아니라는 말처럼 들렸다.

"내가 마음 아파할 이유는 하나도 없었어요."

정원이 어깨를 으쓱해 보였다.

"누군가와 마음을 주고받는다는 일은 참 아득하고 고약한 거구나…… 생각했어요. 그렇다 하더라도 나는 진심으로 준탁 씨를 좋아했고, 사랑했고, 소중하게 대했어요. 그런 것들이 잘못은 아니잖아요. 그러니까 나는 괜찮은 거더라구요. 그래서 괜찮으려구요. 괜찮아요."

정원은 옅은 미소까지 매달고 말했다.

"잘못했어."

털썩, 정원 앞에 무릎을 꿇었다.

"일어나요."

"용서해줘."

"……"

"제발, 나…… 버리지 마."

준탁이 애원했다.

"이제 더 이상 준탁 씨는 일곱 살 아이가 아니잖아요."

일곱 살 아이가 아니라면서 정원은 일곱 살 아이를 달래듯 준탁의 팔을 잡고 일으켜 세웠다.

"사랑해."

절박하게 매달렸다.

사랑은…… 얼굴이 보이지 않는 밤에 고백하려고 했다. 이렇게 솜털까지 들여다보이는 순간이 아니라.

제 사랑을, 마음의 뿌리까지 적나라하게 드러내 보인다는 게 준탁은 두려웠다.

더 이상 물러날 곳이 없는 벼랑 끝에 서 있는 기분이었다. 준탁에게 사랑은 그런 거였다. 상대방에게 칼자루를 쥐여주는 것. 칼을 쥔 사람이 자신의 목을, 심장을 마음대로 베고 찔러대도 저항할 수 없는 게 준탁의 사랑이었다. 그래서 단 한 번도 사랑한다고 말해주지 못했다.

"미안해요."

절망적인 대답이다.

"이상하게 여기가……."

정원이 손을 들어 자신의 가슴 한가운데를 꾹 눌렀다. 노을이 정원의 뺨과 속눈썹 위로 내려앉았다. 뺨에 일어난 솜털이 노을에 비쳐 황금색으로 반짝였다. 정원은 무심해 보이기도 했고 흐리게 웃는 거 같기도 했다. 아니, 울음을 참는 듯 일그러져 보이기도 했다.

"여기에…… 무얼 담을 수가 없게 되어버렸어요."

삭막하고 황량한 얼굴을 하고 정원이 말했다.

건조하게 메마른 정원의 얼굴을 보고서야 자신이 정원의 인생에서 어떤 존재인지 명확하게 깨달았다.

교살목.

싱그럽고 아름다운 나무를 칭칭 휘감아 기어이 말려 죽이고 마는 교살목 같은 인간이 바로 자신이라는 걸 깨달았다.

"예정원, 그러지 마……."

준탁이 정원을 끌어안고 차가운 입술에 매달렸다. 정원은 미동도 없이 몸부림치는 준탁을 내버려둔 채 그해의 마지막 노을만 바라보았다.

* ♦ *

"관계의 번아웃 같은 거라고 생각해요."

준탁은 지푸라기라도 잡는 심정으로 한나를 찾아갔다.

"관계의 번아웃이요?"

멍하게 되물었다

"일 때문에 번아웃되는 사람들도 있지만, 사람들과의 관계에서 번아웃을 겪는 사람도 있어요."

한나가 직접 차를 내려 준탁의 앞에 놓아주었다.

"민 감독님도 느꼈겠지만 정원이는 타인의 고통을 자신의 고통인 것처럼 아파하는 아이예요. 자신이 사랑하는 사람들을 이해하려고, 보듬어주려고 끊임없이 노력해요. 마치 그래야만 한다는 신탁을 받은 사람처럼. 공감 능력이 뛰어나다는 건, 사실 제 살을 깎아내는 것처럼 힘든 일일 때가 많아요. 마음의 경계가 불분명해서 타인의 감정에 함께 휩쓸리니까."

"그들이 역겹고…… 더럽고 혐오스러운 거예요."

"내가 많이…… 사랑해줄게요. 그러니까, 이제 그만 거기서 걸어 나와요."

정원은 준탁보다 더 아파했고 온 마음으로 위로해주었다.

"정원이를 알고 지낸 지 15년이 넘었어요. 어떻게 저럴 수 있을까 싶을 만큼 한결같은 아이였어요. 그랬던 정원이의 마음이 고갈되어버린 거죠."

마지막으로 보았던 건조하게 메마른 정원의 눈빛이 떠올라 준탁은 손바닥으로 얼굴을 쓸어내렸다.

"민 감독과 어머니의 감정을 모두 떠안고 그 사이에서 지쳐 쓰러진 거예요. 수용할 수 있는 범위를 넘어선 일인데 혼자 애쓰다 탈진해버린 거죠. 풍선을 너무 크게 불면 터져버리는 것처럼 감당할 수 없는 것들을 감싸 안으려다 마음의 근육이 점점 얇아져서 결국 찢어지고 터져버린 거예요."

"그럼 어떻게 해야 하나요?"

이따위 질문이나 하고 앉아 있는 스스로가 머저리 같아서 한 대 쥐어박고 싶었지만 어쩔 수 없었다.

"기다려주세요."

"아무것도 안 하고 기다리기만 하면 됩니까?"

"노력하면서 기다려야죠."

한나가 부드러운 듯 단호한 투로 말했다.

"정원이한테 믿음을 주셔야 해요."

준탁이 한숨을 쉬었다. 준탁은 정원에게 신뢰를 잃은 사람이었다. 완벽하게.

"민 감독이 사랑하는 정원이 누구인지 확신을 주세요."

"그게 무슨……."

준탁이 사랑하는 정원은 단 한 사람이다.

"음…… 번아웃의 이유 중의 하나가 정체성의 혼란일 수도 있겠다는 생각을 했어요. 서정원. 한정원. 어머니의 죽은 딸과 이름도 나이도 똑같아요. 어쩌면 정원이는 자신이 대용품 같다는 생각을 했을지도 몰라요."

"……."

그제야 '나에게 접근했다'가 아니라 '정원에게 접근했다'라고 말한 이유를 납득했다.

"민 감독님이 사랑하는 사람이 정말 자신이었을까, 아닐 수도 있다는 생각을 했을 수도 있어요."

"그런 터무니없는……."

"그럴 수 있어요. 한없이 가라앉다 보면."

한나는 서랍에서 프린트물을 꺼내 준탁에게 내밀었다.

"읽어보시면 정원이를 좀 더 이해할 수 있을 거예요."

가족 동반자살 사건 후 가족을 상실한 학령기 PTSD 아동의 심리치료 사례

'한국영유아아동정신건강학회'에 발표한 논문이었다. 저자가 다름 아닌 윤송

박사였다.

"시간 내주셔서 감사합니다."

준탁이 테이블 위의 논문을 집어 들고 일어섰다.

"민 감독님."

문을 열고 나서려는데 한나가 준탁을 불러 세웠다.

"손을 뻗었을 때, 만질 수 있는 게 사랑이라고 생각해요. 상실의 트라우마가 깊은 아이예요. 언제든 정원이가 필요로 할 때, 손을 내밀었을 때, 거기에 민 감독님이 있어주세요."

25

대나무숲이 되어줄게.

일주일째 머리를 감지 않았어.

알람 소리에 눈을 떴다.

이불을 뒤집어쓰고 웅크린 채 알람 소리를 듣다가 마지못해 느릿느릿 손을 뻗어 알람을 껐다.

오후 4시.

작업을 마쳐야 할 시간인데 아직까지 이불 속이다. 요사이 정원은 자도 자도 졸음이 쏟아졌다. 경수를 유치원에 데려다주고 집으로 돌아오면 기진맥진 다시 침대 위로 쓰러졌다. 그리고 화장실을 가거나 갈증을 채우는 일 말고는 겨울잠을 자는 다람쥐처럼 하루의 대부분을 잠으로 보냈다. 이렇게 자고 나면 밤에는 잠이 오지 않아야 하는데, 경수를 데려와 저녁을 먹이고 나면 또다시 나른하게 잠이 쏟아졌다.

이러면 안 되는데…….

정지우 작가와 함께 작업한 화집의 출간과 출간기념 전시 일정도 잡혔고 격주로 보내야 하는 원고도 써야 하고, 사과 세밀화 인쇄 감리도 해야 한다. 할 일이 쌓여 있는데 손끝 하나 까딱하기가 싫었다.

준탁을 향한 마음을 뿌리째 뽑아내자 언어가 도달하지 못하는 깊은 그곳, 정원의 네버랜드는 짙고 검푸른 슬픔에 매몰되었다.

까무룩 잠이 들었다가 누군가가 목을 조르는 듯한 압박감에 숨을 헐떡이며 눈을 떴다. 오 분도 채 지나지 않았다고 생각했는데 두 시간이 훌쩍 지나 있었다.

경수 기다릴 텐데.

이불을 젖히자 그사이 온몸이 땀에 젖어 으스스 오한이 들었다. 입안의 점막이 찢어질 만큼 바싹 말라 있었다. 정원은 머뭇머뭇 목을 만져보았다. 목을 조르던 악력이 고스란히 남아 있어 부르르 몸을 떨었다. 침대 옆 의자에 아침에 입고 나갔다가 아무렇게나 벗어 던져놓은 두꺼운 롱패딩을 껴입었다.

주방으로 가서 물을 마시려던 정원은 싱크대에 잔뜩 쌓여 있는 설거지더미를 멍하니 바라보았다. 정원이 가지고 있는 모든 머그컵과 유리잔과 접시들이 쌓여 있었다. 그중에 깨끗해 보이는 컵을 한 번 헹궈 정수기 물을 채웠다. 단숨에 한 컵을 비우고 한 컵을 더 채웠다. 컵에 물이 차는 동안 닫히지 않을 만큼 세탁물이 쌓인 세탁기와 경수의 털과 먼지가 엉켜 굴러다니는 마룻바닥을 무심한 눈으로 바라만 보았다. 군위까지 바리바리 싸 들고 갔을 만큼 정성을 쏟던 화분들이 생기를 잃었고 싱그럽던 박쥐난은 누렇게 떡잎이 졌다.

삐걱거리긴 했지만 어쨌든 돌아가던 정원의 쳇바퀴는 어느 순간 완전히 멈췄고 망가지고 부식됐다.

가득 채운 물을 한 잔 더 마시고 세나가 사준 바라클라바를 쓰고 현관을 나섰다.

"경수야……."

동희나 자매들을 잘 피했다고 생각했는데, 올 포 도기의 문을 여는 순간 복병이 기다리고 있었다. 경수와 제니를 양 옆구리에 끼고 앉아 휴대전화를 들여다보는 준탁을 발견했다. 제니가 달려와 정원에게 안겨들었다.

"왔어요?"

마치 정원을 기다리고 있었다는 듯이 준탁이 손을 흔들었다. 정원은 세수도 안

한 자신의 몰골을 깨닫고 꾸벅 인사를 하는 척 고개를 숙였다.

"선생님, 오셨어요?"

경수의 훈련사가 가방을 챙겨주며 무언가 할 말이 있는 듯 잠시 머뭇거렸다.

"무슨 일 있었어요?"

"그게…… 사장님이 말씀드리지 말라고 하셨는데…….."

"내가 말할게요."

훈련사의 말을 자르며 준탁이 다가왔다.

"무슨 말이요?"

"갑시다. 가면서 얘기해요."

준탁이 스스럼없이 경수를 왜건에 태우고 제니에게 하네스를 채웠다.

"윤이나 선생, 오후에 병원에 실려 갔어요."

엘리베이터에 오르고 나서야 준탁이 말했다.

"언니가요?"

설마.

"갑자기 양수가 터져서…….."

정원이 현기증을 느끼고 엘리베이터 벽에 등을 기댔다.

"제니 데리러 왔는데 하얗게 질린 올 포 도기 사장이랑 윤한나 선생이 수의사 선생 부축해서 차에 태우는 걸 봤습니다. 치과선생이 날 붙잡고 예정원 씨 걱정한다고 말하지 말라고 했어요. 직접 전화하겠다고."

지나친 배려는 따돌림처럼 느껴질 때도 있다. 군위에서 돌아온 후로 자신을 깨지기 쉬운 도자기처럼 다루는 동희나 자매들이 오히려 불편해서 늘 함께 했던 저녁 식사도 이리저리 핑계를 대며 피했다. 그나마 이제는 둘러댈 핑계조차 바닥났다.

"왜요? 왕따당한 거 같습니까?"

눈치는 귀신같아서.

정원은 대답하기도 귀찮아 엘리베이터 문이 열리자마자 경수의 왜건을 밀고 나왔다.

"나는 부럽던데."

준탁이 정원을 따라오며 말했다.

"우리 막내라는 말. '우리 막내 걱정하니까 말하지 마요'가 치과선생의 정확한 워딩이었습니다."

"어느 병원으로 갔어요?"

"아! 그건 나도 안 물어봤네."

정원은 패딩 주머니를 더듬으며 전화기를 찾았다.

"저녁 같이 먹을래요? 두 달 만에 얼굴 보는 건데……."

세나에게 전화를 하려다 말고 정원이 우뚝 걸음을 멈추었다.

"이제 사진이나 선물 같은 거 보내지 마세요. 신경 쓰이고 불편해요."

출장을 간다며 비행기에서 찍은 구름 사진을 시작으로 지난 두 달 동안 거의 매일 준탁에게서 메시지를 받았다. 하루의 일과를 보고하듯 출장지의 야경을 찍어 아무 멘트도 없이 보내왔다. 그리고 돌려보내기도 서로 구차한 마카롱이나 화과자나 타르트 따위를 보냈다. 사실 그것들로 지난 두 달을 연명하기는 했다.

"정원 씨가 대나무숲 해준다고 했잖습니까. 프로모션이다, 계약이다, 인터뷰다, 투자자들이랑 제작자들 손에 얼마나 개같이 끌려다녔는 줄 압니까? 완전 자본주의의 노예였다니까요."

준탁이 툴툴거렸다.

"그건 우리가……."

서로 사랑한다고 믿었을 때잖아요, 라고 대답하려다 숨을 멈추었다. 갑자기 그 여름밤의 달콤하고 뜨거웠던 공기가 기습적으로 가슴속을 파고들었다.

"못 보던 가게네. 우리 여기서 따뜻한 거라도 한 잔씩 먹고 갑시다."

새로 생긴 듯 테이블이 딱 하나만 놓인 작은 테라스가 달린 카페였다. 거절할 사이도 없이 준탁이 제니의 리드 줄을 테라스 난간에 묶고 카페 안으로 들어가버렸다.

"어떻게 지냈어요?"

준탁이 밀크티를 건네주며 물었다.

잠을 자면서 지냈다. 마치 시간을 뭉텅 도려낸 듯 아무것도 기억에 남지 않은 두 달이었다. 기억에 남은 거라곤 지속되는 악몽뿐이었다.

"가끔 그런 생각을 해봤습니다. 예정원…… 당신이 아니라 엄마…… 아니, 어머니를 먼저 만났더라면 어땠을까 하고."

그랬다면 준탁과 자신의 관계는 좀 다른 형태였을지 모르겠다. 오빠와 여동생 같은. 소용없는 바람이지만 어쩌면 그 관계가 더 좋지 않았을까 하는 생각이 들었다.

"살면서 제일 쓸모없는 게 'if'라면서요."

준탁의 시선이 느껴졌지만 정원은 밀크티를 마시며 지나가는 자동차의 불빛만 고집스레 바라보았다.

"만약 그랬더라면 나는 다른 의미로 어머니와 싸웠을지도 몰라요."

"……?"

준탁을 바라보았다.

"여동생을 사랑한다고 난리를 쳤을 테고, 어머니는 기껏 재회한 아들이 패륜이라며 절망했을 테니까."

준탁이 웃음기를 지우고 정원을 마주 보았다.

정원은 휙 고개를 돌렸다. 마치 자동차의 소음 때문에 아무것도 듣지 못한 것처럼. 소음과 매연과 어색한 침묵이 두 사람 사이를 떠돌았다. 그 어색함에 질식할 거 같아 그만 일어나야겠다고 장갑을 챙기는데 세나에게서 전화가 왔다.

"언니."

─ 정원아, 우리 이모 됐어. 둔해빠진 윤이나가 하마터면 차에서 애 낳을 뻔했다.

"이나 언니는 괜찮아요? 아기는요?"

─ 지금 잠들었어. 멸치같이 비쩍 마른 게 애는 또 순풍 낳더라. 동희랑 똑 닮은 아들이야. 신생아실에서 제일 크게 울고 있어. 엄마, 아빠한테도 전화했어. 내일 올라오시겠대.

엄마라는 소리에 갑자기 울컥 눈물이 고였다. 원했던 대로 준탁과 엄마는 서로에게 많이 편해졌는데 정작 정원의 마음이 편하지 않았다. 마치 소외당하는 것처럼. 누구한테 털어놓기도 부끄러운 감정이었다.

- 정원아, 걱정 말고 저녁 맛있게 먹고 푹 자. 내일 엄마 오시면 같이 아기 보러 가자.

"네. 이나 언니랑 형부한테 축하한다고 전해주세요. 언니도 오늘 고생 많으셨어요."

통화를 끝내고도 정원은 한참이나 전화기를 들고 있었다. 뭔가 더 열정적으로 표현하고 싶었는데 아쉬움이 남았다.

"자매끼리 하는 통화가 아니라 직장 선배랑 통화하는 거 같네."

"네?"

"뭐 그렇다고요."

준탁은 커피를 홀짝거리며 곁눈으로 정원을 힐끔 쳐다보았다. 뭔가 할 말이 있다는 표정이다.

"왜요?"

"나한테 희망을 심어주고 싶었습니까?"

"무슨……?"

정원이 일어서려다 말고 물었다.

준탁은 대답 없이 휴대전화를 꺼내 누군가에게 메시지를 보내고 다시 주머니에 넣었다. 동시에 정원의 전화기에 메시지가 들어왔다는 알람이 울렸다. 준탁이 보낸 메시지임을 보지 않아도 알 수 있었다.

"확인 안 해요?"

"안 해요."

유치하게 구는 준탁에게 휘말리고 싶지 않았다.

"눈이 채 녹지도 않았는데 화단에 쪽파 같은 게 스멀스멀 올라오더니 오늘 꽃망울이 터졌어요. 내가 좋아하는 흰색 꽃이."

쪽파?

그제야 정원이 메시지 창을 열고 준탁이 보낸 사진을 보았다. 지난여름 정원이 준탁 몰래 심어두었던 구근이 무더위에 녹아내리지 않고 무사히 꽃을 피웠다. 정원은 대여섯 촉씩 무리 지어 핀 순백색의 꽃을 한참 들여다보았다.

"무슨 꽃인가 찾아보니 갈란투스 니발리스. 스노드롭이란 꽃이더군요. 수선화도 있고 튤립도 있고 백합도 있는데…… 왜 하필 당신이 스노드롭을 심어뒀을까 궁금했는데, 꽃말이 희망이더라고요."

"꿈보다 해몽이네요."

다 지나간 일이고 알뿌리를 심었을 때의 마음은 휘발되어 남아 있지 않았다.

"그렇다 하더라도 고마워요."

"그냥 남아도는 구근이었을 뿐이에요."

"고마워요."

준탁이 홀리려고 작정한 듯 화사하게 웃었다. 정원은 시선을 돌리고 휴대전화와 장갑을 챙겼다.

"잘 마셨어요. 그럼……."

"이리 줘봐요."

준탁이 갑자기 정원의 손에서 휴대전화를 낚아챘다.

"뭐야. 아직도 '제니 오빠'네."

준탁이 자신의 이름을 '뱀부 준탁'이라고 고쳐서 정원에게 내밀었다.

"내가 정원 씨 대나무숲 해줄게요."

"……?"

"답답한 일이 있거나, 구차하고 찌질해서 차마 다른 사람에게 하지 못했던 이야기 다 들어줄게요. 어떤 코멘트도 안 달 테니까…… 마음껏 털어놔요."

"왜 그걸 민준탁 씨한테 털어놔야 해요?"

"세상에서 제일 입이 무거운 사람이니까."

"설마요."

정원이 코웃음 쳤다.

"욕도 좋습니다. 내가 욕받이도 해줄게요. 욕은 음성으로 남겨요."

어이가 없어서 피식 웃고 말았다.

"그리고⋯⋯ 난 스킨답서스의 비밀을 알고 있는 유일한 사람이니까. 그거 알아요? 예정원이 보고 싶을 때마다 스킨답서스가 새순을 보여주는 거. 지금은 치렁치렁 바닥에 닿을 지경이 됐어요."

"⋯⋯."

준탁이 정원의 얼굴을 쓰다듬으려는 듯 손을 뻗자 움찔 물러났다. 닿기 싫어서가 아니라 며칠째 씻지도 않았다는 걸 들키고 싶지 않았다.

"그동안 정원 씨가 대나무숲 해줬으니까 이번에는 내 차례. 여기, 커피 맛 괜찮네. 올 포 도기 사장 긴장해야겠다."

준탁은 무안한 듯 딴청을 피우며 커피를 마셨고, 정원은 패딩 주머니에 손을 찔러 넣고 어디론가 바삐 달려가는 차들을 오랫동안 바라보았다.

[일주일째 머리를 감지 않았어.]

침대 헤드에 기대 맞은편 고르키파크 로즈를 무기력하게 바라보다가 미친 척 메시지를 보내고 이불을 뒤집어썼다. 다음 날 준탁으로부터 퀵배송이 도착했다. 헤어케어 제품들이 들어 있는 박스였다.

하루에 열두 번 머리를 감고 싶어진다는 미성의 샴푸랍니다.

정원은 휘갈겨 쓴 준탁의 메모지를 보고 웃음을 터트렸다가 끝내 울고 말았다. 한참을 울다가 고개를 들고 자신의 몰골과 집 안을 둘러보았다. 잔뜩 쌓인 그릇들과 꽉 찬 세탁기와 넘쳐나는 쓰레기통이 눈에 들어왔다. 일상을 놓아버린 스스로

네버 세이 네버

가 한심하고 부끄러웠다.

정원은 퀴퀴한 땀 냄새가 나는 잠옷을 벗어 던지고 속옷 바람으로 물곰팡이가 핀 욕실을 청소했다. 그리고 마성의 샴푸로 머리를 감고 샤워를 했다. 침대 커버와 이불을 갈아 끼우고 세탁기를 네 번이나 돌리는 동안 설거지를 하고 청소기를 돌렸다. 쓰레기통까지 말끔하게 비우고서야 100미터 달리기를 한 사람처럼 숨을 헐떡였다. 차가운 물을 따라 단숨에 들이켜고 탁, 소리 나게 컵을 내려놓는데 예 원장에게서 전화가 왔다.

"엄마? 할머니 되신 거 축하드려요."

정원이 목소리를 높여 전화를 받았다.

[누군가에게 엄마를 빼앗긴 느낌이야.]

예 원장과 윤 박사를 공항까지 배웅하고 돌아오는 길이었다. 신호등이 바뀌길 기다리다가 충동적으로 '뱀부 준탁'에게 메시지를 보냈다.

공항에서 팔짱을 끼고 걷던 예 원장이 정원의 팔을 풀고 몇 발자국 떨어져서 전화를 받았다. 한 번도 그런 적이 없었는데. 미소를 지으며 통화하다가 정원과 눈이 마주치자 예 원장은 슬쩍 몸을 돌려 다른 곳을 바라보았다. 통화하는 사람이 준탁이란 걸 본능적으로 알았다. 질투가 났다.

보내기 버튼을 누름과 동시에 후회했지만 늦었다. 이미 대나무숲은 정원이 보낸 메시지를 읽었다. 한심하고 찌질한 감정이었다. 정원은 집으로 돌아오는 길에 신호가 걸릴 때마다 핸들에 이마를 쿵쿵 박았다. 준탁에게 질투하는 스스로가 유치해서 견딜 수 없었다.

"예정원."

집에 도착한 정원은 빌라 출입구 앞에 서 있는 준탁을 발견했다. 뒷걸음질을 치며 울타리 뒤에 몸을 숨기려고 했지만, 준탁이 정원을 먼저 알아보았다. 준탁이 성큼성큼 다가와 다짜고짜 정원을 꽉 끌어안았다. 벗어나려고 바르작거리다 정원은 부끄러워 준탁의 가슴에 얼굴을 묻고 고개를 들지 못했다.

"누구냐고 안 물어요?"

"……."

아무런 대답이 없다.

"왜 아무 말도 안 해요?"

여전히 고개를 파묻고 물었다.

"대나무숲은 듣기만 하는 거니까."

준탁은 한숨을 쉬며 정원의 뒤통수를 쓰다듬었다.

"어머니랑 내가 무슨 통화를 했는지 알면 그런 말 못 할 텐데."

"제…… 얘기 했어요?"

정원은 준탁의 셔츠 단추를 바라보며 물었다.

"노코멘트 할게요."

"갑자기 태어난 동생이 얼마나 미웠을까, 석원이는."

정원이 준탁의 셔츠 단추를 만지작거리며 말했다. 석원이가 어떤 마음이었을지 조금은 이해가 됐다. 모든 사랑과 관심을 빼앗긴 석원이 퇴행성 행동을 보인 건 어쩌면 지극히 정상적인 반응이었는지도 모르겠다.

"그래서 내가 밉습니까?"

준탁이 정원의 턱을 들어올려 자신을 바라보게 했다.

"준탁 씨가 밉다기보다…… 내가 유치하게 군 이유를 납득했어요."

지금 정원은 열한 살의 서정원으로 퇴행 중이었다.

"나도 예정원 씨도 어머니를 빼앗을 수 없어요. 어머니는 윤 박사님 거니까. 우리…… 그냥 어머니는 포기하기로 합시다. 우리도 이제 독립해야지."

준탁의 표정이 너무 심각해서 농담인지 진담인지 가늠하기 힘들었다. 농담으로 치부하기에는 묘하게 납득이 됐고, 진심으로 받아들이기에는 어딘가 모르게 놀림을 받는 기분이 들었다.

"뭘 그렇게 골똘히 생각해요? 저녁이나 먹으러 갑시다."

"경수 데리러 가야 해요."

"그럼, 오랜만에 알바트로스 매상 올려주러 갑시다."

준탁이 은근슬쩍 정원의 손을 잡고 걸었다. 모른 척 잡혀주었다.

"지난번 광주에 갔던 날, 어머니가 그러시더군요. 정원 씨를 볼 때마다 정원 씨를 낳아주신 부모님과 키워주신 할머니께 너무 죄송하고 감사하다고요."

막 벌어지고 있는 목련의 겨울눈을 바라보며 걷는데 준탁이 예 원장의 이야기를 꺼냈다.

"상을 받거나, TV에 나오거나, 쇼핑을 갔다가 거울 앞에 서 있는 당신을 보거나 할 때면 더더욱 그런 생각이 든답니다. 이렇게 예쁜 모습을 나만 바라봐서 안타깝다고. 나한테 너무 과분한 딸이라고."

"엄마가……요?"

정원은 골목 한가운데서 걸음을 멈추었다.

"문득문득 혼잣말을 하신답니다. 이렇게 예쁜 아이가 어떻게 나한테 왔을까, 하고."

세나와 예 원장과 함께 갔던 쇼핑이 떠올라 손바닥에 얼굴을 묻었다. 준탁은 뜬금없이 울음을 터트리는 정원을 아무 말 없이 감싸 안아주었다.

* ◆ *

[누군가에게 모글 조리는 쿰을 꿔]

새벽 3시가 조금 넘은 시간, 제니가 어김없이 준탁의 침실을 침범했고 시간을 확인하다 준탁은 한 시간 전에 도착한 정원의 메시지를 봤다. 메시지를 확인하는 준탁의 미간에 주름이 잡혔다. 늘 마침표까지 깔끔하게 찍어서 보내는 정원답지 않게 오타가 난 문자였다.

"목이 왜 그래요?"

지난번 알바트로스에서 저녁을 먹던 날 정원의 목에 난 생채기를 보았다. 작년 봄에도 이런 상처를 봤었다.

"아토피예요."

정원은 목을 움츠리며 그때와 똑같은 대답을 했었다.

돌연 불길한 생각이 들었다. 준탁은 이불을 걷어차고 침대에서 일어나 옷을 갈아입었다. 제니도 불안한 듯 낑낑거렸다.

"너도 간다고?"

제니가 두툼한 발을 쿵쿵 굴렀다.

운전을 하면서 정원의 번호를 눌렀다. 정원이 전화를 받지 않았다. 심장이 더 빠르게 뛰었다. 제발, 전화 좀 받아.

- ······네.

기계음으로 넘어가기 직전에 정원이 전화를 받았다. 자다가 받았는지 잔뜩 쉰 목소리였다. 괜히 깨웠나 싶기도 했다.

"괜찮아요?"

- ·······.

대답이 없었다.

"정원 씨?"

- ·······.

"예정원!"

- 준탁······ 씨? 꿈인 줄 알았어요. 잠결에 받아서·······.

정원의 목소리가 취한 듯 느릿하고 어눌했다.

"지금 정원 씨 집에 거의 다 왔는데 얼굴 보여줄 수 있어요?"

- 지금······요?

"당신 얼굴 봐야, 그래야 나도 잘 수 있을 거 같아."

- ……

"정원 씨?"

- 올라오세요.

현관문을 열어주는 정원에게서 발효한 과일 냄새가 났다.

"술…… 마셨습니까?"

식탁 위에 놓인 와인 병이 거의 비어 있었다.

"자다가 깼는데 잠이…… 안 와서요. 제니야. 우리 제니 왔구나……. 경수야, 제니 왔어."

정원이 준탁의 시선을 피하며 쪼그리고 앉아 제니의 목덜미를 끌어안았다. 자고 있던 경수가 푸석한 얼굴로 느릿느릿 다가와 꼬리를 두어 번 흔들었다. 정원의 품에서 벗어난 제니가 제집인 양 소파에 턱 하니 올라가 꼬리를 흔들자 경수도 제니에게 다가가 카펫 위에 엎드렸다.

"괜찮아요?"

준탁이 정원의 모습을 찬찬히 살펴보았다. 땀을 흘렸는지 이마에 젖은 머리카락이 달라붙어 있었고 목에는 낯익은 토끼 무늬 스카프를 감고 있었다.

"이거 왜 이래요."

준탁이 정원의 팔을 잡고 억지로 스카프를 들추자 붉게 피가 맺힌 상처가 적나라하게 드러났다.

"누가 이랬어요?"

"아토피……."

"아토피는 무슨!"

준탁이 자신도 모르게 목소리를 높였고 정원이 움찔 놀랐다.

"미안. 미안해요. 걱정돼서……."

준탁은 정원의 팔을 잡아당겨 품에 안았다. 오면서 얼마나 가슴을 졸였는지 예정원은 알까.

"자면서 나도 모르게 할퀸 거 같아요. 꿈을 꾸고 나면 늘 이렇게……."

"목이…… 졸린다는 꿈?"

"……."

준탁의 품에서 정원이 가늘게 몸을 떨었다.

"약부터 바릅시다. 약 있어요?"

"내가 하면 돼요."

"약만 발라주고 갈게요."

정원은 침실 협탁에서 연고를 꺼내주었다. 준탁은 침대에 정원을 앉히고 면봉에 연고를 짜서 잔뜩 긁어놓은 상처에 조심스럽게 발라주었다. 따가운지 정원의 미간에 주름이 잡혔다.

"언제부터 꿨어요, 그 꿈?"

"어릴 때부터 꿨던 거 같아요. 부모님이 돌아가신 후부터……."

"어떤 꿈인지 말할 수 있어요?"

"그게……."

"힘들면 말하지 않아도 돼요."

연고를 협탁 위에 내려놓고 정원의 앞에 한쪽 무릎을 꿇고 앉았다.

"꿈속에서도 나는…… 자고 있었어요."

잠시 망설이던 정원이 머뭇머뭇 입을 열었다.

"가슴이 답답하고 숨을 쉴 수가 없어서 고통스러워하다가 꿈에서 깨어나요. 눈을 뜨면 늘 목에 상처가 나 있었어요."

정원이 무기력하게 자신의 손을 들여다보며 말했다.

"오늘도 꿈 꿨어요?"

정원이 고개를 끄덕였다.

"언제부터인가 조금 달라졌어요, 꿈의 내용이. 숨이 막혀서 눈을 떴는데도 아무것도 보이지 않아요. 꿈속에서도 내가 아직 깨어나지 못했다는 걸 자각해요. 무서워서 어떻게든 깨어나려고 애써도 깨어나지 못해요. 그러다 갑자기 누군가가 제 목을 졸라요. 크고 차가운 손이에요. 아무리 소리를 질러도 소리가 나오지 않고 누군지 보려고 해도 보이지 않아요. 그 손아귀에서 벗어나려고 몸부림치다가 깨어나면 늘 온몸이 땀에 젖어 있어요."

"이리 와요."

정원을 침대에 눕히고 이불을 덮어주었다. 정원은 말 잘 듣는 아이처럼 고분고분 준탁이 시키는 대로 누웠다.

"사실…… 준탁 씨 전화 받고 당황했어요. 문자 보낸 것도 꿈인 줄 알았거든요. 취한 거 같기도 했고. 기억이 희미해요. 아, 창피해. 오타투성이. 이래서 취중에는 문자 금지라고들 하나 봐요."

정원이 부끄러운 듯 손바닥으로 얼굴을 가렸다.

"뱀부 준탁은 취중이든 몽중이든 오타든 안 가리니까 괜찮아요."

뱀부 준탁이라는 말이 웃긴지 정원이 쿡쿡 웃었다.

"눈 감고 자요. 잠들면 갈게요."

창백한 이마를 쓸어주었다.

"이 향기…… 할머니가 쓰시던 비누 냄새랑 똑같아."

정원이 준탁의 손을 끌어당겨 얼굴을 묻고 깊숙이 숨을 들이켰다.

"이상하게 내가 쓰면 이 냄새가 안 나요. 준탁 씨한테 안 어울리는데, 또 어울리는 향기예요."

정원이 준탁의 손에 입술을 대고 웅얼거렸다.

"공중위생시설 냄새가?"

정원이 또다시 쿡쿡 웃었다.

준탁이 이 비누를 사용하게 된 이유는 순전히 불면증 때문이다. 숙면에 도움이 된다며 나나에게 끌려가 필로 미스트를 조향한 적이 있었다. 가장 편안하게 느껴지는 향들을 골라 배합했는데, 그 결과가 놀랍게도 그토록 싫어했던 보육원에서 사용하던 비누 냄새라는 걸 깨달았다. 몸의 기억은 생각보다 질기고 뿌리 깊었다.

"가지…… 마요."

정원이 거의 들리지 않을 만큼 작은 목소리로 속삭였다.

"유혹하는 겁니까?"

"내일 후회할지 모르지만 지금은…… 혼자 있기 싫어요."

"사실…… 나도 가기 싫었어."

준탁이 고개를 숙여 정원의 귓불에 입맞춤을 했다. 간지러운지 정원이 어깨를 움츠렸다.

"후회 안 하게 해줄게요."

동그란 귓바퀴를 따라 자잘하게 키스를 흩뿌리며 속삭였다.

"고마워요. 와줘서."

정원이 준탁의 목을 끌어안으며 목덜미에 얼굴을 묻었다. 잠시 그렇게 느린 숨을 쉬던 정원이 몸을 일으켜 준탁의 턱에 입맞춤을 하고 원피스처럼 긴 티셔츠를 벗으려고 했다.

"아니, 아니."

준탁은 허벅지까지 올라간 티셔츠 자락을 끌어당겨 내려주고 정원의 옆에 누워 팔을 벌렸다.

"오늘은 정원 씨 할머니 해줄게요."

"……?"

정원이 무슨 뜻이냐는 듯 말없이 물었다.

"당신…… 섹스가 아니라 할머니가 고픈 얼굴이야."

순간, 정원의 눈썹이 아래로 축 처지고 후드득 눈물방울이 떨어졌다. 정원이 아이처럼 손등으로 눈물을 닦았다.

"이리 와. 안아줄게."

준탁은 자신의 품으로 파고드는 정원의 등을 가만히 토닥였다. 깨어나고 싶지 않을 만큼 외롭고 힘들었을 소녀의 밤들이 겹겹이 느껴졌다. 흐느끼던 숨소리가 고요해질 때까지 준탁은 정원의 정수리에 입술을 꾹 누른 채 야윈 등을 하염없이 쓰다듬고 토닥였다. 열린 침실 문으로 제니와 경수의 코 고는 소리가 들렸다.

"서정원은 어떤 어린이였을까?"

준탁이 혼잣말처럼 푸른 새벽 창을 바라보며 물었다.

어릴 때도 수줍고 부끄러움이 많은 아이였을까?

"늘 배가 아픈 어린이요."

잠들었다고 생각했던 정원이 졸린 목소리로 대답했다.

"장이 안 좋았나?"

준탁의 물음에 정원이 쿡, 하고 웃었다.

"왜?"

"장기자랑 때도, 운동회 때도 할머니만 오시는 게 싫어서 늘 배가 아프다는 핑계를 댔어요. 배가 아프다고 말하면 거짓말처럼 정말 배가 아팠거든요. 그럼, 할머니는 무릎베개를 해주시고 가슬가슬한 손바닥으로 배를 문질러주셨어요. 아무것도 묻지도 않으시고……."

준탁은 애초에 누군가 오리라는 기대조차 하지 않았던 자신의 운동회를 떠올렸다. 운동회나 소풍은 대놓고 준탁이 결석하는 날이었다. 보육원에서 싸준 도시락이 쉬도록 철컹거리는 기차나 지하철을 타고 정처 없이 낯선 도시의 끝에서 끝까지 배회했다.

"이렇게?"

준탁이 정원의 몸을 돌려 안고 납작한 배를 쓰다듬었다. 간지럽다며 꿈틀대던 정원이 이내 편안하게 몸을 기대왔다.

"좋아?"

"으응……."

졸린 대답이 느리게 새벽 공기에 스며들었다.

정원의 숨소리를 들으며 준탁도 잠이 들었다. 꿈속에서 교복을 입은 준탁과 정원은 나란히 지하철에 앉아 한강다리가 보이는 곳을 지나가고 있었다. 한강다리를 바라보는 준탁의 새끼손가락을 정원이 수줍게 잡았고, 준탁은 피식 웃었다.

"제니, 하지 마."

제니가 얼굴을 핥았다. 준탁이 몸을 돌리며 웅얼거렸다.

"제니······."

몸을 돌렸는데도 제니는 멈추지 않았다. 게다기 쿡쿡 소리 내어 웃기까지 했다.

웃어? 제니가?

준탁이 눈을 번쩍 뜨자 눈앞에 정원과 경수와 제니가 나란히 앉아 준탁을 바라보고 있었다.

"축하해요."

정원이 환하게 미소를 지었다.

뜬금없이 축하라니?

"전화가 세 번이나 연달아서 왔는데, 준탁 씨가 깨지를 않아서······ '나나 누나'라고 이름이 떴기에 제가 받았어요."

전화벨 소리를 듣지 못할 만큼 깊게 잠들었다는 게 믿기지 않았지만 사실이었다.

"그런데 무슨 일로······."

아침부터 무슨 전환가 하다가 준탁이 혹시, 하는 표정으로 정원을 바라보았다.

"초청받았대요. 준탁 씨 영화가."

"당연한 걸 가지고."

준탁이 털썩 드러누우며 피식 웃었다. 벌떡 일어나 소리를 지르며 텀블링을 하고 싶은 심정이었지만 정원 앞에서 너무 좋은 척하고 싶지 않았다.

"제니야, 오빠 덮쳐."

정원이 얄밉다는 듯 웃으며 제니를 부추기자 제니가 두툼한 발로 준탁의 배를 꾹 눌렀다. 정원이 준탁의 겨드랑이를 공격했고, 경수가 느릿느릿 준탁의 발을 핥았다.

아침 햇살에 선 캐처가 반짝였고 준탁이 살려달라고 비명을 질렀다.

26

경수야, 안녕.

내 적막한 시간을 함께 있어줘서 고마워.

"이번 작업은 그동안 제가 사용해보지 못한 낯선 재료들과 익숙해지는 과정이었어요."

정원은 '사임당의 정원' 화집 출판기념 전시 포스터 앞에서 카메라를 바라보았다. 출판사가 연이어 잡은 인터뷰 때문에 조금 전 예 원장과 윤 박사와 자매들이 갤러리에 도착했는데도 아직 인사도 나누지 못했다.

"한국화를 전공하신 정지우 작가님의 도움이 컸습니다. 협업인 만큼 한지의 선정부터 안료의 배합, 아교포수의 적절한 농도까지 정 작가님과 많이 고민하고 수없이 테스트를 했어요. 낯선 재료들이 가지고 있는 특성들을 이해하고 받아들이는 그런 과정들이 재미있었고 또 힘들었던 거 같아요."

"사임당의 그림을 재해석한다는 게 잘해야 본전이라는 말도 있었는데, 3년이라는 긴 시간 동안 작업하시면서 가장 중점을 둔 부분이 있다면 어떤 것이 있었을까요?"

기자가 질문하는 동안 정원의 주의가 흐트러졌다. 막 어마어마하게 큰 꽃바구니를 들고 갤러리에 들어선 남자에게 시선을 빼앗겼다. 지금쯤 비행기를 타고 있어야 할 사람이 꽃바구니를 가지고 나타났다. 남자는 꽃바구니를 리셉션에 전달하고 방명록을 기록했다. 남자가 잠시 주위를 두리번거리다 정원과 시선이 마주치자 미소를 흩뿌렸다. 전시장의 어느 꽃보다 더 화사한 웃음이다.

"작가님?"

"아…… 죄송합니다."

인터뷰에 집중하려고 허리를 곧게 세우고 심호흡했다.

"제가 가장 중점을 둔 건 호흡이었어요. 사임당의 그림을 보면서 오죽헌의 뜰에 핀 꽃과 채소와 곤충들을 그렸던 500년 전의 그 호흡을 상상해봤어요. 그리고 지금의 우리는 어떻게 호흡하고 있는지도 돌이켜 봤어요. 그 차이를 어떻게 표현할 수 있을까에 중점을 두었던 작업이었습니다. 전통적인 한국화에서 식물을 표현해왔던 여러 가지 기법과 그동안 제가 그려왔던 보태니컬 일러스트레이션 기법을 어떻게 조화시킬 수 있을까도 많이 고심했던 부분입니다. 많은 작가들의 그림들을 찾아보고 공부했어요. 그중에 1930년대에 활동하셨던 정찬영 작가님의 식물화를 많이 참고했습니다."

준탁은 예 원장과 윤 박사에게 다가가 깍듯하게 인사했다. 윤 박사가 준탁에게 악수를 청했고 예 원장은 그 어느 때보다 편안한 미소를 지으며 준탁을 바라보았다. 예 원장이 스스럼없이 준탁의 팔짱을 끼고 그림들을 감상했다.

"사임당의 초충도와 가장 다른 점이 있다면 어떤 것이 있을까요?"

정원은 고개를 돌려 등 뒤에 걸린 포스터를 가리켰다. 포스터로 고른 그림은 붉은 꽈리와 꽈리 열매로 장난을 치는 고양이의 그림이었다. 야무지게 꽈리 열매를 붙잡고 있는 고양이의 목화송이 같은 발은 만지고 싶을 만큼 말랑해 보였다.

"사임당의 그림에는 작은 동물들이 유머러스하게 표현되어 있어요. 수박을 파먹는 생쥐나, 여치를 노리고 있는 개구리 같은. 그 동물들을 어떻게 표현할까 정 작가님과 상의하다가 정 작가님은 고양이를 키우고 계셨고 저는 개를 키우고 있어서 자연스럽게 사임당의 정원에 고양이와 개가 침범하게 됐어요."

"그렇군요. 하긴 현대인들에게 생쥐나 개구리보다는 고양이나 개가 있는 뜰이 더 익숙할 거 같기는 해요. 작가님, 바라보면 마음이 평온해지는 아름다움 작품 앞으로도 많이 기대하겠습니다. 마지막으로 감사드리고 싶은 분들께 이 자리를 빌려 영상 편지를 보낼 기회를 드리죠."

기자가 웃으며 말했다.

"먼저 흔쾌히 제 요청을 수락해주시고, 따뜻한 조언을 아끼지 않으시고, 건강이 많이 안 좋으셨는데도 3년이라는 긴 작업을 끝까지 함께 해주신 정지우 작가님께 감사의 인사를 드리고 싶습니다. 이 자리에 함께하지 못해서 너무 아쉽고, 하루빨리 쾌차하시길 기도하겠습니다. 그리고 늘 향나무 울타리처럼 촘촘하게 저를 지켜주시는 부모님과 언니들에게 감사드리고 싶어요. 그리고…… 대나무숲에도 감사의 인사 드립니다."

"대나무숲이요? 익명게시판 같은 건가요?"

기자가 되물었다.

"네. 비슷해요. 제가 굉장히 울창한 대나무숲을 가지고 있거든요."

정원이 환하게 웃으며 인터뷰를 마무리 지었다.

"작가님 진짜, 마지막입니다. 사인 부탁드립니다. 저 이 화집 3년이나 기다렸어요."

기자는 출판사 증정본이 아니라 '내돈내산'이라며 여러 권의 화집을 정원 앞에 내밀었다. 생각보다 길어진 인터뷰였지만 정원은 세필과 녹청색 안채를 꺼내 감사의 마음을 담아 사인을 했다.

"엄마, 박사님. 다 보셨어요?"

"세상에. 우리 정원이 정말 고생했다."

"정원아, 멋지다."

"상상했던 것보다 훨씬 좋다."

인터뷰를 마치고 예 원장에게 다가가자 윤 박사와 자매들이 우르르 정원을 에워쌌다.

"그만하세요."

정원이 전시장에 있는 다른 관람객들을 바라보며 쑥스러운 미소를 지었다. 우쭈쭈를 연발하는 가족들에 둘러싸여 과잉보호를 받고 있는 사춘기 아이가 된 기분이었다.

"민 감독? 방금 갔어."

준탁을 찾아 주위를 둘러보는 정원에게 세나가 말했다.

"비행기 시간 최대한 늦춘 거래. 정신없었을 텐데 여기까지 오고 지극정성이다. 저 꽃바구니 봤어?"

세나가 준탁이 들고 온 꽃바구니를 가리켰다.

"작년에 이맘때 보냈던 그 장미 맞지? 민 감독 손이 은근 크더라. 내 결혼식 때 축의금을 너무 많이 보내서 깜짝 놀랐잖아."

세나가 달항아리처럼 부푼 배를 끌어안고 말했다.

"나도. 출산선물 너무 비싼 거 받아서 부담스러웠어. 아무리 제니 돌봐주는 수의사라지만."

"그게 뭐 우리 보고 선물한 거니? 정원이 때문에 한 거지."

"잠시만……."

정원이 갤러리 계단을 급하게 뛰어 내려갔다.

"어? 처제, 어디 가? 민 감독 방금 떠났는데."

잠투정이 심해진 모현이를 태우고 이리저리 유모차를 밀며 돌아다니던 동희가 도로로 막 진입하는 차를 가리켰다.

정원이 달려갔지만 준탁의 차는 이미 멀리 달려가고 있었다. 어깨를 축 늘어뜨리고 등을 돌리려는데 100미터쯤 앞서 달리던 차가 비상 깜빡이를 켜고 멈췄고, 뒷좌석의 문이 열리고 준탁이 내렸다. 준탁이 정원을 향해 뛰어왔다. 정원도 뛰었다.

"준탁 씨……."

준탁이 주위 사람들의 시선도 아랑곳하지 않고 정원을 꽉 끌어안고 다짜고짜 정원의 입술을 삼켰다.

"다녀올게."

준탁이 얼룩진 정원의 입술을 엄지손가락으로 닦아주고 비상 깜빡이가 켜진 차로 다시 뛰어갔다. 정원은 입술에 손을 댄 채로 차가 보이지 않을 때까지 멍하니 서 있었다.

"처제, 그동안 고생 많았고 진짜 축하한다."

동희가 작은 파티를 열어주었다. 생각보다 훨씬 많은 사람들이 정원의 전시를 보러 왔고 화집도 많이 나가 추가로 증쇄를 한다는 출판사의 연락을 받았다.

"감사합니다."

정원이 사인을 한 화집과 따로 준비한 선물을 자매들에게 나눠주었다.

"뭐야? 이런 거…… 나 너무 좋아하잖아."

세나가 정원의 선물을 넙죽 받자 모두 웃음을 터뜨렸다.

"민 감독도 있었으면 좋았을 텐데, 아쉽네."

자매들 중에 한나는 유독 준탁을 많이 챙겼다.

"그러게. 오늘 날씨 너무 좋다."

육아에서 모처럼 벗어난 이나가 5월의 하늘을 눈부신 듯 바라보았다.

"민 감독 이번에 반응 엄청 핫하더라. 어제 장난 아니었나 봐. 기립박수 정도가 아니라 영화가 다 끝났는데도 사람들이 자리에서 떠나질 않았대."

준탁의 영화가 어제 뤼미에르 극장에서 첫 공개를 했다. 새벽에 준탁이 뤼미에르 극장의 야경을 찍어 보내주었다. 아무런 멘트도 없었지만 사진에서 현장의 열기가 고스란히 전달되었다.

"인디와이어[35]랑 버라이어티에서 민 감독 최고의 작품이라고 찬사네. 지금까지 평점도 제일 높아. 필름마켓에서도 상한가 쳤나 봐. 선판매 기록도 경신했다는데."

외신이 많이 들어오는지 연신 인터넷을 검색하며 세나가 중계방송을 해주었다.

---

35 IndieWire, 미국의 영화 비평 매체

"그 신인 배우 말이야. 조나무? 그 친구 참 분위기 있더라."

이나가 드물게 세나의 말에 분위기를 맞춰주었다.

"그 말 다 받고, 눈빛이 아주 어우야. 포스터랑 1차 예고편 떴을 때 대체 누구냐고 난리 났잖아. 연기는 아직 영화를 안 봐서 모르겠는데, 지금 구글링하면 민 감독하고 그 배우 투샷으로 넘쳐난다. 칸에서 감독들한테 러브콜 엄청 받는다는 기사도 있더라."

동희와 은 박사가 허공에 시선을 부딪치며 씁쓸하게 미소를 지었다.

"음악도 잘한대."

한나가 덧붙였다.

"음악?"

"나나가 그러던데 예고편에 나오는 그 OST 그 친구 곡이래."

"원래 음악 했던 친구야? 아이돌이면 내가 모를 리 없는데?"

세나가 눈을 반짝였다.

"아니. 나나 말로는 휴학생이래. 음악 전공은 아니고."

"여튼, 민 감독 내친김에 상까지 받았으면 좋겠다."

영화 이야기에서부터 요즘 한창 이가 나려고 침을 흘리는 조카 모현의 이야기로 다시 세나의 출산으로 화제는 끝도 없이 이어졌다. 최근에 컨디션 난조를 보이는 경수의 이야기가 나오자 분위기는 조금 가라앉았다.

"해피……퍼니는 좀 어떠니?"

세나가 걱정스럽게 물었다.

"생각했던 것보다 해피퍼니 나이가 더 많았나 봐. 레트리버 같은 경우, 열 살 이후부터는 노화 정도를 구분하기가 쉽지는 않거든."

이나도 한숨을 쉬었다.

"계속 잠만 자요."

5월이 되면서 경수는 계속 잠만 잤다. 바닥에 들이치는 햇빛을 따라 자다가 일어나 자리를 옮기기도 했는데 이제 그마저도 하지 않았다. 정원이 억지로 깨워서 왜건에 태워 동네 한 바퀴를 도는 때가 경수가 유일하게 깨어 있는 시간이었다. 단호박 죽이나 묽은 미음 한 컵도 여러 번 나눠서 먹었다. 어제 아침에는 미동도 없는 경수를 보고 덜컥 겁이 난 정원은 경수의 코에 귀를 기울여보기도 했다.

"오늘도 집에 있니?"

"제니 보고 싶어 하는 거 같아서 오늘은 데리고 나왔어요."

"아까 보니까 제니랑 둘이서 얼굴 맞대고 자고 있더라. 그 녀석들 보면 괜히 울컥해."

동희가 그렇게 말하며 이나에게 손을 내밀자 이나가 동희의 손을 꼭 잡아주었다.

"뭐야, 닭살 돋게."

아무 곳에서나 은 박사와 뽀뽀를 하는 세나가 야유를 퍼부었고 이나가 세나에게 파슬리 조각을 집어 던졌다.

"경수야, 날씨가 너무 좋다."

땅거미가 내려앉은 골목을 정원과 경수는 느릿느릿 걸었다. 바람이 불자 어디선가 늦게까지 붙어 있던 벚꽃 잎이 날아와 경수의 콧등에 내려앉았다. 그 모습이 귀여워 정원은 휴대전화를 꺼내 사진을 찍었다.

빌라 앞에 거의 다다랐을 때, 경수가 돌연 컹, 짖었다.

"왜?"

왜건을 세우고 경수를 내려다보았다. 경수가 고개를 들어 킁킁거리며 바람의 냄새를 맡았다.

"내리고 싶어?"

경수가 힘겹게 바닥으로 내려섰다.

"걸을 수 있겠어?"

잠시 어리둥절한 표정이더니 경수가 걷기 시작했다. 경수는 단 한 번도 정원을 앞서서 걸은 적이 없다. 그런 경수가 정원을 어디론가 데려가듯 앞장섰다.

정원은 경수의 동그란 뒤통수와 살이 빠진 엉덩이와 절룩거리는 다리를 바라보며 뒤따랐다.

"여기? 여기가 오고 싶었어?"

경수와 정원이 처음 만났던 놀이터였다. 놀이터의 겹벚나무는 늦게까지 꽃이 피어 있었다. 경수를 처음 만났던 그날처럼 벚꽃이 바람에 흩날렸다. 분홍색 꽃잎이 천천히 경수의 등과 머리에 떨어졌다.

정원이 벚나무 아래 벤치에 앉자 경수가 정원의 운동화에 턱을 괴고 엎드렸다.

"거봐. 피곤하면서."

경수는 한동안 그렇게 엎드려 있더니 힘겹게 자리에서 일어나 자신의 리드 줄을 물었다. 그만 가자는 뜻이다.

집으로 돌아온 경수는 목이 말랐는지 물 한 그릇을 다 비우고 정원을 향해 씨익 웃었다.

"목말랐구나."

입가의 물을 닦아주고 하얗게 센 얼굴을 쓰다듬자 경수가 정원의 손등을 핥아주었다. 그러고는 천천히 침실로 들어가 자신의 자리에 누웠다.

"잘 자."

경수의 콧등에 뽀뽀를 해주고 정원은 주말까지 보내야 할 원고를 마무리한 뒤 스탠드를 껐다.

기묘한 침묵에 눈을 떴다.

침실은 어둑했고 커튼 너머로 푸른 새벽빛이 아직 남아 있었다. 정원은 몸을 일으켜 가만히 귀를 기울였다. 정원에게 위안을 주던 연약한 숨소리가 들리지 않았다. 자신이 아닌 다른 생명체의 뒤척임이 느껴지지 않았다. 정원이 스탠드를 켜고 경수를 바라보았다. 경수는 평온한 얼굴이다. 언뜻 보면 웃고 있는 거 같기도 했다. 정원이 침대에 내려와 경수에게 다가갔다. 떨리는 손을 뻗어 경수의 발을 만져보았다. 따뜻했다. 엎드려 경수의 코에 귀를 기울였다. 경수의 날숨이 느껴지지 않았다.

"경수야……."

네버 세이 네버

속삭이듯 경수의 이름을 불렀다. 아무런 대답이 없었다.

"경수야, 자니?"

경수의 심장에 손을 대어보았다. 말랑한 겨드랑이는 아직 따뜻한데 경수의 심장이 뛰지 않았다.

"경수야……."

정원이 울음을 삼키며 하얗게 센 눈가에 입을 맞췄다. 경수 옆에 나란히 누워 야위고 힘겨웠던 몸을 꼭 끌어안았다. 경수의 냄새를 가슴이 아프도록 오래오래 들이마셨다.

"사랑해, 경수야."

내 적막한 시간을 함께 있어줘서 고마워. 우리, 꼭 다시 만나자.

✳ ◆ ✳

시상식 당일, 아침부터 비가 내리고 쌀쌀했다.

호텔 1층 바에서 바라보는 칸의 해변은 지난밤의 흔적들이 여기저기 흩어져 있고 바다는 회색빛으로 우울했다. 뜨겁고 진한 핫초코를 한 잔 마셨더니 누적된 피로가 조금은 풀리는 듯했다. 도착하자마자 공식 포토콜과 기자회견을 빼고도 라운드 인터뷰를 포함해서 수십 번의 인터뷰를 했다. 자다가도 잠꼬대를 할 지경이었다.

준탁은 핫초코를 홀짝이며 휴대전화를 들여다보았다. 정원과 연락이 되질 않았다. 준탁이 보낸 메시지도 보지 않고 있었다.

- 바쁘고 정신없을 텐데 연락하려고 애쓰지 말아요. 다녀와서 한꺼번에 다 얘기해 줘요.

정원은 그렇게 말했지만 준탁은 일기를 쓰듯 사진을 찍어서 보내고 잠깐이라도 정원의 목소리를 들어야 했다. 뭔가 예감이 좋지 않았다.

"형, 다리 좀 그만 떨어."

맞은편에 앉은 정우가 초조하게 손목시계를 들여다보며 다리를 떨었다. 손톱 물어뜯는다고 구박하던 사람이 핫초코 잔이 다르르 떨릴 정도로 다리를 떨어댔다.

"하아. 왜 연락이 없지?"

정오까지 시상식에 참여해달라는 통보가 없으면 조용히 짐을 싸서 한국행 비행기에 올라야 했다.

"나가린가?"

"재수 없는 소리."

정우가 날로 빈약해지는 머리카락을 잡아뜯으려 하자 나나가 정우의 정강이를 툭 찼다.

준탁은 서울 시간을 확인하고 정원에게 전화를 걸었다. 전화기가 아예 꺼져 있었다. 준탁이야말로 손톱을 물어뜯고 싶은 충동이 일었다. 잠시 후 다시 걸어보았다. 여전히 전원이 꺼져 있었다.

예 원장에게 연락해볼까 하다가 전화기를 내려놓고 손바닥으로 마른세수를 했다.

"민 감독……."

마음을 진정시키는 데는 개 사진이 최고라며 '제니와 아이들' 카페를 들여다보고 있던 나나가 준탁에게 자신의 휴대전화를 내밀었다.

"뭔데?"

뜻밖에 경수의 사진이 올라와 있었다. 콧등에 벚꽃 잎을 얹고 환하게 웃는 사진이었는데, 사진을 올린 사람이 정원이 아니라 한나였다.

[경수가 강아지별로 떠났어요. 우리 경수, 잘 도착하게 기도 많이 해주세요.]

의자에 비스듬하게 앉아 있던 준탁이 벌떡 몸을 일으켰다. 입가가 딱딱하게 굳었다.

"왜?"

정우가 이마에 주름을 잡으며 나나를 바라보자 나나는 고개를 흔들었다.

준탁은 전화기를 정우에게 넘기고 해변 쪽으로 열린 프렌치 도어를 빠져나왔다. 눈앞이 안개가 낀 듯 뿌옇게 흐려졌다. 준탁은 경수의 눈동자처럼 탁한 바다를 바라보다가 한나에게 전화를 걸었다.

"민준탁입니다."

- 네.

한나는 마치 기다렸다는 듯 준탁의 전화를 받았다.

"정원 씨 지금 어떻습니까?"

- 정원이…… 잘 견뎌내고 있어요.

어쩐지 한나의 목소리가 명쾌하지 못했다.

"정원 씨랑 통화가 안 되네요."

- 오늘 중요한 날이라고 들었는데, 너무 걱정하지 말고 마무리 잘하고 오세요. 정원이도 그러길 바랄 거예요.

"정원 씨 지금 어디 있습니까?"

다그치듯 물었다.

- 어머니가 오늘 정원이 제주도로 데리고 가셨어요.

"무슨 일…… 있는 거죠?"

전화기 너머로 한나의 깊은 한숨 소리만 들렸다.

"윤 선생님. 제발 사실대로 말씀해주세요."

- 정원이가 그날을 기억해냈어요.

준탁은 발코니 난간에 등을 기대고 회색빛 하늘을 올려다보았다. 차가운 비가 준탁의 이마를 적셨다.

한나와 긴 통화를 끝내고 자리로 돌아온 준탁은 서둘러 재킷을 집어 들었다.

"어디 가?"

"집에."

"무슨 뚱딴지같은. 민 감독, 오늘 무슨 날인지 잊었어? 우리가 15년 걸려서 도착한 날이야."

정우가 준탁을 향해 소리쳤다.

"아직까지 연락 안 왔으면 끝난 거야. 나 먼저 갈게. 누나, 내 짐 좀 부탁해."

"야. 너 이렇게 가면 신재현 부회장이 난리 칠 텐데."

"형. 난 신재현 부회장 만족시키려고 영화 하는 거 아니야. 상 타려고 영화 만든 것도 아니고. 우리 영화 좋아해주는 관객들 때문에, 공감하고 사랑해주는 사람들 때문에 여기까지 쉬지 않고 온 거지."

"그래, 나 속물이다, 쨔샤."

"아. 이거."

준탁이 재킷 안주머니에서 쪽지를 꺼내 정우에게 건넸다.

"뭔데?"

"수상소감문. 혹시나 해서."

"하, 상 타려고 영화 만드는 거 아니라며?"

"상이야 받으면 좋지."

정우와 나나를 남겨두고 준탁은 여권을 챙겨 서둘러 호텔을 빠져나왔다.

- 경수의 죽음이 트리거가 됐는지 정원이가 사고 당시의 기억을 떠올린 거 같아요.

고도가 높아지자 귀가 먹먹해졌다.

- 친부가 목을 졸랐다는 걸 기억해냈어요. 사고 당시에 정원이의 목에 교살흔 같은 강한 압박을 받은 자국이 있었는데도 정원이는 기억을 하지 못했어요.

한나의 말을 떠올리지 않으려고 준탁은 양 손바닥으로 먹먹한 귀를 꽉 눌렀다. 윤 박사가 쓴 논문의 내용을 그제야 완벽하게 이해했다. 논문이라기보다 살아남은 소녀의 처절한 생존일기 같았다. 소녀는 현실을 일관되게 회피하면서 자신의 내면 세계를 방어했다. 기억을 왜곡시켰고 부분적으로 삭제했다. 소녀는 그래야만 살아갈 수 있었던 거 같았다.

안전하고 깊은 사랑이 담긴 애착을 형성했던 아동은 때때로 이런 아름다운 세상에 대한 감각을 잃어버린다 하더라도 머지않아 그것과 다시 연결을 이루어낼 것이다. 이러한 일차적 애착은 아동에게 '내적인 자원'으로 작용할 것이다. [36]

윤송 박사가 논문의 서문에 적은 글을 굳게 믿고 싶었다.

칸을 출발한 지 24시간 만에 제주도에 도착했다.

"정원이 조금 전에 별이 데리고 산책 나갔어."

앓아누워 있을 줄 알았는데 산책을 나갔다는 예 원장의 말에 안도했다. 근처의 오름으로 정원을 찾으러 갔다. 재킷을 벗고 헉헉거리며 완만하고 지루한 경사지를 올랐다.
여기가 아닌가.
좀처럼 정원이 보이질 않았다. 포기하고 내려가려다 오름의 정상 부근에서 정원과 별이를 발견했다. 산책로에서 멀리 떨어진 벤치에 오도카니 앉아 있는 뒷모습은 오늘따라 유난히 가녀렸다. 준탁은 정원의 고요한 뒷모습을 쓰다듬듯 바라보았다. 정원의 발치에 엎드려 있던 별이가 준탁의 발소리를 듣고 번쩍 고개를 들었

---

36 대형 교통사고로 외상을 입고 가족을 상실한 학령기 PTSD 아동의 심리치료 사례, 2012년, 한은선, 이경숙 著, 영유아아동정신건강연구학회

다. 성견이 된 별이의 얼굴이 경수와 너무 닮아서 울컥했다.

저 녀석을 보며 정원은 무슨 생각을 할까.

정원이 별이의 이마를 쓰다듬으며 고개를 돌렸다. 무심한 시선으로 이쪽을 바라보던 정원이 믿어지지 않는다는 듯 느리게 눈을 감았다 떴다. 준탁임을 인지한 정원의 얼굴에 찰나지만 안도의 빛이 스쳤다. 정원은 무슨 말인가를 하려고 입술을 달싹였지만 목소리가 나오지 않았다. 준탁이 뛰어가 끌어안자 그제야 정원의 입술에서 흐느낌이 터져 나왔다. 정원은 열한 살 소녀처럼 애처롭게 울었다.

"경수가……."

정원은 말을 잇지 못했고 준탁은 그런 정원을 숨도 쉴 수 없을 만큼 꽉 끌어안았다. 정원에게서 오랜 시간 고여 흐르지 못했던, 짙은 눈물 냄새가 났다. 준탁의 가슴께가 축축하게 젖어들었다.

"경수가 떠난 날 꿈을 꿨어요."

울고 난 정원이 노을이 내려앉은 바다를 바라보며 말했다.

"아빠가…… 아빠의 손이 내 목을 졸랐어요."

정원은 아빠와 아빠의 손을 분리해서 말했다. 마치 아빠의 손이 별개의 의지를 가진 존재인 것처럼.

"새빨갛게 핏줄이 터진 아빠의 눈이 기억나요. 아빠는 울고 있었어요. 죽음이…… 뭔지도 모르면서 살려달라고 소리쳤어요. 그러다 의식이 흐릿해졌는데…… 차 문이 열리고 누군가 저를 차 밖으로 끌어냈어요. 그 사람의 신발이 기억나요. 내가 매일 아침 닦아놓았던 아빠의 갈색 구두였어요. 꿈을 꾸면서도 꿈이 아니란 걸 알았어요. 내가 내 마음속 어딘가에 숨겨놓았던 기억이라는 걸 깨달았어요."

목소리는 쉬었지만 담담했다.

"별이가 아니라 아빠였어요."

정원이 별이의 목을 꼭 끌어안았다. 별이는 영문도 모른 채 정원의 품에 안겨 꼬리를 흔들었다.

"가장 친한 친구에게 배신당하고, 기술을 도둑맞고, 회사도 빼앗기고, 아빠는…… 세상을 믿지 못하셨나 봐요. 그래서……."

정원은 더 이상 말을 잇지 못하고 입술을 깨물었다.

"나는…… 그 마음도 이해해보려고 해요."

준탁은 별이와 정원을 한꺼번에 감싸 안고 애월의 바다를 바라보았다. 붉은 바다가 정원과 준탁을 향해 밀려오고 또 밀려왔다. 끔찍한 파도에 부서지지 않고 이렇게 담담하게 버텨준 정원이 대견하고 고마웠다.

"이 상황에 웃기지만 사랑해."

준탁은 정원의 관자놀이에 쪽, 소리 나게 입맞춤을 했다.

정원이 웃었다.

"웃었으니까 됐다."

준탁은 깊은숨을 내쉬었다. 종양을 도려낸 듯 후련하기도 했고, 오랜 방랑을 끝내고 따뜻하고 오목한 곳에 들어앉은 것처럼 아늑하기도 했다.

27

|

Sunset Garden

이겨내지 못해도 괜찮아. 그래도 살아가면 되는 거야.

석원; Sunset Garden

영화 제목을 보는데 자꾸 눈물이 났다.

노을을 등지고 서 있는 소년의 아름다운 눈동자는 묘하게 사람의 마음을 흔들어놓았다. 폭발하기 직전의 한순간을 포착한 느낌이랄까. 소년은 금방이라도 눈물을 쏟을 것 같기도 했고 환하게 미소를 지을 거 같기도 했다. 아니면 분노를 터트린다고 해도 이상하지 않을 것 같다. 응축된 감정을 가득 끌어안고 있는 내면이 소년의 눈동자에 고스란히 투영되었다.

"……어쩌면 인생이란 늘 두렵고 불안하고, 우리가 그토록 원하는 행복의 순간은 그저 찰나일 뿐일지도 모르지만, 일상을 살아내는 것만으로도 충분히 의미 있다는 위로를 받았습니다. 석원이라는 캐릭터를 고민할 때, 민준탁 감독님께서 해주셨던 말씀이 기억납니다. '이겨내지 못해도 괜찮아. 그래도 살아가면 되는 거야.'라고. '석원'이라는 아름다운 경험을 만들어주신 민준탁 감독님께 이 모든 영광을 바칩니다."

네버 세이 네버

정원은 멀티플렉스 상영관에 걸린 대형 포스터를 바라보며 젊은 배우의 수상 소감을 떠올렸다. 태어나서 처음 연기를 했다는 소년에게 칸의 심사위원들은 만장일치로 표를 던졌다. 심사위원으로 선정된 유명 배우는 '지금껏 보지 못했던 독특한 스타일의 연기'라며 칸 영화제가 열리는 내내 젊은 배우의 눈동자가 지워지지 않았다고 했다.

"뭘 그렇게 넋 놓고 봐요?"

야구모자를 깊게 눌러쓴 준탁이 다가와 정원의 정수리에 턱을 얹고 함께 포스터를 바라보았다.

"자랑스러우시죠?"

"저 녀석을 찾아낸 내가 자랑스러워."

어련하시려고요. 준탁의 잘난 척에 정원은 피식 웃었다.

갑자기 심야 데이트라며 불러낸 준탁이 정원을 데려온 곳은 영화관이었다. 준탁은 자신의 영화가 개봉되면 조조나 심야 시간에 몰래 와서 혼자 영화를 본다고 했다.

"영화를 보러 간다기보다 관객들의 반응을 훔쳐보러 가죠. 요 포인트에서는 웃어줘야 하는데, 하면서."

객석에 앉기 전에 준탁은 만족스러운 눈길로 상영관을 쭉 훑어보았다. 평일 심야 시간인데도 좌석이 거의 다 찼다.

"좋은 냄새 나네."

준탁이 정원의 머리를 끌어다 어깨에 기대게 하고 정수리에 입맞춤을 했다.

"하루에 열두 번 머리 감고 싶게 만드는 샴푸를 쓰거든요."

정원의 대답에 준탁이 킬킬대며 웃었다.

조명이 꺼지고 영화가 시작되었다. 준탁이 초대해준 시사회에서 이미 본 영화임에도 정원은 또다시 빠져들었다.

석원이 현실의 고통을 피해 자신이 만들어낸 상상의 세계로 도망치는 순간들은 가슴 아프면서도 동화처럼 아름다웠다. 오갈 데가 없어진 석원이 낡은 교실에서 오돌오돌 떨며 잠드는 장면에서 정원은 끝내 눈물을 흘렸다.

꿈속에서 석원은 조류에 휩쓸리지 않으려고 수초에 몸을 감고 혹등고래가 만들어준 커다란 물방울 속에서 잠들었다. 마치 탯줄을 감은 채 엄마의 배 속에 웅크린 아기처럼. 잠든 석원의 곁을 맴돌며 다정한 눈을 가진 거대한 혹등고래가 노래를 불러주었다. 태초의 소리 같은 고래의 노래가 '석원의 테마'와 함께 가슴 깊이 파고들었다.

준탁이 손을 뻗어 정원의 눈가를 닦아주었다. 정원은 말없이 준탁의 손가락 끝에 다섯 번의 입맞춤을 해주었다.

고마워요.

완벽하게 극복하지 못했어도 이렇게 열심히 살아준 준탁이 고마웠다.

엔딩 크레딧이 끝날 때까지 거의 대부분의 사람들이 자리에 앉아 있었다. 정원도 상영관의 조명이 켜질 때까지 일어서지 못했다.

"훔쳐본 소감이 어때요?"

눈두덩을 꾹 누르며 정원이 물었다.

"오늘…… 석원이를 완전하게 떠나보냈어."

뜻밖의 대답이 돌아왔다. 정원은 준탁의 내리깐 속눈썹을 말없이 바라보았다. 만져보지 않아도 젖어 있다는 걸 알았다.

"갑시다."

사람들이 거의 빠져나가자 준탁이 정원의 손을 잡고 일으켰다.

"뭐 좀 먹고 갈까?"

준탁이 휴대전화의 전원을 켜며 물었다.

"이 시간에요?"

"이게 무슨 나약한 소리. 이제부터 시작인데? 잠깐."

메시지를 확인하던 준탁이 걸음을 멈추고 미간을 찌푸렸다.

"왜요?"

"어머니 메시지가 들어와 있는데……."

"엄마요?"

"저녁 비행기로 양양에 가셨다네요. 이모가 돌아가셨답니다."

"이모라면……."

"맞아요. 그분. 어릴 때 날 돌봐줬던 사람. 어머니랑 한번 뵈러 가자 했는데…… 결국 이렇게 됐네요."

준탁은 허탈한 듯 긴 한숨을 쉬며 모자를 벗어 머리카락을 쓸어넘겼다.

"오늘 데이트는 여기서 끝내야 할 거 같은데. 아무래도 양양에 가봐야겠어요. 어머니 혼자서 장례를 치르게 할 수는 없으니까."

"같이 가요."

정원이 준탁의 손을 잡아주었다.

쓸쓸한 죽음이었다.

오래전에 헤어졌다는 고인의 아들은 고인의 인수를 거절했고 연락이 되는 가족이 아무도 없었다. 그런 이유로 요양원 측에서 예 원장한테 연락한 모양이었다. 장례식에는 군청에서 나온 공무원과 요양원 직원 말고는 조문객도 없었다.

정원은 향을 피워 올리는 준탁의 뒷모습을 지켜보았다. 헌화를 하고 나서 준탁은 고인의 사진을 한참 동안 바라보았다.

준탁은 지금 무슨 생각을 할까.

세월의 풍상이 고스란히 새겨진 고인의 영정 사진을 보며 정원은 외롭게 떠난 윤희를 떠올렸다.

"준탁 씨."

정원은 다가가 준탁을 불렀다. 정원을 돌아보는 눈동자에 핏발이 서고 쓴쓸한 약을 삼킨 후처럼 입매가 아래로 축 처져 있었다. 정원은 말없이 준탁의 등을 쓸어주었다.

"고인 유류품입니다."

장례식이 끝나고 요양원 직원이 낡은 보스턴백을 가져왔다.

"오해숙 할머니의 예금이 좀 있는데…… 법적으로 직계비속이 존재하니까 절차대로 진행될 겁니다."

"그럼 유품도 상속인이 정리해야죠. 이걸 왜?"

예 원장은 낡은 가방을 뜨악하게 바라보았다.

"그게…… 연락을 했더니 그냥 다 태워버리라고 해서요. 옷가지나 잡다한 건 저희가 정리해도 되지만 어르신이 아끼던 물품도 있고 해서."

요양원 직원이 두고 간 가방을 가운데 두고 세 사람은 아무 말 없이 잠시 그렇게 앉아 있었다. 마지못한 손길로 예 원장이 가방의 지퍼를 열었다.

낡은 성경책. 여성잡지의 부록인 오래된 가계부. 손때 묻은 묵주와 안경 따위를 차례차례 끄집어냈다.

"이게 왜……."

예 원장이 가방 속 작은 주머니 안에 든 조잡한 반지와 귀고리들 사이에서 금장 시계를 꺼내 자세히 들여다보았다. 시계 잠금장치를 풀어 안쪽을 들여다보던 예 원장이 이니셜을 발견하고 허, 하며 한숨을 쉬었다.

"엄마, 왜요?"

"결혼할 때 받은 예물시계야. 이게 어떻게……."

예 원장은 말을 잇지 못하고 가방에서 노란 고무 밴드로 묶어놓은 편지다발을 꺼냈다. 편지 봉투에 꾹꾹 눌러쓴 '오해숙'이라는 이름이 보였다. 삐뚤삐뚤한 서체로 미루어 짐작건대 어린아이가 보낸 편지 같았다.

고인의 인수를 거절했다는 그 아들인 걸까. 자신이 보낸 엽서와 편지를 엄마가 이렇게 소중하게 보관하고 있었다는 걸 알면 아들은 어떤 마음이 들까. 모두 태워버리면 그 마음들은 영원히 알 수 없게 되겠지, 라고 생각하자 고인의 죽음이 더 쓸쓸하게 느껴졌다.

"세상에. 이게 뭐야."

편지뭉치 속에서 예 원장에게 보냈던 오래된 항공우편을 발견했다. 수취인 불명으로 반송된 편지였다.

"이게 도대체 언제야? 내가 미시간에서 연수받고 있을 땐데. 그런데 왜 반송이 됐을까?"

예 원장이 고개를 갸웃하며 주소를 확인했다.

"이 주소는…… 처음 지냈던 곳이네. 룸메이트랑 너무 안 맞아서 다른 방을 구해서 이사했는데. 그래서 반송됐나 보다……."

믿지 못하겠다는 듯 예 원장은 봉투의 앞뒤를 살폈다.

"열어봐도 될까?"

예 원장이 준탁과 정원을 바라보며 망설였다.

"읽어보세요. 어쨌든 어머니한테 보낸 편지니까요."

준탁이 고개를 끄덕였다.

"왜 이렇게 떨리지."

예 원장이 손을 떨며 봉투를 잘 열지 못하자 정원은 가방에서 손톱가위를 꺼내 봉투 끝을 잘라주었다. 그 모습을 지켜보던 준탁이 고개를 흔들며 피식 웃었다.

"엄마!"

편지를 읽던 예 원장이 갑자기 파랗게 질린 얼굴로 가슴께를 누르며 헐떡였다. 깜짝 놀란 정원이 의자에서 일어서기도 전에 준탁이 먼저 예 원장을 부축했다. 협심증으로 스텐트 시술을 받은 예 원장이 걱정되었다.

"엄마, 병원에 가요."

"아냐, 아냐. 석원아……."

예 원장이 괜찮다는 듯 고개를 흔들며 어릴 적 준탁의 이름을 불렀다.

"네. 어머니."

"엄마가 지금…… 도저히 민 감독 얼굴을 볼 수가 없어……. 미안해……."

예 원장은 자신을 부축하고 있는 준탁에게 편지를 내밀고 비틀거리며 의자에서 일어섰다.

"괜찮아. 잠시 바람 좀 쐬고 올게."

따라나서려는 정원을 말리고 예 원장은 장례식장을 빠져나갔다. 정원은 걱정스럽게 예 원장을 지켜보았다. 비틀거리던 예 원장이 털썩 벤치에 주저앉아 멀리 낙산의 바다를 바라보았다. 좁은 어깨가 더 좁아 보였다.

"하아."

편지를 읽던 준탁이 거칠게 머리카락을 헤집더니 읽어보라는 듯 정원에게 편지를 건넸다. 습자지처럼 얇은 편지지에 검은색 볼펜으로 쓴 글씨는 오랜 세월이 지나면서 보랏빛을 띠며 번져 있었다.

"이게 무슨……."

정원은 상형문자를 해독하려는 사람처럼 흘려 쓴 글씨를 읽고 또 읽었다.

……술이 없으면 잠이 오질 않아. 죽은 정원이의 울음소리가 환청처럼 들려. 그러다 잠이 들면 또 꿈에서 석원이가 날 물어뜯을 듯 노려보고 있어. 이대로는 미쳐버릴 거 같아서 편지를 쓴다.

민정아. 맹세코 실수였어. 불이 났던 날, 아이들을 재우고 작은방에서 술을 마셨어. 제 새끼 버리고 온 년이 고작 남의 자식 똥 기저귀나 갈고 있다는 게 한없이 초라하고 한심스러웠어. 팔자타령을 하면서 그날따라 꽤 많이 마셨지. 술이 떨어져 소주를 사러 슈퍼에 갔다가 돌아오는 길에 검은 연기가 솟구치는 걸 보고 담배를 피우다 그냥 나왔다는 걸 깨달았어. 온몸에서 피가 빠져나가는 거 같았다. 도망갈까 생각했지만 더 의심받을 거 같아서 도망치지도 못했어. 경찰과 소방서 감식반이 담배꽁초를 찾아낼까 봐 부들부들 떨었지. 다행인지 불행인지 담배꽁초는 나오지 않았고 나는 불을 낸 게 석원이라고 뒤집어씌웠어. 네 시어머니가 눈엣가시처럼 여기는 아이니 잘됐다 싶었지. 죽을죄를 지었다.

민정아. 용서해달란 말은 차마 못 하겠다. 그럼에도 이렇게 편지를 쓴 이유는 네가 석원이를 찾아다녔다는 말을 들었어. 석원이는 해외로 입양 간 게 아니라 경기도에 있는

네버 세이 네버

자애원이라는 곳으로…….

정원은 편지를 내려놓고 준탁을 바라보았다. 준탁은 넋이 빠진 듯 멍하니 반송 스탬프가 찍힌 편지 봉투를 바라보고 있었다. 눈가와 코끝이 새빨갰다.

"준탁 씨."

정원이 다가가자 준탁은 정원의 허리를 와락 끌어안고 얼굴을 묻었다.

가여운 내 남자.

어떤 말이 위로가 될 수 있을까.

정원은 준탁을 위로할 수 있는 어떤 언어도 찾지 못했다. 할 수 있는 거라고는 그저 준탁의 머리를 어깨를 등을 온 마음으로 보듬어주는 것밖에 없었다. 준탁이 정원에게 그랬던 것처럼.

"문득 다행이라는 생각이 들어요. 편지가 늦게 발견돼서."

준탁이 고개를 들고 무슨 말이냐는 듯 정원을 보았다.

"어쩌면 그래서 준탁 씨와 엄마가 서로에게 진실하게 다가갔을지도 몰라요. 그러지 않았다면…… 사실이 드러난 후에 엄마가 준탁 씨를 용서했다면 두 사람은, 아니 우리 모두는 불편한 관계에 머물렀을지도 몰라요."

준탁은 테이블 위의 편지로 다시 눈길을 주었다.

"엄마는…… 이 모든 사실을 모르셨잖아요. 정원이를 잃고도…… 그럼에도 불구하고 준탁 씨를 이해하고 용서하신 거잖아요. 준탁 씨를 버렸다고 평생 죄책감을 가진 채 사셨잖아요."

"……."

준탁은 아무 말 없이 창밖의 예 원장을 바라보았다. 코끝이 빨개져도 젖은 눈썹을 하고도 정원의 준탁은 아름다웠다.

"이 상황에 웃기지만 사랑해요."

정원은 준탁의 예쁜 이마에 쪽, 소리 나게 입맞춤을 했다. 준탁이 피식 웃었다.

"준탁 씨, 우리 엄마 모시고 바다 보러 갈래요?"
정원이 준탁의 손을 잡아끌었다.

낙산의 해변은 노을이 져 온통 분홍빛이다. 정원과 예 원장은 준탁의 양팔에 매달리듯 팔짱을 끼고 어색해하는 준탁을 바라보면서 깔깔대며 웃었다.
분홍색 안개가 내린 듯한 해변을 세 사람은 오래도록 걷고 또 걸었다.

* ♦ *

"개판이 따로 없네."
준탁은 잔디밭을 미친 듯이 뛰어다니는 열세 마리의 골든레트리버를 바라보며 고개를 흔들었다. 장호원 '황가네 농원' 근처의 캠핑장을 통째로 빌려 '제니와 아이들'의 제1회 정기 모임을 주최한 준탁은 과로로 입술에 물집까지 잡혔다.
"이 짓을 왜 벌였지?"
저녁에 있을 시사회를 위해 우정우 대표와 야외 무대에 대형 스크린을 설치하던 준탁은 작업장갑을 벗어 던지고 정원의 옆에 털썩 주저앉았다.
"나는 천국에 온 거 같은데요."
습기가 사라진 공기는 청량했고 산책로를 따라 핀 코스모스와 분홍빛이 돌기 시작하는 핑크뮬리가 하늘거렸다. 연못에는 프랑크소시지를 닮은 부들과 수련이 가득했고 분수에서 솟아오른 물줄기는 바람에 이리저리 흩어지며 무지개를 만들어냈다. 오후 햇살에 반짝이는 금빛 강아지들이 아이들과 뛰어놀고 오로지 골든레트리버를 키운다는 이유로 모인 사람들은 스스럼없이 서로에게 다가가 웃고 떠들었다. 등나무 퍼걸러 아래에서 나나와 한나는 수다 삼매경에 빠져 있고 의기투합한 남자들은 족구를 했다. 이곳에…… 경수만 있다면 완벽한 천국일 거 같았다.
"어머, 별아."
족구하는 사람들 틈에 뛰어 들어가 공을 물고 달아나는 별이를 보고 웃음을 터트렸다. 별이가 물고 있는 공을 향해 다른 녀석들이 달려들었고 눈 깜짝할 사이에 공은 바람이 빠지고 찢어져 걸레처럼 너덜거렸다.

"나도. 나도 천국에 온 거 같아."

도희가 족구를 하는 조나무 배우를 황홀하게 바라보며 중얼거렸다.

"이게 말이 되니? 내 눈앞에 조나무 배우가 있어. 칸의 프린스가. 게다가 조일은 배우가 고모라니……."

정원은 남편과 팔짱을 끼고 캠핑장과 이어진 산책로를 걷고 있는 조일은 배우를 바라보았다.

"정원 씨, 사인 부탁드려도 될까요? 정원 씨가 세밀화 작가 그 정원 씨인 거 알고 얼마나 놀란 줄 아세요? 제가 정원 씨 팬입니다. 연재하시는 '식물의 사생활' 애독자예요."

놀랍게도 조일은 배우가 정원의 화집을 들고 와 사인을 부탁했다. 게다가 오늘 모임에 푸드트럭도 서포트해주었다. 덕분에 지금, 캠핑장에 바비큐 냄새가 진동했다.

"나 저런 거 너무 궁금했다구. 촬영장에 밥차랑 커피트럭 보내는 팬들도 있다는데, 배우가 보내준 푸드트럭이라니. 준비 다 됐나 보다. 구경 가자."

도희가 정원의 팔을 잡고 푸드트럭으로 끌고 갔다.

"와, 저건 또 뭐냐?"

문득 걸음을 멈춘 도희가 정원의 어깨를 쳤다. 고개를 돌리자 할리우드 배우들이 사용할 법한 거대한 트레일러가 캠핑장으로 들어서고 있었다. 캠핑장 안의 모든 시선이 번쩍거리는 트레일러에 날아가 꽂혔다.

"여러분, 에밀리가 왔어요."

트레일러가 멈추고 문이 활짝 열리더니 콘서트의 한 장면처럼 에밀리가 나타났다.

"와아. 슈스긴 슈슨가 보다. 스케일이 남다르네. 도쿄돔에서 콘서트 한다더니 어떻게 온 거야?"

도희가 입을 벌리고 트레일러와 에밀리를 번갈아 바라보았다.

"보라야."

멀리서 주인을 알아본 보라가 에밀리를 향해 돌진했다.

"오구오구, 우리 애기, 언니 안 보고 싶었쪄?"

보라를 끌어안고 뽀뽀를 하는 에밀리는 천진하고 사랑스러웠다.

"감독님, 에밀리 왔어요오오."

스크린을 설치하고 있는 준탁을 발견하고 에밀리가 아이처럼 달려갔다.

"못 온다더니 어떻게 왔어?"

정우가 에밀리에게 손을 들어 보였다.

"감독님 보고 싶어서 왔죠. 깜짝 놀라셨죠?"

녹아버릴 만큼 달달한 목소리다.

그러거나 말거나 준탁은 케이블 잭을 스피커와 앰프 여기저기 꽂기 바빴다.

"감독님이이임."

에밀리가 준탁의 팔에 매달렸다.

"그래. 왔음 재밌게 놀다 가. 형, 나머지 부탁하자. 파일은 버전 2로 세팅해줘."

준탁은 에밀리의 손을 먼지 털듯 털어내고는 성큼성큼 푸드트럭 쪽으로 걸어왔다.

"잠깐 데이트 좀 합시다."

준탁이 아이스박스에서 탄산수를 한 병 집어 들더니 갑자기 정원의 손을 잡고 걷기 시작했다. 얼결에 준탁에게 끌려가다 에밀리와 눈이 마주쳤다. 에밀리가 이쪽을 바라보며 아랫입술을 불쑥 내밀었다.

"저 새끼, 일부러 저러는 거야."

준탁이 연못가 벤치에 앉자마자 탄산수를 꿀꺽꿀꺽 마시고 손등으로 입술을 닦았다.

"오냐오냐해줬더니……."

"그다지 오냐오냐는 아닌 거 같던데요."

작년 장마철에 에밀리에게 무안하리만치 냉정하게 대했던 준탁이 떠올랐다.

"누구 편입니까, 지금?"

"누구 편이라기보다…… 사람들도 많은데, 너무 무안을 주는 거 같아서……."

"흥. 착한 척은."

준탁이 코웃음 쳤다.

"착한 척이요?"

어이가 없다.

"당신이 그러면 내가 오, 이 여자 정말 천사 같은 여자야, 하고 좋아할까 봐? 난 물러터지고 착한 여자 별롭니다. 제 밥그릇 잘 챙기는 여자가 훨씬 낫다고."

점점. 뭘 잘못 드셨나?

"그럼 이 상황에서 내가 어떻게 해야 하는데요?"

"어떻게 하긴. 질투해야지."

"질투했어요."

순순히 인정했다. 에밀리를 보고 질투하지 않을 여자가 있을까? 아름다운 외모와 그보다 더 빛나는 재능을 가진 사람인데.

"아니. 그런 질투 말고."

그럼 어떤 질투?

"내 것을 지키려는 질투. 눈에 불을 켜고 레이저를 쏴야지. 내 남자한테 접근하지 말라고 경고해야지. 왜 그렇게 잔잔한 눈으로 쳐다만 보는데요?"

유치해서 정말.

"저렇게 예쁘고 귀여운데 어떡해요."

"변명하지 말고 질투를 하라고."

준탁의 억지에 정원은 웃음을 터트리고 말았다.

"준탁 씨가 내 밥그릇이에요?"

"말하자면."

"알았어요. 밥그릇 잘 챙길게요. 됐죠?"

준탁은 그제야 만족스럽게 씨익 웃고는 탄산수를 마저 마셨다.

정원은 벤치에 등을 기대고 연못 건너편 잔디밭 쪽을 바라보았다. 의기소침할 거라 생각했던 에밀리는 연예계의 '핵인싸'답게 캠핑장을 돌아다니며 사람들과 인사를 나눴다. 도희가 넋이 빠진 얼굴로 에밀리와 악수하는 모습이 보였다.

"그런데 말이에요. 그거 알아요?"

"뭘?"

준탁이 탄산수를 삼키다 말고 정원을 바라보았다.

"질투는…… 불안해서 하는 거예요. 사랑을 빼앗길까 봐."

"……."

"나는…… 하나도 불안하지 않거든요."

"무슨 자신감이지?"

"자신감이라기보다…… 흐음, 이걸 어떻게 설명해야 하나……."

그건 준탁에게서 깊이 사랑받고 있다는 믿음과 신뢰에서 비롯된 것일 수도 있지만 오롯이 준탁이라는 캐릭터 자체의 이유이기도 했다.

"설명해봐요. 들어줄 테니까."

"영국왕립식물원 온실에 '엔케팔라르토스 우디(Encephalartos woodii)'라는 수꽃만 피우는 노총각 나무가 있어요."

"노총각 나무?"

준탁이 벤치 등받이에 팔을 얹고 아예 정원 쪽으로 몸을 틀었다.

"남아프리카가 서식지인 소철류인데 이 노총각 나무만 남고 모두 멸종해버렸어요. 많은 식물학자와 연구원들이 서식지를 뒤지며 암그루를 찾아 헤맸지만 불행하게도 아직 발견하지 못했대요. 그래서 그 노총각 나무는 지금까지 혼자 외롭게 수꽃만 피우고 있죠."

"그래……서요?"

준탁이 그 소철과 질투와 자신감 사이에 무슨 상관관계가 있냐는 듯 한쪽 눈썹을 치켜세웠다.

"그래서……."

세상 끝 어딘가에 있을, 아직 발견되지 않은 마지막 암그루가 자신이길 소망한다는 말은 하지 않기로 했다. 대신 붉게 그을린 준탁의 얼굴을 바라보며 피식 웃었다. 어쩐지 에밀리의 행동이 이해되는 기분이다. 멸종 위기종 같은 이 남자를 놀려 먹는 재미가 있다.

"배고프다고요. 밥 먹으러 가요."

정원은 벤치에서 일어나 여전히 골똘하게 생각 중인 준탁의 손을 잡아당겼다.

"밥이 코로 들어가는지 입으로 들어가는지 모르겠다."

봄봄이와 겨울이를 묶어두고 온 도희는 목이 타는지 맥주를 벌컥벌컥 들이켰다.

먹성 좋은 열세 마리의 개들과 함께 밥을 먹는다는 건 전쟁이나 다름없었다. 결국 '기다려' 따위 개무시하는 녀석들을 식사하는 동안만이라도 리드 줄로 묶어두자고 합의를 보고서야 그나마 식사를 할 수 있었다.

"여기 앉아도 돼요?"

앉아도 된다고 말하기도 전에 에밀리가 정원과 준탁이 앉은 테이블에 끼어 앉았다. 고기는 고작 서너 점이고 절반이 샐러드인 접시를 내려놓으며 에밀리는 노골적으로 정원을 뜯어보았다.

"등심은 민트 젤리랑 먹으면 맛있는데. 드실래요?"

에밀리가 초록색 소스를 접시에 덜며 물었다.

"네. 조금만."

양고기를 먹을 때 말고는 너무 달아서 즐겨 먹지 않는 소스지만 정원은 고개를 끄덕였다. 에밀리가 정원의 접시에 민트 젤리를 덜어주었다.

"감독님은요?"

"난 됐어."

"아, 감독님은 치미추리 소스죠? 음…… 그 소스는 없네? 머스터드 드려요? 아님 고추냉이?"

에밀리가 테이블 가운데 놓인 소스병들을 뒤적이다 도희의 맥주잔을 건드렸다. 순발력 좋은 도희가 잽싸게 낚아채지 않았다면 쏟아질 뻔했다.

"제발 좀……. 알아서 먹을게."

부산스러운 에밀리에게 한마디 하려던 준탁은 고개를 흔드는 정원의 눈치를 보고 최대한 목소리를 내리눌렀다.

"흥. 나한테는 만날 호랑이면서 누구 앞에서는 순한 양인 듯."

에밀리가 혼잣말처럼 입술을 삐죽거리더니 스테이크와 샐러드를 입안 가득 넣고 우물거렸다.

"피부 좋은 거 빼고는 그냥 뭐, 평범하네."

정원이 고기를 썰다 말고 에밀리를 바라보았다. 에밀리가 어깨를 으쓱하며 '내가 뭘요?' 하는 얼굴로 정원의 시선을 맞받아쳤다.

"그렇게 조금 먹고 괜찮겠어요?"

정원이 당근만 골라내고 싹 비운 에밀리의 접시를 가리켰다.

"난 좀 더 먹고 싶은데 한 덩이 가져와서 나눠 먹을래요?"

정원의 제안에 에밀리가 갈등하는 눈빛으로 침을 꿀꺽 삼켰다. 정원은 스테이크 한 덩이를 더 가져와 3분의 2쯤 잘라 에밀리의 접시에 덜어주고 나머지는 준탁의 접시에 담아주었다.

"나는 왜?"

준탁이 정원을 바라보았다.

"드세요. 내 밥그릇 챙기는 거니까."

정원이 눈을 찡긋하자 준탁이 피식 웃었다.

"오늘 에밀리 씨 오시는 거 알았다면 앨범 가져왔을 텐데…… 아쉽네요. 다음에 만나면 앨범에 사인 꼭 부탁드려요. 에밀리 씨 팬이에요."

에밀리가 고기를 씹으면서 눈을 가늘게 뜨고 정원을 바라보았다. '내가 니 속을 몰라?' 하는 눈빛이다.

"뭐예요? 감독님 앞에서 착한 여자 코스프레 하는 건가?"

"에밀리!"

준탁이 경고하듯 에밀리를 불렀다.

"진짜 팬인데요."

정원은 잠시 고민하다가 휴대전화를 꺼내 작년 여름에 '월간정원'에 연재했던 글을 에밀리에게 보여주었다.

불꽃 같은 '글로리오사', 에밀리의 'Never Say Never' 뮤직비디오를 본 순간 떠올랐던 꽃입니다. 비디오 속, 불새처럼 아름다운 에밀리를 꽃으로 표현한다면 저는 주저 없이 글로리오사를 선택하겠습니다.

……

찰나의 순간을 화려하게 장식하고 사그라지는 불꽃이 아니라 향나무를 높이 쌓아올려 제 몸을 태우고 거듭 태어나는 불새처럼, 해마다 여름밤이면 피어나는 글로리오사처럼, 자신만의 색과 향을 가진 아티스트로서의 행보가 계속되길 응원합니다.

"이게 글로리오사라는 꽃이에요?"

글로리오사의 세밀화를 들여다보는 에밀리의 눈동자가 촉촉하게 반짝였다.

"직접 그리신 건가요?"

"네."

"이 그림, 제가 살 수 있어요?"

"음…… 파는 건 아닌데, 마음에 들면 선물할게요."

"진짜요?"

정원이 고개를 끄덕이자 에밀리가 "꺄악!" 소리를 지르며 다짜고짜 정원을 끌어안았다. 에밀리에게 안긴 채 준탁과 눈이 마주쳤다. 준탁이 어이없다는 듯 두 사람을 바라보다 결국 웃음을 터트렸다.

* ◆ *

"자자, 시작합니다. 어서들 오세요."

우정우 대표가 사람들을 불렀다. 바비큐 파티를 마치고 열세 마리의 골든레트리버와 서른 명에 가까운 사람들이 스크린 앞 잔디밭에 옹기종기 모였다. 담요를 깔고 아예 드러누운 사람들도 있었고 빈백을 가져와 앉은 사람들도 있었다. 정원은 준탁에게 기대고 앉아 다큐멘터리가 시작되길 기다렸다. 이윽고 캠핑장의 조명이 꺼지고 스크린이 밝아졌다.

경수와 제니

쇼팽의 '강아지 왈츠'가 흐르고 체리가 썼다는 귀여운 손글씨 제목이 떴다. 첫 장면은 제니와 경수가 불두화가 가득 핀 공원에서 그네를 타는 모습으로 시작됐다. 스크린 속 경수를 보자 눈물이 나올 거 같아 심호흡하며 하늘을 올려다보았다. 준탁이 정원의 어깨에 감싸고 가만히 토닥였다.

"제니가 임신을 했다. 날벼락을 맞은 기분이다."

어머, 조나무 배우가 내레이션 했나 봐.
익숙한 목소리의 내레이션이 나오자 여기저기서 수런거렸다.

"오빠는 속이 새까맣게 타는데, 철없는 제니는 남자친구와 그네를 타며 좋단다."

제니가 경수의 발 위에 제 발을 올려놓자 경수가 슬그머니 발을 뺐다. 제니가 장난꾸러기처럼 헤헤거리며 다시 경수의 발에 제 발을 올려놓았다. 제니의 행동에 사람들이 웃음을 터트렸다. 정원과 준탁도 웃었다.

"제니의 남자친구가 놀러 왔다."

"경수야, 안녕하세요, 해야지."

갑자기 스크린에 정원의 모습이 떴다. 사람들이 오오, 하며 정원을 돌아보았고 정원은 부끄러워 고개를 숙였다. 왜건을 끌고 현관으로 들어서는 모습은 자신이 봐도 너무 어색했다.

"경수의 누나는 제니가 행복해 보인단다. 인정하고 싶지 않지만 솔직히 내 눈에도 그래 보인다."

제니가 경수를 발견하고 껑충껑충 뛰어오르며 앞발로 거실 창을 쿵쿵 두드렸다. 그리고 통통한 엉덩이를 씰룩거리며 경수를 이곳저곳 데리고 다니면서 집 구경을 시켜주었다. 두 녀석이 잔디밭에 드러누워 일광욕하며 낮잠을 자는 모습이 더없이 평온했다. 그날의 벌 소동이 생각나 정원은 고개를 들어 준탁을 바라보았다. 준탁도 같은 생각을 했는지 피식 웃으며 정원의 이마에 가볍게 입맞춤을 했다.

"제니 새끼들의 심장 소리를 들었다. 나는 바보같이 딸인지 아들인지 물었다. 딱히 알고 싶다기보다 무슨 말을 해야 할지 알 수가 없었다."

제니는 겁에 질린 듯 눈동자를 굴리며 진료대에 누워 있었고 많이 부풀어 오른

배가 꿈틀거렸다. 제니를 검진하는 이나의 모습도 나왔다. 모니터에 팔딱거리는 완두콩만 한 심장과 작은 갈비뼈들이 보였다. 우퍼를 통해 심장 박동 소리가 쿵쿵 울리자 열세 마리의 개들이 동시에 고개를 갸웃거리며 스크린을 바라보았다.

"파랑아, 저게 너야." 하는 아이의 목소리가 들렸다.

비발디의 사계 중 여름의 3악장이 흘러나오고 비가 세차게 쏟아졌다. 시커먼 하늘을 배경으로 대나무가 바람에 휘청거렸다. 천둥이 치는 날이다. 제 꼬리를 물고 뱅글뱅글 도는 제니. 으르렁거리는 제니를 경수가 덮치듯 눌러 진정시키고 핥아주었다. 버둥대던 제니가 얌전해지고 두 녀석은 누더기 같은 담요에 뒹굴거리다 잠이 들었다.

"경수는…… 집을 잃은 천사처럼 저한테 왔어요."

비가 내리는 창가에 앉은 정원이 또 나왔다.

"경수의 누나는 경수를 천사라고 했지만 내 눈에는 그저 볼품없이 늙은 개에 불과했다. 그랬는데 저 녀석이 궁금해지기 시작했다."

언제 저런 모습들을 찍었을까.

높은 곳에 올라가 내려오지 못하고 낑낑대는 강아지에게 경수가 느릿느릿 다가갔다. 마치 형 믿고 내려와봐 하는 얼굴로 강아지의 엉덩이를 코끝으로 툭툭 밀며 내려오게 했다. 강아지가 무사히 내려오자 경수는 아무 일 없었다는 듯 자신의 자리로 되돌아가 볕을 쐬었다. 정원도 몰랐던 경수의 모습들이다.

"개 주제에 기품이 있는 녀석이다. 나는 경수를 제니의 남자친구로 인정할 수밖에 없었다."

경수가 벽돌 틈에 핀 제비꽃을 고요한 시선으로 바라보고 있었다. 점잖게 앉아 있다가 눈을 감은 채 고개를 들고 바람의 냄새를 맡았다. 바람에 경수의 성성한 털이 날렸다. 비록 늙고 털에 윤기도 없었지만 화면 속의 경수는 점잖고 우아했다. 정원은 준탁이 경수를 저런 시선으로 바라보고 있다는 걸 알지 못했다. 울지 않으려고 했는데 눈물이 뺨을 타고 흘렀다.

"제니가 진통을 시작했다."

드디어 화면 속에 열두 녀석의 모습이 나오고 수술 후 마취가 덜 풀린 제니와 그런 제니의 곁을 지키는 경수의 모습이 나왔다.

정원은 눈물을 닦아내고 녀석들이 성장하는 모습을 바라보았다. 전쟁 같았던 순간들이 2배속으로 재생되자 코믹하고 웃겼다. 사람들은 웃음을 터트렸지만 그 폭풍의 한가운데 있었던 정원과 준탁은 웃을 수 없었다. 별이가 처음 눈을 뜬 모습이 나왔다. 차례로 눈을 뜨고, 짖는 걸 배우고, 뒤엉켜 장난치고, 울타리를 단체로 탈출했다. 탈출한 강아지들을 경수가 물어 울타리에 다시 집어넣었다.

어머, 우리 여름이다.

자신의 강아지가 클로즈업될 때마다 입양한 가족들이 환호하고 박수를 치며 즐거워했다.

"녀석들을 떠나보낼 때가 왔다. 당연한 수순이지만 우울하다."

제니는 아무 생각 없이 놀러만 다니고 경수는 탁한 눈동자로 제 새끼들을 지켜보았다. 경수는 한 마리씩 엉덩이를 핥아주고 제 새끼의 냄새를 기억하려는 듯 킁킁거렸다. 옥상 정원에서 사진을 찍는 장면이 나왔다. 천진하게 꽃밭을 뛰어다니는 녀석들 사이사이 정원도 보였다. 말없이 스크린을 바라보던 준탁이 어깨를 감싼 손에 힘을 주어 정원을 바짝 끌어안았다.

"녀석들이 모두 떠났다."

무지개와 사계절이 주인을 만나는 장면들이 나왔다. 정원이 그랬던 것처럼 어린 소녀가 강아지를 안고 울음을 터트렸다. 너무 행복해서라는 걸 정원은 안다. 각자의 주인을 만난 강아지들의 일상들이 콜라주로 편집되어 스크린을 가득 채웠다.

"그리고 어떤 개는 때늦은 후회를 한다."

에릭 사티의 짐노페디가 흐르고 빈 울타리가 나왔다. 강아지들이 물어뜯은 매트와 울타리, 미처 가져가지 못한 장난감을 비추던 카메라가 황금빛 토실토실한 발을 비추었다. 늦여름의 햇살이 깊숙이 들이친 빈 공간에 제니가 어리둥절한 표정으로 서 있다. 낑낑대며 새끼들을 찾아다니던 제니가 목을 길게 빼고 하울링을 했다.
그 모습을 바라보던 열세 마리의 개들이 돌림노래처럼 하울링을 해댔다. 사람들은 웃음을 터트렸고 하울링은 캠핑장을 둘러싼 산속에서 오래도록 메아리쳤다.

"갑작스러웠던 우리의 여정이 끝났다."

정원이 제니와 경수를 양팔로 끌어안고 있는 뒷모습이 나왔다. 옥상 정원의 벤치에 나란히 앉아 분홍빛으로 물든 하늘을 바라보고 있었다. 바람이 불었고 정원의 머리카락과 경수와 제니의 털이 부드럽게 흩날렸다.

"그리고 경수도 긴 여행을 떠났다."

스크린 속, 준탁이 슈렉 같다고 놀린 초록색 바라클라바를 쓴 경수와 정원이 서로를 바라보며 환하게 웃고 있었다. 의지와 상관없이 후드득 눈물이 떨어졌다.

"잠시, 화장실 좀……."

정원은 급하게 스크린 앞을 떠났다. 담담해지려고 했는데 경수의 부재는 여전히 정원을 힘들게 했다.

"마셔요."

텐트 뒤 으슥한 곳에 앉아 훌쩍거리는데 준탁이 정원의 옆에 앉으며 텀블러를 내밀었다.

"밀크티, 뜨겁고 달달하게 해달라고 했어요."

정원은 손바닥으로 뺨을 쓸어내리고 텀블러를 받아 들었다. 준탁은 정원이 밀크티를 마시는 동안 묵묵히 기다려주었다.

"우리 경수…… 잘 도착했겠죠?"

정원이 하늘을 올려다보았다.

"그거 압니까? 진짜 강아지별이 있답니다. 큰개자리의 알파 별 시리우스. 겨울이 돼야 보이려나……."

준탁이 정원을 따라 하늘을 바라보며 말했다.

"고마워요. 우리 경수 예쁘게 찍어줘서."

"고마우면 뽀뽀."

피식 웃고는 준탁이 내민 뺨에 뽀뽀를 해주었다. 옅은 땀 냄새와 함께 준탁의 향기가 났다. 정원은 무언가를 끌어안지 않으면 안 될 것 같은 그리움이 몰려와 준탁을 꼭 끌어안았다.

"사랑해요."

정원이 준탁의 귓가에 속삭이자 준탁이 정원의 뺨을 감싸고 깊게 입맞춤을 했다. 준탁의 입술을 받아들이며 정원은 유난히 반짝이는 별을 바라보다 눈을 감았다. 맞닿은 가슴으로 전해지는 심장의 울림이 마음을 가라앉혀주었다. 방울벌레와 긴꼬리의 울음소리가 세레나데처럼 귓가에 재잘거렸다. 멀리 사람들의 목소리가 들리고 강아지들이 컹컹 짖는 소리도 들렸다.

"어머, 뭐야. 저게 왜 나와. 안 돼, 안 돼. 우 대표 얼른 꺼."

갑자기 나나의 비명이 들렸다.

무슨 일이지?

정원과 준탁은 키스를 멈추고 야외 무대 쪽으로 고개를 돌렸다.

시사회장은 어수선했다. 나나는 정우와 노트북을 들여다보고 있었고 한나가 자리에서 일어나 상황을 지켜보고 있었다. 무엇보다 무대로 돌아온 정원과 준탁을 바라보는 사람들의 시선이 묘했다. 에밀리는 시무룩했고 도희는 할 말 많다는 얼굴이었다.

설마…… 키스하고 온 게 표시가 나나?

뺨이 확 붉어졌다. 정원은 슬그머니 손등으로 입술을 가렸다.

"형, 뭔데?"

준탁이 무대로 올라가 정우를 다그쳤다.

"뭐긴. 마이크 준비하는 거 안 보여? 에밀리가 노래 불러준다고 해서."

정우가 준탁의 시선을 피하며 노트북을 닫으려 했다.

"언니가 나왔어요."

체리가 무대에 팔꿈치를 올려놓고 참견했다.

"언니?"

"정원이 언니만 계속 나오는 영화."

"뭐?"

준탁이 정우를 노려봤다.

"아니, 나는 쿠키영상인 줄 알고……."

정우가 변명했다.

"대체, 뭘 연 거야. 버전 2라고 했잖아."

"버전 2라고? 난 1인 줄 알았는데?"

"미치겠네. 끝까지 다 봤어?"

"……."

"봤어, 안 봤어?"

"앞부분 쬐끔. 나나가 소리 지르는 바람에 급하게 껐지. 근데…… 정원 씨는 이 영상 몰라?"

"아무 말도 하지 마!"

"민 감독!"

준탁이 너무 심하게 정우를 몰아붙이자 보다 못한 나나가 끼어들었다.

"아니…… 그렇게 중요한 거면 어디 직박구리나 개똥지빠귀 같은 폴더에 잘 숨 겨놨어야지."

"이게 무슨 야동이야?"

준탁이 버럭 소리를 질렀다.

"준탁 씨."

무언가 잘못된 모양이다. 정원이 다가가 흥분한 준탁의 팔을 잡았다.

"아니, 아무것도 아닙니다."

"야동……이라뇨?"

정원은 '야동'이라는 단어가 몹시 거슬렸다.

"야동 아닙니다."

"아까 체리가 내가 나오는 영화라고…….."

하아. 준탁이 머리카락을 쓸어넘기며 한숨을 쉬었다.

준탁은 말없이 노트북을 챙기고 정원의 손을 잡고 앞서 걸었다. 사람들의 시선 이 등 뒤에서 주렁주렁 매달려 따라왔다.

"오늘 여기서 도희 씨랑 잘 거죠?"

준탁이 정원의 텐트 앞에서 걸음을 멈추었다.

"바탕화면에 '제니와 경수' 버전 1 파일 있어요. 야동 아니니까 그거 열어보고 오늘 밤 이 텐트에서 나오지 마요. 별이는 내가 데리고 잘 테니까."

정원은 준탁이 내미는 노트북을 얼결에 받아 들었다.

"잘 자요. 내일 봅시다."

아직 10시도 안 됐는데요?

준탁이 서너 개의 계단을 한꺼번에 풀쩍 뛰어내렸다. 어쩐지 부끄러워 도망가는 소년 같았다.

정원은 손에 든 노트북을 잠시 바라보다가 텐트 안으로 들어갔다. 자리를 잡고 준탁이 열어보라는 파일을 열었다. 조금 전 봤던 '제니와 경수'였다.

또 보란 얘긴가?

중간부터 볼까 하다가 내친김에 '제니와 경수'를 한 번 더 보았다. 여전히 눈물이 나왔지만 처음보다는 나았다.

나오는 개들

사고 친 개 1 제니

사고 친 개 2 경수

무지개와 사계절 그리고 별

겁 많은 강아지 폴

특별출연

경수 누나 정원

제니 오빠 준탁

내레이션

초록이 형 나무

장난스러운 엔딩 크레딧을 보며 웃음도 터트렸다. 크레딧이 모두 올라가고 까만 화면만 떴다. 이게 끝인가, 싶었는데 싸르락대는 바람 소리가 흘러나오고 클로즈업된 누군가의 목 부분이 화면을 가득 채웠다. 눈에 익은 패턴의 스카프였다.

세상에.

네버 세이 네버

정원이 숨을 삼키며 입술을 가렸다.

카메라가 정원의 턱을, 입술을, 햇살이 어른거리는 뺨을 쓰다듬듯 스치고 지나갔다. 바람에 머리카락이 날리고 드러나는 목덜미를, 귓불을, 귓바퀴를, 솜털을 카메라는 집요하게 응시했다. 내 귀가 저렇게 생겼구나…….

정원은 제 귀가 저렇게 생겼다는 걸 처음 알았다.

저 남자는…… 이런 시선으로 나를 보고 있었던 걸까?

따뜻한 손가락으로 애무를 받는 것처럼 나른해지고 동시에 숨이 가빠왔다.

바라본다.

이 단순한 행위에 이토록 많은 감정을 담을 수 있다는 걸 정원은 알지 못했다. '시네마천국'의 알프레도가 남겨준 키스 신을 바라보는 토토처럼 정원은 화면 속의 여자를 보았다.

비 오는 날의 어둑한 거실에 앉아 있는 여자.

여름밤, 원피스가 바람에 날려 몸의 윤곽이 고스란히 드러난 여자.

옥상 정원에서 노을을 바라보다 고개를 돌리며 웃고 있는 여자.

온몸에 뜨거운 키스를 받는 기분이었다. 텐트 한가운데 누워 눈을 감았다. 울컥 눈물이 났다.

"야동 맞네."

정원은 어둠 속에서 눈두덩을 꾹 누르고 웃었다.

멀리서 에밀리의 노래가 들렸다. 에밀리의 아름다운 목소리를 들으며 아침이 빨리 오길 기다렸다.

* ◆ *

여명이 비치자마자 준탁은 자리에서 일어났다. 긴 밤이었다. 눈을 감고 있었던 시간보다 뜨고 있었던 시간이 더 길었다. 준탁이 바람막이 재킷을 입으며 부스럭거리자 자고 있던 제니와 별이가 고개를 들었다.

"미안. 더 자."

준탁이 속삭이자 이내 털썩 고개를 떨어뜨리고 눈을 감았다. 어제 그렇게 뛰어다녔으니 피곤할 만했다. 피곤한 사람이 또 있다. 새벽까지 에밀리에게 붙잡혀 건반을 쳐야 했던 나무는 초록이를 끌어안고 업어 가도 모를 만큼 깊이 잠들었다. 준탁은 담요를 끌어와 나무의 어깨를 덮어주고 텐트를 나섰다.

서늘한 공기를 깊숙이 들이마시며 낙엽송 우듬지에 걸린 새벽달을 올려다보았다. 샛별이 아직 떠 있었다. 준탁은 휴대전화의 시간을 확인하고 옆 텐트를 바라보았다. 정원이 자고 있는 텐트는 고요했다. 잘 자라고 했더니 진짜 너무 잘 잔다. 누구는 혹시나 연락이 올까 뜬눈으로 밤을 새웠는데.

조금 있으면 개들도 깨고 사람들도 일어날 텐데, 어수선해지기 전에 정원을 만나고 싶었다. 메시지를 보낼까 말까 망설이는데 옆 텐트의 지퍼가 열리는 소리가 났다. 준탁은 텐트 뒤로 몸을 숨겼다.

정원이었다.

숙면을 취한 듯 상쾌한 얼굴을 보자 괜히 심술이 났다. 심호흡하며 기지개를 켜는 정원을 와락 덮쳤다. 비명을 지를 틈도 없이 따뜻하고 매끄러운 입술을 삼켰다. 익숙한 향기가 훅 끼쳤다.

"여기서 뭐 해요?"

입술을 겨우 떼자 정원이 속삭이듯 물었다.

"나오지 말랬더니 진짜 안 나오데?"

준탁이 삐친 아이처럼 툴툴거렸다.

"설마, 밤새웠어요?"

"자다 깨다 했어요. 혹시나 뻐꾸기 소리가 들릴까 봐."

준탁이 장난스럽게 손을 모아 뻐꾸기 울음소리를 냈다. 사람들이 깰까 봐 정원은 소리 죽여 웃었다.

"산책 갈래요?"

정원이 준탁의 손을 잡았다. 두 사람은 이슬이 내린 산책로를 천천히 걸었다.

정원의 스니커즈가 이슬에 젖어 짙어졌다.

"잠깐."

준탁은 느슨해진 정원의 신발 끈을 조이고 나비 모양으로 매듭을 지어주었다.

"고마워요."

뒤통수 위로 정원의 따뜻한 숨이 닿았다.

"봤어요?"

풀리지 않은 다른 쪽 신발 끈까지 괜히 풀어 다시 매듭을 지으며 물었다.

"야동 맞던데요."

"대체, 어디가?"

준탁이 고개를 들자 정원의 눈동자가 장난스럽게 반짝였다.

"야한 마음으로 찍었으면 야동 맞죠."

"……."

맞는 말이기에 반론할 여지가 없었다.

"기분 나빴습니까?"

"음…… 슬프고 야한 연애편지를 받은 기분이었어요."

불면의 밤, 정원이 보고 싶을 때마다 한 컷 한 컷 붙여가며 만든 영상이었다. 그러니 슬픈 연애편지라는 말이 아주 틀린 건 아니다. 곧 다가올 정원의 생일날 프러포즈하려고 편집 중이었는데 정우 때문에 다 망쳐버렸다.

"그래서?"

"그래서…… 답장이에요."

정원이 허리를 숙여 준탁의 이마에 입맞춤을 해주었다.

"뭐야. 답장이 하나도 야하지 않잖아."

준탁은 피식 웃고는 팔을 뻗어 정원의 뒤통수를 감싸고 말랑한 입술에 야한 키스를 돌려주었다. 준탁의 입술 아래에서 정원이 웃음을 터트렸다.

"오늘 날씨가 좋을 거 같네."

고개를 들고 하늘을 바라보았다.

달은 사라지고 동쪽 하늘이 귤빛으로 물들기 시작했다. 정원이 산책로에 핀 레드클로버 한 송이를 꺾었다.

"그러게요. 프러포즈하기 딱 좋은 날씨네요."

정원이 이슬에 젖은 꽃을 뱅그르르 돌렸다.

"프러포즈?"

정원의 얼굴과 하얀 손가락 사이에서 뱅글뱅글 돌아가는 클로버꽃을 번갈아 바라보았다. 정원이 준탁에게로 한 걸음 다가왔다. 그러고는 머뭇머뭇 준탁의 귀에 붉은색 클로버를 꽂아주었다.

"뭡니까?"

준탁이 움찔 놀랐다.

"프러포즈요."

정원이 속삭였다.

"……."

"준탁 씨, 우리…… 네버랜드 갈래요?"

정원이 뺨을 붉히며 준탁에게 손을 내밀었다. 정원의 눈동자와 속눈썹에 아침 노을이 내려앉아 반짝거렸다.

내 여자는 수줍어하면서 할 건 다 한다.

준탁은 정원이 그랬던 것처럼 레드클로버 한 송이를 꺾어 정원의 약지에 감아주었다. 그리고 손목 안쪽 맥박이 뛰는 곳에 깊은 입맞춤을 했다.

"갑시다. 네버랜드."

|

두 사람

이제야 비로소 작별하지 못한 이별에
안녕을 빌어줄 수 있을 거 같았다.

華而不侈

"화이불……치?"

정원은 스프링 노트 표지에 붙어 있는 포스트잇을, 정확히는 두꺼운 네임펜으로 날려쓴 한자를 들여다보며 고개를 갸웃했다.

"이게 뭔가요?"

나나가 소개해준 파티플래너에게 물었다.

"화려하지만 사치스럽지 않게. 민 감독님이 원하시는 결혼식이죠."

자신을 '마틴'이라고 소개한 파티플래너는 반짝이는 라벤더 빛깔 손톱으로 포스트잇을 톡 건드렸다.

"준탁 씨를 만나셨어요?"

"LA로 출국하기 전에 불가능에 가까운 미션을 던져주고 가셨습니다."

말은 그렇게 하면서도 마틴은 여유로운 미소를 지었다.

- 혼자 준비하게 해서 어쩌지.

준탁은 혼자서 결혼 준비를 하게 된 정원에게 몹시 미안해했다.

- 차라리 결혼식을 미룰까?

준탁은 마음에도 없는 소리까지 했다. 지난해 가을 토론토를 비롯해서 연이은 해외 영화제 프로모션 때문에 준탁은 내내 출장 중이었다. 그래도 LA를 마지막으로 기나긴 출장의 끝이 보이긴 했다.

"지니 같은 사람이니까 정원 씨는 원하는 게 있으면 램프처럼 문지르기만 하면 돼요."

갑자기 진행이 빨라진 지의류 도감 프로젝트 때문에 정원도 바빠지자, 보다 못한 나나가 오랜 친구이자 파티 이벤트 업계 최고의 스페셜리스트인 마틴을 소개해주었다.
"자, 시작해볼까요?"
마틴은 전투력이 상승된다는 듯 의자를 바짝 당겨 앉았다.
"정원 씨는 어떤 결혼식을 원하세요?"
"저는 딱히……."
정원은 고개를 저었다. 결혼식이 코앞인데도 머릿속에 그려지는 이미지가 없었다.
"막연하게라도."
마틴이 포위를 좁혀오듯 정원 쪽으로 상체를 조금 더 숙였다.
결혼식을 하게 된다면 작은 정원이 딸린 한적한 곳에서 부모님과 자매들과 가까운 지인들만 초대해 소위 '스몰 웨딩'을 하면 어떨까, 막연하게 생각하기는 했다.

"소박하지만 초라하지는 않았으면 해요."

"왠지 그럴 거 같았어요. 정원 씨 처음 본 순간 딱 필이 왔거든요. 수국이나 작약이 피어 있는 아담한 정원에서 소수의 사람들만 모여서 소곤대듯 치러지는 조용하고 담백한 결혼식 말이죠?"

정원의 머릿속을 들여다본 것처럼 마틴이 말했다.

"어쩐다. 신랑은 화려하게, 신부는 소박하게. 두 사람의 생각이 정반대네요."

"저는 상관없으니까 준탁 씨가 원하는 대로 해주세요."

정원은 정말 상관없었다. 준탁의 취향이 자신의 기준으로 좀 과하다 해도 준탁이 원한다면 기꺼이 따라주고 싶었다.

"흐음. 민 감독님은 무조건 정원 씨가 하고 싶은 대로 진행하라고 하셨는데."

마틴은 두 손을 모아 깍지를 낀 채 손가락을 까딱댔다.

"콘셉트를 정하기 전에 이거 한번 볼래요? 보여주지 말라고 했는데, 보셔야 할 거 같아서요."

잠시 고민하던 마틴이 포스트잇을 떼고 정원에게 노트를 건넸다.

두 사람

포스트잇을 뗀 자리에 '두 사람'이라는 타이틀이 먼저 눈에 들어왔다. 표지를 넘기자 카메라 앵글과 카메라 워크, 배우들의 의상, 배경의 컬러와 장식들, 조명의 종류와 위치까지 상세하게 기록된 스토리보드가 펼쳐졌다.

"영화 콘티인가요?"

노을이 내려앉는 숲의 전경을 찍던 드론 카메라가 먹이를 발견한 독수리처럼 수직으로 하강하며 바람을 일으키고 그 바람에 신부의 길고 긴 베일이 슬로 모션으로 흩날렸다. 콘티만으로도 생생한 영상이 떠올랐다.

"어때요?"

마틴이 물었다.

숲 한가운데, 등꽃 같은 조명을 밝힌 오솔길을 걷는 신부의 드레스 자락이 더 없이 아름다웠다.

"아름답네요."

"맞아요. 너무 아름답죠? 그래서 완성시켜주고 싶네요, 한 남자의 로망을."

"......?"

정원이 스토리보드에서 눈을 떼고 마틴을 바라보았다.

"그 스토리보드 민준탁 감독님 거예요. 주인공은 당연 정원 씨고요."

"네?"

정원은 멍하니 입술을 벌린 채 페이지를 몇 장 더 넘겼다. 거의 모든 장면에 등장하는 신부가 어쩐지 정원을 닮은 거 같기도 했다.

"이렇게 디테일하고 취향 확고한 신랑은 처음 봐요."

마틴이 스토리보드의 한 장면을 가리켰다. 골든레트리버 한 녀석이 조그마한 바구니를 물고 버진 로드를 걸어가는 모습이 보였다.

제니 : 링 베어러 완벽수행

연필로 적어놓은 준탁의 글씨를 보고 정원은 그만 웃고 말았다.

- 예산 같은 거 신경 쓰지 말고 당신이 원하는 대로 해요. 난 전혀 상관없으니까. 크루즈 웨딩도 좋고, 그냥 구청에 가서 혼인신고만 하자고 해도 오케이.

그랬으면서.

"이런 일 하다 보면 형식적인 걸 귀찮아하는 신랑들이 꽤 있거든요. 신부가 원하니 해준다, 그런 분위기. 그런데 사실 형식이란 게 마음을 담는 그릇이잖아요."

마틴이 정원을 따라 웃으며 말했다.

"학창 시절 아르바이트를 진짜 빡세게 많이 했는데, 어떤 고용주는 내가 보는 앞에서 지갑을 꺼내 현금을 세서 주기도 했고, 어떤 사장님은 흰 봉투에 넣어서 주시기도 했죠. 같은 돈인데도 봉투에다 받으면 왠지 내 노동이, 내가 존중받는 느낌이랄까. 별거 아닌데도 그랬어요. 수고했다는 짧은 메모까지 들어 있으면 완전 울컥했죠. 뭐, 지금이야 폰으로 바로바로 이체하는 시대이긴 하지만."

마틴이 어깨를 으쓱했다.

"이 업계에 발을 디디면서 결심했어요. 내 이벤트의 아이덴티티는 그 '봉투'라고요. 물론 이벤트가 아름다울 수 있는 건 그 봉투 안에 든 내용이 충실해서겠죠. 이 스토리보드 속 신부를 바라보는 신랑의 마음처럼."

바구니에 꽃과 작은 리본까지 그려 넣은 준탁의 스토리보드를 바라보며 정원은 낮게 한숨을 쉬었다. 이토록 섬세한 사람이 어둡고 거친 시간을 어떻게 부서지지 않고 견뎌왔을까. 경험상 섬세함은 흔히 아름다움을 동반한다. 그리고 그 아름다움은 작은 저항에도 쉽게 부서진다.

"잘 부탁드리겠습니다."

마틴과의 미팅을 끝낸 정원은 불현듯 준탁의 목소리가 듣고 싶었다. 지금 LA가 몇 시인지 계산하지도 않고 무작정 통화 버튼을 눌렀다.

- 왜? 왜? 왜? 무슨 일이야?

두 번째 벨이 울리기도 전에 준탁이 전화를 받았다. 자다가 깼는지 목소리가 잠겨 탁하게 갈라졌다.

"신부 역으로 캐스팅한 배우 말이에요."

정원의 말에 전화기 너머로 아아, 하는 소리와 함께 풀썩 이불 위로 쓰러지는 소리가 났다.

- 난 또 뭐라고. 새벽 3시에 전화한 이유가 그겁니까?

"배우가 신통치 못할 거 같아서요."

- 하하. 괜찮아요. 웃기만 하면 되니까. 내가 그 배우 캐스팅한 이유가 뭔지 알

아요?

"……."

- 웃는 게 너무너무 사랑스러워서.

정원은 걸음을 멈추고 로퍼 끝을 내려다보았다. 지켜보는 사람도 없는데 괜히 뺨이 화끈거렸다.

- 정원 씨?

"고마워요. 캐스팅해줘서. 최선을 다해볼게요."

준탁이 킬킬대며 웃었다.

- 뭐, 백일 사진이나 돌 사진 따위는 없지만 결혼 사진만큼은 괜찮게 남겨보자 하는 취지니까. 그래야 나중에 우리 아이들이 볼 거 아닙니까.

"……."

가여운 내 남자. 코끝이 찡해졌다.

눈앞에 있다면 꼭 안아주고 예쁜 이마에 입맞춤을 해줄 수 있을 텐데.

"새벽 3시에 깨워서 이런 말 하는 거 좀 그렇지만…… 사랑해요."

정원은 준탁의 대답도 듣지 않고 통화 종료 버튼을 꾹 눌렀다. 그리고 멈췄던 걸음을 서둘러 떼었다. 마음이 바빠졌다. 이제 곧 복숭아꽃이 필 테니까.

* ♦ *

목덜미에 닿는 따뜻한 숨에 눈을 떴다.

언제 침대로 돌아왔을까. 새벽까지 거실에서 키보드 두드리는 소리가 났었는데. 정원의 허리에 팔을 두르고 목덜미에 얼굴을 묻은 채 준탁은 고른 숨소리를 냈다. 정원은 준탁이 깰까 봐 잠시 그대로 누워 밝아오는 창을 바라보았다. 많이 좋아지긴 했지만 준탁은 여전히 수면장애를 겪고 있다.

정해진 시간에 일어나 정해진 스케줄대로 조금씩 개미처럼 일하는 정원과 달리 준탁은 폭풍처럼 몰아치듯 움직이는 사람이다. 무언가에 몰두하면 먹지도 자지도 않았다. 그러다 탈진하듯 쓰러져 자다 깨다를 반복하는 불안한 수면을 취했다. 시나리오 작업에 들어가면 그 정도가 더 심해졌다. 직업이 직업이니만큼 어쩔 수 없다지만 타고난 예민함도 한몫했다. 정원은 그런 준탁의 섬세함을 지켜주고 싶기도 하고, 조금은 누그러트려주고 싶기도 했다.

일어나야 하는데.

준탁의 손등을 쓰다듬다 정원은 습관처럼 준탁의 손톱을 확인했다. 물어뜯은 흔적 없이 말끔했다. 깨끗한 손톱과 손가락을 흐뭇하게 바라보다 약지에 낀 아무런 장식 없이 밋밋한 결혼반지에 살짝 입을 맞췄다. 준탁은 정원이 결혼반지에 뽀뽀할 때마다 질색했지만 정원은 반지를 볼 때마다 행복했던 결혼식이 떠올라 미소가 지어졌다.

정원의 결혼식은 준탁이 원했던 것처럼 화려하고 우아했다. 날씨는 더없이 온화했고 노을마저 현실성 없이 아름다웠다. 열세 마리의 골든레트리버도 보타이와 리본을 매고 한자리에 모였다. 영화를 찍듯 바짝 붙어서 촬영하는 스태디캠이 신경 쓰이기는 했지만 견딜 만했다. 제프쿤스의 '퍼피'처럼 꽃으로 만든 토피어리 게이트를 지나자 조나무 배우가 결혼선물로 작곡해준 '신부를 위한 왈츠'가 연주되었다.

정원은 버진 로드 앞에 홀로 섰다. 준탁이 씩씩하게 혼자 걸어갔듯 자신도 그렇게 걸어 준탁에게 가고 싶었다. 윤 박사와 예 원장은 그런 정원의 뜻을 깊이 이해해주었다. 그럼에도 정원은 그 길 앞에서 잠시 망설였다. 할머니가 보고 싶었다.

"서정원."

노래하듯 정원의 이름을 불러주시던 할머니의 목소리가 듣고 싶었다. 엄마, 아빠가 보고 싶은데, 얼굴이 잘 떠오르지 않아 노을이 짙어지는 하늘을 바라보았다. 하객들이 웅성거렸다. 예 원장과 윤 박사와 자매들의 걱정스러운 시선이 날아왔다. 무엇보다 정원을 기다리고 있는 준탁의 얼굴이 하얗게 굳어졌다.

정원은 크게 숨을 들이마신 후, 구두를 벗고 이끼를 깐 버진 로드에 맨발을 내디뎠다. 벨벳 같은 이끼를 구두로 밟고 지나갈 용기가 나지 않았다.

준탁이 어이없다는 듯 웃음을 터트렸다.

라일락빛 하늘을 배경으로 등꽃 같은 조명이 반짝이고 따뜻한 바람이 베일을 쓰다듬고 지나갔다.

- 웃기만 하면 되니까. 내가 그 배우 캐스팅한 이유가 뭔지 알아요? 웃는 게 너무너무 사랑스러워서.

준탁의 디렉션은 단 한 가지였다. 정원은 환하게 미소를 지었다. 그리고 축축하고 서늘한 비단이끼를 밟으며 '신부를 위한 왈츠'에 맞춰 한 발 한 발, 그렇게 준탁에게로 걸어갔다.

"도망가는 줄 알았잖아요."

마침내 준탁의 손을 잡았을 때, 준탁의 입술에서 안도의 숨이 새어나왔다.

정원과 준탁은 손을 맞잡고 혼인서약을 하고 함께 성혼선언문을 낭독했다. 지금까지는 준탁의 스토리보드대로 완벽하게 진행되고 있었다. 드디어 세 번이나 리허설을 끝낸 제니가 등장했다. 목에는 소형 Go2 카메라를 달고 결혼반지가 든 작은 바구니를 문 채 제니는 특유의 미소를 지으며 굼실굼실 걸어왔다. 제니의 주의가 흐트러질까 봐 하객들은 소리 내지 않고 제니를 응원했다. 사람들의 숨죽인 환호에 제니는 더욱더 의기양양 걸었다.

바삭.

제니가 절반쯤 지나던 참이었다. 칭얼대는 모현에게 '떡뻥'을 쥐여준 동희가 자신의 실수를 깨닫기도 전에 제니의 콧구멍이 먼저 반응했다.

바삭.

모현이 한 입 더 베어 물고는 싫증이 났는지 떡뻥을 바닥에 던졌다. 그 순간, 제니의 눈동자가 갈등으로 흔들렸다.

"안 돼, 제발."

준탁이 정원의 손을 꽉 잡으며 불안하게 웅얼거렸다.

준탁의 애타는 마음을 듣기라도 한 듯 제니가 다시 걸음을 떼려는 순간, 갑자기 베리가 떨어진 과자를 날름 주워 먹었다. 그 모습을 지켜보던 모현이 까르르 웃으며 동희가 들고 있던 과자 봉지를 순식간에 낚아채서 통째로 바닥에 쏟아부었다. 제니의 인내심은 거기까지였다. 바구니를 던져버리고 과자로 돌진했다.

"안 돼! 제니!"

준탁이 이마를 감싸며 소리를 질렀다.

얌전하게 앉아 있던 냠냠이도 가세했다. 어느새 별이도 달려와 떡뻥 하나를 물고 달아났다. 초록색 보타이를 맨 녀석도 합세했다. 바구니가 개들의 발길에 차여 마구 굴러다녔고, 결혼반지도 떡뻥과 함께 사라졌다. 하객들의 웃음소리와 탄식이 동시에 터졌다.

"찾았다."

지은 죄가 큰 동희가 땀을 뻘뻘 흘리며 파헤쳐진 이끼 속에서 정원의 반지를 찾아냈다. 그러나 불행히도 준탁의 반지는 끝내 찾지 못했다.

"떡뻥이랑 같이 먹은 거 아닐까?"

세나의 말에 준탁이 털썩, 주저앉았다.

에밀리가 축가를 부르는 동안에도 준탁은 우울한 눈으로 동희를 노려보았다.

다행인지 불행인지 준탁의 반지는 제니의 배 속에서 발견됐다. 제니가 목에 걸고 있던 Go2 카메라에 떡뻥과 반지가 분홍색 커다란 혓바닥에 달라붙어 한꺼번에 제니의 입속으로 사라지는 모습이 고스란히 촬영되어 있었다. 제니는 구토 유도 주사를 맞고 요란하게 준탁의 반지를 뱉어냈다.

"뽀뽀하지 말라니까."

"깼어요?"

정원이 몸을 틀어 준탁을 바라보았다. 수염이 자란 턱이 해쓱했다.

"언제 들어왔어요?"

"4시쯤."

"더 자요. 피곤해 보여요."

파리한 눈가를 손바닥으로 꾹 눌러주었다.

"아니. 일어날래. 나도 예정원처럼 성실하고 근면한 인간이 될 거야."

준탁이 눈을 감은 채로 몸을 일으켰다. 잔뜩 뻗친 머리카락 때문에 개구쟁이 사내아이 같았다.

"무리하지 않아도 돼요."

같이 살게 되면서 준탁은 정원의 루틴에 맞추려고 애썼다. 올빼미처럼 밤을 꼴딱 새우고도 정원이 작업실로 출근하기 전까지 반수면 상태로 어슬렁거렸다. 토마토 수프를 앞에 두고 졸고 있는 준탁의 손에서 숟가락을 빼내 침실로 데리고 간 적이 한두 번이 아니다.

"푹 자고 이따가 점심 같이 먹어요."

정원은 준탁을 침대에 다시 눕히고 바디필로우를 안겨주었다. 준탁이 아이처럼 베개를 안고 몸을 웅크렸다.

"뽀뽀."

정원은 피식 웃고는 준탁의 이마에 쪽 소리가 나게 입맞춤을 하고 목까지 이불을 덮어주었다. 준탁이 만족스러운 한숨을 쉬며 이불 속으로 더 깊이 파고들었다. 아주아주 큰 아기를 키우는 기분이다. 정원은 암막 커튼을 꼼꼼하게 치고 침실을 나섰다.

"제니, 잘 잤니?"

침실 문을 열자 제니가 엉덩이를 흔들며 한아름 안겨왔다. 정원은 제니의 눈곱을 떼어주고 목덜미를 쓸어주었다. 손바닥에 금빛 털이 가득 묻어났다.

"봄이 오려나 보다. 우리 제니 털이 빠지기 시작하는 걸 보니."

물을 먹었는지 축축하게 젖은 입으로 뽀뽀를 해대던 제니는 얼른 문을 열라고

네버 세이 네버

거실 창을 두툼한 발로 두드렸다.

"쉿. 오빠 깨잖아."

거실 창을 활짝 열어 제니를 내보내고 정원도 가슴 깊이 시린 공기를 들이켰다. 정말 봄이 오려는지 복숭아나무의 겨울눈이 많이 부풀었다. 화단에도 스노드롭이 삐죽삐죽 올라오기 시작했다.

"아이고, 우리 공주 씩씩하다."

제니가 화단에 오줌을 누고 신나게 뒷발질을 해댔다.

자, 하루를 시작해볼까.

정원은 따뜻한 보리차를 마시며 준탁이 깨어나면 먹을 우유 푸딩을 만들었다. 푸딩이 굳을 동안 샤워를 하고 출근 준비를 마쳤다.

"제니야, 출근하자."

경수가 그랬던 것처럼 제니가 리드 줄을 물고 뛰어왔다.

"다녀올게."

정원은 콘솔 위, 경수의 사진을 바라보며 인사한 뒤 현관문을 나섰다.

컹.

개 짖는 소리에 눈을 떴다.

준탁은 멍하니 누워 어둑한 천장을 바라보았다.

컹.

또다시 개 짖는 소리가 아주 멀리서 들렸다.

제니?

준탁은 몸을 일으켜 침대 헤드에 기댄 채 귀를 기울였다. 잘못 들었나 싶을 만큼 사위는 적막하도록 고요했다. 참을 수 없이 졸음이 쏟아져 꾸벅꾸벅 졸다가 다시 컹, 하는 소리에 움찔 눈을 떴다.

"제니야. 이 자식."

장난치다가 또 화단 어느 구석으로 공이 굴러갔나 보다. 아니면 벌레가 나왔든

가. 귀찮은 녀석. 준탁은 투덜대며 침대에서 일어나 침실 문을 열었다. 문을 여는 순간 짙은 안개와 함께 향나무 냄새가 훅 끼쳤다.

뭐지?

침실 밖으로 나서지 못하고 발아래를 내다보았다. 준탁의 맨발 아래 초록빛 이끼가 잔뜩 돋아나 발가락 사이를 파고들었다.

"정원 씨! 예정원! 정원아!"

왈칵 두려움이 몰려와 정원을 소리쳐 불렀다. 대답은 없고 메아리만 되돌아왔다.

대체 뭐야.

주춤 한 걸음 물러서며 몸을 돌리자 침실은 이미 사라지고 높이가 10미터쯤 될까, 빽빽한 사이프러스가 울타리처럼 둘러쳐져 있었다.

여긴…… 어디지?

침을 꿀꺽 삼키고 정신을 차리려 고개를 흔드는데, 안개 속에서 스치듯 황금색 꼬리를 보았다.

제니?

준탁은 두려움을 떨치고 발을 뗐다. 안개를 헤치며 황금색 꼬리가 사라진 곳에 다다르자 사이프러스로 둘러싸인 막다른 골목이었다. 되돌아 나왔지만 어디가 어딘지 알 수가 없었다. 안개는 더 짙어지고 출구는 보이질 않았다. 거대한 사이프러스 미로 속에서 길을 잃었다. 심장이 뛰고 호흡이 가빠왔다. 식은땀이 등줄기를 타고 흘러내렸다.

컹.

소리가 나는 쪽으로 고개를 돌리니 이번에는 풍성한 꼬리와 함께 엉덩이가 보였다.

기다려.

준탁은 놓칠세라 뛰어갔다.

어디로 갔지.

녀석은 또다시 사라졌다. 마치 준탁과 술래잡기하는 듯 나타났다 사라지기를 반복했다.

젠장.

숨이 목까지 찬 준탁이 털썩 주저앉아 헐떡였다. 티셔츠 자락을 끌어올려 얼굴의 땀을 닦아내고 숨을 고르는데 멀리서 무언가가 다가오고 있었다. 녀석이다. 준탁은 몸에 잔뜩 힘을 주고 시선을 떼지 않았다. 안개를 뚫고 녀석이 마침내 모습을 드러냈다.

제니?

아니. 제니가 아니다. 제니보다 골격이 더 크고 단단해 보였다.

"이리 와."

준탁이 손을 내밀자 녀석이 두툼한 발로 성큼성큼 다가왔다. 망설임 없이 다가오던 녀석이 걸음을 멈추고 고요한 시선으로 준탁을 바라보았다.

별이니?

미간에 털이 뭉친 걸 보니 별이 같았다. 아니다. 비슷하게 생기긴 했지만 별이라고 하기엔 모색이 짙었고 준탁을 바라보는 시선에 장난기가 없었다. 온화하고 의젓했다. 기품 있고 우아한 녀석이다.

설마.

"경수니? 너, 경수 맞지?"

이제야 알아봤냐는 듯 녀석이 살짝 웃으며 꼬리를 흔들었다. 믿기지 않았다. 눈앞의 경수는 털이 세지도 않았고 눈동자도 새까맣다. 푸석했던 털은 황금빛으로 풍성하게 반짝였다.

"너…… 이 자식. 인사도 없이 그렇게 떠나고……."

내가 얼마나 보고 싶었는데.

목이 메어 말을 맺지 못했다. 준탁은 경수와 작별인사를 하지 못해서 내내 마음이 무거웠다.

경수가 다가와 준탁의 앞에 앉았다. 준탁은 경수의 북실북실한 목을 끌어안았다. 둘은 잠시 그렇게 서로의 체온을 느꼈다. 이상하게도 경수의 마음이 고스란히 느껴졌다. 준탁도 자신의 마음을 전했다.

작별인사 하러 왔구나. 고마워. 그래. 제니 잘 돌봐줄게. 알았어. 정원이 누나도 행복하게 해줄게. 걱정 마. 네 새끼들도 최선을 다해 잘 챙길게. 남자 대 남자로 맹세해.

"나도 부탁 하나 하자. 제니 철 좀 들게 해주라. 뭐? 철든 제니는 제니가 아니라고?"

준탁이 웃음을 터트렸다.

컹.

경수가 따라오라는 듯 준탁의 품에서 벗어나 앞장서서 걸었다. 경수를 따라 꼬불꼬불한 미로를 걷는 동안 안개가 걷히고 어디선가 향긋하고 따뜻한 바람이 불어왔다. 미로에서 벗어나는 순간 눈이 부셔 손바닥으로 눈을 가렸다. 천천히 손을 떼자 언젠가 정원과 함께 걸었던 클로버가 만발한 들판이 펼쳐졌다. 꿀벌이 붕붕 날아다니고 멀리 언덕 위에 커다란 복숭아나무가 보였다. 바람이 불 때마다 복숭아 꽃잎이 눈보라처럼 날렸다.

경수가 바람을 가르듯 들판을 달려 언덕으로 올라갔다. 경수는 자유롭고 행복해 보였다. 언덕 위에서 잠시 준탁을 내려다보던 경수는 흩날리는 꽃잎과 함께 사라졌다.

잘 가. 안녕.

더는 슬프지 않았다.

언덕 위, 커다란 복숭아나무에 다다른 준탁은 탐스럽게 열린 복숭아를 황홀하게 바라보았다. 갈증이 났지만 혼자서 먹고 싶지는 않았다. 준탁은 셔츠를 벗어 그 중에서 제일 커다랗고 예쁜 복숭아를 따서 소중하게 감쌌다. 정원에게 자랑하고 싶었다. 배구공만 한 복숭아를 보고 놀랄 정원을 떠올리자 웃음이 나왔다.

쿡쿡.

어두컴컴한 침실에 홀로 누워 미친놈처럼 웃다가 꿈에서 깼다. 준탁은 자신의 품을 내려다보았다. 복숭아가 아니라 바디필로우를 소중하게 안고 있었다. 울었는지 눈가도 축축했다. 준탁은 누운 채로 필름을 되돌려보듯 꿈을 떠올렸다. 무서웠고 슬펐고 고마웠고 행복했고 따뜻한 꿈이었다.

준탁은 눈물을 닦고 몸을 일으켰다. 이상하게 몸이 가뿐했다. 내친김에 벌떡 일어나 암막 커튼을 열어젖히고 창을 열었다. 햇살과 함께 차가운 공기를 연거푸 가슴 깊이 들이켰다. 알 수 없는 에너지가 준탁의 혈관을 타고 흐르는 듯했다. 협곡에서 낙하하는 폭포 같은 거센 에너지가 아니라 너른 평야를 쉼 없이 흘러가는 유유한 강물 같은 에너지. 스스로 충만해진 느낌이다.

1년 동안 슬럼프 아닌 슬럼프를 겪었다. 영화 '석원'의 예기치 못한 큰 성공이 가져다준 여파는 준탁의 일상을 집요하게 흔들어댔다. 호사다마라고 했던가. 꿈처럼 달콤해야 할 신혼에 정원은 파파라치 따위에 시달려야 했고, 준비하던 영화는 엎어지고, 새로운 시나리오는 진척이 더뎠다. 초조하고 날카로워졌다. 그 모든 걸 정원은 담담하게 견디고 지켜봐주었다. 미안하고 고마웠다.

준탁은 침대를 정리하고 정원이 만들어둔 우유 푸딩을 먹었다.

"커피 마시기 전에 푸딩 먼저 먹어요."

정원의 잔소리를 떠올리며 준탁은 미소를 지었다. 정원이 만든 우유 푸딩은 뭐라고 표현할 수 없을 만큼 정원과 닮았다. 부드럽고 달콤하고 건강한 맛이다. 1년 간의 슬럼프를 버틸 수 있었던 건 어쩌면 이 우유 푸딩 덕분일지도 모른다.

보자. 오늘은 무얼 만들까.

푸딩을 먹고 준탁은 냉장고를 열어 재료들을 쭉 훑어보았다. 결혼 후 준탁은 요리에 취미를 붙였다. 정원에게 맛있는 걸 먹이고 싶어서 시작했는데 의외로 재미있었다. 틈틈이 동희에게 개인 레슨도 받았다. 지은 죄가 있는 동희는 자신의 비밀 레시피 노트도 빌려주었다. 신경이 끝도 없이 날카로워질 때 요리를 하면 식물을 돌볼 때처럼 마음이 좀 누그러지기도 했다.

"어니언 수프 먹고 싶다. 루(Roux)처럼 걸쭉한 거 말고 맑은 국물. 소시지도 들어가고."

문득 어제저녁 정원이 했던 말이 떠올랐다.
좋아. 오늘은 어니언 수프.

준탁은 소시지를 듬뿍 넣은 양파 수프를 보온병에 담고 바게트와 치즈를 따로 준비했다. 자고로 빵은 바삭바삭해야 제맛이니까. 샐러드와 치즈를 녹일 토치(Torch)까지 바구니에 차곡차곡 담고 준탁은 자전거를 타고서 정원의 작업실로 향했다.

횡단보도 앞에서 신호를 기다리다 튤립이며 수선화며 봄꽃이 가득 나와 있는 꽃집을 발견하고 그 앞에 자전거를 세웠다.

"가족관계증명서? 그거 주민센터 아니라도 인터넷에서 발급받을 수 있어. 어, 손님 오셨다. 이따 통화하자. 어서 오세요."

꽃집 주인이 급하게 통화를 끝내며 준탁을 맞았다. 준탁은 매장 가득한 꽃들을 둘러보다 가느다란 가지에 조그맣고 하얗게 핀 꽃에 시선이 갔다. 언뜻 보면 조팝꽃 같기도 했다.

"이 꽃은 이름이 뭔가요?"

"설유화예요."

"예쁘네요. 이 꽃 한 다발 주세요."

"오늘은 완연히 봄이에요. 꽃시장에 설유화가 나오면 이제 봄이 시작됐구나 하거든요. 근데…… 혹시 민준탁 감독님 아니세요?"

꽃가게 사장이 포장한 꽃다발을 건네주며 물었다. 볼캡을 깊게 눌러썼는데 용케도 알아봤다. 예전의 준탁이라면 닮았단 소리 종종 듣는다며 시치미를 뗐겠지만 오늘 준탁은 대답 대신 미소를 지었다.

"어마. 우리 가게에…… 영광입니다. 사인 부탁드려도 될까요?"

대답도 하기 전에 꽃가게 사장이 널따란 리본을 풀어뗐다.

"제가 영광이죠."

준탁은 선선히 분홍색 리본에 번창하시라고 덕담까지 적어 사인을 해주고 꽃집을 나섰다.

꽃다발을 자전거에 싣고 출발하려던 준탁은 잠시 멈추고 휴대전화를 꺼내 주민센터의 위치를 검색했다.

본인 민준탁 ㅣ 배우자 예정원

주민센터의 무인발급기에서 가족관계증명서와 주민등록등본을 출력한 준탁은 서류를 한참이나 들여다보았다. 달랑 자신의 이름만 있던 서류에 나란히 누군가의 이름이 올라와 있는 게 낯설고 신기했다.

가족이 생긴다는 건 이런 거구나.

누군가와 같은 주소를 가진다는 건 도어록의 비밀번호를 공유하는 것과는 또다른 느낌이었다. 고작 종잇조각일 뿐인데 비로소 세상에 받아들여진 느낌이었다. 부평초처럼 떠돌다 마침내 뿌리를 내린 거 같았다.

"다 뽑았으면 좀 비켜주실래요?"

뒷사람의 재촉에 짜증은커녕 가족증명서를 들이밀고 자랑하고 싶었다. 나한테 아내가 있다고요.

"죄송합니다."

준탁은 서류를 조심스럽게 접어 안주머니에 넣고 자전거 페달을 힘차게 밟았다.

✳ ◆ ✳

"예정원."

제니를 유치원에 데려다주고 오는 길에 준탁을 만났다.

"어디 갔다 오는 길? 아니면 가는 길?"

준탁이 끼이익 브레이크를 밟으며 자전거에서 내렸다. 찬 바람에 귓등과 볼이 빨갛게 얼어 있었다.

"제니가 심심한지 낑낑거려서 유치원에 데려다주고 왔어요."

"그냥 집에 두고 가요. 괜히 당신 작업이나 방해하지. 그 녀석, 얼마나 치대는데."

"그래도 귀여운 걸 어떡해요."

"그게 정말 무서운 거라고."

준탁이 고개를 흔들었다.

"먹이고 재우고 씻기고 똥 치우고 병원 데려가고 하는 이유가 그저 단 한 가지, 귀여움 때문이라니. 무서운 무기야. 그러니까 귀엽다고 느끼는 순간 게임 끝이지."

준탁의 말에 정원은 웃음을 터트렸다. 그렇게 말하는 준탁이 귀여운데 이미 게임 끝인 건가?

"들어갑시다. 오늘 점심은 어니언 수프. 그리고 이거."

준탁이 정원의 품에 설유화를 안겨주었다.

"어머나. 예뻐라. 고마워요."

"뭐, 오다가 꺾었어."

준탁의 농담에 정원은 또다시 웃음을 터트렸다.

"배고프다. 얼른 들어가자."

준탁이 수프에 얹은 치즈를 토치로 노릇하게 굽는 동안 정원은 설유화를 화병에 꽂았다.

"설유화를 보면 이제 봄이구나, 싶어요."

정원의 말에 준탁이 피식 웃었다.

"왜요?"

"꽃집 사장이랑 똑같은 말을 해서."

"꺾어 왔다면서요."

"자자, 먹읍시다."

준탁이 커다란 볼에 치즈를 듬뿍 올린 어니언 수프를 설유화 화병 옆에 내려놓았다.

"어떻게 알았어요. 며칠 전부터 이거 먹고 싶었는데. 고마워요."

"나도 먹고 싶었어. 얼른 먹어봐요. 빵 눅눅해지기 전에."

정원은 달큰한 국물과 함께 바삭한 바게트를 한입 가득 떠 넣고 눈을 감았다. 가슴까지 따뜻해지는 맛이다.

"으음. 너무 맛있어요."

정원이 코를 찡긋했다.

"알바트로스 사장이 만든 거보다 더?"

정원의 도시락 문제로 동희와 묘한 신경전을 벌이는 준탁이 귀여워서 정원은 수프와 함께 웃음을 삼켰다.

"더요. 굳이 비교하자면 뭔가 더 아트적인 맛이에요."

정원의 칭찬에 준탁이 입술을 씰룩였다. 듣기 좋으라고 하는 칭찬이 아니라 준탁은 재료가 가진 맛을 잘 조화시켰고 그 밸런스가 늘 기대 이상으로 훌륭했다. 그건 동희도 인정했다. 요리사가 됐어도 성공했을 거라고.

"와아. 진짜 배부르다. 잘 먹었습니다."

정원은 수프 볼을 말끔하게 비우고 의자에 등을 기댔다. 그런 정원을 준탁이 흐뭇하게 바라보았다.

"왜 그렇게 보는데요?"

"어떻게 보는데?"

"마치 통통하게 살을 찌워서 잡아먹을까 하는 눈빛이잖아요."

정원의 말에 준탁이 웃음을 터트렸다.

"웃으니까 좋다."

정원이 준탁의 손을 잡았다. 아침보다 한결 편안해진 것 같아 안심되었다.

"예정원. 미안하다."

준탁이 정원의 결혼반지를 만지작거리며 말했다.

"뭐가요?"

"걱정시켜서. 당신은 늘 내 걱정하잖아."

"그게…… 부부 아닌가? 준탁 씨는 내 걱정 안 해요?"

정원은 안다. 준탁이 자신을 얼마나 소중하게 대하는지. 문득 잠결에 벗겨진 수면양말을 신겨주는 손길을 느낄 때가 있다. 그럴 때면 다시 어린아이로 돌아간 듯 행복했다.

"아. 당신한테 보여줄 게 있어."

준탁이 점퍼에서 서류를 꺼내 정원에게 건넸다. 정원은 준탁이 건네준 주민등록등본과 가족관계증명서를 들여다보았다.

"이걸 왜……?"

"문득 궁금해서."

정원은 나란히 인쇄된 준탁과 자신의 이름을 바라보았다. 준탁이 이 서류들을 왜 떼어봤는지 알 거 같기도 했다.

"당신과 같은 주소를 갖고 있다는 게 왜 이렇게 든든하지?"

"……."

"그러니까, 예정원이 내 빽이야."

장난스럽게 말하고 준탁이 어깨를 으쓱했다.

정원도 장난을 치고 싶었다. 의자에서 일어나 준탁의 무릎에 앉아 아이처럼 준탁의 목을 끌어안았다.

"갑자기 웬 애교?"

준탁이 한쪽 눈썹을 추켜세웠다.

"꽃집 사장님이 말씀 안 해주셨어요? 설유화의 꽃말이 '애교'라는 거?"

정원이 준탁의 정수리에 입맞춤을 하자 준탁이 웃음을 터뜨렸다.

"이상하네. 내가 검색한 꽃말은 '은밀한 사랑'이었는데?"

준탁은 정원의 목덜미를 끌어당겨 입술을 삼켰다.

정원은 다정하면서도 야한 준탁의 키스가 좋았다. 입술을 가르고 들어오는 따뜻한 혀의 촉감이 좋았다. 혀끝이 입천장을 훑을 때마다 정원은 보풀처럼 흥분했다.

"여기…… 내 신성한 일터인데."

준탁이 셔츠 자락을 들추고 정원의 가슴을 감싸 쥐었을 때 정원이 속삭였다.

"그럼, 신성모독인가?"

준탁이 갑자기 정원을 안아 들고 결혼 전 정원이 사용했던 침대에 내려놓았다.

"어? 이 목걸이."

준탁이 셔츠 단추를 풀다가 정원의 목덜미를 바라보았다.

"안 할 줄 알았는데."

"내가 생각보다 물욕이 있더라구요."

준탁의 화장대 서랍에서 고리가 망가진 채로 방치된 목걸이를 발견했다. 정원은 알알이 맺힌 다이아몬드를 손끝으로 쓸어보았다. 어떻게든 정원을 잡고 싶어 버둥대던 마음, 구차하게 매달리고 싶었던 마음, 죽은 정원에 대한 죄책감, 그리고 결국에는 정원을 끊어낼 수밖에 없었던 준탁의 마음이 고스란히 느껴졌다. 매장에 수리를 의뢰했고 며칠 전에 수리가 끝났다는 연락을 받았다.

"물욕 있는 여자, 아주 마음에 들어."

준탁이 만족스러운 듯 정원의 목덜미에 키스했다.

"지금 당신 얼마나 야한지 모르지?"

정원의 마지막 옷을 벗기며 준탁이 말했다. 정원은 고개를 돌려 거울을 바라보았다. 거울 속에 벌거벗은 여자가 목걸이만 한 채 붉게 상기된 얼굴로 자신을 바라보고 있었다. 한낮의 햇살에 목걸이가 반짝였다. 자잘한 소름이 돋았다.

"추워?"

정원은 고개를 흔들었다. 깊게 들어온 햇살에 침대는 적당히 데워져 따뜻했다.

"소름이 돋았는데?"

"따뜻하게 해줘요."

정원이 준탁에게 손을 내밀었다.

준탁은 정원의 손가락에 깍지를 끼고 몸을 숙여 후우, 가슴 한가운데에 입김을 불었다. 정원은 눈을 감고 목덜미에서 창백한 가슴을 지나 허리를 따라 느리게 움직이는 뜨거운 입술과 손가락을 온전하게 느꼈다. 준탁은 부드럽게 쓰다듬고 집요하게 탐닉했다. 정원을 가르고 욕심껏 삼키고 깊숙이 침범했다.

공기의 밀도가 달라졌다. 시간이 멈추고 소리가 차단됐다. 밀봉된 낙원 속에서 두 사람은 마음껏 방만했고 흐드러지게 난만했다.

"무슨 생각 해요?"

잠깐 졸았을까. 눈을 뜨니 준탁은 팔베개를 한 채 정원을 바라보고 있었다.

"음…… 침대 안 버리길 잘했다는 생각."

정원이 베개에 얼굴을 묻고 쿡쿡 웃었다.

신혼집을 새로 구할 시간도 없었지만 무엇보다 준탁이 정성 들여 가꾼 정원을 두고 떠날 수가 없었다. 준탁의 빌라로 살림을 합치고 정원의 집은 계약 기간이 남아서 자연스럽게 작업실로만 쓰게 되었다. 침대를 처분할까 하다가 제니가 뒹굴거리며 일광욕하는 걸 좋아해서 그냥 놔뒀는데 이렇게 사용하게 될 줄은 몰랐다.

"한낮의 정사도 꽤 좋다는 생각."

준탁이 정원의 등줄기를 따라 가볍게 키스하며 속삭였다.

"비밀의 온실 속편인가요?"

하하.

준탁이 엉덩이가 시작되는 움푹한 곳에 입술을 묻고 웃음을 터뜨렸다. 경수와 제니와 함께했던 한여름의 온실이 떠올랐다. 세상과 단절된 듯 어둑하고 아늑했던 곳. 오롯이 넷만의 세상이었던 시간.

"그리고 작별에 관한 영화를 만들고 싶다는 생각을 했어."

"작별?"

"이별을 위한 세리머니."

몸을 돌려 준탁을 바라보았다.

"사랑의 완성은 사랑이 소멸하는 마지막 순간까지 포함되는 게 아닐까, 하는 생각. 그 소멸이 죽음이든 이별이든. 그 마지막을 아름답게 마무리 짓는 게 작별인 거 같다는 생각이 들었어."

영화 이야기를 하면 늘 그랬지만, 오늘은 준탁의 눈동자가 꿈을 꾸는 소년처럼 유난히 반짝였다.

"며칠 전에 인터넷에서 앵무새에 관한 이야기를 봤어. 니나라는 할머니가 키웠던 쉰다섯 살 먹은 회색 앵무. 여러 가지 말을 잘했는데 특히나 니나와 눈이 마주치면 '안녕, 내 사랑'이라고 말했대. 로맨틱한 녀석이었나 봐. 아니, 로맨틱한 어르신."

"신기하네요."

"니나가 외출할 때면 '잘 가, 안녕. 또 봐'라고 인사도 하고. 그러던 어느 날 니나가 잠자리에 들려고 침실로 들어가는데 앵무새가 말했대. 잘 가. 안녕."

"……."

"그게 앵무새가 니나에게 한 마지막 작별인사였어."

잘 가. 안녕.

정원은 경수와의 마지막을 떠올렸다. 경수는 물을 마시고 정원의 손등을 핥아주었다. 아마도 그 순간 경수는 안녕, 하고 인사했겠지. 정원은 자신의 손등을 바라보았다. 그 따뜻한 촉감이 고스란히 남아 있었다.

"작별하지 못한 이별을 찾아가는 이야기. 그리고 마침내 '잘 가, 안녕' 하고 말하는 영화를 만들고 싶어."

"슬프고 아름다운 이야기네요. 작별하지 못한 이별에게 안녕을 빌어주는 건."

"사실 오늘……."

준탁은 무슨 말인가를 하려다 망설였다.

"오늘 뭐요?"

"당신 울까 봐 말 안 하려고 했는데, 경수 꿈을 꿨어."

"경수 꿈이요?"

정원이 몸을 일으켰다.

"작별인사를 하러 왔더라. 경수 생각만 하면 늘 마음이 무거웠는데 그 이유를 알았어. 한 번도 녀석을 안아준 적이 없더라고. 꿈속에서 경수의 목을 끌어안고서야 깨달았어."

비록 꿈이었지만 경수를 안아준 준탁이 고마웠다.

"우리 경수…… 어때 보였어요?"

"아주 건강했어. 들판을 막 뛰어다니더라고. 털에 윤기도 흐르고. 그리고…… 당신 잘 부탁한대. 행복하게 해주라고 협박하던데?"

"야속하다. 내 꿈에는 한 번도 안 나오더니."

준탁은 눈물이 고이는 정원의 눈가에 입을 맞추고 한참 동안 안아주었다. 정원은 준탁의 품에 안겨 오후 햇살에 반짝이는 선 캐처를 바라보았다.

"아. 그리고 한 가지 더."

진정이 된 정원이 고개를 들자 준탁이 심각한 얼굴로 말했다.

"한 가지 더?"

"당신 가슴이 조금 커졌다는 생각."

준탁이 이불을 장난스럽게 끌어내렸고, 놀란 정원의 비명을 달콤한 입술로 막아버렸다.

오후 4시.

작업 시간이 끝났다는 알람이 울리는 정원의 휴대전화를 준탁은 멀리 던져버렸다.

※ ◆ ※

"이 동네, 꽤 괜찮은데? 우리도 이쪽으로 이사 올까?"

준탁이 한산한 주택가로 차를 진입시키며 말했다.

"여긴가?"

"아뇨. 다음 골목. 모과나무 있는 집이요."

"모과나무가 어떻게 생겼는데?"

"하하. 저 집이요. 초록색 대문 집."

정원의 임신 소식에 예 원장과 윤 박사는 서울로 돌아왔다.

"다들 일하랴 아이 키우랴 힘들잖아. 이 시기에 할머니랑 할아버지가 찬스 돼줘야지. 엄마도 그 시기에 누군가가 조금이라도 도와줬더라면 그렇게까지 힘들지는 않았을 거야. 우리 정원이 애기는 엄마가 꼭 옆에서 보살펴주고 싶어. 나 요즘 육아 관련 콘텐츠도 찾아본다?"

예 원장은 좋은 엄마는 못 됐지만 좋은 할머니는 한번 되어보고 싶다며 웃었다.

예 원장과 윤 박사는 내친김에 빌라를 정리하고 마당이 딸린 주택으로 옮겨 갔다. 모현이 때문에 주택으로 이사한 이나와 동희의 영향이 컸다. 윤 박사가 모현이네 동네를 무척 마음에 들어 했는데, 마침 이웃에 매매로 나온 집을 소개받아 순조롭게 이사가 마무리되었다.

"엄마."

초인종을 누르기도 전에 별이가 먼저 달려와 펄쩍 뛰어올랐다.

"왔니? 민 감독도 어서 와요. 제니도 안녕. 별아, 누나한테 그러면 안 돼."

윤 박사가 대문을 열어주며 정원의 몸에 발을 올리려는 별이를 제지했다.

"별아."

정원이 무릎을 꿇고 별이의 목덜미를 쓰다듬어주자 녀석은 아예 바닥에 벌러덩 드러누워 몸부림을 쳤다.

"어, 처제."

커다란 그릴 앞에서 고기를 굽던 동희가 집게로 딱딱 소리를 냈다.

"이모."

모현이가 달려오고 그 뒤로 미랑이가 안아달라고 두 팔을 펼친 채 뒤뚱거리며 걸어왔다.

"에구. 우리 강아지들."

"안 돼. 미랑이 꽤 무거워."

미랑이를 안아 들려고 하자 세나가 말렸다.

"괜찮아."

미랑이를 안고 걸으려는데 모현이가 정원의 다리에 대롱대롱 매달렸다.

"나도. 나도 안아줘."

"요 녀석. 이모 괴롭히지 마."

준탁이 모현이를 높이 안아 들자 모현이가 까르르 웃음을 터트렸다.

"정원이랑 준탁이 왔구나."

앞치마를 두른 예 원장과 이나가 주방과 연결된 선룸에서 손을 흔들었다.

"엄마, 너무 어색해요."

"뭐가?"

"앞치마 한 모습이요."

"나도 어색해. 그래도 어떡하니. 명색이 집들이인데. 미랑아, 할머니한테 와라. 이모 힘들어."

예 원장이 미랑이를 받아 안았다.

"엄마, 여기 정말 마음에 들어요."

"그치? 엄마도 좋아. 나이 칠십이 돼서야 진짜 내 집을 찾은 거 같아."

예 원장과 처음 이곳을 둘러보러 왔을 때부터 이 집이 마음에 들었었다. 무엇보다 고즈넉한 동네가 낯설지 않고 편안했다.

폴딩 도어를 활짝 열어 둔 선룸에 앉아 정원은 아늑한 마당과 울타리에 핀 노란색 피스 덩굴장미를 바라보았다. 민들레가 군데군데 핀 잔디밭에서 별이가 엉덩이를 치켜들고 제니 앞에서 장난을 쳤다. 새끼 때는 그렇게 싫어하더니 제니가 제법 별이의 장난을 받아주었다.

"컨디션은 어떠니? 입덧은?"

이나가 차가운 보리차를 건네주며 물었다.

"좋아요. 딱히 없어요."

복숭아를 지나치게 많이 먹는 게 입덧이라면 입덧이랄까.

임신도 그래서 알았다. 복숭아 때문에. 한밤중에 깼는데 갑자기 복숭아가 너무너무 먹고 싶었다. 잠이 오질 않을 만큼. 마치 복숭아가 먹고 싶어서 잠을 깬 것처럼.

"왜? 어디 가는데?"

도저히 참을 수가 없어 편의점 통조림이라도 사와야겠다 싶어 옷을 갈아입는데 준탁이 깼다.

"……."

한밤중에 일어나 복숭아를 사러 간다는 말이 쉽게 나오지는 않았다.

"지금 2시가 넘었는데 어디 가려고?"

"복숭아를 사려고요."

"복숭아? 이 밤중에? 게다가 3월에 무슨 복숭아?"

"통조림이라도……."

"그럼 날 깨웠어야지. 겁도 없이 어딜 혼자."

파자마를 벗고 트레이닝복에 다리를 꿰던 준탁이 돌연 동작을 멈추고 정원을 바라보았다.

"예정원. 당신 혹시……."

준탁의 놀란 눈을 보는 순간 정원도 자신의 입을 손으로 틀어막았다.

준탁의 말처럼 가슴이 좀 커졌다고 느꼈다. 팽팽하게 당기듯 통증도 느꼈지만 막연히 생리전증후군으로 생각했었다. 계산해보니 생리도 건너뛰었다. 언젠가부터 제니가 정원의 배에 코를 대고 킁킁거렸었다. 모든 걸 종합해보자면 임신이었다.

"임신……일까요?"

정원의 바보 같은 질문에 준탁은 대답 대신 도희 선배에게 전화를 걸어 복숭아를 구해서 보내라고 닦달했다.

"너 닮아서 아기도 순한가 보다. 먹고 싶은 건?"
"도희 선배가 병조림을 많이 보내줘서 그거 먹고 있어요."
"아직도 복숭아야?"
"네. 아직도 복숭아예요. 태몽이 태몽이니만큼."
정원의 대답에 이나와 예 원장은 웃음을 터트렸다.

어른 아홉, 아이 둘, 그리고 커다란 골든레트리버가 셋.
모현이의 무릎이 까지고, 세나가 접시를 깨트린 거 말고는 초록색 대문 집의 집들이는 성황리에 끝나가고 있었다.
"소화 좀 시켜야겠어. 산책이나 갈까? 동네 구경도 할 겸."
준탁이 따분해하는 제니에게 리드 줄을 채웠다.
"별이도 간다고?"
따라가겠다고 별이가 풀썩였다.
"냠냠이는?"
"너희들끼리 다녀와. 이 녀석 곯아떨어졌어."
한나가 잔디밭에 드러누운 냠냠이를 바라보며 손을 내저었다.

"동네가 참 고즈넉해요."
"그러게."
자동차도 별로 다니지 않는 한적한 동네를 준탁과 정원은 어슬렁거리듯 걸었다. 도심 한가운데 이런 전원풍의 주택단지가 있는 줄 몰랐다. 담장이 나지막한 붉은 벽돌집과 소박한 정원들이 마음을 편안하게 했다. 같은 시기에 식재했는지 집집마다 붉은 덩굴장미가 한창이다. 한낮의 열기가 가라앉고 선선한 바람이 불었다. 바람이 불 때마다 짙은 장미 향이 코끝을 간질였다.

"저쪽으로 가볼까?"

준탁이 야트막한 산과 이어진 골목을 가리켰다. 완만한 경사지에 위치한 집들은 규모도 아래쪽보다 조금 더 컸고 정원도 더 넓었다.

"별아!"

얌전하게 산책하던 별이가 갑자기 준탁을 끌다시피 어느 집 앞으로 다가갔다.

"왜? 뭐가 있니?"

별이가 어딘가를 바라보며 꼬리를 흔들었다. 별이가 바라보는 쪽을 살펴보았더니 하얀 울타리 사이로 골든레트리버 한 녀석이 고개를 내밀고 이쪽을 바라보고 있었다.

컹.

녀석이 경계하듯 짖자 별이가 낑낑거렸다.

"괜찮아. 친구잖아."

준탁이 별이를 진정시키는 동안 정원은 하얀 울타리에 흐드러지게 핀 붉은 장미를 멍하니 바라보았다.

어디서 봤더라.

대문에서 서너 계단 위로 조밀하게 잘 관리된 너른 잔디밭이 보였다. 막 잔디를 깎았는지 싱그러운 풀냄새가 났다.

"맥스!"

주인이 부르자 별이를 보고 짖던 녀석이 잔디밭을 가로질러 주인에게로 달려갔다. 예 원장과 비슷한 연배의 여성이 현관에 서서 이쪽을 바라보다 집 안으로 들어갔다. 정원은 자신도 모르게 몇 걸음 더 다가갔다. 울타리 사이로 보이는 화단에 작약과 캘리포니아 포피와 보라색 아이리스가 흐드러졌다. 어릴 때는 그 꽃들의 이름을 알지 못했다.

"정원 씨, 왜 그래?"

"여기……."

말을 하려는데 눈물이 먼저 후드득 떨어졌다.

"찾았어요. 그 집……. 늘 내가 만들어낸 상상이 아닐까 생각했는데. 진짜 있었어요. 엄마랑 아빠랑 마지막으로 함께했던 곳. 내 강아지 별이도……."

"여기가?"

준탁이 정원을 감싸 안고 말없이 등을 토닥였다. 정원은 준탁의 가슴에 얼굴을 묻고 오래도록 울었다. 할머니가 돌아가신 후 이렇게 많은 눈물을 흘린 건 처음이었다.

"왜, 과천이라고만 생각했을까."

이 집을 찾으려고 헤맸던 시간이 떠올랐다.

"꼬맹이였잖아. 이쪽에서 살았던 것도 아닌데 과천인지 남태령인지 어떻게 알아. 더구나 서울대공원에서 바로 이리로 왔다면 나였어도 과천이라고 생각했을 거야."

준탁이 정원의 젖은 뺨을 닦아주었다.

정원은 땅거미가 내려앉는 골목에 서서 하얀 울타리를, 붉은 장미를, 초록빛 잔디를, 그리고 노을이 물드는 하늘을 올려다보았다. 이제야 비로소 작별하지 못한 이별에 안녕을 빌어줄 수 있을 거 같았다.

잘 가요.

안녕.

"가자."

준탁이 정원의 손을 잡았다.

"응. 가요."

손을 맞잡고 걸어가는 두 사람의 그림자를 제니와 별이 장난스럽게 쫓아갔다.

- fin.

네버 세이 네버

Author's review

|

작가후기

네버 세이 네버의 시작은 우연히 발견한 한 기사가 모티프가 되었습니다.

여행을 계획하고 있었고, 키우고 있는 진돗개 두 녀석을 맡길 만한 곳을 찾던 중이었어요. 진도견 특유의 기질 때문에 호텔링해주는 곳을 찾기가 힘들었습니다. 정보들을 서치하던 중에 호텔링에 관련된 이런저런 사건사고가 많다는 것도 알게 되었어요. 그러다 우연히 한 기사를 발견했습니다.

호텔링했던 강아지가 원치 않는 임신을 하게 돼서 견주와 호텔링 업주가 소송까지 벌인 사건이었어요. 얼마나 황당했을까 싶고, 또 충분히 있을 수 있는 일이겠다 생각했어요. 결론이 어떻게 났는지는 모르겠는데 잘잘못을 따지기 전에 태어날 녀석들은 어떻게 하나 걱정이 앞섰던 기억이 납니다.

현실에서는 소송까지 가버린 사건이지만 저는 모두 행복해지는 이야기를 쓰고 싶었어요. 그렇게 경수와 제니와 정원과 준탁의 이야기가 시작됐습니다. 늘 소망하듯 로코를 쓰고 싶었으나 어쩐 일인지 쓰다 보면 제 소설은 조금 심각한 쪽으로 빠져버리곤 합니다.

준탁과 정원이는 제 주인공들 중에서 가장 아팠던 캐릭터였어요. 정원이는 글을 쓰다가 자주 멈추게 했고 준탁이는 깊은 한숨을 쉬게 만들었습니다. 그래서일까요. 준탁이가 아무리 투덜거리고 까칠하게 굴어도 저는 준탁이를 보듬어줄 수밖에 없었어요.

그리고 나의 정원이.
저는 지금도 정원이가 머뭇대며 말하는 모습을 생각하면 눈물이 납니다.

세상의 모든 준탁이와 정원이가 행복하기를!!!
다행히 최근에 '보호종료아동'에서 '자립준비청년'으로 명칭도 변경되고 나이도 만 18세에서 5년간 더 연장되었다고 해요. 보호 종료된 청소년이 성인으로 안정적인 자립을 할 수 있게 현실적인 지원과 지속적인 관심을 갖는 사회가 되었으면 합니다.

네버 세이 네버를 연재하는 동안 아버지가 갑작스럽게 큰 수술을 받게 되었습니다. 이 이야기를 도저히 마무리 지을 수 없을 거 같았는데 독자분들의 위로와 격려가 저를 다시 책상에 앉게 하고 노트북을 펼칠 수 있게 해주셨습니다. 늘 과분하게 사랑을 받는 행복한 사람입니다.
다시 한번 감사의 인사를 드리고 싶어요.

마지막으로.
이북이 대세인 지금 종이책을 출판할 수 있게 도와주신 '가하'에 감사의 말씀을 드립니다. 인간이 창조한 물건 중에 가장 사랑하는 대상이 '종이'입니다. 종이가 가진 그 물성을 대체할 만한 걸 저는 아직 찾지 못했어요. 책을 사랑하는 이유의 절반은 바로 '종이' 그 자체일지도 모르겠습니다. 그렇기에 종이 낭비하는 글이 되지 않도록 열심히 노력하는 사람이 되고 싶어요.

　　　　　　　　　　　　　　　　　　　　　네버 세이 네버

다시 봄입니다.

행복하세요.

2023년 3월

심윤서 드림

References

참고문헌

식물학자의 노트(식물이 내게 들려준 이야기), 2021년, 신혜우 著, 김영사

식물 산책, 2018년, 이소영 著, 글항아리

싸우는 식물, 2018년, 이나가키 히데히로 著, 김선숙 譯, 더숲

욕망하는 식물, 2007년, 마이클 폴란 著, 이경식 譯, 황소자리

식물은 위대한 화학자, 2013년, 스티븐 해로드 뷔흐너 著, 박윤정 譯, 양문

다시, 나무를 보다, 2014년, 신준환 著, RHK

식물의 책, 2019년, 이소영 著, 책읽는수요일(한올엠앤씨)

식물의 세계, 2021년, 조너선 드로리 著, 조은영 譯, 시공사

사임당의 뜰, 2017년, 탁현규 著, 안그라픽스

파브르 식물기, 2003년, J.H.파브르 著, 정석형 譯, 두레

몸은 기억한다(트라우마가 남긴 흔적들), 2020년, 베셀 반 데어 콜크 著, 제효영 譯, 을유문화사

쿨하고 와일드한 백일몽, 2012년, 무라카미 하루키 著, 김난주 譯, 문학동네

국립원예특작과학원 www.nihhs.go.kr

대형 교통사고로 외상을 입고 가족을 상실한 학령기 PTSD 아동의 심리치료 사례, 2012년, 한은
    선, 이경숙 著, 영유아아동정신건강연구학회

불장난을 하는 어린이 방화자의 유형, 2004년, 해결자의 블로그

가족 동반자살 실태 및 사례분석, 2006년, 안명옥 정책자료집 효과적 자살예방을 위한 정책과제

Sense, Feel, Emote and Xavier('자비에 돌란' 인터뷰), 조소현, 2017년 2월 7일, 보그 코리아

네버 세이 네버